百部红色经典

麦 河

关仁山 著

北京联合出版公司
Beijing United Publishing Co.,Ltd.

图书在版编目（CIP）数据

麦河 / 关仁山著. -- 北京：北京联合出版公司，2021.7（2024.12重印）
（百部红色经典）
ISBN 978-7-5596-5305-5

Ⅰ.①麦… Ⅱ.①关… Ⅲ.①长篇小说—中国—当代 Ⅳ.①I247.5

中国版本图书馆CIP数据核字(2021)第086850号

麦河

作　　者：关仁山
出 品 人：赵红仕
责任编辑：孙志文
封面设计：赵银翠

北京联合出版公司出版
（北京市西城区德外大街83号楼9层 100088）
北京新华先锋出版科技有限公司发行
艺堂印刷（天津）有限公司印刷　新华书店经销
字数489千字　787毫米×1092毫米　1/16　28印张
2021年7月第1版　2024年12月第3次印刷
ISBN 978-7-5596-5305-5
定价：79.00元

版权所有，侵权必究
未经许可，不得以任何方式复制或抄袭本书部分或全部内容
本书若有质量问题，请与本社图书销售中心联系调换。电话：（010）88876681-8026

出版前言

为庆祝中国共产党成立100周年，全面展现中国共产党成立以来中华民族辉煌的发展历程、取得的伟大成就和宝贵经验，集中体现中华民族的文化创造力和生命力，北京联合出版公司策划了"百部红色经典"系列丛书，希望以文学的形式唱响礼赞新中国、奋斗新时代的昂扬旋律。

本套丛书收录了近一百年来，描绘我国人民在中国共产党的领导下艰苦奋斗、开拓创新、改革开放的壮美画卷，充分展现我国社会全方位变革、反映社会现实和人民主体地位、弘扬社会主义核心价值观、讴歌中华民族伟大复兴中国梦的100部文学经典力作。

本套丛书汇集了知侠、梁晓声、老舍、李心田、李广田、王愿坚、马烽、赵树理、孙犁、冯志、杨朔、刘白羽、浩然、李劼人、高云览、邱勋、靳以、韩少功、周梅森、石钟山等近百位具有代表性的中国现当代著名作家。入选作品中，有国民革命时期探索革命道路的《革命的信仰》《中国向何处去》，有描写抗日战争的《铁道游击队》《敌后武工队》《风云初记》《苦菜花》，有描绘解放战争历史画卷的《红嫂》《走向胜利》《新儿女英雄续传》，有展现新中国建设历程的《三里湾》《沸腾的群山》《激情燃烧的岁月》，有寻找和重建民族文化自信的《四面八方》，也有改革开放后反映中国社会现状、探索中国道路的《中国制造》，同时还收录了展现革命英雄人物光辉事迹的《刘胡兰传》《焦裕禄》《雷锋日记》等。

本套丛书讲述了丰富多样的中国故事，塑造了一大批深入人心的中国形象，奏响了昂扬奋进的中国旋律。这些经历了时间检验的文学作品，在艺术表现形式、文学叙述方式和创作技巧等方面都具有开拓性和创造性，作品的质量、品位、风格、内涵等方面都具有很高的水准，都是有筋骨、有道德、有温度的优秀作品，很多作家的作品都曾荣获"五个一工程奖""茅盾文学奖""鲁迅文学奖""国家图书奖"等奖项。

为将该套丛书打造成为集思想性、艺术性、时代性为一体，展现新时代文学艺术发展新风貌的精品图书，北京联合出版公司成立了由出版界、文学艺术界的资深专家和学者组成的编辑委员会。他们从文学作品的历史价值、文学价值、学术价值、现实意义等维度对作品进行了深入细致的研读和筛选，吸收并借鉴了广大读者的意见与建议，对入选作品进行深入细致的分析与综合评定，努力将"百部红色经典"系列丛书打造成为政治性、思想性和艺术性和谐统一的优秀读物，向伟大的中国共产党成立100周年这一光荣的日子献礼！

目 录

第一卷 逆 月

梨花板 // 001

麦收的仪式 // 008

初 恋 // 017

墓地上的泥塑 // 023

麦河探源 // 029

螃蟹的味道 // 040

曹凤莲与包指甲花 // 047

生命的黑洞 // 053

曹老大的土地传奇 // 062

恶的果实 // 069

桃儿的城市 // 075

救 赎 // 082

第二卷　上弦新月

天快亮了　//　090

月亮穿过云层　//　097

荒芜的田园　//　102

苍鹰预见未来　//　112

土地庙宇　//　118

混合香味　//　125

遍地疑难　//　130

天当被地当床　//　139

热风呼啸　//　147

签　约　//　154

往返在城乡　//　164

满月酒　//　169

第三卷　望之圆月

麦穗理论与虚拟经济　//　179

地主张兰池　//　189

爱情与品牌　//　195

昨天的荣誉　//　200

闯市场　//　207

闪　婚　// 215

树欲静而风不止　// 223

揉　面　// 235

金　屋　// 242

一个折叠的人　// 248

夏天的寒冷　// 260

第四卷　下弦残月

乡村的程序　// 267

冰葡萄　// 273

饥　饿　// 277

秋之惑　// 281

李敏教授　// 290

桃儿的世界　// 299

歌声灿烂　// 306

阵痛与告别　// 313

我的苦恼　// 318

愤怒与觉醒　// 324

小麦图腾　// 332

第五卷　朔之逆月

郭富九入会　// 342

生活万花筒　// 349

炊烟与花朵　// 355

资本与"潜规则"　// 362

民间杂色　// 370

夏日情怀　// 378

欺凌与侮辱　// 384

养　护　// 390

敬畏土地　// 399

遥望未来　// 403

个体独白　// 407

梦中飞翔　// 413

迷失的个人　// 419

铸　魂　// 426

后　记

第一卷
逆　月

梨花板

"混闺女儿"的事儿，我早就绝望了。

"混闺女儿"是北方麦河土话，意思是娶老婆。我白立国是个瞎子，扔在日子外边的人，谁愿意跟我混呢？打春的瞎子，开河的鸭子。立春一过，我们这些算卦瞎子手执竹竿，缓缓行走在麦河两岸。麦河也叫滦河，从冀东平原蜿蜒淌过。麦河摸过的地方，女人嘴巴都臊。按我的理解，事关人下半身的事，好多话是难以启齿的，羞羞答答，闪烁其词。娘儿们可不管这一套，她们见了我们，既不喊大哥，也不称先生，张嘴闭嘴就嚷："瞎子，混闺女儿没？"说得光棍儿都脸红。如果你不过话，她们就用热热的胸脯儿顶你，继续挑逗："害臊啦？翘了没？"说着就动手动脚地掏裆了。我就把拐棍一横开始自卫，听见女人就浪浪地笑个不停。我们瞎子自有瞎子的活法，放下拐棍，就给她们唱一段乐亭大鼓，唱一些七荤八素的段子。娘儿们就笑了，就往你的裤裆塞鸡蛋。鸡蛋刚刚煮熟，嘀里当啷，烫得我直蹦跶。我拄着拐棍颠了，躲到僻静处，张开大嘴趁热吃了。吃完一抹嘴儿，女人就追上来了，问鸡蛋吃了没？我往裤裆里虚抓一把，往空中一晃，便有两个鸡蛋落在掌心里。她们登时就傻眼了。其实，这是变魔术。出发的时候，娘给我带了两个鸡蛋当干粮。男人大嘴儿吃四方。我们走街串巷，算卦卖艺，挣个零钱。我因此活了下来，而且活得还不错，至于"混闺女儿"的美事儿，只能煞盼在远方。对瞎子来说，身边每一颗未知的心都是远方。

今天五月初一，懂点天文的都知道，是月相中的朔日。麦收的季节到了。我对天象还是有点研究的，瞎子永远是夜观天象。夜观天象，时间无界。一个月分为"朔——上弦——望——下弦——朔"，周期变幻。朔为逆月，上弦为新月，望为圆月，下弦为残月，月末又回到逆月了。传说有蚌蛤的河流，就会随月相的变化而明暗流转。小时候，我就在麦河里捞出了蚌蛤。双手捧着蚌蛤，我的故事就以月相变化为单元讲起吧——

一个村庄无论大小，土地神都给调剂好了。一个村的人不能一律健全，好人坏人都得掺着来。我听说百人出个瞎子，千人出个瘸子，万人出个傻子。我们村竟然出了三个傻子，几乎超标了，他们都爱听我唱大鼓，不用端详，都是那副眉眼儿。无法回避的遭遇都是我的命运。麦河流域的盲人，日子过得清苦，混个闺女儿更不容易了，房子大涨价，女人跟着涨价啊！听说县城有一条街，随便买一条裙子就是几百块钱，天神神咧，如果碰不上向我抛媚眼的女人，这事想都别想了。俗话说，一个萝卜一个坑儿，总会有女人等着我的。我艰难半辈子了，竟真有了自己的女人。她叫桃儿。老了老了还要享桃儿的福？鹦鹉村的人都说，瞎子艳福不浅哩！只要不外出卖唱，吃过饭我就坐在院落里给人算卦，算命之前，我都要按惯例对客人说："山高水长，源远不断。启发蒙昧，以诚待见。缺乏诚心，恕不答问。"客人疑惑了，在我耳边嘀咕了几句。我就解释道："你既然请人指点迷津，态度就要诚恳。如果你心中不信，或以开玩笑的方式戏弄人，人不作答。即便说了，也是瞎子点灯白费蜡啊！"客人说："是这样啊，我信，我信！"客人被我打发走了，我就从院落走到庄头，或是到田地里溜溜腿儿。我常常给人算命，可算不了自个儿的命。命啊，我和你到底谁赢啦？其实啊，对于桃儿，我压根儿就没有那个奢望。我这把年纪，还是个睁眼瞎，是秋后的玉米，掰了棒子就剩下秆儿了。人家桃儿是一朵花，我咋配得上人家？虽然她一直对我好，照顾我，心疼我，但我不敢往那方面想啊。可是，机会终于来了。桃儿那年非要死去不可，我营救了她。我干熬了这么些年，以为自己真的废了，没承想到了这把岁数还会色胆包天。从见到桃儿的那一天起，再也没法心平气和，心底刮起旋风，眼下是九头牛都拉不回我的。爱情有味道，我闻到了爱情的味道。这东西，像土地一样古老、多情、新鲜。情场使人变傻，大概人同此理。我瞎子也不能免俗。遗憾的是，我没法描述这段男欢女爱的故事，如果能细细讲来，相信会使当今的情种们泪飞如雨。桃儿来我们村的时候，我已经瞎了。鹦鹉村过去分上鹦鹉和下鹦鹉两个村。桃儿是下鹦鹉村的人，九岁那年死了爹，娘嫁给了上鹦鹉村的农民韩腰子。这孩子特爱听我唱大鼓。我看不见她的模样，但我摸过她的小脸、小嘴，还听见她的声音，声音离地越来越高，也越发好听了，可是后来啊，桃儿姑娘长大了，她就不让我摸了。女大十八变，听说这姑娘变得像蝴蝶一样美丽。桃儿的方式是爆发式的，她火辣辣地说："瞎哥，我就是你的女人，我会治好你眼睛的。"有的女人愿意傍大款，有的女人愿意收留弱者。桃儿就属于后者吧，她是个直肠快语的人，喜欢用强烈的方式表达爱情。我是半路瞎子，世界是啥样我都见识过。我瞎的原因十分可笑。我家有一头会唱歌的牛，小牛犊子，黑皮毛，小眼睛，长得不好看，但嗓子极好。它的一声长吼，我在承包田里都能听见。短吼或低吟，就跟唱歌一样。我们都叫它甜嗓子牛。它的歌声我能听懂，我后来喜欢唱大鼓，可能就是牛的启蒙。有一天，牛死了，躺在牛栏里再也没起来。我伤心极了，哭了好几天，哭得睁不开眼睛，不久就啥都看不见了。医生说我得了"瞳孔翻倍"，吃了不少药，跑了几家医院，都没能治好。有人说，牛的好嗓子置换给我了。我的眼一瞎，事情就复杂了，人生就变味了。桃儿说："我有钱，就是卖房子卖地，也得给你治眼。"她的声音甜甜的。我心头一热，掐了一下她肉乎乎的屁股蛋儿："桃儿，我心里懂，有你，我他娘的没白活，等哥下辈子睁开眼睛再报答你吧！"桃儿甜嘴甜舌地喊："我的瞎哥，快点报答我啊！"她的声音虽然缥缈，风一样轻，带有撒娇的成分，却深深地印在了我的心间。她勾着我的脖子笑了，笑起来的时候，挂在双耳的一双大耳环晃来晃去，醉了似的。给我治眼睛成为她这两年的奋斗目标了。说实话，瞎了这么多年了，我对治眼睛没啥信心，就是喜欢她这份心劲儿。那一阵子，我的耳朵坏了，除了桃儿的声音，谁的声音都不想听。

　　我吸溜一下鼻子，闻到桃儿身上的香味。尽管我没有见过她，我的手脚在黑暗里都是眼睛，我感觉到，她的脸蛋儿一定飘着醉人的红霞。都说桃儿模样俊俏，还有点儿妖，有点儿媚，特有女人味道。她是个高个头儿，一双匀称的长腿，腰肢柔韧。可是，想象到五官上来，确实懵懵懂懂，一副眉眼不清的样子。把一个女人不确定的形象，慢慢在心中勾画，慢慢品味，也是一种幸福。说句实话，我不怀疑桃儿是漂亮女人，我摸过桃儿的脚，她的脚光溜溜的。我有这个能耐，单从脚就能判断女人的俊丑。瞎眼之前我就爱看女人的脚。如果不瞎，我会看痴了眼的。有一天，我脸对着她，把她的模样描述了一遍，猜个八九不离十。桃儿望着我目光如炬的眼睛，极为惊讶："立国哥，你是不是看得见我？"我摇了摇头。她抬了手朝我眼前晃了晃，我的眼球转了转。她的胳膊蛇一样缠住我的脖子说："你骗我，你骗我，你啥都看得见！"我痛苦地摇了摇头，说我真的是瞎子，别人能用目光传递情感，可我只能用手摸用嘴说，让女人看着不沉稳。如果我看见了啥，都是用心来看的。鹦鹉村人传说我开了天眼。我知道开天眼的人，可分为内视、透视和遥视，看到肉眼一般看不到的东西。从外表来看，我身材瘦弱一些，但我长了一副国字脸，浓眉大眼，目光炯炯有神。给人算命的时候，嘴巴上翘，口若悬河，滔滔不绝，神采飞扬，风度翩翩。因为这些，出了好几次以假乱真的笑话。唯一让我出丑的是额头，额头上长了一块如寿星似的赘肉，好像是一个疣。也许就在这个疣上藏着我的非凡智力。桃儿说她不喜欢这个疣，让我快点做掉。她喜欢我的眼睛，那一天，我眼里吹进了沙子，她一粒一粒舔出来。那感觉别提多爽啦！我身材瘦弱，却动作灵巧，平地翻个跟斗都不带气喘。我这辈子最大的愿望就是睁开眼睛，看看桃儿的模样儿。不是我挑剔人家，而是出于一种好奇。这种愿望是那样强烈，天下没有哪件事情比这更动人心魄。

苍鹰虎子叫了两声，鸣声恰似鸽哨。

我听懂了，它的意思是说，我的好运是桃儿偷来的。虎子说的这个"偷"字，极伤我的自尊。这畜生有时候气得我翻白眼嘴唇抽筋。虎子传到我手里的时候，我已经双目失明了。在我没瞎的时候就见过它。它的上体是苍灰色的，头顶黑褐色，两眼的上方印着白色眉纹。飞羽和尾羽是暗灰色的，有黄色横斑，而肚子则是污白色的。脚和基部绿里透蓝，斑斑点点，与黑色的爪子形成反差。我还记得虎子的眼神，凶狠而坚毅。有人说，狗通人性、猫通人性，但是，没人知道鹰也通人性。虎子是我的眼线，人间好多秘密都让它看到传递给我了。

桃儿说中午回村，我上午就静静地等她。村里村外，麦子的世界。我们村被汹涌的麦浪包围了。一场春风一场暖，风大的时候，麦芒儿就像长了翅膀，鸟一样飞起来。我在草房里再也躺不住了，来到了麦地里。我喜欢独自一人坐在麦地边，一边听风声，一边侍弄那两个梨花板。叮叮当当，声音十分响脆。虎子讨好地飞过来了，咕咕地叫了两声，意思是说："你又去唱乐亭大鼓吧？"我自言自语地说："是啊，好几天没唱了，我嗓子痒痒啦！"

虎子就很灵巧地跳到我肩头，用嘴拱我的梨花板。我们鼓书艺人是靠梨花板吃饭的。麦河流域有个说法，一个瞎子要是一生中没有唱过大鼓，那就是白活了。

我唱的是乐亭大鼓，诞生在麦河下游的乐亭县。一鼓一板，一弦一人，哼着腔儿演，演唱者打鼓又打板，边说边唱。描绘场景，刻画人物，议论得失，都集中在演唱者的嘴上、表情上和动作上。既然叫大鼓就得敲鼓，一面小鼓，底座儿竖个支架，鼓键子一敲，嘣嘣山响。按使劲儿大小，就能看出鼓谱和套路来。我用的梨花板像两片月牙儿，好似上弦月和下弦月。师傅告诉我，这是取"犁铧板"的谐音。耕地用的犁铧是用生铁铸造的，敲击起来声音脆脆的。师傅跟我说过，最初说书的板就是用犁铧片磨制的。先人磨制梨花板的时候，双膝都是跪着的。我用的板是铜制的，音色更亮，外形更美观，手感更滑溜。为了考验我的听力，师傅一会儿敲铁板，一会儿弄铜板。我都听出来了。我用两种梨花板敲击着，让虎子分辨哪只手是铁板。虎子耳朵好使，马上就落在我的左肩头，还用一双利爪弹了一下我的脸。狗东西猜对了，我左手拿着铁梨花板。说实话，虎子是孤独的，不说话。其实啊，我比它还孤独。我俩可以说是相依为命吧。

梨花板一响，我的嗓子就痒了。我扯开喉咙唱道：

  摸一摸我的天
  亲一亲我的地
  娘织了毛布衣
  姐编了苇炕席
  麦子黄了梢儿
  大爷挂了犁儿
  ……

虎子一扇翅膀，就给我捣乱。韩腰子要过来了。虎子对未来有预见功能，这畜生早就预测出我跟桃儿的缘分。韩腰子最初不同意我们的婚事，有一天麦河起雾，韩腰子愣是把我领进了河里，湿了我半个身子。一想起这事我就心跳加快，浑身起鸡皮疙瘩。我担心啊，最后桃儿能说服他们吗？记得韩腰子是个矮个头儿，棉桃儿脑袋，背微微驼着，脊梁处鼓着一个包，我摸过，梆硬，满脸的皱纹，像后山上的核桃皮。韩腰子听见我的梨花板响了，也没有心思铡草了。他每天都在河岸草棚外铡草。他轻轻凑过来听我敲铜板,长着眼睛都分辨不出铁板铜板来。"耳朵塞鸡毛了吧?分辨不出来了吧?"我嘲讽地说。韩腰子叹息说:"你又在糊弄我,快唱你的吧,你说的没唱的好!"他的声音像犁地的牛被抽打了一鞭挤出的那种声音。我仰脸笑着说:"今天我不是饿唱,是饱唱哩!"我心里想,其实你眼睛比我还瞎。这时候,韩腰子还不依不饶:"瞎子,你是等桃儿呢吧?"我咧着嘴巴笑了笑,算是默认吧。

"唰"的一响,虎子拍打着翅膀飞走了。它翅膀横扫草地和树枝,发出巨大的声响,震得我耳鸣了半天。虎子的出现,吓退了连续鸣叫的"叫天子"。这些鸟儿"嘀嘀"了一下,就消失得无影无踪。我感觉天上的飞禽都是神灵的使者。这是一只不同寻常、神秘莫测的百年老鹰,它身上有一种离奇的、让人着魔的东西。

韩腰子见我不理睬他,一下子灰了心情,漏风跑气地嘟囔:"男人娶老婆,就等于养个吸血鬼,一天到晚喝你的血,直到熬干你为止。瞧瞧,哪家不是男人先走哩?"他是咒我呢,我扭头凶他说:"胡咧咧个啥?你为啥还娶桃儿娘?你是饱汉子不知饿汉子饥呀!"他不吭声了。

我清了清嗓音说:"带我到河岸上去。"韩腰子说:"外面风大,你就在屋里待着吧!桃儿会来找你的!"我咧了咧嘴巴:"桃儿就是来了,你也陪着我啊!说不定她会给你带好吃的来呢!"韩腰子说:"她心里才没我呢,连她娘都不理睬。立国,你可真有手腕啊!"我说:"你是我未来的老丈人,咋还吃起醋来啦?"韩腰子梗着脖子说:"我没吃醋,我是说桃儿回家带的东西,都是给你治眼的药!弄得满屋子都是药味儿。"我说我不爱吃那些药,贼贵贼贵的。韩腰子叹息一声继续铡草。我听见了鸟的扑棱声,估计这草房里藏着许多鸟儿。由于刮风,还继续有鸟儿飞来,叽叽喳喳的。虎子是看不起鸟的,虎子从不怕风,风刮得越大就越来劲,呐喊着,勇猛地冲向高空。我站在河岸上,身后就是一片麦田,到处弥漫着麦子的气息。北风把我的头发都掀起来了。我憋得慌了,我掏出裆里的家伙在河堤撒了泡尿。我这泡尿很足,一下子滋到麦河里了,哗哗的声音格外好听。麦河流到我们鹦鹉村,算是中上游了。上鹦鹉村在东岸,下鹦鹉村在西岸。两岸少山,平原渐多。再往下游走,就是槐树镇,三十里地以外的河岸是麦河县城麦城。县城的下游是顺水市,入海口就是省会海平市了。一条河穿糖葫芦一样把大小地方都穿起来了。小时候,我去麦城都是乘船,天光云影,一片浩渺。河水有时清明如镜，有时波浪滔天，皆因地势起伏。云彩变化多端，霞光照耀河水一片辉煌。河水清亮柔软，泡在里面非常舒服。夏秋季节，岸边的水车就响了，吱吱呀呀，清水就流淌进地垄沟里。如今生态变了，上游地表沙土流失，麦河变成了一条浊浪滚滚的泥河，水位下降许多，有时干枯，两岸伤痕累累。麦河跟我们一起快乐，一起忧伤。

河岸这间草房不是我的家。这草房是桃儿给我安排的。她说对医治眼睛有好处。这是她继父韩腰子的草房。韩腰子每天下午在这间草房前铡草，一下下的嚓嚓声，像是用刀刮鱼鳞。这声音让我心中毛躁不安。等我见到桃儿的时候，得明说了，不能在这儿住了。三年前，麦河改道冲了老宅，恰巧搭上了新农村建设这班车，村里重新规划建房了。我家有新盖的三间青砖大瓦房。我那青砖大瓦房啊，风水好着呢。左侧有麦河流水，谓之青龙；右边有一条人行长道，谓之白虎；前院有个污水池，如今是大粪发酵的沼气池，我就叫它朱雀吧；后院的丘陵连着河岸，谓之玄武。谁都说是贵地。我细一掐算，真是自从住进这所宅子，才摘了这么一颗大桃子。过去，我家老宅在村东头，跟曹双羊家住邻居。如今鸽子窝里出了鹞子，曹双羊说抖就抖起来了，一跃成为鹦鹉村的首富，曹双羊开着奔驰轿车，住着大别墅哩！

一阵强风，险些把我吹倒，我下意识地抓住老槐树的树干。树干上缠着密密麻麻的布条子。自从麦河改道，家家户户都往老槐树上缠红布条子，说能避邪。这个说法是从我这传出来的，我现在在鹦鹉村说个啥，还真有人愿意捧臭脚。一阵响动，虎子飞回来了。我伸手一摸，它叼着一根麦穗回来了。这畜生用麦芒儿扎我的脸呢，我这老脸皮糙肉厚，还怕你扎吗？如果你敢扎桃儿的嫩脸儿，我可跟你没完。这个时候，我听见河岸有人赶着几头驴过来。一头驴猛地打了个滚儿，呛得我直捂鼻子。驴们带起来的尘土弄得我灰头土脸。我咳嗽不止的时候，听见汽车的嘟嘟声。说不定这驴打滚儿是汽车给搅的。我感受时光是通过风声，风对我很重要。风刮来了土地的味道、麦子的味道、青草的味道、牛粪的味道、炊烟的味道和阳光的味道。就说太阳的气味吧，中午和晚上都不同，阴天、晴天、雨天或雪天都不一样。北风把太阳的气味往南吹去了。都说我是狗鼻子，嗅觉太好了。其实，我对乡村气味最准的感觉，不能说出来，即便用了比喻，也不能直接而精确地再现。其实，我不如动物，我家的虎子能闻到狐狸的臊味，蚂蚁凭气味回到自己的巢穴，麦河蛙鱼能隔十里地找到娘娘，蜻蜓在风雨中能靠气味找到自己的团队。跟这些畜生比啊，我纯粹是"屎壳郎倒驴粪球子——自娱自乐"。快近晌午了，风涌着河水响,麦河绕来绕去,流在我心头里了。北风刮得电线杆哼哼地响。风里有一股怪怪的味道,天气要变了,我感觉天很阴沉了,头顶是黑云彩。六月北风转,阴雨细绵绵。风大的时候,麦河水哗哗响着。我深吸了一口田野的麦香。

我用瞎眼拖住时间,我把土地都熬老了,老得板结而生硬。我不下田种地,我的四亩责任田都"流转"到麦河集团了。热风阵阵,麦子是抗不过干热风的。只要躲过一个礼拜,就可以稳妥收了。我小的时候,要在麦场上扬场,全都靠风,风好就能利利索索地筛选出麦粒来。如果风不好,累死也白搭的。今年咋弄呢?全靠收割机吗?尽管麦田都归曹双羊管理,可是那里有乡亲们的股份。

我走在河岸上,河岸的虚土陷脚。我听见麦浪起伏的声响。哐哐的几声响锣,把麦地的鸟儿都吓飞了。敲锣人喊:"瞎子,别害怕啊!"我害哪门子怕呢?实际上,他们是瞎敲,找不着鸟儿在哪儿,我用耳朵找比他们用眼还准确呢。河对岸传来两声驴叫,驴的叫声高亢、嘹亮,但吓不走觅食的鸟儿。驴声刚落,我就接到了桃儿。她从汽车里一走出来,我就听见她的脚步声了。实际上,从我身边走过好多村人,有几十个了,但我一下就能听见她的脚步声,轻盈、细碎。因为那些人都是踩着河岸走路,而她是踏着我的心走来的。

桃儿笑了,眼角和眉梢尽是风情。她还亲了亲我的腮:"三哥,是不是想我啦?"我太激动了,一时冷静不下来。她一见面就用手掐我的腰,让我对她保持感觉。我疼得一咧嘴。桃儿挽着我的胳膊往回走,我听见麦田里蟋蟀的叫声,我快活地敲起了梨花板:"叮叮当当,叮叮当当——"

麦收的仪式

我坐桃儿的汽车回了村。在村口,麦香就淡了。桃儿一把将药包塞给我,说:"我回娘那儿看看,过会儿带饭过来。回家等我呀!"我答应着,碰着她热乎乎的小手,浮想联翩。我听见汽车"呼"的一响,人没影儿了,抱着药呆愣了半天。村人都想跟我说话,我听出来曹双羊的奔驰汽车来了。全村就这一辆奔驰。车停下了,曹双羊说:"三哥,你在这儿干啥呢?"他的话像旋风,刮得我站不稳了。我来不及躲闪,强撑着说:"桃儿刚回来,她给我送药来啦。"曹双羊似乎对我的话并不介意,哈哈笑了:"三哥有艳福啊!"我知道他话里有话。鹦鹉村谁不知道,桃儿过去是曹双羊的恋人,如今是我的未婚妻了。

我随便应了一声,跟曹双羊拉拉手。曹双羊不喜欢拉我的手,每次看见我,都要拍拍我的脑袋,有时拎拎我的耳朵,对我很友好的样子。如今的曹双羊啊,是我们上鹦鹉的首富了。这小子是我的生活中最重要的朋友。我记得他原来的模样:宽肩,长腿,圆脸,大嘴,眼睛里总是射动着一股英气。小时候他的帽子从没戴正过,头发从没捋顺过,衣领从没扣好过。听说当了麦河集团的董事长,他才注重外表了,出席场面,总是西装革履,板板正正的。有四个年头了,曹双羊的麦河集团在麦河中游几个村庄搞土地流转,把那么多的土地都集中起来了,搞起了现代农业。曹双羊娶了城里的媳妇儿,叫张晋芳,顶尖儿的漂亮。可他却冷落了媳妇儿,自己独来独往。他有他的理论:"我爷爷说过,搂着娘儿们睡觉是舒坦,但这事到底不顶吃不顶喝,吃的喝的还得从土地里挖。好男人应该把力气用在地里。"说到土地,曹双羊还有自己一套理论:"土地承包延长对农民是一件好事,凡好事都是一把双刃剑。利剑杀向对方的时候,也容易伤害自个儿。一家一户的土地承包,到市场化的今天,显得封闭、落后。土地必须规模经营,才能有大的效益。"对他的说法,我不以为然,我天生不喜欢生意人,感觉他们心冷,没有人情味儿了。尽管我不喜欢,村里好多农民也不适应他的"流转",可是,曹双羊当年还是还乡团一样杀回来了,大家好像也都中了他鼓吹的现代农业的圈套。破衣裹不住露肉,照他这样折腾,没多久,新衣就得穿成破衣裳。鹦鹉村还有个好吗?那几年,我啥都听不惯,常常发牢骚,跟双羊抬杠。双羊骂我是张飞卖秤砣,人硬货也硬。这几年我心气平和多了,特别是有了桃儿,我对人对事都看得开了,脸上挂起了适意的微笑。曹双羊说:"好哇,三哥,桃儿回来就好,你这闺女儿算是混实了。该麦收了,我们晚上乐一乐吧?"听口气,我感觉到他有一点衣锦还乡的神气。我仰着脸问:"咋乐呵?还像上次那样喝酒吗?"曹双羊大声说:"不啦,瞎喝个啥?我出钱,晚上在戏台子上唱一出。叫上你的徒弟们!"我龇了龇牙说:"唱,我乐意。梨花板我都备好了。"曹双羊说:"三哥,那可就说定了,村里人我让小根通知,你的瞎哥瞎弟们,你召集吧!"我嘿嘿一笑,点了点头。我知道曹双羊给我们盲艺人施舍呢。曹双羊最初是不服我的,他常常跟我较劲。那年他合伙承包鹦鹉山煤矿,出事之前我提醒他了,他没听,结果死了人又破了财。从那以后，这小子嘴上不说，打心眼儿里却是佩服我了。公司有啥大动作，他都来跟我商量商量，掐算掐算。人们常说瞎子算卦两头堵，但即便是堵也有堵的"潜规则"。

　　我已经有两个月没碰到曹双羊了。听说他在加拿大买了别墅。听说他爱人陪着他去了加拿大，还从美国洛杉矶做了个手术回来，还带回了一些软红小麦麦种。有钱人越来越娇气了，小小的鼻窦炎手术还去海外做。听说手术花了不少美元啊，那得买多少麦子啊？我笑着说："你鼻子做了手术，听声音都变了。"曹双羊朝我凑了凑："变了吗？我咋变也瞒不过三哥啊！"我淡淡地说："你是大老板，三哥算个啥？哎，双羊，是不是晚上有事情宣布？"曹双羊笑了："麦收的事情，顺便说道说道。你别说，我还真想听三哥的鼓书啦！"我才不信他这虚头巴脑的话，商人都是服从利益的。嘭一声，我听见曹双羊关了汽车门子。我却叫住了他："双羊，你说你是愿意在城里还是愿意回乡下？"曹双羊愣了愣说："城里待久了，就想回乡下，乡下待久了，我就非常想去城里。"我明白了，其实，他的身份相当模糊了，说他是农民就是农民，说他是老板就是老板。我这时就冒了一句："双羊，你为啥回家啊？"曹双羊说："鸟儿都恋旧窝，更不用说人啦！"我又问他："到底哪儿是你的家啊？"曹双羊说："哪儿有我的房子哪儿就是我的家啊！"他的声音像鸭叫。我知道，他乡下有房子，县城有房子，市里有房子，省城有房子，加拿大还有房子。到处都是家，等于没家。这小子满脑子都是赚钱之道，整天沉浸在物质狂欢里，灵魂已经没有家园了。不过，他对鹦鹉村还是蛮惦念的。他对我说要给村民盖别墅，小村庄要麻雀变凤凰了。我却高兴不起来，我试图理解他，理解他的生活，但还是迷惑，总是把他和他的生活看成一个谜。

　　轰的一声，奔驰车开走了。

　　风越来越大了，吹动着树。一只狗朝着汽车叫了两声。我想，曹双羊的钱越挣越多，可是他找不着自己了，找不着家了。何止是他？连我这个瞎子不也是这样吗？我摸着自己的家没问题，可是，这心啊，总是不踏实，担心被日子甩在外边。其实，河还是那条河，地还是那片地，可是，周围的环境变了，土壤变了，空气变了，人心变了。这时村委会大喇叭响了。曹双羊的弟弟曹小根在喊话。这小子是副村长，刚刚回乡的大学生村官。他的声音嫩嫩的，带着麦克风的尾音。

　　天黑的时候，曹双羊还没有到，我和桃儿先来了。

戏台下的人越聚越多，烟草的味道越来越浓。我支棱着耳朵听热闹，站着笑的，地上跑的，都是我眼睛瞎了以后出生的。他们在我心里都是黑疙瘩，还不如死去的人清晰。除了人的吵闹声，我听见远处猪的哼哼声，狗、鸡和鸭们也来凑热闹。一群孩子乱跑，追逐着村东赵彩河的傻儿子，傻子"呵呵"地叫着跑着。村人都给闹愣了，匆匆闪出一条道来。自从麦河改道，三个自然村合并为一个村了。如今的鹦鹉村，由上鹦鹉村、下鹦鹉村和黑石沟组成。村委会设在我们上鹦鹉村。一个大村子，三千八百口子人。鹦鹉村没有啥娱乐，但现在的人也不爱听乐亭大鼓。留守的庄稼人除了看看电视，就是喝酒、打麻将，或者搂着老婆瞎鼓捣。平时我们唱的时候，台下除了几个老人，就是几个疯跑的孩子。今天情形大不一样了。人们表面来听鼓书，其实是想听曹双羊发号施令的。土地流转之后，好多人家都以土地入股了。年轻一点的农民进了麦河集团的方便面厂，另外一些农民在地头劳作，像工人一样，穿着蓝色工作服给小麦浇水、打药和施肥，都叫啥"蓝领"呢。六十岁以上的农民可就惨了，都成下岗农民了。

桃儿挽着我的胳膊一出现，村子一片喧哗。可能是桃儿太扎眼了吧？我一摸，桃儿换了发型，黑发长长地飘着，穿一件光溜溜的风衣，自然地衬托出她苗条的身材。我吸了一下鼻子，闻到桃儿身上的香水味。瞎子找女人，说起来真是悲惨极了。我在盲人演唱队的时候，两个瞎子竟然为一个瘸子姑娘争风吃醋。麦河沿岸的女瞎子、瘸子、傻子，缺胳膊短腿的，都叫瞎哥们儿找光了。

我对桃儿坦白过，我曾有过一段短暂的婚史。娘活着的时候，曾经托媒人将下洼村的疯子大芝介绍给我，我娶了她。鹦鹉村有个说法，穷人娶老婆就等于养了个吸血鬼，一天到晚喝你的血，直到熬干为止。你看村里多数是男人先走。到我这儿就特殊了。说了不怕你们笑话，我跟大芝入洞房了，还有一帮傻小子在墙根儿听声。光听大芝疯闹了，我都没挨上她的身子。他们失望地走了，我更恼火。不久她就死了，我白立国枉做一回新郎。村里人都知道我白瞎子"混了闺女儿"，这个女人竟然是桃儿，却不晓得是真是假。百闻不如一见，我感觉他们都惊了。我看不见他们的表情，心里却在等待他们的赞赏。可是，人们议论开了，有说一朵花插在牛粪上了。还有人慨叹："好汉无好妻，赖汉娶花枝啊！"甚至有人捅桃儿的老底儿："她卖过！除了瞎子谁敢娶她？"好像只有把桃儿那段"卖淫"的经历抖搂出来，才能找到我们相好的"合理性"。不知桃儿听见没听见，反正我都听见了。我的脸唰地变了,大声吼道:"狗日的,闭上你们的臭嘴!"桃儿却宠辱不惊,轻轻劝我:"立国哥,别生气了。"我心中不服气,我们是真感情,凭啥这样找平衡啊?瞎子我混个闺女儿咋啦?桃儿有过失足咋的?好比一块臭豆腐,闻起来臭,可他娘吃着香啊!这世间的事情,只要脑袋能想到的,就没有不可能发生的事儿。

田大瞎子过来拉着我的手打岔说:"白老弟,还活着呢?"

我听见田大瞎子的破锣嗓,举着他的大三弦敲了敲他的胖脑袋:"咋不活着?我不活着谁给你小子揽活啊?"

田大瞎子抓过大三弦,笑了:"是啊,还是立国老弟想着我们瞎哥们儿!不过,我们今天来,也给你小子道喜啊!听说你混了闺女儿啦?"

我抖了一下桃儿的胳膊,仰天大笑:"好,桃儿啊,叫田大哥!"

桃儿甜甜地叫了一声:"田哥!"

田大瞎子应了一声,哈哈笑着,估计他的假牙就快掉下来了。我拉着田大瞎子坐下来。今天他是给我伴奏来的。田大瞎子用的是大三弦。大三弦杆长,共鸣箱大,发音响亮,音色厚实,传得远远的。他屁股还没落稳,就轻轻弹了一下,声音嗡嗡的,好像他的一声叹息。田大瞎子"嘭嘭"弹了几下,就把大弦递给小翠。今晚他让小翠弹大弦。听见小翠的声音,这让我想起十几年前的情景。那时的田大瞎子很有号召力,把麦河沿岸几个村庄的盲人召集起来,搞了一个盲人演唱队。麦河两岸每村都有一两个瞎子,一招呼就是十几个。田大瞎子带几个盲人沿着麦河流域走,走街串巷,唱大鼓,算卦,还真有点名气。到了山里,我们就往各家吃饭。一天傍晚进了萝卜沟村,吃了好几天"保爹饭"。这里有个风俗,凡是体弱多病的孩子都要找一个"保爹"。这个"保爹"要是残疾人,离这个村庄越远越好。他们感觉残疾人阎王爷不留,命硬。有了残疾人做底,孩子的身体就硬朗。小翠就是萝卜沟张老大捡来的一个弃婴。当时小翠病歪歪的,几乎不行了,张老大让小翠认我当"保爹",我一想啊,娘走了,我孤苦零丁一个人,回去咋照顾孩子?我对田大瞎子说:"你老娘还硬朗,你就带回去吧!"田大瞎子伸手摸了摸孩子干瘦的胳膊,就答应了。自从认田大瞎子做了"保爹",小翠就硬朗起来了。小翠跟着田大瞎子回了下鹦鹉村,长大了,还真行,给田大瞎子伺候得舒舒服服。

听声音,我知道曹双羊和陈锁柱过来了。我还听到了曹小根细细的嗓音。陈锁柱可是鹦鹉村的能人,实权派。他的模样,还是我瞎了之前的印象。他是方脸膛，天庭饱满，短而直的鼻梁，大眼睛瞪起来像牛眼。我知道，曹双羊回村的背景很复杂。最难对付的，还是陈锁柱，他毕竟有当县长的哥哥撑腰。在我们鹦鹉村，土地问题一直非常敏感。几年前村委会私留"机动地"，好像有五十多亩。是从五个村民小组强行抽出来的，集体发包出去搞了面粉加工厂。承包费村干部扣留了，老百姓联名上访，村委会收回土地，退了土地款。事情刚刚解决，陈锁柱又玩起了"以租代征"的把戏。"以租代征"是指不通过法律规定的征收制度改变土地用途，以租赁方式将农用地改工业用地。我知道，我们国家实行土地用途管制制度，把土地分为农用地、建设用地和未利用地，同时严格限制农用地转为建设用地。陈锁柱他们刚收下开发商的钱，又被乡亲们告了。上边下来检查"以租代征"，又把此事纠正过来。这事又闹得村干部灰头土脸。这可咋办啊？机动地不能闲置啊！陈锁柱找他哥哥陈元庆，陈元庆出面把曹双羊请回了村。曹双羊心中没底，求我指点迷津，我让他选了个时辰，他说个数字九。我淡淡一笑说："巩用黄牛之革！阳刚初起，谨慎为上，黄牛皮革，用以捆绑。意思是改革之初，人未信从，不可躁进，强行推进，则易失败受挫。"曹双羊听明白了，他回乡搞规模农业，处处想着乡亲，顺势而为。但我晓得，曹双羊够鬼的，种麦子的事就不说了，麦河西岸有一片沙地，种麦低产，种啥都赔钱。这块地流转到了曹双羊的麦河集团，他请农业专家李敏给研究了一番，搞了高产小麦，搞小麦深加工，除了方便面，还有小麦面食系列产品，他把麦子吃透了。大秋是"马铃薯、大豆和玉米三茬连种"，每亩地增收六千多块，土地即刻成了香饽饽。

开场之前，喇叭里突然响起评剧《刘巧儿》的唱段："巧儿我自幼儿许配赵家——"我一愣，听见陈锁柱嚷道："今天是听大鼓，咋唱上了评剧？赶紧关喽！"曹双羊跟桃儿到一边说话去了，他们说的啥我没听见。大喇叭就关了。陈锁柱拽着我的胳膊说："立国啊，给我看看病。"陈锁柱扶着我坐下，我给陈锁柱的手腕号脉。我懂点中医，村上人常常让我看病。陈锁柱的手腕很凉，我说他有胃寒。陈锁柱嘿嘿笑了。曹双羊说："三哥啊，今天你们唱啥曲目啊？"我想了想说："我跟田大哥最拿手的还是《光棍儿苦》。"

"得了吧，有桃儿照顾你，还光棍儿苦呢？你别身在福中不知福啊！"曹双羊大咧咧地说，"马上就麦收了，今天唱点高兴的！"

我想到了一段传统曲目《呼延庆打擂》。这段曲目我背得滚瓜烂熟。我清了清嗓子说："吃饺子吃馅儿，听书听段儿。拉弓要膀子，说书要嗓子。"

说着唱了一口，说："我这嗓子咋样？"台下一片叫好声。我唱了一段，觉得累了，不知为啥，过去桃儿听我说书的时候，我一点不怯场，今天是咋了？我说还是让给田大瞎子开唱吧！田大瞎子把各种曲调都作了适当安排，根据不同书段的内容、人物、性格、情绪变化的要求，穿插使用，形成了一般的规律："四大口儿"开始，下接"八大句"，再接"慢板"进入故事当中，随便安排，最后是"快板"收尾。乐亭大鼓的曲调有委婉、优美的特点，经过我们师傅的创造，就逐渐形成了它的高度抒情性，流行面儿越来越宽。

　　田大瞎子唱着，我听着曹双羊跟陈锁柱说话。新农村建设的战役打响了，各村都搞政绩，当时陈锁柱拉他回村搞现代农业，受到了镇长的表扬。可是，他越来越感到曹双羊在村中的地位，明显挑战他的权威了。曹双羊是有野心的，他不仅仅是回乡挣钱，还想把自己的弟弟扶植起来。弟弟曹小根大学毕业，回村当了大学生村官，听说这都是双羊的主意，他是想让曹家在鹦鹉村一手遮天。那样，日子久了，陈家的势力就会完蛋的。我看出了陈锁柱的心事。我听见曹双羊说："二哥，麦收过后，我还想把那几户地圈过来！"陈锁柱现在就怕他提土地的事情。村里眼下正因土地"以租代征"的事告状呢。陈锁柱没吭声，曹双羊就火了："你耳朵里塞鸡毛啦？我跟你说话呢！"陈锁柱咧咧嘴巴："你听，你听，田大瞎子唱得多好听！"曹双羊说："好听个球啊，谁也别打哑谜，哪如电视好看？还不是为了拢人说事吗？"陈锁柱尴尬地咳了声。我都听见了，沉了脸说："双羊，你这话不对喽！你们有钱人得尊重人啊！"曹双羊见我生气了，急忙改口说："立国你别生气，我是个粗人，说话向来心直嘴冷。我不是这个意思，我这不是激将嘛！"我不说话了，抬脸装出听书的样子。曹双羊这狗东西，人活得硬气，性子硬，口袋里钱多腰杆子硬，说话办事硬，连放屁都嘎嘎地响。我听见陈锁柱悄声说："双羊老弟，心急吃不了热豆腐，有几家的地你眼下是不能惦记的。那可是老虎的屁股！"

　　"老虎屁股的，球儿！"曹双羊张口就是这句口头禅。

　　陈锁柱又说话了。我能想象出他说话的样子，眼眉吊起来。桃儿凑过去，开玩笑说："你们不听大鼓，密谋啥呢？"曹双羊和陈锁柱的话头就停下了。桃儿一挺圆滚滚的胸脯子，从曹双羊和陈锁柱的缝隙里穿过来，坐了我的身旁。我身上就热了。我感觉，桃儿心里还装着曹双羊呢。曹双羊是个有老婆的人了，他跟桃儿的感情早就结束了，如今桃儿只是曹双羊的部门经理。有人劝我，别让桃儿给曹双羊干，两人早晚会旧情复发。我不信这个邪，曹双羊是我的兄弟,他知道桃儿是我的女人。这还不够吗?再说,他还有个小媳妇张晋芳看着呢。

田大瞎子在卖命地唱着,达到忘我的地步。他唱的啥词我也没搁耳朵听,早烂熟于心了。只想象他脸上的汗珠闪闪发亮,跟麦河水面一样,就忍不住摸自己的脸跟脖子,指甲里立刻塞满了泥儿,沉甸甸的。风熏熏热热的,夹杂着麦苗的清香,直往鼻子眼里钻,痒得我打了三个喷嚏,还想打却憋回去了。桃儿一双软软的手摸住了我的后腰,嘴巴凑近了我的耳朵根,小声说道:"立国哥,小点动静啊,田哥可唱着哪。"她嘴巴里呼出来的气儿甜丝丝的,真好闻。我这瞎寻思着,田大瞎子唱完了。一片叫好声,还有起哄的。桃儿尖着嗓子叫喊:"让立国哥再来一段好不好啊?"大伙儿齐刷刷喊好。曹双羊喊得最邪乎,好像跟谁赌气正好有了发泄机会似的。跟谁啊?我没多想,只顾整个身子在桃儿的搀扶中幸福地哆嗦着,火烧电灼一般。我一个瞎子,能赢得桃儿的爱情,能跟鹦鹉村的首富争风吃醋,这种感觉真他娘好啊!我听见田大瞎子说:"立国真他娘有艳福啊!"我自豪地说:"我给大伙儿唱第二个吧!"田大瞎子咧嘴笑了,喷出一口臭气。我知道他笑我口音呢,我们这地方"二"跟"恶"不分。

我的梨花板脆生生一打,就开唱了。只要桃儿听我唱大鼓,我浑身就来劲,嗓子也格外豁亮。我一开嗓儿就唱:"二月里龙抬头,光棍儿发了愁,人家都吃鱼和肉,光棍儿在家啃骨头!三月里三月三,光棍儿上坟祭祖先,人家上坟子孙多,光棍儿真可怜!"田大瞎子骂上了:"白立国,唱着唱着你就走板儿了啦!你都有桃儿了,还唱啥《光棍儿苦》啊?"我一想是啊,桃儿听着多不高兴啊。这么一憋气,似乎气拔不上来,一转身驴拉磨似的原地转圈。大伙儿都逗笑了。天不遂人愿,今天我还是栽了。因为总想着桃儿,新编词儿没记住,唱着唱着就回到《光棍儿苦》上去了。我是头一回露了怯,唱腔跟不上鼓点,让弹大弦的非常为难。大伙儿都听出来了,偷偷笑着,有人哄着。我就想给桃儿一个人唱。那年秋天,我开始医治眼睛的时候,桃儿没去城里,天天在家里陪我,她把我搀到她家院子里对着太阳唱大鼓。一唱就有了幻觉,枣树结枣了,向日葵花开了,满院子黄澄澄、金灿灿的。我站在向日葵下唱,染了一身的金黄。我唱的啥曲目记不得了,光记着桃儿那银铃般的笑声。

曹双羊嚷嚷开了:"三哥啊,你这是中邪了啊,晚上跟鬼亲嘴儿了吧?心思叫狗给叼去了吧?"是哩,我这是咋的了?心里头咋老想着桃儿白花花的身子呢？这可不是好兆头。莫非昨晚上，坟地里真有泥塑在我身上附体了？我咋没觉出来呢？今晚上我得上坟地问问那帮鬼去。

结束的时候，陈锁柱登场了，他大声说："乡亲们，今天听大鼓，都是麦河集团曹总赞助的。如今我们村大多是麦河集团的职工。下面请曹双羊老板给大伙儿说一说麦收的事情。大家鼓掌欢迎啊！"

我听见掌声响了。曹双羊走到了我的身边，我收起梨花板，准备走下台去。曹双羊一把拽住了我，让我在台上陪着他。曹双羊开始滔滔不绝地演说了："麦河两岸的鹦鹉村，多么美丽的地方啊！偏偏这么美丽的地方，乡亲们活得不快乐。为啥呢？穷啊，为啥穷呢？我们要多问几个为什么。有人会说，种地不挣钱，为啥不挣钱？粮价是个问题。还有人问，咋还不知足？农业税免了，种粮政府还给补贴。可我发现，有的农户，光用化肥，致使土地板结，产量不高。让人痛心啊！我们是北方有名的小麦产区，荒年歉收不怕，怕就怕丧失产粮能力！所以说，我们一边收麦子，一边还要翻耕土地；在种植大秋作物时，要全部使用一种新的有机肥料，滋养我们的土地！大伙别担心啥，天塌不下来，记住，我曹双羊又回来啦！"

台下有人议论，他们说啥我听不清。但是，这句"我曹双羊又回来啦！"听着很滑稽，咋像电影里一句台词："我胡汉三又回来啦！"听着让我毛骨悚然。

曹双羊提前布置了冬小麦的播种，还布置了机械翻地。别看他离开土地有几年了，他对庄稼活还挺精通的。麦河流域，冬小麦是八月开始播种，在来年六月前收割，正是河流的平水期，完全不受涨水期的影响。到了涨水期，河水来的泥沙沉淀淹没在河滩的农田上，就等于给农田施了肥，为小麦的生产提供了必要的养分，保证小麦的高产。这小子精啊，他老爹咋就不知道呢？我听见曹双羊继续演说："乡亲们，过去种地的方法得改进啦！在小麦的生长时期，尽管北方干旱缺雨，但麦河上游供水，保证了一定的水量与水位，利用河床的向下游倾斜度可以引水灌溉，解决小麦所需水量。麦河的河水涨落，河水中的有机物、河谷地貌等特点的组合与小麦的需求形成良好配合，加上我们的农业专家李敏的科研成果，我们的小麦就能持续高产！今年的麦子丰收不就是证明吗？"他的声音像闪电一样击中了村民。村民们都热烈鼓掌。

呼的一声，一群夜蝙蝠直端端地冲上云霄。

曹双羊又宣布了几条纪律。收麦子一律用收割机，剩下的麦茬儿不能燎荒，那样破坏环境，要深耕翻入土地当肥料。田里的人一律穿着工作服，在田里不能吸烟，不能撒尿，不能吐痰，严格按时间上下班。人们都议论开了。我听出来了，他是种地来的，但是管理方式完全是"工业"的。不让吸烟我能接受，这小子太狠了，不让吐痰，不让撒尿，这也太缺德了吧？

人们陆续走了，怀了兴奋准备麦收。场院里，已经安安静静了。只有一群夜蝙蝠，在黑暗中飞出各种响动。

初　恋

爱情就像戏剧一样，总是一场接着一场，角色也跟着轮换。打死我也不敢想啊，我会替代了曹双羊的位置。同时，我也为桃儿难过，一朵花盛开和败落，实在是太仓促了。其实，他们有过一段纯真的初恋。

记得十二年前的一个麦收之夜，风清月明。曹双羊家麦地使用了河南来的收割机，没几天就打完了。花不起钱的人家继续使用打麦场，各家在规定的平方面积上摊麦碾打。我那点麦子只能在打麦场上碾打了。曹双羊刚从学校回到村里，但是，打麦子的活儿还是轻车熟路。曹双羊给我帮忙打麦，我给他撮合桃儿的婚事。打麦场比地里热闹，更是女人扎堆儿的地方。曹双羊今晚是我的掌刀人，显出力量的威猛。桃儿从韩腰子那儿借来了大铡刀，曹双羊把铡刀绑在木凳上，大刀一提，桃儿将麦捆顺于刀下，咔嚓一声，一捆麦穗的脑袋就掉了。两人配合得挺默契，"咔嚓咔嚓"的声响此起彼伏。有人逗我，将一把刚割了头的麦穗塞我汗衫里，弄得我浑身痒痒。他们就快活地笑。我站了起来，抖落掉怀里的麦穗儿，干脆把汗衫甩了，光着脊梁，顺手抓了一杆红缨鞭子，冲着人群狂抽一鞭："谁再整我，我就抽他脑袋开花啦！"人们纷纷躲了。晚上有月，月亮反射到我的眼里就是一团黄色，人们都在这昏黄的影子里跳来跳去。郭富九的老婆嚷着："瞎三儿啊，别抽着大婶啊！"我说："不会的，你家扬场呢？"郭富九老婆笑了，她用簸箕扬场呢。我能想象得到，她把麦粒扬到空中，风一吹，麦鱼子[1]飘走了，麦粒和土疙瘩就都落在脚下。过了一会儿，没人敢捉弄我了，我就坐在石碌上。麦鱼子滑，一屁股没坐稳，闹了个屁股蹲儿跌在地上。人们都笑了，曹双羊

---

[1] 麦鱼子：麦子脱粒扬场后剩下的秕粒、麦穗等。

过来把我拽了起来。我伸手一摸，石磙上罩了一层麦糠和麦鱼子，我用手擦了擦，结果我的头上、脸上、肩头都沾了一层。第二天上午，我的麦子也摊在场上。轧场[1]的活我自己能干。我借了一头灰骡子，给它蒙上"捂眼儿"，骡子就跟我一样了，它拉着碌碡，一圈一圈地转着，压得麦穗啪啪爆响。跟双羊商量好了，我亲手执鞭，亲手拽缰绳，吆喝着骡子，也他娘让我神气一把。这个时候，桃儿提着一壶白开水过来，招呼大伙喝水。桃儿给我递来了一瓢水，她用小手撞了一下我头发上的麦鱼子。我咕咚咕咚喝完，就听见桃儿跟曹双羊说悄悄话。说啥记不得了，因为就我知道他俩好上了，别人心里都不明白，我内心反而增添了一种甜蜜味道。他们的爱情也沾满了麦香，里里外外都是麦子的世界。我浑身落满了麦糠，闻着这种气息，一副陶醉的样子。今天回想起来，都很怀念那些日子。

　　鹦鹉村男人都喜欢桃儿，我闻到她身上有一股青春健康的气息。我生就嘴巴上翘，所以我嘴碎。那时候，我家真成了他们恋爱的场所。听我唱大鼓的小伙子明显增多，即便是在农忙的时候，还有男人赖着不走。桃儿爱听我唱大鼓，双羊不爱听，他是冲桃儿来的。我能把曹双羊唱着了，成了他的催眠曲，曹双羊有时候就睡我家里。有时我也纳闷儿，大鼓真的那么吸引桃儿吗？她是不是冲曹双羊而来？后来证明，她是真的爱听我唱大鼓。不知为啥，桃儿自听我说大鼓，无论我唱哪个段子，她都喜欢听。看来，这无形的唱词和声响让她新奇而着迷。有一天，桃儿端来了一捧红枣，认真地对我说："瞎子哥，收我当徒弟吧，我也想唱大鼓。"我拉着桃儿绵软的小手，久久说不出话来。这是我第一次从女人身上找到心旌摇荡的感觉。我哆嗦着说："就你这小手，拿得了梨花板吗？"桃儿咯咯地笑着，举着梨花板十分好奇："你教我，你教我不就行了吗？"我仰着脸，连连点头："行，行啊！"我还没有撒开她的小手。小手又嫩又滑，就像抚摸小白兔。有人说桃儿对我有意思，可我不敢往那上想，她能看上我吗？即便她给抛个媚眼，我也看不见啊！看不见就啥也别想。

　　有一天中午，我手把手教桃儿拿梨花板。她的手很凉，但我的手温热有力，攥得她的手汗津津的。谁承想，曹双羊这小子悄悄进来了，抽冷子打开了我的手："立国，你不能这样儿！"我和桃儿都愣了。我结结巴巴地说："双羊老弟啊，你想哪去啦？"曹双羊说："一个唱大鼓的艺人，应该懂得咋

---

[1] 轧场：用碌碡等农具轧平场院或滚轧摊在场上的谷粒使脱粒。

做人！"桃儿沉了脸："你管得着吗？"她紧紧地抱住我的脸，啪地亲了一口。曹双羊招架不住了，疯跑出去，大声喊道："白瞎子耍流氓喽！白瞎子耍流氓喽！"整个鹦鹉村轰动了，我的脸都挂不住了。"这个兔崽子！坑人哩！"我深深地叹了口气，没再说啥。凭我俩的关系，我还能说啥呢？事情到这儿远没有结束，闲话传到桃儿娘那里。那天桃儿在我这儿学唱，她娘闯了进来，二话没说，抓着桃儿的胳膊就往外拉。拉到了堂屋，桃儿死活不走了，娘狠狠地打了她一巴掌："死丫头，少给我丢人吧！"桃儿恼怒了："我咋丢人啦？"她甚至踢了娘两脚，把桃儿娘的腿踢肿了。我急忙跑出去，把她和她娘拉开了。桃儿娘继续骂她："唱这玩意儿都是残疾人，你不瘸不瞎，唱这个干啥？顶吃顶喝？还惹出一堆闲话。走！"娘说着还要拉她。桃儿挺着胸脯喊："照你这样说，今天我就把眼睛戳瞎啦！"说着就抓了灶台上一把剪刀，直直地横在脸上。桃儿娘软了，一屁股坐在地上大哭："天神神哩，我的命咋这么苦啊！"我被桃儿吓住了，紧紧攥住她的手，夺过那把剪刀："小姑奶奶啊，你还让不让人活啦？"桃儿一撒手，哭着跑出去了。桃儿娘没头没脑地发了一通脾气，让我摸不着头脑。我把她搀扶起来，说："大婶啊，桃儿是好孩子，她没干啥出格的事啊！你这么一闹，她多没面子啊！"桃儿娘说："立国啊，婶子不是冲你，是有人造谣，说她在你这儿跟男人鬼混！"我啥都明白了，鹦鹉村人言可畏。桃儿娘说："谁要看上我闺女，就过来提亲，应该明媒正娶哩！"

这事儿之后，我做了做桃儿的工作，她说不关我的事。话是这么说，但她的兴趣由唱大鼓转向曹双羊了，她到我这儿来唱大鼓的时间就少了。我开始有点失落，一股苦涩的味道翻上心头。后来，慢慢地想通了，曹双羊比我条件好，家庭也不错，我心中祝福她有个好归宿。我的婚事也不是无人问津，常常有提亲的媒人过来。但我听着声音不对头，不如桃儿说话好听。可是，桃儿和双羊这边的烈火却燃得挺旺。女人在爱情方面的智慧，多半是与生俱来的。一天，曹双羊在承包田里锄地，左腿划了个长长的口子，鲜血淋漓。桃儿家的承包田离他家的隔着一条小路。桃儿听见双羊叫了一声，跌坐在地上了，急忙跑过来，看见双羊正用土堵伤口呢。她急急地喊，会感染的。桃儿搀着他去了麦河边，给他洗净伤口，掏出兜里的碘酒药水，给他一点点抹上，好像事先有准备似的。其实，桃儿是个心细的姑娘，兜里常常备着药水、手纸和去痛片啥的。曹双羊在河边的草地上躺着，搂着桃儿仰望天空。桃儿脸紧紧贴着他的胸脯，听他怦怦的心跳声。风抚摸着他们的脸颊，送来一股泥土和青草的味道。曹双羊哼着歌，畅想着未来，快活的心情驱散了劳动的疲乏。我想，这个时候，是双羊和桃儿最甜蜜的时期。

　　曹双羊身上一定有啥东西迷住了桃儿。这小子身上有一股子霸气。桃儿的亲爹去世早，娘带着她嫁给了韩腰子，韩腰子是个窝囊废，她多想找个硬肩膀做依靠啊。最初，桃儿就是看重曹双羊的男子汉气派了。曹双羊不会唱，但他会打猎，枪法贼准，一枪就能打掉一只飞鹰，用不着再补第二枪。他自幼水性好，我们一起在麦河玩水，他一头扎进水里能憋上半个钟头。曹双羊还是个好心人，那年刚入冬的时候，不知谁家的大棚被山羊给拱破了一个大口子，大棚里的温度都跑光了，新鲜蔬菜被冻蔫儿了，他喊人不见人，就找来塑料马上给修补好了。据我所知，他还有一个特点，热爱粮食。自己从不浪费粮食，掉一个饭粒，他都捡吃了。所以，他更不允许别人糟蹋粮食。小根小时候，曹大娘对他宠爱有加，小根特别爱吃饺子。他吃饺子有个毛病，只吃饺子馅儿，不吃饺子边儿。每次吃完饺子剩一大堆饺子边儿。为了治小根的毛病，曹双羊把他剩下的饺子边儿都吃了，说这就是银鱼片，好吃好吃。这让曹大娘很感动，小根也红了脸。为了彻底根治小根的毛病，他跟我谋划了一个恶作剧。一天中午，他们到我家吃饺子，曹双羊专门给小根包了一碗。这碗饺子馅儿是他做的，里边掺了鸡屎。小根一吃就吐了。我们幸灾乐祸地笑着。那一天小根不吃馅儿光吃边儿了。曹双羊教训小根："告诉你，再丢饺子边儿，我还给你鸡屎吃！"小根哭着点头。从此以后，小根再也不丢饺子边儿了。听我说这事，桃儿一边笑一边骂双羊："你呀，真是个嘎小子！"笑着笑着就倒他怀里去了。

　　转眼到了冬天，有一天晚上，我在家正烤着火盆子，桃儿和曹双羊到我这儿串门来了，他们让我讲鹦鹉村村名的来历。我回忆说，从前我们鹦鹉村有一个姑娘，叫善庆，美丽、善良又大方，村里没人不喜欢她。善庆娘病死了，爹娶了一个后娘叫蝎子。你听这名儿就不是好心肠。蝎子婚后跟善庆爹又生了个女儿，这个孩子长得非常丑，而且跟姐姐常常争斗。蝎子怀恨善庆，整天威逼吵闹，要赶走善庆，善庆老爹不答应，蝎子就想暗地除掉善庆。一天爹爹不在家，蝎子带善庆到河边挖野菜，趁她不注意就把她推下麦河。第二天善庆的尸体才被打捞上来，埋葬在家族坟墓里。第二年春天，善庆的坟墓上长出了一棵绿色的小桃树。清明节的时候，人们无不停下脚步在小桃树旁歇脚，他们欣赏地望着开着粉色桃花的小树："哎呀，我们从来没看过这么好看的树。"蝎子听见了，极为恼怒，让丈夫砍掉桃树上的枝叶和花朵。

桃树被砍成光秃秃的树干了,依然有人坐下来欣赏:"这树都枯了,还是那么好看!"蝎子气急败坏,就把树干砍掉,在坟地上焚烧了。下雨了,树灰流进麦河,河水竟然变甜了。这神奇的甜水,吸引了人们,他们到这里饮水思甜。过了不久,善庆的坟地上落下了一只美丽的鹦鹉。听到这儿,曹双羊说:"这只毒蝎子,真他娘该杀!"桃儿摇着我的胳膊说:"三哥,那时的麦河水,真的这么甜吗?"我说:"真的,人们不仅甜在嘴里,还甜在心上。听我往下说,有一年发洪水,人们走投无路的时候,天空出现一只鹦鹉,鹦鹉把他们带到后山避难。可是,善庆家的小泥屋被冲走了,蝎子和闺女都淹死了。爹爹的头顶飞着一只美丽的鹦鹉,善庆爹爹看见后马上明白,那只鹦鹉就是女儿善庆。他走出来喊女儿,鹦鹉竟然真的喊了声:'爹!'爹就跪下哭了。全村的乡亲们都给鹦鹉跪下了,鹦鹉给人们唱着歌。为了纪念这只鹦鹉,小村就改名为鹦鹉村,家家都挂着一个牌匾:福为善庆。"

曹双羊一脸严肃地说:"恶有恶报,善有善报,不是不报,时机未到。这善良的善庆啊,真的有好报啊!"

我讲到这里已是热泪盈眶,呆呆地坐着,像一块没有生命的石头。

桃儿喘息着,这种感觉像潮水般从她胸脯里升腾起来。她静静地说:"我马上联想到自己了。如果我是善庆,我碰上了蝎子这样的后娘,该咋办哩?那我也就变成一只鹦鹉,飞走了!"

曹双羊问:"桃儿,你为啥愿意跟你娘来到鹦鹉村?"

桃儿笑了:"这不刚说了吗?鹦鹉村出善庆啊!鹦鹉村人善良啊!"

曹双羊问:"为啥愿意给我当媳妇呢?"

桃儿说:"因为你勇敢,你善良。"

我的嘴唇不出声地嚅动着,跟诵经似的:"是啊,我与桃儿有同感,只有善良的人,才会总想着这个传说。"

曹双羊与桃儿感情出现裂痕的时候,曹家正给儿子盖新房。风声传到家里了,捂也捂不住了,曹大娘对我说:"三儿啊,你看全村都议论双羊跟桃儿的没脸事。你是见证人,你要看他俩匹配的话,就当个媒人给撮合成喽,免得风言风语。"我哈哈一笑:"大娘,听蝲蝲蛄叫,还不种地啦?别听旁人说啥。桃儿是个好闺女,但是,这婚姻大事,我看咱们得听双羊的!"曹大娘叹息了一声:"双羊,他也不跟我们说呀。他姐问他,他都吭吭哧哧。"曹玉堂插了一句说:"双羊这孩子头脑进水啦。一进水,就乱了套啦!"曹大娘推了老头子一把:"滚一边去,没你插嘴的份儿。三儿啊,你看桃儿跟双羊的命相合吗？"我说："大娘，他俩的命相没啥问题，就看双羊的啦！"曹大娘叹息了一声。我知道，曹家最大的难处是，双羊与桃儿结婚后，住在啥地方啊？这边的小瓦房住着四口人，老宅已经破败不堪了。我们正说着，曹双羊回来了，他一听我们说他和桃儿的事情，就没好气地说："又在挖苦我吧？我可是滚油烧心哩！"我听他话里有情况，就问："你有美女爱着，你还咋烧心啊？"曹双羊不说话了，手指搓得嘎嘎响。这狗日的在想啥呢？

　　我没有征得曹双羊的同意，就按曹大娘的吩咐，到韩腰子家跑了一趟，充当了一回媒人。韩腰子和桃儿娘热情地接待了我。那边要彩礼三千，还有手表、衣料、自行车等杂物。这韩腰子挺敢要的，当时算多的了，我感觉曹家承受着够呛。我回来一说，曹大娘就发愁了："家里哪有钱啊？盖房都拉了饥荒，房盖起来垒院墙的钱还得借啊！"曹双羊一听就愤怒了："不娶啦，我不娶桃儿啦！"我急忙把双羊拉开了。曹玉堂说："那就先别盖房了，没有媳妇，盖了房有啥用啊？"曹大娘却训斥了老头儿："你懂个啥，先盖房吧，有了梧桐树，就不愁金凤凰，婚姻的事拖一拖再说。"我赞同曹大娘的观点，曹家老屋一年比一年破败，山墙裂缝，窗户脱落，门楼几乎该坍塌了。对庄稼人而言，盖房是大事，农民忙活一辈子就两件事，盖房和娶媳妇。娶了媳妇生了孩子，再盖房子。有两个成语特别好，"日出而作"，就是出去讨个"屋里的"回来；"日落而息"，就是天黑了搂着女人睡觉繁衍生息。按我的理解，有了房子，曹双羊就可以跟桃儿"混闺女儿"了，就可以生孩子传宗接代了。但我还是感到了不妙，凭曹双羊的性格，他想要这样的生活吗？

　　鹦鹉村人家盖房像过节，曹大娘让双羊放了一挂响鞭。曹家的亲戚、朋友和村里挚友都来了。这叫"帮工"，不是讲每人能干多少活，而是图个热闹，检验主人家人缘。不给工钱，中午要大吃大喝一顿。我在人群里找凤莲姐，凤莲姐正给曹大娘数钱呢。我听见曹大娘夸奖她："凤莲啊，你这点钱也是从鸡屁股里抠出来的，过后让双羊还你。"曹凤莲说："娘，这钱三拐不知道，算我给你们添的砖钱，就别提了。"然后她转了身，就到室外厨房忙活饭菜了。我刚想过去跟凤莲姐说话，桃儿突然出现把我叫出去了。桃儿急出了眼泪："三哥，双羊家咋说的？要彩礼，不是我的本意啊！我啥都不要啊！"我说："你跟双羊说了吗？"桃儿说："都说啦！"我又问："他咋说的？"桃儿伤心地说："啥也没说，闷葫芦似的！"我说："别急，这狗东西，我找他！桃儿，曹家盖房为啥？还不是想把你娶回家啊！"桃儿破涕为笑了。

　　曹家新房落成，接着就是麦收。鹦鹉村的麦秸垛气儿吹似的鼓起来。一天晚上，曹双羊搂着桃儿在麦秸垛里亲嘴。他冲来了欲火，将她紧紧抱在怀里，双手深入下去，桃儿却拼命地反抗，泪水流了满脸。她拒绝了他的要求，曹双羊不满意地拧着眉毛说："喝酒图个醉，娶媳妇图个睡，不让睡还叫啥媳妇？"桃儿燃烧的血一下子就凉了。事后桃儿跟我说，她之所以拒绝他，不是不爱他，而是想早一点结婚。初夜对桃儿来讲太神圣了，一定要等到最美好的那一天。她这没开怀的大姑娘，一旦婚前破了身，婚姻就没味道了。桃儿急于出嫁，与她的家庭境况有关。继父韩腰子家境困难，他儿子也该娶亲了，自己再待下去很尴尬了。她想尽快跟曹双羊建立一个小家庭，嘴上不好意思说，却瞒不住娘的眼睛，在家干活不出力了，吃饭也挑三拣四了。桃儿想马上出嫁，可曹双羊却整天想着发财。

墓地上的泥塑

全村只有我能跟鬼魂说话。这是我的特权，我的秘密。

月光下的泥塑模糊一片，像一群鬼魂。它们都在风中聚集着。万物都归于泥土，这是先人的命，也是我们最后的命。我小的时候，就知道人是从泥土中来的。女娲把黄土和成泥，然后捏成一个个男人和女人，捏好了，她就吹出一口仙气，于是，泥人就活脱脱有了生命。从那时起，人类就繁衍生息、传宗接代了。我在城里演出的时候，我讲这个故事，城里有人这样骂我："乡巴佬儿，庄稼人是泥人托生的，早早见鬼去吧！"有人说死后没有升天，就是到地狱见鬼了。还说城里人死后升天了，农村人死后都见鬼了。城里人少，乡下的人多，不管人多人少，死去的人都去见鬼了。人死后见鬼有啥不好？鬼比我们活得都真实。我听到了，他们都在鬼那里活着，活得有滋有味。明眼人生活在日子的表面，感到一片光明；瞎眼人呢，生活在日子的深处，黑暗就是我的生活，黑暗是对我的唯一庇护。

"人吃土一辈子，土吃人一回。"我娘活着的时候常常这样说。不是吗？他们在土地上劳碌一辈子，吃了那么多年的土，现在就被土吃了这一回，再也出不来了。祖祖辈辈都来了，小一辈的给老一辈的守墓。那片盐碱地，住着这一群逝者。零零散散的土堆，每个土堆里都有人睡觉，有的是夫妇，有的是单身。我听见那里传出呼噜声，还有苏醒后的说笑声。我眼瞎之前，一直想不明白，人死了，咋就不吃不喝，不能说话，就像麻雀一样往空中一飞，变得无影无踪了。墓地的人不断增加，便成了另一个村庄。曹双羊的爷爷狗儿爷在这儿还是村官呢。狗儿爷跟我说，人一辈子有两怕，一怕老，二怕死，这会儿没啥好怕的了，两村就隔着一条麦河，其实就是一个村。三年前，为了节约耕地，曹双羊回乡投资，把全村所有墓地都集中到麦河对岸的盐碱地上了。害怕水淹，把坟地垫高了，在麦河上修了水泥桥，来往方便多了。曹双羊还让人在墓地里栽了树，有杏树、桃树、梨树和冬枣树。听说春暖花开的时候，这儿漂亮极了。曹双羊开玩笑说，这个村提前进入文明生态村。这小子有头脑，农村坟地搬迁多难啊，狗儿爷当支书的时候都没弄成。曹双羊使了个小计谋，就顺顺当当地搬来了。记得当时他找到我，让我跟着他学，把爹娘的坟地搬到河对岸。还让我放风说，这儿的风水好。我挺为难，琢磨了好几天。我知道他不信这个，是在利用我。曹家对我不薄，咱得顺水洗船啊！我照他说的做了。我们两家的坟地一迁，别人就都追着风水过来了。"水坟"也迁来了。说了你别害怕，我们村有个高高的水坟。凡是麦河淹死的外地人，都埋在水坟里。这里有穷人有富人，有男人有女人，解放前夕，还有打仗阵亡的一些国民党兵呢。嗨，啥身份都不重要了，都得有个家不是？不知为啥，据说水坟里的头盖骨都是红的。每逢大年三十早上，村里人就到小桥附近的十字路口，烧纸、喊话，请已故的亲人回家过年。清明节的时候，人们就到坟地祭祀。

村里有啥大的变故，有啥大事小情，我都要到坟地去，跟他们唠一唠。我再把长辈们的意见告诉村长或是曹双羊。他们就相当于我们村的顾问委员会。这些死魂灵，都爱跟我说话。特别是曹双羊的爷爷狗儿爷，就愿意跟我说过去的故事。日子过得贼快，活着的人都顾不过来，哪还有闲心管他们？可是，我不去都不行，我跟他们有感应，他们不高兴的时候，我的心脏就乱跳，根本不让我睡觉。这些鬼魂不消停，他们想说话的时候，我想歇着都没门儿，因为他们想知道曹双羊的麦收方案。他们虽说不吃不喝了，依旧关心村里的事。正因为我跟他们是这种关系，村里谁死了，谁走了，我全不在乎。

我给活人唱完了，还得给阴间的乡亲们唱。他们比活人爱听，还争着抢着发言，谁也走不出那个土堆。他们多寂寞啊！面对逝者的演唱，我的嗓子变成了女声。他们嚷着："瞎子，这是你吗？假嗓儿吧？"我自己听不出来，也不看泥塑，只管仰脸演唱。桃儿送我回家之后，就回她娘那里住了。她说治好我的眼睛就结婚。我坐下喘了口气，摸出灯笼，用火柴点燃了汽油灯。两眼一抹黑，打灯笼走夜路，对于我这个瞎子真没用。俗话说"瞎子点灯白费蜡"嘛！但是，我的灯笼是有用的，这些年去坟地我都挑着灯笼。不知为啥，鬼魂认我的灯笼。还有，我是给别人照亮的，这样别人就不会撞到我了。

我一个人在荒野里走，好像游在历史的河流中。

通往坟地的路，我太熟了。我感觉脚上长了眼睛，颠出一地碎花花的亮光。我的脚步很重，把村里的是是非非踩成了尘土，把历史的恩恩怨怨踏成了坟墓。到了坟地，碎影儿就跑了。我先来到了枣杠子的坟前。我闻到了墓地梨花的香味。我摸到了他的泥塑，是我亲手给他塑的。我们鹦鹉村有个风俗，村里凡是有点德行的人死了，坟前都要塑一个泥像。我爹就是塑泥像的。我小的时候就掌握塑泥像的全部技术。我不妨透露点祖传技艺：用麦河滩的黑沙土搅拌上一些石灰，再加上死人的血，塑好后放在砖窑里焚烧，淬火炽烈，烧好的泥塑就坚硬无比。有人说血的气息如尘土。我们给死人取血是很讲究的。死人咽气的刹那，血液还没有凝固，这个时候，用小锥子往死者的手指上轻轻一捅，血就流淌出来，流到一个白瓷碗里，一般人死后血只流到半碗，就自然凝固了，这点血就够用了。泥塑有我着迷的地方，我迷的是神，我是我的神，我早已把自己当神仙看了。

枣杠子姓张，名叫张五六，因为好抬杠就得外号"枣杠子"。他是大地主张兰池的后代，土改的时候，张兰池被民兵活埋了。佃户们分了他祖上的地、耕牛和房舍，他对此耿耿于怀而饱受折磨。这家伙除了好抬杠之外，更是一个种田高手。他可真会享受，白天睡够了，晚上在坟圈子四周散步游荡。我一走进坟地，他的泥塑就晃荡起来。我猜想，这家伙肯定看见我了。"哎，立国，又想哥们儿啦？"我回头用耳朵循着，虚虚晃晃的影子，没有人，再仰脸面对灰蒙蒙的夜空，我问道："杠子，咋没睡呢？"枣杠子嘻嘻一笑说："我睡不着。"我说："睡不着就到我家啊！"枣杠子放荡地说："去你家，还不如去猪圈哩！那儿倒有个母猪啊，你可倒好，一点臊味儿都闻不见。"我啐了他一声："你小子污蔑我！我有桃儿啊！"枣杠子嘻嘻一笑："怕是回她娘家了吧？桃儿要是在你那儿，你才不来找我们呢！"我心中很得意，连鬼们都知道我跟桃儿的事了。我就一屁股坐在他的坟头，背靠着一棵柳树，开始想桃儿了。一想女人就啥都没兴趣了。枣杠子嚷道："瞎子，我种地了，我种地了。"我的思绪被他扯了回来，说："地都让双羊流转了，你种啥地？你就是活着，估计也得当工人了吧？"枣杠子倔倔地说："别给我灌迷魂汤，我不当工人，我就种地。工人有啥好啊？"他的话让我堵心。我猛地想起了枣杠子的死，暗暗伤心起来。枣杠子是三年前麦河改道时被大水冲走的。那一年双羊回村搞土地流转，签约刚结束，枣杠子就被大水冲走了。麦河改道那天，天空阴郁而沉闷。那天我的胸口闷得慌。这时凤莲来看我。我喝了药，把碗递给凤莲说："今天可能出事儿！天灾哩！"凤莲瞪着我说："别瞎说，我看你是说梦话呢！"我抓着凤莲的胳膊说："不，赶紧走。告诉村里，麦河要发水了！"我不顾凤莲的阻拦，挂着拐杖到那片河滩地上侦察了一番。我的鼻子很灵，感觉河的气味不对头了。桃儿不信我的，可她跟曹双羊说了。曹双羊信我的，这小子表面不服我，可他内心还是含糊我的。因为在他承包煤矿的时候，我曾经给他算了一卦，算准了。这小子精着哪，他急忙说去找陈锁柱村长。陈村长骂我造谣惑众，差点儿用绳子把我捆起来。那几天，村里一直有麦河改道的恐怖传闻。

果然就发水了，河岸崩塌，大水汹涌。这次没有下雨，不是山洪，真的是麦河改道。清朝末年，麦河上游改道。狗儿爷跟我说，他老爹曹大就是麦河改道被冲到鹦鹉村的。多少年了，麦河又要重新改道了。流水冲进了麦河两岸的麦田。桃儿回来跟我说，一块块的麦地里，小麦倒卧了，被河水浸泡，惨惨地漂浮着。麦河改道对县城的影响很大，新河道偏离了县城，县城气候变得恶劣了。我记得那一年的夏天，麦河大洪水冲垮了堤坝，淹没了庄稼，朝村庄席卷而来。村里紧急引导村民疏散，枣杠子往山坡上跑。一口气跑到一块安全的地方，忽然想起家里那台才买了不到半年的电视机，就要回去取。大强娘拼命阻拦，说："眼瞅着大水进村子啦，你不要命了咋的啊？"枣杠子抬杠说："电视机多金贵呀，咋不比我这条命值钱啊？"大强娘一把没拽住他，人已经冲出去百米远。不少村民朝枣杠子高喊："快回来，危险！"可他像没听见一样发了疯似的奔跑，很快人就没影了。大强娘跺着脚急切地盼望丈夫安全回返，两只眼睛死死地盯着村口流泪。枣杠子这一去就再也没有回来。枣杠子刚进了村不大会儿，洪水就淹没了村子，转瞬就成了汪洋一片。人们大声呼唤："枣杠子，张五六，你在哪儿？"我也跑到河堤上喊："枣杠子，快回来。"大水滔滔，哪里还有他的踪影啊？

几天后，上游的大雨停息了，暴涨的河水退去了。西头的村庄，像退潮后的礁石一样又浮出了水面。人们跑进村子四处寻找枣杠子，可找到天黑也没找到，大家伙就点起火把继续找。这次麦河改道鹦鹉村死了三个人，孙大婶、小黑和枣杠子。我觉得村里经常出乱子，也许是麦河改道的缘故吧？大自然究竟咋啦？是大自然害了人？还是人破坏了大自然？第二天清晨，枣杠子尸体找到了。他被河水冲到了下游，快到县城了。以鹦鹉村的讲究，人死在河里了，魂就会迷失了。要在尸体上绑一只公鸡，公鸡会把他的灵魂引到村里来。按照麦河流域风俗，家人给枣杠子缝制了九层绸寿衣。衣服上绣了银色的袖口和袍边，亮闪闪的。里三层，都是天热时穿的单衣；中三层，是麦秸草编织的衣裳；外三层，是他穿过的棉衣。他的棺材也像小船一样。他是被大水冲走的，有了船到阴间也不怕了。在场的人都哭了："这老东西，死了还看电视呢！"那台电视就跟他一块下葬了。大强娘哭昏了过去。人们都说，枣杠子一辈子都没到过县城，死在城里也就值了。枣杠子在鹦鹉村，本来不算啥有德行的人，没有资格享受坟头竖泥塑。我有一点私心，我俩交情很重，我就给他塑了。枣杠子的尸体腐烂了，我没有提出一滴好血来，刮出了一些，已经是变质的血了。但我还是在他坟头给他塑了泥像。所以，他的泥胎不太结实。他跟我说话时候，总是口齿不清。记得埋葬枣杠子的时候，家里还拉了饥荒。双羊给大强招进了方便面厂，我曾经把这事告诉了死之后的枣杠子，他听了，半晌没声音，仿佛过了好久，传出了他感激的哭声："我死了也念乡亲们的好哩，念双羊的好。早知生活这么好了，我不愿意死哩！"一想起这些伤心的往事，我心里头就疼。好在还可以对着他的泥塑说说话，多少是个安慰。

"多年不种地了，我还在梦里挖地。可是，唉，那块责任田老也挖不完。"枣杠子的声音模糊，但我侧耳还是听见了。我苦笑了一声："你就别挖地了，你死了以后，地都让陈锁柱给收回了。难道到了阴间还分地给你吗？"枣杠子摇头说："没有，这边没地。都没有地，你知道吗，没地种多难受啊！"我问他："你在那边吃饭吗？"枣杠子说："不吃饭，就是睡觉！"我面目呆钝，说："睡吧，多睡觉好。庄稼人活着的时候就傻吃闷睡，死了不吃只能睡吧！"

我知道枣杠子是个泥人，活着的时候，身上总有洗不净的泥儿，一搓一大把。这小子天生的土里刨食的命。枣杠子又说："瞎子，你咋不跟我说话啊？我想知道麦收是咋弄的？"我愣了一下说："行啊你，你小子咋知道要麦收啦？"

枣杠子大声说："是狗儿爷说的，他骂你小子迷上了桃儿，总也不来看我们，他让我去村里打探一下。"我生气地说："你看你们，饱汉子哪知饿汉子饥啊！"枣杠子嘿嘿一笑："我劝过狗儿爷，立国娶个女人不容易。我们都得帮忙！"我拍了拍他的泥塑："这还算句人话！鬼都说人话了，我多不容易啊！我跟桃儿还没结婚呢！"枣杠子笑了笑说："你们能走到一起的。"

我听了他的话心里很得意。

热风袭来了,刮在我脸上毛茸茸的,让我有了喝水的欲望。天黑得厉害,坟地都是树和草。这儿离麦河还有几里地,就是到了麦河,水也被污染了,没法儿喝了,连洗个澡都会起一身红疙瘩。沉默了一会儿,枣杠子说他去过村里了。枣杠子说:"我去了,可庄里没人了,谁都不知道去了哪里。"我搓着双手,脸上挂着幸灾乐祸的苦笑:"咋样?村里没人吧?谁说庄里没人了?都在张罗麦收呢!我刚刚和田大瞎子给乡亲们唱乐亭大鼓呢。唉,我跟你们说过多少回了,你们就是不信,你们被土吃了这一次,就回不到人间了。好好当你们的鬼吧!你们跟人间沟通的唯一渠道就是我这个瞎子。别的瞎子也不行!"枣杠子说:"你牛,你白立国最牛!快,快,你先到曹家坟,赶紧跟老支书狗儿爷汇报去吧!"狗儿爷曹景春是曹双羊的爷爷,他最惦记这个孙子。可是,想起刚才唱大鼓的时候曹双羊哄我,我边气不打一处来:"我不去,让那老爷子等着吧!今晚老子没那份心情!"枣杠子哑了声音说:"哎,我说瞎子,你咋又发脾气啦!你不去,狗儿爷怪罪我哩!"我梗着脖子:"怪你咋着?你那儿又不种地了,他还不让你睡觉吗?"枣杠子低了声音:"好,你就跟我唠唠吧!上级都有啥新精神?"我就把曹双羊动员麦收的话学了一遍。

"麦收啦!那么多的麦子,几天就割完了?"枣杠子深深一叹,就没声音了。他死的时候,还不时兴收割机割麦子。我瞎的时候,都是手工镰刀割麦子。我听见枣杠子的坟地里传出嚓嚓声,像是拿刀刮鱼鳞。我扑哧笑了,这小子割麦子上瘾了。我急忙喊着:"杠子,快歇歇吧,你要还割我可走啦!"枣杠子没有回话,他几乎割疯了。我大声吼了一句:"枣杠子,别割啦!"我的声音很大,乌鸦被惊动了,抖落着翅膀飞了,他果然就停住了。枣杠子有了喘息:"老三,给我喝点水,我们说会儿话吧。"我惊讶地问:"你们当鬼的,不是不吃不喝吗?"枣杠子说:"麦收到了,老天爷在催我们的命哩!多忙啊!"我惊诧了,甚至有些难过,都当了鬼,还惦记着农活儿啊!他在世的时候,我们是好朋友,常常聚在一块喝酒,我熟悉他脸上愁眉不展的样子。可是今晚,他的脸相还一时想不清楚了。

这个时候,我听到了麦秸柳的鸣叫,唧唧声不断。我急忙说:"枣杠子,你听见啥叫了吗?"枣杠子慢慢说:"好像是麦秸柳吧?"我说你小子猜对了。麦秸柳在麦黄时节就应运而生了。这小生灵,天性浮躁,一夜之间就从幼虫蜕变出来,趴在柳树枝上叫唤。我跟枣杠子还粘过麦秸柳。我们从麦地里掐一把麦穗，放进手心揉搓，把鼓鼓的麦粒，放进嘴里嚼着，嚼成面筋，吐出来粘到秫秸秆的头上，望见柳树上鸣叫的麦秸柳，轻轻一粘，麦秸柳就被粘到了，放进编好的麦秸笼子里。我们带回家，放进屋里飞起来，我们就满地追逐着麦秸柳。我习惯地用手摸了摸枣杠子的泥塑，麻麻瘩瘩的，还有破碎痕迹呢。枣杠子困了，垂头丧气地说："瞎子，没有我的地，也没有我的麦子，我是个闲人啊！你去找狗儿爷吧，我要睡觉了。"枣杠子不理睬我了。夜凉了，我听见坟地里长长的呼噜声。我也受了感染，长长地打了个哈欠。我打着哈欠，提着灯笼，忽忽悠悠，从黑暗中过来了。我来到不远处的曹家坟。我站在狗儿爷的泥塑前，轻轻喊道："狗儿爷，我来啦！"站了好半天也没有动静。灯笼还亮着，我却迷路了。不是好兆头，我从没迷过路。我不禁自问，天下究竟有多少条路，在衰老中萎缩、消失？田野里除了麦秸柳的叫声，就是我的剧烈咳嗽声。我一路咳嗽着闯进麦地里去了，跌倒在麦田里。真静啊，这世界总有什么东西在改变，不变的是这泥土和寂静。灯笼啥时候熄灭的我都不知道了，整个大地进入了梦境。我在麦田里睡着了。我梦见自己像虎子那样飞，一圈圈地绕着村庄飞，贴着河面飞，擦着土地飞，飞呀飞，飞到哪儿去？飞到啥时候才到家啊？

麦河探源

一件事情的发生，甚至一个非同小可的事情的出现，都常常是在不经意中转变的。春末夏初的一个黎明，我带着虎子到麦田里转悠，碰上曹双羊在麦地里浇水。小麦扬花灌浆的季节，麦苗过膝了。家家都在给麦子追肥、浇水。我误入了麦田，一脚陷进去，踏了一层河泥浆。呵，既保暖，又营养，两全其美。

曹双羊刚刚浇了水，天就刮起了大黄风，刮得小麦唰唰响。按我往常的经验，这场黄风是天气转暖的先兆。风声虽响，我还是听见曹双羊狠狠地骂了句："肏你娘的！"我不明白他因为啥漫天野骂，像个泼妇，骂得要多难听有多难听。他骂谁哪？骂风吗？骂就骂吧，曹双羊出彩的事多着呢。我听桃儿说过，他俩好的时候，她娘让她给了曹家一袋荞麦粉。黑荞麦是舶来品，曹双羊看着稀奇，就伸了脑袋去看，这黑东西能吃吗？他心里嘀咕着，绕着面袋转了三圈，伸手抓了一把，放在鼻根儿闻了闻，跟白面一样啥味儿没有，伸了舌头就去舔，可能是闻的时候吸气用过了力，粉末钻进了鼻孔，阿嚏打了个喷嚏，一团荞麦粉都喷到了脸上，整个变成了一个黑人，像个钻灶坑的。正在这个时候，曹大娘走过来，吓了一跳，差点儿晕过去。

  我转身继续走路，可是，虎子在我的肩头咕地一叫，我顺手摸了摸虎子的羽毛，它的羽毛没动，看来虎子也不知道内情。隔着地垄沟，我喊道："双羊，你小子骂谁呢？"曹双羊没有搭理我。我伸手摸了摸虎子的羽毛，虎子展了展翅膀，我这才知道，曹双羊扑通一声跪下了。这家伙发啥神经呢？我赶紧收住了脚步。嘭的一声，我听见一声沉重的土响，却不知道曹双羊要干啥。虎子咕咕叫了两声，我紧着走过去。麦田刚上了水，麦田里的水洇到路边了，湿得打滑，粘鞋底儿。我甩着脚底的泥巴喊："双羊，你干啥呢？可别吓着三哥啊！"说着，就有一股风灌进嘴里，还有一些黄土。我吐了两口痰。曹双羊没有回话，接下来我又听见一连串嘭嘭的土响。这次的响声我分辨出来了，是肉与土地接触的声音。这小子冲着大地磕头呢！我急忙走过去，拉住他的胳膊，把他拉起来："兄弟，你这是干啥啊？"曹双羊声音颤抖："三哥，我不想种田啦！"我说眼瞅着麦子丰收啦，你咋不种田啦？曹双羊迟疑了一下，沮丧地说："丰收又能咋样？庄稼不值钱，咱还不是穷，酒淡不如水，人穷不如鬼啊！"我不说啥了，农民就是穷命脑袋，谁家不都是这么过的？在农田里滚了一天，回到家里往大炕上一躺，那个累啊，连胡思乱想的劲儿都没有。曹双羊沉默了一会儿说："既然土地里榨不出油来，我就想别的法子。我想到村里的煤矿上去。煤比麦子值钱啊！"我轻轻摇头，有些伤感："你还是看不起种田人，你变啦！走吧，都走吧，村里就留下我们这些孤老病残了！"曹双羊伤感地说："三哥你记住，我跟别人不一样，等我发了财，我还会回来的。不信，我把鞋留在地里。"稀里哗啦一阵响，他将那双跟了他几年的绿球鞋扔在田里了，恭恭敬敬地磕了头。他磕头的时候裤子有开线的声音。我愣在田埂上没有说话。鞋都不要了，曹双羊要铁了心离开土地了。按说，土地都联产承包了，做个安分守己的农民，正是创家立业的好时候。只要辛苦点，哪怕纯粹在土地上刨挖，也能过好光景。况且他曹家还是鹦鹉村的中等户，干点副业，有吃有穿有房子，娶个老婆过平安日子多好。曹双羊要走了，我的心疼了一下。我说不出来的难受，鹦鹉村本来就是空巢了，那么多的青年人都外出打工了。留下孤老病残，村里还有啥希望？

  虎子却围着那双球鞋飞得挺欢。我压根儿就没想虎子会在这双球鞋上打主意。

曹双羊光着双脚回家了。那一刻，我就觉得曹双羊能成事，他成了事跟别人不一样。这小子身上有邪的东西。我回到自家小院里，忽然感觉人们都凑过来，咕咕笑着往里看，好像院子里面有一个新媳妇似的。我一时还蒙着，后来感觉虎子飞到我头顶，噗的一声，一个东西砸在我的脑瓜顶。别人都怪笑着。我弯腰摸索着地上的东西，摸着一双沾着泥土的旧球鞋。我马上明白了，虎子把曹双羊扔在麦田里的球鞋叼回来了。我捡起来，拍了拍鞋面上的尘土说："虎子，那一只呢？"虎子风似的落在我的手掌上，咕呱叫了一声，又飞走了。这狗东西又叼那一只鞋去了。

这几天，曹双羊的开矿计划首先在家里碰了钉子。

这个傍晚，双羊求我劝一劝曹大伯和曹大娘。曹玉堂大伯蹲在地上吸烟，多少年了，老汉都是蹲在地上吸烟。我听见走线的声音，曹大娘在纳鞋底。曹大娘见我来了，就将那个烟笸箩递给我，我熟练地卷了一支旱烟棒。曹小根凑过来了，他就爱看我卷烟，作业都不想写了。我卷烟跟明眼人不一样，我先将一张烟纸铺在左手心，左手往笸箩上一放，烟丝就吸住了，右手沾点唾沫，眨眼间烟就卷成了，像变魔术似的。曹双羊划一根火柴给我点着了，我吧嗒了两口，鼓足勇气跟两位老人谈曹双羊的事情。曹大伯吭了吭，依旧偏偏地抽烟。我听出来了，大伯是想先让大娘表态。曹大娘说："立国啊，你跟双羊是好哥们儿，我听出来了，你心里也不赞成双羊开煤矿。只不过是替他说情来了。其实啊，我们也疼他，刚刚走出校门，整天灰头土脸往庄稼地钻，是够难为他的，知道他不习惯啊。可是，干上一两年，慢慢就习惯啦！说实话，家里这点地，没有双羊，你大伯我俩人能对付。双羊开煤矿，就在眼皮底下，人也没走远。我就是觉得，他这事情不靠谱啊！"我一时不知咋张嘴了。曹双羊反驳了一句："老脑筋，有啥不靠谱的？人家赵蒙是我同学，县委赵副书记的大公子！别人想掺和还掺和不进去呢！"曹大伯咳了咳说："我都让你姐打听过了，这个赵蒙外号叫大虎，是个狠毒的家伙！他凭啥拉你？你有权啊还是有钱啊？"曹双羊说："我有力气，我有谋略！他在县城读高中的时候，我就是他的军师！"曹大娘说："就吹吧你，你还成了人家的军师啦！你不叫双羊吗？人家是拿你当替罪羊！出了人命，人家有靠山，抱着钱跑了，蹲大监的就是你！"曹双羊梗着脖子说："娘，你们咋不往好处想啊？"然后俯身在我耳边说："三哥，你干啥来的？赶紧说话啊！"我"吱吱"地吸着烟，思谋了好一阵说："双羊，大伯大娘是怕你有个闪失啊，这心情可以理解。不过，二老还是想开一些，双羊有经商的脑瓜，你们记得不，有一年麦河决堤，村里发了大水，他凭眼力目测村头浮水，说这里有五百公斤的鲫鱼。村里人都不信，大伯还说他说昏话。大伙儿用网围堵的时候，真的捞了三大车鲫鱼！双羊把鱼给卖了，解决了麦种和化肥的钱！谁不夸他啊？双羊想发财，这没错，说不定，他将来就是咱鹦鹉村的农民企业家呢！"曹大娘苦笑了一下说："立国，你快别替他吹牛啦，还企业家呢，他能养活自己我就知足啦！"曹大伯终于说话了："他要是上城打工，我还不说啥，他开煤矿，不管咋说，我都不同意的！"我问大伯为啥？曹玉堂咳了一声："这不秃子头上的苍蝇，明摆着吗？那个赵蒙不是个好东西，听说这煤矿是他从村里抢过去的！他看中这块肥肉啦，就暗地找流氓捣乱，又凭老爹的权势，明着给摆平啦！慢慢地，就把那个东家给挤走啦！毒不毒？这样的人能共事吗？我看啊，还是种地牢抓实靠！"曹双羊几乎都带哭腔了："爹，你都听谁说的？赵蒙是在帮我。我都二十几的人了，对这事自个儿有个判断，不会胡来的！第一，我不挣黑心钱；第二，我不犯法。我就是想挣钱，我们穷怕啦！我姐那儿等用钱，小根上学用钱，赡养你们二老用钱，我娶媳妇、盖房用钱！种地能帮我们致富吗？我想了好长时间了，不他娘的拼一回，我曹双羊不甘心啊！"曹大娘硬硬地说："你别犟了，再说啦，桃儿也不答应啊！"曹双羊说："她不同意，她算老几？这个家还没有她说话的份儿呢！"看来曹大娘还不知道，双羊跟桃儿已经分手了。我替双羊说了一堆好话，还是不顶用，支离破碎，一点都不完整。

那一阵，云层乱，上下翻，不下好雨下冷蛋。临近麦收时候，老天坏了良心，噼里啪啦下了一场冰雹。麦子被砸倒一片，熟了的麦穗一贴地皮就软了，我听说麦粒也是黑的，麦棵在田里焐成黑草了。曹玉堂和曹大娘都很沮丧，似乎失落到了极点。这场灾难，成了一个转折点，他们不再阻拦儿子了。临走的那天傍晚，曹双羊把我叫到河边来。这是他与桃儿幽会的地方，桃儿走了，他才想起了我。虎子告诉我，曹双羊躺在河滩的草地上，望着麦河发呆。他说从高处望麦河，能在清凉的河水里看见月亮。我疑惑不解，曹双羊在想啥呢？曹双羊竟止不住呜呜地哭出声来。男儿有泪不轻弹，他为啥哭呢？我不知该说点啥。难道他喊我来，就是让我来听哭的吗？又过了很长时间，曹双羊终于止住了哭。乌鸦归巢了，鸟们也都归巢了，虎子也想回家了，我们待着还有啥意思？我对着曹双羊喊："回家吧！你是有理想的人，就大胆闯吧！"曹双羊大声说："我没理想，一个人连温饱都成问题，还谈啥理想？都鸡巴扯淡啊！我要吃饭，我要盖房子！"我觉得他说了实话，穷人没有理想！我瞎子不也是这样吗？我小时候的理想是当飞行员，现在我敢想开飞机的事吗？双羊从草滩抬起脑袋说："喂，三哥，你过来！我有话跟你说！"虎子飞离了树枝，轻轻落在他眼前的草滩上，我摸索着过来了。我问他为啥哭？为桃儿吗？曹双羊对我说："穷到这个份儿上，女人不重要啦！"我疑惑不解："那是为了离开鹦鹉村？煤矿就在后山上，也不能说你离开了呀？"曹双羊说："三哥，我从不把你当瞎子，所以我跟你说，我的哭没有理由，就是他娘的想哭。今天晚上哪儿哭哪儿了！以后不会哭啦！为啥哭的总是我们农民？我们也要富裕，也要享受现代生活！这是我们的权利！"我频频点头，被他的志气折服。曹双羊一把抓住我的手说："三哥，我刚从城里开一个会回来，心里很难过。别看人家喊我们农民兄弟，他们压根儿不把我们当兄弟。帮助农民致富，都是瞎话，那都是有产阶级的吗啡、名酒，我们农民只好永流一生的血汗。什么爱护农民兄弟，狗屁！给我们献爱心，那只是他们的护身符，是套在我们头上的枷锁。呸，老子活明白了！"我听了心里发颤，却很平和地笑了笑："三哥劝你一句，你牢骚太盛，不好做事的。对你的选择，我心里犯嘀咕。我知道你不信这个，可我还是给你算了一卦。即便离开土地，你到了那里，还是一场厮杀，而且伴随你的还有一场劫难！"曹双羊嘿嘿笑了："三哥，你别吓唬我，你就是吓唬我，我曹双羊也不怕！我的内心，每天都在跟土地、庄稼、生活进行争吵、辩论！我怎样活？怎样找到一个跟我爹我娘不一样的生活？"

我的幻觉中，曹双羊不满天地的眼神，依然痛苦地飘移着。我深深地一叹，说："双羊兄弟，三哥佩服你的魄力。可是，我也替你捏着一把汗哩，哪个庄稼人不想幸福，可是，幸福在哪儿啊？你找得到吗？"

曹双羊踢了几下麦田的土坎，提高了声音说："寻找，死了都要找！你不知道，我上学的时候，最爱琢磨事情。这东西成全了我，也可能害了我。我常常想，人应该咋办？农民咋办？三哥，这你都想过吗？"我苦笑了一声："三哥是个瞎农民。想这做啥？想了也白想啊！"曹双羊咳了一声说："你不想，我不想，都不去想，我们还有啥希望？就光等着别人的恩赐吗？盼着人家施舍吗？"我被他说得有些窘，他是说我吗？我给人看病，给人算命，收点活命钱是应该的，那叫等人施舍吗？曹双羊极为敏感，他知道伤我自尊了，急忙解释说："三哥，你别多想，我可没说你！说了半天是说我自己。过去，我有理想，视金钱和权力如粪土。在地里一折腾才发现，权力和金钱视我为粪土！我知道，我的敌人就是自己，我每时每刻都要跟自己作战！"

过了一会儿，我试探着问："双羊，在咱鹦鹉村的土地上，就不能混出个人样来吗？你爷爷曹景春，是咱村的老支书，大功臣，谁不尊敬？你就不能像你爷爷那样？鹦鹉村需要你哩！"曹双羊说："有时候，我也想过。特别是自从我跟陈元庆的一战，错过了上大学的机会之后，我想还是顺从命运的安排吧！生活在家里，虽说穷，精神上不痛快，但一日三餐不用操心，把桃儿娶过来，生个娃就过吧！到外地闯，吃苦受累的，啥都得自己面对了，要多难有多难！可是，没有几天，到外面闯荡的想法就又冒出来，随着我的苦闷不断加深，这个想法越来越强烈，这不是我想要的生活，我说服不了自己，看来我不是安分守己的人！我只能闯荡，寻找自己并成为自己！"

我心里一沉，缓缓说："看来土地是真的拴不住你的心了。"曹双羊的声音有些激动："要说跟鹦鹉村的土地没感情，那是假的。可是，情感有啥用啊？刚才说到我爷了，他那会儿，只能土里刨食儿！今天改革开放了，我们有这种条件啦！我们有自己的权利，有自己的自由，我们可以按照自己的意愿追求幸福！我们的幸福靠谁？只有靠它啦！"他递给我一块麻麻瘩瘩的东西。我摸出是一块煤，他两眼盯住后山的煤矿了。我咬着牙齿说："那儿不是有人承包着吗？这家伙可是野蛮开采啊！死人是家常便饭，太野蛮啦！"曹双羊说："我知道，是野蛮，我愿意野蛮吗？有钱的人用不着野蛮，只想着吃喝玩乐，而我们得靠它原始积累。原始积累都是血腥的。"我将那块煤放在鼻根嗅了嗅，有一股涩涩的味道。煤矿开张以后，麦河上空就飘着这种味道。我没有说话，皱着眉头，仿佛在思索啥重大问题。麦河在流淌，农民在流动，农民卷进激流旋涡中了。曹双羊说："我们农民的道路是无路可走，又非走不可，走一条无路之路！"听着就有一股悲壮的味道。

曹双羊忽然摇了摇我的胳膊："三哥，我们不说它啦，你就等着用耙子搂钱吧！说点别的吧。三哥，今天我想听你唱一段，以壮行色！你以前净给我唱大鼓了。"我为难地咧了咧嘴："这深更半夜的，唱啥？不知道的，还以为我们闹鬼呢！"曹双羊毫不在乎地说："你还怕闹鬼吗？你不是说夜里能跟鬼说话吗？"我想了想说："你小子的这个决定，你爷爷还要听我的汇报呢！我得听听他咋说。你爷常说，不听老人言吃亏在眼前哪！"曹双羊叹了口气说："他爱咋说就咋说吧，反正他骂我，我也听不见啦！三哥，如今这年头，人有多大胆儿，地有多大产，我不信这个邪。你不唱，那我就给你唱一段民歌，叫《不稀奇》。你听听——"我愣了一下，点点头，支起耳朵听。曹双羊唱了个《不稀奇》歌："要是你看见麦子会飞，不要说稀奇；要是你看见兔子耕地,不要说稀奇;要是你看见猫请老鼠吃饭,不要说稀奇——"我听得大笑,笑得直打嗝:"是啊,是啊,这年头出了啥事都不稀奇哩!"曹双羊没有笑,停了歌,他毫无倦意,谈兴不衰。

虎子飞回来了,卷来一阵风。

"三哥,你跟我出趟远门咋样?"曹双羊望着我说。

我愣了愣说:"我?你带我这个瞎子出门,不是给你添累赘吗?"

曹双羊说他要徒步穿过鹦鹉山,到长叫山上去,看一看麦河的源头,然后解答一些困惑已久的问题。我说麦河源头有啥?能解决啥问题?曹双羊平静地说:"我没去过,但我常听你说啊,那儿有一个泉眼,叫白井子;还有一棵老树,叫老菩提。你说还有一座古庙。自从你说给我听,我就总想象那块圣地。我听说这破庙的香火挺旺的。我想朝圣去!你知道的,我是不信佛的,但我要开煤矿了,烧上一炷香,图个吉利吧。所以说,你三哥跟我去最合适啦!"我欣慰地叹了一声:这小子挺精啊!

我小时候跟着他的老爹去过麦河源头。那时我还没瞎呢。麦河就是滦河,它流过金莲川草原,流向多伦,汇入河北冀东大地。古称濡水。发源于河北省丰宁县馒头山,又西向北流入沽源县,还称闪电河。流经锡林郭勒盟正蓝旗折向东,称上都河。入多伦县后,至查干敖包东,黑风河自北汇合,始称滦河。经小菜园出境复入丰宁县。流经承德地区,经潘家口穿长城入唐山地区,又经迁西、迁安、卢龙、滦县、昌黎、滦南、乐亭七县。从老河口流入渤海。滦河还有几条支流,羊肠子河、黑风河、蛇皮河。不知为啥,村里人想干大事,都要探一探河的源头。

第二天上午,天气晴朗,我们悄悄出发了。我骑着一头驴,曹双羊牵着驴走,虎子跟着头顶飞着,好像唐僧西天取经的队伍。驴出村的时候猛猛地吼了一嗓子,差点儿把我掀下去。麦河水再流一阵,水一浅,便有了浅泥滩。水一退,小鲫鱼就晒在浅滩上,一抓一筐。我们村就有几疙瘩这样的浅滩,水流平缓的地方,滩就阔了,旱年的时候,我们就在滩上种上麦子。在河滩上,跟麦子争养分的一种草叫蓝刺,是上游的沙地草,固沙稳土,牛羊都不吃。要是去河里打鱼了,蓝刺就有了用场,麦河鱼往往在蓝刺底下扎堆儿。我喜欢麦河两岸的树,有紫槐、旱柳、沙榆、云杉和山丁子,树棵儿里常常有野兔、黄鼠、野鸡奔跑,它们都是猛禽的猎物,同时也是我们的猎物。我们斗不过苍鹰、大雕和老鹞,兔子都让它们叼走了。虎子就没少吃兔子。有人说,鹦鹉村空有虚名,它不是鹦鹉的故乡,而是苍鹰的领地。我们以苍鹰的土雕为证,那个巨大的土雕极为壮观,有点像埃及的"狮身人面像"。黑石沟还发现了原始墓葬,有苍鹰、斑鹿、狸子、山羊的遗骸,还有牛羊猪狗的遗骨。

天气热起来,曹双羊徒步走着,翻过鹦鹉山的河段,就是烧锅营子了。过了烧锅营子就是逆流而上了。听驴蹄子的响声,砂石路走到头了,再往上走,就是石板路了。树叶刮我的脸,我能从树叶的硬度分辨出榆树、柳树、槐树、雪松和云杉。曹双羊的"嘎"劲儿又上来了,采各种草让我分辨。他举着一把草,我轻轻一闻,说:"这是鹅冠草。"曹双羊笑了,又递过来一把。我说是扁叶菊。曹双羊说:"行啊你呀!"后来他干脆拿一块驴粪球子。他还没直起腰来,我一下子戳穿了他的阴谋:"别送过来,驴粪蛋儿,驴日的。"曹双羊叹服地说:"三哥你成精啦!成精啦!"山里的虫子撞我的脸,我抬手哄着说:"双羊,现在我明白你小子为啥拉我走麦河了。"曹双羊说:"别说了,你别说破啊!"我嘿嘿一笑:"好,好,我们走麦河,可不是走麦城啊!"曹双羊说:"三哥,我这次麦河探源,不是为我自己,真的!我是为咱鹦鹉村找出路呢,你知道吗?"我说我懂你的意思。

山势变得陡峭,水流越发汹涌。我们越走越热,曹双羊忽然停住了:"三哥,我们下河洗个澡吧。"我说你下去吧,我停下来吸一颗烟。我听见他脱衣裳的声音,哗的一声,跳进河里去了,水花都溅到我脸上了。虎子落在岩石上看他游泳。我也会游泳,小时候常常在麦河里钻。要是下雨了游泳,会看见鱼儿们在水面上飞。我热得流汗了,盼着下一场雨来。我听着水响,想象着曹双羊从水里钻出来的样子,心思总往桃儿那里奔。这是我们之间最敏感的话题。我心中嘀咕,桃儿进城之后跟双羊咋样了呢?

我们终于登上了长叫山,听见了叮咚的泉水声。

这地方我跟着盲人演唱队来过几次,一走就是几天的路。山脚下有一个小山村里,我还混过闺女儿呢。她哪是个闺女儿,纯粹是一个又粗又壮的黑寡妇。当年我花了五块钱就睡了她,后来才听别人说寡妇脸上有麻子,专门糊弄我们瞎子的,麻就麻吧,那老娘儿们的活儿不错,伺候得我舒舒服服。记得麻子寡妇行房事之前,还要用长叫山的泉水给我们洗澡。那滋味儿今天想起来,还美美的。就是因为有这娘儿们,我永远记住了长叫山。这儿有泉水,老远就能听见水声,也称响泉。相传有神人乘白马,自白浪山而来,有天女驾青牛车由奇善河而下,至长叫山,二水合流,相遇成婚,生七子,其后族属渐盛,分为七部,最大一部称土河。白马青牛传说中的土河,就是今天的麦河。麦河在五代十国时称土河,元代时叫燕河,明代又称土河,清代时乾隆视察土河沿岸的麦田,就赐名麦河。当时麦收时节,运麦的大小船只往来穿梭,码头店铺林立,车水马龙,极为繁华。

  我们循泉水而上,寻找泉眼。我们走到密林深处,几乎迷路了。曹双羊唉声叹气地说:"三哥,我们往哪儿走啊?"我伸出手掌,曹双羊愣住了。虎子轻轻落在我的手掌心里,我摸索了一下它的羽毛说:"虎子,找一个白井子的泉眼。"虎子心领神会地飞走了。大约过了十五分钟,虎子飞回来了。

  虎子带着我们到了白井子泉眼。

  我在白井子泉眼旁坐下来歇脚。毛驴乖乖地站着,我听到驴啃草的声音。毛驴还时不时地亲亲我的脖子。我闻到了云彩的味道。云很低,贴着脸儿飘散,把这块麦河源石包裹起来。这是一块巨石,我伸手摸着,终于摸着了"麦河源头"几个大字。跟我爹来的时候,这块巨石曾引发我许多神秘的猜想。这块巨石正巧落在源头两泉水的交汇点,可谓鬼斧神工。关于它的传说有两种版本:一个说法是天龙吐珠,一个说法是天手托月。流水劈开巨石下山,成就了我们的麦河。

  回家的第二天,双羊去了北山煤矿。

  我一直盼望双羊与桃儿有个好结局。可是,后来的事情越来越糟糕。他们之间的感情跟我这个瞎子似的,摸着黑走路,走一步算一步。桃儿最终还是离开他了。有两个事件,让桃儿对他彻底失望了。那些日子,双羊一直在巴结赵蒙。赵蒙是双羊的同学,是城里的一个公子哥。他到鹦鹉村承包煤矿来了。双羊想跟他合股开矿。赵蒙从城里来到鹦鹉山,也急需一个"地头蛇"的庇护。他开始来的时候,依靠的是丁汉,黑石沟的一个地痞。赵蒙没有想到丁汉是个贪婪的家伙,胃口越来越大。赵蒙就把目光盯在双羊身上了。可是,双羊没有本金,他唯一可以炫耀的就是桃儿了。偏偏就那么邪行,赵蒙这小子看上桃儿了。他跟双羊提出了一个混账条件,只要双羊把桃儿让给他,合股开矿的事情就妥了。桃儿生气的是,人家抢他的女人了,双羊竟然没有发火,还顺坡下驴跟着附和。虎子告诉了我,那天赵蒙请双羊和桃儿喝酒,桃儿去洗手间了,回来的时候她听见双羊说:"赵蒙,只要你答应跟我合股,桃儿就让给你啦!"赵蒙说:"好啊,够哥们儿!其实啊,我在考验你。一个不敢献出女人的人,能替我卖命吗?"双羊喝了一杯酒,嘿嘿地笑了:"女人是啥?就是他娘的衣裳。"赵蒙说:"等你发了财,啥样女人找不到?"桃儿再也听不下去了。她傻了,简直不敢相信这是双羊的话。她哭着跑了。双羊抱住了她，哄她说："我只是糊弄赵蒙呢，咱一没资金，二没关系，人家凭啥跟咱合作？"桃儿流着眼泪："难道，你就让出我吗？别说了，你不爱我！"双羊说："我爱你，我们有钱了，就再来收拾赵蒙！"桃儿说："这是一个男人说的话吗？没有爱了，钱有啥用？"双羊说："咋没用？眼下钱最有用。"桃儿彻底绝望了。她恨双羊了。既然她在他眼里是一件衣裳，爱，还有啥实质的东西？有一天，桃儿甚至悲哀地说："我哪有啥女人魅力啊？只不过是摆在那儿的一个花瓶。双羊要是真爱我，双羊能不娶我吗？能把我拱手出让吗？"双羊抓着桃儿的胳膊说："你就帮我这一回，跟赵蒙逢场作戏。"桃儿狠狠打了双羊一巴掌，哭着跑开了。

　　没有几天，桃儿娘大病了一场，病得要死要活的。送到镇医院，镇医院不留，到了县医院，留是留了，得花上一大笔钱啊！桃儿真的难坏了，找双羊给出主意，双羊一下子就听明白了，出啥鸡巴主意，还不是找他家借钱吗？双羊回家找钱，家里一屁股饥荒，咋张这个口啊？找大姐凤莲吗？凤莲手头那点钱都让他请客用了。找找赵蒙吧，双羊立马就打消了这个念头。这小子本来就对桃儿虎视眈眈，这不是引狼入室吗？一分钱憋倒英雄汉，双羊真的被憋倒了。双羊没有跟我说，我手头这点钱可以拿去救命啊！后来虎子告诉我，那天早上，双羊推着一麻袋麦子来到医院，说拿粮食顶药费。桃儿气哭了，生气地喊："娘的手术要三万块钱，这袋麦子能救娘的命吗？穷鬼，滚吧！跟你丢不起这个人！"说完就扭身跑了。双羊傻在那里，恨不得钻进地缝里去。他晃了晃，险些栽倒，他人没倒，自行车上的麦子却掉地上了。

　　后来发生的事情，更让我胆战心惊。和赵蒙合股指望不上桃儿，双羊只有拼自己的家底了。他的家底就是自己一条命！有一天，赵蒙告诉他，黑石沟的地痞丁汉常常带着流氓抢煤矿，影响到了生产，而且后患无穷。赵蒙让双羊去摆平，如果摆平了，合股的事情就顺理成章了。双羊接受了赵蒙的暗示，回到家非常苦闷。我感觉到了他的煎熬，两天关在家里不出来，弄得曹大娘以为他病了。我摸到了曹家，找双羊聊天。还没进屋，我就听见"噗噗"的声响。进了屋，一股西瓜汁的清香扑鼻而来。原来这小子正用拳头击打西瓜呢。他每打碎一个西瓜，就大骂一声："狗日的，去死吧！"踩了一地碎西瓜，差点没把我吓死。唉，他走邪了，他喜欢看红红的汁液，喜欢鲜血的颜色。我大声说："双羊，你这是何苦啊？"双羊说他心中憋屈。我知道，姐姐被陈元庆侮辱，自己被桃儿羞辱，他就想杀想砍了。双羊竟然不避讳我，说出了他的想法："天下哪有穷人的活路？我想明白了，人活在世上，别怕，怕是一辈子，不怕也是一辈子！只要想活着，冒多大的险，吃多大的苦，都是个福。要是不想活了，天天享福也是他娘的遭罪！"我问："你想活还是不想活呢？"双羊说："想活！为了姐姐，为了桃儿，我也要硬气地活一回！可是，没有死哪有活呀？"那一天，双羊要去找丁汉。双羊出发的那天，我有感觉。这小子要铤而走险了。收拾丁汉这杂种，双羊亲自出马，还是有点打肿脸充胖子，有点勉强。我给他出了个主意，村里劳改犯黑锁刚从监狱出来。砍砍杀杀的事，可以让黑锁帮忙。双羊把计划推迟了两天，跟黑锁喝了两天酒。黑锁脸上有疤，不仅长一副凶相，而且确实出手毒辣。上次入狱，就是拿刀砍了人，在监狱待了十多年。黑锁看见双羊打西瓜，咧着嘴巴说："没劲，没劲！打啥西瓜？拿着猎枪直接喷吧！"说着就开枪了，嘭嘭两声，打碎两个西瓜。双羊一把搂住黑锁："我们拜个生死兄弟，喝一碗血酒，如果闯过来了，一块挣钱，有福同享。如果栽了，我们就他娘认命！"黑锁嘿嘿笑了。没几天，两人就偷偷行动了。他们的行动都被虎子看见了。

　　事情结束了，双羊过来跟我汇报："那是一个山村，我带着黑锁走进一个小屋。丁汉这小子手里有刀，身后站着几个弟兄。我不害怕，虎虎地一站，黑锁就把双筒猎枪抵住丁汉的脑袋，丁汉当时就傻了，你们是哪路好汉？老子咋不认识你们啊？我大声说，上鹦鹉村的曹双羊！丁汉说，我跟你们无仇无怨，为啥跟老子过不去？我说，可你跟赵蒙过不去，就是跟我过不去！丁汉问，赵蒙是你啥人？我说，他是我同学，现在是合作伙伴！丁汉火了，赵蒙算个球，你他娘给我滚出去！我恶狠狠地说，我数三个数，你的人要是不撤出来，我就打烂你的狗头！丁汉连眼睛都不眨。我喊着，一，二，三！说到三的时候，黑锁就扣动了扳机，砰的一声枪响，丁汉的一只耳朵就炸飞了。丁汉惨叫了一声。丁汉的手下吓跑了，丁汉捂着流血的脸，狗日的，够你狠！我大声吼道，我告诉你，别去抢煤矿。不然我叫你脑袋开花！跪下！丁汉真的跪下了。黑锁又举着枪托狠狠砸了一下丁汉的脑袋。黑锁够厉害！"我听着这血淋淋的一幕，都不敢出声了。这还是我的兄弟双羊吗？

　　我的心收紧了。这是人身伤害，要判刑的。后来我听说，丁汉竟然没报案，赵蒙出钱"私了"了此事。丁汉一伙被"震"住了。赵蒙看中了双羊的能力，他不威猛，但他有智慧，能够指使黑锁。这就够了，赵蒙答应跟他合股开矿了。双羊当了煤矿的大股东，却永远失去了桃儿。

　　桃儿听说了这事，流着眼泪对我说："双羊已经不是我原先爱的双羊哥了，他是一个魔鬼！为了利益不择手段的魔鬼！"后来，我听桃儿娘说，桃儿在麦河岸边大哭了一场，差点精神失常了。桃儿离开了鹦鹉村，开始了城里的打工生活。耗子嘲笑猫的时候，身旁得有一个洞。我身边没有退路，所以就不敢嘲笑城市。

螃蟹的味道

日子就这么过着，有暖有寒，但是没有颜色。越是看不见，我越是巴望颜色。说实话，我的眼里也不是没有一点颜色，日头毒烈时，我眼前就会出现一抹淡青。麦子由青转黄的全过程我都知道。我还晓得麦河水是有颜色的，而且水的颜色跟随月亮转变。开春儿是浅绿，深绿，到了六月天就变成金黄色的了，河流跟麦子的颜色很难分辨了。黄灿灿的麦子让人想到黄金，金子开始撩拨庄稼人的心了。

麦收像过节一样，开镰时还要放鞭炮，炸得喜气洋洋。人们劳累了一天，扑通一声跳进麦河洗澡。麦河水甜丝丝的、清凉凉的，喝进肚里，一胸腔子的甜，割起麦子来浑身有劲儿。儿时的我常常沿河堤疯跑，跑累了就躺在麦垛里歇着。麦垛静悄悄地耸着，没有一点声响。我喜欢这样，唱儿歌《听妈妈讲那过去的事情》。记得这支歌是凤莲姐教我的。我发现，桃儿与她性格不同，可她身上那股子女人味挺像凤莲的。凤莲姐身上有一股麦子香。我对味道敏感，好女人都有麦子的香味。

凤莲姐是曹双羊的大姐，人长得俊气，又善良，眼睛里的光永远是柔和的、慈祥的、亲切的。她的嘴巴永远是紧闭的，轻易听不见她说话。即使说了也总是小声的，带着麦河的水音。一看见她，我就想扎进她怀里，亲亲热热喊她一声"娘"。有一回，我真的喊了，凤莲姐被我喊愣了，她伤心了好几天。我真是的，她才比我大五岁，我咋好喊人家娘呢？我向凤莲姐道歉。那天，她到地里摘棉花，我就给她跪下磕头："凤莲姐，我错啦！"她好看的眼睛笑成了月牙，她轻轻抚摩着我的头发，从口袋里掏出一条素花手绢，为我擦去脸上的泥点子，再刮一下我的鼻子头。每次我站在河岸上看凤莲姐的时候，她都在摘棉花，那几个单调的动作成百上千次地重复着，看不出有一点厌烦。偶尔她直起腰身擦额头上的汗，然后再弯下腰或是蹲下身继续做活儿。看不着她的时候，我心里就空落落的。

我娘死后，在鹦鹉村就没啥亲人了，村里的一个姑姑也去世了。我是个孤独的瞎子，所以，老邻居曹家是我现实生活的重要构成。其实，每个人都一样，只有一小部分人构成你的生活。后来我长大了，就不再把凤莲姐当娘，而是当成了媳妇，我心里的媳妇。后来有人说我这是恋母情结。在一个有月的晚上，我把枕头当作凤莲姐，我梦想自己躺在她温暖的怀里，白天见到凤莲姐，我的脸立马就红了。我真是异想天开啊！我是癞蛤蟆想吃天鹅肉！所以后来我就把这个梦想埋葬进了心底里，深深的，一年四季不见天日。后来，凤莲姐离开了鹦鹉村，嫁到黑石沟去了。听说嫁给了一个叫吴三拐的残疾人。好惨啊！我替她难过了好久。

那一阵儿，我正学唱乐亭大鼓，还常常思念着她。这一夜，风清月明，我站在麦河岸上，冲着黑石沟唱我改编的词："一马离了西凉界，不由人一阵阵泪洒长河。散步儿打这农家经过，见一位美大姐貌似嫦娥——"

我唱的美大姐就是凤莲姐。我问过凤莲姐咋就嫁了人。凤莲姐顺下眉眼，小声说："傻兄弟，女人不都嫁人吗？"我傻傻地问："听说那个男的是个瘸子，比你大十二岁，你咋看上他了呢？"凤莲姐轻轻叹了口气，说："好歹他也是个男人……"话没说完就不说了，像泼出去的水，无声无息地消失在了鹦鹉村。我知道那个男的不光腿脚有毛病，听说裤裆里的那个玩意儿也有毛病，凤莲姐不是眼睁睁受苦去了吗？后来，曹双羊一句话揭开了我心中的谜团："我姐夫家里有家用电器哪！"我当下就明白了，她婆家很富有，凤莲姐是奔好日子去了。我挺自卑的，我为自己在梦里的情形害臊了。那个吴三拐凭啥娶凤莲姐呢？仅仅是一件家用电器吗？鬼才信呢！我到黑石沟跑了一趟，终于弄明白了，啥家用电器？一只手电筒嘛！这里肯定另有隐情。鹦鹉村的麦地里、河岸边、街头巷尾都在议论凤莲姐的事情，她的下嫁跟陈元庆有关，我恨死陈元庆了。一上来就多嘴多舌的不是好兆头，这个谜底我后面再细揭吧！

凤莲姐一走就是十几个年头。这段时间，鹦鹉村发生了不小的变迁。狗儿爷死了，埋进了村北头的坟地。他家的左邻居是我，右邻居就是枣杠子，枣杠子也被我送走了。老实疙瘩田兆本当了支书。陈元庆当了县长，有他给撑腰，他弟弟陈锁柱当了村长。村里啥事都是陈锁柱一人说了算，田兆本就是聋子的耳朵——摆设！凤莲姐的兄弟曹双羊本事最大，把鹦鹉村大部分承包土地都"流转"到了他的名下，雇了一大帮城里人给他在地里扛长活、打短工，几年下来，钱挣海了。人家一步登天，我白立国却是老太太过年一年不如一年，除了哼唱乐亭大鼓，就剩一个虎子做伴了。山不转水转，水不转人转，老天爷饿不死瞎眼家雀儿，恩赐给了我桃儿。有了桃儿，凤莲姐的影子才慢慢淡化了。

　　去年麦收的一天，对我来说真是太糟糕了。我很早就站在麦河岸上，没带梨花板，却还想唱一嗓子。我看不见两岸风景了，只能听了。麦收的时候，我坐在河边那棵老柳树下唱大鼓，围了一群人听我唱。凤莲姐的布鞋声响过来了，我就停了唱，瞎对着她笑。

　　"立国，唱着咧？我走了。"凤莲姐哪次见了我都是这句话，好像提前录了音。我就咧着嘴巴说："哦，唱哪，你……走啊，凤莲姐？"好像哪次我也都说这么一句。我到今天也不明白，我对曹凤莲到底是份啥感情？她在我心里边好像是一个真的女人。我的一切关于女人的遐想都与她有关。毕竟，她是我十二岁那年瞎了两眼之前唯一喜欢的女人。一直没听说凤莲姐有孩子。问过黑石沟的人了，他们都说凤莲姐怀里始终是空空的，八成是那拐子不灵。不知咋的，我竟然有点幸灾乐祸。这时候，我的鼻子酸酸的，就想流眼泪，心里又疼凤莲姐了。无儿无女一身轻，可她老了咋办啊？我记得，她一连两年没再回鹦鹉村。我忍下了对她的思念。麦收开始之前，我忍不住问了曹双羊。刚刚还在谈笑风生的曹双羊，一下子哑了声音。我浑身发紧，急忙追问："你姐她咋的了啊？你快说呀！"曹双羊软了声说："三哥，我知道你还惦记我姐。我姐她命苦啊，她得癌啦！"我没听清，问："你说啥？得啥病了？"曹双羊甩给我重重的一个字："癌！"我一下子塌了身架，没用的眼球裂了一样疼。我的天塌了，我的凤莲姐得癌了？她咋会得这种要命的病呢？"吧嗒"一声响，我手里的梨花板掉到了地上。

　　曹双羊重重地拍了一下我的肩膀，粗声说道："三哥你甭难受，我姐她挺得住，癌算个啥？老虎屁股，球儿！"这话我信，别看凤莲姐看着柔弱，可内心刚强着哩。曹家这几个孩子都随他们的娘，身上搓把泥儿砸人也能砸出个包来。

　　我大步走上了高高的河堤，风很硬，凛冽的寒风撩起我的衣襟，我才意识到，我已经站在了麦河边。这个时候，我满脑子都是凤莲姐的模样。她给我缝衣裳的情景又浮出来了。虎子来了，这畜生听说都在陪我叹气。我黑了它一眼，说："该干啥干啥去，别烦我。"虎子蹲在我的肩头，张开翅膀拂了下我的耳朵，要多伤感有多伤感。毕竟，曹凤莲曾经是它的主人。我甩手给了它一下嘟囔说："小样儿的，还算有良心。不过，你一个小小的畜生咋能理解我们人的心思哪？"这时候，我的手机响了，桃儿说："你可记着吃药啊，医生说了，眼角的炎症彻底消了，就可以做手术啦！大夫还说，手术一定能成功！"虎子尖尖的嘴巴蹭得我耳朵痒。我心里一惊："桃儿，大夫真的这样说了？糊弄鬼呢？"桃儿生气地说："你爱信不信，你这人咋老是犯疑心呢？"我嘴硬着："我不想治了，我有预感，大夫是忽悠你哪！"虎子扑棱棱从我耳边飞走了。

  黄昏时分，我去桃儿家门口喊她，还没张嘴，韩腰子肩上扛着一把铁锹走出来了，边走边嘟囔："哼，连瞎子都闻着腥味儿啦。"他歪歪斜斜地走了。桃儿娘正在清扫院子，大笤帚哗啦哗啦响。她说："立国来了？我正要找你呢，她说让我看着你，盯着你吃药。吃药期间，你就别再唱大鼓啦，这样对眼睛不好。"我心中热热的，缓缓问："大娘，桃儿呢？我想让她陪着我去看凤莲姐。"桃儿娘说："嗨，不早说，她走了得有个把钟头了，也是上黑石沟看凤莲去啦！"我转身对虎子说："你带路，我们去黑石沟吧！"我们就往河堤走去。走了不远，有人喊我："三哥，来段大鼓哇！"我没好气地说："回来再说吧。"我听见我的脚板砸得土地山响。我这个人骨头沉，体重总要比正常人重五十来斤哪。我知道顺着河堤朝南走，过下鹦鹉村，穿李家屯，再过槐树镇，就到那个兔子都不拉屎的黑石沟了。走着走着，我就碰上陈锁柱村长了。他听说我要去黑石沟，就吃惊地叫喊："瞎子，你得走到啥时候啊？"陈锁柱狗眼看人低，从来不喊我大名，都是喊我瞎子。我只顾走路，冷冷地说："凤莲有病了，再远的道儿我也得走啊！"陈锁柱说："桃儿不是有汽车吗？让她送你去啊！"我沉着脸说："不用她，我就走着，说明我更有诚意！"陈锁柱自讨没趣地走了。我讨厌陈锁柱，他在村里飞扬跋扈就别说了，他还在村委会对桃儿动过手脚，如果不是我及时赶到，桃儿可就吃了亏了。虎子擦着我的脑袋飞，怕我寂寞陪着我说话。兴许是看见一群螃蟹爬上岸了，它兴奋地叫起来。

  我凶了虎子一声："畜生，别叫啦！"虎子这畜生挺机敏的，今天咋忘了主人的喜好呢，我最最讨厌螃蟹了，特别讨厌河螃蟹。虎子还要告诉我，麦河上游来了条奇怪的鱼，是从大青河游过来的……

  我没有搭话，凤莲姐得了绝症，我哪有心思听这个呀！我只顾疾疾地赶路。这回虎子不出声了，也不知它跟着我，还是飞高了。我越走越紧，竟出了汗。感觉身上一层层掉泥巴卷儿，忽然感觉虎子飞回来了，它轻轻告诉我：你的桃儿来了。我愣了愣说："畜生，净胡说。"虎子扑棱棱飞走了。不大一会儿，还真听见桃儿的汽车声了。"三哥，你慢点走啊，我找你好苦啊！"

真是桃儿的声音，甜丝丝的，像唱歌。我闻到了一股螃蟹味儿，是桃儿身上的味道。过去，她跟凤莲一样，浑身都是麦香。自从她在城里"堕落"以后，这股味道就消失了。我急忙站定了，奔声音摇了摇胳膊，惊喜地说："真的是你吗？桃儿？真的是你吗？"桃儿搀住我一只胳膊说："是我是我呀，三哥。我去黑石沟半路上碰见双羊哥了，他说凤莲姐住在省城医院里。"我点点头说："那我们就去省城看她吧？"桃儿爽快地说："三哥还真是讲情义的汉子哪！双羊哥让我告诉你，过几天他开车去省城，捎着咱们哪。我们先回家吧！"

　　两天后的一个上午，我跟桃儿搭双羊的轿车去了省城，看了凤莲姐。我攥着凤莲姐的手，哽咽了，眼窝涩涩地疼。凤莲姐也哭了，搂着我的胳膊哭着。我听见吴三拐说："哭个鬼哩，过些时日就出院了嘛。"我止住了哭，点着头说："对对对，三拐说得对，没有治不了的病，病好了就出院嘛！"说完，我扭转了头接着掉眼泪。后来再想去看她，我求了双羊几回，可他说啥也不带我去省城了，说我哭个没完没了。我说我开口笑还不行吗？双羊说你笑也是假笑。我想自个儿坐车去，可愣让桃儿给抱住了，她哀求说："好三哥哩，我知道你心里有凤莲姐哪，她心里更知道。可是，你再折腾就耽误你治眼睛了。她让我捎话给你，出院就回鹦鹉村，第一个看你。"我就抱了桃儿，身体颤抖着。当天晚上，桃儿睡在了我身旁。她把自己脱了个精光，滑溜溜的身子紧贴着我的胸，我感到从没有过的幸福。她身上还有一股螃蟹味儿，一种莫名其妙的恶心就横在心头。在麦河一带有个说法，哪家女人红杏出墙了，在外堕落了，她身上就有螃蟹的腥味。难道桃儿在城里还做那个事儿吗？她偎在我热热的怀里，轻声说："你是个好人，是个有情有义的男人，净吃苦了，以后让我好好伺候你吧！"我抚摸着她光洁的身体，还触摸到她那瀑布一样的长发，深情地说："桃儿啊，别这样说，难道就不该让我伺候你吗？"桃儿把嘴唇贴在我的脸上说："人生苦短，就让我们相互搀扶吧！"她声调优美，略带忧伤。一听这话，我感受到她内心充满宁静而坚定的温情。这一刻，那股螃蟹味就淡了，随即消散了。桃儿轻捷地翻到我的身上，她的屁股很热，烫烫的，一下子把我的胸脯暖热了。我的眼前好像掠过了阴影，浑身一个颤抖。我知道这阴影不是螃蟹味，而是凤莲姐的病。她被我的颤抖掀下来了。我说："对不起，桃儿。"桃儿叹息了一声。以往，她是疯狂的，会激发我的热情，我有能力迎合她的疯狂，让我们常有奇迹出现。这是我自信的地方。我伸出双臂，两人赤条条地抱在一起，久久不愿分开。也许是凤莲姐的病给搅的,我没有一点做爱的兴趣,就那么紧紧地搂着她。这样也挺好,我觉得生活只要有女人,有爱,就永远有希望。可是,我在梦里喊着凤莲,把桃儿给惊醒了。桃儿默默地流泪了,她早晨像猫似的爬起来走了。我暗暗吐了口气,觉得后背凉津津的。

这一天,收割机隆隆开进了麦河两岸,机械化收割小麦开始了。这个时候,凤莲姐还没来鹦鹉村。我天天在等候着她,就问双羊:"你姐她咋还没出院呢?病重了吗?"我感到眼前起了一阵风,知道是双羊在挥舞胳膊,他的胳膊左边长,右边短,跟别人握手都是伸左手握,然后把右手放人家手上边,以示热情。我听他瓮声瓮气地说:"放心三哥,咱是农民咱怕啥,老虎屁股,球儿。"我生气地说:"胡说,病没在你身上吧?"曹双羊半晌没说话,深深地攥着拳头。我知道他难受了,别看他大大咧咧的,凤莲姐的这病,曹家最难过的还是曹双羊。他重重地捶了我一拳,说:"三哥,难得你这么挂念着她。告诉你吧,她出院几天啦……"我马上就急了:"你咋不告诉我?她为啥不回村看看呢?"曹双羊说:"刚出院身子虚,我让她调养调养。我给她在省城宾馆包了一个大房间,还雇了两个保姆,专门伺候着她哪。回乡正赶上麦收,她家承包着三十亩地,她能闲得住吗?"我不满地黑了他一眼说:"咋不早告诉我呢?"曹双羊坏坏地笑了,说:"桃儿你俩正腻着呢,我怕桃儿挠我不是?"我噘了嘴巴:"你呀,又逗三哥不是?"曹双羊继续笑着:"哎,三哥,咋样,你们睡觉的时候,找准她身上那个部件不?"我推了双羊一个趔趄,扯着嗓子嚷道:"还闹,还闹?去,没心少肺的玩意儿。"双羊赖赖地笑着,搡都搡不走,还跟我传授了一番性生活经验。这个不着四六的家伙,他是咋发起来的呢?

也许是受了双羊的挑逗,回到家我想桃儿了。我周身发热,一种渴望像火龙一样窜来窜去。可是,桃儿去城里了,她说那个保洁公司需要料理。我就给桃儿打了个电话,喘着粗气说:"桃儿,凤莲出院了。"桃儿说:"是吗?你赶紧看她去呀!"从语气里,我听出桃儿吃醋了。我赶紧解释说:"你快回来,我们一块去看啊!"桃儿说我不跟你去。我继续说着,桃儿就是不说话,对着话筒吹气。半夜的时候,我又给桃儿打了电话,她没有接电话。我的心就乱了,瞎猜胡想了。她仅仅是吃醋吗?她跟一个癌症病人有啥醋好吃呢?她病了吗?遇着啥困难了吗?她身边有男人吗?直想得我的身体一阵阵发空。我一夜没睡,挺到天亮才睡着了。

一觉睡到了第二天黄昏,越睡越迷糊。我听见对面三驴子在我家院子里喊:"日头照腚喽,三哥,快起来唱大鼓啊!"我朝外喊道:"驴日的,喊鬼哩,今天老子不想唱哩!滚!"有人对三驴子嘟囔着说:"别喊了,准是桃儿没在家,瞎子没有心情。"我心想,还他娘的挺会分析,老子就是没心情。等人走了,我就爬起身,从后院溜出去,摸上了河堤。我突然感觉四周静静的,静得让人害怕。我不想有人来,我不愿见到别人。风吹过来,显得很凄凉。一个人坐在河滩上,一个人唱,情绪就像河水一样漫了上来。我站立在夕阳下,凄凉地唱道:"麦河滚滚情谊长,乌云遮月心事藏。兄弟我早为你备下鸳鸯床,单等你来做我新娘……"我没打梨花板,也没敲大鼓,一色的清唱,觉得这样心里好受一些。

麦河水潺潺流淌着,将我的歌声捎走好远。也不知凤莲姐能听见不?同时,我还是唱给桃儿的。桃儿一定听得见,她离我近哩。忽然觉得有谁拽我的裤脚,一摸,湿湿扎扎的,一片螃蟹。这些我讨厌的家伙,今天也爱听我唱哩?可我不喜欢给它们唱啊,我讨厌它们身上的腥气味儿。我的姐姐白立娟,就在那个恐怖之夜死去了。早些年,我们麦河的螃蟹成灾,曾经贱如白菜,也无人问津。到了阴历七月,河蟹肉饱黄肥的季节,这些家伙从河滩、草地里爬上来,穿过乡间小路,爬过庄稼地,一直爬到村庄,嚓嚓地抓门。茅房在室外,吓得我不敢去茅房。河堤上,放一盏马灯,河蟹就会瞄着光亮,傻呵呵地爬过来。我和姐姐捉了两半麻袋,回家让娘给煮了。那一年开垦稻田,抓螃蟹保稻子,狗儿爷紧急动员,男女社员,大人孩子,都倾巢出动,到河滩抓河蟹。姐姐拉着我去了,姐姐提着水桶,我拎着麻袋,到了麦河大堤。我们东寻西抓,弄得满身泥浆。麻袋满了,桶平了,姐姐就扒了我的裤子,扎上两只裤腿,将裤子装得鼓鼓囊囊。生产队规定,螃蟹归己,工分记在了我爹的名下。我和姐姐泥猴似的回家,神神气气地对娘喊:"我们挣了五个工分儿!"娘就给我们洗澡。一铁桶水,哗地往下一倒,泥和螃蟹味都冲跑了。那天夜里,我的脚丫子被蟹钳夹住了,疼得我"嗷嗷"直叫。姐姐给我掰开蟹钳,我的脚趾流血了,姐姐扯下布条,给我包扎好脚趾。这个时候,她发现自己的鞋子跑丢了,姐姐转身回去找鞋,"扑通"一声掉进河里淹死了。所以,我一直痛恨河蟹。还有凤莲姐得了癌症,听医生说,癌细胞的图形跟张牙舞爪的河蟹一样。螃蟹还使我想起在城里遭罪的桃儿。

我抬脚踢飞了两只螃蟹,继续忘我地唱着,等我唱完了,螃蟹全部消失了,消失得无影无踪。

这一切都让虎子看见了,它是那般惊愕。其实,虎子翅膀有些疲倦,呼吸有些仓皇。我大声说："虎子，慌你个鬼啊？"虎子用翅膀刮着我的脸，意思是说，你咋唱来了螃蟹呢？我摇头说："畜生，我也不知道。"

曹凤莲与包指甲花

　　女人越是善良，越容易失身。女人一旦丧失警惕，男人就贼眉鼠眼地摸上来了。曹凤莲就被那个贼眉鼠眼的男人害了。这个男人就是陈元庆。双羊对我说，为了给姐姐报仇，他打了陈元庆，耽误了考大学。可是，陈元庆却考上了大学，广州的一所二类本科大学。上大学以前，陈元庆是村里的团支书。那年修梯田，凤莲姐和陈元庆都是突击队员。陈元庆长得帅气，还爱读书学习，经常受到上级的表扬，好几次被团县委授予"模范共青团干部"的荣誉称号。凤莲姐和不少女孩子一样，暗暗喜欢爱读书的陈元庆，她经常站在一个不远的地方，偷听陈元庆说话。

　　那天夜里，我做了一个梦。梦里的情形非常清晰。一个诱人沉醉的黄昏，空气里到处弥漫着甜甜的馨香。凤莲姐蹲在河边刷铁锹，陈元庆走过来了，看见凤莲姐一个人，就笑滋滋走到了她身后。村里追他的女孩儿很多，可他平常总是多看凤莲姐几眼，这让别的女孩子都嫉妒。凤莲姐专注洗刷，没有发现陈元庆就站在她的身后。陈元庆捡起一块石头砸进河里，水花溅到了凤莲姐的脸上，凤莲姐回头看是陈元庆，脸颊上飞起了两朵红晕。陈元庆看着河水里晃动着的凤莲姐，问道："你喜欢听我讲的故事，是吧？"凤莲姐轻轻点点头。"还想听吗？"陈元庆又问。凤莲姐再点点头。陈元庆走到一块长满青草的坡地上，招呼道："来呀，坐过来。"凤莲姐心跳了，四下里张望着，确信附近没有人，才收回目光，悄悄坐在了陈元庆身边，有一段距离。陈元庆捡起一个破瓦片，嘴里唱着："打啊打，打片瓦，不打一个就打出两个人儿……"他将片瓦扔了出去，就不唱了。小小的片瓦像一粒子弹飞了出去，顺着水面跳跃，居然连续跳了六下才沉入水底。她看得出，陈元庆心情很好。凤莲姐催促道："打啥瓦片啊？你快讲啊。"陈元庆笑嘻嘻说："咋，等急了？好，开讲。话从前哪，有一个女人她叫夏娃，夏天的夏，娃是小娃娃的娃；她认识一个男的叫亚当，亚洲的亚，应当的当……"凤莲笑："名儿咋这怪呢？还有姓夏姓亚的。后来呢？"陈元庆坏笑一下说："后来这俩人就好上了，有一天，亚当拽着夏娃钻进了高粱地，那高粱啊可高了，风一吹，叶子哗啦哗啦响……"凤莲问："他俩钻高粱地干啥呀？"陈元庆就等着凤莲往下问哪，就瞄着凤莲鼓鼓的胸脯子说："干啥？还能干啥，他俩呀，搂在一块亲嘴呗！"凤莲的脸蛋儿唰地红了，像天边的云霞。"恶心死人哪，没脸，不要脸……"凤莲骂着，抓起一把土扬了过去，扬进了元庆的头发里。元庆迅速抓起一把土还了回去，土落在凤莲的脖颈子里，凤莲尖叫一声，站起身抖落身上的土粒，抖不干净，就躲进附近树丛里。"不许进来啊。"凤莲大声叫喊。元庆问："干啥你？"凤莲说："你说干啥！不许偷看。"于是，凤莲脱掉上衣抖落土粒，边抖落边紧张地四下环视。陈元庆偷偷瞄着凤莲，凤莲的一声"不许偷看"更激发起他的欲望，他就匍匐着接近那片微微颤动着的树丛，仰起脖子朝里面偷偷看，一下子触电似的呆住了！在曹凤莲掀起的的确良衬衫下面，一对白皙、丰满的乳房格外显眼。他眼睛都直了。他的呼吸一下子变得急促起来，他完全失去了理智，一种原始的本能驱使着，他像一头饥渴的野兽冲进了树丛，抱住凤莲用力一抢，凤莲就在一声惊叫声中翻倒在地上。"陈元庆，你要干啥？放开我，你这个王八蛋！"陈元庆根本没听见凤莲的叫骂，一门心思地扒扯着凤莲的衣裳。凤莲拼命挣扎，一边挣扎一边叫喊："来人哪，救命啊——"空旷的田野上，没有一人应声。很快，凤莲的裤子被陈元庆粗暴地扒下来了，他饿虎一样扑上去了。凤莲撕心尖叫了一声。我也被吓醒了，醒来还对自己说："梦是反着做的，这不是真的，不是真的！"

可是，后来发生的事情告诉我，梦里的不幸真的发生了。

有一天，我旁敲侧击地说给双羊。双羊沮丧地说："三哥，这些天，我发现姐姐变了，她的脸色儿不好看，有时低头抹泪，有时独自发笑。最让我奇怪的是，有一天夜里她竟然没在自己屋里睡，我悄悄跟踪她，你说我看见啥啦？"我的心悬了起来："看见啥啦？"双羊叹息说："我发现姐姐跟陈元庆偷偷约会了。"我更加证实了自己的梦。可是，有一点疑惑，陈元庆跟凤莲是好上了，看来不是强奸，强奸了凤莲咋会恋爱呢？双羊愣了愣说："唉，姐跟陈家人好上了，我娘是反对的。娘说这小子心眼子多，花花肠子多，不牢靠，担心陈元庆会变心。再说，因为砍枣树，我家跟陈家结了仇怨。"我也是这个态度，凤莲姐实在是太善良了，她好像对谁都没有戒心，这种人最容易被别人的花言巧语迷惑了。我不好说出自己的梦，只是侧面提醒："凤莲肯定是被这小子迷惑了！凤莲姐不会爱上他，这里面一定有隐情。"双羊说："我娘偷偷审过我姐。我姐一口咬定没有隐情，就是王八看绿豆，对上眼儿了。我娘气坏了，说凤莲啊，娘是过来人，听娘一句话，咱们女人家最值钱的就是贞节啊！要是没有了这，日后这个男人变心了，别的男人可就不拿咱当回事了啊！我姐点点头，又低下头流泪了。"我愣了一下说："凤莲姐咋说？"双羊说："她说她懂。"我叹了一声："唉，她懂个啥呀？"双羊说："那天傍晚，我对姐姐说想吃挂面汤了。姐就给我做。油烧热了，往锅里一扔葱花，姐姐一阵恶心，捂住嘴跑到一个旮旯哇哇呕吐。我追到姐姐身后问她咋的了，病了吗？姐姐摆摆手说，她也不知道咋的了，一闻着香味儿就想吐。她一回身，看见娘站在那里，我娘叹息了一声，让我出去了。"我说："甭说，你姐八成是怀上啦！"双羊继续说："你听我说，她们咋说的，我没听见，但是，这一天，我娘审姐姐，然后我听见娘骂，好你个陈元庆，你个挨千刀的，天杀的，欺负到我闺女头上了，今儿个老娘非叫你好看不可！我娘跺一下脚，急忙往外走。我娘在麦河工地上找到陈元庆啦！"我的心提了起来："陈元庆这小子咋说？"双羊说；"他承认了，他说要娶我姐。"我说："双羊，这就完事儿了？我可做了个梦，陈元庆强奸了凤莲啊！"双羊恨恨地说："我娘给了他一嘴巴，打得陈元庆直咧嘴。一个劲儿地跟我娘发誓，对我姐多好多好。"我说："别听这小子的！"双羊叹道："我们有啥办法，关键是我姐还挺喜欢他！"

我这几天连连做梦，梦见凤莲跟陈元庆在一起。好像是在曹家，凤莲端着一盘热气腾腾的饺子进来，放盘子的时候，瞪了元庆一眼。陈元庆不敢抬头看凤莲。凤莲往元庆碗里捡着饺子，狠骂道："浑蛋王八蛋，真想下点耗子药。"元庆低着头说："那你就下吧，我保管吃！"凤莲竟然笑了："放屁！"元庆一脸真诚："你咋骂我都行，只要你高兴就行。"凤莲哽咽着说："我有了，你说咋办吧？"陈元庆慌神了："真的？不会吧，就那么一次呀！"凤莲瞪了眼："你啥意思啊？你想赖账是吧？"陈元庆哆嗦了："不是不是，我……"凤莲说："你说咋办吧？你是男人，平常啥事不是挺有主心骨的吗？"陈元庆说："我……叫我想想。哎，先把孩子打掉咱再说行不？"凤莲急了："陈元庆，你好狠心哪，我一个大闺女，还没嫁人就做流产，你叫我往后咋做人？"陈元庆解释说："你别生气啊，我是说就算咱俩操持结婚，也来不及呀，咋着也得好好准备准备，刷刷房子，打打家具，置办置办被褥啥的呀……"曹大娘一掀门帘说话了："不行，你还嫌糟践我闺女不够啊？绝对不能做掉孩子，婚快点结，准备准备，不能委屈了我闺女，你听见没有？啊？"陈元庆连忙先答应着："听见了，听见了，那就照大娘说的办。"

曹大娘说:"不是我不讲理难为你,是你做下伤天害理的事了,本应该受到惩罚。可不管咋说,你也是喜欢凤莲才作的孽,认罪态度还不错,所以就不跟你爹娘那头儿说了,也不跟组织上揭发了,咋说也不是好事。这么着,你回家跟你们家说,就说看上凤莲了,要娶她,五一头儿就把婚事办了!"陈元庆嗫着牙花子:"啊?五一头儿?还有一个多月了,忒紧了点吧?"曹大娘拉下脸来:"咋,你想让我闺女挺着大肚子跟你拜堂成亲哪,你安的啥心啊?"元庆连忙解释说:"不是不是,我不是这个意思,大娘,我是说……是说……"曹大娘一摆手说:"你啥也别说了,再说咱就上村支书那儿说去!"陈元庆软了,乖乖答应着走了。凤莲呆呆坐着流眼泪。这个时候,我的梦就转移了,转到麦收去了。

过了一个月,还没啥动静。我不禁问双羊:"到了这个节骨眼儿上了,凤莲他俩咋没成亲呢?"双羊重重地叹了口气说:"陈元庆爹娘都对这门亲事不心甜,一嫌我姐太老实,不活泛;二来,陈家嫌我们家底子薄,日子不宽绰,担心将来凤莲偷偷往娘家倒腾。当时,还没想到陈元庆要高考的因素。"我一听火了:"混账话,这不是陈元庆——"双羊说:"当时,陈元庆哇地哭了,他说出了实情,陈家老人瘫软在地。第二天,陈家宴请我家老人吃了一顿酒席。双方家长定下了成亲日子,分头开始准备。如果没有后来的节外生枝,我姐就和陈元庆拜堂成亲了。"我一惊:"你瞧凤莲这命,又出啥事儿啦?"双羊吸了一支烟说:"一天晚上,我姐醒来去解手,意外地发现自己见了红,她不知道是咋回事,一下子慌了手脚,哭着跑进我娘的屋。我娘让我爹和我连夜送姐姐去了乡卫生院。医生一检查,我姐她没怀孕!你说这事儿闹的!"我心中一喜,说:"那就别嫁他啦,陈家对你姐不心甜,我还觉着凤莲亏呢!"双羊吐着烟说:"我娘就说,既然凤莲没怀上陈家孩子,还要非嫁给陈元庆不可吗?那个陈元庆跟凤莲不是一路人哪!要是硬捏合到一块儿,能过上舒心日子吗?我爹说,可是,凤莲毕竟让陈元庆糟蹋了,要是不跟了他,日后传扬出去,那凤莲还咋嫁人呢?我娘翻来覆去睡不着觉,思前想后不好定盘子。一直折腾了好几天,最后还是问了我姐,我姐咬牙说,他对我有情,我对他有意,我嫁定元庆了!我娘拿我姐没辙了,就继续操办她的婚事。谁也不会想到,两天后,事态突然拐了个大弯子,朝着相反方向发展了。我姐真叫傻呀,她把没怀孩子的事儿跟陈元庆说了,可把那小子乐坏了。"我说:"凤莲太单纯,太善良了。"双羊气得掐了烟头说:"没几天,陈元庆变卦了,陈家以彩礼和婚礼还没准备好为由,一再推迟婚期。后来我才知道,他去参加高考了。我姐问他为啥背着她去高考,陈元庆说只是去试试,没啥把握考上。"

我记得那是八月初,雨季到来,麦河涨水的季节,陈家传出喜讯:陈元庆考上大学了。鹦鹉村出了第一个大学生啊!这个消息立马轰动了全村,人们怀着各自的心情议论着,嘀咕着,前往陈家祝贺。当时,我也到曹家祝贺。曹玉堂笑呵呵地说:"好啊,元庆行啊,这下我闺女也高人一脑袋啦!"曹大娘却冷冷地说:"吃凉不管酸儿的老东西,好好喝你的烫酒,少插嘴!"然后,她对凤莲说:"莲哪,我看这门亲事有点悬,你去跟元庆说,在他上学走前就成亲。"凤莲软了声说:"娘,你甭担心,元庆说了,他爱我,将来毕了业,就接我去城里。"曹大娘说:"傻闺女,他的话你也信?"我忍不住了:"凤莲姐,你听大娘的。"凤莲说:"好吧,明天我去找他。"以后就没消息了。后来双羊说:"陈家没有答应,对我姐很冷淡。陈元庆还想占我姐便宜,我姐没答应他。"

陈元庆离开村庄,前往广州读大学了。

送陈元庆的那天,天空飘着蒙蒙细雨,暑气已经散了,空气里有了几分凉爽。凤莲一直送到了麦河渡口。我有一种预感,她和陈元庆的缘分就此结束了。

听曹大娘说,凤莲思念着陈元庆,两人常常通信。第一年暑假,元庆没有回村,说是要勤工俭学,减轻家里的负担。凤莲坚决支持了元庆,本想去学校看望他,终因路途太遥远,路费太贵而放弃。渐渐地,陈元庆给凤莲的来信越来越少了,到后来,半年一封信了。一场秋雨一场凉。秋雨中我听见乌鸦聒噪叫,乌鸦在我的屋檐下筑巢呢!我眼皮一跳,不知道出了啥事。后来双羊告诉我,凤莲出事了。双羊说:"那个雨天,我姐盘腿坐在炕头上纳鞋底儿,小根流着鼻涕跑进来,悄悄对姐姐喊,元庆哥回来了!我姐一阵惊喜,抓住小弟的手问,真的吗?小根说他亲眼看见的。我姐就信了,脸一红,跳下炕就往外跑。跑到了陈家,她傻眼了,一头栽地上了!陈元庆这狗东西有女人啦!"我气愤地说:"我就知道,这小子欺骗凤莲呢!"双羊攥紧了拳头,说:"我杀了他的心都有!陈元庆的女人叫马芸,他的大学同学!"

凤莲就这样最终被陈元庆抛弃了,全村都嚷嚷动了。

那几天,我一直担心凤莲别出事。曹家亲戚朋友都来劝慰凤莲,凤莲不吃不喝,更不说话。最后,伤心欲绝的凤莲还是走向了麦河。那天夜里,双羊正在我家商量怎么报复陈元庆,我的右眼皮突然蹦了几下,又听见虎子咕咕地叫唤。当时,虎子还没跟我,它是随双羊过来的。我顺口对双羊说:"坏了,右眼跳灾,你姐出事儿啦!"双羊噌地蹦了起来,急忙往家跑去。我的感觉真灵,那时候,凤莲悄悄溜出家门,一口气跑到麦河岸边,对着麦河大喊:"陈元庆,你对不起我,你对不起我呀!"一通大哭之后,两眼一闭,"扑通"一声纵身跳进了麦河。虎子带着双羊很快过去了。双羊二话没说,跑到麦河岸,咚的一声跳下去了。他的水性好,只用了五分钟就把姐姐拖上了岸。凤莲被救活了。第二天,双羊来找我,狠狠地说:"老虎的屁股,球儿!我要陈元庆死。我要给姐姐报仇!"我说:"陈元庆该死!"

给凤莲报仇的事,曹双羊都是瞒着我的,他知道我缺乏战斗力。我所能做的就是安慰凤莲破碎的心灵。那时我给她唱大鼓,唱了《杨三姐游春》,她不笑,唱了《小过年》,她还不笑。我就猛然想起那段《车辘辘转》来:"做买卖,大爷拉着大奶奶。大奶奶放个屁,把大爷崩出二里地。摔折了腰,跌破了皮,两腿一蹬像团泥。大奶颠来喊大爷,别跟我打哑谜,回家还得拉大锯!"凤莲终于笑了,笑得呵呵的。她出房了,凤莲拉着我的手去了后院的菜地。我一着急,脚下被啥东西绊倒了,一头跌进香气扑鼻的花丛里。我鼻子闻到了花香,凤莲把我扶起来,让我猜是啥花。我嗅了嗅,说:"是韭菜花儿。"凤莲笑了:"啥呀?还说你是狗鼻子呢!那儿种着一片包指甲花。我种的!"我连连点头:"对,是包指甲花。"后来一些日子,曹大娘说凤莲每天都到花丛旁呆坐,闻着花香,还将花瓣捣碎,紫色的汁液涂满指甲盖儿。她一爱美,就不会去死了。初冬落了霜,她才离开后院,心情也慢慢好起来。从此,我知道了凤莲姐最喜欢包指甲花。

后来双羊告诉我,他只身一人进了县城,在一家旅店住下了。他约见陈元庆,陈元庆躲避不见。双羊听说陈元庆分到了工商局,就整天在门口蹲着。双羊说:"当时正是高考的日子,家里和学校都找不着我,家里都急坏了。"我想了想说:"是啊,大娘还来问过我呢!"双羊沉浸在复仇的快感里,兴奋地说:"三哥,那天傍晚,陈元庆这畜生终于推着飞鸽自行车出现了。我二话没说就冲了上去,冲着他的脑袋就是几拳,陈元庆猝不及防,被我揍了个仰面朝天。他是个聪明人,没还一下手。我接着又踹了他几脚,有一脚踢在了陈元庆的裤裆上。"我听着很解气,说:"活该,他自作自受!"我知道,后来双羊以故意伤害罪,被抓进了派出所,拘留了十五天。双羊被释放回村时,已经错过了高考。双羊说他不后悔,鹦鹉村出了陈元庆这个大学生,大学生就这副德行吗？他不上大学也不遗憾了。

后来双羊听说，陈元庆当副县长了。我做过一个梦，梦见双羊又去找陈元庆复仇。双羊把陈元庆从政府约出来，走到麦河渡口。他又打了元庆几拳。陈元庆开始还手，两人厮打成一团。陈元庆败了，苦笑着说："我打不过你，打人管蛋用？还是说说咋了吧。"双羊抹了一下嘴角的血迹，怒视陈元庆，突然伸手猛劲捶了下他的肩膀，哈哈笑了，叫道："好啦，这事就算他娘的过去啦！"元庆说："是我对不起你姐，还耽误了你高考，你恨我，我都理解！"双羊两手一叉腰说："恨，咋不恨呢？真想他娘的一刀捅了你，可我不傻，捅了你我也得吃枪子儿啊！"陈元庆问："那你想咋报复我呢？"双羊高腔大嗓地说："很简单，跟你交个朋友，罚你，罚你帮助我发财，你欠我姐的就一笔勾销。"陈元庆满口应允："这好办，这好办。"我就把这个梦跟双羊核实，双羊支支吾吾，不置可否。

这件事让我小看了双羊。我太了解曹双羊的性格了，他不会跟陈元庆成为朋友的。他换了花样继续复仇。凤莲看出来了，自己的兄弟还要整垮陈元庆。一天，凤莲找到我，让我劝劝双羊，让他尽快离开陈元庆，别再折磨他了。我去曹家劝说双羊。双羊不理解，咬牙切齿地说道："谁叫他坏我姐了哪？我得坏他一辈子！"曹大娘打了双羊一巴掌，说："你个浑小子，冤冤相报何时了？这句老话你都给忘了咋的啊？他陈元庆不仁咱曹家人不能不义。过去的事就不要再提了，男子汉肚量这么小，将来还咋干事儿啊？听娘一句话，好好做人！"我赞叹说："双羊，大娘说得对，你还有自己的前程呢！"双羊挥舞着拳头，"砰"地砸在门框上。后来，他真的停止了对陈元庆的报复。但是，曹双羊跟陈元庆成为朋友，那是煤矿出事以后。陈元庆把自己学到的人生计谋，一点点地灌输给了双羊，双羊没能报仇，却被他毒害了。唉，这年月啊，谁能毒害了谁呢？

生命的黑洞

一提吃兔肉，我就心惊肉跳的，想起那年双羊经营煤矿的事。即便这样，我还是想吃。兔肉被我咽进肚子，胃就好受一些，甚至非常舒服了。我得胃病有几年了，就是当年随盲人艺术团流浪演出，瞎吃瞎喝，把消化系统整坏了。没有好胃口，吃啥好东西也是白搭。虎子知道我爱吃兔肉，常常给我抓一些野兔来，抓来的兔子我不会炖，曹大娘常常过来给我炖兔肉。这一天午后，曹大娘一走，我就端出酒壶就着兔肉喝上了。也许吃兔肉不吉利，我刚吃完一碗，就听说双羊的煤矿出事了。

煤矿瓦斯爆炸了！死人啦！鹦鹉村炸了营，人们的慌乱程度不亚于麦河改道。人们抢险的时候发现，真正的老板赵蒙跑了，留下曹双羊当替罪羊。可是，曹双羊当时给一个工人替班，也被捂在里面，生死未卜。死人的事，永远是商家的大忌讳。我们村从来没有遇到过这类事故。不是我马后炮，出事前一年，我给双羊说过，矿上有灾祸啊！曹双羊挣钱都挣疯了，哪里听见我的话？我跟着曹大娘、曹大叔和凤莲姐即刻赶到北山。事故现场一片混乱，警车、救护车呜呜地鸣叫着。赵蒙跑了，槐树镇镇长、派出所所长指挥消防队员进入矿井实施救助。几小时之后，陈元庆赶来了，那阵儿他已是分管农业的副县长了。他协助分管企业的于副县长指挥抢险营救行动，安抚矿工家属。家属们哭成一团，望着喊着，吴三拐不停地给家属们作揖，赵蒙跑了，双羊压在井下，吴三拐成了矿上主事的人。实际上，他早已经成为这里的监工。他大声地向家属们做着保证，嗓子都喊哑了。家属们的情绪很快就失控了，女人们尖利的指甲挠坏了他的脸，多亏曹大娘和凤莲姐给他救了驾。曹双羊不是凡人，邪命够大的。第二天黄昏，他才被抬出巷道。曹双羊苏醒过来，紧紧握着于副县长的手说："谢谢您救了我！"于副县长哽咽了："不，谢谢你救了我啊！"这话让我摸不着头脑，后来听说，这场矿难共造成两人死亡，如果双羊死了，就超过了三人，副县长就得"撸"了。这场矿难还有两人重伤，十二人轻伤。市政府、县政府成立了事故调查组，责成镇政府协助做好善后工作。县公安局要通缉赵蒙，赵蒙老爹自然幕后操作，曹双羊求助姐姐凤莲，曹凤莲找了一次陈元庆，陈元庆竟然给了面子，达成这样一个结果：赔偿死伤民工经济损失，曹双羊替赵蒙顶罪，吴三拐替曹双羊顶罪，判了吴三拐三年有期徒刑。

我到县城医院看过曹双羊，那时他腿肿得都抹不下裤子，整个脚面和脚趾都烂了。他在医院里躺了半个月，因为重伤，公安局的人才没有拘留他，给他腾出了有效时间，可以找陈元庆副县长去活动自己的事情。我还知道，村里的人死活逼他要钱，甚至发生了过激行为，一伙人将他的家围了。曹玉堂慌了神，还是曹大娘厉害。曹大娘往大门口的石磙一坐，说他们曹家人向来敢作敢当，谁家的钱也少不了！曹双羊出院以后，死死揪住了赵蒙，终于把欠款还给了乡亲们！这老太太我算服了。

吴三拐去顶罪，这结局我还算满意，我对吴三拐没啥好印象。这小子是个酒鬼，虐待过虎子，常常醉酒殴打凤莲。听说他把凤莲衣服剥得精光，用笤帚疙瘩抽打，凤莲的哭号声震动四邻。这次的煤矿爆炸，吴三拐有责任，他是煤矿监工，整天醉迷呵眼的，该他检查的项目都给漏掉了。吴三拐被抓走的那天，天气阴沉，乌云层层叠叠地翻滚着。镇里派出所的警车就停在曹家门口。矿上出事以后，他就被警察控制了，一直住在岳父家。我和双羊家里人出来送行。我是怕凤莲难受。可是，她偏偏就靠在爹的肩膀上哭成了泪人。曹大娘很平静，看着女婿道："孩子，你是帮双羊的，我们曹家永远记着你的恩德。忍一忍，孩子，等双羊缓过劲儿了，就尽快把你捞出来！"吴三拐显得挺仗义，拍打着胸脯说："爹、娘、老婆，你们放心，我不会受委屈的。"这小子是这样说，我感觉，他对即将开始的牢狱之苦还是充满恐惧的。他央求岳母："你们得经常去看我啊，娘……凤莲，你要保重身体，等着我……"凤莲答应着，抱住丈夫痛哭不止。我接话说："三拐，你就放心走吧，我们都去看你。"说是这么说，我扭脸就嘿嘿笑了。

第二年夏天，双羊悄悄潜入村里，深居简出。我相信人是讲气味的，我与双羊是气味相投，谁也离不开谁。有一天晚上，曹双羊提着"衡水老白干"找我喝酒。双羊想吃兔肉，我说吃兔肉不吉利，还是炖羊肉吧。我给他讲了几次吃兔肉的悲惨故事。曹双羊煤矿爆炸是一回；那一年，我吃着兔肉，老娘就去世了；还有一回吃兔肉，我的师傅老邱死了。老邱师傅的死，让我悲痛了好久。他是一个民间表演艺术家，我瞎了以后，跟他学了算命和乐亭大鼓。他也是盲人，从来不流泪，师傅说瞎子流眼泪，离死就差不远了。我跟师傅说，我咋那么爱流眼泪，是不是活不长啊？师傅哈哈大笑，说是说他自己呢。那一年夏天，师傅在我家流泪了。天气很糟糕，大雨滂沱，麦河水位上涨到了警戒线。师傅到我家里，我让虎子抓了五只兔子。我娘给师傅炖了两只，那三只兔子让师傅带回家去。吃了兔肉，天色已晚，空中滚过响雷。我和娘挽留师傅住下，他是乘船来的，洪水冲下来就很危险了，可是师傅执意要回去。师傅给自己算了一卦，我们的行规，最忌讳给自己算命了，可他一算，说有难。我急得不行，死活不让他走，他还是要走，他答应我不坐船了，改坐拖拉机回去。总共七八里地的路程，拖拉机路过北山坡，师傅憋不住了，独自下去撒尿，恶狼就扑过来，把师傅给叼走了。难道这就是师傅的命吗？

我跟双羊讲了师傅的死，曹双羊含糊了，说就吃羊肉吧！我把羊肉炖得很香。曹双羊说:"你师傅被狼吃了,你痛恨狼!狼太恶毒啦,但是狼成功啦!羊很善良,总是处于被宰割的角色,你说这世界哪儿说理去?"我摇了摇头说:"别说狼了,吓人呼啦的,喝酒,喝酒!"酒喝到半瓶上,曹双羊痛苦地说:"煤矿出事以后,我情绪一直不好,连连做噩梦,还梦见过狼呢。谁见了都说我瘦了。实际上,不论白天还是黑夜,我都无法摆脱那恐怖的场面。那个死去的民工大跳,弥留之际那绝望的眼神,总是浮现在我的眼前。大跳被巷道里的木头砸伤了,额头的一块皮肉耷拉下来,挂在面颊上,血肉模糊。我已经分辨不清他的模样了,记得他只露出一只眼,眼睛很亮。他躺在那里,无力地喊着,救救我,救救我!我伸手去抱他的时候,我手里的对讲机响了,赵蒙大声骂我,别去救人啦,你狗日的快上来!我说了说大跳的情况,赵蒙骂得更凶了。我听明白他的意思啦,大跳注定是残了,残了要养一辈子的。死了,补一笔钱就干净啦!我大骂赵蒙,俞你娘!就知道钱,这是一条人命啊!我没有听他的,这王八蛋拍屁股走人了,我曹双羊还得跟乡亲们见面啊!我见死不救,还是人吗?我不顾一切地扑过去了。这个时候,巷道里一声巨响,塌顶又开始啦!我的脑子打了个闪,跌倒在巷道里。我晕倒了,醒来的时候,听见了大跳的呻吟声,老板,我不行了。我问你个事,我死了,你们会给我补偿吗?我说会的,会补偿的。大跳问给补多少?我说政府规定了,一条人命至少二十万。大跳说,老板,你说话算数吗?我说算数!大跳就颤颤地说,老板,我娘有了这笔钱,就能养老了。老板,我太疼了,我不活了,帮帮忙,你送我走吧!我双手扒拉着煤块儿,爬过去说,王八犊子,你胡说个啥?赶紧跟我走!我伸手将他耷拉的脑皮卷了上去,他疼得鬼叫。我说你小子忍着点,我背你出去!说着我把这小子拽了起来,背到了肩上。我背着他走了很久,后来实在走不动了。我一头栽到煤堆上了,身上的大跳早鸡巴没气儿啦!我给他擦了脸,这小子苍白的脸上满是水珠,涨满了欲望。我伸手一摸裤兜,对讲机也丢啦!啥都看不见,跟三哥你一样了。"

我听着很恐怖,额头的汗都下来了,用手擦了一下,喝了一杯酒:"你呀,真是条汉子!不过,真像你说的这样吗?村里人议论最多的是大跳之死啦。"

曹双羊沉默良久,语气急促了:"我听到了,说我没有管他,说我见死不救。你说这人心黑不黑啊?人嘴咋就这么冷呢?"

我吃了一大口羊肉,没吭声儿。

"三哥啊，你怀疑我吗？"曹双羊急了。

我轻轻摇了摇头："不，我不怀疑，三哥还不知道你是啥人？"

曹双羊突然停顿下来，独自干了一盅酒，抓着我的胳膊说："在漆黑的巷道里，我苏醒过来，也不知是第几天了，我啥都看不见。我往哪里走？往哪里走？我一个人走进了绝境。我无以回返，我感觉自己永远留在那里了。后来就整个昏迷，啥也不知道了，救援工人下来的时候，我是被当成尸体拉出来的，放在尸体堆里。人家一问，这个死人就是老板，都惊奇万分啊！天下哪有这样的老板？老板还有到井下卖命的？我睁眼第一句就说，我不是老板，我是农民！回头我一想啊，农民就该永远下井吗？农民就该像奴隶一样活着吗？三哥，你不知道，农民也真不争气呀，你说我给替班的是谁呀？下鹦鹉村的农民大强，他说他老婆难产，他要陪着上医院，如果不让他去，我心里过意不去。他是电话请的假，我满可以记他旷工。我再安排别人，我就是太善良啦！出事以后，我才知道，这小子骗我呢，他老婆根本没生孩子，他是给人盖房子帮工去了。人完蛋啦，到处都是骗子！"

我知道双羊心性高傲，却生活得煎熬。我想了想说："双羊，开弓没有回头箭，既然闯出去了，就往前奔吧！甭胡思乱想啦，商场如战场，你还不习惯啊，慢慢就好啦！"曹双羊好像受了啥刺激，继续喝酒，继续倾诉："三哥，人咋变成这样了呢？我还在下面呢，这小子就他娘下令封井！我对他既不能宽恕，也无法忘却。我俩不是一路人啊，后来我都明白了，赵蒙为了掠夺我们的矿井，动用了流氓地痞，打打杀杀，说起来会把你吓着！眼下，赵蒙把残破的矿井出手啦，他拉我在城里搞房地产。倒来倒去，肥了个人，坑了国家，里面的黑幕我都知道。我不能跟他干了，跟他合伙，真是我的耻辱！唉，姐夫替我顶了罪！我对不起姐姐，我可就这一个姐夫哩，如果再出啥事，我可没有挡箭牌啦！"我感动地说："快别提那个吴三拐，他整天跟你姐摔盆子砸碗，我烦他。这都是凤莲的主意啊。双羊，在你昏迷的时候啊，你姐紧紧把你抱在怀里，是你姐的身体把你暖过来的。天下最疼你的人是凤莲姐啊！"曹双羊极心痛地叹息了一声："姐姐劝过我，你也劝过我，我没听啊！经商不比种地，太险恶啦！太残酷啦！人们变得比狼还凶狠！你不狠，别人狠，你就会被吃掉！真的！我不能干了，我要离开这个充满敌意和仇恨的世界！这两年，我稀里糊涂的，就像在迷宫一样的青纱帐里迷了路，想找一条正确的道路真是太难了，太难啦！三哥，你说我应该咋办？我该咋办啊？"我指了一下虎子："双羊，你有这个想法，我很高兴。我跟你讲一讲虎子的故事，或许能给你一点启发啊！"

曹双羊急切地说："三哥，你说，你说！"

我打了个口哨，虎子轻轻落在我的肩头。我伸手抚摸着虎子的脑袋说："你爷爷跟我说过，他亲眼看见虎子的蜕变过程。虎子是苍鹰，你也知道，它是世界上寿命最长的大鸟儿。一般苍鹰能活七十岁，虎子快有一百岁了。凭啥虎子能成为鹰中之王？因为它经历过两次蜕变啊！一般的苍鹰，都是一次蜕变，它到中年的时候，面临着一场生死抉择。它的爪子不再锋利，别说抓兔子，就是老鼠都抓不动了。它尖尖的嘴巴又弯又长，行动不便，常常碰到胸腹。翅膀也都钙化了，变得特别沉重，几乎压得它喘不过气来。咋办呢？要么去死，要么经历痛苦的蜕变。蜕变也是很难的，必须找到绝高的山顶，找一块岩石筑巢，停止飞翔，停止猎物。它必须用头抵着坚硬的岩石，一下一下地反复摩擦，直到把老化的皮磨掉。这期间，啥都不能吃，只能凭一点泉水、雨水来度命。强劲的山风吹着山岩，发出吁吁的哨音。它就在山风的煎熬中等待着，等待着，有一些苍鹰饿死在山上了。虎子活了，它长出了新的嘴巴，再拿嘴巴把爪子老化的指甲一层层拔掉，指甲锐利了，就开始最后的搏斗。用新指甲一根根剥掉钙化的羽毛，那是要见血的。一切都成功了，孤独的苍鹰冲着苍天发出一声长鸣。虎子在四十岁的时候，在鹦鹉山有一次蜕变，八十岁的时候，创造了一个奇迹，完成了又一次蜕变！它一次比一次飞得快，飞得高！我想啊，你曹双羊应该学虎子，把身上的臭毛病改了，把农民坏习性拔掉，完成一个农民的蜕变，你就可以重新起飞了，知道吗，我的双羊兄弟？"

曹双羊被我说傻了眼，久久沉默着。忽然，我听见咕咚咕咚的声响，他把半瓶酒全干了。他手上沾着酒，紧紧拥抱我："三哥，你真行。我懂啦，我懂啦！"

我为他高兴，又开了一瓶酒。

曹双羊喝得醉烂如泥，倒在我的炕上吐得一塌糊涂，嘴里还喃喃着："三哥，我要找到我自己，我有蜕变的勇气，我有再生的决心——"

那一天上午，曹双羊找我去北山打猎。我真的不想动，摇头说："这两天皮炎犯了，浑身刺痒。再说了，我一个瞎子也帮不上你啊。"曹双羊说："皮炎算个球儿？回头抹点皮炎膏。走吧！我姐过生日，我们打一只野山羊来，给她庆祝一下子。"这小子算是摸透了我的脉，只要一提凤莲姐，啥事都好办。我笑了："好吧，为了凤莲姐，我做啥都愿意。"我跟他登上了北山。

太阳很烈,满山满岭香气浮动。我们的双脚刚刚迈进山谷,就感觉柳条子像金色的鞭子狠狠地抽了我一下。到了一块山岩,卧了好半天,也不见山羊出现。我摸到了圆圆的草疙瘩,这是狼的尿墩。山里的狼撒尿,专门用尿墩。我说:"双羊,这怕是狼窝,山羊是不敢在这儿活动的。换个地方吧!"曹双羊蹭蹭脚,果然有一串狼粪。我们就换了一个山岗,潜伏在山岩背后。曹双羊搜寻着山羊的到来,我支棱着耳朵细听。一阵树林响,便有了动静,我说:"来啦!"果真是山羊,山羊嘴里咕噜着,低哮个不停。曹双羊悄悄举了枪,山羊就停止了低吼,吓得大气不出了。山羊一点点近了,曹双羊又把枪放下了,压低了声音说:"三哥,坏了,这羊好奇怪,这羊给我跪下了,还流了眼泪。"我听着心里一颤:"娘的,这羊通人性啊!既然给你跪了,就是求你饶命啦!"曹双羊犹豫了。我脑子里闪现了一个画面:山羊白茸茸直竖起来,惊恐万状。我捅了捅他说:"听三哥的,别打了,别打了。"曹双羊暗暗地吐了一口气,重新举起了猎枪。他的决心已下,不想因为心软而放弃。山羊一点没动,好像是腿上有伤,它就那么静静地跪着,好像在哭,哽咽得很伤心,气息一抽一抽的。我再次劝阻他:"双羊,算了,算了。有的是羊,为啥非要赶尽杀绝呢?"

"老虎的屁股,球儿!"曹双羊骂了一句。我感觉,嗖地刮来一股冷风,那冷渗透了枪管,渗进了他的手臂,渗进了他的心脏。他猛地打了个哆嗦,枪响了!

我听见了山羊倒地的声响。我被震住了,有了深深的罪孽感,半天说不上话来。曹双羊仰脸大笑,猛地扑了过去,扛着山羊回家了。

下山的时候,曹双羊跟我说,山羊倒地也是跪卧的姿势。凭我的经验,山羊像小鹿一样奔跑着,即使中弹,死得英勇。这畜生为啥下跪?我心中一直疑惑着。到家里开膛扒皮的时候,曹大娘吃惊地叫了声:"哎呀,还有一只小羊!"手中的刀当啷一声掉在地上。曹双羊跑过去了,他亲眼看见,山羊的子宫里静静地卧着一只小羊,模样已经成形,早已死了。我脑袋轰的一响,终于明白它为啥下跪了,它为自己的孩子而跪。怀孕的山羊,等于两只羊,曹双羊把"双羊"打死了,多不吉利啊!这小子敢把自己一枪打死,以后还有啥不敢做的呢?曹双羊好像满不在乎,大声说:"吃,我们涮羊肉喽!"凤莲姐说:"你看看,怀孕的羊啊,多可怜哩!"我大声说:"双羊,不能吃啊!吃了对你不好!"曹双羊大咧咧地问:"为啥呀?凭啥呀?"我说:"因为你叫曹双羊!知道吗?"曹双羊不满意地嘟囔了一句。凤莲姐二话没说,拖了山羊尸体，赳赳趄趄往外走去。

曹双羊追了上去，跟凤莲一起把山羊拖到山坡，埋了山羊。曹双羊终于有了埋葬自己的感觉。曹双羊后来回忆说，那一天，天空壮丽，山上来了好多羊，大概活着的羊在哀悼它们，举行特殊的葬礼吧？

曹双羊跪了下去，连灵魂都跪下了。

一个阴雨绵绵的深夜，曹双羊潜入了县城。他在陈元庆家对面的小旅馆住下来。他想抱陈元庆这棵大树。后来听说，他巴结陈元庆的过程血赤呼啦的。陈元庆开始不买他的账，家门不让进。曹双羊赖上了，整天往陈元庆办公室跑。可跑也不顶用。一天他生了一计，打起了他老婆郑小雪的主意。家家都有难肠事，曹双羊打听到一个秘密，郑小雪正为妹妹郑小芳的工作发愁。郑小芳是学医的，正在市人民医院实习，想留在医院，陈元庆托了关系，但是竞争还是很激烈，毕竟不是在县里。院方推辞说，在等一个手指头外接手术，手术做完再看。也就邪了，平时常有断手指的民工到这儿手术，可是这次过了个把月，也不见病人到来，工作眼看着就黄了。郑小雪整天跟陈元庆唠叨，陈元庆无奈地说："要不让她回县医院吧？"郑小雪一听就哭了。曹双羊知道了，抓起西瓜刀，当场就把右手中指剁了，捧着流血的手指找郑小芳，郑小芳给曹双羊做了个漂亮的手术。院方非常满意，她留在市医院外科。像这小子干的事，也是最显他个性的地方，我听着都起鸡皮疙瘩。

当我问到这件事情时，曹双羊振振有词地说："我知道，这太野蛮了。谁愿意野蛮啊？有权的人不用野蛮，有钱的人不用野蛮，只想吃喝玩乐。我们农民不行，我们得靠它活命啊！十指连心，谁他娘没事愿意断指玩儿啊？"

果然像曹双羊预料的那样，出院那天，陈元庆把他请到了家里，他们说了啥我不知道，但我深信，陈元庆这次帮了他。他们搅和在一起了。曹双羊简直是疯了，陈元庆是啥人？他是祸害你姐姐的人啊，怎么能跟这种人同流合污呢？后来，桃儿跟我说，双羊又回到赵蒙身边，继续合伙经营煤矿。他不甘心，非要在矿上淘到第一桶金。桃儿在城里经常见到曹双羊，说他坐的小轿车，穿得规规整整，经常出入大酒店、歌厅和桑拿房。那一段时间，我发现曹双羊变了。听说他常捧着一本《狼的天性》的书来读。我虽然看不见他的眼睛，但感觉到他心肠变硬了，人变得像狼一样凶暴起来。

那一天，双羊带着黑锁过来找我。这个刚刚出狱的黑锁成了他的贴身保镖。上次黑锁一枪"喷"掉了丁汉的耳朵，还不吸取教训，难道还想杀人放火吗？双羊说，他请黑锁给他的煤矿保驾护航。我简直不敢相信自己的耳朵，你一个商人跟这个"恶棍"有啥联手的？双羊为了说服我，讲出了他的庞大计划。我吓了一个哆嗦，一个血淋淋的计划！这就是他所说的蜕变吗？这就是他所谓的"再生"吗？这小子让我失望啊！为此，我们之间发生了一次激烈的争吵。双羊让黑锁回避了，我们开始深谈。我说："我听桃儿说了，你跟陈元庆搅到一块儿了，你对得起凤莲姐吗？一个投机客，一个政治小爬虫，你们会干好事儿吗？更让我寒心的是，你不以为耻，还反以为荣。"曹双羊辩解说："我看不起陈元庆，但我看得起他的位子。咱县是他的领地，在他的领地上，就是他说了算。我不为自己辩护，只是不玩虚的了，拯救农民与我无关。我拯救得了吗？这是个资本时代，我视金钱如粪土，不是找死吗？我知道，亿万富翁讲的话，百万富翁就没资格说，像我这样的人，更没有资格发言了。"我气得颤抖了："钱，钱是万能的吗？要钱就不要脸了吗？"曹双羊大声嚷着："生活中不存在唯一的真理，胜者王，败者寇。守着善良，只能等死。我爹善良，懦弱，放屁都怕打烂裤裆，结果咋样呢？还不是在家受穷？我曹双羊混到这个份儿上，还不是因为老想善庆的传说？苦苦追寻一个愚蠢的真理，这有用吗？这是傻瓜才干的事情啊！"我愤怒地说："福为善庆，善有善报，你在变坏，变得没有尊严，还不如一个畜生！曹双羊，你敢看着我的眼睛吗？"曹双羊说："我不看，你的眼睛是瞎眼！"我说："你这是月婆娘放了个米汤屁，我眼瞎，心不瞎呢！"我伸出胳膊，紧紧抓住了他的头发。曹双羊挣脱着说："瞎子都在生活之外，糊涂地活着，粗糙地活着，等你真的睁开了眼睛，就啥都明白了。农民和农村，我算他娘的明白了，别对这个村庄动真情，真的，别指望他们理解你，别指望土地上阳光明媚，只有虎子知道，它会走向哪里！"我大声嘶喊："我是说你走向哪里！"他使劲掐我脖子，让我保持对生活的感觉。可我不知道疼，只知道伤心，只感到绝望。我伸手一拳打在他的面颊上，纯属歪打正着。我们两个人厮打成一团了。我滚过了炕沿儿，一头撞在墙上，跌到地上了。我感到双羊的心飞走了，我仿佛看见他的心飞走了。我臭口臭嘴地骂："你这个王八犊子，无耻！你那天控诉赵蒙，还以为你行了，没想到，你就是第二个赵蒙。商人都一个德行，我白立国不交你这个朋友啦！"我的心塌了，塌出一个深不见底的坑。

我的心乱了，常常迷了路，撞了树，跌进粪坑里，跌得鼻青脸肿，都是自己一点点爬起来。那是冬天，雪下疯了，冷得出奇，我常常冻得没知觉，好像一摸耳朵，耳朵就会掉在地上了。我抬眼望天，啥都看不见，只有一抹蛋青色。说明这是一片清冷的月光，没有再下雪的意思。这个时刻，巨大的孤独击垮了我。我想唱一段大鼓，可是没人听。我总是攥着梨花板打瞌睡，经常在迷糊中被虎子弄醒。有一天傍晚，凤莲来了，她身后跟着一群鸡、羊、鸭和鹅。无奈，我就给这些鸡、羊、鸭、鹅唱上一出。

第二年春天，积雪消融，麦河解冻了。我到北山煤场转了转，空气中悬浮着煤尘，呛得我直咳嗽。北山煤场又出现了新的人流。可是，再也没有听见曹双羊的声音，他去城里闯荡了。

曹老大的土地传奇

今夜无风，云彩裂开一道缝，月牙儿就钻出来。我来看望狗儿爷曹景春了。记得狗儿爷的泥塑是我老爹给塑的。那个场面我至今记忆犹新。原先，狗儿爷的坟头只有一个泥塑，他老婆王小香没有泥塑。春去春又回，花儿开了又谢，谢了又开，草衰了又绿，岁岁年年，狗儿爷的坟前变得凌乱了，杂草丛生。我的心里头跟眼前这景象一样，也乱七八糟的，就老爱想起狗儿爷活着的时候的事。

清明节一过，天就慢慢暖和了。这天，我走进坟地，快到狗儿爷坟了，感觉脚上踩着啥东西了，软软的，一摸才知道是纸花圈。花圈经过风吹雨打东倒西歪的，已经风化了。这是清明节曹家后人送的。狗儿爷的泥塑坚硬无比，就像老头儿的性格。老汉脾气倔倔的，是四邻八庄出了名的倔驴。狗儿爷死前跟我一样，眼睛都瞎了，住在麦秆草房里，整天骂骂咧咧的。时光就跟飞一样，一晃狗儿爷死了九年了，死那年他七十三岁。那是一个早晨，没吃早饭，狗儿爷去麦河滩溜达，跌了一跤，跌在麦河边的老槐树下，抬到家里就不行了。狗儿爷死的时候好啊，早饭之前咽了气，给子孙留了三顿饭。俗称"留三顿"。意思说子孙后代一日三餐都有饭吃。鹦鹉村人最忌讳晚饭后断气，那样死者将一日三餐都带走了，预示着子孙要沦为乞丐了。死人要穿一套新衣裳，老粗布上挂上麦穗儿，金光闪闪，麦河人叫"麦衣"。穿麦衣的时候，子孙后代要先一件件穿在自己身上，然后一次次剥下，最后套在死者身上去。为了预防灾祸降临后人，还要用麦子盖住坟头。狗儿爷咽气的时候，光喘气不闭眼。孙子们都愣愣着不知咋回事，曹大娘明白了，老头儿是想塑个泥像。曹大娘赶紧让曹双羊叫我老爹，我老爹就翻墙去了曹家。我眼瞎翻不过去，就绕着大门摸过去了。我老爹后来跟我说，他给狗儿爷放血，放了一碗的血，鲜红鲜红的。这血和泥沙，用麦河水搅拌一起，掺进一些石灰，就可以塑人像了。我爹不一会儿就塑完了，他塑的泥人格外像狗儿爷，连狗儿爷的山羊胡子都有，眉目传神，栩栩如生。我看不见，但我听人说，这是我老爹塑得最好的泥塑。就因这尊泥塑，为我子承父业铺平了道路。

我跟狗儿爷说话的时候，总是点上一支烟。我抽烟是狗儿爷活着时候教会的。狗儿爷烟瘾很大，啥都吸过，困难时期，他吸过菜叶子，吸过向日葵叶，还吸过晒干的麦秸草。到了那头，狗儿爷不吸烟了，除了跟我说话，就是往死里睡觉，我能听见老家伙的呼噜声。他的鼾声如雷，一声接一声，声声不断，有时还带着吹气儿。我把狗儿爷喊醒了。他的声音很亮："瞎子，过来了？快跟我说说话。"我乖乖凑过去了："狗儿爷，你在那边瞎目合眼的咋活啊？"狗儿爷笑笑说："这边啊，没有地种，不吃饭，净是睡觉，你说光睡大觉，有眼没眼的还不是一个球样？"我得意地点点头，心想：还是阴间平等啊，那儿不欺负残疾人！狗儿爷埋怨我好久没来了。"是啊，对不住狗儿爷，我真的好久没来了。"我嘴上嘟囔着，胳膊扬高一点，灯笼一晃，伸手一摸，狗儿爷的泥胎破损了，山羊胡子都给掰掉了。狗日的，是谁给狗儿爷破了相呢？凭我的直觉，有人来破坏了。我的警惕性就上来了，是不是曹双羊回乡"流转"土地伤人了？仇家过来祸害狗儿爷的泥胎？

对于损坏泥胎的事，狗儿爷却满不在乎。我们转了话题。我把自己"混闺女儿"的事儿说了，狗儿爷很高兴地说："好啊，你小子终于混了闺女儿！喝喜酒的时候，别忘了我们这些阴间的老少爷们儿。把酒端来，让我们闻闻喜气儿啊！刚才你说啥啦？咋个没那命？我看你该转运啦！"我说："狗儿爷，借您吉言！真有那一天，我给你送喜酒来！"狗儿爷嘿嘿地笑了。狗儿爷没有问我曹双羊收麦子的事。狗儿爷却记起先人的旧事，给我忆苦思甜了。死人嘛，眼皮底下的事记不住，脚后跟踩烂的事总也忘不了。

我恳求狗儿爷讲一讲他爹的故事。

狗儿爷说："我跟你讲了，你小子别害怕啊！我爹可是咱麦河有名的大英雄啊！我爹是麦河上游青石沟人，如今那儿的曹家还是大户。那是一百年前的往事了，发了洪水，麦河改道了，我爷爷奶奶都被淹死了，我爹抱着一根槐树被冲到了麦河下游。我爹的命真大，他在河滩上吐光了肚里的污水，自然苏醒了。他沿麦河讨饭，饿得蔫头耷脑。一天，他讨饭讨到了鹦鹉村，走进了大财主张兰池家。张家对我爹很友善，递给了他一兜子吃的，还说吃饱就回家吧！我爹打开一看，傻眼啦，竟然给了他一兜土疙瘩。我爹怒了，哗啦抖落掉那包土，破口大骂道，这他娘的哪是吃的啊？这不是一包土吗？这土咋吃啊？这狗财主！大管家连忙上前解释，小伙子，息怒，息怒啊！你还不了解我们东家，他可是个大善人。我们这儿有句俗话，宁舍一顿饭不舍一包土啊！他今天给你土，是老爷高看了你，这是好兆头啊，说明他默认你在这儿开荒种地啦！管家就摁着我爹的头，愣是给张财主磕了头！"

我感叹了一声："这哪儿讲理啊，不给吃的，还得给人家磕头！"

狗儿爷继续说："我爹带着这包土疙瘩回到麦河岸边的草棚里，大病了一场，人也瘦了一圈。他做了梦，梦见自己在河滩开荒种地。醒来的时候，他忘记了屈辱，就留在河滩开荒了。这个时候，我爹认识了下鹦鹉村的姑娘马小兰。听我娘说，他们的缘分来自一个节日。这个节日叫'麦蛋节'。每到端午，麦河流域的年轻人就过这个节日。其实，这是个相亲的节日。小伙子和姑娘们穿戴一新，男子手拿麦穗儿，姑娘手握涂了彩的鸡蛋。他们纷纷来到鹦鹉村的麦河滩上，追逐、跳舞、唱歌。男子看上哪个姑娘，就大胆去追，去抢她手里的鸡蛋，抢到手了，说明姑娘喜欢你了。如果姑娘不喜欢，就不让你抢到。你要是非抢的话，姑娘就捏碎手中的鸡蛋，涂在男子的脸上。要是姑娘喜欢哪个小伙子，就要去抢他们手中的麦穗儿，抢到了就说明喜欢上了。如果男子不喜欢，小伙子就用麦穗儿捅她们的奶子，把姑娘们痒跑了。我爹一眼就看上了小兰，他追逐着她，去抢她手里的鸡蛋。我爹追逐我娘的时候，我娘故意躲闪着，一失脚，掉进河沟里了，我爹跳进河沟，抱起了我娘，拿到了她手中的鸡蛋。那个鸡蛋被涂成了黄色，我娘说是我姥姥给涂的，跟成熟的麦子一个颜色。"

我说："土生麦，麦养人，蛋生鸡，鸡生蛋，循环往复，象征生命繁衍。多有意思啊，这阵儿咋没了这个节日了呢？"

狗儿爷嘿嘿一笑："还有这个节，你瞎三儿能闲得住吗？还不老追着姑娘抢鸡蛋？我爹跟我娘一来往，被我娘的老爹马三儿看见了。这个马三儿就是我姥爷。我姥爷十分气恼，大骂女儿，叫她别跟那个穷鬼来往。我娘非常伤心。我爹所在村是上鹦鹉村，我娘是下鹦鹉村，两村相隔三里地，却仇怨很深。仇怨源于争夺土地，两村发生过械斗，不通婚姻。我爹不知道内情，以为嫌他穷，就发誓多开荒、多种庄稼给我姥爷看。功夫不负有心人。那片被我爹夜以继日开垦出来的土地，在他精心侍弄下终于获得大丰收。我爹手里有了点积蓄，盖了两间土坯房，就算在鹦鹉村安顿下来了。他本想回青石沟，可因为心里惦念着我娘就不走了。这年清明节，我爹回到曹家祖坟，将淹死的父母坟墓迁到了鹦鹉村。他抱着大公鸡给我爷爷奶奶引魂,是沿麦河乘船来上鹦鹉村的。我爹在自己开荒的土地上埋葬了爹娘。这就是我们的曹家坟。这一年大旱,鹦鹉村人逃荒的不少,我爹却坚持留了下来。他在自己的荒地上种麦子。结果就长了稀稀拉拉的几株麦子,就这点麦子,让我爹留了下来。为了浇灌这点麦子,我爹从三十里地的山里找来水,终于救活了那些麦子。大财主张兰池很欣赏我爹,想拉他到张家当长工,我爹拒绝了。干旱过去,有些逃荒的人陆续回来了。我娘常常过来跟我爹幽会,她被我爹的惊人毅力征服了,更加爱他了。要说我姥爷这个人,可真不咋样!我姥爷是个赌徒,他看中了我爹的那块河滩地,他要把地赢走,那样我爹就没了立足之地,我爹就回他的青石沟了,也就没人惦记他闺女了。这天早上,我爹手里捏着一块玉米面饼子来到村头大槐树底下,对正在跟人打牌的我姥爷说道,马三儿,我想跟你赌一把,要是我输了,就自个儿卷着行李滚回青石沟。要是你输了,就把小兰嫁给我。我姥爷是这一带的'赌圣',正愁没机会赶走我爹哪,满口答应下来了。在场的所有人都看好我姥爷,为这场毫无悬念的'斗赌'提不起神儿来。可结果呢,却是我爹赌赢了。我姥爷十分惊讶地看着我爹,好像突然不认识他似的。他心里头一百个不乐意,嘴上也没法说呀,只好让我娘跟我爹成了亲。我爹破了上鹦鹉与下鹦鹉自古不同婚的规矩,这让上鹦鹉村的人极为恼火,不准他参加村里的一切活动。我姥爷也跟我娘断绝了父女关系,不相往来,所以婚礼上没有人来参加,冷冷清清。我爹觉得挺委屈我娘的,可我娘没往心里去,反过来还安慰我爹哪!一年后,我娘在麦河滩的小草房里,生下了一个男孩,孩子哭声听起来像小狗儿叫唤,干脆就取名狗儿。"我嘿嘿一笑:"这狗儿就是你啦!你不说我也知道!"

狗儿爷继续往下讲了:"那年月啊,开荒种地是村民丰衣足食的唯一途径。村民靠吃苦耐劳开发了大片的土地,上鹦鹉村成为那一带土地最多的村庄。但村庄的人口并不兴旺,到了民国年间,这儿成了那一带人口最少的村庄,造成边远的一些土地撂荒。邻村就乘机耕种,村人也无暇阻拦,第二年开春又是这样。如此三年五载之后,土地就乱了套。但是,该谁就是谁的,总该有个说法,于是,老族长就派代表去下鹦鹉说理,不想下鹦鹉人比你还横,拒不归还,还打人骂人!这矛盾就激化了,很快演变成集体械斗。那年头,械斗是常有的事儿。"我说:"是啊,如今人们一提起械斗,自然会和野蛮、愚昧、落后联系起来。在一百多年前没有法典,械斗是解决领土纠纷最有效的办法。"狗儿爷说:"上鹦鹉村人少,但民风强悍,尚武成风,代代出轻生死重大义的民间英雄。双方都抬着棺材，棺材是槐木做的，漆着大红油漆，气派堂皇。村中族长一声号令，全村男女老少就齐聚在下鹦鹉的村口，摆上牛皮战鼓，排成方队，呐喊求战。下鹦鹉村人多势众，并不把小村放在眼里，于是也倾巢而出，一声呐喊，鼓角声鸣，棍棒齐舞。对我们上鹦鹉村来讲，要想以少胜多、以弱胜强，除了死战别无他法。村里一般选取几个死士，立下字据。若战死或替村里顶罪，家里妇儿年年由族人供钱粮若干，替其爹娘养老送终之类的字据，使这些死士无所顾虑，慷慨赴阵。这些人中，我爹的故事最有传奇色彩。为啥上鹦鹉村赢了？我爹给出了个主意，用割麦子的镰刀，把刀把儿加长了，加到三米长，老远就能钩到他们。那年的秋天，一场争夺土地的械斗在临近晌午时候打响了，上鹦鹉村人打死了三个下鹦鹉村人。创造了以少胜多的范例！这就得益于我爹的秘密武器。官府要治罪，我爹在村里没根基，又娶了下鹦鹉村的老婆，村里就送我爹顶了罪，被判关外劳役。那时去关外劳役没有活着回来的，我爹保住了村里的土地，还要去顶罪，就给他立了碑。我还记得送行那天，天灰蒙蒙的，阴雨绵绵，浇得人身上凉了吧唧的。全村人都出来了，都来给我爹送行。族长还请来了乐亭大鼓名角盛长生，给我爹送行助威。盛长生唱道，'摸一摸我的天，亲一亲我的地，娘织了毛布衣，姐编了苇炕席，麦子黄了梢儿，大爷挂了犁儿——'我爹扑通一声跪下去，喝下了族长端给他的'麦河老酒'，歪着脑袋学唱了一句：摸一摸我的天，亲一亲我的地——声音就哑了。我爹用嘴巴亲吻土地，泪流满面。人们受了感染，纷纷跪下来亲吻土地。时辰已到，我爹对我娘说，把带的东西给我吧！我娘将一个蓝花布包递给我爹。兵丁上来检查，打开布包一瞅，竟是一束没经碾打的麦穗儿。麦穗儿是吉祥的东西，福佑我爹平安归来。我爹背着麦穗儿仰天长笑，被兵丁押走了。从此，我和娘守着荣耀的石碑生活，这一守就是七年。我娘见我爹七年毫无音信，估计他回不来了，就请村里人帮忙，在麦河的河滩地上给我爹立了座坟茔，逢年过节的时候，思念他的时候，我们娘儿俩就坐在坟茔前跟我爹说会儿话。我娘说着说着就呜呜地哭开了，我跟着抹眼泪儿。"

我惊叹了，这乐亭大鼓唱了一百多年了，这鼓词儿咋还没过时呢？民以食为天啊！

狗儿爷说："好像是第八个年头了，那年刚一开春儿，我爹居然回来了，带着累累伤痕，胡子拉碴的，披头散发的，活像个饿死鬼。我们娘儿俩冷不丁一见着他，吓得半天没反应过来。等确信就是我爹回来了，我们抱头就是一通哭哇，哭得房檐上的虎子直叫唤。一家三口哭累了，说说笑笑歇息会儿，歇够了再接着哭。我爹吼声，别鸡巴哭了，我浑身疼哩！我一看，我爹受伤的身体生满了蛆，臭味熏天啊！我娘慌了，问他是咋回事？我爹告诉我娘，回家的路上遇着狼了，他与狼搏斗的时候，不幸滚落山崖。保了命，衣服被撕烂，身体被树枝刮出一道一道的血条子，我爹还是一人爬出了山沟子。天气太热了，伤口烂了，生满了蛆。这可咋办？等死吗？我娘借着灯光，一针一针给他挑蛆。我爹急了，这得挑到猴年马月啊？旧蛆挑走了，新蛆又生出来了。我娘找来了村里的韩中医，他是韩腰子祖上。韩中医给出了个主意，水缸灌满玉田老酒。娘把我爹脱个精光，两个大汉咣当一声，把我爹扔进了酒缸。我爹一声惨叫，身上的蛆都杀死了。可是，新的问题出现了。我爹窝在水缸里拽不出来了，眼瞅着被酒呛死了。我娘搬起石头，哐一声砸碎了水缸。酒流出来了，我爹像个肉球儿从水缸里滚了出来，嘴里咕噜咕噜吐气泡儿。过了几天，我爹慢慢恢复了身体，用粗糙的大手抚摩着我的小脑袋，问我娘，咱家的地经营得挺好吧？快带我去瞧瞧！我娘一听他说这，扑到爹的肩膀头哭了。我爹扳起我娘肩膀，连声问，出啥事了吗？咱家的地咋着了啊？我告诉爹，咱家的地早就叫我姥爷要回去卖给张兰池了。我爹当时就炸了，啥？叫你姥爷……你姥爷卖给张兰池啦？我爹眼睛瞪得鸡蛋大，渗出了血丝，怪吓人的。我娘低下头不敢看他。娘说她爹染上了赌瘾，家里头的东西都变卖光了。最后实在没有啥好卖的了，就把我娘的老娘卖给了一个从山东逃荒过来的老光棍子。很快这笔钱也叫他挥霍光了。他就看中了闺女家的这块荒坡地，就伸手来要。娘心软了，就给了他。我爹辛辛苦苦开垦下来的土地，被我姥爷强行卖给了张兰池。我爹要找岳父讲理，我娘抱住丈夫后腰，抽咽着说，我都三年不见他了，活不见人，死不见尸啊……我爹一股急火攻心，感到嗓子眼儿一阵腥气，嘴巴一张，哇地吐出一口鲜血，硬邦邦的汉子'咣当'一下子躺倒在了地上，砸得土地山响，当即就不省人事了。"

后来的事儿，我早就听说过。这事儿，我的太爷都知道。我娘告诉我，我太爷的爹听见哭喊声，连忙跑进曹家，抱起曹老大一边喊他的名字，一边掐他的人中。手忙脚乱地好不容易把他整醒了，抬到炕上好一阵劝慰。

狗儿爷说："我爹终于醒了。"我插话说："是我爷给弄醒的吧？"狗儿爷说："这我可记不清了。我爹一睁眼就咬牙切齿地骂开了。骂完了，挣扎着起身要去找张兰池理论，要好好问问他，那地明明是我曹家的，你张兰池难道不知道吗？你凭啥从马三儿手里头买下这块地啊？骂归骂，究竟当时他跟我姥爷是咋成交的，人们就不得而知了。我爹甚至怀疑，这块地是不是张兰池鼓捣我姥爷抢过去的呢？没准真是这么回事儿。反正我姥爷不见了踪影，已经无从取证了。我爹对我娘说，我要上县衙门告张兰池的状去，告他霸占别人的土地。你太爷过来劝我爹，告谁？告张兰池？禽，你看你能耐的，你咋不上天上告王母娘娘去啊？我问你，县衙大门口朝哪边开你知道不？我爹说，鼻子底下长着嘴，我不会打听？你太爷黑了我爹一眼说，打听到门口了你进得去啊？就朝我爹一伸手说，拿来！我爹问拿啥？你太爷说，银子呗，装糊涂啊？我爹一横膀子说，钱，没有，要命有一条！你太爷笑了，是冷笑，他说，没银子你告的哪门子状啊？吃饱了撑的是吧？我爹霍地站起身跳下炕，抄起门后边的一把镰刀，大嗓门儿说道，我找张兰池拼命去！你太爷给拦住了，还给出了个主意，你就累一点，再开点荒地呗！我爹开窍啦！第二天早上，我爹肩上扛着一把镐头，我娘扛着一把铁锹，我拎着小水桶奔了北山坡。我们三口子为即将获得的新土地兴奋了一宿，一宿没合眼竟然不困。我爹转悠了好一阵子，最后选准了一块潮湿的荒地，放下家具，划着火柴点着了荒草。然后，三口人整齐地跪在地头，点燃三炷香祭拜了土地神，这才开始刨下了第一镐头。我爹又开了一块属于自家的土地。播撒麦种的那天，一家子在地头庆贺了一番，吃的是鲇鱼卷子，喝的是菜糊糊汤，还炒了两个鸡蛋哩。这是一顿丰盛奢侈的饭菜。麦子刚刚出苗，赶上天大旱，眼瞅着僵死在板结里，急得我爹挑着水桶一天往返十好几趟给秧苗浇水。我拎着小水桶跟在爹的后头一连跑了半拉月，麦子大部分保住了。三口子接着做起了丰收梦。可是，好景不长，这天刚擦黑儿，我娘正摸着黑做饭，我在炕上折跟斗玩。张兰池家的管家来了。这家伙长得尖嘴猴腮的，鼻子下头留着撮八字胡，要多寒碜有多寒碜。村里都背地里叫他'怪兽'。他无事不登三宝殿，我娘一看是他，就知道大事不好。便赔着笑脸说道，哎呀，是六爷来了，您进屋坐啊！'怪兽'用手绢捂着鼻子，沙哑着嗓子说道，告诉曹老大，明儿个上张老爷府上走一趟，早上就去，听见没有？晚上睡下之后，我娘对我爹说了。我爹琢磨好半天没猜想出要他去张兰池家会是啥事。是福不是祸，是祸躲不过。第二天早上，我爹去了张兰池家。我娘万万没有想到，男人这一去就没回来。直到天擦黑儿，还不见我爹回来，我娘就去张家询问。'怪兽'翻着白眼不看我娘，脑袋仰到了天上，说道，曹老大对老爷行凶，被警察局的人带走蹲大牢去了。我娘一时没反应过来，张着嘴巴说不出话来。'怪兽'补充道，你家非法开垦张老爷家的土地，老爷要收回来，他不给，竟然抄起椅子砸老爷，幸亏我们下人都在场，不然老爷就没命啦！我娘眼前一黑，啥也不知道了。"听到这儿，我的心就吊了起来，恨恨地骂道："曹老大够苦的，这个狗财主，不是骑人脖子上拉屎吗？"

狗儿爷说："不光我们曹家，那个年月，谁家没有一本血泪账？"

恶的果实

那个冬天的早晨，贼冷贼冷。我被冻醒了，冻得哼哼唧唧。我抱着胳膊走到院里，屋里还真不如外边暖和。太阳在后脑勺上咝咝地叫着，照得后背暖烘烘的。我默默地靠着树干，一动不动，仿佛是睡着了。让太阳把我晒酥了吧！这天上午，双羊怕我冷，派黑锁送煤来了。一卡车的煤堆在窗前，我闻到了涩涩的原煤味儿。要不是双羊派黑锁来送煤，我还以为他从煤矿撤出了呢！他舍得离开吗？那个吃人不吐骨头的黑东西，值钱啊，好吃的包子谁他娘也不愿撒嘴啊！我对黑锁说："双羊既然在矿上，为啥不来见我？"黑锁嘿嘿一笑："三哥，羊哥不见你，是因为忙，他现在一阵在城里，一阵在乡下。尽管你们掐了架，可他还处处想着你哪！羊哥就是义气，这不派我给你送煤来啦！"我摇了摇头说："你说的不对，他是怕我骂他！明明在矿上栽了，还不吸取教训！吴三拐还在监狱里哪！他想一条道走到黑呀？告诉他，别跟着赵蒙搞啥煤矿啦，做点正经买卖！"黑锁骂道："放屁，你坐着说话不腰疼，不搞煤去哪儿弄钱？难道还让我们种麦子不成？"我大声反驳说："种麦子咋啦？你不是吃白面长大的？"黑锁说："三哥，你别生气。我们都是吃白面长大的，可是，吃白面跟挣大钱是两码事儿哩！羊哥在矿上差点丢了命，可他并没挣到钱啊！他能甘心撤出吗？"我说："他糊涂啊，这场事故，他还没看清赵蒙吗？人家有权有势，赵蒙吃肉，他也就喝那点汤！"黑锁嘿嘿一笑："不会啦，羊哥要动真格的啦！不然，他不会拽着我！"我一下子明白了，双羊不见我，还有一个理由，他要跟赵蒙要阴谋了，他要拿命赌一把，然后淘到人生第一桶金！黑锁好像看出我的忧虑，继续说："赵蒙不是个东西，我就是要帮双羊干掉他！除了要挣钱，还有一个原因！"我说："啥原因？"黑锁神秘地说："赵蒙把桃儿睡了，不，是他娘的霸占了！"我的脑袋轰然一响："啊？真的假的？不，不可能！他们是好哥们儿啊！"黑锁厉声说："有啥不可能？小品不是说了吗？这年头抄后路的，有几个不是哥们儿的？"虽说那时桃儿还没跟我好上，心里还挺难过。我问："你和双羊亲眼见啦？"黑锁说："我先看见的，那天桃儿挎着赵蒙的胳膊上了他的奔驰车。桃儿穿着蝙蝠衫，健美裤。那勾人的大眼睛啊，能把城里的男人都望倒。羊哥也看出来了，这婊子变了个人，她脸上擦了好多珍珠霜。"我无话可说了，珍珠霜遮住了桃儿脸上的小雀斑，遮住了她的疲倦，却遮不住她心里的煎熬啊！她肯定不是情愿的，一定有隐情啊！黑锁继续说："羊哥上前去拉桃儿，却被桃儿骂了一顿。窝囊不窝囊？"我说："黑锁，双羊跟赵蒙谈了吗？"黑锁说："谈？谈鸡巴啥？人家早不跟羊哥了，羊哥咋谈？再说，她能听吗？"我额头冒汗了："这还得了，你赶紧叫双羊来，我跟他好好商量一下！"黑锁说："三哥，你别掺和了！我得走了！"我大声喝道："你小子听着，双羊跟赵蒙没法相处了，别吃了他的亏！"黑锁说："老子监狱都蹲过，还怕他个龟孙？娘个巴子的，老子不吃他这套，要玩就玩个痛快，他凶我更凶，他黑我比他还黑！他要敢动劲儿，老子就拿火枪喷他！"我咧了咧嘴巴，发火说："别老喷喷的，遇事儿多动你的狗脑子！你杀了人，还不得偿命啊？你小子有几颗脑袋？"黑锁说："我就一颗脑袋，但我的脑袋顶他们好几颗哪！"说完就跑得没影儿了。

　　这个严冬，寒冷而陌生，藏着好多隐秘莫测的故事。这年头转运、发迹，都是眨眼的事。我有一种不祥的预感，双羊和黑锁混在一起，那是在深渊门口转悠。一个疑问在我的脑子里打转：双羊已经恨上了赵蒙，为啥还赖在矿上呢？我想起鹩哥和蛇雕，这两个威猛的家伙共栖一棵大树。双羊和赵蒙也是共栖吧？但是，这种特殊现象，还是不能说服我。大自然的动物和生物，都有血腥的竞争，老虎吃豹，豹子吃熊，熊吃鱼，大鱼吃小鱼，小鱼吃虾米，虾米吃浮虫儿。你说，何况人啊？我感觉到，双羊与赵蒙早早晚晚要翻脸，拼个你死我活的。我不放心，给双羊打了电话，他不接，这小子总是躲着我。

　　这天夜里，下了一场大雪。双羊和黑锁来了，他抱来了一只鸡，说是白色的小公鸡，外号叫小白。他非要跟我的黑公鸡"斗鸡"。麦河流域很早就开始"斗鸡"，家家都养着好斗的公鸡。我无奈喊来了自家的黑公鸡。黑公鸡外号叫大黑，我们鹦鹉村的鸡王。它的羽毛亮得像擦了香油，脖子下面还长着一束彩羽。鸡爪尖利，与虎子的鹰爪相比都不逊色。所以，以往的日子里，双羊跟我玩"斗鸡"几乎都是惨败而归。今天双羊过来"斗鸡"，我感觉他别有用意。双羊跟我没有多余的话，"斗鸡"即刻开始。这个时候，我听见虎子尖叫了两声。我黑着脸骂："虎子，没你的事儿，你给我老实待着！"

虎子就没动静了。这畜生也成了一个看客。黑公鸡得意扬扬地打起鸣儿来："喔喔喔！"鸣声一落，我就听见了"噗噗"的厮打声。双羊兴致勃勃地现场解说："大黑和小白，一决雌雄的时候到了。表面看，小白不是大黑的对手。可是，小白面对鸡王并不示弱，歪着脑袋，向大黑一步步逼近。好，终于扭打成一团。大黑啄了一下小白的脖子。小白凌空一飞，大黑抻直了脖子，小白趁其不备，偷袭了大黑的左眼，眼球被啄掉啦！流血啦！"我的心里一激灵。双羊继续解说："大黑瞎了一只眼，几次啄咬都落了空。哎呀，大黑啄中了小白，唉，是一撮绒毛。小白越斗越勇，频频反击。大黑的嘴巴裂开了，大黑满脸是血，伤痕累累，变成了一只血鸡。它摇摇晃晃，身体颤抖，就要跌倒，可是，这家伙挺住了，它并不服输。"双羊的嗓子都哑了。我听见大黑发出"咯咯咯"绝望的叫声。双羊大喊："大黑退出了场地！哈哈哈，大黑已经被摘除了鸡王的桂冠！大黑，你完蛋啦！"唉，我咋没想到大黑竟然斗输了。一般说来，斗输的鸡再也没有脸面活着，会被主人一刀宰了，当下酒菜。

当天晚上，雪住了。月亮高高地挑着。我让黑锁把大黑公鸡宰了，跟双羊喝了一回酒。我们好久没喝酒了。喝酒的时候，我一语给双羊点破了："你醉翁之意不在酒，你斗鸡之意不在鸡。你做试验呢！想想咋跟赵蒙斗？"双羊喝了一碗酒，尴尬地一笑："三哥，你真神啊！"我想了想说："双羊，你跟三哥说句实话。跟着赵蒙干煤矿，到底挣了多少钱？"双羊沮丧地说："就分了十万块钱，出事儿都糟啦！"我咧咧嘴说："就这点钱，还有脸说呢，你不嫌丢人，我还嫌丢人呢！"没想到，我的话更加刺激了双羊。双羊愤怒地说："姓赵的太黑了，我要夺回属于我的钱！"我淡淡地说："你要叛变他？"双羊说："这叫叛变吗？人人都在叛变，我为啥不？三哥，你不知道，在商人堆里，人都活成了阴谋。心里想的和嘴上说的都是他娘两回事儿！"我说："别跟坏人打交道啊！"双羊使劲拍了拍我的脑袋："我的傻三哥啊，这世界就是他娘的不讲理，坏人太多啦，常常是善有恶报。没钱的越没钱，有钱的更有钱！人活在世上，都有值得骄傲的东西，我曹双羊有啥？我他娘的啥也没有！窝在赵蒙这里，人都不像个人啦！躺着的事儿这杂种都干啦！站着的事都让我干？"我知道他为桃儿的事记恨赵蒙，喝了一杯酒说："桃儿，桃儿不是你的女人，也不是我的女人，咱们就别再给自己增添烦恼。"双羊说："我咋也不会想到，桃儿会成为赵蒙的女人。桃儿啊，你个骚货，你跟谁不行偏偏跟他鬼混？"我抬了脸说："你要弄清楚，赵蒙是不是要娶桃儿当老婆？如果是这样，桃儿也算有个归宿！"双羊骂道："别瞎想了，赵蒙那种人会娶桃儿吗？他就是找找刺激罢啦！"我劝慰说："嗨，当初我劝你你都不听！世界是个大林子，啥鸟都有，别往心里去！"双羊继续骂道："这小子不给我钱，还他娘的处处冲我发脾气，这哪是合作伙伴？连他的一个马仔都不如！连粗心大意的黑锁都说我眼里有赵蒙的影子，这影子已化成很深很深的仇恨啦！他算个啥东西？鹦鹉山煤矿咋到手里的？还不是空手套白狼？你懂吗？套住，一下子就发了！人家有当官的爹啊！"

　　我苦笑着，脸上肌肉抽搐了几下："听说煤可真火啊，这煤价翻了好多倍吧？"双羊说："不，煤价不翻倍，咱们的煤市，就是卖煤的地方，是那儿翻了好几倍。"然后他又说到煤市，煤期货，A股市场。他有了见识，懂得了生意经。我说："这次事故，陈元庆帮了你，那可是冲着你的。不管咋说，赵蒙应该给你一点钱吧？"一提到钱，这家伙像抽了鸦片一样提神儿，他吃了一口鸡肉，嘴里嘟囔地嚼着："这狗日的常常拿牛眼瞪我，这目光像碾盘一样压在我的身上。过去，我有点怕赵蒙，说不怕，那是硬撑着，人怕人是从骨子里怕！他心狠手毒，既不讲良心，也不仗义。就说我姐夫吧，他替我们顶了罪，他一点感激都没有！好像我们家欠他的！我们打过几回嘴仗，红过几次脸。到了这一步，我对他还抱有幻想，可我万万没想到赵蒙这么恶。三哥，我相信善良，相信美好，可是，我的精神支柱叫赵蒙给毁了。一切都像肥皂泡一样破灭了。过去我相信的一切变味儿啦！这次真给老子惹急了，不是骂两句的事了。涉及巨大利益，我的心硬起来了，像钢一样硬！"我担忧地问："你想咋办啊？"双羊咬着牙齿说："以恶对恶！"黑锁一旁插嘴说："白刀子进去，红刀子出来！"我气愤地说："牛槽里多出驴脸来啦？没你说话的份儿！"双羊朝地上吐了一口痰，痰落地的声音很响，他用大脚碾痰的声音更响。双羊有个习惯，吐了痰都要用脚碾掉。我说："别闹僵了，你得冷静冷静！"双羊越说越来劲，大声嚷着："别拦我，人就是不能太善了，马善有人骑，人善有人欺！我对他狗日的忍了不是一天两天的啦！该有个了结啦！那天上午，我跟赵蒙摊牌了！我要把我的股份折成钱，离开这个鬼地方！你听听，姓赵的咋说？他说这个头不能开，头一开，往下就他娘的难办了，那几个股东过来要钱咋办？我说，那我就分个三号井出来！赵蒙的脸黑乎乎的，恶狠狠骂，你这鳖儿是吃了熊心豹子胆啦？我扭头走了。会计的脸都吓黄了，往后退着身子，劝说道：赵总，别急，他一定是喝高了，我去劝他，把他劝回来，向你认错——后来，会计告诉我，赵蒙双手捧着头，眉头紧皱着,坐在那里喘粗气。"双羊的声音贪婪而疯狂,屋里的空气顿时就紧张了。我一声不吭,只默默地听着。双羊说:"后面的事黑锁说!"黑锁的破锣嗓子响起来了:"我冲进屋里,把猎枪顶在赵蒙的脑壳上骂,都说你操蛋,你真他娘的操蛋,废话少说!痛快给我双羊哥拿钱,谁该死?我该死!狗日的,今儿老子这一罐儿血就摔这儿啦!我就是死了也他娘的拉个垫背的!赵蒙软了,哆嗦着说,黑锁,是我收留了你,你疯了吗?我歪着脑袋骂,谁敢动双羊哥,我非打他个脑浆崩裂不可!弄死你,跟碾个臭虫一样,我眼都不会眨一眨的,你信不信?赵蒙改了口,强装笑脸说,都是自家兄弟,钱的事,好说,那得开个董事会吧?我说,开就开,我给你三天时间!不许耍花招儿!我就他娘的出来啦!"我忽然觉得有啥东西向他逼近了,十分担忧地咂咂嘴:"双羊,你们要小心,这小子该朝你俩动手啦!"双羊咬着牙齿说:"我不怕他狗日的,光脚还怕穿鞋的吗?不就是个死吗?人死的时候,两眼一闭,往土里一埋,也都是黑的。三哥,你天天摸黑,黑有啥好怕的?"我黑了脸,把双眼一瞪:"有这么比的吗?我不准你胡来!"双羊嘿嘿一笑,根本不当回事儿。我虽说看不见,可我两眼一瞪,目光如刀,贼亮,扎人。

几天后果然出事儿了。一天夜里,黑锁开枪把赵蒙打死了。

听到这个消息,我炸出一头的冷汗来。老天爷呀,都是钱在作怪。钱会改变人,还会咬死人的。钱不是个好东西!钱把人的良心咬得一疙瘩一块,世界上没有比钱更可怕的东西啦!骂归骂,我还是不放心双羊。双羊咋样啦?出事儿的时候,双羊在哪儿?他受到牵连没有?能的怕愣的,愣的怕硬的,硬的怕不要命的。黑锁让多少人都怕了,黑锁从此臭名远扬了。虎子把一切都告诉了我,双羊被逼到死路上了。自从双羊与赵蒙撕破脸之后,赵蒙走投无路了,偷偷起用了被黑锁打掉一个耳朵的丁汉。赵蒙是想借丁汉之手除掉双羊和黑锁,这样也就化解双羊索钱的危机了。拿人钱财替人消灾,丁汉假借抢矿,带着两汽车人马包围了煤矿。黑锁是煤矿保卫科长,抵御这些抢矿的流氓,是他的神圣职责。双方一场冲撞,死的必然是黑锁。赵蒙的奸计被双羊识破了,双羊叮嘱黑锁,不抵抗,让歹徒随便砸随便抢。威胁到你生命的时候,可以朝敌人放一枪,要稳准狠,一枪毙命。黑锁问他,双羊哥敌人是谁?双羊恶狠狠地骂,动动你的狗脑子!黑锁一拍脑袋,说啥都明白了。混乱的时候,黑锁躲在暗处瞄着赵蒙。他发现,丁汉的人乱打,偏偏不打赵蒙。黑锁就证实了双羊的判断,将计就计,朝赵蒙放了两枪。双羊说他都看见了,吓得浑身乱哆嗦。赵蒙一死,煤矿停产两天。我以为双羊躲了,实际上，双羊并没有躲，人一躲会让人怀疑。作为合作伙伴，双羊坚守煤矿组织继续开工。黑锁被抓走的时候，双羊递给他一个眼神。黑锁啥都明白了，双羊会营救他的。后面就看黑锁在里面能不能挺住。让双羊迷惑不解的是，谁检举了黑锁呢？

　　几天来，我的耳边炸响着枪声。双羊过来跟我夸奖一通黑锁："黑锁是条汉子，无论警察咋审他，他只是痛骂赵蒙，只字不提我们的关系。"我感叹地说："黑锁杀人不对，可他也是受害者呀！"双羊愣了："你认为是我害了他？"我的眼睛湿了，大声嚷："这事儿有谁比我更清楚呢？"双羊不说话了。过了三个月，双羊又来跟我说："法院量刑，给黑锁判了死刑啊！赵蒙的一个表弟，检举了黑锁。他还出庭做证了。"我没有说啥，还说啥呢？好在黑锁的爹娘都过世了，家里没啥牵累。没几天，双羊过来跟我商量一件怪事，说看守所里有人出卖"密秘情报"。死刑犯如果买到，就算特大立功，可以改判死缓。我被惊得瞠目结舌："天哪，还有这个买卖？"双羊想了想说："这个信息十五万，我看还是买了吧，如果管用，救了黑锁一命！如果白搭了，我这个当大哥的也算尽力啦！"我没有表态，这事情太刺激我了。没几天，双羊回来了，很高兴的样子："三哥，黑锁的命保住了，已经改判死缓啦！再花一点钱托托关系，十年左右他就会出来啦！"我心里畅快了一些，注定是一条命啊！

　　那年腊月，漫天大雪。双羊给我带来了黑锁的死讯。双羊沉重地说："三哥，黑锁死了，看守所移交劳改队那天，黑锁越狱被击毙啦！你说，我咋觉得这是一个阴谋啊，他明明知道自己改判死缓了，能越狱吗？我感觉背地有人暗算他！"我的心被狠狠一刺，哑了半天。过了一会儿，我冷酷地说："你能买，别人就不能买吗？要知道，赵蒙的老爹是官，恶人不跟官斗，你懂吗？黑锁死就死吧，杀人偿命天经地义呀！他没连累了你，你就烧高香吧！"双羊久久不说话了。他心里在想啥？是不是猛醒了？我严厉地说："双羊，赶紧悬崖勒马吧，多行不义必自毙呀！命没了，钱有啥用？"双羊心悦诚服地说："三哥，让我静一静，让我好好想想！"我说："黑锁的路走不通啊！"双羊沉沉一叹。我一直有疑惑："黑锁咋那么听你的呢？你给他使啥迷魂药啦？"双羊说："不用下药，我给他讲未来的好生活！他能不想过好日子吗？"我嘲笑说："你呀，穷光蛋一个。对待黑锁，也是老母猪耕地，光会使嘴儿！碰上黑锁，这家伙是四棱子鸡蛋，少找！"双羊说："黑锁从小就崇拜我！女人崇拜男人就爱上了，男人崇拜男人，就会替你卖命！唉，我太需要黑锁了。如果黑锁还活着，我不会把煤矿出手的！"我埋怨说："你这家伙，变成泥鳅性子了，身滑嘴也滑。你再干下去，身黑心也黑啦！"我损他，双羊不气不恼，叹息着说："三哥，其实我也不想这样，两条人命啊！谁不后怕呢，险是真他娘的险，可是，这都是赵蒙逼的。不过，也真他娘的来钱啊！县里出台新政策，私采煤矿，重新注册。我一算啊，这得一大笔钱啊！我跟陈元庆商量过了，他也是主张出手，我干脆就卖了吧。这一卖，除了分给赵蒙家里的，我就得了两千万。鸡下头蛋都带血呀，世界上没有一笔巨资，不带有欺诈和血腥的！现在，我终于闻到了一股血腥味儿啊！如果黑锁还活着，我会给他一笔钱，让他娶个老婆！别再砍砍杀杀的啦！"我吸了一口凉气，说："他没有这个命啊！双羊，你不会让这笔钱躺着睡大觉的，还会以钱生钱，以后还让它再沾满血腥吗？"双羊想了想说："不，我不能再邪恶了！黑锁没了，一下子打醒了我。不能走他的路，那是死路一条啊！黑锁走了，我把他骨灰抱回来的时候，心里一下子被抽空了，目光迟缓地望着小村，像一个找不着家门的孩子！"我说："你对黑锁有依赖，你对他有崇拜！这很可怕，人不能超限度，一超就鸡巴悬乎啦！砍砍杀杀，诈来诈去，靠一种侥幸活着，早晚有一天会翻船的。我想过，有侥幸心理的人，是干不成啥大事儿的，你得挣体面的钱！"双羊沉默无语，经受折磨。他感慨地说："我们搞煤的人，都在玩生死游戏，一会儿上天堂，一会儿下地狱。我的脑子里总飘动着这句话，挣体面的钱！老天爷啊，我们总算从地狱里爬出来了。以后，我曹双羊要挣体面的钱哩！谁他娘的不想体面哩？"

桃儿的城市

桃儿是那天晚上出的事。

我记得那一年，桃儿回村的时候，我闻到了她身上的螃蟹味儿。我讨厌啥，偏偏就来啥，夜里梦见了一堆螃蟹抓我的脸。我一直想不明白，这神秘的联系昭示着啥？曾有一段时间，这梦境反复出现，我变得恍恍惚惚的，丢三落四，出门竟然忘记穿鞋。别人笑话我的时候，我还为桃儿的处境惴惴不安。有一天，桃儿回村了，我在村口截住了她。桃儿回避着我，我把她叫住了："桃儿，你站住，我有话问你！"桃儿怯怯地收住脚步。我围着她转，嗅她的衣服，嗅她的脖子。桃儿扭头对我说："你是咋啦？跟狗似的，嗅出啥没有?"我咧着嘴巴说:"还是螃蟹味儿。"桃儿怯怯地说:"三哥,啥螃蟹味儿,我听不懂你的话。"我追问道:"桃儿,你在城里都干啥了?"桃儿有些慌乱,讷讷地说:"我在打工啊!"我步步紧逼:"你在海鲜馆儿打工吧?"桃儿悻悻地走了。

事情果然被我料到了。听说城里啥都卖,卖得最俏的是"肉"。人总是有弱点的,何况女人?像桃儿这样的农村姑娘,能走上"卖"的道儿,真让我难以置信。凭她这脸蛋儿,这身材,这气质,随便找个城里的婆家也不是犯抢啊。退一万步讲,回乡搞个对象也成啊,哪家人不是这样过的?我为此事一阵阵揪心。果然,没有几天,我在曹双羊那里得到了证实。我在电话里把双羊臭骂了一通:"桃儿在城里,你也在城里。你是咋照顾她的?"曹双羊似乎比我还气愤:"三哥,桃儿可是咱们的好妹妹,你可不能往她身上扣屎盆子啊!"我沉重地说:"相信我的感觉。你调查一下吧!"曹双羊把电话放了。没有几天,双羊就回家找我来了。双羊进来的时候,我正在灶台旁做饭。双羊进来了也不说话,他就愿意看我做饭。我做的饭叫"乱炖"。我买了一斤五花瘦肉,切成肉片,油锅吱吱响了一阵,土豆片就下锅了。我倒油、拿盐、炝锅都很娴熟,手就是一杆秤,往锅里一颠,绝对不咸不淡。有一回,我提着塑料壶去村口的商店买酒,老板娘大玲不给够分量,我轻轻一掂:"啊,差二两,糊弄我瞎子啊?"在场人都笑了。大玲很尴尬,急忙给我补上二两酒。大玲不是个好娘儿们,她为了报复我,故意在门口摆上泔水桶,我这双腿一迈,正好迈进桶里,臭烘烘的泔水湿了我一脚。大玲就窃笑。双羊看见了,就狠狠地骂了大玲几句:"你个骚娘儿们,祸害三哥,你不觉得有罪吗?"大玲被骂得不敢吭声了。双羊还要骂,被我拦住了:"双羊,咱好男不跟女斗!再说,大玲跟我逗着玩呢,她是看我这双鞋破了,逼我换新鞋啊!"都被我说笑了。大玲赶紧过来给我擦鞋:"三哥,你真幽默。"我心里受用,其实,不是我嘴上幽默,而是自卑带来的幽默。我无力地摆摆手走了。人啊别记仇,和谐一点好,不自在都是自己找的。

双羊今天来找我,表情沉闷,我就感觉事情不妙。我一把攥住双羊的胳膊,急切地问:"双羊,桃儿的事咋样啊?"双羊叹息了一声:"屋里说吧!"我把热气腾腾的锅盖好了,跟着双羊进了里屋。双羊坐在炕沿儿上吸烟。我闻到曹双羊身上也有一股螃蟹味,难道这小子也学坏了?我说:"连个屁都不放一个,你倒是说话呀!"双羊低沉地说:"三哥,你的预感是对的,桃儿真的卖啦!"我的脑袋轰地一响,险些栽倒。双羊扶我坐下,继续说:"桃儿为啥要走这条道，我还没打听到。但是，我看见她出入色情场所，在麦田市的杰杰歌舞厅当三陪小姐啦！"我激愤地说："这丫头，丢人都丢到市里去啦！她丢了自己的脸，还丢了咱鹦鹉村人的脸啊！"双羊痛惜地说："唉，没救了，没救啦！"我说："双羊，明天你带我进城，我去把她拽回来！"双羊说："她不会回来的。她走邪啦！那年，我在市里找她，她偷偷去了深圳，故意躲着我，我知道，她用这种方式惩罚我！"

　　过了一会儿，我问："你见到桃儿啦？"双羊静静地说："见到了，我们在上岛咖啡一个单间里聊了整整半天。我说桃儿，别干这个啦！你会后悔的！你猜她咋说，我得挣钱啊，不挣钱咋活？我娘看病用钱，我弟弟上学用钱，世界上的大钱都叫你们男人挣了，女人挣的都是男人手指缝漏出的小钱儿啊！"我气愤地蹦了起来，大骂："无耻，无耻！这真是她说的话吗？"双羊争辩说："不是她说的，我还能给她编啊？三哥，桃儿走到今天这一步，我有责任啊！也许是我害了她！我流着眼泪对她说，我错了，原谅我吧，跟我走吧，我从今天开始，重新开始恋爱，我娶你当老婆！"我急切地问："对啊，她咋说？"双羊说："她说，你有病啊？我干净的时候不娶我，我今天这么脏了，娶我干啥？快收起你那套鬼把戏吧！这时候，我才明白，桃儿恨我，真的恨我！"我没有说话，搞不清双羊还在唠叨些啥。我大声说："当初你干啥去了，你害惨了桃儿。"双羊争辩说："三哥，你别拿我出气呀！"我心里知道双羊为此事自责，一直痛苦不堪。双羊沉痛地说："我听说桃儿混在色情场所，就去找她。那是一个雨夜，浓妆艳抹的桃儿从歌厅出来，就要跟一个老板上车了，我上去一把拉住她说，桃儿跟我走！桃儿好像喝酒了，狠狠地瞪着我，你是我啥人？我不认识你！我狠狠打了她一巴掌，桃儿被打愣了。我要拉桃儿，就被老板的司机一棍子打晕了，桃儿坐上汽车走了。黑锁过来了，见我脑袋流血了，把我送进医院包扎。医生说我得了脑震荡，让我住院治疗。黑锁去找到了桃儿，桃儿听说我住了院，就过来看我，她流着眼泪说，双羊哥，我太脏了，不值得你惦记，忘了我吧！我一把抓住她的胳膊，恳求说，桃儿，过去是我错了，我要娶你。跟我过日子吧！桃儿说，双羊哥，好女人多的是，忘了我吧！我抓着她的胳膊说，我要你，我不在乎别人说啥！桃儿挣脱了我，转身走了。桃儿一直回避我，我该咋办？我该咋办？桃儿离开了麦田城市，跟麦圈儿搭伴儿去深圳了。"我沉沉一叹。我知道，那一阵子，曹双羊极为苦闷，极为失落。

　　桃儿告诉我，孙家科是县医院的一个主治医生，孙家科害了她。桃儿刚刚进城，在县城的一家房地产公司打工。漂亮女人走到哪儿，灾难就追到哪儿。那一年夏天，桃儿娘得了重病，人快要不行了，在县医院住院治疗的时候，主治医生孙家科对桃儿娘非常热情，关心有加，治好了娘的病，桃儿十分感激，很快就跟孙家科建立起了友谊。桃儿始终拿他当大哥看，可他却起了歹意。这个畜生强奸了她。听到这里，像有一盆汨水泼到我身上，难闻至极。我心里一紧，我知道桃儿从这以后，破罐破摔了，她后来还跟赵蒙、张洪生鬼混过。

村里有传闻，桃儿在城里卖淫被抓了。

我再也睡不着了，一闭眼就会掉进噩梦里去。那一刻，我再也无法忍受，我会发疯，会打人，会到野外奔跑，没有啥东西可以挡住我，我一人喝了一瓶酒，扑扑跌跌地冲出了院子，直接奔了墓地。到墓地干啥？找死人倾诉委屈吗？是啊，我要跟狗儿爷说，我发誓说再也不想治眼睛了，不想看桃儿的模样了。她让我恶心啊！我醉迷呵眼地走着，跌在地上，趴在地上伤心地哭，哭也哭不出来，憋得气儿都粗。我爬起来继续走着。我走到了狗儿爷的泥塑前，大声喊叫："狗儿爷，你骗我，你不是说，桃儿不会学坏吗？你不是说她会成为我的老婆吗？"狗儿爷被我喊醒了，吐痰的声音。他说："瞎三儿啊，深更半夜瞎嚷嚷个啥？桃儿咋啦？女人变坏，还能坏到哪里去？无非是裤带松了点。"我佝偻地说："你说得轻巧，她毁了，她被抓了。你们都糊弄我，我再也不信你了！我不信你的了！"我顶着酒劲儿把狗儿爷的泥塑砸了。嘭的一声，泥塑倒了。我听见狗儿爷吼了一句："瞎三儿，你疯啦？看你小子这点儿出息！"狗儿爷泥塑被我敲碎了，敲碎了我曾是那样温柔的心。我一头栽在地上。一切都消失了，连同影像、气味、声音，都消失得无影无踪了——我昏睡在坟地旁，睡着了。全村人都睡着，鸡已经叫二遍了，我都没醒来。天亮的时候，虎子啄我的耳朵，咚咚地响，我醒酒了。有一群乌鸦，在墓地的树枝上怪叫。我一伸手，虎子把我的手指戳出血来了。昨晚的事，我记不太清了，我一摸，知道是在曹家墓地，还摸到了破碎的泥塑。我身上蹿出一股凉气，猛地打了个颤。我给狗儿爷的泥塑砸了，这让双羊知道了咋行？曹家人还不把我吃了？我扑通一声给狗儿爷跪下了："狗儿爷，你可别怪罪我啊，我昨晚喝高了！"狗儿爷的坟里没有声音。我慌了，忙用草根儿扎自己的胳膊，一阵刺痛，流血了。我就用自己的血和泥，跪在了泥塑旁一点点粘着。"狗儿爷，我对不住您老人家啊！"我的眼泪下来了。太阳出来了，这阵儿的太阳被我想象成比黑夜还黑。墓地无边的寂静。阳光很暖和，照耀着我的面颊，照热了我的眼泪，眼泪滴到手背上发烫。我还感觉到眼泪掉在泥塑上，"哧哧"地冒着小泡儿。不一会儿，我还听到了阳光落地的声响，这声响好像狗儿爷的喘息，狗儿爷的喘息声越来越重。整整粘了一天，狗儿爷的泥塑复原了。我靠着一棵小树睡着了，一直睡到天黑，墓地一片寂静。我跟狗儿爷对话的时候，狗儿爷竟然忘记了我砸泥塑的事。唉，看来死人不记活人的仇。我就恨自己，一个男人没本事，还发啥魔怔呢？

关于桃儿的事，村里人众说纷纭。有人说她是在深圳被抓的，还有人说，桃儿又回到了麦田市，在市里一家宾馆卖淫时被抓的。那是一个秋天的夜晚，桃儿卖淫被警察从一家宾馆带走，劳教了半年。警方通知陈锁柱把她从劳教所领回来的。派出所让村委会教育桃儿，村干部见桃儿神情恍惚，一会儿低下头哭，一会儿又仰起脸来大笑，没人敢管她。你说说这人，狗日的陈锁柱对桃儿还动了歪心思，这狗日的不是乘人之危吗？那一天，他在村委会对桃儿非礼的时候，我正好推门而入，给桃儿解了围。我不放心桃儿的处境，向村委会提出帮教桃儿，陈锁柱不大情愿，又担心桃儿跑了，也只好同意了。为了拯救桃儿，我能作出自我牺牲，你不知道，那是怎样的自我牺牲！

我想对她展开教育，可是，又不知咋张嘴。桃儿娘来了，拉着我的手央求着，她担心这孩子再出事，让我把桃儿领到家里去。我知道，韩腰子的脸面受不了，不许桃儿进他的家门。我就把桃儿领进了我家。双羊知道了桃儿的境遇，急忙从城里回乡，要接桃儿进城，我对双羊说："还是交给我吧，咱麦河水能给她疗伤的。"桃儿躲避着双羊，压根儿就不见他，我好说歹说，总算见了一面。双羊的话说了一火车，桃儿就是不说话。我也含糊了，桃儿想啥呢？后来我才知道，双羊回来，把桃儿往死里推了一把。

后来桃儿告诉我，她真的想一死了之。

我的幻觉非常清晰。桃儿趁我不备，从后窗户跑了出去，一口气跑上了高高的河堤，顺着麦河河岸向北而去。路上的石头子硌伤了她的脚，植物叶子根须划伤了她的身体，渗出血来，风越来越大，呼呼地尖叫着。不知这样跟跄了多久，她的眼前出现了一片绿洲。她瘫在了树林里，呆愣地仰望着黑沉沉的天空。大雨落下来了，桃儿的眼泪也如雨下。雨越下越大，山洪就下来了，泥石流把桃儿冲出了老远。

我是在暴雨开始之前发现桃儿失踪的，马上通知了曹双羊。双羊很快驾车赶来，拉上我就奔了河堤。曹双羊见了我，哽咽着说："桃儿啊，她这是图的啥啊？"我流着眼泪说："别说了，她能走这步，我挺高兴的，说明她还有救啊！"我给虎子下达了命令，全力搜寻桃儿的踪影。虎子张开翅膀飞走了。"她会不会跳河寻了短见啊？"双羊的一句屁话，把我给激怒了："说啥呢？！"双羊紧张得气都短了。我想，真要这样，咱上哪儿找她去啊，早沉河底了吧？双羊说："别说这么多废话了，有一分希望咱也别放弃，兴许能找到她哪。"我俩到处找，喊破了嗓子，累疼了腰腿，就是不见桃儿的踪影。两天两夜过去了，桃儿是生不见人，死不见尸，我们都绝望了，认为她一定不在世间了。我陷入了深深的自责之中，是我没看住桃儿啊。双羊安慰我说："咋能怪你呢？你是没眼睛的人嘛。"我不爱听了："谁没眼睛啊？我这鼻子上头是啥呀？玻璃球啊？"双羊捶了我一拳说："瞎鸡巴喊啥呀，你非得揽这个活儿，你能拯救她吗？她要是有个三长两短，我跟你没完！"我也火了："你还有脸骂我？当初你要是娶了桃儿，她能走到这步田地吗？"

　　我们正吵吵着，我的虎子飞回来了，大翅膀扇了我的脸，咕噜咕噜叫个不停，我听清楚了，它发现桃儿啦！我兴奋地跳了起来，抓住双羊的胳膊喊叫起来："快，快跟我走，桃儿，她还活着，活着。"双羊摸摸我的脑门，问我："你不发烧啊，犯神经了吧？"我大喊："虎子找着桃儿了，跟着虎子走！咱快去救她！"双羊不相信虎子的神功，半信半疑。双羊开上车，追着虎子出发了。我们在虎子的指引下，沿河岸走，很快就找到了桃儿。双羊说她被卡在了两棵大树中间，披头散发，衣不遮身，伤痕累累，已经死了。我一把抱住她的肩膀，痛心裂肝地哭道："桃儿啊，你咋走这一步啊？"双羊没有哭，却浑身颤抖。

　　桃儿的尸体被推进了太平间。桃儿的娘和韩腰子哭得一塌糊涂，最后被人架着离开了。我和双羊还守候着她。到天黑的时候，双羊拉了拉我的胳膊："走吧，三哥！送葬的时候，我们再来吧！"我死活不动身："你走吧，我给桃儿唱大鼓！"双羊叹息了一声："唉，她死了，听不见了！"我说："听不见我也想唱，就算我这瞎哥哥送桃儿一程吧！"双羊无奈地摇摇头，跟着人们走了。我摸了摸她冰凉的脸。这之前，我一直没有摸过她的脸，她光滑的双颊陷了下去，皮肤像患了寒热病那样干燥，嘴唇都爆了皮，长长的睫毛倒伏下来了。我很难想象她在城里是哪种模样。她美丽，她放荡，她善良，她龌龊，都过去了，现在我倒感觉到她有一种污秽的圣洁。有人说她的一生像红罂粟，开得艳丽，却极为有毒。我不这样看桃儿，她是无奈的，她在自杀前心里是纯净的，像一道闪电，亮了一下，就很快熄灭了。我忽然冒出个想法，桃儿虽说给村庄带来了耻辱，还是想给她做个泥塑。虽然看不见人了，可我还可以偷偷跟她说话。别人就没有这个待遇了！

咣啷一声，门开了，医院看守太平间的老头儿来了。老头儿催我赶紧离开，他就要锁门了，我说你把我锁里吧。老头儿显然很惊讶："你不害怕吗？"我摇头说："不害怕。"老头儿又问："太费电，我可关灯啦！"我说："关吧，亮灯我也没用。"老头儿说："要哭你赶紧哭，你个大活人待在里头，不能出声，免得吓着人！"我都答应老头儿了。他朝我跟前凑了凑，说："真是一个怪人！"就叹息着离开了。今天我啥话都不想说，啥事都不想做，跟桃儿一样死去才好。后来，我在太平间梦见了自己的死。醒来的时候，吓出一身冷汗。还记得梦里一句话："坐这儿歇会儿吧，你是从哪儿来，到哪个村儿去？"这话重复了很多遍，也不知是对谁说的。不知为啥，我在梦里与桃儿相逢的时候，桃儿让我唱一段大鼓，并很快意识到她命中注定是属于我的，所以，我的痛苦显而易见。夜太漫长了，连做了几个梦，天都不亮。我几乎忘记了老头儿的叮嘱，掏出兜里的梨花板，边敲边唱："月亮地，白呱呱，爹织布来娘纺花，赚个钱，买个瓜，爹咬口娘咬口，咬了俺儿的手指头，俺儿俺儿你别哭，打烂你爹嘴巴骨！"

我一唱，惊动了看尸老头儿。老头儿进来说："你非要唱就把尸体拉回家去，咋唱都没人管！"老头儿还真提醒了我，昨天老头儿说冰柜都满着，天亮会腾出一个来，那样的话桃儿就被送进冰柜了。我还咋唱？咋唱桃儿也听不见的。我让老头儿领来一辆出租车，趁天不亮把桃儿尸体运回了我家，到了家就唱开了。

乐亭大鼓虽说来自民间，却能温暖人心。是啊，我有这个感觉，你愤怒了，歌声就会让你平静；你悲伤了，歌声就给你祝福；你沉默了，歌声会给你代言；你死去了，歌声还能帮助你的灵魂飞升。歌声里，我不相信桃儿真的会死，我的歌声一定能唤醒她的。因为，我给她算过，从她的八字来说，她还没有走尽寿数。我对着桃儿的脸说："桃儿，三哥开唱了，你听好啊！"桃儿没有动静，要在平时，她要嚷嚷几句。今天她不嚷嚷了，我就专拣她爱听的曲目唱。我唱了《梁祝姻缘》《杨三姐游春》《桃花案》《捻麻线》《会飞的麦子》等等，唱了一出又一出，喉咙唱渴了，舌头打卷儿了，嗓子哑了，喷出了一股血丝。我掐着脖子不停地唱着——

我竟然唱出了一场大雨。送葬的人嘭嘭敲门，我死活不开。大雨连续下了三天三夜，我唱了三天三夜，我一头晕倒了。双羊破门而入，把我掐醒。

这当口儿，奇迹出现了，那个阳光明媚的早晨，我听见桃儿长长地吐出一口浊气。我一摸她脸，湿湿的，眼角竟然爬出两行泪水。

救　赎

　　这些陈年旧事，还说它做啥？不说也罢。可是，我管住了自己的嘴巴，却控制不住自己的脑子，往事一幕幕闪过，不叨叨出来，胸口就堵得慌。一个月后，桃儿出院了。自从我把桃儿唱醒了，双羊就非常失落。我天天上韩家给桃儿唱大鼓，给她讲笑话，做游戏。起初一两天，桃儿不吃不喝，也不说不笑，只是流眼泪。我感觉到她内心已是刀光剑影，血流成河了。突然有一天，我刚刚做完一个瞎子摸象的游戏，桃儿就有说有笑了。这个时候，双羊过来了。桃儿一见到双羊，笑声就戛然而止了。我知道双羊跟桃儿有话要说，就乖乖地躲了。我下炕的时候，桃儿使劲抻我的衣角，我还是躲了。

　　我到堂屋跟桃儿娘说话。没多大工夫，双羊悻悻地走出来了，轻轻叹了一声，情绪很低落，看来他们谈得并不愉快。双羊给桃儿放了一张农行金穗卡，桃儿没收，追出来塞进双羊口袋里。桃儿变了，还对双羊说了好多客气话。

　　桃儿高兴了两天，脸子又阴起来。她坐着，低着头，像是跟谁怄气呢。我不免紧张起来，浑身燥热。我杀了一块西瓜，递给她，问道："吃点西瓜，去火。你是不是生双羊的气啦？"桃儿没说话。我继续说："唉，男大当婚，女大当嫁，你和双羊不可能了，考虑考虑梁光辉吧！"桃儿将手里的半块西瓜啪地扣在我的头上，歇斯底里地喊："瞎子，闭上你的臭嘴好不好？"西瓜汁流了我一脸，我愣住了，一时尴尬无比。桃儿过去不这样，她从来没有这样凶过啊？等后来桃儿彻底走进我的生活，我才知道，桃儿在来例假的前两三天，都要歇斯底里地发火。今天我真倒霉，遭遇了她的爆发期。

　　过了几天，我才回过味儿来，桃儿爱上我了。老古语说得一点不差，打是稀罕骂是爱，实在喜欢拿脚踹啊！这个判断一旦明晰，我幸福得蹦了起来。想归想，可是，当"我爱你"这句话从桃儿的嘴里说出来时，还是把我吓了一跳。我心里受用，嘴上却说："桃儿，我是你哥，别瞎想啊！"桃儿一把搂紧了我的脖子，亲了一口："是我哥，没错儿。我要给哥当老婆！"我简直受不了，沮丧地说："我是瞎子，我配不上你啊！"桃儿说："三哥，你在说反话,损我吗?嫌弃我吗?"我说:"哪里,我是嫌弃我自己啊!"我感觉到她的真诚,她跟我没有演戏。桃儿说:"三哥,你不要对自己的眼睛自卑,我以为,男人最重要的东西不在眼睛上。"我说:"不在眼睛在哪儿啊?"桃儿嘿嘿一笑:"在哪儿,你自己知道。"我笑了,扪心自问:你不是最喜欢桃儿吗?她跟双羊好的时候,你不也痛苦过吗?今天好事来了,你咋含糊了呢?我一把将桃儿揽在怀里:"桃儿啊,不管啥时候,我都爱你啊!"桃儿落泪了,她说:"我信,我信,我的命是你给的啊!"一句话说得我晕晕乎乎的。等过了几天,我稍一冷静,额头就冒汗了,美是美啊,可我毕竟是个瞎子,凭着我那点土地分红款,凭着我唱大鼓算卦那点钱,能养活得了桃儿吗?

双羊真是个聪明人,他好像看出了玄机。一天,双羊跟我说:"三哥,说了不怕你笑话,女人,哪个男人不需要?我在外打打零食儿还是有的。但是,没有感情真没啥意思。我只找情人,不找老婆,就是等桃儿的,我还爱着桃儿。那一天,我跟桃儿谈了,我们彻底没戏啦!她说过去爱过我,可现在不爱我了,真的不爱了!你说,我们都经历了那么多的坎坷,等来一个没有爱情的婚姻,还有必要吗?那样,即使勉强结合了,对桃儿对我,也都是很残酷的。所以,我从今天开始,把桃儿当成一个好妹妹,随便找个老婆过日子吧!"我说:"双羊,强扭的瓜不甜,往前走一步吧,三哥知道,你会找到好女人的。"双羊想了想,颤抖着声音说:"三哥,你别不好意思说,桃儿喜欢上你啦!我真的替你高兴!原先我一直担心,唉,只要你们幸福,那就好,那就好!"我被双羊说感动了,只好承认。我和桃儿的事情,一直瞒着双羊,现在瞒不住了。我伸了伸脖子,咽下了口水。桃儿有了爱情,我感觉她的心情好了起来。有一天,她跟我提出去鹦鹉山玩玩,我爽快地答应了。第二天上午,我们在虎子的引领下,向鹦鹉山进发了。

虎子飞得真高,飞一会儿,停一阵儿,贴在了蓝天上。

我们走进鹦鹉山,在一条溪水旁停下了。她在我眼里,是一个跳荡的影子。我仿佛看见,她跑着,唱着,步态优雅。我让她抓个蜻蜓给我,她真抓着了一只蜻蜓,跑来送给我。她以为蜻蜓对我有用,说实话,我有啥用啊?我就是想让她跑起来,热爱我们的大自然。我们到了一个水塘边,这里没有污染,水甜而清,比矿泉水还好喝。我喝水的时候,听见桃儿脱衣裳了。没等我问她,就听见扑通一声水响,她跳进去洗澡了。桃儿洗得很慢,很仔细,小心翼翼的,像是在洗一件玉器。潺潺流动的溪水缓缓滑过她的身体,撩拨着我的心，我的心都快蹦到喉咙口了。洗吧，这是鹦鹉山的圣水，清洗过后，我感觉她过去的一切已没有痕迹，未来一片清明。我听见水声了，桃儿水涝涝地爬上来，将水珠溅到我的脸上。我抱来一些干树枝，给她点了火。桃儿用溪水擦了脸，掏出化妆盒，用唇膏反复涂着嘴唇，用眉笔描了描眉毛。好兆头，我摸过，她好看的睫毛重新竖起来了，长发随意飘着，垂到腰际。一缕缕的烟气将我的脸罩住，火焰本是红的，或黄的，可是，折射到我的眼里，却是慢慢升起的一丛幽蓝的火苗。到了下午，下雨了，雨点子噼里啪啦。虎子把我们引到一个山洞避雨。那么小的洞，我俩折折叠叠地进去了。

我永远忘不了这个山洞，在这个山洞里，我终于有了性生活。如果说我从来没有过性生活，那是瞎话，但那不叫"混闱女儿"，饥一顿饱一顿的。其实，我在这方面没有经验，别的不说，就说那个疯媳妇，我还没怎么着她，就一命呜呼了。到山里卖唱"混过闱女儿"，那也是稀里糊涂，紧张得要命。说了不怕你笑话，好长一段时间，我基本都是靠"手淫"生活。手淫无奈，但很自由，我在黑暗中想谁就有谁。真没出息，我特别爱回忆山洞里的事儿。当时桃儿一把抱住了我："三哥，娶了我吧！"我没有一点思想准备，一时手足无措："不，你要冷静，你娘不会同意的。"桃儿硬硬地说："路是人走的，是坑我跳，是河我蹚，我这辈子就跟定你啦！"我感动了，身上的寒意全消，胸口涌动着阵阵热流，像是有强烈的阳光炙烤着我。我惊奇地发现，她身上的螃蟹味没有了，但是，也没有麦香。洞里铺着麦草。我们躺在麦草上了。我这干柴烈火被点燃了。我一吻她，她就蛇一样盘到我的身上。我的手一触到她的身体，她就将裹胸的扣子解开了。两只饱满的奶子弹跳出来，我摸了这个摸那个，在她耳边说："平时这么勒着，你不疼吗？"桃儿翘了翘浑圆而瓷实的臀部，嘻嘻一笑："不疼，越勒越硬实。"我亲了亲："别勒了，你不心疼我还心疼呢！"桃儿捂着奶子笑了："不勒着，胸前多坠得慌啊？"我受不住了，急着爬上去了。我的身体与她的身体真的很"配套"，严丝合缝。专家跟我说过，歇斯底里型的女人有一个优点，性爱方面非常出色。

事毕，我们拥着大睡了一觉。在这个山洞，我还有一个重大发现，那就是虎子的预见功能。虎子立在洞口给我们站岗放哨。有人来了，虎子就开始扑棱翅膀了。我把虎子喊了进来。虎子也累了，卧在桃儿的身边打起盹儿。桃儿轻轻抚摩着虎子的羽毛，忽然惊叫了一声："娘呀，我咋瞎了？"虎子吓醒了，嗷嗷叫了两声。我搂着桃儿说："别怕，别怕。你做梦了，我是瞎子,你才梦见自己瞎了,我的桃儿咋会瞎了呢?"桃儿哭了:"真的,我看见自己瞎了。"我抚摩着虎子的羽毛,真的看见未来的桃儿,她瞎着眼睛走路,手里牵着一只导盲狗。我的手一松开,这样的景象就消失了。我劝桃儿:"别信这个啊,宝贝儿!"我把虎子打飞了,桃儿在我的抚摩中平静下来。桃儿说:"老公,你说你瞎着多好,再也不用看那些人的丑恶嘴脸!"我说:"你这样想就好。"桃儿说:"不过,有一点我很欣慰。我瞎着,你就在我的身边,伺候得挺好啊!"我们的话题说到鹰上。我们对虎子都有了一种敬畏,我能掐会算,但比起虎子来逊色多了。这畜生竟然能给人提供未来的画面,让人看见自己未来的容颜,这是多么大的轰动效应啊!过了一会儿,桃儿说:"虎子的功能一旦用于商业,那可就发啦!"我抽回了双手,沉了脸说:"桃儿,你不该这样想,虎子是神鹰,不能用它挣钱,知道吗?"桃儿说:"你思想太僵化,这点不如双羊,在双羊眼里,现在还有啥不能用的呢?"桃儿的话,气得我鼻子和嘴巴三股冒气,我大声说:"他是他,我是我,还有你,都是金钱害的!我瞎子没钱,可我活得比你们快乐!"桃儿说:"穷快乐也叫快乐吗?"我听出来了,桃儿有个心结还没打开,那就是金钱的魔力。

天终于晴了。天一晴,满山青翠,连风都变味了。我不想再说了,心跳得厉害,眼皮突突地跳动。我眼前是灰的,很大的一片灰,像灰狐的羽毛。我知道,这是天黑的显影,一轮满满的月亮,缓缓地升上来。

人都是有惯性的,从良也得有个过程。没几天,桃儿就被麦圈儿叫去了,说城里有个姐妹被杀了,死在她租的房间里,听说是被一个农民杀的,警方正在通缉嫌犯,关于租房问题需要桃儿给出个证明。桃儿一离开我,我的心情就变得很糟糕,总是心神不宁。桃儿是那天傍晚回村的,一辆小轿车把她送到村头。桃儿说坐公共汽车回来的。她为啥骗我?那个开小轿车的男人跟她有瓜葛吗?我气得红脖子涨脸,把水杯蹾在桌上,敲得啪啪山响:"你见我瞎,就欺骗我吗?告诉你,我啥都知道,虎子都跟我说了。那个开轿车的男人是谁?"桃儿软了,讷讷地说:"是,是麦圈儿的朋友。怕你多心,就没跟你说。"我说:"既然这样,还撒哪家的谎啊?"桃儿紧紧地抱住我:"好了,别生气了,原谅我吧,过去拿说谎当饭吃,我以后会改的。"我感觉批判桃儿的机会来了:"桃儿啊,并不是因为我们相爱了,我才变得小心眼儿了。不是,三哥是明白人,不会把你捆得死死的,那样你会窒息的。我今天要说的是,你必须对你犯下的罪过忏悔,不断拷问你自己的良心。"桃儿说:"我知道错了,不过,我凭啥忏悔?比我罪过大的人都心安理得,我为啥要忏悔？记得忏悔好像是宗教人士常干的事！"我心中隐隐作痛："算了，你既然不习惯忏悔，那就别怪三哥不客气啦！"桃儿愣着，赖劲儿又上来了："不客气？你还咋着？"

咋拯救她呢？我一时犯了难。既然拯救的方法比较陈旧，在致命的部位应该有所翻新，有人说怀了孕的女人就会蜕变的。我只有让桃儿先怀上我的孩子了！

她果然怀孕了，想吃酸的，我一掐算是个儿子。我隔着肚皮一摸，好像能摸到胎儿的脑袋。这个没出世的儿子，可是帮了我的大忙。我跟桃儿的相恋，遭到桃儿家里的阻挠，怀了孩子，桃儿娘就软了，态度也有了大转弯儿，算是默许了吧。

有一天，桃儿忽然对我说："我想跟你谈一谈。"

这天夜里有月亮。我知道她喜欢月亮，当姑娘时候，老是站在门口的槐树下望月。我乖乖地坐到她跟前，闻到了她身上的香味。她哪里是跟我说话，而是自己在倾诉。今晚是她的倾诉之夜。她说："首先说，我堕落了。那一阵子，我觉得自己身体好沉，躺下就不想坐起来，坐着就不想站起来，站着就不想走动。当时，我认识不到这是耻辱！现在我明白了，你是个坏女人，好女人谁干这事儿啊？干这事儿的没有好人！可是，人生在世，谁不愿意做好人？谁不愿意高尚一下子？"我听着她的声音很近，又很遥远。她继续说着："三哥，你最晓得了，我娘带我刚进韩家那阵儿，太穷了，几个人盖一条薄被，盖住头就会露出脚，相互挤着取暖，我常常被冻醒。娘让韩腰子躲到牛槽里睡觉，躺在牛吃剩的夜草上，他睡得挺香，鼾声一阵阵传来，也不知道是老牛倒嚼，还是别的，反正我听惯了他的呼噜声。一家人这样节俭，一年下来还欠了外债。我娘总说，哪一年要是冬有棉，夏有单，一年下来不欠谁的债就知足了。可是，我们农民咋就这么穷啊？土地在手，土地肥沃，我们也出力了，一辈子却苦如牛马，没啥好收成。岂不可怜啊？我要进城了。当时的双羊可能也是这种心态，我那时并不理解他。三哥，你不知道，实际上，农民在城里挺难活的。我对这个世界有看法！城市需要我们，还处处歧视我们。他们骂我时，我面如死灰，毫无表情。在城里，我喜欢玩一个把戏，猛一转头，看看有多少傻看我的男人。通常至少能逮着两三个，我就非常开心啦！其实，这是一种空虚的表现。这个时候，娘病了，我没有钱，孙家科帮助了我。我恨那个男人，他让人瞧不起我，让我的心灵受辱。我还恨那个赵蒙，他霸占了我！"我摆了摆手说："桃儿，不提他们了。"桃儿说："不提就不提，这些狗东西不值得一提。"沉默了一会儿，桃儿继续说："三哥，我要把一切都告诉你。不知双羊说过没有，下面说说我跟双羊的事儿吧。我想有必要跟你说，我两人就发生过一次，就一次！"我哆嗦了一下，好像又闻到了螃蟹味。桃儿很平静地说："双羊一直找我，可他找不到我了。我已经离开了县城，我到了麦田市。双羊就摸到了麦田。他是好意，想救我出苦海，可是，我太脏了，我不配让他怜悯。他费尽心机，竟然装成嫖客，通过夜总会找到了我。那天晚上，他戴着大墨镜来到我的住处。这是我与麦圈儿的合租房。当时，我真的没认出他来，我们有个行规，不打听男人来处，更不问姓名，一律以大哥相称。我把水龙头打开了，让他先冲个热水澡，他迟迟不动。我说，不冲就脱衣服吧！他还是不动。过了一会儿他说，我想包养你，你开个价吧！我说我不走包养的路子，那样没有自由。他气愤地说，你不就是为了钱吗？还图啥自由？好，你就是跟我走了，我一样给你自由！我没有在意口音，只是觉得这人很怪。我说，别啰唆，要干就快干，我的伙伴儿该回来了。他忽然摘了墨镜，一把抱住我，使劲摇着喊，桃儿，你到底是为啥呀？我一下子认出了双羊，当时就崩溃了。我大声地哭泣起来。过了很久，我们才慢慢平静。他跟我说了许多忏悔的话。我被感动了，说你想了我这么多年，怪不容易的。我不恨你了，今晚就给了你吧！他浑身哆嗦起来，半天没说话，仰脸躺在了床上。我浑身冰冷，身体僵硬，还是一点一点给他脱了衣裳——双羊没有一点快乐，他很沮丧，他只说了句，桃儿，走了。每当我接待民工，常常听到这两字。城里人都这样说，小姐，再见！三哥，每当我听到"走了"这两个字，心里就一疼，"走了"，像是土地的一声叹息。我想起了麦河两岸的大片土地。我玷污了这方圣洁的土地，我玷污了善庆的传说。从这一刻起，我后悔了，后悔自己干了这一行！那天夜里，警察查夜的时候，我提前得到了消息，蛮可以跑的。可是，我不想躲了，我只想受到惩罚……"

桃儿的讲述到双羊这里，我听蒙了，心里在流血。

"三哥啊，我知道你很难过。但我要告诉你，我不说出来就对不起你。我在深圳接待过一个农民工，四川人，人黑，小个儿。他说老婆在家留守，几年挣的钱都给娘治病了。老婆听我说城市太诱人了，老想出来看看，可是连一张车票钱都没有。她就步行走出大山，可是，赶上大雨，泥石流来了，把他老婆卷走了。几年了，他再没回过家。他完事儿之后，趴在我的肚皮上哭了，哭得很惨。他说，我几年都没沾到女人了，本来今天完事儿后准备一死了之。是我,给了他回家的感觉。女人真好,回家真好。他翻了半天也没找出多少钱来,这天我没要他的钱,叮嘱他要好好活着。他答应我了。跟你说这些,不是给自己的罪责开脱,是为了让你明白,得到你的理解,我不是坏人。"

我眼圈红了,红着红着就哭了,哭声空洞而骇人。

桃儿的声音有些喑哑:"三哥,人是有惰性的。有时候,我也在琢磨,我尝试着接受自己,接受自己的无耻,把这当成生活的一部分。可是,我不行,做不到啊!我想起你,是你把我从死亡线上拉回来的。我爱你,不管你咋样对我,我都爱你。今天我才明白,当初我爱听你唱大鼓,其实就是爱啊!我不能让你为我伤心了,我要靠我内心的勇气,找到我自己!做一个有价值的人!我希望长长地睡一觉,做一个梦,梦到神话中的善庆姑娘。她是希望,是生命,是善,是美,我们鹦鹉村人应该用纯洁的心灵崇拜她。"我静静地听着,心里得到了一种特殊的安慰。

那一年,我和桃儿就要举行婚礼了,可是,桃儿出事了。桃儿想干啥,谁都挡不住。我说她怀有身孕,等生了孩子再说。她偏不听我的,在城里开了一个保洁公司。可是,我这个瞎子无能啊,还是没能保护她。

事情发生在城里。事后,桃儿向我描述了整个过程。那是午后,天气开始转暖,云彩却压得很低。桃儿和麦圈儿开车去工商所办事,路过废品收购站门前,看见一个衣衫褴褛的妇女卖废品,刚刚卖完了,推着三轮车往回走。麦圈儿发现那个卖破烂儿的女人就是转香,同村刘凤桐的老婆。桃儿一扭头也看出来了。桃儿刚要喊,她的三轮拐弯儿了,转香她越走越僻静。忽然,一个蒙面歹徒冲过来,将一把刀顶住转香的胸脯,转香一声惊叫,傻愣在那里,浑身颤抖了。桃儿听见转香的惊叫,急忙掉头过来,看见歹徒从转香身上搜出一个小布兜,歹徒拿着布兜转身就跑,转香醒过神来,猛扑上去,死死拽住那个布兜。歹徒拿出匕首,骂:"臭娘儿们,再不松手,我就捅死你!"转香使劲拽着小布袋儿,坚决不松手。转香凄厉的喊声惊动了众人,可是没有人敢上手。桃儿停住汽车,下车就跑,麦圈儿大喊:"桃儿,你别乱来!"桃儿啥都听不见了,她朝歹徒扑过去,挥着胳膊跟歹徒厮打,歹徒蹬了桃儿一脚,自己也栽在路沟里,人们上去把歹徒捉了。桃儿说她当时就不行了,瘫软在地,下身流了很多血。她被送往医院,肚里的孩子保不住了。我听到这个噩耗,险些栽倒在地,连虎子都跟着后怕。我赶到县城第一医院,心疼得不行,每天守护着桃儿。麦圈儿也过来看护桃儿,我不愿搭理她。这小婊子，我讨厌她了。她明明知道桃儿有孕在身，为啥不挺身而出呢？

桃儿病好之后，就不想再要孩子了。她一门心思扑在保洁公司上了。刚刚开始，公司的效益不错。桃儿开始了她的救赎行动。桃儿到娱乐场所找到那些自己过去熟悉的按摩女孩和妓女，她第一个找的就是麦圈儿。桃儿对我说："三哥，我找到姐妹们，耐心地跟她们说，我的保洁公司，不仅仅是当保姆、搞保洁，还有一个新业务呢！麦圈儿问我啥新业务啊？我说，我们是买卖房产的经纪人，现在是个热门啊！麦圈儿又问，啥样人可以当经纪人啊？我说，我们经过了工商行政管理机关考核批准，取得了经纪资格证书，就等你们帮我干了。一个叫大奶子的女孩问我，整天都干啥呀？我说每天准时到公司，做到风雨无阻。打开电脑，查看前一天新增的楼盘，熟悉市场行情。每天找寻一个新客户，保证带两个客户看房……我的话还没说完，姐妹们都闹喊起来了，哎呀，干这么多事儿哪？我可做不来。麦圈儿撇撇嘴说：'就是，太麻烦了，还不如卖×挣钱呢！'"我摇头叹息："这群婊子，没救啦！"桃儿说："可把我气坏了，我狠狠抽了麦圈儿一巴掌，麦圈儿被打愣了。过了一会儿，我环视着大家，一下子变得严厉了，姐妹们，难道你们还没干够吗？这是人干的活吗？叫那帮臭男人蹂躏，好受啊？啊？这钱就这么好挣啊？你们现在都还年轻，可过些年呢？都成老太婆了，哪个男人还会对你们有兴趣啊？青春饭能吃一辈子吗？姐妹们，你们不能再这么生活下去了，咱得自尊自强呀！姐妹们都不说话了。有人想起了自己遭受过的屈辱，悄悄抹开了眼泪。麦圈儿也蔫儿了。我接着说，我为啥要办这个公司呢？就是觉得你们都适合做这个工作，不懂不会不要紧，下功夫学呗，你们一个个机机灵灵的，这点困难还叫困难？俗话说得好，只要功夫深，铁杵磨成针，有决心有毅力还有干不成的事儿？你们说是不是这个理儿？姐妹们都笑了。我说，在你们没上岗之前，我给大家免费提供吃住，还有材料费、考试费，咋样？姐儿几个一听，都爽快地答应了。只有麦圈儿闷闷不乐。"我生气地说："甭管她了！麦圈儿想一条道儿走到黑呀！"桃儿说："麦圈儿是我带出去的，我心里丢不下她哩！"

第二卷
上弦新月

天快亮了

我的记忆在暗夜里亮了一下。我又去了墓地,追问狗儿爷后来的故事。

狗儿爷咳嗽了一声,咳得我心里发毛。我在墓地里呆愣了一会儿,抬头望了望夜空,眼皮透出个亮点,周围是灰狐色。今晚的月亮跑哪儿去了?天刚擦黑时,我还见它升起来呢!我的幻觉里,有一大块乌云将它遮了个严严实实。白与黑对我没啥,这叫我感觉不清狗儿爷的泥塑了,就用一把蒲扇把风扇大一点,哪儿的响声大,哪儿就是狗儿爷的塑像。我终于摸着狗儿爷泥像的山羊胡子了。

"谁后来啊?你问的是我爹,还是我们娘儿俩啊?"狗儿爷的声音有些哑。我知道,他的坟茔后边原来住着蝎子他爹。蝎子是包工头,盖楼发了财,把他家祖坟迁到县城东郊新建的公墓去了,听说花了两万块钱呢。双羊跟他爹娘商量,也打算给他爷爷迁到那边去。曹大娘同意了,曹玉堂却有意见。我说狗儿爷也不乐意,理由是住惯了这块地,不愿搬那么远的地方去了,荒郊野外,谁跟谁都不认识。这儿多好啊,全是鹦鹉村的老东旧伙,老哥们儿,老乡亲,老邻居。可是,蝎子爹迁走后,狗儿爷的背后就空荡荡的了,大风从山梁上头刮下来,呼呼啦啦就直接冲着狗儿爷的坟墓猛吹,老爷子就是因为受风死的,到了阴间,身体更弱,能不感冒吗?

"嗨,瞎子,琢磨啥呢?咋不说话了啊?"狗儿爷打断了我的遐想。我回过神来，反问狗儿爷："你……说啥？我不是听你说呢吗？"狗儿爷骂了我一句说道："装傻充愣是吧？我说你刚才问我后来，是问谁后来啊？"我连忙说："都有都有，你爹，你们娘儿俩。后来咋样儿了？"

狗儿爷沉默了会儿，声音拉长了调儿，明显陷入了对往事的回忆："我爹叫警察押着走在半路上的时候，假装上茅房解手，趁俩警察稍一放松点防备，他把其中一个撞粪坑里头了，另外一个拉开枪栓要朝我爹开枪，我爹急了飞起一脚，踹到那小子裤裆上，那小子一下子疼死过去了。他就这样脱了身，在一个好心大叔的帮助下，解了绑在身上的绳子，一口气跑出一百多里地，扒上了去关东的火车闯关东去了……"

我摇头叹息道："咋又到关外啦？你们娘儿俩呢？"狗儿爷说："别急，叫我喘口气啊。"歇了会儿，狗儿爷接着说道："我家的第二块地还是叫张兰池这个狗日的给抢了去。地没了，人得活着啊。我娘就到张家扛活给人家当老妈子去了。张兰池是这一带有名的大地主，手里头有三万多亩地，一妻四妾，生有四子八女。这是解放前，要是枣杠子这兔崽子赶上那个时代，不也是三房四妾吗？"

狗儿爷故意把话音挑得高高的，为的是叫住在他左边的枣杠子听见。枣杠子那边却没动静，连呼噜声都没有。我好生奇怪，就朝那边摸了过去。枣杠子鼾声有特点，像嗓子眼儿里扎上鱼刺了，打个呼噜就发出一声"咔"的声响，听得人嗓子发紧。我没好气地说："哎，杠子，狗日的，装睡是吧？看我不打烂你。"骂完听动静，还是没有。就抡起手里头的枣木棍子，带着一股风砸向枣杠子的泥塑。我瞎三儿说得到也做得到，绝不放空炮。枣杠子活着的时候没少领教过。那棍子刚抡到半截儿，我就听见枣杠子叫喊起来了："瞎子，你棍下留情啊！"我嘿嘿笑了："小样儿的，跟我玩深沉？"枣杠子又朝狗儿爷那边喊："嗨，老家伙，甭气着我，我知道你记恨我祖先。告诉你，你孙子双羊走的不也是我爷的路儿吗？等他挨收拾的时候，看你咋办？"狗儿爷哈哈笑了，笑完了就喊："那不一样。这是新社会，国家提倡的。快过来瞎三儿，甭搭理他！听我接着给你唠。"我对枣杠子说："你歇着吧，我过去了啊！"枣杠子说："别听他瞎显摆，那些陈糠烂谷子的有啥说头儿啊？"我安慰他说："你还不明白老爷子心思啊，闲着发闷呗。"枣杠子抬上杠了："那不对呀，闲着发闷就拿我爷寻开心啊？他咋不拿他爷开心解闷儿啊？"

我可不想跟枣杠子抬杠，一溜小跑回到狗儿爷跟前，听他接着唠从前的事。狗儿爷说："要说大地主张兰池也不简单哪，他不知打哪儿学来的，来了个两手抓,一手抓以地生利,一手抓以粮生地。咋回事呢?是这样。为了应对饥荒,他亲自到东北买来了两船高粱米,运到麦河码头仓库里去,等到灾荒之年,谁家揭不开锅了,他就来个乘人之危,做起了以粮换地的交易,一斗高粱就换了一亩地。为了骗得穷人家更多的地,他还弄个优惠条件,就是谁家用地换了高粱,谁家就享有对原属自家土地的租种权,年底张家只收地租。这一招儿真够阴损的。当时穷人家也觉得这么做吃大亏,可有啥好法子呢?不能眼睁睁瞅着老人孩子活活饿死啊,保命要紧哪,就这么哇哇哭着把地换给了张兰池这老小子。我记得,当时还有不少外村农户来咱村以地换粮哪!"

"这个张兰池,真他娘够黑的!"我随口骂了一句。骂完了,嘴巴痛快了,又担心叫枣杠子听见,小声说了下半句:"缺德带冒烟儿的啊,难怪一解放就叫你给埋了哪,该……"狗儿爷说:"说是我给埋的,也是,也不是。我们本想把张兰池推麦河里,可张兰池要求活埋。我们正往前线运粮,哪有空啊?后来是他自个儿挖的坑儿,自个儿跳下去的!"我很惊奇:"妈呀,还有这回事儿?"狗儿爷说:"不信,你到他坟头问问去!"我想了想说:"没给他塑泥像,他说不了话!"我听见枣杠子喊:"瞎子,你赶紧给我爷塑个泥像,让他老人家开口,狗儿爷就原形毕露啦!"我说:"他是大地主,不给他塑像。他要说话了,这坟场就鸡巴乱套啦!"狗儿爷嘿嘿一笑:"瞎三儿,你小子还有阶级觉悟哩!"我很得意地笑了,笑得阴风飒飒,残叶飘飞。狗儿爷哑着嗓子说道:"这叫善有善报,恶有恶报,不是不报,时辰没到,时辰一到,必有一报。"

狗儿爷咳了一声继续说下去:"一晃十八年过去了,就在村里人差不多把我爹忘了的时候,我爹回到了鹦鹉村。我爹逃到关东后,在一个大山的金矿里给官府淘金子,劳役困苦,九死一生。之所以还能活着回来,是因为督办官孙权的闺女小凤闹病。这女子鬼魂附体,疯疯癫癫,又哭又闹,当地郎中咋也医治不好。我爹见机会来了,就毛遂自荐进了闺房给小凤治病。其实,他哪会治病啊,就是寻思这丫头得了怪病,很可能叫啥东西迷上了。我爹进了闺房后,一瞅小凤的胳膊上有一个碗口大的鼓包,上手一按它就上下窜动,心里头就有了底数,知道她这是叫黄鼠狼迷上了。我爹仔细听小凤说的胡话,她在石板底下压着如何如何的,我爹就绕到后院石板下,看见一只黄鼠狼在那儿乱跳。我爹一棍子就把黄鼠狼打死了。小凤立马就不哭了。一个时辰后,小凤恢复了正常。督办官孙权高兴极了,为了报答我爹,签了一道令:发配我爹到锦州曹马口劳役。那个地方无人管，等于把我爹遣返回家了。我爹当即叩头谢恩。因思念妻儿心切，他行李卷没顾上拿就踏上了回家的路。"

我松了口气，问道："一家人总算团聚了，把你们娘儿俩高兴坏了吧？"狗儿爷说："可不嘛。那时候我都长成大小伙子了，我娘还在张家扛活，我在自家土地上种田，其实是张家的佃户。我爹见没了土地，又不想给张家扛活，就想重新开荒种地。他跟我娘说，想找村里当年组织械斗的族长孙三一块干。我娘说孙三老汉已经过世了。我爹心里头挺失落的，到麦河滩转了转，发现河滩荒地已经没有了，开荒种地的念头就此彻底打消了。没办法，我爹只好跟我一块给张家扛活，成了张家的佃户。我爹回来了，我娘就不给张家当老妈子了，在家照顾我们爷儿俩。可租种别人家的地跟种自己的地那感觉就是不一样，我爹老想着从地主手里夺回自己开荒的土地。几次找碴儿跟张家斗争，都因为张兰池财大气粗，官府有人，没能斗过他，心里窝囊得满嘴长了大燎泡。我娘劝他：认命了吧，咱们斗不过东家。我爹一拳头擂掉了桌子角，说我就是不服气，咱骑驴看唱本走着瞧！"

我静静地听着，曹老大的故事真是吸引我。狗儿爷说："一个炎热的上午，我爹听说乐亭县城来了个戏班子，主唱乐亭大鼓，就对正好来地里的张兰池说，天这么热，大伙儿都挺辛苦的，东家是不是出几个钱叫佃户们都听上几段啊？张兰池笑了，当场答应了。戏班子从乐亭县城沿麦河而来，张兰池让我们爷儿俩去城里接。我们赶着骡子车进了城，两辆车，十头大骡子，拉上戏箱和演员走到县城街口，赶上大集，摊点密布，拉戏箱的骡群无法通过。我爹一见，想到报复张兰池的机会来了，就故意猛地连甩三鞭子，惊了其中一头骡子，它这一疯跑带动那九头骡子一起在街里头奔跑，街上顿时大乱起来，赶集人急忙躲闪，有些货摊被骡子踩翻了，践踏得一塌糊涂。警察来了，把我们爷儿俩扣在城里，让张兰池用钱赎人。张家气坏了，掏了一笔钱赎出我们爷儿俩。回到村里，他就骂我们都是猪脑子，让人收了我家的两间房子作为惩罚。我爹急眼了，抄起斧子要跟张兰池拼命，我娘搂抱住他的后腰不撒手。后来，又是你的太爷说服了我爹。第二天，来了一帮穷哥们儿帮我家盖起了两间土坯房。"我说："看来我们两家从那时候就有缘啊！"狗儿爷笑了笑说："是啊，我爹老夸你爷人好，识文抓字，能说会道！称你爷是白先生！"我说："是啊。我爷是私塾先生，连张兰池都敬三分呢！听我爹说，他还能编乐亭大鼓呢！不说他了，还说你爹的故事！"狗儿爷说："麦子大部分交了租子。我家没剩几颗粮食，眼瞅着就要断顿了。有人给我爹出了个主意，去偷东家的麦子。我爹当场骂了那个人，说你把我当啥人了？贼啊？我就是饿死也不能当贼啊！不是面子，是尊严！没了尊严，就是有多少土地有啥用？我们一家就过着半年瓜菜半年粮的半囵囵日子。到了春天青黄不接时，我们一家饿得浑身水肿，夜里头饿得根本睡不着觉。有天夜里，我娘出去帮别人纺线，我们爷儿俩在家，忽听外面有人敲窗户，我爹问谁呀？外边答，过路的，老乡，讨口水喝行不？我爹朝我使了个眼色，我悄悄抄起门后头的一根棍子以防万一。然后我爹说，进来吧。进来两个青年汉子，一个高一个矮，身材都很瘦，长得挺和善的。后来才知道，个子高的是你二舅张建群。他二人一人喝下一大瓢凉水，抹抹嘴巴，对我们说了声谢谢，递给我两个玉米饼子就匆匆离去了。"

我惊喜地说道："我娘说过，这个高个子就是我二舅张建群，我二舅是共产党，他咋不讲讲革命道理呢？扔个饼子就走啦？"狗儿爷说："后来我知道，你二舅跟那个矮个儿人是河西一带派过来的共产党干部。半个月后你二舅自个儿又来了。我爹我娘都下地了，我那几天跑肚拉稀自个儿在家。一进家门儿，我就认出他来了，主动给他舀水喝。这回他说话了，放下水瓢，对我说，生病了吃药了吗？我摇头说，没钱抓药。他拍着我的肩膀亲切地问我，你知道你家跟乡亲们为啥都这么穷吗？我说，命不好呗。他摇摇头说，不是你命不好，是地主恶霸欺压你们，剥削你们。我说，咱种人家的地就该缴租子嘛。他问，那么多地原来是谁家的啊？都是他家的吗？他这么一说，我还真犯嘀咕了，对呀，甭说别的地，就我爹开垦出来的两块地不都叫张兰池狗日的霸占去了吗？临走前，你二舅跟我说了这么一句话，他说，兄弟，天快亮了，穷苦人就要翻身过上好日子啦！我没听明白他说的啥意思，我爹娘回家后，我跟他们说了。我爹听明白了，咬牙切齿地骂道，狗日的张兰池，你的末日到啦，看爷爷咋收拾你！后来我知道了，这就是解放初期在全国开展的土地改革。

"你二舅领导的县委，干起事情来那真叫利索。他们利用农闲期间举办了农民积极分子培训班，我和爹都去了，人家讲土改政策，讲阶级路线，讲究竟谁养活了谁的道理。过去，我们就知道傻种地，压根儿就没想过这些。这一笔大账算出后，穷乡亲各自算了自己家的一笔账。咱们村儿的刘三十，就是刘凤桐的老太爷，他通过算账勾起他的深仇大恨，在小组讨论会上，边诉边哭，引人泪下。他老念叨这几样名词，吐苦水、挖穷根、算剥削账，激发了我们的阶级觉悟。诉苦由小组到联组，最后发展成设'灵堂''读祭文'

的形式，为屈死的阶级同胞开追悼会，训练班办得有声有色。我们先进行查黑田黑地，后进行征收土地。征收以后再制定分配方案，采用抽补调整的办法，在原耕地基础不动的条件下，抽肥补瘦，抽近补远，抽多补少，合理搭配，插花田就近调整，房屋、家具、农具、牲口、零星树木统一分配。这些工作蛮烦琐的，但是，我们心里高兴啊！土改了，共产党要给穷人分田了，乡亲们可高兴了，打心眼儿里感激共产党。县委号召翻身穷苦人组织起来保卫土改果实，老百姓一致响应。我表现积极，当上了民兵队长，整天背着一杆枪，带着一帮青年人巡逻在村里村外，我老婆就在那个时候爱上我，跟定我的。我答应她了，喝三年稀粥，买一头黄牛，过上老婆孩子热炕头的美日子。哎，想起这些过去的事，我这心里头哦……"

狗儿爷讲的这段往事叫我唏嘘不止。土地，这狗日的土地，啥时候想起来心里都沉甸甸的。我长长地叹了口气，没有说话。狗儿爷说："咋的，又遇着啥心窄的事了？你们阳间的人哪，咳……哎，虎子呢？它还好吧？"狗儿爷对虎子感情可深厚了。说到虎子，狗儿爷更来了兴致："那年我十三岁，一个有风的早晨，我看见我家房顶立着两只鹰，一只白鹰，一只灰鹰。娘看了，说这是苍鹰！苍鹰落在屋顶上，说家里会有喜事。那只灰鹰就是今天跟随你的虎子。你算算，虎子已经是一只百年老鹰了。当时我爹常常不回家，住在麦河滩的泥铺子里。泥铺子是一色焦黄的苇席盖顶，顶上立着一白一灰两只雏鹰。我爹一边种地，一边窝在泥铺子里熬鹰。我记得他的胳膊上戴着一只皮套袖，如果没这套袖，鹰一口就会把他胳膊啄个血窟窿。我爹想用鹰来逮鱼，鹰就叫鱼鹰。可是，虎子是苍鹰，我爹误把虎子当鱼鹰了。我爹熬鹰的时候那个狠啊，没有一丝的感情。他拿两根红布条子，分别将虎子和白鹰的脖子扎起来，不给鹰东西吃，等鹰饿得嗷嗷叫唤了，我爹就像变戏法似的，从床铺底下端出一个盛满鲜鱼的盘子。鹰扑过去，吞了鱼，喉咙处就鼓出一个疙瘩结。鹰叼了鱼吞不进肚里，又舍不得吐出，憋得咕咕叫着。我爹不看鹰，独自卷上一通旱烟，有滋有味地'吧嗒'着。没一会儿，他慢慢走过来，攥着鹰的脖子拎起来，另一只手掌紧捏鹰的双腿，鹰头朝下，一抖，用巴掌狠拍鹰的后背，鹰嘴里的鱼就吐出来了。就这样反反复复地熬着，把我爹累得直喘，他笑着说，是两块儿逮鱼的好料子！可是，日子不久，我爹在熬鹰的时候，对虎子和白鹰就不一样啦！"我一阵迷惑："为啥呀？"狗儿爷说："听我说啊，那一年，麦河刮了一场龙卷风。龙卷风到来之前并没有一点儿先兆。后半夜龙卷风就凶猛地袭来了，还夹杂着大雨。快收麦子了，我爹住在泥铺子里。我爹明白过来的时候，泥铺子已经哗啦一声倒塌了，他被重重地压在废墟里，好在没砸坏筋骨。虎子和白鹰抖落了一身泥土，钻出废墟，惊惶地鸣叫着。虎子不顾我爹一个飞到一棵大树上避雨去了。"我插嘴说："虎子咋这么不懂事啊？"狗儿爷说："听我往下说，白鹰没走，它知道我爹还压在废墟里，围着废墟转了好几圈。狂风里，白鹰那个叫啊！我爹压在里面，喉咙口塞着一块儿泥团子，喊不出话来，只能用身子拱。白鹰终于听见我爹的动静了，一个俯冲下来，立在破席片上，忽闪着湿漉漉的翅膀，刮着浮土。呼哒，呼哒，烟柱升起来，白鹰的羽毛糅合着灰尘飘起来了。天快亮了，这时，我爹渐渐看到了外面铜钱大的光亮，我爹凭着白鹰刮出的小洞，呼吸到了河滩上打鼻子的鲜气，我爹奇迹般地活过来了。虎子还在树上傻待着呢！白鹰把我和娘从村里引过来，我们七手八脚地把我爹救了出来。我爹将白鹰揽在怀里，哭着说，我的心肝宝贝哩！"我说："白鹰多鬼！虎子不招人待见啦！"狗儿爷咳了一声："过了好半天，虎子见我爹活了，才慢慢飞回来。收了麦子，我爹再次板起脸来熬鹰。不知咋的，他对白鹰就下不去手了。白鹰救过他的命啊！他看见白鹰饿得不行了，心里就软了，心疼地抚摸着白鹰，故意让白鹰把喉咙里的小鱼咽进去。白鹰不再挣扎，叫声也好听。我爹拍着白鹰亲昵地说，宝贝儿，委屈你啦！再看虎子，我爹立马就黑了脸，对虎子就横眉立目了。虎子也想吞吃一条小鱼，被我爹看见了。我爹狠狠地抓起虎子，一只手顺着虎子的脖子朝下撸，虎子哇的一声惨叫，像吐出五脏六腑似的，小鱼从虎子嘴里吐了出来，连同喉管里的黏液也一股脑儿流出来。我吓得吐舌头，可白鹰却幸灾乐祸地看着虎子。"

"虎子可惨了，不过，说不定因祸得福呢！"我插话说。

狗儿爷说："虎子不愿当鱼鹰，可它没办法啊！半年过去了，鹰熬成了。熬鹰千日，用鹰一时啊！一天，我和爹神神气气地划着一条旧船进了麦河。到了麦河口，白鹰孤傲地跳到最高的木撑上，虎子有些懊恼，也跟着跳上去，却被白鹰挤了下来。白鹰还用嘴巴啄虎子的脑袋，虎子一反抗，竟然被我爹打了一下。可是到了真正逮鱼的时刻，白鹰蔫儿了，虎子却行了，不断逮上鱼来。后来，我爹嘴里开始夸奖虎子。一次，他看见虎子眼睛毒绿的，它按照我爹的呼哨，勇敢地扎进水里，很快就叼上鱼来，喜得我爹扭歪了脸。可白鹰却很难逮上鱼来，只是围绕我爹扑脸地抓挠，我爹很生气地挥手将白鹰扫到一边去。虎子也开始嘲弄起白鹰，你没本事了吧？我爹慢慢地对白鹰淡了，有点嫌弃了。虎子在我爹面前得宠啦！"我轻轻一笑，让我想起做人。人的得意和失宠不也是如此吗？狗儿爷说："没多久，白鹰受不住了，在我爹打骂它的时候，独自飞离了泥铺子。白鹰要自己找生路了。我爹惊讶了，很难过，白鹰毕竟救过他的命。他发动我和娘帮助他寻找白鹰。从黄昏到黑夜，我们到处寻找着白鹰，我爹招魂的口哨声响遍了麦河滩。可是，依然没有找到白鹰。我爹像丢了魂儿似的，逢人便说，看见白鹰了吗？这个冤家，它不会打野食儿啊！一天黄昏，虎子出动了，帮助我爹找到了白鹰的尸体，白鹰饿死在黑石沟的一片苇帐子里，身上的羽毛几乎秃光了，肚子里的东西被蚂蚁们盗了。我爹捧起白鹰的骨架，非常伤心。此时，虎子正雄壮地飞在我们的头顶。后来，我爹发现虎子的潜力还大着呢，虎子根本不逮鱼了，它转抓兔子，抓鸡，抓老鼠。"我被狗儿爷的讲述迷住了，虎子还有这般历史啊？

"哎，瞎子，你咋不跟我说话了？我问你虎子还好吧，你可不兴欺负它啊，听见没？"狗儿爷打断了我的思绪，我回到现实，告诉狗儿爷："虎子如今是我的眼线，我能对它不好吗？"狗儿爷说："那我就放心了。"我使劲敲了一下狗儿爷的泥像："老东西，接着往下说啊！"

月亮穿过云层

文化广场的钟声响了，钟声一环一环，在烈日中摇摇晃晃。

曹双羊村里的家，坐落在村北边的文化休闲广场对面。广场是双羊赞助的。听说有华灯，有音乐喷泉，有旱冰场。不知为啥，我不愿意在这儿唱大鼓。我更喜欢在老戏台子上唱大鼓，一棵老槐树下，聚着男女老少。曹双羊跟我描述过，他家是一幢三层别墅小楼。红色琉璃瓦房顶，灰白色的砖墙，落地大玻璃，可以容纳二三十人聚会的大阳台，四周种满了各种花卉。一股股花香把周围的空气都搅动得甜丝丝的了。院子并不大，比我家院子大不了多少。在别墅占地的问题上，曹双羊跟老爹曹玉堂首次达成了一致。像狗儿爷一样，在曹家父子眼里，除了土地，就不知道这世上还有啥更好的东西了。

我跟着凤莲姐走进曹家院子，听见了曹玉堂的咳嗽声。他八成是蹲在黄瓜架下干活，他干活总是没有声响。大伯是老了，就在我眼皮底下老的，我却全然不知。"爹！"凤莲喊了他一声。我没听见曹玉堂答应。曹大娘常常埋怨曹玉堂，人老不长心，一天到晚吃凉不管酸。可我知道，老头儿对女儿的病情很伤感，只是不流露在表面。他对儿子的发迹，更是不闻不问，自从双羊承包煤矿出事以后，他就再也不管大儿子的事了。双羊成立了麦河集团，他还是无动于衷。在他看来，除了地里的庄稼，别的都是扯淡，都是年轻人扯的淡，和他没啥关系。他是个非常容易满足的人，一壶烫酒，一盘花生米，一个咸鸭蛋，吃饱喝足以后往热炕头上一躺，简直是神仙过的日子。每到这个时候，他总要清清嗓子，来上一段皮影的。唱得不咋样，用两根手指头掐住喉咙，尖了声唱，像是老猫发情，难听得很。可是，自从凤莲得病以后，再也没听见曹大叔唱皮影。

凤莲又热热地喊了一声娘。我听见曹大娘应了一声，接着响起脚步声，然后是一阵别的响声，估计是娘儿俩抱在一起了。凤莲哽咽了："娘！"曹大娘说："孩子，娘就知道你没事儿的！"我愣着没有搭腔。曹大娘转身对我说："哟，这不是立国嘛，来得正好，镇里的徐镇长刚走，撂下几条鲇鱼，晌午大娘给你做你最爱吃的鲇鱼卷子啊！"我受宠若惊地点头："大娘别惦记我，快给凤莲补补身子吧！"我说话的时候就想，镇长给他家送礼，看的是曹双羊的面子呗。我接着说："好嘛，沾您老的光啊。如今，咱鹦鹉村都跟着您沾光哩！"曹大娘说："你个瞎三儿，有了女人就不一样，嘴巴越来越甜啦！"我就陪着大娘笑。我知道，在这个暴富的曹家，曹大娘才是说了算的掌柜。曹凤莲轻轻问曹大娘："娘，小根不在家？"曹大娘小声说："在，在他屋子里鼓捣啥哪！"然后就喊了二儿子两声。我听见小根在我头顶上喊："姐来了，三哥来了，我这就下去啊！"小根说话磨里磨叨，女里女气的。我没瞎的时候，看见曹小根身材瘦瘦的，圆脸，单眼皮，小眼睛，目光有些呆滞，听说现在架了一副近视眼镜。曹小根去年大学毕业，被县委组织部门分派到鹦鹉村做村官，当了副村长。这小子性格内向，但有头脑，就是被他哥双羊压住了气息，在村里有点施展不开。我总想请他到我那儿给他算一算，调一调气场，可是，人家不进我这庙门儿。要不是我跟曹家关系好，他敢给我抓了。他在鹦鹉村当了半年副村长了，成了陈锁柱的跟屁虫，没啥业绩。我知道，他为此很苦恼的。苦恼是自找的，都啥时代了，见我还说这么一句幼稚的话：我愿意在乡间平凡的生活中品味孤独，去体味生命的意义。乍一听，挺有思想的，可是，跟这复杂的鹦鹉村不搭界。

曹小根跟凤莲说了会儿话，就来拉住我的手，说："三哥，那天晚上你唱得真好。"我笑笑说："这几天我编了一个新段子，唱你姐婆家黑石沟的事，刚刚给你姐唱来着呢，有空我唱给你听，你给我指点指点啊！"小根说："好啊，指点可谈不上，欣赏欣赏吧！"凤莲问："小根，在屋子里忙乎啥呢？"小根说："没忙啥，写点东西。姐，你的气色挺好的。"小根扶我坐到椅子上，我对小根说："你给我讲讲大学生当村官的感受，我也想唱唱你们。"曹小根说："这半年来，我可充实了！跑遍了村里的许多角落，感受很深啊。无论是走在河岸上，还是在田间地头，我都感觉到一个真理。"我愣了愣："啥真理呀？"小根说："谁赢得了农民，谁就赢得了中国。"我笑了："这是毛主席说的，也不是你的发现啊，后面还有一句呢，谁解决了土地问题，谁就赢得了农民。"小根使劲拍了拍我的肩膀："行啊，三哥，你怎么懂这么多啊？"我摆了摆手："别夸我，你三哥就怕表扬，一挨表扬就着急，还是你懂得多，你说你说！"曹小根继续说："刚才说到土地问题，我还是挺佩服我大哥的。他搞土地流转，搞现代农业，这方向都对。我更关注的是科技，我跟农业专家李敏聊过，土地形式咋变，单位面积产量上不去都是空谈。"我说："这是对的，农民挺重视科技种田的啦！但是，投资也大呀，如果不是你哥这样有实力的公司来做，农民谁请得起李敏这样的专家？你说是不是？如果不集中土地，科技也施展不开呀！"

  过去曹小根说话爱翘下巴，不知这几年改了没有？他想了想说："我跟大哥说过，集中土地，搞规模经营，道路是正确的，可也有很大风险。我在村委会待了半年了，别人不敢当着我说闲话，可是，通过各种渠道，各种意见还是都听到啦！"我说："别说了，我也都听见了。我想听一听，你是咋看的？"曹小根说："有人上告说，我哥跟陈锁柱官商勾结，巧取豪夺，侵吞土地，想成为大地主。我了解我哥，他不是一个简单的土老板，他是有理想的农民，他不会听陈锁柱的。陈锁柱也不是傻子，他已经看出我哥的两面性，处处提防着他，限制着他的发展。这就是我哥处处不顺当的原因！"我拍了拍小根的肩膀，笑着说："咱哥儿俩还从没这样聊过，三哥看错你了，你行，表面不哼不哈，心里有数啊！不是我想象的书呆子！小根，你知道我跟你哥是莫逆，我是怕陈锁柱把他带坏了，你得看着他们点！"曹小根说："是啊，我也不愿意我哥往坑里跳啊！他的事，我思考了很久。最近我要写一个调查报告，谈如何深化农村土地改革的问题。我发现阻碍土地流转的问题很多，其中之一就是，土地的承包权和使用权不明确。有些农民为啥不愿意流转？其中土地权属不清，流转起来太麻烦。我建议在麦河镇建立一个土地流转服务中介机构。通过竞价，让乡亲们获得更多的流转收益。剩余劳力咋办？我想同时在全镇建立一个农民劳力市场。对每家的失业农民逐一登记，年龄啊，特长啊，都记录下来，由这个中介跟用工单位挂钩。同时，还要制定农民离土离乡的优惠政策，让农民对土地耕种有信心，流转着放心啊！"

我笑道："前有车后有辙，啥事真得有规矩。你好好写啊！"曹小根还问了我桃儿的情况，我说桃儿去城里了。曹小根认真地说："出去的人，都很难再在村里生活了，你们结婚后，你也要离开鹦鹉村吗？"我沉默了一会儿说："结啥婚？这八字还没一撇呢！"我想起昨晚桃儿关机的事，气不打一处来，就把话题岔开了："小根啊，我可告诉你，陈家很快就要走背运了。我跟你哥商量过，等陈锁柱垮了，我们扶你当村长！"

"哎呀，这能成吗？"小根惊愕地说。

我神秘地说："你得留点心眼儿，陈锁柱民愤太大了，你搜集一些他的材料。"

曹小根声音颤了："要干你们干，我可不干这种事儿。"

我感觉小根很兴奋，还有点紧张，毕竟这刺激太强烈了。

凤莲把这次回娘家的任务对小根说了。凤莲婆家人让她把"流转"到双羊手中的土地要回来。小根想了想说："姐，我不同意你撤股。咱们都应当支持大哥的农业计划，不能给他撤火啊！"凤莲说："其实我不想撤股，可我公公那个人，脾气倔得气死牛，这可咋办啊？"曹大娘在一旁擀面，感觉到闺女为难了，她心疼了，进屋给双羊打了电话："双羊，你姐她公公想要回你流转的土地，想整大棚菜。你姐这身体了，还夹在当中，我们心疼啊！你已经有那么多地了，不在乎他家这点，告诉你那边的合作社，快退给他们吧！"双羊电话里说："娘，我听您的。我姐一准是想先跟您合计合计。看起来我姐她肯定特别为难，她从来不给别人出难题，不到万不得已她决不会张这个嘴的。既然这样，就别让我姐挨挤对啦，要撤股就撤吧！"我听曹大娘喘气都粗了，肯定是感动了。小根听了很惊讶，说："我哥这是咋的了？昨天还听他说，退地的口子不能开，咋又变卦了呢？"曹大娘哽咽着说："凤莲是你姐，也是他曹双羊的姐嘛，她要有个好歹，你们还有几个姐？"我听了有一种忧虑，这下可坏了，曹双羊流转土地的步伐会受挫了。

曹凤莲嘤嘤地哭了。我劝她别哭，她抽噎着："我弟他是心疼我哪。我给他出难题啦！我对不起他……"小根叹口气说："这事儿，我姐夫应该说话呀，他还有个姐夫样吗？"曹大娘一拍桌子说："咋的了，小根，你还想不明白呀？这不是秃子头上的虱子明摆着吗，你姐得罪老公公事儿小，得罪你姐夫的事儿大呀。那年煤矿出事儿，你姐夫替你哥顶了罪，出了狱就得要待遇。就你姐夫那个人，腿肚子拐，心还拐哪，他能叫你姐安生喽？"转脸对凤莲说："莲哪，不是娘说你，你也该在他们吴家挺直腰杆子啦！他们敢欺负你，有娘给你撑。你自个儿得硬起来呀，叫他们好好看看，咱老曹家出去的人个个都是有血性的！"凤莲哀怨地说："都怪我这肚子不争气，生不下一男半女，又得了这么个糟钱的病，唉……"曹大娘叹息说："生不了孩子是咱理亏。可要说你这病，他家可没花多少钱啊，还不都是双羊给掏的？他们家又不是不知道。"凤莲又吧嗒一下嘴，却没再说啥。我知道，她有许多话都搁在心里头了。

　　凤莲和她娘上厨房做饭去了。我和小根坐在葡萄架下喝茶聊天。曹大叔走过来了，摸了摸我的脑袋，就转身上楼了。我不明白这老头儿是啥意思。村里不少事小根好像都有兴趣知道。聊了一会儿别的，我问小根："你说现如今村村都搞现代农业，搞得农民都不种粮食了，种菜，养花，栽蘑菇，要是有个灾年，咱吃啥呀？喝西北风啊？"小根笑笑说："国家要粮食安全，种粮有贴补呢！这个就是我哥高明的地方，他提倡种粮食，特别是种麦子。这与他的企业有关，方便面啊，离不开面粉啊！过去我就想啊，这是某种巧合吧？后来，我发现还真不是瞎碰，我哥他有自己的想法，为啥说呢？因为他把暂时不种粮的土地规划了，这些工地也要保持种粮的能力。这是他的眼光，我没想到的。"我不由得竖了竖大拇指："你哥牛，真鸡巴牛啊！"曹小根又说："不准说粗话，你还没听见我的但是呢。"

　　我愣了愣，等待着他的"转折"。曹小根说："但是，这不是唯一的选择。上级号召，市场召唤啊！必须多种种植，转变生产方式。现在不是我爷那时代了，吃不饱饭，饿得啃树皮！现在讲养生，讲低碳，高级餐桌上，蔬菜、海鲜和肉类已经替代粮食。过去，咱农民一年到头，脸朝黄土背朝天地忙活那点地，侍弄那点庄稼，这叫传统农业。你说，咱农民一年四季忙到头儿，日子过得究竟咋样，大家心里头都清楚吧？这是啥原因呢？主要一条就是土地的经济附加值太低了，老是种祖上传下来的那些农作物咋行啊？种来种去咱得受一辈子穷。"我咧着嘴说："那该咋办呢？"曹小根说："最好的出路就是，广泛应用现代科学技术，还有现代工业提供的生产资料和科学管理方法进行农业革命。改变过去一提农业就是种玉米大豆高粱谷子的老一套做法，咱得在育种啊，栽培啊，饲养啊，土壤改良啊，这些农业科学技术提高上头多下功夫。"我点点头，又问："那啥是绿色农业啊？"小根说："绿色农业就是把农业和环境协调起来，走可持续发展的路子！"我听见曹大叔走过来了。曹大叔声音很浓地说："你们哪，就别咸吃萝卜淡操心啦！"然后拎着鸟笼子溜达出院子了。

我在曹大妈家吃了饭，就独自回家了。到了晚上，眼前老是晃动着凤莲姐的身影。想着想着，想起了桃儿，想着桃儿是个啥样子？双羊说过，桃儿跟他姐当年一样好看，凤莲是朴素美，桃儿是娇媚美。我挺骄傲的，心想自己这一生除了娘，还拥有一个女人，心中想着一个女人。到了墓地，见到狗儿爷和枣杠子他们，还有牛可吹的了。这样想着，睡不着觉了，在黑暗里头点点滴滴地笑着。我的眼皮忽然跳了跳。我知道，月亮升上了树梢，然后穿过厚厚的云层，飞升起来了。我感受月亮的方式跟常人不同，我仰着脑袋，眼皮一挑一挑的。我借虎子的眼睛看到，麦河两岸千棵槐树，树梢上都挂起了月亮，河里到处都飘起了月亮。

荒芜的田园

我记得那是四年前的事，麦圈儿在我家的麦地被人强奸了。

麦圈儿是村里六嫂的女儿。六嫂就抓着我的胳膊来到麦田，麦圈儿也默默地跟来了。我已经有两年没到责任田里来了。这是麦河西岸，一棵槐树下，不足三亩水浇地。我这个光棍儿，没老婆，没孩子，分到的土地自然就少，我把土地转包给了陈玉文。陈玉文是陈锁柱的三弟，我对陈家人本来就没好印象，这小子打架、赌博，娶了老婆才消停了。讨厌归讨厌，但是，他还有个义气，他家的地紧挨着我家土地，常常过来帮我干点活儿。那一年还交农业税呢，他张嘴喊："三哥，好好唱你的大鼓吧，这点地我给你种着吧，吃粮我给你送去。"我想了想，说："你种就你种，我一人吃多少粮啊，你给提留款[1]交了就中啊！"陈玉文小两口儿就种上了。有人说，这是土地流转前奏，其实，也没有合同，只有一个口头协定。我知道陈玉文是个游手好闲的主儿，地里的庄稼全靠老婆，哪还指望上他？破衣补上露肉，两茬庄稼能对付过去就得了，总比荒着强吧？

---

[1] 提留款：指的是向农民收取的"三提五统"，即公积金、公益金、管理费提留和五项乡镇统筹。2002年全国农村税费改革时，已取消提留款。

这年麦黄时节，麦圈儿骑车路过麦田小路，天色尚晚，突然一个男人出现在麦田，强奸了麦圈儿。我们来到现场，倒伏了大片麦子。六嫂把我看得挺神，指望我给麦圈儿破案，我弯腰用鼻子嗅了嗅，除了麦香，没啥特殊的味道。麦圈儿哭着说："我恨这些麦子！"我进一步询问情况："那人啥模样？"麦圈儿说："那人戴着褐色面罩，只露着眼睛和嘴。嘴里喷着大蒜的味儿！"我随口一问，她就顺嘴秃噜出来了："玉文就爱吃大蒜！"麦圈儿补充说："流氓的眼珠仁是黄的！"我打了一个激灵，陈玉文的老婆说过，这小子眼珠仁是黄的，以为患了黄疸病。六嫂说："对了，是不是玉文这小子干的？赶紧找派出所报案！"我的心噔地跳了一下，说："报案？这不妥吧？乡里乡亲的，咋处理？"六嫂哽咽了："是啊，他大哥是县长，二哥是村长，我们哪斗得过他呀？"我解释说："就算陈元庆大义灭亲，把玉文送进监狱，吃亏的还是你家麦圈儿啊！孩子咋见人？咋嫁人？别忘了凤莲的悲剧啊！"六嫂被噎住了，麦圈儿又哭了。我想了想说："你们甭管了，我好好教训教训这个臭小子！麦圈儿啊，想哭就哭哭吧，哭完了，就当啥都没发生过，别嚷嚷，就当鬼来了。鬼吓了你一下，你还没有破身，你还是黄花大闺女，记住啦？"麦圈儿哽咽着点头。六嫂不服气："就这么便宜这小子啦？"我说："我来收拾这狗日的！"六嫂沉沉一叹。她跟我一个习惯，我遇着烦心事的时候，就望着承包田叹息一番。过了一会儿，六嫂说："三儿啊，你那儿去的人多，你就在村里，或是外村给闺女瞅个对象！咱庄稼人本本分分的，找个过日子人家就行啊！"我连忙答应下来。六嫂说："你家的地也让他给糟蹋啦！这哪叫麦子？都是秕子！都是荒草！他连除草剂都舍不得用哩！"我蹲下身子，抓了抓麦子，麦穗瘪瘪的，抓了抓土，土块硬硬的。我喉咙一紧，都想哭一鼻子："唉，这畜生算是把我给坑苦啦！"这地无论如何也不租给他了，糟蹋了土地，还糟蹋女人。要多晦气有多晦气！他咋不在自家麦田里作案？他对得起我白立国吗？我用手指肚儿沾点土舔了一下，一舔不对劲儿，再舔，舌尖儿咂摸咂摸，土地的味道变了，一股螃蟹味儿。

我们往村里走的时候，路过刘凤桐家的承包地。刘凤桐和老婆转香在地里干活。刘凤桐喊："三哥，干啥呢？"我应着声："我到承包田看看，这不，遇着六嫂娘儿俩了。"转香嘻嘻笑了一下说："三哥，好久没听你唱大鼓啦！"我嘿嘿笑着："想听就到家里来。哎，你们在城里打工，咋还料理土地呀？忙得过来吗？"刘凤桐说："打工挣不了几个钱，地里打点粮食带到城里，就省得花钱买了。"我停了下来，对六嫂和麦圈儿说："你们先走吧，我跟凤桐说说话！"六嫂说："三儿，那事你可放心上哩！"我摆了摆手说："是的，是的，你们可得记住我的话啊！"六嫂答应一声下了田埂。刘凤桐问："瞎三儿，出啥事儿啦？吞吞吐吐的！"我慌张地说："没啥事儿，没啥事儿。"说着就摸他家的麦子。麦秆稀稀拉拉，麦穗瘪瘪塌塌，比我家麦子料理得还差。我咧了咧嘴巴："凤桐，豆锄三遍角成串，麦锄三遍一包面。你这地啊准他娘没锄过！"刘凤桐嘟囔着："唉，粗放经营，靠天吃饭，该浇水不浇水，该施肥不施肥，自然长，自然长能好得了吗？"我掐了一棵麦穗说："人黄有病，麦黄缺肥。起码，你应该整点化肥吧？"转香说："化肥多贵啊！"刘凤桐说："主要是投了回不来本啊！我算过一笔账，我们村人多地少，人均两亩多地，承包地只有在两亩，或是高于两亩时，种的粮食才能自给。售粮所得，在低于两亩时，购买农资的余钱几乎没有，发展生产就是扯淡！一亩地从下种到收割，需要投入十多个工，我们四口之家，共有八亩多地，净工作时间就一个多月，算上复种，也不过两月，没多少活干，没钱挣。土地还有啥吸引力？你说我们不打工能活命吗？立国，我说句实话，你别不爱听，你不算卦，你不唱大鼓，靠这点地能活吗？"我想了想说："你们就把地转包出去呀。"刘凤桐说："包给谁？这儿不是盈利产业，谁种也他娘白搭劲儿！他要想不赔，就得祸害土地。这地好比一个女人，让别人糟蹋，还不如我自个儿糟蹋呢！"我说："不是都说吗？规模经营降低成本，效益好啊！"刘凤桐说："理论上没错儿，可是操作起来，净是官司，纠纷啊！"我一听也是这个理儿，想到陈玉文这畜生，心里就凉透了。转香说："河那边，有好几块地荒着哪！有永梅的地，她说了，宁可荒着也不愿意转包！"我一动不动，脸上白蜡似的不见表情，问："为啥？"转香说："土地权属不清，嫌流转起来太麻烦！"刘凤桐说："永梅在城里卖菜挣钱了，她不拿地当事儿啦！"转香问："三哥，你家的地谁替你种着呢？"我没好气地说："陈玉文种呢，这畜生！"刘凤桐和转香都愣了。我脑子里晃着陈玉文的影子，这小子包了我的地，糟蹋了土地，还糟蹋了麦圈儿。好像我的女人让人家给搞了。我愤愤地骂了一声："我日他八辈儿祖宗！"刘凤桐从来没有见我发过这么大火，讷讷地说："三哥，玉文还算人吗？别跟他生气！"转香说："他好像常常在城里鬼混！有人说他偷东西！"我的胸脯起伏不止："我跟他没完！"为了让我平息愤怒，转香把地头的牛牵来了。她让我摸一摸，我摸到了牛的大眼睛，牛眼眨巴眨巴，睫毛把我的手掌刮得直痒痒。我朝它的嘴巴摸去，以为我要喂它吃的，伸出舌头舔我的手。我的心渐渐平复一些了。也许我们说话声太大了，呼噜噜，一群麻雀飞起来。然后，我听见虎子的鸣叫声。天阴着，咔地甩了一个响雷。我赶紧招呼着虎子回家去了。

这几天，我一直盯着找陈玉文。他吓跑了，他老婆说跑到城里去了。

麦收过后，我闷闷不乐。干脆坐在村口麦垛旁蹲坑儿，没人知道我蹲的是陈玉文。我有时间，看谁熬过谁？孩子、老婆都在村里，难道这小子永远不回来吗？村街很静，没有搭理我。村里只剩老弱病残了，老弱病残还要去地里干活。我困倦地打了个哈欠，身体一拱一拱，拱得麦垛乱摇晃。快响午了，听见马达声，接着，车辘辘咯噔咯噔响了一阵儿。我就知道是拖拉机过来了，还听出韩腰子在上面。韩腰子在村里算数一数二的庄稼把式，犁、耙、锄、割、施肥、管理，没几个人能比得上他。韩腰子跳下拖拉机，让拖拉机开走，尽管他阻拦我和桃儿的事，我两人还是拉呱儿上了。我说："韩叔，麦子卖了好价钱吧？"韩腰子叹息着说："唉，别提了，全村的麦子数我家料理得好，连郭富九都服了。为了保墒[1]，养土地，化肥、农药和除草剂，都不咋用，用大粪、发酵肥，那叫精耕细作啊！可是管蛋用？照样不得卖呀，桃儿出面求美食人家方便面厂的张老板，人家看脸才收下了，价钱低得可怜啊！六毛一斤，一问，美国的软红小麦运到港口，才五毛四一斤。你说，这地还咋种？人家瞎种，成本低了吧？哎，还卖了跟我一样的价钱。这不糊弄人吗？"日头晒得我抬不起头来，脑袋耷拉得像死秧子葫芦，我叹息说："糊弄人也是一门学问，小猪前拱，小鸡后扒，各有各的高招儿哇！"韩腰子沮丧地说："这地没法种了，越穷越种，越种越穷，到了上个月，靠种地，光赔钱啦！桃儿娘老犯病，多亏桃儿在外打工挣钱接济着家里。这饥荒，光靠种地啥时候还上？为了躲债，我上城里找桃儿了。她让我把土地流转出去，然后腾出空儿来干点副业！"我感叹道："在鹦鹉村啊，连你韩腰子都不想种地了，恐怕没人想种地啦！不过，你真的愿意流转？流转是啥意思啊？"韩腰子说："桃儿说，就是转包呗！"陈锁柱走过来了，插话说："你们唠啥呢？啥流转，转包的？"韩腰子说："我俩唠土地呢！村长，这地还咋种啊？累死累活的，还欠饥荒啊！"陈锁柱嘿嘿一笑："告诉你们，上级下来新精神啦，可以搞土地流转啦！全国农村都有这个问题呀，土地经营分散，难以集中开发。土地经营的粗放，直接导致地产、土质的严重下降。这也难怪，

---

[1] 保墒：使土壤中保存一定的水分，以适合农作物的出苗和生长。保墒的主要方法是耙地、镇压、中耕和采用塑料地膜覆盖技术。

受市场经济的影响，农村劳动力大量外出，这样就产生了一个特殊群体，老、弱、病、残、妇女留守在家，劳动力很是缺乏，土地粗放耕作，甚至出现荒芜。我们村也很严重啊！为了多打粮，就通过使用更多的化肥、农药、除草剂等来种植、管理农作物，造成耕地、水源、大气等的严重污染，土质板结，土地都给糟蹋了，人地矛盾日益突出。随着城镇的迅速扩张、工业用地和基础设施用地的大幅度增加，基本农田越来越少喽！"我说："可不是咋的，你家老三种着我家地，看那地给糟蹋的，恐怕几年都整不过来！"陈锁柱说："那小子哪是种地的主啊？要回来，搞流转吧！流转跟合作化不一样，不是收回土地，土地使用权还归你们，以入股、租赁、转包、互换和转让的形式，流转土地承包权。考虑到农民的利益，一律自愿，不强迫，决不能使用强迫命令的手段。这样既能解决规模经营，降低种地成本，让农民致富，又能保持土地承包权利！这不一举两得吗？"韩腰子说："那就好，那就好。可是，再过多少年，随着土地增值，后边的效益归谁啊？"陈锁柱嘿嘿一笑："都说你傻吃憨睡，你不傻呀！流转之后，只要种粮，国家的粮差补贴、农机补贴，都还继续执行。流转合同一般不超五年，五年以后再续签，随市场变化提价呀！"我的脸上嘭地涨满惊喜："该闹革命了，该闹土地革命了。"陈锁柱说："具体的，你们看文件吧！我走啦！"韩腰子等陈锁柱走远了，骂了一句："中央政策再好，到了下边也让他给拧巴喽！"他说着就"嘭嘭"地捶腰。这家伙送粮回来，就累得腰酸背疼，怨声连天。我扶了扶他的腰："腰子，别装了，见了女人腰硬着哪，前几天听说炕皮叫你砸塌啦？"韩腰子笑了："听谁胡说？我跟桃儿娘，几年没搞娱乐啦！"我嘿嘿一笑说："这回行了，赶紧流转土地吧，腾出精力干点正事儿！"韩腰子捶了我一拳："瞎三儿，我哪有你那驴劲儿啊？"我说："你没驴劲儿，可你会驴叫啊！"韩腰子嘿嘿地笑了起来。有人说，我一张嘴就幽默，句句可笑。因为我常说实话，大实话最幽默。我脑子里那点幽默细胞都激活了，又说了一些黄笑话，韩腰子笑得把一切疲劳都忘掉。我听着身边有点乱，就哑了口不说了。

陈玉文回村了。这小子手头可能弄了点钱，嚷嚷着要流转土地。我摸着找他来了。他站在村头说："请乡亲们相信我，我要把你们撂荒的土地都流转过来，搞规模经营，搞现代农业，都让你们住上大别墅！"乡亲们都愣了。我一听就炸了，土地流转让他一掺和，一开局就会砸了锅。陈玉文又说："你们不信我？怕我没钱投资？别拿老眼光看人，我腰里有钱啦！一分也少不了你们的！"有人哼了一声："你们挣钱了，富人得势了，还来折腾穷人，夺我们的这只破饭碗，天底下哪有这样的道理啊？"我大声喊："玉文，我那块地让你糟蹋了，我要找你要回呢，谁让你流转？"有人骂："滚犊子，鹦鹉村不都成你们陈家的啦？你想土地私有化呀，想当大地主哇！"大冬子骂："够狠毒的，你想把我们变成你的佃户哇？变成奴隶啊？"我往陈玉文跟前凑了凑："你小子跟我来，我找你好几天啦！"陈玉文尴尬地一笑："不就你家那点破地吗？"我黑了脸说："不光是地，还有麦圈儿的事，你以为作了恶就没人管你啦？"陈玉文说："麦圈儿咋啦？我没见过她呀？"我说："别跟我耍赖，不然我就找你大哥说去！"陈玉文软了："好吧，我过会儿找你去！"

　　转天早上，陈玉文提着水果来找我。我冷着脸说："你给我站着，站着！"陈玉文真就不敢坐下，呆呆地站着。我强硬地说："村里没人敢掺和你的事，唯独我瞎子敢！我那几亩地的事儿先不说了，先说麦圈儿的事。人家认出你来了，我拦住了，才没有告发你。你说是公了还是私了？"陈玉文好像听不懂，还是嘿嘿地笑："认出我了？"我说："你戴着面罩，露出黄眼珠儿，还吃了大蒜！还让我往下说吗？"陈玉文哆嗦了："得，得，还是私了吧！我出点钱给她！"我哼了一声："你小子有钱了是吧？偷来的吧？"我只是随便这么一说，陈玉文顺嘴就招了："他娘的，种地亏死了。我想过抢银行，可是总也没敢下手，我这德行的，只能干一点小偷小摸啊！要是偷了官，不敢报案；偷了贼，照样不敢报案，他们只能打碎牙往肚里咽。如今都变了，啥叫贼？偷穷人算啥贼？偷富人才叫贼，要是贼偷贼才叫大贼呢！三哥，告诉你吧，你找我这几天，我偷了一个大贼，发啦！"我骂："你小子胆量不小哇？"陈玉文说："胆子是可大可小的东西，胆子吓小了，有了钱还会慢慢变大，财大气粗嘛，气一粗胆儿就大啦！"我气得吼了："混账，住嘴，啥乱七八糟的！"陈玉文不说话了。我继续以命令的口吻说："不管你咋来的钱，偷的，还是抢的，那是警察的事儿，都得赔偿麦圈儿，人家还是黄花大闺女！还有，你别给村里添乱，搞啥土地流转，你小子是这块料儿吗？就这俩条件，你答应我吗？"我把痰腔儿打得很响，说明我底气还足。陈玉文说："好吧，我他娘的栽你手里，认啦！"

　　日子就这样流走了。比麦河水流得还快，抓都抓不住。如果不是双羊常跟我说点事，就觉不出日月的斗转星移了。

　　那一天，双羊回乡收购小麦了。双羊从美食人家出来，搞起了方便面厂。

他需要大量面粉，就回麦河家乡收购麦子，麦子到手以后，直接就送往面粉厂加工。有人说双羊要回村流转土地，陈玉文想流转土地，就鼓捣陈锁柱抵制双羊，自己趁机四处散布说："曹双羊是来家乡发横财的，是继续坑害乡亲们的。"还说："那小子脑瓜多鬼，我们斗得过他？"村民们一听，都想起了两年前的那场矿难，想起事故中死去的人，想起在矿难中被砸伤的人，脊梁骨一阵阵冒凉风，腿肚子直打战。越来越多的人抵制双羊收麦子，连麦河道场的工人都不接触。双羊很是着急，任他咋说，甚至把收购价每斤提高二分钱，还是没有几户卖给他。双羊无奈之下，只好回城找陈元庆商量对策。他们见面的情形，虎子都看在眼里告诉我了。陈元庆先是骂了自家兄弟几句，然后给双羊分析说："自从粮食价格放开以后，收购价持续上涨，粮食流通的各个环节都有利可获，只不过是有大有小罢了。可农民兄弟呢？却并没有得到涨价后的回报，也就是说，把农民排除在了获益链之外了。这是不公平的！农民应该可以获得粮价上涨总利润中的百分之二十，可是，农民啥都没有得到。"双羊恍然大悟："你的意思是说，乡亲们不卖麦子给我，等着涨价啊？"陈元庆点点头："有这个因素。从小麦变成餐桌上的面粉制成品，环节太多，每经过一个环节，粮价就上涨一次，因此说，农民兄弟期待着价格上涨是情有可原的，他们辛辛苦苦打下的麦子，谁不想多卖俩钱儿啊？"

"难道说粮价放开了，想咋涨就咋涨啊？没人管了吗？"双羊惊讶地问。陈元庆说："咋会没人管哪。粮油价格上涨，这是近几年来少有的现象，农民关注，城市居民也关注啊，这可是事关国计民生的大事啊！政府采取的措施是抛售储备粮，也就是增加市场供应量。政府转变职能，为农民多做服务工作，发挥杠杆作用。管理好巨大的粮食市场，最好的办法也是遵照市场经济的规律。就拿小麦来说吧，价格进一步上涨，我想，出现限价令，也不是不可能。总而言之一句话，发财致富靠市场，保持稳定还是得靠政府啊！"

"那……我就再抬高点价格？"双羊说。陈元庆说："别急，搞一下市场调研再说。"双羊听了陈元庆的话，深入农贸市场了解粮食行情去了。

两天下来，双羊掌握了市场价格浮动规律，也知道了国家最低收购价，第二次回村收购小麦去了。在鹦鹉村村口，双羊碰上了郭富九。双羊喊道："富九，上回事，我娘骂了我，对不住啦！把你家麦子卖给我吧，价钱绝对高过国家收购价。"郭富九不好意思地笑笑："我……刚割下来就卖给收粮食的小贩啦！"双羊问："啥价儿卖的啊？"郭富九说："六毛五。"双羊遗憾地说："哎呀，你咋这么急着卖啊？咋不等一等呢？今年国家最低收购价在六毛九到七毛二之间。"郭富九一听心窄了,哭丧着脸:"哎哟,我可是亏大发啦,那可是四千斤哪!一斤亏五六分,十斤就是五六毛,一百斤就是五六块,一千斤,五六十啊,三千斤就……"郭富九悔得捶胸又顿足。韩腰子追问:"双羊啊,你的收购价是多少啊?"双羊没来得及开口,看见迎面走来了陈锁柱,故意高举手掌,伸着拇指和二拇指,大声说道:"八毛钱一斤啊,大叔。"韩腰子瞪圆了眼睛,张着嘴巴合不上了。当他确定这个消息,八毛钱一斤小麦,快活得像一只大狗熊,摇摇晃晃,哼起了皮影调子。他一把抓住双羊的手,一指自家方向,叫喊道:"我这还真没白等涨价,走,四千斤,全卖你。"别的农户闻讯而来。村民也都纷纷叫喊:"我家有两千斤,卖给你。双羊,你真行啊!"有人喊:"双羊,我家有三千斤哪。"双羊哈哈笑着,故意大声问锁柱:"哎,我说锁柱啊,你家的麦子卖了没?没卖,给我吧。"锁柱的脸一阵红一阵白的,含含糊糊的,不知说了几句啥,乖乖走远了。他前脚走,后脚就有人骂开了:"这个锁柱,够缺德的,硬说卖给双羊捞不着现钱儿。"刘凤桐说:"整天鼓捣我把麦子都卖了,这下可坑苦了我啦,少卖多少钱哪!"郭富九都哭腔了:"咳,都怪咱自个儿啊,耳朵根子软,拿不正主意。"

只用了三天时间,双羊就收购上了三十六万斤麦子。那场面真是热火朝天,让我想起了以前交公粮的日子。工厂来了汽车,麦子送往面粉厂加工。我的麦子也卖给了双羊。由于双羊当场现金结算,拿到钱的村民脸上喜洋洋的。我记得非常清楚,桃儿就是在这个时候承包了面粉厂。桃儿不是没有竞争对手,是双羊暗暗帮了她。双羊给村里提了条件,如果承包给桃儿,他就把这批麦子放在厂里加工。双羊不让我说,桃儿一直蒙在鼓里。虽说麦子变成了面粉,收购麦子的风波还没有平息。提前把麦子卖了的,一个个垂头丧气的,迁怒于陈锁柱,但不敢发作,只能躲在院子里咬牙切齿。郭富九老婆忍不住,跟陈锁柱老婆骂上了。不知为啥,我爱听乡村女人骂街。骂得那个难听,我瞎子都脸红。我不描述了,给鹦鹉村丢人。骂着差不多了,围了一堆人观看。我听见"啪"的一声响,锁柱老婆哭了,是锁柱出来打了老婆。锁柱大声吼:"还不给我滚回去!丢人现眼的玩意儿!"锁柱老婆抽泣着走了。陈锁柱冲着我嚷嚷:"还站着干啥?有鸡巴啥好看的?"我跟着众人散开了。

下午四点多钟,西天乌云密布,电闪雷鸣。双羊吩咐手下赶紧往大卡车上盖苫布。忙活完不久,滂沱大雨便下来了。雨大得屋檐掉线线儿,好像织成了一张无边的罗网，遮盖了村庄和田野，一切有生息的东西都默默地隐藏起来了。天地之间只有雷鸣雨哮，整个世界仿佛都在纵情地喧哗着。双羊没有冒着大雨回厂，住在了父母家。晚上，曹大娘给儿子做了他最爱吃的猪肉炖粉条、火爆腰花。饭熟了，双羊开着他的轿车把我接到了他家，陪着他吃喝、聊天。然后，又把陈锁柱接来了。我挺不理解，心说：陈锁柱害得你险些没收上麦子来，你咋还请他喝酒呢？他是不是想巴结陈锁柱的哥哥陈元庆？

　　曹玉堂和曹大娘见儿子不走了，高兴得不得了，跟我说了好几遍："立国，瞧见没有，这就是天伦之乐！"曹大娘说："要是再来个大孙子，就更好啦！"我微笑着点头，虽说看不见这其乐融融的农家气氛，但还是挺怀念的。一家人围坐在一起吃喝说笑，这是我梦寐以求的。我家虽说无缘享受，但我由衷地祝福曹家永远和睦快乐。我喜欢双羊跟老爹斗酒的样子，如果没有外人，喝到兴头上，双羊竟然揪着曹玉堂的耳朵："爹，别耍赖啊，干了，干啦！"曹玉堂憨憨一笑，仰脖就干了酒。我记得要是往年，喝完了酒，我、双羊和小根搂在大炕上摔上一跤，是家常便饭了。小根在城里读书，只有假期才能回家。今晚我喝了不少酒，话也比平常多说了很多。很少听见陈锁柱说话，他一个劲儿敬酒，这小子能说啥呀，还好意思说咋的？我没搭理陈锁柱。一想起糟蹋凤莲的陈元庆，我对陈家人就上不来。吃着喝着，我听外面雨还在下，只不过小多了，就叹了口气说："可别连雨天哪，有的家麦子还没收完啊！"陈锁柱说话了："这种天儿，麦子最容易受潮了，要不我咋鼓动大伙儿抓紧把麦子卖出去哪。"我知道他在为自己伤害双羊的行为作解释，借以缓解两人的紧张关系。双羊说："锁柱你做得对，麦子受了潮发霉，别说卖不上好价儿，喂猪都不吃了。"锁柱说："双羊，去年我听说，郭富九那几家的麦子想卖给你们厂，你都没要。我是真的不知道你要回村收购麦子，要是知道……"曹玉堂打断他的话："算了算了，不知者不怪嘛！来来来，喝酒喝酒。"陈锁柱就连连喝酒。我知道陈锁柱想掩饰什么，就直捅他心窝子："锁柱，你别装了，你啥心思，我全掌握。"陈锁柱尴尬地问："瞎子，我啥心思啊？"我说："你家老三想流转土地，你怕双羊回来挤了他。你那点小算盘，唬得了别人唬不了我！"陈锁柱脸色咋变，我看不见，但他的声音颤了："瞎子，你胡说个啥呀？我哥虽说对不住凤莲，双羊跟我哥交过手，可我跟双羊没过节儿啊？再说了，双羊也没说流转土地啊？人家大厂长，大老板，能回村拉这个套吗？"双羊嘿嘿笑了，没说话。我继续反击陈锁柱："别狡辩,群众的眼光是雪亮的,你们陈家人聪明,但聪明不到正地方。曹家人也聪明,但人家干的是正事儿,是好事儿!"陈锁柱气得大怒:"白瞎子,活腻了是吧?找挨揍是吧?等我把你腿打折了,你就老实啦!"我挺着胸脯说:"我等着你,你以为鹦鹉村人都怕你啊?别说你哥当副县长,就是省长,也尿不到我这壶儿!"曹玉堂摁住我的胳膊,大声说:"瞎三儿,真是喝高了,你就少说两句吧!"双羊骂道:"三哥,你小子大脑进水了吧?咋满嘴喷粪啊?锁柱是我请来的客人,我还要推举他当村长呢!鹦鹉村靠谁?靠你行吗?"我不知道双羊葫芦里卖的啥药,低头吃肉不说话了。曹大娘看不过去了,急忙插话说:"不准你们说三儿,他可是大好人啊,别看他瞎着,心里头比谁都纯净!"有曹大娘给我撑腰,陈锁柱和双羊都被吓住了。

双羊够精鬼的,他马上站起来调节尴尬气氛。他让我唱一段大鼓。我忽然想起了乡间流行的《不平歌》,就用两只筷子当梨花板,龇牙咧嘴地唱起来:"泥瓦匠,住茅房;纺织娘,没衣裳;卖盐的老婆喝淡汤;种粮的,吃米糠;磨面的,吃瓜秧;炒菜的,光闻香;编席的,睡光炕;卖油的娘子水梳妆。"人们听着,都哈哈地笑了。我没有听到双羊的笑声,他沉默了很久。我一想坏了,这首《不平歌》勾起他伤心处了。我听见双羊"咕咚"一声,把满杯的衡水老白干酒都喝了。这一杯酒足有四两,然后是蹾酒杯的声音。双羊吐了一口气说:"听着三哥的《不平歌》,你们都笑了,可我就想哭。"我愣了愣,放下筷子。曹大娘说:"这孩子,这歌儿你小时候也唱过。只不过,你当儿歌唱的,词儿是一样的。"双羊沉痛的声音:"娘,我知道,我唱过。那时候唱啊,不走心,今天三哥这么一唱,我的心疼啦!真疼啊!"我急忙说:"对不起,双羊,三哥再唱一段别的给你开心!"双羊说:"三哥,我不怪你,只是我想多了。别,别唱了。让我静一静!"大家都沉默了。片刻的静默,双羊说话了:"三哥,你唱啥我都爱听,就是不准你再唱这《不平歌》啦!我们农民苦成了这样,穷成这样,还拿这歌取乐?不可悲吗?"我说:"双羊,我也知道世间有很多不平等,农民最苦,我遭的罪,吃的苦不比你少!可是,我们不乐呵,咋办?死吗?种粮的饿死,盖楼的睡马路,是不公平,这么多年不都是这样过来的吗?你不高兴,不高兴能咋着?你还翻了天?"双羊沉默了一下说:"不,三哥,你误解我了,我不是让农民抵抗政府,更没仇视城市的意思。我本身也在享受城市文明嘛!我的本意是,我们经历过苦难,不仅是挨饿,还有心灵的苦难。农民要争气,要有自尊!"陈锁柱感慨地说:"是啊,双羊说得对,我们有些农民不像样子,到城里打工，偷啊摸的，没骨气，让人瞧不起啊！"我咧了咧嘴巴说："你都明白啊，你回家先教育老三吧！他不就是你说的这类人吗？让他少给鹦鹉村丢人！"陈锁柱不高兴地说："瞎子，你咋总是跟我们陈家人过不去？我们老三回来说了，痛改前非，还要流转土地，做一个经纪人哪！"双羊说："锁柱，你糊涂啊？别说老三不能干，就是能干，你当着村长，也不能让他来流转土地呀。好说不好听啊！"陈锁柱说："是啊，这小子吃啥啥没够，干啥啥不行，我哥说让他买一辆大挂车跑运输呢！"我嘻嘻笑了："我看这事靠谱儿！双羊，大伙儿都盼着你回村，搞土地流转哩！"陈锁柱说："对呀，你们方便面厂又需要麦子！你回来吧！"双羊拒绝说："不行，不行，我可没这个思想准备呀！我们厂子刚刚起步，资金不足，农业投资成本高，周期长，风险大，收益太低！煤矿经营，我就欠了大伙儿一把。我来流转土地，不能帮助大家致富，那就太糟糕了，我还有脸回来吗？"

双羊的话把我给噎回去了。一连几天，乡亲们都聚集在我这里，商量咋能搬动双羊。那天上午，我们坐着韩腰子家的拖拉机去了城里。双羊请我们喝酒，陪我们说话，却把口封得死死的："乡亲的心意我理解，但是，我不能答应你们！真的！"我很失望，双羊为啥拒绝回乡流转土地呢？

苍鹰预见未来

日头咚一声掉进了后山，鹰的翅膀遮盖了我的天空。

我还是喜欢夜晚，从根本上来说，黑夜和白天对我没啥两样。如果有区别的话，晚上我的家里热闹。白天都忙得脚跟打脑勺子，没人搭理我，只有吃过晚饭，算命的、串门的就渐渐多起来，我也就格外精神。我的信息来源就是这些庄稼人。庄稼人也非常信服我，让我给他们算一卦，准与不准他们心里明白。村里人说我是啥神附了体，或是河妖变的。我轻轻摇头，哪里呀，可能我给大伙儿算卦算久了，本身就带了仙气。我是按周易的理论掐算，跟那些跳大神的有天壤之别。

今天很奇怪，窗外脚步声声，就是没人进来。我支起耳朵细听，噗噗嗒嗒的脚步声越来越近。我分辨出来了，这是曹双羊的脚步声。二十几天前，虎子咕咕一叫，我就知道有情况了。我做了一个梦。梦见双羊的儿子双双降生了。张晋芳怀孕的时候，双羊就给未出世的儿子起了名，叫双双。双羊兴致勃勃赶到医院产房，一阵细细的、哑哑的、尖尖的哭声从产房里传了出来。他冲进去一看，就看见了躺在褓褓里的儿子！儿子长得一点不像鹦鹉村的人，不土，洋气，像一个小金丝猴，一双鹰眼，有一股狠劲，能在黑夜发光。他愣住了，紧接着高兴得跳了起来，高腔大嗓地喊着："儿子，我有儿子啦，哈哈，我当爹啦！"他无限爱怜地用双手抚摩着孩子娇小的身体，一种愧疚之情油然而生。他感叹一声："啊，我终于知道该咋活了。"双羊听见了儿子双双的啼哭声，土地变了颜色，他看见了五色土。土地在阳光中变幻着五种颜色：黄、青、白、红、黑。张晋芳正坐在五色土上，双双在一边玩耍。幼童的歌声此起彼伏。他的精神处于活跃、生动的状态中，他不曾料到，一个小生命的诞生，会使他的生活、事业、家庭和女人，一瞬间都有了全新的意义。双羊兴奋地说，我已经不仅仅是给乡亲们寻找一条出路，更是在为子孙后代开拓道路哩！我打电话一问双羊，果然应验了我的梦。

　　曹双羊一来，别人就不敢贸然走进我的家门了。他们看见我家门口停放着那辆奔驰汽车，就乖乖退了。他们是怕曹双羊找我算命，暴露一些隐私。如今大款隐私多，泄露出去，庄稼人怕担嫌疑。用枣杠子的话说，这些庄稼人可都是曹双羊的"佃户"了。其实，这些穷人哪里知道，曹双羊这小子从不找我算卦，他不信命，他喜欢跟我探讨问题。要是没人算卦，我爱听他神乎其神地瞎侃。人家大老板下土地，闯市场，整天坐着飞机腾云驾雾，就是比我懂得多。我听得津津有味，乐此不疲。我们谈话的时候虎子都在场。说到虎子，这畜生不着念叨，一阵响声过后，它就轻轻落在曹双羊的肩头，咕咕一叫，算是个问候。虎子是我的好伙伴，有一天我病了，发烧，塌鼻子塌眼，一点没精神，不吃不喝，虎子也陪着我不吃不喝。它用嘴巴顶我的脸，感到了热度，还用翅膀撩一点水，给我的额头降温。我睡着了，没有了呻吟声，这畜生就试探我，生怕我一下子断了气。第三天晚上，虎子飞出去把曹大娘带来了。曹大娘给我煮姜汤喝了，身体就慢慢好起来。我好了，这畜生又感冒了，还打起了喷嚏。虎子咋会感冒呢？难道它真的通人性吗？曹双羊很友好地摸摸它的脑袋，然后说："玩一个。"他说这话，我就知道是让虎子跟他玩跳杠的游戏。驯鹰人用一条长绳，一头系住鹰爪，一头拴住自己的手腕，胳膊和手腕裹着厚厚的老粗布。我用一块生肉做诱饵，鹰从这只胳膊跳到那只胳膊上。虎子就是我这么训练过来的。虎子在曹双羊的胳膊上蹦来蹦去，爪子踩在肉上嘭嘭作响。曹双羊满意地笑了两声："这畜生，腿脚儿还行啊！"说着，我听见一阵纸响。曹双羊准是又掏钱了，每次都这样，曹双羊把一张张的钱放在柜子上边,让虎子过来叼。虎子眼睛好使,能够分辨出钱的面值,十块钱以下的小面额,它是从来不叼的。眼前虎子频频叼钱,曹双羊得意地拍着巴掌。他知道我自尊心强,他资助我,从来不直接给我塞钱,都是让虎子来做这个简单的游戏。他心里明白,虎子是一只鹰,它往哪里花钱去?钱最后都落到我瞎子的腰包里。我知道他心肠好,常常惦念着我。俗话说男人一阔脸就变,双羊不仅没变,还越来越体恤人了。这年头,到哪儿说理去啊?虎子变得势利了。庄稼人到我这儿算命,虎子从来不打招呼,别人拿着食儿逗它,它也爱答不理的。这会儿虎子躲一边数钱去了。它数钱的声音很吓人,我常常担心它的鹰爪把纸钱抓破了。曹双羊没有说话,却发出揉鼻子的声音。天气预报说有大雨,我把酱缸搬进屋里来,放在我的炕头,说:"双羊,是不是这酱缸有味啊?"曹双羊囔囔地说:"可不是嘛,这酱缸哪有搁屋里的?三哥,都啥年代了,还爱吃大葱蘸酱啊?"我苦笑了一下说:"从小就爱吃这口儿,改不了啊!"曹双羊说:"唉,你还活在过去,这饮食习惯得改改啦!明天我从方便面厂给你弄两箱方便面吧!这玩意儿既方便又可口啊!"我感激地说:"你那么忙,别老惦记我啦!桃儿拿过方便面,可我吃不惯啊!"曹双羊苦笑一下,说:"三哥,桃儿呢?"我说:"昨晚还回来了呢,我们对唱民歌呢!"曹双羊问:"你们真浪漫,啥时候把喜事儿办喽?"

"桃儿说过了麦收就办。可是——"我后头的话在舌尖儿上转了一圈没有出嘴。

曹双羊使劲拍了拍我的肩膀,大声说:"三哥,你还有啥顾虑呢?我太了解桃儿了,她要决定了的事,你无法改变。"我吞吞吐吐地说:"我是怕她跟了我受委屈。"曹双羊大咧咧地说:"有啥委屈呢?三哥,你可别自卑。情感方面啊,人对眼不说丑俊,瓜好吃不说老嫩!"我被他逗笑了,嘿嘿了两声。我知道到了这阵儿,曹双羊还爱着桃儿呢。按理说我俩是情敌,他说这话是故意给我宽心,还是假模假式?哎呀,日子确实有啥东西不对头。曹双羊的声音有些颤抖:"三哥,你别听别人瞎呛呛,林子大了啥鸟儿都有。别往心里去!我祝福你们,也许你不相信我的诚意。我爱桃儿,这你是知道的。可是,我们无缘,怎么努力,我们都是并行的两条轨道。所以,我跟桃儿只能做朋友。桃儿太不容易了,我愿意她有个好归宿。桃儿可是会生活的人,只要你跟桃儿过几天不食人间烟火的浪漫日子,这辈子的苦就算没白受。"我真的有些感动了,抓着他的双手,哽咽着说:"谢谢你,我的好兄弟,要说桃儿啊，我们真的有缘。你说，电视啊、网络啊，这么发达，年轻人谁还爱听大鼓书啊？可她一来咱村，就着了迷似的。"曹双羊说："三哥，我想通了，桃儿命里就是你的女人。等你们结婚大典那天，我出钱，把你的盲人兄弟都叫来，唱他三天三夜。"我傻呵呵地笑了："其实，我对那轰轰烈烈的仪式不感兴趣，我只想把眼睛治好，看看桃儿的模样。说句心里话，桃儿是啥模样，都配得上我这个瞎子。不知为啥，我就是想知道她是啥模样。"曹双羊迟疑了一下问："三哥，你吃药了吗？啥时候做这个眼睛手术？"我说："年头太长了，恐怕不会复明了。"曹双羊硬了声说："哎哟，三哥，你太悲观了，太悲观了！你可得治啊！"我叹息了一声："是啊，我得治啊，不然对不住桃儿的一片苦心哩！"曹双羊说："这就对喽，等三哥睁了眼，看看我们的农场。只要你愿意，我聘请你当我的田间经理。"我使劲摇着头说："你别哄我了，三哥又不是三岁孩子。"曹双羊点燃一支烟吸着，坐了一会儿，说了一些别的话。曹双羊一走，我喊虎子过来。虎子乖乖落在我身边。其实，虎子知道它在我心目中的珍贵价值，不是当眼线，而是它的预见功能。

我常常从虎子这里感应未来。

也许应当归咎于麦河流传的神话吧，我常常发现人们有着一种误解。鹰是飞翔的鸟类，天空是属于苍鹰的，鹰不会对土地和庄稼有兴趣。其实不然，作为一只苍鹰，虎子在没完没了地琢磨人的问题，想人的问题，对人的去向非常敏感。尽管我在虎子面前耀武扬威，但是，对虎子的灵性还是赞赏有加的。我抚摸着虎子的羽毛，仿佛开了天目，看见了自己的未来，就很得意地说："这狗东西，真有他娘的灵性。"虎子不会说人话，但我的夸奖都听见了，虎子回馈我的就是咕咕叫声，或是用脑袋，用翅膀刮我的手掌。我就能根据这些信号听懂虎子在说什么。虎子能听懂我的话，我说话的时候，总是带给虎子一片轻盈的迷惑。虎子就变得老实，咕呱一叫，就算默许。如果我说的话虎子不爱听了，虎子就要抗议的。虎子的羽毛一抖，我就知道它有新的想法了。其实，对于这个世界，虎子跟我的看法常常相反，就像我跟曹双羊的争论一样。

虎子的飞翔有高度，有高度就能望得远，这是鹰类最为牛的习性，但我要告诉你们，不是所有的鹰都对未来有预见。虎子是一只百年老鹰，虎子是苍鹰之王，苍鹰的最长寿命一般是七十岁，但到今年麦收，虎子整整活了一百岁了。虎子完成了两次不同的蜕变。一次在山岩，一次在麦地。一只神鹰啊！虎子是雷霆般的猛禽，是真正的大鸟，公认的王者。虎子天生就不怎么合群，最讨厌鸟类里的鹦鹉。桃儿的继父韩腰子养了一只鹦鹉，这家伙见了虎子就骂街："虎子，奍你娘！"虎子很气恼，如果不是看我的面子，虎子就会对它实施暴力了。麦收了，虎子闻到了麦子的香味。到了夜晚，鸟儿们就落在麦秸垛上唱歌，对着月亮鸣叫，声音好听着呢。虎子会唱歌，也会骂街，但它不能堕落。那只鹦鹉跟随虎子来到街上，人们敬畏虎子，躲得远远的，却非常亲近鹦鹉。他们总是围着鹦鹉转，鹦鹉把每人都骂一遍："奍你娘！奍你娘！"人们还咧着大嘴傻笑。我发现人是很贱的东西，目光短浅，你替他们思考大事，他们不屑一顾；你骂了他八辈儿祖宗，他反而会大笑，会更加喜欢你。

我是虎子的第四个主人。虎子的第一个主人是曹老大，后来传给了狗儿爷。我清楚地记得，当年狗儿爷对我说，那年麦收，虎子在空旷的麦场上觅食，虎子不爱吃麦粒，但老鼠吃麦粒，虎子就等待吃老鼠或兔子。那天狗儿爷一个猛子扑向虎子，把虎子抓住了。虎子没有反抗，虎子跟狗儿爷有缘。虎子与狗儿爷相遇的时候，已经十五岁了。狗儿爷喜欢虎子，没有忍心把它熬成鱼鹰，还替虎子逮兔子吃。虎子的第三个主人是曹凤莲。虎子是作为陪嫁跟她到黑石沟的。在黑石沟的那两年，是虎子一生中最难熬的日子。曹凤莲对虎子挺好，但她那个拐子丈夫不行，那是个醉鬼，喝高了就蹂躏虎子。吴三拐喝醉了酒，就恨恨地朝虎子身上吐一口痰，骂道："畜生，我掐死你！"虎子吓得够呛，嗓子都变尖了："咕嘎！"吴三拐揪着虎子的脖子灌白酒，喝得虎子死睡三天。曹凤莲以为吴三拐掐死了虎子，就跟丈夫吵架。曹凤莲给虎子喂水喝，虎子吐了一些东西，才渐渐苏醒了。那年麦收，鹦鹉村唱大戏的时候，虎子才跟着曹凤莲回来了。虎子回来的时候，都辨认不出戏台子了。村里唱大戏，不是听瞎子唱乐亭大鼓，而是请县剧团的唱评剧《花为媒》。鹦鹉村不是简单地看戏，接姑娘唤女婿，凑的是个热闹。吴三拐这狗东西没有来，曹凤莲带虎子来的。凤莲看着我瞎子可怜，背着男人就决定把虎子转让给我，还征得了曹双羊的同意。记得当时曹凤莲对虎子说，瞎子心眼儿好，他需要你，你就给他当个眼线吧。曹双羊抚摸着虎子说，三哥挺孤独的，你就陪他做个伴儿。虎子一定是很伤感，我知道，尽管它常遭受吴三拐的虐待，还是不愿意离开曹家。虎子对主人非常忠诚，特别是把曹双羊当成它的主人。可是，曹双羊有大事可干，能整天带着你一只鹰吗？曹双羊又说，去吧，虎子！三哥就是咱家人！一句话说得我眼眶一热，差点掉了眼泪。这事三锤两棒定了音，虎子屈就跟了我。凤莲把虎子交给我的时候，虎子用它漂亮的羽毛刮她的脸，凤莲一定伤心得落泪了。

说实话，虎子跟着我并不愉快。它对我是有误解的，它认为我是个俗人。我让虎子从曹双羊手上叼钱的时候，它心里一定在骂我见钱眼开，骂我越活越势利。是的，谁不知道虎子不会花钱，叼了钱也是送到我手里。一百年前，曹老大是想把虎子熬成鱼鹰的。他对虎子很残酷，把红布条扎在它的脖子上，逼它去麦河里叼鱼。虎子没有屈服，宁可饿死，也不会当鱼鹰的。它是无法征服的，这让我从此对它刮目相看。

麦收的中午，我索性关了电视。桃儿不在身边，我好孤独，听着电视里的声音，更加烦乱。电视这东西啊，说好就好，说它不好也不好。这是桃儿给我买来的电视机。我说一个瞎子看啥电视？有台电匣子[1]就够了。说个没面子的事，过去我有个电匣子，就因我买不起电池给送人了，送给了黑石沟的李瞎子。桃儿走进我的生活，我一下子鸟枪换炮了。她怕我寂寞，让我听电视。说句心里话，一听这电视啊，我感觉地球太小了，世界上的事情太磨叽了。这儿爆炸，那儿绑架，天天都死人。我简直受不了这刺激，脑袋都快炸了。人的脑袋被电视异化了，格式化了，我们只有简单地服从。连"混闺女儿"的美事，都要让专家指导一番，这世界还有啥不被统一的呢？都统一了，还有啥情趣可言？就说地球气候变暖的事吧，好多专家都在争论。有啥好争的，就是暖和了嘛！我小的时候，冬天的风能把耳朵冻掉的，现在咋样啊？说这是温室气体排放造成的极端气候现象，飓风、洪水、干旱、暴雪、热浪等等。你说，这往后人还咋活？

这个时候，虎子带着一群鹦鹉回家来了。这群鸟们飞进屋，房间里的声音就杂乱起来。虎子也有虚荣心，它寂寞难挨的时候，就调动鸟们玩一会儿。鸟们仰慕虎子，虎子在它们羡慕的目光里得到满足。虎子指挥它们鸣叫，这样有节奏的叫声很迷人。这边停下了，那边又叫起来，此起彼伏，像唱歌一样，连成了一片。我有些诧异，细一听，还有一些麻雀的叫声。我把虎子骂了一顿："畜生，你说这乱不乱啊？都给我赶出去！"虎子好像听懂了我的话，尖叫了一声，瞬间变成了逼人的王者，扇动着翅膀，发出呼呼的风声，搅和得鹦鹉乱骂，麻雀乱喊。过了一会儿，房间里渐渐平静了。我笑了笑说："这鹦鹉啊，家雀啊，你们叫啥？要是在深山野林里，虎子早把你们抓着吃啦！该知足就知足吧！虎子，我想单独跟你说说话。"我关上了窗子，伸手

---

[1] 电匣子：收音机的俗称。

抚摸着虎子的翅膀。虎子的羽毛湿漉漉的。我用手掌撸了撸，虎子的翅膀就那么一抖，水珠子溅到我的胳膊上。我对着它说："虎子，以后这天气会不会更热啦？"虎子的羽毛又是一抖，可着嗓子高叫了一声，恐怕连左邻右舍都听到了。

有人说，想象不是谁赐予的，就在我们的心中。我惊奇地发现，这说法不准确，只要我抓着虎子的羽毛，就可以模模糊糊看到未来的某个瞬间。

虎子的羽毛微微颤动，我开始冥想。谁都有梦想，谁都想看一眼自己未来的容颜。

土地庙宇

我有一种担忧，担心双羊会出事。用桃儿的话说，他患上了一种现代病。他的身心被金钱牢牢控制，浑身难受，又对土地、远方和未来充满想象，想尽情释放。他无法回避现世欲望，又想作出必要的抗争，抗争的力量不足，方向都很模糊。可是，一切被困在网里，无法突围。他在我身边不停地发问：我能否相信自己？是啊，你还没有找到自己，怎么能够相信自己啊？我说这种心态是进步的异化。我断定双羊的魂儿丢了。情场失意，赌场得意，据我所知，双羊倒卖钢材，带着股金，杀进了张洪生的美食人家方便面厂。后来又背叛了张洪生，带出一队人马，风风火火搞起了麦河道场方便面。据说，他的钱挣到一个亿的时候，双羊经历了一次严重的精神危机。他对农民的未来绝望了，没有了欲望，没有了目标，哪怕一个空洞的目标也好。都没有了，再也没有了。桃儿离他远去，土地越来越陌生，无边的空虚冲撞着他。

每年麦收双羊都回家的，但四年前的麦收他没回来，我心里蹊跷，就给他打了个电话。他不接，没完没了地睡觉。一连睡了两天，揉揉眼睛，吃点方便面，喝点水，发一阵子愣，又躺下睡去。他的情绪转变，我是有警觉的。一天，我给双羊的手机打电话，对方生硬地说："找谁？曹双羊吗？他死啦！"电话就放了。我呆傻了，双羊死了？这个接电话的是他啥人？我稳不住神了，急忙来到曹双羊家。家里没有人，我到河滩找到放羊的曹玉堂大叔说："玉堂大叔，刚才有人跟我说，你儿子都死了，你还在这儿放羊？"我这么一说，曹大叔一下子瘫在草地上，一群羊都不要了，跌跌撞撞地颠回家，搂着曹大娘哭了："立国说，双羊死了！"曹大娘脑袋像是挨了一棍，急忙给双羊打手机,手机关机了,老两口儿抱着,泣不成声。他们招呼凤莲,等凤莲从黑石沟赶来,我们一起坐拖拉机进了城。我们一路上啥也不吃,光流眼泪。到了县城,双羊的家里没人,我们找不到双羊。活不见人死不见尸,这让我们更加焦急了。

多亏我想起了一个城里的女人,她叫荣姐。双羊跟我说过,县城有一个富人圈子,这个圈子里有大款、机关干部、记者和社会能人,他们大多跟陈元庆有关系。这个圈子彼此认识,相互往来,互惠互利。这个大圈子还有几个小圈子,交叉往来。凭借陈元庆的老乡关系,曹双羊在一个小圈子里站稳了脚跟。主宰这个圈子的是一个搞服装的寡妇,大家都喊她荣姐。荣姐白胖,有几分姿色,说话骂骂咧咧的,抽烟、喝酒、打麻将。荣姐好像看上双羊了,每次见到他,她的眼睛就会闪出欣喜的光,抑制不住欢悦的表情。她每次喝高了酒,就把衣服一撩,露出两个白兔子似的乳房,大声嚷嚷,你们看啊,我这酒都喝到这儿啦!她在挑战男人的极限,弄得大老爷们都不好意思。男人们越脸红,她就越来兴致,用手托着白白的乳房笑道,都看啊,酒喝到我这儿啦,都变成了牛奶了,不信你尝尝!人们就大笑了。双羊真的敢看,发现她的双乳真的红了。这娘儿们喝酒不上脸,上乳房,造成她酒后乱性,名声不好。这个圈子的男人喜欢跟她喝酒,回家都不敢跟老婆承认。双羊跟我坦白,他跟荣姐上过床,就一回。我骂他:"狗东西,还有脸说呢!"有一阵子,荣姐对他纠缠不休。双羊说他讨厌她的张狂,可拿这个"肥婆"没办法。喝酒做局都是她一手张罗,她在县城真有点能量,双羊常常要利用她。在这个圈子里,双羊把我隆重推出来了,他的这个圈子里的小老板,几乎都来我这儿算过命。荣姐给我的印象最深,她来的时候,满嘴脏话,一进屋就朝我身上乱摸。我被吓了个半死,她走了,我还在埋怨双羊:"你啊,给我带来了啥人啊?"双羊一笑:"离婚女人,受刺激啦!别看她没个正经,心肠还蛮不错的。"双羊还告诉了我一个秘密,荣姐是张晋芳的表姐,也是他和晋芳的媒人。后来,这个荣姐常常给我打电话,问她何时能找着如意郎君,问她某笔买卖能不能挣钱等。所以,我一直留着她的电话号码。

我通过荣姐找到了赌场,找到了赌博的双羊。听说双羊输了一笔钱,整天想着捞回来。我没有到现场,后来凤莲跟我说,双羊傻了,曹大娘揪着他的衣领,老鹰抓小鸡似的把他揪出赌场。曹大娘狠狠打了他一耳光:"没骨气的东西!"双羊"扑通"一声跪下了。曹大娘颤抖着声音骂:"你还是我们曹家人吗?乡亲们那点麦子都不收,你还是咱鹦鹉村人吗?你的良心呢?"

双羊久久不说话，就那么跪着。凤莲跟我说，前几天，乡亲们麦子卖不出去了，求到双羊的门下，双羊满可以收下这些麦子的。他都没有收啊！工厂依然使用美国的软红小麦。美国软红小麦比国内麦子还便宜，但面质不好。连连大雨，麦子烂了，乡亲们的血汗就泡汤了。郭富九捂着脸，蹲在地上哭得很伤心。曹玉堂说："同饮麦河水，同种一块地，农民兄弟都在一条船上，都是一个命！他们完了，你也是秋后的蚂蚱，早晚有一天要完蛋的！"曹大娘继续说："你翻开家谱看看，你老太爷曹大、狗儿爷，哪一个不是顶天立地的汉子？他们个个是英雄！就数你爹窝囊点，可他在关键时刻，也能为乡亲们做好事。为百姓，为乡亲，为民捐躯，是我们老曹家的传统，也是曹家的光荣。你呢？你这王八犊子，在城里都干了啥呀？你也不想想，桃儿宁可跟一个瞎子混，她都不爱你，你是有钱了，人却走邪了，钱有啥用？你就是有座金山，我们都不稀罕，这年月还有比金钱更金贵的东西！你给丢了！"说着身体晃了晃，险些摔倒。凤莲给娘扶住了。双羊哭了，像孩子一样撞着地，额头都磕出了血迹。凤莲拉着双羊："双羊，姐知道你心里苦，你就给咱爹咱娘认个错吧！姐相信你，你能改！"双羊说："爹，娘，姐，我错啦！"然后一家人抱在一起哭了。悲伤的场面我能想象出来，多亏我没有在场，我害怕这种场面。

　　我可以做证，双羊后来真的不赌了。

　　后来双羊告诉我，那一阶段，他面容极为消瘦，别人以为他吸毒了。他没有吸，他说荣姐吸毒，贩毒，干上了"以贩养吸"的勾当。看着张晋芳的面子，他借给了她一笔钱，尽管他不知道这笔钱用于了贩毒，他也是有罪的。荣姐被执行死刑的时候，他连连做着噩梦。双羊每天都在反省、自责，如果他不借给她钱，她也许丢不了命的。我曹双羊成了啥人啊？多少家庭毁在"毒"上啊？他是幕后帮凶啊！表面来看，是他"走投无路"的时候，美食人家的张洪生老板收留了他。实际上他是有预谋的，他想搞方便面，他要在那里偷艺。学到了手艺，他给张洪生来了个釜底抽薪，拉着队伍出来，干起了麦河道场。我还听说，他在面粉上掺假，低价收购黑面，偷偷用硫黄煮，这叫勾兑白面粉。这是啥人啊，还叫个人吗？你的良心呢？你的良心被狗吃啦？你把鹦鹉村人的一副好德行丢了！我愤怒，双羊的心里也不踏实了。城里处处有陷阱，如果还在这个圈子里混下去，他不仅没有相应地变得深沉，反而越来越轻浮，越来越疯狂。问题出在哪呢？我恍然大悟，人哪，如果不确立自己的善恶原则，那么生活就会不断给你提出严峻的问题，这些问题会把你逼到悬崖上的，躲都躲不开。

我有这个把握，双羊走投无路的时候，就会来找我的。我要跟他好好谈一谈。实际上，双羊很想借助虎子看看自己的未来。我的法宝就是虎子，有了预见功能的虎子名气越来越大。这名气都是村东头大头给闹的。那一天，桃儿和麦圈儿风风火火回来，说大头要跳楼了。大头是马老四的二儿子，在城里打工，买了一所旧房子，政府开发面临拆迁。他对开发商的补偿不满意，一气之下就采取了极端手段，爬到十层高的楼顶，要挟老板，不满足赔偿要求就要跳下来。楼下围了好多人，咋劝也不下来。我带着虎子去了，虎子叼着麦穗飞到了楼顶，我可着嗓子大喊："大头，我是你三哥，你抬手摸摸虎子的后背，就会看见你未来的容颜。人不能跟命治气，你得好好活着！"大头没有动静，我听到了他在楼顶走动的脚步声。我又喊："听三哥的，你摸一摸嘛！"大头还不摸，桃儿都急哭了。我安慰她说："别怕，他会摸的。这小子就是虚张声势，吓唬吓唬人。"等到中午的时候，桃儿告诉我，大头开始抚摸虎子的羽毛，还说虎子的羽毛在阳光下闪闪发亮。只要他摸了，就不会死了。果然，桃儿看见他身体一软，瘫在了楼顶。我有些激动，眼里泪津津的。这件事让虎子声名大振，我家都门庭若市了，虎子的羽毛几乎给摸秃了。啥事都有个极限，一天，虎子啄了人，这畜生不耐烦了。

我听见双羊咬牙切齿地说："三哥，帮帮我吧，醉生梦死不是我想要的生活，我不想这样活啦！"我不知道该如何去安慰他，故意摆出漫不经心的样子，说："唉，人本是人，不必刻意去做人；世本是世，无须精心去处事。道法自然啊！"双羊含蓄地笑了笑，说："这是你，我做不到了！我想快乐，我想安宁啊！"我终于明白了，大声说："你蜕变啊，鹰能蜕变，何况人啊？"双羊信心不足地摇头："快别说蜕变了，煤矿出事以后，我就是受了虎子蜕变的启发，就蜕变成这副德行啦。我后悔啊！"我大声说："我就恨你这一点，看着你的变化，我的心跟大叔大娘一样，生气，着急啊！可是，你别忘了，人能够变坏，也能够变好。因为这一点，人是美好的，也因为这一点，人是不可战胜的。"双羊抓住我的双手："怎样才能变好啊？"我说："桃儿变了，你也一定能变的。有人说江山易改，本性难移。你曹双羊不一样，我太了解你了。你和曹家人一样，都是顶天立地的好汉啊！"双羊说："我不行，我不行！"我说："你行，你不是一直问我，虎子在七十岁的时候，是怎样完成第二次蜕变的吗？是时候了，我今天讲给你。"双羊的呼吸紧促了，静静地听着。我说："虎子的第二次蜕变更为惨烈。它没有飞到高高的山岩上筑巢，而是回归大地。苍鹰在山岩上二次蜕变，没有成功。这畜生是受了蝉的启发。蝉，你知道吧？就是'麻叽'，幼蝉小时候一直生活在地下，经过三年多的时间，它才开始蜕变的。麻叽在地下就是吃土。出土后，麻叽的歌唱可好听了，但是只能唱两个月就死了。我们对麻叽得刮目相看了，等了那么多年，就为这短暂而美丽的歌唱啊！虎子这次蜕变，在土窝里筑巢，三个月整天吃土，笨重的嘴巴掉了，长出了新嘴巴，又一根根拔掉老化的羽毛，长出了新羽毛。凭我的感觉，虎子这次蜕变之后，飞得更高了，力量更大啦！像是神助啊！"我的鼻孔里立刻扑满了泥土的味道。

双羊惊叹了一声："好个虎子啊！这太神奇啦！"双羊说他想摸一摸叼着麦穗的虎子。我打了个呼哨，虎子就飞过来了。它老老实实地卧在我身边。我将一根麦穗放在虎子的嘴上。双羊的手抚摩着虎子。他看到了啥，没有跟我说。但是我知道，双羊幸福的神经被激活了。这根神经已经麻木很久了。其实，幸福就是一种感觉，有了幸福的神经，才能去感觉幸福，感觉城乡生活的快乐。忽然，尽头一团漆黑，无法把明天看透。我惊叫了一声："狗日的，咋黑啦？"我伸手一摸，虎子嘴里的麦穗掉了。我将麦穗重新送到虎子嘴里，幻象重新开始了。双羊惊讶了，问我是咋发现虎子这种功能的。我说是在鹦鹉山上发现的。双羊还问："为啥它不含麦穗就不灵了呢？"这可把我问住了。我模棱两可地说："也许是因为麦子长在土地上吧？"双羊不问了，他专心致志地抚摩着虎子。后来他跟我描述，他头也不抬，目不转睛地注视着窗外。我的窗外有一棵槐树，他的手接触虎子的一刹那，槐树消失了，他说眼前闪过一道神光，呈现好多奇异的景象。紧接着，我想起了土地上的故事和传说。

我们麦河人管地神叫"连安"。地神在民间被称为土地，而祭土之神坛则演变为土地庙。在民间驳杂浩繁的神圣家族中，土地神算得上是最有人缘的神了。村里可以没有其他神庙，但不能没有土地庙。土地爷神小，可管的事挺多，庄稼生产，婚丧嫁娶，生儿育女，每天都忙忙活活。过去，我们鹦鹉村也有一座土地庙。里面住着土地神连安，庙堂宽敞，供养丰足，人们就把土地奶奶"包指甲花"请来了。为啥这儿的女人喜欢包指甲花？原来是土地奶奶啊！这让我重新审视凤莲了，她就是我们的土地奶奶。连安是麦河流域的真正父母官，地头上的事，无论大小，他都得管，还能管得到。魑魅魍魉、妖怪邪祟之流，就派土地奶奶包指甲花来管。记得狗儿爷说过，过去村里死了人，都要到土地奶奶那里报庙，让亡灵向土地爷、土地奶奶报到。土地奶奶给他们登记注册，上了户口，才真正被阴间接纳。现在村人死了，都到我这儿注册。我给他讲了这样一个故事：周朝一位官吏张福德，自小聪颖至孝，三十六岁时，官至朝廷总税官。他为官廉正，勤政爱民，至周穆王三年辞世。有一贫户以四大石围成高高的石屋，用土来奉祀张福德，不久，这家穷人由贫转富。百姓相信这是神恩保佑，乃合资建庙并塑金身膜拜，尊为"福德正神"。福德正神是我们连安的老祖。福德正神咋托生连安土地神的呢？这里有一个传说。很久以前，晴天一个霹雳，劈倒了麦河西岸的土地庙。人们决定重修土地庙。摆好了香案，放上了供品，跪在地上给福德正神磕头。焚香磕头完毕，人们开始用锹镐扒庙，扒到福德正神金身的时候，恐怖的局面出现了。人们用绳子拉，喊着号子推，金身都纹丝不动，真是金刚不坏之身，人们累得瘫倒在地。明明是泥胎，咋就弄不动呢？是人的力气不够吗？于是，就用八头骡子来拉。却听"嘎嘣"一声，粗壮的绳子断了。人们恐惧了。这个时候，土地爷福德正神说话了："到此为止，我不管了，这方土地交给我儿子连安啦！不要每村都设土地庙，合成一个，神力无边。我走了，你们给他塑个金身吧！"惊恐的人们纷纷跪地，请求饶恕，承诺照办。这个时候，只听"咔嚓"一声，福德正神的泥像自然倒塌，飞溅了大片烟尘。人们吓得不敢睁眼，骡子惊得目瞪口呆。过了很长时间，人们抬眼去看倒塌的泥像，尘埃落定，露出了福德正神的金身胎心，原来"胎心"是一根粗粗的树桩，庞大的树根紧抓着大地。狗儿爷跟我说过，他听老人说，这地方原有一棵合抱粗的银杏树。建庙时将银杏树的上半身锯掉，下半截做了"胎心"。按福德正神旨意，麦河流域三十多个村庄拆了土地庙，在上鹦鹉村建了"连安土地神庙"，连安塑像用了一根千年枣树，而且是雷震枣木，木工雕成了栩栩如生的神像，把土地上所有的力量集结起来，形成一种更大的神通。有妖魔来混事，连安就彰显神力驱魔。

传说连安的神力超过了父亲福德正神。因为这棵枣树有一个树杈无法锯掉，工匠就给他雕了一根拐杖，连安手里多了一个"麦穗儿"。他想去哪里，把"麦穗儿"往两腿间一夹，就像虎子一样飞去了。这根"麦穗儿"有非凡的魔力。举个例证吧，有一年大旱，人们到土地庙祈雨，一道白光闪过，连安手里"麦穗儿"一挥，滂沱大雨就落下来了。这些传说，给了双羊蜕变的理由。我的眼前激起了种种幻象。传说中的连安手里的"麦穗儿"，总是表达出对小麦的热爱，对善的呵护，对恶的惩罚。人只有脚踩大地，才会力大无穷。我分析虎子从土中蜕变，可能受了连安"麦穗儿"的指点。这畜生叼了麦穗，它就长寿高飞了。虎子就是连安的化身，是他的魂魄。善是梦，恶是现实，梦想和现实总是有冲突。虎子带来的神光和连安的传说唤醒了迷失的双羊。一切回归土地，就是回归本真，屁股决定脑袋，脑袋决定行动，就在这儿重新开始吧！双羊抓住我的胳膊说："三哥，走，我们出村，陪我到地里看看。"

我一阵惊喜："你答应回村流转土地啦？"双羊没有回答。我跟着他去了。麦子收光了，各家都在翻地。风一吹，地就酥了。土地松软无比，空气中充满了土地的芬芳。这儿的气息给了我很多美好的遐想。原来地气蒸发时也有声音，这声音很轻很美。我想，在这美好的时刻，给双羊来一场土地的洗礼吧！一阵窣窣的响声，我猜测他先是跪下了，然后又躺下了。我也跟着躺下了。我伸手一摸，地头的野花零零星星地开了，香气扑鼻。小草随风摇摆，轻轻地拂在脸上、手上，给人一种惬意的感觉。我理解双羊与土地重逢的心情，有如麦河之水。我问双羊："你回到土地上是啥感觉啊？"双羊大口呼吸着，说："踏实，振奋，好像灵魂回到了身体！"

我长舒了一口气，用力听着身后的动静。

双羊躺在地里，闭着眼睛一动不动。

片刻的静默，双羊忽然说："三哥，自从我一枪打死了那只怀孕的山羊，心就乱了。为了金钱，我在城里学会了撒谎，学会了狡诈！你说为啥我一回到城市，灵魂就走丢了呢？如果将来，我们鹦鹉村也变成城市了，我该咋办呢？"

我摇着头说："不，不管你在城里还是乡下，人要心存善意。我师傅说过，万事都有因果报应。做人应有准则和规范，以善为本，以诚为本，以义为本，以德为本，才是做人的根本！"双羊说："是啊，我都不认得自己了啊！我知道这个时代，有钱而没有灵魂的人，依然受到追捧，可是，他们也是不好受的。"我点头说："你啊，本来就不是虚伪的人，不是狡诈的人，不是混日子的人哩！"

双羊好像听懂了，他说他心头闪过一道神光。这光亮尖锐，炫目，唰地一闪。这恐怕就是连安地神手中"魔杖"发出的神光吧？他深情地说："三哥，自从你和乡亲们邀请我回来搞土地流转，我心里一直很矛盾，总想找个人絮叨絮叨。可我找谁去说？爹娘反对，姐姐也不支持我。他们怕我再次伤害了乡亲们！"我说："你是咋想的？"双羊叹了一声："唉，我对自己也是信心不足，这时代不知哪儿出了毛病，我们的道德，在金钱面前它不堪一击啊！如果干不好，就不如不回来！"我担忧地说："你不来，难道就让陈玉文来干吗？乡亲们还有好日子吗？"双羊说："他人不行，乡亲们的土地可以不流转。他还能杀人放火吗？"我有些气愤地说："你说呢？他能强奸麦圈儿，啥事不敢干啊？我们的土地不能落在这畜生手中，他哥哥当官，他兼并土地，一定是巧取豪夺，坑害百姓的！"双羊说："三哥，我佩服你的正义，你的刚强，让我再想想，我不是怕陈玉文，我是心疼土地哩！乡亲们种庄稼，已经很难很难了，走到这一步了，再不能拖延啦！"

双羊沉默了好久。我知道一件吓人的事在他心中起了波澜。几天前的一个雷雨交加之夜，曹家的坟地"轰"一声塌了。曹玉堂把双羊叫回村查看，是曹老大的坟塌了个窟窿。双羊傻了眼，在坟地里转了几圈，一句话也没说。回来的路上，双羊悄悄问我："三哥，这是啥征兆啊？"我想了想说："你老太爷想你了，你在外发财，他并不高兴。你太爷最爱土地。他盼你回村搞土地流转哩！"双羊沉沉哼了一声。

过了一会儿，双羊一字一句地说："三哥，人心中得有神，得有敬畏。土地饶恕了我，我再次审判自己。我错啦！我今天对着苍天，对着连安地神，就给自己立个规矩。从今往后，我曹双羊回到土地就是回到本真，我要多多行善，宁可赔钱，也决不当恶人！我给你一把刀，如果我走邪了，你就用这刀把我的手剁下来！"

我爽快地说："好，这可是你自己说的。"

傍晚来临了，农民收工了，大地一片寂静。我和双羊趴在地里听地声。双羊期待着一些声音，期待土地上熟悉的声音。遗憾的是，他没有听到。我的听力超常，我听到了"咚咚"的响声，地声浑厚而舒缓，一波一波，由远处一声声响过来，又层次分明地荡向远方。我跟他描述说："这地声就像麦河水一样流淌着，由上游流到下游了。"双羊说："噢，我知道了。我想出了一个理，我自己就是自己的神啊！我同意回来搞土地流转啦！"然后，他拿细土擦了把脸，双手捧着脑袋，蹲在地上。我紧紧抱住了他。

混合香味

这天早上，天还没透亮，桃儿还熟睡着，我却再也睡不着了。我喜欢听各家开门的声音，每户开门声都不一样。曹家是铁门，哐啷一声，估计是曹玉堂出门了。竹排子门响声哗啦啦，小栅栏门是嘎吱吱，大木门是吱叽叽。然后，人的低语声、脚步声、咳嗽声，牛马猪羊的声音都来了。我从炕上爬起来，轻轻摸着下了地，捏掉眼角的眼屎，提溜着虎子睡的笼子上河堤遛弯去了。

麦河早醒了，潺潺地流淌着，打着漩儿冒着泡儿。河风清清爽爽的，我立马清醒了许多。虎子习惯早起了，在笼子里拍打着翅膀。我听见人的大脚板噗噗地踩着地皮，细一分辨，是从麦地里传过来的。虎子有了准确的反馈，果然就是曹玉堂大叔。我下了堤，喊了声："大叔，早啊？"曹玉堂站在田埂朝我嘿嘿笑，笑里藏着满足与惬意。我整不明白了，凤莲姐都病成这样了，他哪来的那么多满足？曹玉堂说："我说瞎三儿，你说你咋不多睡会儿啊？瞎拉吧唧的转悠个啥，小心摔跤哪！"他知道，我撞过树，撞得鼻青脸肿；我栽过沟里，自己拍拍尘土跑出来的。我与他逗笑说："都土埋半截儿了，觉少啦。跌跤也不怕了，咱啥跤没跌过呢？"曹玉堂一抡胳膊，嘿嘿笑了："瞎三儿，你是够命大的。"我没有笑，往他跟前凑了凑："大叔，你是不是把土地当娘儿们侍弄啦？"曹玉堂喊："瞎三儿，跟你大叔逗上了，我揍你！"虎子扑棱一下翅膀，咕咕喊了一声。我听见身子左边风大了，朝右一闪身，躲过了一巴掌。我摇晃着脑袋，笑道："打不着气死猴儿，气死猴白转轴儿……"我没把曹玉堂逗笑，却听见他一声叹息。

我知道，曹家的土地很香，是曹大叔精心侍弄的结果。桃儿告诉我曹双羊一个秘密，他有个怪癖，不管走到哪儿，他都带着睡觉的枕头，枕头里装着他家承包田里的土，他喜欢闻土地的味道。可是，城里姑娘张晋芳受不了，曾经多次提出抗议，曹双羊都没答应。曹双羊对她说："你要是不喜欢这味道，咱俩就分居。"张晋芳给吓住了。有一次曹大娘给他偷偷换掉了，结果被曹双羊发现了，重新换上了新土。他在加拿大的房子，枕头就灌了自家的黑土。这让张晋芳极为不解，老公仅仅是依恋故乡土地吗？那也用不着这么作秀啊？再说，如果是作秀，天天闻着土味，早腻烦了。看来他没有土味儿的微醺，真的睡不着觉。张晋芳试验过，有一天她偷偷给换了，曹双羊就跟她说了一宿的话。张晋芳心灰意懒了，唉，这叫啥毛病呢？当了多大的老板，也是土豹子！泥腿子！简直是出土文物。后来我探究真相，问到曹双羊这个问题。曹双羊说："三哥，那是一股霉凉散淡的泥土味，这味道有一种安神作用。这是城市里没有的气味，没有这味儿我会失眠的。"可是，并不是鹦鹉村所有土地都香，有的土地光用化肥，土地几乎没味道了。

我就想起躺在墓地里的狗儿爷了。他可是鹦鹉村的老村支书啊！我有段时间没去坟地里看望他了。

"哎，瞎三儿，又瞎寻思啥呢？咋不说话了啊？"曹玉堂扯着嗓子嚷着，还用土块砸了我一下。我转过神来说："我想狗儿爷哪，他可是个好人哪。"曹玉堂说："咳，我也想我爹呀，可想归想，也只能在梦里头和他老人家见面啦！"我想告诉曹玉堂，后半夜里我一个人上坟地里，可以跟狗儿爷聊天说话。前天夜里，我跟枣杠子泥塑说了会儿话，本想跟狗儿爷坐坐的，可他睡得实在太沉了，我没忍心叫醒他。我还想告诉曹玉堂，今晚我就去坟地里跟狗儿爷聊聊，聊聊曹双羊的事，聊聊村里的大事小情，聊聊我和桃儿的婚事。总之，鸡不叫我就不走，一直陪着他老人家。可我不能说给曹玉堂大叔听，说了他也不信。他要信了会把他吓半死的。嗨，人是不能忍受太多真实的。

一阵汽车刹车声音过后，有人喊曹大叔。声音有点沙哑，我听不出是谁说话。恐怕不是鹦鹉村人，村里人哪有逃得过我的耳朵的？

过了片刻，我听见曹玉堂回应："呵，这不是元庆吗？啊，不不，应该喊你陈县长，看你叔这人，老了老了不懂规矩了哪……"陈元庆笑呵呵地说："大叔，侍弄您的麦田吗？双羊的土地流转很成功啊，县里准备表扬他呢。大叔，今年丰收了吧？"曹玉堂说："他呀，愣头八脑的，胡整，多亏您和锁柱哥儿俩帮忙。"陈元庆又朝我打了个招呼，我点头回应一下。别看他是官，我始终不爱搭理他，原因是他伤害过凤莲姐。小时候，我们在一起玩过，那时还看不出他有这么大出息。我琢磨他的模样，中等身材，五官周正，眼神透着精明与执着，说话声音脆亮，身体略显瘦削，听说这会儿发福了，将军肚儿都起来了。这狗东西，简直是陈世美的转世灵童！这号人咋当这么大官呢？对于陈元庆的发达，我跟双羊抬过杠。双羊说："我算明白了，陈元庆是个恶人，恶人有铁手腕，工作上非常有魄力，麦河县在他执政期间，财政收入翻着跟斗涨啊！这叫恶有善报。"我感觉双羊在煤矿出事以后，变得太悲观、太偏激了，真担心他走上陈元庆的路子。我反驳说："双羊，陈元庆是小人得志。但是，我给他算过，有他跌跤的时候！"曹双羊说："我不信，我不信！"那时我就有一种担心，曹双羊好坏不分了，会不会走上危险的道路呢？

陈元庆和蔼地笑着，笑是硬撑出来的。我看不见他的笑颜，只听见他说："立国啊，听说你的乐亭大鼓唱得挺有名气啦，你方便的时候，我给你请到县城唱一唱！谁说我们鹦鹉村没人才？"我摸着脖颈说："哪里，咱这狗屎上不了台盘。"陈元庆哈哈笑了，说我真幽默。他走近了，我还闻到了他身上有股子香味。我的鼻子耸了耸，打了个喷嚏，说："哎哟，准是凤莲姐想我啦！"我故意这样说，探探这家伙的良心。陈元庆说："大叔，凤莲的病咋样啦？"曹玉堂吭哧了一声："嗨，去年做了手术，维持着哪。"陈元庆说："大叔，告诉凤莲，治病有啥困难就跟我说。"我没好气地说："跟你说有啥用？花钱，有双羊呢；找医生，手术完了。现在你过来说风凉话啦，有这个，当年你对她好点不就行了？跟你说吧，凤莲姐得了这个病，跟你有直接关系，是你害了她！"一说到凤莲姐，我就控制不住，眼睛都快爆炸了。曹玉堂狠狠踢了我一脚："瞎三儿，你胡咧咧个啥？啥年头的事了，你还提起做啥？"陈元庆脸色肯定非常难看，后悔来这儿说话，他支吾说："大叔，立国说得对，凤莲是好女人，我一直觉得亏欠凤莲的。当时我昏了头啊！我答应过凤莲，我把对她的歉意弥补在双羊身上，我以后更会对双羊好的！"

陈元庆的虚话，听得我直眨眼。他口口声声说帮双羊，其实连他那个村长弟弟都算着，是明着帮忙，暗地拆台。我还想再次反驳他，曹玉堂又踢了我一脚，踢得我直咧嘴。我忍住了，苦苦一笑，笑得意味深长。我听见陈元庆的汽车开走了，还有曹玉堂呕吐的声音，他可能翻心了，翻出一堆事儿来。他叹息一声说："这狗日的，没有我，别说他当县长，恐怕连一条命都保不住啊！"我听了一愣，追问下去，才知道，陈元庆这小子心底有一块地方硬不起来。他不仅伤害过凤莲姐，还欠曹玉堂一条命。曹玉堂给我说了一个二十年前的秘密。那一年，陈元庆刚刚大学毕业，分配到麦河县城农林局工作。那是一个冬天，傍晚时分，寒风刺骨，他和恋人小雪骑车回家，为了抄近路，推车走上了冰河。陈元庆眼睛不好使，戴着眼镜，走着走着就掉进冰窟窿里了。小雪身体一滑，跌倒在冰面上。陈元庆穿着棉大衣，吃力地舞动着胳膊，扒上一块冰，冰溜子又碎了，重新落入水中。小雪傻了眼，半天回过神来开始呼救。曹玉堂正在河岸割柳条，黑灯瞎火的，他没看清是谁过河，听见尖厉的呼救声，一颠一颠跑过去了。他连滚带爬地跑到冰窟窿前，看见是陈元庆，犹豫了一下。陈元庆没有认出曹玉堂，只是拼了命喊，大伯，我是陈元庆，快救救我啊！曹玉堂喊了一声冤家，还是将陈元庆拽了上来，自己也湿了身。他摇来摇去动不了窝儿，浑身发冷，直打哆嗦。陈元庆这才认出了曹玉堂，扑通一声，给曹玉堂跪下，声泪俱下了：大伯，我该死啊！你不该救我啊！曹玉堂冻得嘴唇发紫，说不出话来，趔趄了一下，爬起来，晃晃地走到陈元庆跟前，朝他屁股狠狠地踢了一脚，跌跌撞撞地走了。曹玉堂回到家没提这事，说自己不小心掉冰窟窿里了。他说打这之后，他落下个老寒腿的毛病，天一凉就嗖嗖地疼呢。

我知道陈元庆落水一事，却不知道是曹大叔救了这个家伙。我说："大叔，你救他干啥？他该死啊！"曹玉堂缓缓地说："人家甩了凤莲，但没犯死罪啊！再说了，我当爹的疼闺女，人家老爹也疼他啊，都是当父亲的。"我大声说："你也得嚷嚷啊，臭臭他！"曹玉堂说："不能啊，那样他就没脸回家啦！"我朝曹玉堂竖了竖大拇指。曹玉堂埋怨说："瞎三儿，你别给我戴高帽儿，刚才你的嘴太臭了。人家是县长，收拾你个瞎子还不是小菜一碟吗？"我硬硬地说："他收拾我？他管天管地，管我瞎子拉屎放屁？我才不怕呢，要不是怕连累双羊，还有一堆臭话扔给这小子！他害得凤莲太苦啦！癌症这病就是从心情上得的，凤莲嫁了三拐一直心情不好。根儿就在陈元庆那儿！"曹玉堂不说话了，突然拉着我的胳膊，伤心地哭泣着："三儿啊，如今的人啊，都巴高望上，都成势利鬼了，还是我们三儿有良心啊！大叔大娘没白疼你，凤莲没白疼你啊！"他的泪水滴在了我的手背上。我本想劝曹大叔，谁知他一哭，我也忍不住了，脖子突然断了似的埋在胸前，呜呜哭了起来："老天爷啊，为啥不把毒瘤长在陈元庆身上啊？凤莲姐的命好苦啊！让凤莲姐快快好起来吧，好起来吧！"我们两人抱着哭了一会儿，吓跑了麦田里的鸟群。我转了话题："大叔，你刚才不该说双羊常不回家，好像他不孝心似的，县长会对他有成见的！"曹玉堂揩着眼睛说："双羊做都做下了，还怕我说？"我感觉里面有事情，马上反问："人家心里咋没你这个当爹的了？别墅都给你盖下了，还要给全鹦鹉村乡亲盖别墅。你家的土地呢，还特许你这一小块地不入股，由着你爱种啥就种啥，还给你生了个大孙子……"曹玉堂喘气一下子变粗了："得得得，快别跟我提大孙子啦，闹心！"我意识到自己说走了嘴，连忙安慰他："算了算了，闹啥心啊，城里各方面条件比咱乡下强百倍，对孩子成长有好处嘛。不在你跟前，正好省心嘛。"曹玉堂的气喘得更粗了："哼，都怪那个张晋芳，硬是不在乡下安个家。乡下咋就不好了，城里就那么好？别的不说，吃点菜园子里头有新鲜菜儿，坐在河边儿，吸吸这新鲜空气多好？"我说："那是您觉得乡下好，城里要是真不好，为啥那么多农民钻窟窿捣洞往里挤？我看您啊，就是想孙子啊，这小双双真是招人稀罕，连我都恨不得把他搂怀里头亲个够哩。"我的话说到曹玉堂心里去了，他不说话了。我说："这好办，想孙子了，你和大娘就上城里看看去呗。"曹玉堂说:"这还用得着你提醒?可张晋芳说了,别来这么勤,对孩子成长不好。呸,真他娘的鬼话!我是双双的亲爷爷,难道我还害他不成?哼,不就是一个大学生嘛,瞧不起乡下人,有啥了不起的!"我解释说:"你想多了,准是怕你娇惯孩子,让双双养成不好的习惯呗!"

曹玉堂恨恨地说:"双羊他娘的也不知中啥邪了,愣是叫张晋芳给制住了,媳妇不来住,连个屁都不放,真是墙豁子扒门儿,斜了门儿啦,就算我白养这个儿子了吧。"我劝慰他说:"人家双羊不是经常住在村里吗?那娘儿俩少来就少来吧。还有小根不是?过两年小根娶个媳妇,再给你生个大胖孙子。"

"咳,我就怕张晋芳不好好跟双羊过日子,他整天忙东忙西的,连口舒坦饭都吃不上,可就遭罪喽。"曹玉堂原来也惦记儿子。

我就不好插嘴了,清官难断家务事啊!我顺势掐了个麦穗儿,搓出麦粒,吹吹麦壳,朝曹玉堂伸过去,说:"大叔,帮我数数,看多少个麦粒?"曹玉堂来了兴致,蹲在我跟前数了会儿,笑呵呵地说:"八十二粒。来,尝尝,多香甜。"他捏了几粒塞进我嘴里。我小心地嚼着,一股清香糊了满嘴。

遍地疑难

记得那是三年前的事,双羊终于答应回村搞土地流转。我唱上这一段咏叹土地:"要离去,除非没了地;要归来,除非有了地。哪里的黄土不埋人?埋人的土地经风雨。风来了,雨来了。漫漫麦河在哭泣。春来了,雁来了,带来一派好心意。我的娘啊,我的地,子孙永远孝敬你!"我仰脸唱了一段乐亭大鼓。悲惨、沉重的歌声使空气颤抖,忽悠得人们流了眼泪。没用梨花板,没有大三弦,乡亲们照旧鼓掌、喝彩,连虎子都兴奋地咕咕着。我师傅说过,这是老戏《刮地风》里的一段唱词,土改和合作化时,他都搬出来唱过。可是,双羊不在场,可惜他听不见我歌唱。他去镇上开会了。这次镇里召开的还是落实土地流转的会议。镇长真有高招儿,不仅让村官参加会议,还请来了跟槐树镇沾边儿的所有老板。双羊就在其中。我感觉,一股社会变革的洪流即将席卷麦河,冲击鹦鹉村了。我的乡亲们啊,你们准备好了吗?其实,他们自己也清楚,一家一户经营土地,各过各的光景,农民劳苦,赔本赚吆喝;资源浪费,谷贱伤农。这是农民的一个心病,心病越来越重了。

这一流转，就是给心病下的猛药。弄好了确实能降低种粮成本，多打粮食，多赚钱。只要看见了钱，大多数农民都拥护。

我抓起村委会的电话打给了双羊："你小子散会了吗？我们大伙儿都等着你哪！"双羊嘿嘿一笑："三哥，土地流转不是小事儿，县长都来了，看来得开一整天呢！你帮我摸摸底，看看乡亲们到底咋想的？"我故意把声音放大了喊："咋想啊？你吃肉，大伙儿跟你喝汤呗！"双羊小声说："没那么简单，你先摸一摸，我不在场，他们能说心里话。"我说："好吧，保证完成任务！"就把电话放了。我伸着脖子喊："韩腰子大叔，你来了吗？"郭富九嘿嘿一笑说："瞎三儿，我才不把土地交给他呢！他没来，这小子吓回去啦！"我歪着脑袋问："你小子胡说，前两天我还跟他唠过呢，他巴望着土地流转哪！"郭富九说："此一时，彼一时，人的脑瓜儿会变的。早上我在地里看见他了，正蹲在地头发愁呢！我问他，他说做了一个梦，梦里无地可种，无家可归啦！他害怕了，害怕失去土地！"我说："这个韩腰子，咋跟老娘儿们似的？红口白牙说出去了，咋说缩就缩了呢？这个穷命脑袋！"郭富九说："瞎三儿，你别说风凉话！你会算卦，会唱大鼓，上嘴唇一碰下嘴唇就鸡巴来钱。我们呢，土里刨食，这点地是我们的命根子啊！"我被郭富九的话噎住了。郭富九说："我也做了个梦，梦见了连安地神。我向地神询问自个儿的寿命，他说我的那块地特殊，一定要守住。守着土地，我就能长寿，守不住了，就他娘的损寿哩！我家的地不流转，别说双羊回来，就陈元庆回来，我也不流转！我还想多活几年哪！"我轻轻地嘘了口气，沮丧地说："完蛋，没出息的货！"老忠插话说："富九，你这是迷信啊！"我也跟着说："连安地神可敬，但是，地神不可能跟你说这个！瞎掰吧！"郭富九说："我郭富九穷，但也是重义尚气之人。遇上知己，甭说出让土地，就是要我的命，我都不带眨眼睛的。关键是他曹双羊，在我郭富九这儿不好使！"我一下子明白了，他还记仇呢。前年麦收，双羊的奔驰汽车绕道，轧坏了他家的一片麦子，两个人厮打起来了。郭富九狮子大张口，惹火了双羊，双羊至今没有赔偿他。我淡淡地一笑："富九，别说了，你不是个爷们儿！咱响鼓不用重锤敲。当着这么多人，我不揭你的短，你自个儿明白！"郭富九声音提高了："你说呀，我郭富九不做亏心事，不怕鬼叫门！"我脸对郭富九说："双羊在煤矿上是出了点事，可那不是他个人的事。但是，他老觉得亏欠乡亲们的！他这次回来，有点修补过失反哺土地的意思。如果闹翻了，双羊撤了，人家还是大老板，照样吃香喝辣，损失不了啥，可是，这事儿传出去，双羊栽了面子，谁还敢来鹦鹉村投资？对谁都没有好处啊！如果仅仅是为了赌气，那就更没必要啦！"郭富九说："瞎三儿，你别老向着他说话。他给你多少股份，你这么替他卖命？"有人跟着起哄："对，老实交代，你是不是曹双羊的托儿？"这事儿僵在这里，非常让我搓火。我大声骂："瞧瞧你们这副德行，往后有啥事，别鸡巴找我去算啦！我再也不搭理你们啦！"

郭富九难受地哼唧了两声。虎子告诉我，这家伙背着手，勾着腰走了。

我听见老忠躲在暗处鬼笑。他牙口不好，一张嘴就漏风跑气打架似的："瞎三儿，你应该跟乡亲们站在一起，因为你也算穷人。穷人不抱团儿，还咋跟富人斗争？"我说："老忠，你这是啥思维？这是新时代，你当是土改呀？"老忠蔫巴了，手掌攥得咯咯响。我扭脸说："你小子弄啥呢？"老忠一说话就滑稽可笑："我刚脱了裤子，不就露出你来了吗？"我伸手摸着他的光头："我的家伙咋长这儿啦？光不溜丢的！"人们笑得更响了。老忠就跟我动手动脚。我挥手扒拉了他一下："别鸡巴瞎闹啦，快说，你家土地流转不流转？双羊还听回话哪！"老忠爽快地说："我家的地流而不转！"我拍了一下他的脑袋："啥话，啥叫流而不转啊？"老忠说："统一耕种可以，但我不签合同。啥时候收回来也方便！农业税都免了，种粮还有补贴，自己种田有啥不好啊？"有人附和道："哎，这办法不赖呀！"我仰着脸喊："都他娘是贱骨头，整天喊命苦，喊着累死了。有人替你种地了，替你挣钱了，你们却草鸡啦！没劲，没劲！"大冬子插话说："我同意把土地流转给双羊。在厂里当工人多好！"他的声音清脆，不急不火。我听见几个老娘儿们七嘴八舌地嚷："那要看双羊的态度啦！不，看他给多少钱吧！骑驴看唱本儿走着瞧吧！"人一多就嚷，我身上就像扎了麦芒一样烦躁。我强装耐心地说："人家是大老板，还能欠你这点钱啊？"大冬子老婆喊："唉，越是富人越抠门儿。他要是有爱心，咋不分点钱给大伙儿？"老忠叹息说："富人有几个是好东西？好人能富吗？这地要是流转出去呀，我们农民越过越穷喽！"我摆了摆手说："屁话，你们仇富咋的？人家挣钱了，是人家的本事，跟流转土地挨边儿吗？我们今天就碗说碗，盆说盆。"老忠咳嗽一声说："瞎子，那我们就不瞎逗了，说点真心话。土地上的事，都是扎心窝儿的事啊！刚才富九说，韩腰子怕了，怕无家可归，流离失所。郭富九虽没说怕，其实，这畜生也是怕啦，他怕承包费难以兑现。你说，双羊的汽车轧他麦子的钱，两年了，都没赔偿呢，承包款能好好给咱吗？不给咋办？打官司吗？屁股后头追着人要账的滋味不好受哇！每家都有每家的情况，我的想法可能跟他们不一样。我也怕,怕双羊没有这么大力量,很难把土地集中起来。刚才你都听见了,郭富九宁可受穷,也当钉子户啦!他家那片地,你知道吧,麦河西岸,三条路在那儿会合,地理位置多重要!他不答应,咋能连片经营?集中不到一块,双羊咋搞现代农业?到后来,背着抱着一般沉,说不定,他弄个一年半载,拍屁股走人了,这乱局谁来收拾?乡亲们的钱谁来兑现?你想过吗?"听到这里,我出了一身冷汗。大冬子说:"我也有一个担忧,现在签了转包合同,过两年土地升值了,后面的钱咋算,这个钱咋补偿?"我的嗓子眼儿如同堵着一个疙瘩,咳了咳说:"你们的担心都有道理。可是,钱从哪儿来?还不是人挣的?只要有能人,啥东西都会有。我们不能光听蜥蜥蛄叫,就他娘的不种地啦。你们等着,这些疑虑,双羊都会一一解答的!"

  我还想听一听外出打工者的意见。我想到了刘凤桐,这两口子都在城里打工。听说回来了,我就朝他家去了。进了他家大门,听见一阵呼噜声。日头落山了,刘凤桐还在睡,你不怕睡扁了脑袋啊?夜里还睡不睡啦?我拽醒了他。刘凤桐见我过来了,直不棱登地坐了起来:"三哥,你有事儿啊?"我把来意一说,刘凤桐痛快地说了心里话:"立国呀,你说谁跟钱有仇?我们不愿意挣钱吗?可是,我们怕呀!害怕被进村的老板给坑害了啊!我们在城里打工,身边有四川的、安徽的、陕西的、山西的,哪儿的农民都有。这事儿听得多了,见得多了!南方有个老板,把全村土地流转过来,不好好经营,却把土地抵押给银行,他贷了巨款逃跑了。乡亲们得不到承包款,却欠了一屁股的债,剩下只有打官司啦!你说坑人不坑人?"我听了浑身发紧,认真地说:"我了解双羊,双羊不是这样的人哩!"刘凤桐知道我跟双羊的关系,急忙改口说:"我们不是说双羊啊,双羊不会坑害乡亲们的。但是,我有一点担忧。"我愣了愣:"你担忧啥呀?"刘凤桐往我耳边凑了凑:"那一年,你在地头骂我们不投入,糟蹋土地,他曹双羊呢?嘴上说得好听,不也这样吗?乡亲们反映,双羊说的比唱的好听,实际上也是掠夺种植!他是老板,他想工业管理。工业管理就是小投入,大产出,小投入种地,土地能有个好吗?土地都板结了,往后还能打粮吗?"我疑虑地问:"还没干呢,你这不是栽赃吗?你听谁说的?"刘凤桐说:"都这么说,连玉堂大叔都这样骂他儿子!他老爹都扛着,何况外人啊?"我绷着嘴唇,表情还是那么冷淡:"曹大叔是迷恋土地,老观念,脑袋瓜儿转不开!"刘凤桐说:"你别替双羊辩护了,好吃的包子谁他娘的都不撅嘴儿!还是他双羊种地有问题!我给你打个比喻吧,这地就是一个黄花大闺女,被租出去了几年,结果回来了,被糟蹋得不像样子了,还得了啥艾滋病,不,就算得了一般性病,出租那点钱还不够给闺女治病的呢!"转香在一旁咯咯笑出了声。我给了刘凤桐一拳:"你小子狗嘴吐不出象牙来!"刘凤桐说:"立国,话糙理儿不糙啊!我家那点地,本来就少得可怜,过几年收回来了,很难复耕,种了麦子也不抽穗儿啦!我们找谁哭去?"我听明白了,刘凤桐有两怕,一怕土地被老板抵押贷款,二怕收回来的土地难以复耕。刘凤桐说:"我的土地宁可荒着,也不能流转出去呀!"他们说得那样吓人,我的脸都变了色,无奈地摇摇头,自言自语地说:"唉,这狗日的土地啊!还有这么多乱事儿,活活一把辛酸泪,一笔糊涂账啊!"

中午回到家,我喝了一碗大麦粥,放了银耳莲子,有点烫嘴,喝起来很爽。上午人们把我闹蒙了,我的脑子越想越乱,半瓶"二锅头"见了底,脸和脖子都憋红了。我晃了晃脑袋,伸出双手搓了两把脸。这时候,双羊给我来了电话。我说:"双羊啊,这个底儿摸的,让三哥心凉了半截子!"双羊轻轻一笑:"有那么严重吗?都不愿意流转土地?"我说:"都像狼似的,非吃了你不可!"双羊自嘲地说:"本来我是只羊,一不留神,误闯进狼群里来啦!"我使劲一拍炕桌,酒瓶子震倒了。我大声说:"甭看平时吹五唤六,到了动真格的,都他娘露原形了。韩腰子躲了,郭富九半截退了,枣杠子瞪眼跟你抬杠,打工的刘凤桐最应该流转土地了,嘿,这小子给你整出两个怕,好像奸他的女人似的。到你老爹这儿,照样碰钉子,我看你啊,好好经营工厂吧,快别蹚这浑水啦!弄不好,就像美国陷在阿富汗,你就栽这儿啦!"双羊说:"三哥,本来这事儿,我是有一搭没一搭,你这么一说,我还真他娘的来劲儿啦!我曹双羊非干不可啦!上午的会上,镇长还夸奖我是有名的三不倒。这高帽儿一戴,我还咋撤?"我一愣问:"哪个三不倒哇?"双羊说:"夸不倒,难不倒,吓不倒!现在工厂效益好了,那么多人都夸我。上电视,登报纸,县长表扬,我自己不能晕。一晕就倒了!三哥你最清楚了,矿难,赵蒙灭我,黑锁被毙,美食人家的张洪生给我打冷枪,我难倒了吗?吓倒了吗?"我嘿嘿一笑:"你小子是个特殊材料!这点事儿给我,我早就趴架啦!"双羊说:"韩腰子、郭富九、枣杠子、刘凤桐,这几块料算个球儿?只要我稍稍一动劲,他们就草鸡啦!"我说:"你可不能开刀不使麻药,硬来呀!"双羊说:"我知道政策,不强迫!你先歇着,傍晚的时候我就去看看,探一探我老爹的心思。"我苦笑了:"好吧,我一个瞎子都让你指挥得乱转,我就是你小子的马仔呀!"双羊在电话里嘎嘎笑了。

傍晚来临，风凉了，吹得我心里软塌塌的。我带着虎子去了曹家。吴三拐刚刚出狱，凤莲好久没回来了。凤莲不在娘家，我就不愿意过来了。我进来的时候，曹大娘不在家。虎子告诉我，玉堂大叔站在里屋，面对着墙壁擦奖状。墙壁上挂着五个奖状，一面锦旗。有三张是狗儿爷的，农业学大寨那阵子，县里奖给狗儿爷的。还有两面奖状，是联产承包之后，镇里、县里奖给玉堂大叔的，是"售粮大王"和"劳动模范"的称号。我走进来了，玉堂大叔说："三儿啊，咋老不过来串门啦？"我嘿嘿一笑："大叔，我这阵儿不是忙吗？"玉堂大叔说："如今的人啊，都忙，你看双羊哪儿着家呀？"我渴了，舀了半马勺凉水，一仰脖子喝了个精光："人家是大老板，更忙啊！"玉堂大叔嘟囔道："大老板顶个屁，还不是要回村戳驴屁股？"我一愣："咋，大叔你都知道啦？别看大叔料理庄稼，却长着一双火眼金睛哩！"玉堂大叔说："快别挖苦我了，我眼下是滚油烧心哩！"我说："这是新生事物，您得支持哩！你思想咋还这么古板？没吃过猪肉，还没听过猪哼哼？"玉堂大叔说："不是你想的那样儿！"我又问："您怕双羊流转土地赔钱吗？"玉堂大叔说："赔钱是小事，做人是大事儿！"我越发糊涂了，说："这咋跟做人扯上啦？"玉堂大叔叹息着说："三儿啊，你不种地不懂我的心情。土地流转，吃亏占便宜的放一边儿，我们就这条件，还在乎点钱吗？不是！农民恋地哩，从他手中拿地，谁受得了啊？只要他来流转土地，首先丢地的就是我呀！我爷爷曹老大，刀架在脖子上都不眨眼，后来为啥身体垮了？还不是丢了地！双羊回来兼并也好，流转也罢，建设新农村，口号都是冠冕堂皇的。可是，架不住分析，说白了就是抢农民的土地。抢农民土地的人，还有啥好人吗？"我吓得一缩头，不吭声了。我可从来没有这样想过，他咋这样看呢？玉堂大叔继续说："这活驴，听见风就是雨，他多年没劳动，咋能一下子受了这份罪？"我说："你以为双羊还像你那样种地呀？人家遥控生产，让农民跟市场对接！"玉堂大叔说："遥控庄稼？这不是蝎子拉屎，独一份吗？"我轻轻地说："农民不管啥时候，都是劳动、吃饭。我们感觉，这世界上实在没有比劳动吃饭更难的事儿啦！"玉堂大叔咳了一声："三儿，我觉得种地挺快乐的，城里的生活，我真不稀罕！劳动吃饭有那么难吗？"我沉沉一叹："也许是我多年不劳动的缘故吧？大叔，我小时候有印象，农民收获点粮食，受多少威胁？自然的，人为的，有时累倒在地头还喝不上粥。农民不想妨碍别人，别人却还来找你，抢你的饭碗！"玉堂大叔打了一个唉声："你说这个难，我都麻木了。我说双羊的是，不能异想天开，难道天上会掉麦子？你看哪有靠幻想填饱肚子的？"我想了想说："眼下农民没了这个难，却碰上了市场的难。卖粮多难？他就要帮助解决这新困难来啦！"玉堂大叔说："他有那个本事吗？"我说："他不行，鹦鹉村谁还行？陈玉文行吗？"我把玉堂大叔给噎住了，他半天都没话。我试探着问："大娘是啥意见？"玉堂大叔说："你大娘能同意吗？她的意思是，既然走了，就别再回来。"我大声说："大叔，出水才看两腿泥，我感觉双羊不会跌跤的。你老真是榆木脑瓜，双羊给咱村在干好事，你们却都在骂他，实在是冤枉了人家。"玉堂大叔不说话了。我伸手抓了玉堂大叔一下，老人的头低倾着，我猜测，老人说不定在哭呢。

我鼻根儿一酸，眼泪涌上了眼圈。农民们这么多的"怕"，连玉堂大叔都有自己的"怕"，真不知双羊流转土地的结局究竟会咋样？几天过去了，我思前想后，也没理出个头绪来。我的脑子陡然跳出这样一个问题：人是健忘的，生活和历史往往是一种重复。他们的怕，跟当年合作化交出土地是一种怕吗？如果不是双羊流转土地，他们还那么怕吗？怕这个人，还是怕别的？还有，双羊说他不缺小麦，更不缺劳力，那么还需要啥呢？还需要啥呢？我应该好好想一想，好好想一想——

双羊没回来，可能太忙了，我去麦河集团总部找到了他。陈元庆县长也在集团总部。人们把我搀扶进双羊办公室的时候，双羊正跟陈元庆说着悄悄话，细一听，陈锁柱也在场。我进屋就打趣说："哎呀，我来的不是时候儿吧？打搅领导们了，我先回避。"双羊大声说："别走啊，三哥，我们只是闲扯。我们正说土地流转的事，你来得正好，快给我们说说，乡亲们都是咋想的？"我清了清嗓子，把郭富九、刘凤桐、枣杠子和曹玉堂大叔等一些人的"怕"说了，说得双羊直嘬牙花子。陈锁柱骂道："没人搭理他们，总嚷嚷种粮赔钱，土地种不下去了。双羊这儿刚刚有点动静，他们就怕这怕那，怕个球儿，惯坏了，回头我收拾他们！"

"陈锁柱村长！"陈元庆大喝一声，说道，"你咋又犯自由主义了，啊？我批评你多少次了，不要忘记自己的身份，你是一个村干部，不是普通老百姓，要有素质。"

陈锁柱赔着笑脸点头："是我……我一时激动……我错了。"

陈元庆问双羊："双羊啊，你咋看这件事？"

双羊说："农民有他们的害怕、担忧，我都理解，土地问题对他们太敏感了。我感觉，怕归怕，不等于事情走到了死局。我们应该多跟他们沟通，让他们了解我们的意图。我们不是来搜刮他们的,是来帮助他们打开大市场的。眼下可能有点困难,不会挣太多的钱,但是,凭我们麦河集团的实力,前景还是非常好的。如果乡亲们有抵触,我就不回去流转土地了,我们可以从美国进口小麦粉。"

陈锁柱吼道:"双羊,你可别听见风就是雨。这些农民啊,就是想钱想疯了,想一口吃个胖子。要知道,这是种粮,不是开发煤矿!这事儿你交给我们村委会,我一切替你代办了,有玉文呢,看他们谁敢调歪?"

我听着吸了口凉气,村长这是啥水平?他就会指使陈玉文来浑的,好政策也让他们整走样了。陈元庆反对说:"让龙头企业直接对农户,你们村委会代办,那可是违反政策的。"双羊抢着说:"锁柱,你要是跟乡亲们来横的,我情愿不流转土地。这是咱家乡,不能留骂名啊!"我插嘴说:"对,绝对不能来硬的。再说,乡亲们只是有顾虑,不是跟咱作对。"双羊说:"跟乡亲们讲,土地就摆在那里,大家都看得见摸得着,小偷儿偷不走,强盗抢不去。如果我经营不好了,他们可以要求返还。我可以把地还给他们。"

陈元庆在屋子里来回走着步,脚底下不时发出嚓嚓的细微声响:"咱们都是农民的儿子,最懂农民的心啦!他们对土地的热爱超过爱自己。如今,农民对土地的感情是复杂的,既爱又恨,爱恨交加,我们不理解,谁还能理解啊?一方面,土地是农民财富的重要来源,是农民生存的重要保障,是农民精神的重要寄托,农民对土地怀有深厚的感情,真诚地爱着土地,这种爱是主动的、发自内心的。所以说,双羊说多做沟通是对的。另一方面,我们还要看到,土地束缚了农民的发展空间,成了农民的负担,加上目前土地调整比较频繁,农民的土地权利屡遭侵害,而他们又无力保护土地,这样对土地的感情就产生了恨的一面。当然,这种恨是被动的,也是无奈的啊!"

"这么说,大哥,咱们流转土地是侵害他们的利益了?"陈锁柱问。

陈元庆说:"土地流转没有错,关键是要在村民自愿参与流转的情况下进行。随着工业化和城市化的发展,土地已经演化成了一种资本金,是农民参与工业化,分享产业利润,分享发展红利的土地股,这是社会发展的必然趋势,也是把农民从土地辛苦劳作中解放出来的有效途径。"

双羊说:"老实说啊,我过去对土地流转也想不通,咱们的父辈总是教育我们,日出而作,日落而归,规规矩矩,勤勤恳恳,在土地上播种、锄地、拔草、浇水、施肥,就一定能够创造出养活咱们的财富来。所以啊,我一直认为,农民决不能没了土地,没了土地就不是农民了。腰子叔他们的思想肯定还处在这个阶段，担心哪一天成了没了土地的农民，就无家可归了。"

我接过双羊的话说："说来说去，还是咱农村养老制度的落实。现在虽说有不少农民进城打工，但真正能够在城市定居下来，不再回乡的毕竟还是极少数，大多数农民往返在城乡之间，离土不离乡，进厂不进城，还不就是因为在农村有土地，万一在城市工作不下去了，回家还可以种田。要是咱农民啥时候除了土地，还有别的稳定的生活保障，我估摸对土地的依赖就不会像现在这样了。"

"你们说得对呀！"陈元庆进一步说，"土地不仅是财富的象征，也是农民的生存方式，自古以来就有着'土生万物由来远，地载群伦自古尊'的土地崇拜观念。我们必须承认，农民和土地之间难割难舍的关系，深刻影响着农民的生活方式、行为方式、道德观念还有价值取向。土地就像神灵一样被农民世世代代敬仰着，土地在农民心中深深扎下了根，人离不开土地。你别看不少农民进城打工，但是我敢肯定，他们中的大部分人最后还是得回乡种地的，进城打工是暂时的、阶段性的，回乡耕种才是长期性的、必然的，也是最后的选择，穷家难舍，熟地难离嘛！"我想了想说："县长说得对，刘凤桐两口子在城里打工，这不还是回到村里种地。他不想流转自家的土地！"

双羊感慨地说："是啊，陈县长，就说我吧，在城里买房住进去的时候，心里那个美呀，觉得自己终于成了城里人了，有好长一段时间不愿回村住。后来省城又有了房子，就觉得更不愿回村了。可最近不知咋的了，现在我开始想村里这个家了，隔三岔五地回村住，当然住在村里又想城里的那个家。这样弄来弄去就觉得自己好像没有家了，你们说这是啥心态呀？"

陈锁柱说："你这是典型的时代病，在哪儿都不安稳！"

陈元庆说："你们唠吧，我得回去了。双羊，锁柱，你们一定要把土地流转搞起来。但是，有一点，千万不能给我惹乱子，咱村要是有上访的，我先拿你俩是问！"

双羊说："县长放心吧！"

陈锁柱说："强迫也是为大伙儿好，希望他们都过上好日子。"

我咳了一声说："你说的不假，问题是有人想不通嘛！"

陈锁柱说："想不通也得通，是咱鹦鹉村的人，就得成为麦河集团的人，只有这样，小日子才能越过越富裕。路都铺好了，是成为天上的凤凰还是地上的草鸡，全由他们敞开了折腾，哈哈！"

陈锁柱跟着陈元庆一起走了。

送走了陈元庆，双羊喝了口水，"咚"的一声放下茶杯，感叹道："三哥，如今咱这乡村，跟过去真是大不一样啦，人心复杂，想啥的都有。就说陈家兄弟吧，你以为他们的心思统一呀？没有，你来之前，哥儿俩还鲥架呢！"

我听了一愣："他们有啥分歧呀？"

双羊叹了一声："这不明摆着吗？锁柱想捞政绩，怕我不回村搞土地流转。陈元庆别看嘴上唱高调，其实，他不愿意我回流转土地。他想得多，也有一怕，是怕我回村闹起来，跟锁柱尿不到一壶。我弄好了，威信大增，现在村民直接选举，我有威望，还有经济实力，他陈锁柱怕是秋后的蚂蚱蹦到头了。"

我心中一喜："这不是好事儿吗？"

双羊说："我不能干，真的不能干！"

我迷惑不解，但有一种预感，在鹦鹉村，迟早要来一场暴风雨。

天当被地当床

一连两个夜晚，玉堂大叔都睡在了地里。老爷子犯了牛脾气，谁都劝不住。我的印象里，玉堂大叔一辈子都很随和，与麦河，与土地，融洽无比。这不是犯神经了吗？曹大娘没能劝住他，凤莲更是束手无策。我最清楚，玉堂大叔是因土地流转的事儿跟双羊较劲呢！双羊不跟老爷子低头，老爷子更是倔巴头，一头赖在地里了，还找人支起了几个大棚，明摆着是跟双羊作对。眼瞅着天就凉了，这样僵持下去，玉堂大叔咋收场啊？我在电话里骂了双羊一通："你小子有几个老爹，老头儿要是有个好歹，你后悔不后悔？"双羊说："我这两天太忙了，晚上就带晋芳回去，你先替我照应着点儿啊！"他这样一说，我就乖乖履行职责了。我跟双羊的关系很怪，常常争个脸红脖子粗，回头我就顺了他。这小子有啥魔法吗？傍晚降临，我就想到地头陪老爷子说说话。快到地头的时候，后边赶上来了凤莲姐。"干啥去呀三儿？"凤莲姐的声音不像从前那么好听了，沙哑，绵软。我吓了一跳："凤莲，你咋变声儿啦？"凤莲轻轻地说："最近老没劲儿，没事儿的。"我听桃儿说，吴三拐出狱以后嫖娼被抓了，还罚了五千块钱。这件事对她伤害得太深了。我极力亲热地跟她说话："姐，我是看望大叔啊。"凤莲姐就笑了，说："那咱一块儿走。"我疑惑地问："大叔闹这出儿，到底为啥呀？"凤莲说："他抗议双羊回村流转土地。双羊非要干,他给我爹和我娘在麦田市买了大房子,让他们搬到城里住,家里的土地由麦河集团耕种。"我吸了一口气:"是啊,我跟大叔聊过,他不答应啊!"凤莲说:"我都糊涂了,双羊真是疯了,回村折腾个啥?"我说:"双羊有双羊的想法,像大叔这样的农民,他离不了土地,离开了就会死的。"凤莲深深叹了口气:"是啊,我爹一听,就跟双羊火了,脱下鞋子就打他!"我叹了一声:"看来老爷子真的急了。"凤莲的一只胳膊挽住我的胳膊,暖流涌遍全身。我闻到了凤莲姐含着麦香的呼吸,还听见了她偶尔打嗝,不是饱嗝,是气嗝,一定是吴三拐把她气成这样的。

我们俩刚走到地头,就听见玉堂大叔的说话声。他跟谁说话呢?我支着耳朵细听,听见老头儿跟土地说话呢。我听见他说:"你们好啊,我的土坷垃,打今儿个起你们跟我就是一家人啦,我们过吧,你们不欢迎我吗……"凤莲姐走上前说了声:"爹,吃饭吧,我和三兄弟都来了。"我说:"大叔,儿子是大老板,孙子也有承包地啦,还折腾个啥呀?"玉堂大叔捋着下巴上的胡子笑了,拍拍身边的地,敞敞亮亮地说道:"来,坐这儿三儿,陪我喝一杯。"我坐到老爷子身边,接过酒杯,脸对着玉堂大叔说:"来,我敬你大叔。"玉堂大叔先轻轻地把酒泼洒进泥土里,然后自己喝了一小口,默默地坐在地头,一言不发,像一座土地庙。我喝了一口酒,仰脸一看,一团白疙瘩,估计月亮爬高了,月光泼得到处都是,整个天地间像有一匹白布在飘。凤莲姐悄悄走过去说:"爹,回家睡吧,夜里凉,落下病啊!"玉堂大叔没搭理她。我听见沙沙的声响,估计老头儿在用两手扒土,像一只笨拙的老兔子在掏窝。虎子都看在眼里了,跟我描述说,凤莲姐默默地看着爹一下下地刨土,唰唰地响,他的身后已经诞生了一座土山,越来越大,越来越高。空气里开始弥漫起浓烈的土香。玉堂大叔就这么一声不响地刨土,整个身体几乎伏在地皮上,苍老而神秘。玉堂大叔终于说话了:"你俩过来。"我俩就过去了。玉堂大叔仰脸喝了半瓶酒,指着他刚刚刨出来的洞穴:"记好啦,这是我将来睡觉的地方,不管这上面干啥都给我占着,这是我的,记住了吗?我死了咋着也得有块地呀,先占上一块,活着踏实,死也踏实。"凤莲姐说:"爹你别想那么多,地是国家的,这块地将来还不定到谁手里头呢。"玉堂大叔低声吼道:"我看你们敢丢了这块地,我做鬼也饶不了你!"

我听着玉堂大叔明显喝高了。凤莲姐笑了说:"爹,您咋看不开形势呢?完全依赖土地的时代一去不复返了。没有土地,到城里一样活命啊!"玉堂大叔骂:"屁话,农民活着不靠地,吃啥?"凤莲姐说:"还吃粮食呗。"玉堂大叔再问："你都没种粮食的地啦，还吃啥粮食啊？"凤莲姐说："买粮食吃呗。"玉堂大叔"呸"了一声，说："还觍着脸子说哪，农民买粮食吃，你真张得开嘴咽得下去呀？咱祖祖辈辈都是种粮食的农民哪，你太爷，你爷，都是种粮模范哪，到了我这辈儿，还得过'种粮大户'的锦旗哩，可到了你这辈儿哪，竟然成了买粮吃的庄稼人，脚底下踩着的地，没有一寸是你的，你走在城市里真踏实啊？"我插嘴说："大叔，你咋这么老脑筋呢？那工人离了工厂就不踏实啦？解放军离了军营就不踏实啦？就都活不了啦？有一双手，舍得一身力气，不照样过上踏实日子嘛。时代在前进，社会在发展，咱们要当新型农民哩！双羊当的就是新农民！"玉堂大叔吼道："你小子少给老子上大课，到啥时候农民也得务农，要不还叫啥农民？"凤莲姐说："非得叫农民啊？叫别的不一样吗？"玉堂大叔大声吼了起来："屁话，在农村住着不叫农民你想叫啥？"凤莲姐不说话了，她已经意识到今晚无论如何也说服不了老爹了。我说："大叔啊，别争吵了，身子骨儿当紧啊！"凤莲姐说："乡下就那么好吗？"玉堂大叔说："就是好，穿大鞋，放响屁，想吃就吃，想睡就睡。"我扑哧一声笑了："大叔，你是老观念啊，城市不好吗？不自在吗？不让吃不让放屁了吗？放心吧，你儿子是大款，比谁放得都响亮！"凤莲轻轻笑了笑。玉堂大叔愤愤地说："瞎三儿，你别添乱。我真的想不通，你们这些年轻人，咋对土地这么不亲呢？别看双羊想流转大片土地，其实，他对土地也不亲！双双分到的地，他连看都不看一眼。整天忙活表面的烂事儿！恐怕连耪地都不知道耪几遍啦！他咋就这么不待见供奉他们吃喝的土地哪？城里人待的地方是农民待得了的地方吗？那地方我不稀罕！流转我的地，没门儿！让我搬城里，没门儿！一粒麦子，落在城里，仍是一粒麦子，如果落在我们乡村任何一个地方，就会结出一穗麦子来！"

老人的话像一粒子弹打在我脸上，坚硬，滚烫。我的脸疼了一下。

我没想到，这个蔫老头儿会语出惊人。我只好安慰他说："大叔啊，你讲得好，你的观点，双羊也会同意的。别想那么多了，不管咋说，你给孙子占到地了。"玉堂大叔瓮声瓮气地说："你们都回吧，我要睡这儿啦。"凤莲姐哽咽着说："爹，唉，你不走，我今晚在这儿陪你吧，我回家拿两条被子来。"玉堂大叔说："我不用你陪着。"我插话说："还是我留下来陪大叔吧，我们爷儿俩能唠到一块儿。"玉堂大叔看了我一眼，就不说话了。我心中一喜，看来老爷子默许了。

我第一次和玉堂大叔躺在他家的承包田里过夜。

我们先是都没说话，一起默默地看着夜空。我虽然看不见，但心中能想象出星星的模样。我想，今晚没月亮，星星正是最亮的时候。我想起小时候顶着星星跟娘犁地。我爹游手好闲，地里的活儿都压在娘的肩上。牛在前面慢慢走着，娘在后面一手扶犁，一手执鞭，两眼直直地盯着地沟，湿土像波浪一样翻卷着。快到头了，娘将犁把上的撇绳轻轻一拽，不用吆喝，牛自己就掉头了。我在一边玩耍，时不时地抢过娘手里的鞭子，抽打着老牛。娘教育我说："不能随便打牛，要学它的精神，吃这点儿草干多少活儿啊！"这句话现在我还记得。庄稼长起来了，我就帮娘干活了，我先学会了耪地。庄稼不论高秆矮秆，出苗就得锄耪，一般都要耪三遍，除草、松土和保墒。耪二遍的时候，我印象最深。一边耪一边施肥，还要浇上一点儿麦河水，小苗就一蹿一蹿往上长。耪第三遍的时候，青纱帐就形成了。天已入伏，庄稼地里密不透风，庄稼叶子"哗啦哗啦"响着，我最爱钻庄稼玩了。我仿佛又看见了娘啊！娘啊，我在昨夜梦见了你，梦见你拉着我的手在玉米地里玩。我想跟你说，我有桃儿了，我就要治好眼睛了，我就要结婚了。我还梦见娘坐在织布机前纺线，线断了，娘歪着脑袋睡着了。

过了一个钟头，玉堂大叔说他看到天上到处都长满了绿色的庄稼，风一吹，庄稼叶子和花粉一拨拨地起伏，满天飞舞，一直到天边。忽然，从庄稼林里钻出一个高大的庄稼汉来，玉堂大叔仔细一看，啊，那不是爹吗？他刚要和爹说话，可爹却一笑消失了，漫天漫地响着的全是庄稼拔节的声音……玉堂大叔哭了。我伸出一只手触摸他脸上的泪花，泪花破碎了，热热的泪水瞬间侵入他的身体。我开始隐隐约约地理解大叔对土地的这份心意了。我劝曹大叔说："大叔，你的心情双羊会理解的。你们爷儿俩主要是缺少沟通。我跟双羊经常争吵，争吵并不妨碍我们哥儿俩的感情啊！你刚才说他不爱土地，错了，大叔，种田不是盈利行业，双羊如果不爱土地，不爱家乡，他不会回来遭这个罪的。你就依了他吧！"玉堂大叔哼了一声："他遭罪吗？我看他整天跟陈元庆吃吃喝喝，看他挺风光的。"我解释说："你知道，我更烦陈家人。但是，我了解双羊，他跟陈元庆、陈锁柱不是一路人啊！他有买卖，他在人屋檐下，能不低头吗？"曹大叔说："不是一路，慢慢就同流合污了。我不离开村里，不同意他流转土地，还有一个问题，我是怕他跟陈家人勾结一起，干祸害乡亲们的事儿啊！我们曹家祖祖辈辈可都是响当当的好汉啊！不能这么毁了声名哩！"我一下子都明白了。玉堂大叔对双羊跟陈家人的密切关系产生了质疑，这也是我所担心的。都知道我是双羊的参谋，他毁了，我在村里也抬不了头啊！

　　我一宿没睡好，眼窝塌成两个黑窟窿。天大亮的时候，双羊带着张晋芳过来了。双羊惊呆了，深吸了一口气。后来双羊跟我说，他看见这片土地一夜之间完全翻了一遍，潮湿的新土冒着热气。老头儿敞着胸怀，立在地头，头顶上正弥漫着缕缕热气，得意地咧嘴笑着。老脸在晨曦里闪动着迷人的光泽。双羊热热地喊了声："爹！"老头儿没搭理他。我听见张晋芳拎着饭盒，走向老头儿，但她只迈出两步，就深深地陷入了脚下松软的泥土中了。玉堂大叔捧起一把泥土，凑到鼻子底下闻了一下，而后递到我的手上，说："三儿，你闻闻，多香啊！"我双手捧过这把泥土，双羊也蹲下来，抓了一把土。我听见噗的一声响，玉堂大叔坐在地上了。

　　双羊默默地说："爹，人活一世，都要经过一些煎熬。我知道你的心情，种地赔钱也想种，有了老感情。土地是从先人手中传下来的。这地是勤劳，是淳朴，是正义。不过，事到如今，只能委屈你一下了。当年土改，地主委屈。搞合作化，农民往外拿地，也委屈。今天搞流转，往外拿地能好受吗？"我怔怔地听着，玉堂大叔却不吭声。我叹了口气，深深地埋下了脑袋。双羊继续说："我跟你讲了一个道理，其实，我没资格给你讲道理。古人打仗惯用刀剑，单打独斗，手里还握个盾牌，大规模作战的时候，靠着放箭跟呐喊声壮军威。可是，当城门被敌人攻破，敌人像洪水一样冲进来了的时候，即便是武功盖世的大将也是英雄无用武之地了。眼下我们农民就是这样，即使是种田高手，除了脸朝黄土背朝天种地，还能做啥？在市场这个大水坑里，施展不开种地那点儿本事。如今没有严格意义的农民了，就得一边当农民，一边当商人，商人就可以自由赚钱，哪里有商机就冲到哪里了。"我惊讶地说："俗话说，无奸不商，这没有商机能成吗？"曹双羊笑了笑说："别人都认为的商机，就不是商机了。我喜欢走旁门左道。想当英雄，难啊！你得做好扒掉几层皮的准备！再说了，今天这时代，谁是谁的英雄？谁能代表谁？我就代表我自己！我的麦河道场，需要麦子，需要大量面粉，我满足了需要还可以给乡亲们致富，就这么简单！"玉堂大叔吭了吭，没有说话。双羊继续说："爹，我的性格你也知道。我看准的事，非干不可了！你要是不答应，还在地里睡觉，我就让晋芳陪着你！反正她刚刚怀上你的孙子！"玉堂大叔惊得跳了起来，开口大骂："畜生，吓唬我呢！这个我服了，我管你叫爹，我回去！"我暗暗笑了。双羊老婆张晋芳那阵没怀上，刚夭折了一个孩子，哪儿那么容易怀上？这是双羊吓唬老爹的计谋。

玉堂大叔回到家，惊动了陈锁柱村长。陈锁柱跟玉堂大叔说了说话，就走到双羊跟前来了。陈锁柱说："双羊，你别着急，实在不行，我们村委会出面，把乡亲们的土地弄过来，村委会再跟你们麦河集团签土地流转协议。"

双羊笑道："哎，这倒是一个好办法啊！"我不知双羊观察到陈锁柱的表情没有？我气愤地插了一句："村委会代办，这违反政策。土地上的事，老百姓意见大了，土地是啥？村人的保障啊！保障是啥？村人的命啊！"

双羊使劲踢了我一脚，悄悄说："你狗日的，向着谁说话呀？"我马上知道自己失态了。我为自己的失态有些懊恼。双羊的声音越来越重了："三哥说得对。虽说他多年不种地了，可是，他那里是村民说话的舞台啊！他那里有民意哩！锁柱啊，你是村官，应该多听听农民的心声啊！"

陈锁柱吭了两声，不说话了。

双羊这么一说，刚才的懊恼被一阵风刮走了。双羊说话的时候，我想起他小时候的一件事。那一年，双羊得了一场大病，发烧不醒，曹大娘求助我老爹。我爹给双羊的手指放了点儿血，然后塑了一个小泥人，放进滚滚麦河里被流水冲走了，双羊就慢慢活过来了。如果没有双羊，鹦鹉村将多么寂寞啊。我记得他说过，屁股决定脑袋，双羊既然这样想，他就是一个先行者。我忽然明白了，虎子的预见唤醒了他，连安地神的"麦穗儿"照亮了他。他以难以想象的冷静，分析问题，寻找突破口，还有一点点的高瞻远瞩。今天听双羊这么一说，我真的震撼了。过去听人议论农民都是浅层次的，往往是抱怨现在，怀念过去，憧憬未来。这类话听多了，也就麻木了。我平时很少琢磨这类事，听双羊这么一说，我觉得挺在理儿，看来双羊研究土地不是一天两天了。陈锁柱激动了："双羊啊，农村这点事儿，你是门儿清啊！我自愧不如啊！你来当村长得啦！"陈锁柱在试探双羊呢！他也有一"怕"，怕双羊回来抢了他的村官。双羊摆手说："别，我不干，我要干了，麦河道场谁来管啊？再说了，鹦鹉村需要你，你是最合适的。"陈锁柱很感动："双羊，啥也不说了，我们相互帮助。需要我干啥吧？"双羊说："麦子收过了，我马上回村搞土地流转，你跟你哥说说，上头他帮我，村里你帮我。你也知道，镇里刚开了会。中央已经批准各地搞土地流转啦！政策好比种子，百姓好比土地，好政策只有在好土壤里才能生根、开花、结果。我们要先搞起来，也是你村长的一个政绩啊！"陈锁柱嘿嘿一笑："好的，我听你的！"双羊说："我考察过一些地方，土地真正流转起来，也挺难的。我们农民有个习惯，喜分不喜合，小农耕种，没啥效益，图个自在。"玉堂大叔说："是啊，我就喜欢种地，农民没了地，真成孤魂野鬼了。"陈锁柱说："大叔，您的老脑筋得换换啦！"双羊说："在我们工厂的民工，都要培训的。要想用工业思维改造农业，就得对农民思维进行批判，不换脑子就换人！"玉堂大叔哼了一声，悻悻地走出房间。

双羊不让我和锁柱走，还想跟我们聊天。

我们聊到了省城，那是麦河的终点。那一年的麦河改道，引发了周边乡村和城市的恐慌，改道后的麦河不再途经县城，而是从麦田市中心穿过，终点还是在省城入海了。县长陈元庆提议把麦河抢救回来，他们从北京请来水利专家，论证了整整一年，结果还是枉然。专家说麦河改道是有其自然道理的，不必要再浪费人力物力了，所谓沧海桑田嘛。冀东平原的大片土地，就是从海洋变来的。

县城的麦河断流了，县城的人们很沮丧。鹦鹉村被水道淹没了，面临整体搬迁，促成了上鹦鹉村和下鹦鹉村、黑石沟三个村庄的合并。聊着聊着我就睡着了，陈锁柱啥时走的，我全然不知。第二天清早，我们从睡梦中醒来，曹大娘给我们买来了油条豆浆。我刷了牙，感觉眼前红光点点的，双羊说："太阳出来了，天放晴啦。"我说："好啊，你快送麦子去吧。"

吃完早饭，双羊要回县城，我送他出了村口。下了一夜的雨，空气清新凉爽极了，到处弥漫着植物的清香。只是脚下的道路泥泞，沾得人鞋底下满是泥巴。双羊说："等过段时间抽出点儿资金来，土地流转签了合同，我回村把这道儿铺成水泥的。"我说："你现在是老板了，可不能随便放大话啊。"双羊嘎嘎笑着说："君子一言，驷马难追，你就等着吧！"我笑着走了，刚走几步，突然，听见有人惊慌失措地叫喊："不好啦，麦河开口子啦！麦河开口子啦！"我揪住双羊的胳膊，慌慌地喊："咋办啊？天爷哟，要不眼皮儿咋跳呢！"双羊甩开我的手，大吼一声："大伙儿别慌，老虎的屁股，球儿！跟我走，看看去啊。三哥，快去告诉村干部组织人堵河口子啊！"

双羊开上他的轿车朝河堤疾驶而去。我没了两眼使不上劲，急得干跺脚。我跺完了脚，就往村委会颠去了。以后发生的事情是虎子跟我说的，这畜生描述得有声有色，与我的幻觉完全吻合。当双羊带着一拨人赶到麦河边，河堤被洪水冲开了口子，上游洪水咆哮着，奔涌着，声音像爆炸。大水已经漫了大片大片田地。大伙儿看着猛兽一样的河水吓呆了，茫然不知所措。突然有人高喊一声："快跑啊，淹死人啦！"众人立刻四处奔逃，跑得慢的跌倒在地上，大呼小叫地乱成一团。双羊声嘶力竭地吼叫道："大伙儿别跑，保护庄稼村庄要紧！孙师傅，快，把车上的麦子都填口子里去，快！"吼完，跳进自己的奔驰车，猛踩油门向豁口冲去。工人喊着："双羊，站住，危险啊——""快回来董事长，回来——"人们纷纷跳着脚呼喊。双羊哪里听得见，听见了他也不会停下的。他两只眼睛死死地盯着汹涌澎湃的洪水，用力踩着油门不放松，汽车怒吼着，像一头猛兽向前冲去。洪水咆哮着，腾起滔天巨浪。"嘭"的一声，奔驰轿车冲进了决堤口，卡在了口子上。紧随其后的孙师傅，率领他的车队跟上来了，将三辆大卡车横在了双羊轿车后边，然后，呐喊着，将一袋袋麦子朝决堤口扔了下去。有的袋子被大水冲走了，但更多的袋子砸了下去。渐渐地，袋子越积越多，形成了一座山峰，口子缩小了，越来越小了，最后，完全堵死了，麦河又恢复了往日的温顺。庄稼保住了，家园保住了。双羊擦着额头上的汗水，仰天大笑起来。乡亲们激动地叫喊着奔跑过来，团团围住双羊，拉着他的手，流着眼泪向他挑大拇指。后来双羊搞土地流转，这次英雄壮举，给他铺垫了感情。从这个角度说，他的奔驰汽车废了也值得。

　　征服了村人，双羊回头又制服了自己的老爹。那一阵儿，虎子密切注视着曹家的动静，这畜生啥都看见了。双羊跟我说："第二天早上，我娘告诉我，你爹有点开窍儿，但是，他还惦记着地里的大棚。我一听就明白了。这个晚上，我整来一瓶好酒，汾酒，让我娘炒几个菜，闹嚷着要跟老爷子喝个痛快！我爹以为我要和他讲和，就得意地和我推杯换盏。我们爷儿俩喝到下半夜，我爹已是酩酊大醉。娘安顿他躺好，我们忽听外面有人喊，失火喽，大棚着火啦！我们跑出家门，跟着乡亲们冲向着火地点，一看，正是我家的大棚着啦。那天的风不小，火借风势，越烧越旺，大棚灰飞烟灭了。"我听了一阵心疼："哎呀，太可惜啦，你爹能不难过吗？"

　　双羊接着说："三哥，听我说呀，我们打着手电都过来了。我爹一见自己心爱的大棚被烧毁，酒一下子醒了，一屁股瘫在地上，痛哭流涕地叫喊，我的大棚，我的大棚啊，天爷啊，这是哪个混账王八蛋作的孽啊？叫老子逮住非活剥他的皮不可呀！"我脑袋里打了个闪，心里就明白了，大声说："我看啊，十有八九是你小子干的，别人没这个胆儿。是不是？"双羊嘿嘿一笑："你算猜对啦！我不这么干，我爹那点地说啥也不流转啊！"我叹了一声："这小子咋这么干？那是你爹呀！为了达到目的，不惜伤害家人利益，真够二杆子的！"二杆子是麦河家乡话，意思是真够混账的。双羊说："人就得有点二杆子劲儿！当天上午，镇里派出所高所长带着警察来了。勘察完现场，警察就被我请到村委会去了。我偷着跟高所长一嘀咕，高所长二话没说就走了，再也没来过问这事。我这样做为了啥，还不是为了尽快流转土地？我爹不流转土地，别人能信我的吗？"我急忙开口说："俗话说，纸包不住火。你爹早晚会知道的！"双羊说："你还说对了，几天以后，我爹知道了，还知道是我指使陈玉文放的火。也没敢问我！他拿我没辙呀！"

我知道，曹玉堂跟双羊有一阵子不说话。后来，在曹大娘和凤莲姐的调停下，爷儿俩又说话了，父子能仇到哪里去？

热风呼啸

一个人如果没有梦想，就太亏了，那日子就不是过，而是熬，像熬苦涩的中药似的。我们瞎子最不缺的就是梦想。无忧无虑，活在梦里多好。我梦见麦田了，麦河两岸的麦浪，起起伏伏，熟熟透透的。麦芒儿躁躁地拥挤着，不分方向地摇晃着饱胀的脑袋，整片的麦田便像流淌的一条大河，金光闪闪，一直流向遥远的大海。

这天一早，我从梦里醒来，跟桃儿一块起床。桃儿没有睡好，可能还不适应我这儿的环境。她住我这儿，不仅要忍受这些混合气味，还得听我发出的各种响声、吼痰声、呼噜声、撒尿声。这些天，我尽量摸到堂屋去撒尿。桃儿怕我跌了，还是把尿盆端进来："三哥，我是你的人了，还怕这些味儿吗？"我听了心里热烫烫的，孩子不容易哩。桃儿去城里了，我糊弄一点吃的，就去后院摘了两朵包指甲花，让虎子嘴巴一叼，说："虎子，去吧！"虎子雄劲地飞走了。我在花池子跟前蹲了一会儿，包指甲花的香气扑脸。我的身后跟了一群鸡蹦蹦跳跳。我想起今天收麦子，就径直去了村委会。刚在村委会门口大槐树下站定，就听见陈锁柱皮鞋哐哐的响声，响声到了跟前，我刚要说话，曹双羊的大嗓门儿就嚷开了："哎，锁柱，快跟我上车啊。"陈锁柱问："干啥去啊？"双羊说："收割机大队来了，迎迎去啊。"陈锁柱朝我喊了一句："瞎三儿，让虎子给算算，这两天有没有雨？"我笑了笑说："虎子都给预测了，这两天风调雨顺。"陈锁柱急了："你看你看，顺也不行啊，还是有雨啊。"我给逗笑了："对不起，我说走嘴了，大晴天，没雨。"虎子对天气的预见功能让我吃惊。过去，狗儿爷主持生产都听虎子的。如果晴天，虎子就抬头，如果阴天就低头，要是有暴雨，虎子就"叽叽"地叫两声。桃儿跟我说过，四川石柱五斗乡[1]，有一块神地能预测天气，天气一变，地的颜色就跟着变。晴天地是白的，阴天地是红的，大雨天地是深红色。乡亲们从不听气象台的预报，两眼就盯着"神地"。世间好多神秘现象真是没法解释啊！过了片刻，曹双羊说："三哥，虎子呢？"我仰了脸说："这畜生八成快到黑石沟了。"曹双羊愣了愣："黑石沟？去我姐那儿啦？"我点点头说："对头，我在后院种了一畦包指甲花，专给你姐种的，你姐最喜欢包指甲花啦！每隔一天，我就让虎子给叼去两枝，你姐挺稀罕，收到就插在花瓶里！上束花一蔫巴，新花就到啦！"说到凤莲姐，我眼里有一泡泪，横竖流不下来。曹双羊拍了拍我的肩膀："三哥，我替姐姐感谢你啊！我知道，她这点乐趣，都是你给带来的。"陈锁柱笑说："瞎三儿，真有你的！啥时候也孝敬我点花啊？"我说："等你给村里整治好了，我就让虎子给你送花。"陈锁柱哈哈笑了："好啊！双羊，收割机到哪儿了？"双羊说："地头哪，等咱们开镰仪式结束，铁家伙就开进麦田收割啦。"锁柱说："你主持开镰仪式吧。"双羊说："你饶了我吧，我才不当这个主持哪，还是让兆本支书干吧。要依了我就不整这个仪式了，瞎耽误工夫。"锁柱说："这是咱麦河人祖上传下的老规矩，庆祝麦子上场，图个吉祥，你还能给破喽？"我插嘴说："破不得，破不得呀！"双羊说："三哥，跟我们一起去吧，感受感受机械化。"我就跟着上了车。

汽车上了麦河大堤，沿着堤坝走一会儿就下了堤，停下来了。我知道到了鹦鹉村第一号麦田了。我听见熙熙攘攘的说笑声，男女老少，还夹杂着外地人口音，像是河南人。河南人准是开收割机的。路上的行人越来越多，有人是来看收麦剪彩的，有人是去赶集的。今天开镰，正巧碰上槐树镇大集。那个集我去过，一片河道里，到处拴着牛、羊、猪、马、驴等牲口，生意人三人一伙，五人一群，带着一脸的神秘搞交易。今天过一会儿，这里鞭炮一响，那边赶集的人就会跑过来看热闹。如今，只有麦收我们才能找到集体劳动的快乐。我拽住锁柱村长的胳膊，担忧地说："这么多人，别踩了麦子啊！"锁柱说："有我往这儿一站，哪个敢？"我走进麦田，就听见麦子摇摆的声音。麦子是好东西，记得《本草拾遗》中提到"小麦面，补虚，实人肤体，厚肠胃，强气力"，就是说，小麦的营养价值很高，对人体健康很有益处。过去我有一种误解，吃面爱胖，实际上面食不胖人。蚂蚱从麦垄里飞起，翅

---

[1] 现属重庆市。

膀扇动的声音都能听到。蚂蚱在我脚面上蹦来跳去。我弯腰捉蚂蚱的时候，把麦秆压下去，倔强的麦秆又一根一根弹起来。小时候的蚂蚱真多，顺着一根麦秆往下撸，一撸一把，装进口袋里回家烧蚂蚱。我喜欢逮一种红蚂蚱，翅膀跳动像火焰，娘说这种蚂蚱叫"八蹦"。见着人它蹦八下子就蹦不动了，束手就擒了。我抓着一只蚂蚱，让曹双羊看，曹双羊说是八蹦。八蹦好看不好吃，我爱吃油炸蚂蚱，蚂蚱被炸得通体焦黄，脆香脆香的。这个时候，我听见一个女人的声音："陈哥，曹哥，请二位领导验收，我布置得咋样啊？"这是谁呀？不是鹦鹉村的人啊。曹双羊悄悄告诉我："是城里来的，婚庆礼仪公司的，你的桃儿介绍来的。"我笑了："婚庆公司？收麦子咋还整成婚礼了？"再一想，也对，给麦子举行"婚礼"，如今都赶个时髦。我听见曹双羊说："挺好挺好，丽娜办事我一百个放心。"陈锁柱说："光让我验收仪式现场啊？"丽娜说："当然不是喽，只要哥哥有兴趣，今晚上就验收我这个处女好了。"几个人嘎嘎大笑起来。曹玉堂对我说："瞎三儿，他们把礼炮摆好了，待会儿可别吓着啊。"我转了脸问："大叔，除了猪头馒头还有啥？"有人抢嘴说："还有彩虹门儿、气球、乐队，还有一排跟坦克那么大的收割机哪。"我说："真好啊，不用扬场啦，可惜我看不见啊！"

大喇叭里响起田兆本的声音，蔫巴巴的，好像嘴里头含着块豆腐一样的口齿不清楚："安静啦乡亲们，安静啦啊。现在，我代表村民委员会宣布，麦收开镰仪式开始。放礼炮，奏乐——"顿时，鼓乐声起，呜哩哇啦，伴随着一声声震耳欲聋的礼炮声，人们的欢呼声喊叫声响起来，整个麦地沸腾了。过去一家一户割麦，哪有这阵势啊？喧闹声终于小了下来，陈锁柱开始讲话了："乡亲们——"声音不大，现场却一下子安静下来，还是陈锁柱有虎威啊。"今年又是个大丰收，这是上苍赐给我们鹦鹉村的吉祥，是上级政府领导得好，说明我们土地流转是成功的。希望没入股的乡亲们也感受感受，抓紧加入麦河集团吧。咱们吃着烙饼、馒头可不能忘了好日子是咋来的啊！俗话说樱桃好吃树难栽，幸福日子等不来。老少爷们儿还得再加把劲儿，跟着双羊董事长一块往前奔哪！"顿时响起一片叫好声，零零碎碎不整齐。我听见陈锁柱继续说："下面，请双羊给咱们说几句，大伙儿欢迎。"一片噼里啪啦的掌声，显得比较整齐。"好啦，别呱唧啦。"双羊一声吼，震得我耳朵嗡嗡响。"我没啥说的，哪那么多可玄乎的呀，一句话，把麦子收干净，都收场上去，变成面粉，变成方便面，最后都变成钱。听我的，收割机，给我进地干起来吧。"说着，他就要开第一镰了。我听见他拧镰刀把儿的声音，接着就是割麦子唰唰的响声。一阵掌声,曹双羊喊了一声:"收麦子吧!"收割机就冲进麦田了。马达轰鸣,隆隆成一片,鹦鹉村的麦收真的开始了。这场景真叫人热血沸腾。虎子飞回来了,在我肩膀弹了一下,顾不上陪我,自个儿可劲扇动着翅膀,扑棱棱追着收割机飞去。

中午,所有参加麦收的村民和收割机师傅一块在地头吃饭。饭菜都是麦河道场工厂食堂定做的,用一辆汽车送到地头。听那架势,一定是挺丰盛的,要不,这伙人咋会吃喝得这么开心呢?我叫虎子数数有多少道菜。虎子数了好一会儿,不耐烦地咕咕叫,这畜生也数不过来。我吃着叫不上名儿的美味佳肴,过去收麦子有碗凉粉儿吃就不赖了,现在没人想吃那玩意儿了。曹双羊和陈锁柱各端着碗凉啤酒轮流给大伙儿敬酒。年年麦收他们都敬酒。也不知啥原因,双羊总要先给我敬酒。他说:"麦收动员大会,你和田大瞎子给唱了大鼓,鼓了干劲,整个鹦鹉村,不,整个槐树镇不就你白立国会唱吗?就冲这一点,就值得先敬你。"不知道是不是这个原因,反正我挺感动的。陈锁柱也跟着敬酒。他愿意不愿意的就是跟着。我就总是一边说着"这不好吧,双羊,锁柱,这么不好吧"一边抖着碗里的酒跟他俩碰碗沿儿,咕咚咕咚地喝进肚里,感觉腰杆子拔得直溜溜儿疼。

吃饱喝足,大伙儿或躺或坐在地头歇息,年轻人聚拢在一块打扑克、下象棋。人们相互间聊的话题差不多都是关于麦收的。上了年纪的人还聊起了土地承包前的麦收,都感觉好像又回到了从前,大伙儿一块收麦子;可又不太像从前,从前的麦子归的是生产大队,现在归的是麦河集团。从前收麦子用的是镰刀,人钻进麦地里,咔嚓咔嚓地响。现在用的是收割机,镰刀闲在了房檐下头,连不少劳力都闲下来了,浑身痒得难受。这人啊,真怪,身子累不着了,轮到心里头累了。我走到地里蹚了蹚,不管咋说,有了收割机这大家伙,麦子收得就是快。刚才还是麦浪滚滚的一大片,不消一个时辰,光剩麦茬裸在地里了。我站在地头,看着空落落的麦地,心里头除了丰收的喜悦,还有淡淡的失落,打麦场上的热闹以后不会有了。

虎子飞来了,嘴巴尖尖地啄我的鼻子,咕咕叫个不停,我听明白了,它是在告诉我,河沿儿那些土地没入股的零散户收割的速度太慢了,舍不得雇收割机,只能耍镰刀了。我找到双羊说:"双羊,零散户也是鹦鹉村村民,乡里乡亲的,咱不能看着不管哪。雨季来前,收不完就糟啦!"曹双羊说:"我也正跟锁柱商量这个事哪。气象部门通知说,这两三天之内有雨,一定得赶在大雨前头把麦子都抢收进仓啊。"我问:"你们打算咋管那些散户?"

双羊大嗓门儿说:"让收割机抽空免费帮散户收割。"我几乎不相信自己的耳朵:"免费?真的吗?"孙大爷插嘴说:"你垄断了今年麦河两岸的收割机,谁不知道那是花了钱的。你花钱雇了收割机,却要为别人干活,还免费的,你图的啥?"我想起了郭富九,他不想流转土地,难道还要双羊管他吗?双羊看出了我的疑惑,哈哈一阵大笑,说:"我们是流转自由,他郭富九不流转,知道受瘪就行啦!我还能眼睁睁看着他的麦子沤烂在地里头啊?"我说:"那你该收钱收钱,要不,郭富九恐怕不好意思领你这份情。"

"咳,啥钱不钱的,咱麦河集团还在乎他那俩钱儿?让他们这些散户受受教育,是好事儿!"双羊的话声一大有时候刺激嗓子眼儿,痒得他勾下腰使劲咳嗽起来。曹双羊直了腰便安排了两台收割机,去了散户家的麦地。

我松了一口气。可是时候不大,那两位收割机师傅开着机器又回来了。师傅用河南口音说:"那个姓郭的老哥说,他们全家人都进了麦地,用不着帮忙。"我没好气地叨叨说:"这个富九哥,都啥时候了还逞强?"双羊说:"他心里头有疙瘩呀,自家的地没流转,不好意思接受集团任何形式的接济啊。"他对收割机师傅说:"走,跟我去看看。"曹双羊走了几步,转身对我说:"三哥,你也过来跟我帮帮腔儿。"我正闲着没事儿,就跟着上了收割机。一路上,我就想郭富九的模样,高个子,大身板,听说他做了个开胸大手术,腰塌了,人穷了,目光就短浅,只顾眼前小利,办事小小气气、抠抠搜搜的。

郭富九家的地位置好,在麦河与大路的交叉口,紧挨一片柳树林子。与大冬家的土地相连。大冬子上城打工,土地流转给了双羊。我们很快赶到了那里,一下车,就听到风吹麦浪的声响,麦香四下里飘流。虎子咕咕叫了两声,俯在我耳边告诉我,郭富九一家五口都在麦地里,勾着腰忙收割哩。还告诉我,郭富九和他儿子郭章并排割麦哪,汗流浃背。他老婆和儿媳妇小萍在他们屁股后头捆麦个,动作已经不连贯,身体还有些踉跄,表明她们婆媳俩实在是累了。三岁的小孙女奇奇在弯腰捡麦穗,一条老黄狗卧在麦捆旁瞌睡。

"富九大叔,你这是何苦呢?放着收割机不使,偏要自己顶着毒日头拿镰刀收,有瘾是吧?"双羊进了麦地,两腿碰得麦子唰唰响。

虎子告诉我,郭富九直起腰来看着双羊。待双羊走到近前,说道:"谢谢双羊啦,甭惦记我了,这点麦子慢慢收呗,你那摊子挺忙的,忙去吧!"双羊递给富九一支烟,以一种不容商量的口气说道:"算了吧,别硬撑着啦,还是叫收割机干吧,那玩意儿快。"富九看了双羊一眼,顺下眼帘说:"不用,不用了,我这闲着也是闲着。"双羊没再搭理富九,朝收割机师傅晃了下手。那个中年汉子蹿上收割机,发动起了马达。郭富九拽住双羊胳膊,央求道:"快把收割机开走吧,我求你啦!"双羊甩掉富九的手,朝收割机师傅叫喊道:"开,收割吧!"我在一旁忍不住了,大声说:"富九啊,你这人咋这么操蛋呢?心眼儿咋那么小呢?双羊的一番心意,你就领了吧,人家又没有强迫你流转土地。"

郭富九再次拽住双羊胳膊,急赤白脸地说:"瞎三儿,你跟着掺和啥?双羊你干啥呀?我不是说了不用收割机吗?你咋还硬叫我使呢?"双羊瞪着眼珠子,吼叫道:"我看你是不识抬举,给我猪鼻子插大葱装象,我就不信你打心眼儿里不想使收割机。闪开,轧着你我可不管啊。"双羊一用力,把富九甩了个大趔趄。

大黄狗颠过来了,叫得怒气冲天。

郭富九恼了,大声喊叫起来:"曹双羊今儿个我把话挑明了吧,你要不还我那两千块钱,我就不把土地流转给你。"双羊打了一个愣:"两千块钱?啥两千块钱哪?"他把脑门拍得啪啪响。我给他想起来了,去年夏天的时候,他开着奔驰汽车从郭富九家的地头经过,为了躲避一只羊开进了他家地里,轧倒了一小片麦苗,郭富九硬要双羊赔两千块钱,双羊说顶多给你五百,不许你狮子大开口。郭富九梗着脖子不依,这事一直就僵持了下来。土地流转签约那阵,郭富九跟双羊闹僵,其实,症结还在这上头。郭富九这种人啊,常常因贪小便宜而贻误大事。我悄悄走近双羊,拉他到一旁咬了耳朵。曹双羊两手一叉腰,耍了赖劲儿:"我就不给你两千块钱,麦子也得叫我收。"郭富九吼道:"你以为你是谁?别以为有俩臭钱就横行乡里。你也忒霸道了,这是我家的地,凭啥你想干啥就干啥啊?我……我……今儿个就不信这个邪啦!"说完,身子朝后一仰,就躺在了麦地里,压倒了一片麦子。

收割机戛然止住,事情就僵住了。车上的中年汉子看着双羊,吓得大气儿不敢出。郭章想上前拉起老爹,被他娘拉住了。小萍黑了老公公两眼,意思是咋这么想不开啊,放着免费的收割机不使,偏要顶着火辣辣日头流臭汗。我悄悄提醒双羊:"别冲动,冷静,冲动是魔鬼啊!"我听到了双羊粗重的喘气声,表明他真生气了,我真担心他控制不住,把郭富九咋样。我冲到地里,扯着嗓子喊:"快起来富九,不知好歹,有话慢慢说。"双羊在我身边重重地叹了口气,他一句话也没再说,一个字都没说。我还等下文呢,咋没动静啦?郭富九老婆说:"瞎三儿,还愣着干啥?双羊走啦!"我很尴尬,今天耳朵咋不灵了？我冲着双羊喊："这王八犊子，你耍啥小孩子脾气？回来！"收割机也开走了。郭章小两口儿可劲嘲笑我："嘻嘻，还神人呢，跟不上趟儿了吧？"郭富九在老伴儿的搀扶下站起身，拍打拍打身上的草屑，朝双羊的背影说道："想拉拢我，给我点小恩小惠，拉我土地入股，哼，没门儿。咋着？我就是不入股，你能把我咋样！"郭章劝说："爹你真是死心眼儿，这么一大片麦子咱得割啥时候去呀，先使收割机干了再说嘛。"小萍捶着腰也说："是啊，他曹双羊也没说使了收割机，就一定逼你入股啊。"郭富九说："你俩懂个屁，吃人家的嘴软，拿人家的手短。眼下是占了便宜，可吃亏的日子在后头哪。废话少说，干活儿。"小两口儿叹息一声，转身走了，没好气地拿镰刀乱划拉，我听着响声都乱了。

　　我心情复杂地离开郭家麦地，到了麦河大堤，刚要往家返，虎子飞来在我肩上咕咕叫。哦，畜生，又有啥新情况？

　　听见几声响雷，我才明白变天啦！六月的天小孩子的脸，说变就变。阴天的时候，我的眼睛就涩涩的。风紧着吹，一阵急过一阵。麦浪翻滚得厉害。我拿起耳朵听了一阵，大朵大朵的乌云重叠着由南朝北压了过去，像千军万马奔腾咆哮。俗话说：黑云往东要刮风，黑云往西披蓑衣，黑云往南摆木船，黑云往北发大水。这么多黑云朝北进发，雨一定是小不了了。远处的声响越来越近，传来双羊手持大喇叭的喊声："各车间负起责任来，加把劲儿啊，大雨就要下来了，快，把装麦粒的麻袋都苫上塑料布，把麦秸都苫严实喽。"锁柱村长和田兆本支书在渡口指挥运麦，他们的声音也隐隐传来。有人摔倒了，麦粒撒了一地，手忙脚乱地往麻袋里收着；还有人扛着麦捆跌了跟斗，身上扎出了血，爬起来扛上麦捆继续奔跑。调理一会儿，就井然有序了。我这才想起来，曹双羊那边是车间工业化管理。我不放心郭富九一家，这小子是死要面子活受罪啊！

　　雨下得急，像老天爷到处撒尿。老天爷的尿不腥不臊，却很噎人，我听见地上雨水冒泡的啪啪声。抢收的人们动作更快了，像有鬼催着。虎子飞在我的头顶，两只宽大的翅膀张开，给我挡雨。我嘿嘿一笑，骂道："这畜生，还挺有孝心的。"我说着就躲在一棵大树底下了。这棵老槐树有年头了，已经烂空了肚子，树伞很大。不知是谁家的狗跑过来，围着我蹲下，湿淋淋的尾巴蹭着我的胳膊。我的脑子还是离不开郭富九，他家怎样冒雨抢收麦子啊？人少力单，老的老小的小，一定很无助。麦子发了芽咋办？这可是他家的活命粮啊，这狗东西后悔了吧？他会跟双羊服软吗？双羊是否会杀个"回马枪"带人去帮他？

　　傍晚回到家，我浑身都湿透了。桃儿给我换了衣裳，告诉我，双羊没有再搭理郭富九。倒是韩腰子发了善心，带着几个人帮助郭富九抢收了麦子。郭富九一个劲儿咒骂曹双羊，看见韩腰子，感动得直淌眼泪。韩腰子被大雨淋感冒了，娘让她给买一盒"白加黑"感冒药。我知道韩腰子就认"白加黑"。我仰脸打了个喷嚏。桃儿说晚上就住她娘那里，让我好好睡一觉，不要再去墓地溜达了。这娘儿们真精啊，她咋知道我想去墓地？她说："答应我，你不能出去啦！"我说："我不出去！"桃儿还是信不过我，走前偷偷地把灯笼藏起来。桃儿怕我黑夜出门摔了跟斗，离开的时候，给我的衣兜里塞了两个鸡蛋，回来她要检查鸡蛋的。她一走，我就偷偷把鸡蛋取了出来，明天早上再放进兜里呗。

　　夜深了，雨住了。雨后有一坨月光在地上汪着。月光是平等的，对谁都不偏不倚，即使我看不见它，它也会静静地注视着我。我一个人睡不着觉，找了半天灯笼，没找着，索性披上衣裳出了家门，扑扑跌跌出了村，走进了坟地。

签　约

　　我想起三年前土地签约的情景，就不住地咳嗽。这一声咳嗽很重，把地砸出一个坑。

　　那一阵儿双羊真的交了好运，逢到难处，总有救星。

　　这天早上，麦河集团跟乡亲们签约土地流转合同。我很早来到了村委会，乡亲们纷纷赶来。可是，这一天，双羊竟然没有露面。吴三拐过来了，解释了一番，说董事长今天有应酬。应酬？还有啥比今天的"应酬"更重要呢？双羊费尽心机，等的不就是这一天吗？有人喊："这还有个准儿吗？拿我们开涮呢！"我急忙解释说："人人都有一本难念的经，别看双羊是大老板，难心事儿多着哩。只是不同处境的人难以理解别人的苦衷啊！"我心里犯了嘀咕，这回嘀咕的不是别的，是双羊遇着难处了。我虽然对风险投资毫无认识，但知道做起来的沟沟坎坎。果然被我猜着了，双羊遇到资金困难了。我给双羊打了个电话，双羊让我到外边说话。我拿着手机喊："双羊啊，我这五万存款给你先用上吧？"双羊说："不行，需要几百万呢，你那点不管用！

我想别的办法吧！"我随口说了一句："笑脸求人，不如黑脸求土啊！"双羊愣了："三哥，这是啥意思啊？又让我拜地神啊？"我嘿嘿一笑："对呀，连安地神会保佑你的。"双羊忽然说："我有办法啦！"我这一句黑脸求土点醒了他。后来双羊告诉我，他没有想到拜地神，而是两眼盯上了土地，拿流转过来的土地证抵押贷款，还能贷低息小额贷款。其实，这是违规的，办理的时候，张晋芳出马，再次找她的叔叔帮了忙。这一切，我哪懂啊？我一直蒙在鼓里。实际上，双羊的救星就是土地。双羊跟我说，我这个点子一出，他顿觉七窍齐开，一身轻快。可是，我没有想到，这竟给双羊留下了无穷后患。

　　因为还没签约，双羊没能拿到大家的土地证。他先将方便面厂的流动资金调过来五百万。隔了几天，双羊把钱带来了。我怀揣着土地证过来了。田兆本和陈锁柱都到了。村委会一片嘈杂，乱得不能再乱。陈锁柱嚷嚷着："这是土地流转合同样本，大家都拿一份看看。有啥问题，麦河集团专门有人解释。"庄稼人不在乎啥合同，两眼都盯在钱袋子上了。我看不见，却听见满屋唏嘘声。韩腰子跟我讲，张晋芳提着两大提包钱呢，一提包就能装两百万，两提包得有四五百万吧？我可以想象出这老家伙一惊一乍的样子。我额头冒汗，农民们穷家薄业的，哪见过这阵势？韩腰子开玩笑说："干脆抢过来得了，一辈子甭种地啦！"我一阵乱摸，拽住他的耳朵喊："一辈子，你几辈子都甭种地了。想得美，你想挨枪子啊？"韩腰子嘿嘿笑了笑，递给我一支烟，我没有拒绝，接烟的手有些急迫。他给我点着了，我吧嗒着说："我肏，腰子，你咋不躲啦？这么快就开窍啦？"韩腰子说："那是天意，天意难违啊！"我愣了一下问："跟我说说，咋个天意呀？"韩腰子刚要说话，有人使劲拍了拍我的肩膀。我浑身一哆嗦，双羊就说话了："三哥，今天还唱不唱啊？"我笑了笑："你小子吓了我一跳！我看就别唱了，不是土改，又不是大包干，这是从乡亲们手中往外拿地，谁都吃不准，属于摸索阶段，看看收成，等丰收了，大伙儿欢喜了再唱吧！"双羊嘿嘿笑了："行啊你，几天不见，有了政治头脑啊！"我谦虚地说："哪里，哪里，瞎琢磨，我是紧跟双羊老板混碗饭吃！"双羊笑说："三哥，你带个头，第一个办理啊！"我点点头说："哎，你把我弄糊涂了，明面摆着钱，这多没劲啊？"双羊哈哈笑了："商品社会就是他妈的钱说话。你还不知道，都有各种各样的怕，他们最怕的是啥？是钱不能兑现，我给来个上打款，每年下种我就发钱。看谁还给我端着！"我轻轻摇头说："理儿是这么个理儿，可是这也太直接了吧？

你这叫收买人心。"双羊说："三哥，农民是啥德行你还不知道？保守，狭隘，只顾眼前利益。这种习性太顽固了，我不用钱买心，啥也弄不动啊！"我无话可说了，这帮家伙真不给人作脸。你瞧瞧，都围着钱袋子转悠呢。双羊抓了一沓钱，抖得哗哗响："乡亲们，流转了土地，将来挣大钱，在城里买楼房啊！"人们被双羊蛊惑起来了，拍着巴掌笑了。我悄悄走到韩腰子跟前说："你刚才还没说完呢！"韩腰子咳了一声说："你问我咋开窍的是吧？其实，你知道，我早就开窍啦！可是，那天夜里做了个梦。梦里丢了地，房子也塌了。我在鹦鹉村房无一间，地无一垄。我带着桃儿娘沿街讨饭，还遇着疯狗追了。我一着急，钻麦垛里去了。你说，人要是急了，斗大的窟窿都能钻进去。"我嘿嘿地笑了："你呀，瞅你这点出息！那样的日子，不会有啦！"韩腰子继续说："还就巧了，我家养的鹅，跑到村外去了，这不是要破财吗？"我想起了麦河禁忌，大鹅出村意味着破产和逃亡，大概是因为"鹅"与"饿"谐音吧。我摇头说："咱村饿着谁也饿不着你呀！你家有桃儿打工，她可没少挣钱吧？"韩腰子说："是哩，这年头谁都不缺口吃喝。前两天，桃儿回来了，硬把我给说了一顿。这丫头同意土地流转，她说她答应双羊了。"我的心动了，大声问："桃儿回来啦？她咋没到我那儿听大鼓啊？"韩腰子说："得了吧，人家在城里啥没听过？谁还愿意听大鼓啊？"我知道桃儿为啥不找我，她怕我数落她。韩腰子说："看来，桃儿心里还想着双羊。不然，她为啥专程回来替双羊说话？"我故意装糊涂："多好的一对呀，说散就散了。人家双羊有张晋芳了，她想着还有啥用？"韩腰子不说话了。过了一会儿，我说："你看见陈玉文了吗？"韩腰子张望一下，说："没看着这小子，你找他干啥？"我说："我那块地，不是他给代种的吗？"韩腰子说："收回来呗！他能种好地？"我隐隐有些担心，这小子别来给我找麻烦。韩腰子自言自语地说："唉，多一个心眼儿，无非多一层愁。后来我一想，到不了讨饭的份儿啦！流转之前，虽然日子没有缺吃少穿，可日子还是那么艰难。我韩腰子就是过苦日子的命，苦惯了，还有啥在乎的？"我心里很豁亮，韩腰子明白了，他像许多农民一样，具有向后看的小聪明。当他认定自己不吃亏的时候，就会顺坡下驴了。他这点鬼心眼儿，成不了事，也坏不了事。我对韩腰子说："我看你退下来算了，别操心，别干活，只要装出一副可怜相，吃的穿的都来啦！"韩腰子淡淡地说："我这人天生一副顶风噎浪的命，不干活，待着还有啥意思啊？"

我们正说着，郭富九的声音就响了起来："我奍，这么多人啦？乌鸦当头过，无灾必有祸。我早上起来，就让乌鸦拉了一头屎，倒霉透顶。这该死的乌鸦！"早晨听到乌鸦叫，麦河人最忌讳的。这要默诵"乾元亨利贞"五字真言七遍，才可解禳其灾。我对着郭富九说："你小子默念五字真言了吗？"郭富九说："没有，那玩意儿管蛋用？我说瞎三儿，你也不跟我合计合计，上来就把土地合同签了？"我说："没有呢，等你小子带个头呢！"郭富九嘿嘿一笑，说："兆本支书到我家跑好几趟了。干部比爹娘大，为我那点地跑酸了腿，苦口婆心劝导我，富九，富九，你家那块地很重要啊！富九，富九，早流转早主动，别再疑三惑四的啦！说得我心里暖烘烘的。我要是不来看看，岂不折了阳寿啊？"我听出他话里有情绪，双羊的奔驰车轧麦地的事，他还记恨呢。我急了："看看？你是啥意思啊？"郭富九冷冷地说："两眼长在我脑袋上，看看谁管得着吗？"我说："富九啊，没人强迫你，不过，你要错过流转，真的干了傻事。"郭富九故意装糊涂："我说不签了吗？只要钱给得满意，我郭富九不计前嫌！"说着，就抓了一份合同书，哗哗地翻看。我感觉郭富九说的是真话，这小子认钱不认人，为了几个钱，跟哥兄弟都闹翻了。郭富九吹嘘了一番："我家那块地是最好的。位置就别说啦，而且土质肥，交通便利，走水快，跟左邻右舍的土地隔得开，没有别的啰唆。每亩地不比别人高上五百块，我是不会流转的。"我知道，郭富九是说给我听的。他知道我跟双羊的关系，只要我给疏通好，郭富九这关就过了。我抓着郭富九的手说："你小子说了，每亩地涨五百啊！"郭富九嘻嘻一笑："七百，七百合理。"我点点头，悄悄挤过去跟双羊商量，双羊口封得很死："这涉及乡亲们的切身利益，我不能有两把尺子！谁也不能搞特权！"我勾着腰回来说："富九，你别做梦啦！"郭富九说："那他就别想拿走我的地。我家的地不流转，看他咋搞机械化？机械再碰上我的麦子，就不会是上次那样了，稀里糊涂地了啦！我他妈跟他拼命！"韩腰子说："富九，别这样，做人得厚道。"郭富九说："我厚道着呢，顶吃顶喝？"我故意跟他斗嘴儿说："那也不能狮子大开口啊，谁家的钱，都不是大风刮来的。双羊挣那点钱，冒多大风险，我最清楚！"郭富九说："这叫市场经济，我就是这个价儿，不给钱别动我的地。"我黑了脸骂："你小子别把路走绝喽！我不管你的事儿啦！"郭富九马上变了脸，拉着我的胳膊央求："三儿，求求你了，给通融通融吧！"这阵儿，我在他眼里是一根救命稻草。郭富九把我的胳膊拽得生疼。我的心像一颗铁疙瘩，往下坠落着。

我转身挣脱开郭富九，不巧与田兆本撞了个满怀。兆本哼了一声："三儿，还不赶紧签合同，鼓捣啥呢？"我犹豫了一下，说："你说郭富九那块地好吗？"田兆本说："好地，地势太好了，没有这块地，大型机械很难施展。"我悄悄咬着田兆本的耳朵："郭富九扛着呢，每亩要多收七百块！这不，让双羊给撅回来啦！"田兆本拉了拉我的手说："走，咱俩劝劝双羊吧！别跟这些农民生气！"我跟着田兆本找到忙碌的双羊。双羊一听就恼了，喊了一声："滚！"我不高兴了，拉下脸来："你这是啥态度？我和兆本都在给你做工作，你倒翻脸啦？"田兆本劝说："双羊，你灵活一点，忍一忍吧！"我东张西望，还想说几句，双羊又喊了一声："让他滚吧！老子见不得这种人！"我大声吼道："给你脸啦？有你这么说话的吗？"我的吼声把自己都吓了一跳。双羊蔫了下来，在鹦鹉村，也就是我敢跟他这样说话。田兆本说："你冷静想想，这点投入还是值得的！"双羊焦急地踱着步子，一步一个声响。我感觉双羊在左思右想，不知该咋办了。我忍不住劝说："双羊，你就抬抬手吧，答应了吧！"田兆本说："是啊，就这一个，下不为例！"双羊乱吐了一口痰，用脚一碾："好吧，看你俩人的面子，我破这个例啦！"我喜颠颠儿地回来了。郭富九老婆说："谢谢三儿啦，你真是好心肠哩！"我含糊地支应着，没想到郭富九这小子得寸进尺。郭富九说："好啊，我只签五年。不过，我还有一个条件！"我一愣问："啥条件？钱的事儿不是刚刚说妥了吗？"郭富九赖皮赖脸地说："三儿，我有个想法，我要参与土地经营。我家这块地，名义上属于麦河集团，私下里还得由我一家耕种着。你去跟双羊商量商量吧！"我不懂双羊的心思，以为这不是个问题，麦河集团也需要农民种地哩！我凑过去跟双羊一说，双羊就炸了："这狗日的，算得太精啦！告诉他，他这块地就是宝贝疙瘩，我曹双羊也不要啦！"

  我的心像是要从喉咙口里蹦出来。当时，我还有点不理解，后来，才明白郭富九这个条件撞击到双羊的底线。双羊想在土地实行的工业化管理，郭富九那点文化，哪能胜任呢？如果家家都这样耕种，流转土地还有啥意义？郭富九老婆看出严重性了，大声嚷嚷着："三儿，你别听这老财迷的。人家双羊老板已经给面子啦！就这样签吧！"郭富九咧着大嘴"哎哟"了一声，可能是他老婆狠狠踢了他一脚。郭富九老婆脸对着我说："你跟双羊老板说，这流转土地的事儿我当家啦！"我脸红涨着，嘴唇哆嗦："别，我别当传声筒啦！吃亏占便宜的，你们自个儿说吧！"郭富九老婆走近双羊说："双羊，你多给我们加钱就不赖了。你让谁耕种谁耕种！"双羊没有理睬她，继续跟别人说话。郭富九老婆哀求了："双羊啊，富九老糊涂了，你别跟他一般见识！"双羊冷冷地说："我的话不说二遍，你家的地我不要！"郭富九傻眼了，本来想夯个好价钱，这下全泡汤了。这叫偷鸡不成反蚀一把米呀！我听见扑通一声响，郭富九老婆跪在双羊脚下，一把鼻涕一把眼泪："双羊，给大婶儿一个面子吧！还记得你小时候吗？大婶给你缝过衣裳——"

双羊一动不动，不吭声。

郭富九老婆还要哭下去，郭富九忽然一把拽起了她："走，我们不求他啦！"

人在一个事情上钻牛犄角，事情就复杂了，变味了。双羊拍了一下桌子，大声吼道："滚！让他哪儿凉快哪儿待着去！"说完气愤地坐下了。郭富九支支吾吾地说："你以为我不知道政策？这回流转土地，跟大包干不一样，自愿。谁敢强迫我，我他娘的就告谁！"我说："双羊，你看弄成这样，多不好哇！"双羊埋怨说："三哥，说你不识好赖人，一点都不冤枉。你咋老替郭富九说话呀？为他那种人说话值得吗？"郭富九老婆嚷道："你有钱有啥了不起？你口口声声带动老百姓致富。你富了，我们呢？你有那么好心眼儿吗？我看你黄鼠狼给鸡拜年，没安好心。你不来，谁求着你啦？你不来，我们不是照样活得好好的吗？我们不照样种麦子？不是照样活了多少辈子？天底下的事，就是叫你们富人给搅和坏啦！没有一块安生地方！自己活得腻歪，也不叫别人活，你到底还算不算人啊？"陈锁柱赶来了，大声喊："把这臭娘儿们给我拉出去！"上来几个小伙子就把郭富九老婆架出去了。这婆娘见人就咬，简直疯了。郭富九嚷嚷着："你起啥腻呀？土地流转，注定是个短命鬼，不信咱骑驴看唱本儿走着瞧！"人们哄地笑了。

这个时候，我听见双羊喊："签约开始啦！大家都想好了，我们以自愿、依法为原则。不仅给乡亲们上打款，还要在以后的经营中，逐年增加。大伙儿放心，我们会好好保护好你们的耕地。好了，谁带个头？"我扯着嗓子喊了一声："我先来！"大冬子跟着我喊："我也先来！"我和大冬子就走过去了。我悄悄递上了土地承包证。村会计哗哗翻弄着土地本，嚷道："白立国啊，你这还不能办，之前转包出去了，还没跟承包方了结呢！"我说："我转包陈玉文了，我两家的地挨着。口头协议，我跟他打过招呼啦！"村会计说："你说妥不算，你得跟承包方商量，人家答应才行啊！这口头协议，真是大腿上号脉没啥准儿！"我急了："这狗日的，我找陈玉文去！"村会计继续喊："下一个，继续办理。土地的位置和面积，都以村委会存档为准啊！"我啥也听不进去了，耳根子发热。一声三分傻，耳朵是有灵性的。我的耳朵格外灵透。我最忌讳别人摸我的耳朵，一摸耳根就发热，左耳根热了，我感觉有人背地咒骂自己，就用手唰唰地搓一阵耳朵，这样就能破解。左耳发烧有口舌，果然就要跟陈玉文干嘴仗了。我刚迈出门口，就有人喊："三儿，你看，那不是陈玉文两口子吗？"我上前就拽住了陈玉文，咧开了嘴巴："你小子可来啦，我家的地咱们不都说好了吗？那你咋——"陈玉文说："我咋啦？我是同意你流转，但是，我们的账还没扯清呢！"我那点地跟他是有瓜葛，但是，打死我也没想到，陈玉文会来这么一手。我大声骂："你他妈还是人吗，狼啊，专吃人哩！"陈玉文喊："你还有理啦？你把土地租给我，我是你家的佃户，给你扛长活。在旧社会你知道这是啥吗？这是剥削！"我的脑子轰地一响，像燃着一把火，气得我说不上话来。田兆本听不下去了，不客气地说："玉文，你咋这么说话？"陈玉文冲田兆本嚷道："我咋说话？驴槽里多出马脸来啦？"我说："兆本是村支书，你连支书都不尿吗？"陈玉文的浑劲儿蹿上来了："别惹急了我，我急了眼啥都敢干！"都说陈玉文长一双狗眼，狗眼人常伤人行凶。我怕陈玉文大打出手，我瞎子怕个啥，但怕搅了双羊的签约，就搬出了"撒手锏"。我急忙搬出一个秘密："陈玉文，你在我家咋说的？咋跟我保证的？"陈玉文说："是保证了，我没有流转土地呀！我没跟双羊争啊！"我说："我是说我家这地，不是说得好好的，你退给我吗？"陈玉文说："退给你，也没问题，有口头协议。但是，我给你的地投入不少，刚刚翻了地，修了水道，这花销有一万呢！你得把钱给我！"我感觉大白天撞见鬼了，人变得凶凶的，狂喊乱骂："你毁了我的地，还反过来倒打一耙！你瞒天过海地蒙谁呢？欺负我瞎子呢？就没人管你了吗？"陈玉文说："你别赖账，打官司我也不怕你！你不给钱，土地就别想再流转！"我说："别人怕你，我不怕你！"陈玉文骂："瞎子，给我惹急了，不是补俩钱的事儿了，白刀子进去，红刀子出来！"我说："我不怕你，你敢！"我一气之下，把他在我家土地上糟蹋麦圈儿的事秃噜了。陈玉文老婆急了，哭喊着抓他，把这小子抓成了花脸。过后，我真的挺后悔，答应替麦圈儿保密的，咋就嚷嚷出去了呢？这孩子还咋见人？谁也别说大话，一旦涉及个人利益，人都变得不像原来的人了。也就是从签约这天起，麦圈儿才投奔了桃儿。从某种角度说，我害了麦圈儿。我的事情，双羊不会袖手旁观的，他走到陈玉文跟前说："玉文，我就要跟三哥签流转合同，你也答应把土地流转给我，你们之间的啰唆，都冲我说吧！"陈玉文说："就给我补一万块钱！"我知道陈玉文的心思，就要当众揭穿他："双羊，这小子讹人呢，别上他的当！

他也想流转土地，没能争过你！这不，找碴儿撒气呢！"双羊大声说："玉文，这钱我出啦！"陈玉文嘻嘻一笑，开始签约。我走到双羊跟前，鼻子一酸，使劲跟他握了握手。双羊说："三哥，你也签约吧！"我摸索着，拿笔签下"白立国"三个字。

我渴了，渴得舌头都卷了。我在村口小超市买了一瓶矿泉水，咕咚咕咚猛灌。我碰着枣杠子儿子大强了，大强说他爹去承包田了。我后来掐算了一下，枣杠子是在土地"签约"的第二年夏天被河水冲走的。我出村寻找枣杠子。虎子告诉我，枣杠子犁完了麦地，让老伴儿吆喝着骡子走了，他一人弯腰捡地翻出的柴草。柴草捆成一卷，再拣出碎瓦断砖，一齐堆到地头，堆得整整齐齐。

我在田野里走着，耳边回响着双羊的话："三哥，我从来都在冒险，黑锁死后，为土地冒险还是头一回。为了一个真理去冒险，我说值得！"我听不懂双羊的话，但我知道，今天的签约，对鹦鹉村老百姓来讲，一个崭新的生活开始了。我在地里绕来绕去，也打听不着枣杠子家的承包田在哪儿。这段路坑洼不平，车辙里积着雨水。一脚踏上去，黄泥四溅。反正鞋也湿了，干脆就这么"噗唧噗唧"地走着。后来是枣杠子家的大黑狗，把我给领过去了。枣杠子蹲在地头，锁着眉头抽烟。枣杠子年轻的时候家里非常穷，人太瘦了，都瘦成一把骨头了。后来村里有了小煤矿，他就进矿当上了挖煤工人。双羊承包的前五年，矿井瓦斯爆炸了，他正巧不在井下，但为了获取一点补偿，他施了个苦肉计，背着人拿煤块砸自己的脑袋，结果出手太重还偏了，把左眼睛给砸瞎了，成了一个独眼龙。后来，事情被人揭穿了，他不仅没有获取分文赔偿，还蹲了拘留，从此，在村子里抬不起头来。家里越来越穷，盖间草房的钱都没有，更别说为儿子娶媳妇了。瞎子惜瞎子，我常常跟他待着，安慰他，陪他聊天。后来，我知道了他家连电灯都不点，白天去地里干活，天黑了才回家，打着打火机照个亮就钻被窝了，被窝常年不叠，总是在大炕上趴着。我想起有一天，双羊回村里考察兼并土地的情况，正碰上菊花婶子的老闺女小翠出嫁，小翠含着眼泪坐着奥迪汽车走了，迎亲的是一个由六辆黑色闪亮的奥迪车组成的车队，很是威风。双羊看见一个小伙子站在人群里朝小翠大喊："小翠，舍不得就别走啊！"小翠扭头看见那个小伙子，呜呜呜地哭了。曹双羊受到深深触动，扭头问我："那个朝小翠喊话的小伙子是谁？"我告诉他说："是村里困难户枣杠子的儿子大强。"双羊长长地一叹说："唉，世道真的变了，当年威风凛凛的大地主张兰池啊，他的后代竟然成了困难户？太不可思议了！"双羊说："我给大强安排个工作吧！"我一把抓住双羊的手："那我可感谢你啦！"

　　枣杠子闲不住，晴天一身汗，雨天一身泥，好像这世界就数他忙。忙过了，往地头一蹲，啥烦恼都没了。我埋怨说："今天签约，你小子咋没去啊？"枣杠子说："我让大强去了。唉，我见不得这种场面哩！"我理解枣杠子，今天这阵势，现在想起来还一阵揪心。枣杠子说："你对双羊比较了解，你说这是找对人了，还是找错人啦？"我听了一愣："咋，你小子信不过双羊吗？"枣杠子沉沉一叹："不是那意思，你是咱们鹦鹉村的活神仙，给流转土地算上一卦。你说，大伙儿能得实惠吗？"我嘿嘿一笑："能，一定能！你小子就好好活着，啥都看得见！"枣杠子哭了，眼泪一直滚到锁骨上。他哽咽着说："三儿，别安慰我了，前头的路谁也看不清啊！尽管签约五年，谁知道五年后会咋变？如果效益好了，这土地恐怕就再也回不来了！"我感受到枣杠子的迷茫，说啥能拯救他呢？我张了张嘴巴，不知道说啥了。枣杠子说："我梦见我爷了，我爷当年多威风？还不是自个儿挖坑儿埋了？我就想，曹双羊啊，从今往后就要成新地主了。当地主有啥好啊？我爷爷要是知道我们混成这样，打死他也不当地主哇！"枣杠子话里藏着一股杀气，让人摸不着头脑。我说："你小子咒双羊呢？双羊哪点对不住你？"枣杠子叹息说："我咒人家干啥？土地流转给他了，我们不就是一根绳儿上的蚂蚱吗？双羊这小子行，我对他挺佩服的。"我笑了笑说："哎，这还是一句人话。"枣杠子感叹说："双羊真是敢说敢干的汉子，说得痛快，也干得痛快。人不能眼皮子太浅，总得讲点情意。双羊是个讲情意的人啊！你知道我家吧？穷得叮当响！家里啥电器都没有！"我顺口说："咋不知道啊？你家夜晚连电灯都不点。早上天不亮就到地里干活，晚上打着打火机钻被窝啦！在鹦鹉村，晚上不点灯的，恐怕只有咱两家吧？"枣杠子寒酸地一叹："你那是瞎子点灯白费电，我家呢，是交不起电费呀！说起来都丢人，大强连个媳妇都混不上。双羊把大强安排在方便面厂了，让大强捎来口信，让我们把灯亮起来，电费记他的账上。我们心里不落忍啊，人家挣多少钱是人家的，咱咋能花人家的钱呢？这样摸着黑儿也习惯啦！"我感觉后头有故事，惊奇地问："后来咋着？"枣杠子说："前天晚上，双羊开车路过我家门口，看见还黑着灯，就闯进来了，他说，你们咋回事啊？我不是说了嘛，咋还不亮灯啊？他伸手就拉灯绳儿，没有灯绳儿。我老伴儿嘟囔，灯绳儿都叫这老东西给剪断啦！双羊说，好吧，我让电工给接上。说着就掏出手机打电话，我啪地打着打火机说,双羊老板,您坐啊!甭叫电工了,我这人黑天见光老流泪。双羊说,大叔啊,流泪就治眼病,灯必须得亮起来。电工来了,灯绳儿就接上了,双羊咔嚓一抻,屋里就亮堂了。双羊对电工说,杠子大叔的电费记我家账上。电工点点头就走啦!"我心中一热,别看双羊是生意人,还有麦河人的热肠子哩!枣杠子使劲捅了捅我:"瞎三儿,你以为到这就结啦?还有下文哩!电工走了,双羊没走哇!当时我太感动了,脸上大泪小泪流哇!我说羊啊,你给大强安排了,我们就知足啦!但是,这灯不能亮,我枣杠子不能花你的钱,那样我们一家不安生哩!说着我就伸手一拽,把灯绳儿拽断啦!双羊一下子火了,一把推开我,蹿上炕沿儿,一点一点将灯绳儿接好。我老婆哭着说,老东西,你再拽灯绳儿,就对不起双羊啊!双羊重新拉亮了灯,冲我大声吼,你个老家伙给我听着,我们还不富裕,但是,我曹双羊不允许鹦鹉村还有黑着灯的人家!你黑着灯,我的脸往哪儿搁?要是发现你家还黑着灯,我就还来给你接上。你拽一次我就接一次,直到你个老家伙拽不动为止!说得我老婆给双羊跪下了,说得我哭得泪人似的。双羊说完就走了。啥也别说了,我家灯亮了。我一边咳嗽,一边拍打床沿儿说,这世道还有好人啊!"我听见枣杠子又哭了,喉咙口呼噜呼噜地响着,弄得我心里那个软啊!枣杠子还说:"双羊走后,你说我当时想的啥?这灯一亮,我家的土地只能流转给双羊啦!"我拍了枣杠子一下脑袋:"你呀,以小人之心度君子之腹!"枣杠子说:"是我想多了,双羊没提土地流转一个字,却用感情打动了我。双羊流转土地,我是有点难过,可是又说回来,人家不还给咱钱吗?咱再不支持双羊,还叫个人吗?"我深深地感叹:"是啊,人心换人心啊!"枣杠子一边说着,一边弯腰捡地里的小石头,嘴里嘟囔着:"我要给人家一块干干净净的地!"我有一种奇怪的感觉,好像有啥事没整理清楚,忽隐忽现,想抓都抓不住。忽然一个念头如同拳头一样击中我的脑袋。怪得很,听枣杠子这么一说,我想曹双羊的时候,不知为啥,我脑子里晃动的曹双羊不是过去的他了。眼下的他,身材高大,两眼放光,力大无比,像个侠客。我猛地明白了,双羊不再崇拜黑锁了,他学会了用心劲儿。我知道,双羊心性很傲,他心中瞧不起枣杠子这样的农民,但是,他为了赢得他的心,自己就能屈就。这不是手上的劲儿,手上的劲儿再大也大不过一头牛!更不是嘴上的劲儿,嘴上的劲儿再大也大不过虎子!这小子会用心劲儿了!分析到这些东西,我给自己吓了一跳,胸腔里一阵绞痛。是啊,不知该为双羊高兴,还是替他难过?

夜幕降临,晚风和畅。

村委会的签约到了半夜才结束。全村多一半农民参加了土地流转，这是一个不小的业绩。我得向狗儿爷汇报去了。我提着灯笼走上了麦河，麦河静流，远远溅起几声鲜亮的狗叫。我的幻觉里，天空有星星，星星像一些远去的灯，让田野变得更加神秘。我朝河里吐了口唾沫，睁着泪眼，迎风唏嘘。

往返在城乡

今年麦收雨水稠密，大雨下到后半夜才停。一阵夜风踢开我的窗子，我感觉到凉快了。不知躲藏在哪个角落的蟋蟀，不甘寂寞地欢叫起来，你刚唱罢我登场，老鼠跟着倒腾起来，硬是把个平静夜搅得一塌糊涂。要是往常，我静静地躺在炕上，谛听虫子的奏鸣曲，直到有了困意才渐渐睡去。可是今晚，我没了那份兴致，我得快快睡着，明天一早，桃儿要接我进城看眼睛去。蟋蟀叫得我心烦，我只好往两只耳朵眼儿里塞了棉花，然后，就有了一个幻觉，虎子叼着一棵麦穗飞来。叼一棵，吐一棵，我在心里默默数着数，慢慢就睡着了。第二天早晨，天刚蒙蒙亮，桃儿就来敲门板了。我摸住她软软的手，喘着粗气往炕边拽。桃儿咻咻地笑着说："三哥，劲头儿咋就总这么足呢？天天吃人参啊？"我不说话，在黑暗中解她的衣扣。桃儿就依了我。实际上，我没能干点啥，在她身上趴到天亮。桃儿把我推到一边，边系着衣扣边催促道："快走吧，不早了。"我说："刚天亮，急啥？"桃儿说："你以为全麦田市就你一个人等着专家会诊啊？晚了今天就轮不上你了。"我一听急眼了："我去，我去！"桃儿给我打扮了一番，穿了一身唬人的行头。

桃儿搀扶着我上了轿车，汽车沿麦河岸朝市里疾驶而去。有一段高速路，一个多钟头到了麦田医院，我说饿了，桃儿就从汽车后备厢拿出麦河道场方便面，用水冲开让我吃。我吃着方便面，坐在椅子上等候，听见人们议论麦河道场。有个人说，你说是麦河道场方便面好吃，还是美食人家好吃？一个女孩儿说，麦河道场牛肉面好吃。一个老头儿说，麦河道场是从美食人家分立出来的，今天啊，麦河道场怕要超过美食人家啦！听说两家打得不可开交啊！老板姓曹，挺没良心的。你说这人，咋说呢？他的声音低沉暗哑，含着责备。女孩儿说，这叫竞争，竞争，懂吗？这小女孩儿真可爱，我想摸摸这女孩儿的脸，她尖叫一声，从我手底下逃开了。

桃儿找了个熟人，熟人带我去了眼科。医生看过我的眼睛说："可以考虑做手术的。"桃儿跟医生又嘀咕了几句。桃儿的手机响了。桃儿刚说了两句，我就知道是双羊打来的，我扯着嗓子嚷："快告诉双羊，我进城了，让他请我喝酒！"桃儿在电话里说了说面粉厂的事情，就把电话放到我耳边。双羊说："三哥，治眼着啥急啊，先把洞房入了啊。"我说："一切都听桃儿的。我治不好眼睛，人家能跟我吗？"双羊哈哈一笑："说啥呢？睡都睡了，恐怕桃儿都该怀上你白家的种儿啦！"曹双羊不管啥场合，想说啥说啥。我大声训斥他："瞎叫唤啥，跟大叫驴似的。快说正经的，在哪儿请你哥喝酒？"双羊说："你别问了，我就说了，你知道哪儿跟哪儿啊？桃儿带你去，我用茅台招待你！"我说："这还差不离儿！"我跟着桃儿到了她的保洁公司，她忙活她的，我喝了一会儿茶，快到中午的时候，桃儿拉着我到了凤凰园大酒店。进了大厅，桃儿对迎宾小姐一说曹双羊的名字，我就听小姐们甜甜地说："哦，是曹哥啊，请跟我来。"我边走边问桃儿："这些丫头咋成了双羊的妹妹了呢？"桃儿反问："那我咋成了你妹妹了呢？"我好像听明白了，心里想着，怪不得曹双羊跟张晋芳感情不和，敢情他私下还有一堆妹妹呢！

  我们刚进房间，曹双羊就打着手机跟进来了。桃儿问："晋芳嫂子呢？"双羊说："她跟孩子在省城家哪，保姆还有她娘照看着哪。"我打了一个愣，说："生了？丫头小子啊？"双羊得意地叫喊："咱曹双羊是谁呀？她敢不再给我生个带把儿的？还不休了她？"我使劲拍了拍他的手："生个大胖小子，看把你美的。哎，双羊，这么大的事你咋没报个喜呢？"双羊说："还跑得了你这个大伯啊？我还得找你给孩子起名呢！这几天净顾忙麦收了，没顾上告诉你。再说，晋芳心情也不大好，想起先头那个孩子了，咳……"我一下子沉默了。我记起了双羊的第一个孩子，聪明又伶俐，可惜三岁那年得了怪病死了。这事一提起来，曹家老小都难受，我们也跟着难过。我叹了一口气说："过去的事，别提了。双羊，那我就等着喝满月酒了啊！"双羊叹口气说："快别提满月酒了，前几天，我俩还因这事干了一架哪！"我咧了咧嘴，问："咋回事啊？这么好的条件，还干啥架呀？"双羊说："我娘想回家办酒宴，晋芳非要在城里办，意见不统一，说着说着就干仗啦！"我笑了笑问："你的意见呢？"双羊一拍桌子说："我要是支持在城里办，我俩不就打不起来了嘛。这娘儿们，骨子里瞧不起农村，有啥了不起的，不就是个大学生吗？那么清高，别跟我睡觉啊，娘的……"桃儿劝慰道："有话慢慢说，本来是大喜事儿，别闹得不愉快。"我说："就是，好好商量。就你这脾气，人家跟了你，也不容易哩！"双羊说："不说这个了，服务员，走菜！"菜一样一样端上来了。我们喝了一杯酒,双羊问我:"郭富九家打麦子,锁柱派人帮工了没有啊?"我说:"这几天没见着他们。听说派人了,可富九说啥也不接受啊!"双羊说:"这个郭富九,做人太小气啦,老记着我汽车压麦子的事!其他几家散户呢?"我想了想说:"只有三叉子接受帮工,还给工人一顿鸡鸭鱼肉伺候,那小子有点开窍儿,明年他的土地该给你流转啦!"双羊说:"乡亲们自愿吧,我们的土地规模不小了。"桃儿插话说:"双羊说得对,可别强拉硬拽啊!有的村土地流转矛盾激化升级,闹到不可收拾的地步啦!"我们正说着话,桃儿的手机响了,桃儿先是惊讶了一声:"啥?你说啥?"接着她安慰对方说,"没事,你别怕,有我哪!嗯,我知道了。"停了一下,对方换人了,桃儿接着说,"喂,黄哥吗……是我呀,咋回事啊?麦圈儿是我从老家带出来的姐妹,负责我的保洁公司业务,还得给面子啊!"

桃儿收了手机,双羊问桃儿:"黄哥是谁呀?"桃儿说:"麦圈儿的朋友,这小子有老婆,还纠缠着麦圈儿不放。"双羊说:"麦圈儿不是收手不干了吗?"桃儿说:"是啊,是不干了,我不让她干的,可是架不住男人软磨硬泡啊。"我插话说:"别怪别人,麦圈儿不自重!这丫头,天生一副贱坯子!"桃儿委屈地说:"三哥,不是这样的。双羊哥,你不知道,麦圈儿爹前年得了风湿病,为了治病欠了一屁股的债,如果只是指望着年底在集团分的那点红利,他们哪辈子能还清啊?不出来做事活得下去吗?"双羊不吭气了。我觉得气氛沉闷了,端起酒杯说道:"来,喝酒喝酒,干。"双羊喝干一杯酒,"啪"地一蹾酒杯。桃儿悄悄捅咕了我一下,意思是慢点喝,别喝多了。双羊的手机响了,铃声是首抗战歌曲:大刀向鬼子们的头上砍去,全国爱国的同胞们……双羊的声音:"喂,晋芳啊……"我一听是晋芳,连忙说:"把手机给我,我有话对弟妹说。"双羊就把手机递到我手上。我接过来,背转身说道:"是弟妹吧,我是你瞎三哥呀……哎,先向你贺喜啊,喜得贵子啊!刚才我还埋怨双羊哪,得了大儿子不告诉我一声……满月酒我一定得喝呀!晋芳,在我们乡下,百敬孝为先,在哪儿办酒宴,还是得听老人的,听见啦?再说啦,双羊是咱麦河集团的董事长,添丁加口的大喜事,那贺喜的人还少得了啊?眼下正是麦收的大忙时节,你要不在村里操办,大伙儿去城里喝喜酒,哪有这么大的工夫啊?是吧?另外,如果你不回来,乡亲们会不会觉得你们架子大,瞧不起他们呢?你公公,你婆婆,可都是要脸儿的人啊!是不是?双羊回村流转土地,对双羊影响也不好啊,是不是?弟妹你是文化人,是个通情达理的,这事咋办好,你肯定能掂量出来呀!好好好,这个主意好，要不咋说我弟妹说话办事有水平哪！"桃儿笑道："看你跟晋芳拉呱得还挺热闹！"我说："弟妹让我给说通啦！"双羊接过他的手机，一拍巴掌说："太好了，太好了，三哥你立了一功啊！"我说："娘儿们都迷信，她们往往都信我的。"双羊捶了我肩膀一拳头，差点儿把我从椅子上擂下去："哈，自己都说漏了，你在搞迷信吧？"我说："这周易原理，是科学的一种，咋叫迷信呢？"双羊哈哈大笑起来，旁若无人。我们重新喝酒的时候，麦圈儿进来了。听桃儿说过，麦圈儿的眼睛最好看，眼睛像是黑圈儿，满圈儿汪水，来风起波，无风映月。桃儿问："刚才是咋回事啊？坐下跟我们慢慢说。"麦圈儿没有声响，不知道她坐没坐，她小声哭了起来。我说："桃儿，你别问了，干这个的哪有不受委屈的啊？"我听到桃儿轻轻地叹了口气。我想对麦圈儿批判几句，让她干点别的，干点体面的活儿。可是，桃儿狠狠拧了一下我的胳膊。我把这话咽回去了。也是啊，麦圈儿都哭了，我还火上浇油就不好了。麦圈儿姑娘自有苦衷，咱一个外人何必多这个嘴呢？麦圈儿没吃饭，拉着桃儿到外面嘀咕事儿去了。

  这顿饭我是吃得没滋没味。桃儿和双羊好像没受啥影响，注定是城里待久了的人啊！我是傍晚回的村，麦圈儿跟我一块回的，双羊派他们方便面厂的汽车送来的。麦圈儿下车的时候，我闻到了她身上的螃蟹味。我的鼻子一阵刺痒，就要打喷嚏，还没打出来，麦圈儿挽了我的胳膊，细声说："来，我送你，三叔。"麦圈儿的声音没有桃儿的声音好听。我摇着头说："不用，你进家吧。"麦圈儿说："天黑了，你去哪儿啊？"我说："不怕，黑着走三十多年了，跟白天一样。"我朝村口走去。麦圈儿在身后喊："你别跌了啊，早点回家啊！"我低头应着，心里一热，这丫头心地还是不错的。

  一觉到天亮。虎子喊醒了我。这畜生早早儿就饿，吃得还真多。不过，它从不挑食，给肉吃肉，给菜吃菜。吃完就朝我咕咕两声，身子一缩，然后奋力一纵，就像一支离弦的箭一样笔直地射向广袤的天空。在这阳光明媚的早晨，翅膀映着光泽，金灿灿的。我往虎子饭碗里搁了一块兔子肉，虎子就扑扇着翅膀落下来了。我向虎子交代任务，让它抓两只兔子，算是给双羊儿子送的满月礼。我摸到曹家别墅门前的时候，曹大娘正开门出来。"哟，这不是立国吗？"我对曹大娘说，我把张晋芳回村过满月的事说妥了。曹大娘爽朗地笑了："三儿啊，你为我家立了一功，大娘请你喝茅台酒啊！"我抓着脑勺嘿嘿笑。曹大娘说："双羊已打过电话来了，一个劲儿夸你心眼儿好，嘴好使，说话在点子上。别站着说话了，屋里坐吧！"我跟着大娘进了院子。

"立国来了。"曹玉堂大叔跟我打了个招呼。我探着脑袋说:"大清早的,大叔又伺候你的菜园子吧?"曹玉堂满足地笑了两声,没动静了。曹大娘拍拍我的胳膊,给我让座儿,还往我手里塞了一双筷子。曹大娘说:"没吃呢吧?麦秸子烙的饼,软和喷香哪。"我也不客气,卷了一张烙饼,就着摊鸡蛋大口大口吃了起来。吃着吃着,想起小根来。曹大娘说:"晨练去啦,该回来了,咱先吃,不等他。吃完,大娘有事跟你商量。"我点点头:"啥事儿您说啊!"曹大娘说:"是这么回事,咱麦河不是有这么个风俗嘛,孩子过满月得认个保爹。我跟你大叔合计着,就请你当我们小双的保爹,你看行不?"

我愣住了,没有一点思想准备,一时没说出话来。曹大娘说:"你琢磨琢磨,先别说话。"我寻思开了:曹家是出了名的大户人家,选我这个老光棍儿当他家孙子的保爹啥目的啊?难道就因为我会唱大鼓?就算是吧,可我这个唱大鼓的,一不是明星大腕儿,二挣不来大钱儿,三没权没势的,他们凭啥这么抬举我呢?不过再想想,人家也许就不图啥别的,兴许就愿意为孩子找一个平民保爹,以求平安呗。也罢,既然人家曹家不嫌弃咱,那咱就当这个保爹啦,肯定没亏吃。将来哪一天桃儿不跟我了,也好有个退身步。我冲着曹大娘说:"你们当真要我当小双的保爹?"曹大娘嗔怪地说:"看你这孩子,谁还拿你开心不成?"我不放心地问:"要我当多少年保爹?"曹大娘打了我手一下:"问得新鲜。你全麦河打听打听,谁说当保爹不是一辈子的?"我啪地一撂筷子,说:"那这个保爹我当了。"曹大娘笑了:"哎,这就对了。"座机响了,曹大娘去接电话。我兴奋得吃不下了,抹着嘴巴走到花圃前,使劲耸动着我的蒜头鼻子闻沁人肺腑的花香。正闻着,听见院门响,接着是凤莲大姐的细嗓音儿:"三儿来啦,早啊!"一听见凤莲姐的声音,我的脸上立刻堆起了笑容,朝她的方向伸出了胳膊:"姐来了,告诉你个好消息,我当上小双的保爹了。"凤莲姐抓住了我的手。我的心惊了一下,从她的手上感觉到,她身体越来越虚弱。凤莲说:"有你这个保爹啊,可忒好啦!"凤莲身边带着一只山羊,山羊咩咩地叫着,蹭着我的左腿。我说:"咋还带山羊啦?过满月杀羊啊?"凤莲姐吸了一口凉气说:"杀?可杀不得。这山羊怀孕了,跟我做伴儿呢!"我伸手摸了摸羊的脊背,肥嘟嘟的。我说:"是啊,让虎子也陪着你吧?"凤莲轻轻地说:"不用,虎子跟我不习惯了。"我笑了笑说:"你的身体没事儿吧?好人一生平安啊!"凤莲说:"多亏你派虎子送包指甲花给我,我挺开心的。谢谢你哩!"我说:"凤莲姐,除了包指甲花,你还喜欢啥花?"没等凤莲回答呢,曹大娘接完电话出来了:"咋来这早啊莲儿？"凤莲姐说："不是明天过满月吗，帮你忙活忙活啊！"曹大娘说："你身体不好，就在屋歇着吧。双羊工厂来人帮厨的。"

我们正说着话，身后响起了一个小伙子敞敞亮亮的嗓门儿："三叔哎，你在这儿哪，上级来人验收麦收了，快走吧，村长请你到村委会唱大鼓去哪！"我耳朵尖，一听就听出是枣杠子的儿子大强，就对曹大娘跟凤莲姐说："这不村长喊哪，我还成忙人啦，大娘，我去了啊！"曹大娘说："晌午上家吃饭来啊！我们都想听你的大鼓呢。"凤莲姐也跟着说："三儿啊，姐求你个事儿。"我大咧咧地说："这不见外了，姐的事儿就是我的事儿。说吧！"凤莲平静地说："姐哪天死了，你就给我唱《捻麻线》，我爱听！"她这话叫我心头唰地一颤："姐啊，我唱啥没问题，但是答应我，你不能死啊！"凤莲轻轻笑了："我这病说死就死了，就跟树叶一样，天一冷就落了，没啥好怕的。我跟双羊说好了，死了我回鹦鹉村，墓地我都看好了。"我很伤感，还是鼓励她说："你死不了，好好活着吧！"我强装着笑脸，摇摇晃晃走出去了。

走到街上，太阳很烈。我边走边跟村人打着招呼，觉得特别充实，脚下常常游动着鸡、鸭、狗、猫，它们发出的声音和气味我都喜欢。有时候，我对着这些畜生唱大鼓，它们好像很爱听，嘀嘀咕咕，给我捧场呢。

满月酒

那一天早上，我听到各家开门的声音就睡不着了，还听见隔壁屋子里响着咔嚓咔嚓的声音，不知虎子折腾啥呢？我给桃儿通了电话，桃儿说中午直接赶到双羊家。我自己去了曹家。我是第一个到曹家的贺喜人。我让虎子抓了两只兔子，提着兔子来的。虎子告诉我，凤莲姐正在做面花，戴着大围裙，黑瘦，眼角皱纹多了。她见我来了，扶我坐下，细声问："今儿个唱哪段儿啊？"我从口袋里掏出一张红纸，说："这是节目单，点哪段唱哪段。"凤莲姐笑了。正说着话，门口一阵脚步声，我猜出是吴三拐来了。吴三拐冲我说："瞎子，给我算算啊，看我啥时候得儿子？"我没有搭理他，这畜生不是戳凤莲的心窝子吗？凤莲不会生养，一直没有孩子。也有人说是三拐不行。吴三拐又问："瞎子，你不是会算吗？我们到底是公鸡不打鸣儿还是母鸡不下蛋啊？"我故意反击他说："算了，是你这公鸡不打鸣儿呗！你小子就没有儿子的命！"吴三拐嬉皮笑脸地说："没儿子，来个丫头也行啊！"凤莲咳嗽了一声。我说："你小子好好伺候凤莲吧！"吴三拐哼了一声走了。

吴三拐前脚一走，曹玉堂后脚就回来了，嘴巴哼着乐亭大鼓。我对曹玉堂说："大娘找你哪！"曹玉堂说："她天天大清早的找我，老东西，看我闲着她就难受。"曹大娘好像听到了曹玉堂的声音，就大声喊："老头子，帮我看着灶膛的火来。"曹玉堂嘀咕道："放着煤气不使，偏烧柴火，下坡上扒口子，斜了门儿啦。"他不敢不听令。这么多年在曹家，都是妇唱夫随。我继续帮着凤莲择菜，汽车声响到门口不响了。我听见双羊打雷一般的叫喊："娘，爹，我们来啦，你们的大孙子双双来啦。"我知道双双是双羊的第二个孩子。上一个病死的也是个儿子。曹大娘跟玉堂大叔从厨房迎出来了，脚步声乱七八糟。我就听见大娘欢天喜地地喊："哎哟，我的大孙子！"玉堂大叔说："让爷爷抱抱！"我听见双双哇的一声哭了。麦收的时候，曹大妈就说玉堂大叔脸黑。麦河有个风俗，谁的脸儿黑，不吉利，就得用白面揉一揉。昨天夜里，曹大娘用白面给他揉了揉，揉白了许多。可是，他一抱孙子双双，还是把双双吓哭了。过满月的时候，最忌讳老人抱小孩，小孩子乍哭，那是老人的鬼魂出窍，吓着了孩子。为了给孩子安神，就得给孩子怀里放一束麦穗儿。曹大娘让凤莲拿来一束麦穗儿，放在孩子的身边。张晋芳叫了一声："这是啥规矩？别让麦芒儿扎了孩子！"曹大娘说："麦穗儿吉祥，不会的，不会的。"玉堂大叔叹了一声，转身走了。张晋芳一身香水味传到我鼻子里。她说："外面有风，快进屋去吧。"曹大娘说："对对对，进屋进屋，别叫我孙子受风着凉。"双羊拍了下我的肩头说："三哥，保爹不好当吧？这么早就来忙上了？"我得意地说："你那意思是我不当保爹就不帮忙了呗，等我干儿子长大了，看他咋报复你！"双羊放肆地笑起来了。我听见郭富九的声音。我说："哪儿弄的鱼啊？"郭富九愣了："哎，你咋知道这是鱼啊？"我说闻着腥味儿了。双羊逗他说："富九，铁公鸡今儿个咋也拔毛儿啦？不是说好了吗，我啥礼都不收，只管来吃嘛！"郭富九说："你当是冲你啊？做梦去吧，我是冲大叔大娘来的。"双羊被噎住了。自从汽车轧了他家麦苗，郭富九拒绝土地流转，跟双羊的隔阂很深。曹玉堂走过来了，笑着说："那行，谢谢富九啦。"双羊对富九说："给，这是一百块钱。"富九愣了说："你这是干啥，我不要钱，送给孩子过满月的。"双羊冷冷地说："我知道。可我说了，谁家的礼都不收，算我买你的，别人知道了我也好说，不然都来送，不就麻烦了嘛。"富九说："那……我就听你的，哎，等等，我找你钱。"双羊说："今儿个我儿子满月，图个吉利，你就别客气啦。"富九嘿嘿笑了："那好，为了吉利，吉利。"我偷偷地笑了。事后我知道了，那条鱼是郭富九儿子郭章从麦河里钓来的。

不一会儿，从城里大酒店请来的厨师们坐着大巴车来了。听凤莲姐说，足有三四十个人。我吓了一跳，又一想，也差不多啊，全村哪家不得派代表来喝满月酒呀，啥事也得放下啊，不来可就是对人家曹家的不敬啊！曹大娘说了，哪家的贺礼也不收，来个人喝酒就行。锁柱村长下令了，各家自由结组，一家一个代表，八家为一组，自备一张吃饭的桌子和八个凳子，各组派一个在自家炒菜做饭的人帮厨，剩下就等着开席吃好喝好了。参加收麦子的人中午十一点半收工回村赴宴。这个通知一广播，全村立刻热闹起来了，到处是说笑声，哪个角落里都响着桌椅板凳和锅碗瓢盆的交响曲，比过大年还热闹哩。曹大娘俨然成了总指挥，一会儿看看厨房，嘱咐帮厨的村民听厨师命令，把活儿干好；一会儿到街上拿着喇叭指挥人们在街道上和谁家院子里摆放桌椅和酒水饮料。

陈元庆县长来了。这点事儿他能来，出乎我的预料。我一直记得，陈家和曹家是有过仇恨的。我还记得曹家老宅北屋窗前有棵枣树，双羊常常用扁担水桶为它浇水。那棵小枣树是曹大娘的伴娘，从太行山姥姥家的沙土窝跟随曹大娘嫁到鹦鹉村的。那是一棵滩枣树，枣是紫红色，皮薄肉厚，甜脆如蜜。曹大娘从不肯吃一颗枣，都背到集上卖钱。双羊五岁那年，县革委会来了人，要砍那棵枣树，说是资本主义的枣树。带队来的是村治保主任陈老汉，就是陈锁柱的老爹，他知道狗儿爷和曹玉堂在田里干活，躲着狗儿爷，要来个先下手为强。看见来人砍树了，曹大娘气得晕倒了，曹双羊跟陈老汉厮打起来。树还是给砍了，曹大娘大病了一场。从此曹家跟陈家就做了个仇。陈元庆爱上曹凤莲，能有个好结果吗？在我的记忆里，双羊为了姐姐打过陈元庆，真是不打不成交，陈元庆跟双羊成朋友了。这就是"权钱"结合吧？陈元庆一进门，就给大叔大娘问好，还看了看孩子，就被双羊领进房间里喝茶去了。我一边择菜一边问："凤莲，这狗东西来啦！你咋不看看他？"凤莲伤感地说："我才不看他呢！"她说话声音有点发颤。我听见她用手揩鼻涕的声音。凤莲可能伤心了，我不该说这句话。虎子不知啥时候飞来了，站在我肩上咕咕叫。我一挥手给打跑了。

刘凤桐的声音传了过来。这小子是公鸭嗓儿，他是转香的丈夫，我和桃儿的孩子就因为桃儿救转香掉的。我没有怪罪他。这个刘凤桐啊，想想也怪可怜的。他十五岁起学木匠活,父亲死后他就上外地打工去了,留下老婆转香和儿子小怪。转香和小怪去城里找过刘凤桐,可是,凤桐没挣啥钱,养活不了娘两个,转香就找了个饭店洗碗。小怪就没人看管了,他们就把孩子拴在电线杆上。前几年被网络曝光的"铁链男孩"就是小怪。那天夜里,记者碰上了小怪,用铁链拴住的小怪正在路灯下看书。媒体一曝光,小怪在城里就没法待了,转香把他送回了鹦鹉村。四年前的夏天,小怪淹死在麦河里。巨大的伤痛,击垮了转香,她求我给小怪塑个泥人。我一想也行,在网上小怪是名人。再说,我喜欢小怪这孩子,他当留守儿童那阵,经常到我家里来玩,虎头虎脑的。我想象着孩子的模样,就很快捏出了一个小泥人。刘凤桐也是一个怪人,在城里弄得那么苦,就是不回家种田。那点儿地还不想流转,自己一边打工一边耕种。庄稼没啥收成,打工也没发财,两耽误了。孩子一死,转香就疯了。儿子走了,老婆疯了,刘凤桐的命够苦的。有人鼓动刘凤桐找我,让他摸一摸虎子的羽毛,可是,他就是不摸。他说我不想知道自己未来是啥样,要是知道了,就不想活了。我说未来变好了,还不想活吗?刘凤桐说,我一没资金,二没技术,我有好吗?等我好了,全国人民都是大款啦!我叹息了一声:"唉,没骨气的货。"我有些疑惑,这样心态的人,为啥巴结双羊呢?凤莲姐说:"听说转香病好多了,怀孕了。凤桐来啊,想找双羊借点钱搞大棚菜呢!"我没好气地说:"鼓捣大锯的手,能种菜吗?"我正嘀咕着,刘凤桐就朝我走过来了。

我问了一句:"转香咋没跟你来啊?"刘凤桐歉疚地说:"在家保胎哪。我们对不住桃儿啊,那年多亏桃儿救了她。对了,这得感谢立国啊,你给她开导挺管用,她精神上好多了。不然,咋怀孕了呢。"我真是欣慰,嘴上却说:"嗨,我能干啥呀?不顶吃不顶喝的。"双羊插话说:"有啦?行啊哥们儿,你宝刀不老,够狠的呀。"刘凤桐说:"这个岁数怀个孩子危险啊,要不咋保胎呢!"双羊说:"该要一个该要一个。"刘凤桐说:"大喜事儿,你这真热火啊!"我冷着脸说:"再热火,也暖不了有人的心啊!"刘凤桐愣了愣说:"三哥你是?"我说:"你家的土地咋还不给双羊流转啊?"刘凤桐说:"三哥,我没出息,我们就想自个儿种。"双羊打破尴尬局面,笑道:"别听三哥瞎说,走,进屋待去,陈县长来了,还有徐镇长。三哥,屋里坐一会儿吧?"我摆摆手说:"你们进去吧,我掂量掂量大鼓词儿。"话是这么说,其实,我是不愿意跟当官的坐一块。我倒不是多清高,我是觉得他们身上土腥味不纯了。刘凤桐说:"瞎子,啥掂量鼓词啊,等你的桃儿吧?"我说:

"哎，就等老婆呢，咋着，犯法啦？"刘凤桐嘿嘿笑了。其实，我是在等桃儿，我的心情是矛盾的，我担心她一耍性子不来了，那样双羊会不高兴的；而如果她来了，看见双羊的胖儿子我又担心她会受刺激的。如果不发生那个事件，我们的孩子都满地跑了。

桃儿还是没有到。我打电话催了桃儿。我在屋里琢磨着鼓词，听见郭富九用破锣嗓子喊我。我就答："瞎吼个啥？"郭富九说："走，县长叫你哪！"我一听就明白了，说："富九啊，你听老弟说句话行不？"郭富九说："你说，你说。"我说："收麦的时候，我就知道你跟双羊的过节儿。你今天来，葫芦里就没卖啥好药！我猜得到你是来找县长说土地流转的事，对不？"郭富九说："是，没错，我要问问县长，土地流转究竟是不是凭个人自愿？"我张嘴就骂："你小子损不损？今天是啥日子？大喜的日子，土地的事改天再说行不？县长来了，田支书也快到了，双羊跟锁柱都在场，能让人高兴吗？真要是吵吵起来，那岂不是搅了好端端的酒席宴？""那你的意思是……"郭富九犹豫了。我说："很简单，喝满月酒，有啥话宴席散了再说。"郭富九说："是这么个理儿，那就听你的，喝完满月酒再说。"转身刚要走，一个叫大冬子的说："宴席散了陈县长还不走啊？走了咱上哪找人家去呀？你们谁爱走就走，我进去。"其他几个人也闹腾着跟进了屋。我拦不住了，连忙站起身跟了进去。

屋子里弥漫着浓浓的烟草气味，夹杂着水果芳香。就听双羊喝问："大伙儿都在外面忙，你们跑屋里干啥来啦？啊？快出去，我们向县长汇报工作哪！"一个男声："我们要退股，不参加土地流转了。"另外几个人随声附和着。陈元庆哈哈一笑，说："老少爷们儿们，不要激动，大家有话坐下说，坐，坐呀。老忠叔你好，大冬子，坐，喝茶。"双羊说："我说你们可真不懂事，县长整天工作忙得没个空闲，今儿个好不容易清闲会儿，你们就来打搅他，哪有这么办事的，啊？老忠叔你带个头儿，先喝满月酒去，有啥话明儿个说。"陈元庆说："唉，双羊，别这样，既然爷儿几个奔着我来的，我就不能把大伙儿撵走是不是？喝完满月酒我就得赶回县里，哪还有时间接待大家呀。来，有啥话说吧，谁先说？老忠叔，你是长辈，你先说。"老忠叔擤了下鼻涕，清清嗓子说："说就说，我的话也简单，我家那块地不流转了，惦着自个儿拾掇。完了！"大冬子等人纷纷说道："对对对，我们也就这一句话。"陈元庆沉默了一会儿，说："嗯，我听清楚了，大伙儿是想把自己的承包地要回去，这不过分，土地流转是讲自由自愿的，自己的地有权利做主。

我想问问大伙儿的是，为啥要退出流转呢？你们总得给个理由吧？"双羊插嘴说："是啊，说个理由，让县长听听。"这时候门响了一下，陈玉文说话了："这么多人挤一屋子干啥哪这是？看我大哥来啦……这一个个咋这严肃啊？开会呢？有事没事啊？没啥事上外头帮帮忙去啊。"屋子里鸦雀无声了会儿，老忠说："那县长你们忙着，我先去外头瞅瞅去。清明，大冬子，走啊。"响起脚步声。陈元庆说话了："玉文，你干啥呀，这没你的事，出去忙你的去，听见没有？"一直没说话的锁柱说话了："大伙儿别走，既然县长要听，你们就都说说。玉文，你去吧。"陈玉文嘴里骂了一句："娘了个巴子的！"就走出去了。锁柱说："大伙儿说吧。"大冬子说："要说理由，就是闲着发慌，没啥事干，自个儿鼓捣鼓捣地是个营生。"其他几个人附和道："对对对，自个儿伺候伺候地，好打发日子。"陈元庆轻轻一笑问："没有别的理由了？就这么简单？"大冬子说："这还得多复杂啊？我的地不想流转了，想收回来，就这么简单。"陈元庆说："我问一句，土地流转合同到期限了吗？"大冬子说："还没到啊，可那合同上写着哪，我们有权提前告知乙方中止合同。"陈元庆笑了说："还没到期限，你们就急着越级找我，忒心急了吧？"大冬子说："问题是……是……"陈元庆说："是啥，说嘛。"大冬子说："村委会不想中止合同不是嘛……"屋子里又静下来了。过了一会儿，陈元庆说："这样吧，大家反映的情况我已经清楚了，你们先去喝满月酒，我和几位村干部讨论讨论这个事，研究出个双方都满意的解决办法，好吧？"大冬子说："还研究啥，你官儿最大，你一句话说了算嘛。"陈元庆说："那可不行啊老弟，官再大也不能越权，搞一言堂嘛。上级是号召土地流转的，双羊流转的土地也都是签了合同的，都有法律效力啊！好了好了，大伙儿喝酒去吧！"

一阵杂乱的脚步声响了出去。外面忙成了一锅粥。我也要跟着走，被陈元庆叫住了："立国别走，你见多识广，帮我们出出主意。"我连忙摆手说："我连眼睛都没有，有啥见识啊？一个装神弄鬼的臭皮匠而已！"双羊拉住我的胳膊说："三哥，你瞎谦虚啥呀，该说话就得说话呀！鹦鹉村的事儿能逃过你的手掌吗？"我依旧不吭声。陈元庆咳嗽了一声。田兆本到了，喘着粗气说："帮大娘操持酒席，不知道县长来了。"陈元庆说："坐吧。刚才老忠叔几个人来了，要中止土地流转合同，如果那样的话，集团的土地就不能连成片、形成区域规模了，你们得想办法留住啊！"田兆本说："刚才半路上我听锁柱村长说了，我们一定做好群众的思想工作。"锁柱大咧咧地说：

"虚头巴脑的，啥思想工作？谁信你？归根到底一句话，农民就想多闹点钱花啊！"

双羊说："每亩多加一点钱，我们集团能做到。关键是，加多少是个头？是个无底洞啊！我使用的是原料，成本太高了，企业生产成本加大，这是一个致命的问题。唉，两难哩，我那工厂里可都是失地农民。过去种地的人，没事做了，就闲着发慌，三天两头跟咱们要地，咱还干啥不啊？"田兆本说："集团还能安排这些人不？"双羊说："我那儿都满了，能安排还开这个会干啥呀？"锁柱说："反正不能把这些人推出去上外地打工去，咱村这几年外出劳动力不少了。"双羊说："我同意，出门在外，背井离乡的，那滋味不好受。哎，前天，四欢子媳妇不就找咱们诉苦了吗，说四欢子左手中指叫机器咬半截儿去了，老板说他违反操作规程，不算工伤。"陈元庆问："你们没去人帮着解决？"双羊说："我跟锁柱去了一趟，可没找着老板，已经跟当地的劳动维权部门负责人说好了，他们答应帮着解决。过两天我再去一趟，不解决哪行啊，不能叫咱鹦鹉村的人受委屈，叫乡亲们骂咱吃人饭不干人事儿啊。"我忍不住了，插了一句话："双羊这话在理儿，是鹦鹉村主事儿的。"这时候，桃儿进来了，她一出现，大伙儿都鼓掌。我不懂大伙儿是啥意思。我觉得桃儿能来是有思想斗争的。一是她与双羊的过去；二是她会想起我们那个"流产"的孩子。桃儿说："刚才我都听见了，转移人口不是个简单事情，我们鹦鹉村得带个头哩。"双羊说："人哪，得有事情干，闲着就挣不来钱，挣不来钱吃啥？"

陈元庆吸着烟说："一谈到解决农村劳动力就业问题，一些人往往只想到单靠发展工业来实现，到城市去找出路，我个人认为这些看法是片面的，也是观念上的误区。应当大力发展农村现代经济，就是打造现代农业。这一点坚决不能动摇！推动农村从传统农业向现代农业的转变，双羊就带了一个好头！"大伙儿都思忖着陈元庆这番话。桃儿一拍巴掌说："县长的话挺让我受启发。我们麦河集团市场部，正准备跟葡萄沟人商量，打算流转他们的土地，让那里的农户都种葡萄。如果谈妥了，我们可以在河岸荒地上建一个中型葡萄酒厂，吸纳咱们村的一些劳力当工人，这样一来，不就解决一部分人的就业问题了吗？"陈元庆连说了三个好："这个主意不错嘛，桃儿有志气。你们看呢？田支书，你的意见如何呀？"双羊一拍桌子大声说道："行啊，桃儿，士别三日叫我刮目相看哪！办葡萄酒厂？你没跟我商量过啊。"桃儿说："你是大老板，我们弄好了，再跟你汇报啊！"双羊哈哈地笑了起来:"桃儿啊,你不愧是我们麦河集团的顶梁柱啊!"锁柱说:"桃儿这个主意挺好,就怕葡萄沟的人不配合啊!"双羊说:"这好办,必要的话,县长可以助一臂之力嘛。"陈元庆说:"那不一定,那得看桃儿的表现啦!"桃儿娇声娇气地说:"县长想要我们咋表现啊?"陈元庆声音很色:"桃儿可是我们鹦鹉村出了名的大美女啊!不,城里都有一号啊!看来,我们鹦鹉村不仅出大老板,还出公关人才哪!"双羊说:"是啊,桃儿可是我们麦河集团的公关人才。"大冬子问:"双羊,啥是公关人才?"陈锁柱插了一句:"就是交际花!"我的心里咯噔一下,恨不得给他一拳头。有个人说:"交际花当两年,浑身都来钱啊!"更让我生气的是,桃儿的疯劲就上来了:"对,说公关呢好听点,说交际花也没啥,说三陪呢,我也不在乎,我只在乎麦河集团兴旺发达啊!"陈元庆哈哈大笑:"现在我分出远近来了,桃儿这心里啊,还是装着双羊!这叫打断骨头连着筋啊!"张晋芳进来插话说:"人要是不要脸啊,筋就长,剪都剪不完。"桃儿也生气了,哼唧了半天,竟然没吐出一个字来。双羊急忙把张晋芳推出去了。这一来二去,人越说越拧巴,桃儿又成了村人的笑料。我一阵急火攻心,恨不得将喝茶水的桌子给掀了。"咕咚"一声,我从凳子上跌了下来,一屁股蹾在地上。桃儿急忙扶我,我一把将桃儿甩开了,我哼唧着,咋也爬不起来。凤莲听说我栽了,风风火火跑进来扶起了我。

欢喜的气氛一下子就走样了。双羊张罗着开席。酒桌开席了,我没有喝酒。凤莲送给我一堆面花。鹦鹉村的女人都爱捏面花。我摸出有动物、花卉和瓜果。我摸着一只面猴,猴子抱膝,戴着一顶马戏团的小丑帽,有两粒儿黑糜子,便是猴子的眼珠儿了。我舍不得吃了,递给了桃儿。凤莲看在眼里,又悄悄塞给我一个"蛇盘兔"的面花。我嚼在嘴里面筋筋的,有点儿甜,我在嘴里吧唧了半天才往肚里咽的。我跟郭富九坐在一起,吃着喝着,有时候还开着玩笑。开始只是斗嘴儿,喝到劲头上,他就跟我动手动脚的。双羊敬酒到我们这桌,郭富九就乱了阵脚,他酒前说话走脑子,酒后就忘记自己是吃几两干饭的了。他再借着点儿酒劲,跟双羊耍起了酒疯。"够啦,够啦!双羊哪点对不住你们?"我站了起来,吼了一通。人们都给惊住了。我虽然看不见,还是瞪着他们,我自信我的目光像刀一样划过他们的脸。我唱道:

摸一摸我的天
亲一亲我的地

娘织了毛布衣
姐编了苇炕席
麦子黄了梢儿
大爷挂了犁儿
……

这个晚上桃儿没有回城,她说要好好陪我。她说今晚没有月亮,一片漆黑。我哪天不是过着漆黑的日子?我知道,她是看我不高兴,想把我哄高兴了再走。可是,一提到桃儿说的建设葡萄酒厂,我就来气,我们三说两说就争吵起来。我直截了当地说:"这不是秃子头上的虱子,明摆着吗?我问你,酿酒工艺你懂吗?"桃儿说:"不懂,我可以学啊。"我问:"市场学问你懂吗?"桃儿说:"市场学问?三哥你别忘了我开保洁公司已经好几年了,咋说也积累点儿市场经验了吧?双羊懂市场,我让他帮我啊!"我痛惜地摇头说:"你那点市场经验叫啥经验啊?双羊忙成那样,他能帮你吗?桃儿啊,市场就是大海,呛口水是小事,淹死人不是啥新鲜事,你一个小女子还不知道闯市场的凶险呢!"我有意加重语气说的这段话。桃儿沉默了会儿后说话了:"我的三哥,谢谢你给我的提醒,我知道这里面的风险,也知道其中的道理。我已经跟南方一家国有葡萄酒厂联系好了,去培训学习,是一个好朋友介绍的。"

我一听急了,大声质问桃儿:"这么大的事,咋不跟我商量一下啊?啊?兼并流转葡萄沟土地,说得轻巧,又整出个上南方学习培训去,你挺能耐呀你,槐树镇盛不下你啦是吧?你有啥了不起的呀?保洁公司还不够你忙的吗?"桃儿说:"三哥你咋这么说话呀,我要建酒厂不是争强好胜,更不是抖威风,我是想实实在在干点事啊。"我斩钉截铁地说:"不行,我不同意,我不能眼睁睁看你往火坑里跳。"桃儿硬硬地回答:"我主意已定,谁也甭想拦住我。"我啪地一拍桌子提高了声调:"我是你男人,就要拦住你!"桃儿也啪地一拍桌子,提高了声调:"我的事不用你管!"我吼叫起来:"你的事我就是要管!"桃儿的歇斯底里劲儿又上来了,尖声叫道:"你管不着,我又没卖给你白立国。你瞎了吧唧的少掺和我的事!"我咆哮起来:"我瞎了吧唧的咋了?啊?我眼瞎可我的心不瞎啊!不像有的人在城里——"我急忙收了口。

"你……你……你说,你说有的人咋啦?是不是骂我?骂我是骚货?是,我不叫桃儿，我叫骚货，骚货！"桃儿伤心地大哭起来。

过了一会儿没音了，我听见桃儿跑动的脚步声。桃儿哭着跑了。这次争吵发生之后，我始终懊悔不迭。打人不打脸，骂人不揭短啊！几天都不见桃儿的消息，我有点儿慌了，给双羊打了个电话，让他跟桃儿谈谈，我真的后悔了。我期待桃儿快快回家，朝着我一通歇斯底里，撕我的嘴挠我的脸我也能忍，这样她也许会好受一点。

过了好几天，双羊终于把桃儿"押"回来了。他把桃儿往我身边一推，就抽身离开了。我抓着桃儿的双手，喊道："桃儿，三哥说错了，别生气了，我对不住你啊！"桃儿却像没事人一样，呵斥道："行了吧你，瞎了吧唧地叫唤啥呀？人家给你炒菜去。"我松了口气，暗暗掐算一下日子，桃儿发火那天，正是她来例假前两天。桃儿不生气了，我也不生气了，我哪有生气的资格呀？

第三卷
望之圆月

麦穗理论与虚拟经济

庄稼人讲节气，生意人讲和气。

可是，从双羊经商开始，我咋就看不到一点和气生财的迹象呢？赵蒙死后，黑锁也死了，他给吓住了，彻底离开了煤矿。倒卖了一阵钢材，不但没挣到钱，还被人骗了六十万。他瞅准了方便面市场，求助桃儿巴结上了张洪生，进了美食人家方便面厂。我问过双羊，为啥选择方便面这个行当？双羊给我讲了一个"麦穗理论"：传说古希腊哲学大师苏格拉底的三个弟子曾求教老师，问怎样才能找到理想的伴侣。苏格拉底带领弟子们来到一片麦田，让他们每人在麦田中选摘一支最大的麦穗儿！还有补充规定，谁也不能走回头路，且只能摘一支。第一位弟子刚刚走了几步便迫不及待地摘了一支自认为是最大的麦穗儿，结果发现后面的大麦穗儿多的是；第二位一直左顾右盼，东瞧西望，直到终点才发现，前面最大的麦穗已经错过了，只好随手摘了一支；第三位把麦田分为三段，走第一个三分之一段时，只看不摘，分出大、中、小三类麦穗儿，在第二个三分之一段里验证是否正确，在第三个三分之一段里选择了麦穗中最大最美丽的一支。我听着挺新鲜，笑着说："我明白了，第三个弟子做得最出色！"双羊说："在数不清的麦穗儿中，寻找最大的麦穗儿几乎是不可能的，所谓最大的，往往也是在错过之后才能知道，社会学家给这个故事起了个名字，叫'麦穗理论'。他们给出的'最优策略'

是：前三分之一只看不摘，心里确定下来一个标准，中间三分之一还是只看不摘，对刚制定的那个标准进行修正，最后三分之一再按标准寻找下手目标。离开煤矿以后，我只看不下手。当我心目中有个标准后，就进入了张洪生的美食人家。我终于找着了下手的目标！"我感叹一声："原来做生意，还有这么多学问啊！"据我所知，是桃儿介绍双羊认识张洪生的。最初张洪生还是信任双羊的，出资派他到清华大学进修，回来指望他干出点儿名堂。双羊是有野心的，他到美食人家是来偷艺的，当他翅膀硬了自然要飞的。他向张洪生递交了辞呈，得到的是挽留。过了几天，他就再递，仍旧挽留。第三次张洪生做出一副无可奈何、忍痛割爱的样子放他走了。张洪生对双羊的怨恨埋在心底了。

没过多久，双羊就另起炉灶，创建了麦河道场方便面品牌。

这个过程是双羊最艰难的。我记得他当时一无工厂、二无原料、三无市场、四无资金，处于一种"四无状态"。大环境还是腹背受敌，我知道，麦田县四周有几家方便面食品企业，相互之间虎视眈眈抢夺市场，不少人担心双羊难以立足生存，都不看好他的麦河道场。双羊偏偏不信邪，谁也拦不住，执意要干。他没选厂址，也没找原料，更没筹资金，而是胳肢窝底下夹了个皮包就奔了南方。我问他："你的厂子呢？"双羊神秘地伏在我的耳边说："厂子在我心里正建着哪！"我没听明白，他解释说："我要虚拟建厂。"我一激灵："虚拟？哈，就是造假呗，这不是骗人吗？"我脱口而出。双羊鼻子眼里哼了一下，明显嘲讽我说："你懂个球儿？你唱大鼓都唱傻啦，这是时髦的管理方式啊！"我不说话了。我做过一天两天生意啊？咋能揣摩人家的心思呢？双羊拍了一下我的肩头，笑说："买卖不懂行，瞎子撞南墙啊！"我不高兴地说："以后你买卖上的事，别跟我说啊！"我嘴上说不管，心里还是放不下双羊。我跟桃儿咨询了一回，桃儿的看法跟我相反，难道我错了？在我的家里，双羊和桃儿有过议论。桃儿要买断面粉厂，被双羊拦住了："桃儿，我劝你一句，购买固定资产，你的罪过大了！有钱做市场，做品牌，做客户！没钱更不能借钱买固定资产！"桃儿顺从地点点头："我听你的，我不买面粉厂了。我那点资金都投在保洁公司了。"我插话说："双羊，这是为啥？"双羊吸上一支烟说："很简单，固定资产不增加你的利润，倒侵吞你的效益。比如说，固定资产占了太多的资金，没钱干别的，机会成本就耗费了。还有，这些厂房设备，每天都有折旧啊！投资要建厂房和作业线，时间呢？时间也是成本啊！市场变化速度贼啦地惊人，转产呢？转产设备就废了，弄不好，只剩下卖个废铜烂铁的钱啊！"我还是不理解，双羊苦口婆心地说："三哥，你呀，这辈子经不了商！我打个比方吧，某小品里有一句台词：青春痘长在哪里不影响自己美观？有人说长在脊梁上，有人说长在屁股上。有人说，长在别人脸上不影响自己美观！最后的答案，我欣赏啊！我们要借别人的鸡下自己的蛋！"我恍然大悟了。

曹双羊跟我承认，他那点可怜的资金都用在广告上了。用有限的钱，打造一个响当当的方便面品牌，这是创业的捷径。

大旗竖起来了，双羊赶紧招兵买马。双羊告诉我，他先找了张洪生，想盘下美食人家方便面厂。张洪生满口拒绝了。张洪生怀有敌意地说："我早就料到你会有这么一天找我来的，但我只能叫你乘兴而来，失望而归了。"双羊明白他的意思，说道："咱俩可以谈谈合作上的事。"张洪生摇摇手说："咋合作啊？你当老板我接受不了，过去我是你的老板啊！我还当老板你不干，你那么聪明咋会甘居我之下呢？再说了，我跟一个背叛我的人合作，别人咋看我啊？我还有骨气吗？"双羊一听有道理，只得告辞了。双羊转身到了麦河源头的"八大碗"方便面厂，这个八大碗经营管理不善，牌子不响，效益很差。双羊找朋友借了一辆奔驰轿车去的，故意和门卫发生口角，招致不少人的目光。然后，他就叫喊："把你们沈老板叫来，我有公干啊！"沈放达早就接到了双羊的电话，知道他的来意，屁颠儿屁颠儿地跑出来，快速地迈着他的两条小短腿儿迎了过来。他一边小跑一边扬起胳膊朝属下们叫喊："都给我规矩点，贵人来了，还不快点敬礼？"属下们一听来了贵人，慌忙朝双羊点头哈腰。有人哈腰急了点，屁都放出了声，引起低低的嗤笑声。双羊的心理得到满足，大度地挥挥手，说道："去吧去吧，都去工作吧，啊，我跟沈老板聊聊合作的事。"员工们一听原来是来了救星，纷纷向他投来注目礼。双羊挺满足，想要的效果得到了。双羊和沈放达的合作谈判十分顺利，"八大碗"更名为麦河道场，双羊控股，担任总经理，沈放达为副总。整个企业按照双羊带去的新的管理模式进行改造，设备、生产、销售、供应都按照双羊的设计模式重新运作。

两年过去，麦河道场小有名气了。

一个人越聪明，越容易陷在简单的圈套里。我预感不好，双羊有了虎子的速度，他的速度太快了，容易出事的。双羊跟我诉苦，先是双羊矗立在外环路上的巨幅广告牌被人划破了灯箱布，那可是花了十五万块钱做的啊！双羊没让报警，也没说啥理由。我听见了破损的灯箱布在风里头呼啦呼啦乱响，就小声问双羊:"你分析会是谁呢?"双羊摆摆手,不以为然地说道:"我看不像人为的,在咱这麦田县谁敢跟我曹双羊唱对台戏啊,借给他俩胆子,吓死他!"

没隔多久,县政府、镇政府、新闻媒体陆续接到匿名信或匿名电话,控告曹双羊的方便面有危害人身健康的有毒物质。陈元庆县长非常重视,立刻亲自带着两名食品化验员到麦河道场过问此事。化验结果当然是没有问题的。"要当心此事态的进一步扩大。"陈元庆提醒双羊,表达了关切的态度。双羊说:"我们打算请记者专门写一篇文章,对匿名信和匿名电话诽谤进行调查,为我们澄清事实,公布于众。"陈元庆表示赞同,并嘱咐:"动作要快。"紧追慢赶,双羊还是迟缓了。很快,河南、山东、湖南等地连续出现食用麦河道场方便面中毒事件。一时间,谣言四起,人心惶惶,当地城市商业局紧急通知有关商场、超市立即停售麦河道场。电视台随后也都停播了麦河道场的广告。很快,大批订单被中止,已经售出的遭遇退货,两个工厂生产销售告急。麦河道场到了生死存亡的危险境地。如果不迅速采取有效措施冲破窘境,麦河道场就死定了。退,没有退路;忍,也无济于事了。双羊倒是想组织强力反击,暗中灭了美食人家,但苦于无证据师出无名。桃儿提议找陈县长出面摆平,双羊开始是赞成的,他想事到如今也只能搬官员出面了。后来一想,不妥,凭空臆测的,没有实际依据。即便陈元庆答应出面帮忙,张洪生要是一口否认,陈元庆如何张嘴呢?即便张洪生不再对麦河道场出手了,麦河道场也无法翻身,从此失去立足之地,这样活下去还咋在商场混呢?那样苟活,无异于行尸走肉。他一连几天彻夜难眠,噩梦不断,痛苦不堪。碰着小问题,双羊就找我商量,我会给他说说,这次是遇着大事儿了,我给双羊出了个主意,让他到麦河源头的灵山寺看一看。记得那是冬天,一个落雪的早晨,双羊只身去了灵山寺。这个寺院双羊来过好几次了,一到人生面临重大抉择的时候,他都要来这里捐点钱,上几炷香火,抽个签,占卜迷津的。

双羊傍晚回来了,特意找我来喝酒。我说:"见着白零大师了吗?"双羊点了点头说:"大师给了我一个纸团,我打开一看,里面用毛笔写了一个字。三哥,你猜是啥字?"我想了想说:"一个'死'字!"双羊惊讶了:"神啦,你咋知道?"我神秘地一笑:"一个代表死亡的'死'字,就告诉了你,你和麦河道场怎样逃出死局。"双羊更加疑惑了:"死,死就是完蛋啊!"我摇了摇头:"你分明是走进了必死之地。一个处于死地的人还有啥死不死可言?两条路都是死,向张洪生求饶是个死,麦河道场强顶着生产也是个死,横竖都是必死无疑。白零大师送给你的这个'死'字寓意何在呢？"曹双羊让我帮助参悟"死"字所蕴含的真义。我喝下一口酒，咽下一口菜，抹一把嘴巴，解释说："死就是说，打个比喻吧，说你一人爬山，到了半腰子，遭遇恶狼了，处于乖乖等死的境地了。跑是个死，不跑也是个死。但是，这个死不是让你真的死，让你以赴死之心求生。"曹双羊急切地追问："深山遇狼，跑不得，退不得，怎样才能求生呢？"我说："不是没有求生的办法。"双羊的声音颤抖了："这办法是啥？"我说："不是我有啥办法，而是古时候灵山寺有位禅师叫石霜和尚，这位大师教给了我们求生的办法。他说山岩狼啸立一人，临危不惧未为真。"曹双羊依然疑惑着："三哥，你就别跟我摆迷魂阵了，工厂停产，那么多张嘴等着吃饭，快告诉我这话是啥意思啊？"我轻轻笑了，说："你那么聪明的人，还能理解不到真谛？这意思是说啊，面对恶狼，即便是临危不惧的人，也还算不得真英雄。谁是真英雄？恶狼嘴边求生的办法只有一个，继续往前走，不停留，狼来了，拼个你死我活。狼不来，你不理睬，尽管往前走！"曹双羊摇着头说："那不是饱狼，是恶狼，往前走，只能死啊！"

我激动地说："对的，你就在恶狼的嘴边，走一条无路之路吧！"双羊绝望地骂开了："那能走吗？好你个瞎子，这不就是让我死吗？"我说："能够让人摆脱死亡的只有死。必死即生，必生即死。抱定必死的念头，方可求生！"双羊愣了一会儿，突然"啊"地喊叫一声，猛然站立起来，跟我碰了一下酒杯，一饮而尽，搂着我的肩膀哈哈大笑起来："三哥，我的好三哥！我们农民就是走着一条无路之路啊！你不瞎，不瞎呀！"他顿悟了，彻底明白大师写给他的"死"字意味着什么了。

曹双羊跟我喝了一宿的酒，喝得我舌头梆硬，嘴巴像翘了一样，说不出整话来。第二天早上，我们俩歪倒在炕头，依旧呼呼大睡，鼾声响彻屋前屋后。我俩喝得太高了。人要喝到这个程度，睡着了是不做梦的，做了也记不住。我除外，梦境如实境。忽然起了一阵大风，吹得麦秸漫天飞舞，落到哪儿哪儿就五彩缤纷的。双羊的身上养草，整个身子都绿了，青草咋绿他就咋绿。在他的身后，啥都绿了哪，房子啊，小桥啊，田埂啊，没有不绿的东西了。我就看见双羊的爷爷狗儿爷了，狗儿爷从一片墨绿色的庄稼地里头钻出来了，浑身沾着玉米和高粱的花粉，风是从他后边吹过去的，彩色的花粉就飞起来，一拨连着一拨。曹景春老爷子的脸色不好看，他问我："鹦鹉村的土地都哪儿去了？"我告诉他："都流转到麦河集团旗下了。"曹景春说：

"扯淡。我当支书时候开发的那块学大寨样板田呢,咋不见了呢?"我想实话说让双羊在上面建"物流仓库"了,没敢贸然说出来,心里头一紧,张嘴巴就想撒尿,憋得凶,就扒下裤子尿了……

我感觉身体热嘟嘟的,真的尿了,尿了褥子得自己焙干。我一动身子,碰到了身边的一个人,是桃儿吗?桃儿醒来会耻笑我的。我习惯性地摸她的胸脯,唉?咋这么平啊?我猛然醒了,摸出了是双羊,这才记起来,昨晚我们喝得酩酊大醉。我一想,自己真是邪了,自己这么平静的日子,快乐无边。交了双羊这么个哥们儿,不仅乐不起来,反而苦恼不断。我没好气地把他给捅咕醒了:"快鸡巴醒醒咧!"双羊嘟囔说:"瞎摸啥呀?我又不是桃儿。"我咧着嘴巴说:"是桃儿我就不捅了,你可真心大,都啥时候了你还大睡。"双羊爬了起来,一句话没说,光闷头抽烟了。我问他:"有啥好法子了?"双羊大声咳嗽一声,说了句:"我走了,三哥。"我说:"天还没亮哪。"双羊说:"待会儿不就亮了?"我揣摩着他的话,陷入了茫然。

过了两天,一个令人震惊的消息传遍鹦鹉村。麦河道场方便面停产了!

双羊后来告诉我:"三哥,那天早上我匆匆回到厂里,叫来了沈放达、王贵和陈梅三个副总,我郑重地对他们说,今天开个新闻发布会,麦河道场今天正式停产整顿!两个分厂分别恢复原来的名字!八大碗和婆婆飞!麦河道场从此消失啦!说着把写好的一张纸条递给了沈放达。这三人都傻眼啦!"我吸了一口凉气:"能不傻吗?连我都哆嗦了!麦河道场可是你两年的心血啊,就这么完了,这不等于输给张洪生了吗?"双羊坚定地说:"你傻啥?这不正是白零大师的意思吗?三哥,第二天,发布会一开,全社会为之震惊了,麦河集团也炸了营。记者们追问我为啥?我没有回答,集团总部没有正面回答。毫无疑问,美食人家赢了,他们欢呼雀跃起来了。他张洪生终于扳倒了我曹双羊,完成了对背叛者的打击。他高兴得乐不可支,在省城宏贸大饭店摆了一桌庆功宴,还请了省城要员和陈元庆县长参加。"我恍惚明白了双羊的意图:"张洪生露出狐狸尾巴啦!"双羊嘿嘿一笑:"我前前后后一想,我都明白了,为啥张洪生敢对我这么嚣张?原来有陈元庆做后盾,陈元庆真不是个好东西!他的胳膊肘竟然往外拧了!"我咬牙切齿地说:"得给陈元庆一点颜色看看!"双羊大咧咧地说:"我会的,但要等下面的时机呀!"我有一种预感,双羊要捅咕出大事来。我一遍一遍警告他:"你这小子,给我稳着点,出水才看两脚泥呢!"

这天早上,我正带着虎子顺着河堤遛弯儿,曹双羊开着他的轿车过来了,停在了我的身边。双羊下车陪我溜达。他问我:"听说了吧,新上任的孙市长后天上午要来考察咱县里的企业。"我摇摇头说:"我一个平民百姓哪知道这种事啊!"双羊说:"要考察的企业都是陈元庆内定的,除了钢铁企业,方便面企业选的就只有美食人家这一家。"我问:"这种泄气的事儿,你告诉我干啥?我帮不上你啊!"双羊说:"谁说让你帮呢?你听我说呀,孙市长的车队要去钢厂,就必须要路过咱们工厂,工人本来对整顿就不服,到时候咱给他……啊,明白了吧?"我摇摇头说:"不明白,你啥意思啊?"曹双羊卖了个关子:"到时候你就等着好戏看吧!"我说:"我也看得见啊?!"双羊拍了拍我的后脊:"你就听,这么麻烦!比你那乐亭大鼓都好听啊!"我嘱咐他:"你可别胡来啊!"双羊冷笑两声,没再说话。

那天上午,郭富九跟我说:"曹双羊让工人把一箱箱的方便面搬到厂门口了,堆得小山似的。"我的脑子就转悠开了:这小子葫芦里卖的啥药啊?把方便面堆厂门口干啥呀?我想起来了,一定是给孙市长看的。孙市长看你这玩意儿干啥呀?一个小小的方便面厂在市长眼里算个球哇?整不好,造出个啥不好影响来,没准陈元庆反过来收拾你小子,到时候看你咋收场!

孙市长考察的这一天说来就来了。上午九点多钟,我正坐在炕头编鼓词,双羊踹门进来了,气喘吁吁地拉着我的胳膊说道:"快走,跟我上厂门口下棋去。"我两人常常下象棋,虽说我眼瞎,下棋走子一点不含糊,明眼人还常常输给我这个瞎子。我问他:"你是真下棋?我看醉翁之意不在酒吧?"双羊边拽我边说:"快,领导们的车队快到了。"我还是不明白:"你到底要干啥?不说清楚我可不跟着你去丢人现眼!"双羊得意地说:"我叫你看看你兄弟都有啥道行!"我是疑虑重重地跟着双羊来到麦河道场大门口的。下车后就听双羊对人说:"快,都泼上汽油。"然后拉着我回到车上,上车的时候,我吓掉了一只鞋,我弯腰摸到那只鞋,提到汽车里穿上。这时候汽车朝村子方向驶去了。我疑惑着问:"你要干啥?耍你三哥哪?"双羊开着汽车,嘿嘿一笑:"下棋呀,我改主意了,上你家下去,有茶水点心,多潇洒啊!"我长叹了一声。进了我家屋子,双羊把棋盘放到我跟前,"哗"地倒了一堆棋子,说道:"来吧三哥,老规矩,还是我先走。"我微微一笑,挨个儿摸了一遍我的棋子,心里头有了谱。我心里明白,此时此刻,双羊的心思根本不在这棋上,而是在厂门口的那堆方便面上。他要干啥呢?管不了那么多,静观其变吧。难道这就是他领悟的走"无路之路"吗?

双羊下棋还是老一套,棋艺没有丝毫长进。我随便摸着棋子,就知道怎样布阵。我们都没说话，默默地下棋。双羊的手机响了，刚刚出狱的吴三拐来了电话："车队到了，点火吧？"曹双羊恶狠狠地说道："狗禽的，点火！"就扔掉手机，仰脸哈哈狂笑起来了。我听出来了："你小子要杀人放火，是吧？"双羊没回答我，踉跄几步，扑到窗前，啪的一声，推开窗扇，大声吼叫道："烧吧，烧吧，哈哈，都他娘的烧光，烧光！哈哈哈……"我脑子里就火光冲天了。我被双羊的举动震惊了，我咋也想不明白，他为啥把辛辛苦苦生产出来的方便面都烧掉了呢？用意何在呢？刹那，我好像闻到了香辣的烟味，感受到现场火焰冲天的巨大能量。我正揣摩着双羊的心思，这小子笑得更响了，笑得是那么放肆。突然，他笑着笑着，声音变得嘶哑了，笑比哭还难听，让我猛然记起了一个雨天里一只受了伤的猫，它的叫声就是这样心酸。我感到心有些疼。我知道，曹双羊把所有财力都压在方便面上了，烧面就等于烧他自己的身体啊！

"双羊，别笑了，你疯了啊？你那么珍爱粮食，快让工人把火灭了吧！"我抓住他的胳膊哀求道。双羊不笑了，似乎骨鲠在喉，不吐不快了："三哥，我知道这法子不好。可是，我一忍再忍，他张洪生把我逼到恶狼嘴边上啦！咋着都是个死，不这么做，我又有啥好办法呢？只能这样了，烧吧，兴许这个死，就是大师说的必死即生啊！"他在安慰自己，谴责自己。我感觉，双羊正一步一步地改变着自己，在他的灵魂深处，最隐秘的地方，一定在做着善与恶之间的生死较量。人性之中的善根，在田园里头是美好的，双羊不会丢掉。罪恶总是充满着诱惑，恶之花盛开了。双羊似乎在"恶"的毁灭中不惜代价地去寻找真和善，寻找自己并成为自己。

我们继续下棋。大约过了半小时，沈放达推门进来了，向双羊汇报说："董事长，这招儿挺奏效啊！陈县长被这阵势镇住了。孙市长问我们为啥烧这些面，我们说，反正好东西叫坏人败了名声卖不出去了，不如烧个狗日的！"双羊拍着巴掌叫喊道："好，好啊，太好了，要的就是这个效果！"沈放达问："接下来我们该咋做呢？"双羊问："你们没说我在这儿吧？"沈放达说："没有，您不是不让说吗？"双羊说："好，快去照看现场吧。"沈放达踢踢踏踏地走了，双羊的手机就响了，一直响，他都不接。我催促他："你手机响哪，咋不接呢？"双羊说："陈元庆打来的，不接！"我怕他心里难受，就咧咧嘴，张罗着说："来，来，接着下棋。"我俩刚坐定，双羊的手机又响了，这回双羊关了手机，专心下棋了。我听到一种声音，微小的，我断定是双羊下棋的手在不住地颤抖，也像是浑身在抽搐。我心里头泛起一阵阵酸楚，说不清究竟为了啥。尽管我赢他已成定局，可还是把棋毁了，笑道："双羊，别下了，我给你唱一段大鼓吧！"双羊苦笑一声说："三哥，你唱吧，只要你高兴。"我更正说："应该说，只要你高兴。"双羊说了一句意味深长的话："出水才看两脚泥，笑到最后才是赢家哪！"我明白双羊的心思了，从炕头抓起梨花板，敲着鼓，清清嗓子唱了起来。整个一天，双羊都没离开我家。我俩不是下棋就是喝酒。一直喝到我脑袋发沉，迷迷糊糊歪倒在炕头，分裂成一堆垃圾。

  曹双羊去澳门了。整整过了二十天，他才回来。听说他给老婆买了一只 LV 名牌皮包，还给中层以上干部每个人买了份纪念品，居然也有我一份，给我买的是袖珍收音机，外国货，挺精致的。双羊得知工商局因焚烧产品事件关闭了麦河道场，没有惊慌，这是他预料之中的事。"我要行动了，瞧好吧三哥。"我问："你要干啥？"双羊嘎嘎笑了，笑完了，一本正经地说道："反击的时机已经成熟了，该我大干一场啦！"

  没过几天，吴三拐带人来算卦，他对我说："美食人家内部传出风言风语，工人马三喝醉酒的时候吹嘘自己，竟然泄露了天机，美食人家的销售经理胡大奎指使他朝麦河道场下了黑手。双羊派人暗中侦察，侦察到了胡大奎的一些情况。马三是个赌徒，特别讲哥们儿义气。大奎抓住他这个弱点，在他赌博大输走投无路的时候，替他连本带利还了债，马三感激涕零，发誓今生今世跟定了胡大奎。双羊在美食人家的时候，胡大奎是张洪生的贴身保镖，任保安队长，这小子对张洪生死心塌地，双羊认为不好拉拢，但马三应该说还是有可能拿下的。双羊就委托吴三拐来干了，吴三拐带着手下把马三这小子从他姘头家里掏出来，一通皮带抽打，马三很快就招供了。原来是张洪生指使胡大奎买通了一个品牌策划公司，利用十几家媒体对麦河道场方便面进行了诽谤，发了近百篇恶毒攻击麦河道场的稿件，严重诋毁了麦河道场的名誉。我们都气得牙根疼。"我听了一阵欢喜，双羊终于绝处逢生了。我问吴三拐："双羊打算咋处置这小子？"吴三拐哈哈一笑："人证物证俱在，双羊自有办法的！"吴三拐一走，我给双羊打去了电话，跟他分析形势。听口气，双羊还很冷静，他说："明儿个安排一下，选一家大饭店，宴请陈县长和张洪生。"我猛吃一惊："啊？宴请张洪生？我没听错吧？张洪生不是你的仇人吗？"双羊说："你是见证人，还宴请你呢！"我说："好啊，这次宴会我不能缺席！"

  第二天晚上，双羊在市里最高级的大酒店宴请陈元庆县长。双羊派车把我也接去了。他还让陈元庆把美食人家的老板张洪生邀来。我跟双羊打赌，我说张洪生不会来，双羊说一定会来的，我不知道他出于哪种判断，结果张洪生这小子真的来了。看来我还是不了解张洪生这个人的脾性。

饭菜很丰盛，不少菜都是我爱吃的。在饭桌上，张洪生假惺惺地给曹双羊敬酒："双羊老弟是条汉子，我不计前嫌，要是不嫌弃的话，我们美食人家还欢迎你的归来啊！"双羊忽然仰脸哈哈大笑起来。我听见哗的一声响，他杯里的酒水泼了张洪生一脸。张洪生当下就怒了："你？！"陈元庆吼道："双羊，你咋？太无礼了吧？"双羊使劲咳嗽了一声，高声喊道："陈县长，好戏还在后头呢！给老子滚进来！"我给弄蒙了，他这是跟谁说话哪？滚进来？这么不客气？就听张洪生惊讶出了声："马三？！"天哪，双羊把马三提溜到宴会上用意明显啊，这不是当众摊牌要张洪生的好看吗？房内一时很静，我非常清晰地听见了双羊和马三之间的精彩对话。双羊问："你姓甚名谁？"马三回答："马三。"

"知道为啥叫你到这来吧？"

"知道。"

"为啥？"

"干下坑害麦河道场的下三烂的事了……"

"畜生，具体点儿说！"

"砸麦河道场高速公路边的广告牌；拦截恐吓运输车辆；写匿名信、发匿名短信败坏麦河道场名誉！"

"是你自己所为，还是受人指使？"

"指……指使……"

"谁的指使？"

"胡大奎。"

"哪个胡大奎？"

"美食人家保安队长……"

张洪生"啪"地一拍桌子吼叫道："够了，曹双羊！"他一指马三："你不要再表演了，请问你这是从哪个下水道里找来的小瘪三啊？你啥意思啊曹双羊？你拉走了人马，今天反来报复我吗？"双羊转身问陈元庆："县长啊，情况就是这么个情况，麦河道场能有今天，您付出了多少心血？美食人家如此不讲职业道德，你看咋办吧！"张洪生的窘态我可以想象出来。陈元庆的尴尬模样，我也能想象出来。双羊接着说："陈县长你都看见了，你埋怨我不该烧面，可我为啥烧面，难道我不心疼吗？我不知道那都是我们自己的血汗钱换来的吗？张洪生往死里逼我，我不这么做行吗？"陈元庆惊愕了，破口大骂道："张洪生，你还算啥企业家？连个地痞都不如！有你这么做生意的吗？啊？你这是……这是犯罪啊！你知道不知道啊？"张洪生声音软了："是，是，知道知道！"陈元庆吼道："马上给我到公安局自首去！"张洪生"扑通"一声，给曹双羊跪下了，连连认错道："曹总，曹总，我错了我错了，求你看在咱俩曾经合作的情分上，看在我曾经那么赏识你，就饶了我这一次吧，从今往后我们还是朋友！"曹双羊哈哈笑着说道："我说你咋这么快就尿蛋了啊？你不是挺横的吗？草鸡了是吧？傻眼了是吧？行了，快起来吧，甭跟老子装蒜了。我说县长啊，俗话说，醋从哪里酸，盐从哪里咸，弄清就行啦！既然张老板认错了，我看就别惊动公安了，你看呢？"陈元庆捶了张洪生一拳："还不快谢曹总，看人家多有气度！"张洪生忙不迭地称谢。陈元庆气愤地说道："美食人家要在媒体上公开向麦河道场道歉！赔偿经济损失，保证以后不再重犯！听清楚没有？"张洪生连连说："听清楚了，听清楚了县长。"双羊把张洪生扶了起来，诚恳地说道："老张啊，你作为县人大代表，民营企业家，真不该做这种事啊！俗话说得好，人有脸树有皮，人活世上不都要个面子嘛，咱们县的方便面品牌是更大的面子，一荣俱荣，一损俱损。我看哪，公开道歉就免了！赔偿损失这项呢，我知道你的厂子不大景气，赔多了，你们没有，赔少了，顶不了啥用。我只要一条，必须承诺：下不为例，永不再犯！你能不能答应？"张洪生频频点头答应："能答应，我答应，我要再伤害麦河道场就不是人！"陈元庆对张洪生说："企业发展必须懂得共存共赢，尊重对手，就是尊重自己！最危险的，不是看到对手日益强盛，而是目睹对手的衰落，很大程度上，这预示着一个产业的走向。我陈元庆可是证人啊！"张洪生说："陈县长，您就看我行动吧！"双羊叫喊道："服务员，上菜。"我默默吃着，根本没有我插话的份儿。

几天以后，麦河道场恢复了生产。

地主张兰池

枣杠子的祖上厉害，张家可是鹦鹉村的大地主。麦河畔的鹦鹉山庄，就是张家的，赫赫有名。枣杠子为啥怪？为啥不合群儿？凭啥敢跟村官抬杠？

这会儿找着缘由了,这小子原来是大户人家的血统,有傲骨啊!枣杠子不服气地说:"瞎子,你别说,过去,听我爷爷讲,你们白家还是我们张家的佃户呢!"我听说过,心里承认,嘴巴却硬挺着:"谁说的,哪有证明啊?"枣杠子一着急,说话结巴了:"不信?你问你娘去!"我讥讽地说:"就是说你们家剥削过我们?"枣杠子说:"剥削这词不好听,是我们家给了你们就业的机会!"我咧了咧嘴巴说:"我肏,还鸡巴会用词啦!就业?"枣杠子说:"时代变了,风水轮流转。不服吗?咱村的曹双羊,不也是给村民提供就业吗?"

枣杠子一说曹双羊,我的心忽悠了一下。

"这奴才,吃屎的货!"枣杠子骂着。

我不在乎枣杠子怎样侮辱我,活人不把死人怪。我在想他们家的历史。传说麦河西岸的山坡上,有一座鹦鹉庄园。这就是张家的庄园。但是,留下的都是传说,没有多少史料记载。曹双羊对鹦鹉庄园和张家发家史很感兴趣,叮嘱我留心张家的鹦鹉庄园,特别是当时的管理制度。我终于从枣杠子嘴里打探到,当年地主张兰池也动过在鹦鹉山采煤的念头。那时候就知道这旮旯有煤了,可是,山势险恶,交通不便。曹双羊跟我说,还有一个原因,鹦鹉山的煤太分散,打个比方吧,就像一只海碗摔在地上,碎了,又被人使劲踢了一脚,这一疙瘩那一块的。成本太高,张兰池没敢动煤矿。我常常把曹双羊跟地主张兰池比较,这么干下去,双羊不就成了当年的张兰池了吗?狗儿爷说:"土改那年,枣杠子的爷爷张兰池就是被我带人活埋的。这人命关天的大事,在我心里折磨了很多年,好像在心中划了一道痕,那痕很深很深。为这,枣杠子跟我结了仇,多少年都解不开这个死疙瘩。"土改的事情,真的不好说。好像提到这个话题,我就争执着说:"那是一场运动,不弄个你死我活,轰轰烈烈,咋轰开局面啊?"

我娘告诉我,当年进驻鹦鹉村的土改工作队长竟然是我的二舅,我还知道二舅叫张建群。狗儿爷说:"你二舅当年十八岁,长得大高个儿,戴着一副眼镜,腰里别着匣子枪,往那儿一站,就像谷地里的一株大高粱,别提多精神了。村里要斗争两个大地主,第一是张兰池,第二个是魏三。魏三就是美食人家方便面老板张洪生的爷爷。张兰池是大地主。魏三是小地主。大地主大斗,小地主小斗。斗争张兰池的那天,全村人差不多都参加了。还来了一批附近村子的人。我跟一个叫二愣子的民兵押着张兰池刚一进会场,愤怒的群众就涌了过来,咬牙切齿地叫骂着,朝他身上啐吐沫,扔烂菜帮子,抡拳头，一片乱喊乱叫。我不但没劝阻，反而借机在张兰池屁股上狠劲踹了两脚。"我没有说话，心想狗儿爷够狠的。狗儿爷喘了一口气说："批斗会之后，我爹找到你二舅张建群，要把张兰池霸占去的那块河滩地要回来。张建群向我爹宣传土改政策，让他回忆张兰池是咋迫害他的，是怎样掠夺我家土地的。我爹问，啥叫掠夺？张建群说，就是生抢硬夺。我爹就说，那土地是拿高粱米跟我们换的。他们正说着，大地主张兰池拿着地契来了。张兰池这个人不像有的地主那样凶巴巴的，他总是笑眯眯的，让人觉得他挺和善。他先向张建群鞠躬哈腰，然后双手捧递上地契，低下脑袋说，我愿意把土地还给乡亲们。然后又对我爹哈哈腰说，大兄弟，过去都是我的不对，我造的孽，对不住你和小兰啊！现在我把地还给你，家里的一切你们跟张队长打声招呼随便拿。求你看在多年老庄户分儿上饶了我吧。接着他还说了许多好话，我爹就不好意思再说别的了。分地那天，佃户们都来了。那天一早，村里公布土'皇榜'，红纸贴在土墙上。我爹蹬着碾盘望着，久久地望着墙壁，高兴得泪水横流。我爹拿到了地契，这是张兰池还回来的那份地契。其他佃户也都直劲抹眼泪，趴在分到手的地里头不吃不喝不回家。可是万万没想到，拿了地契的当天夜里，我家的房子就被人点着了。我家住的是麦草窝棚，一把火就烧趴架了。原来的两间泥坯房子，因为上次的骡子受惊事件，让张兰池给收了回去。那天我没在家，我爹从大火里救出了我娘。后来才知道这把火是鹦鹉山上下来的土匪放的，他们过去是张家的护院。看来张兰池这狗东西还有势力哪！这下子可坏了，第二天，有的佃户找张建群退还了地契。佃户们都苦着个脸，不知咋办。你二舅感到土改斗争的复杂和严峻了。你二舅说，大伙儿别灰心，别苦着脸，我们斗得过他们！他联系区小队，上鹦鹉山清剿张兰池的残渣余孽，我也报名参加了清剿。"

我愣了一下问："你打仗去啦？打仗好玩儿吧？"

狗儿爷说："唉，有啥好玩儿？提着脑袋哩！我这辈子就打过这一次仗。为了保佑我平安，娘给我的挎包塞了几根麦穗儿。天一擦黑儿，我背着一杆长枪，跟着区小队的人出发了。我们乘着小木船渡过了麦河。那时的河面真宽啊，船走了老半天才靠了岸。过了河，我们就潜伏在芦苇荡里，那个晚上，月亮真圆，水面上到处都是月光。露水很重，打湿了我的衣裳。我身边都是娇嫩的艾蒿、蒲草，在月光里闪着水珠儿。青蛙在河岸哇哇乱叫，叫得我心烦意乱的。有消息说，土匪今夜要来烧村庄。听说匪首是张兰池的家丁，可以说是张兰池的私人武装。土改一开始，这伙人就上山了。他们习惯夜袭，打着一只蓝灯笼,也叫'蓝灯匪'。人们常常看见山上林中蓝火闪闪,很像鬼火。我们今夜要打他一个伏击。都到后半夜了,我两眼都瞪酸了,要打瞌睡了,这个时候,突然听见响动,蓝灯笼一晃,敌人果然出现在麦河岸。他们有三十多人,把自行车藏在芦苇里,悄悄摸到船上。队长一发令,我们就开火了。敌人疯狂向我们放枪,子弹在头顶'嗖嗖'飞过。敌人被我们打个措手不及,死伤一片。跑了几个,伤了几个。我在苇坑里抓着一个伤兵。这家伙瘦狗似的,细眯眼儿,他双腿流着血,可能失血过多,脸像狐狸那么白,眼睛瞪着我。我蹲下身子问他,你他妈傻呀,都这时候了还给张兰池卖命!他说东家答应分给他土地。我一听就来气了,给你小子土地,我们这些穷佃户就没地了,冲他脑袋就来了一枪!这狗东西脑袋一歪就没气儿了。我用手背擦了擦脸,额角都是血。"

我吸了一口凉气,骂道:"你这混世魔王,杀人不眨眼啊!"

狗儿爷说:"第一次杀人,我害怕了好几天。不过,坏事变好事了,后面对付张兰池,我就有胆儿啦!你二舅再次召开土改工作会议,动员说服大家。会上他作出决定,暂时给张兰池喘息的机会,他是秋后的蚂蚱,蹦跶不了几天啦!你二舅让我们先从二号地主魏三那里下手,找一个突破口。我就带着民兵去抓魏三。我带人去魏三家抓他的时候,天大黑,月阴星疏,魏家大院里空空的,只有一只狗汪汪乱叫。民兵踹开门进屋,举着火把一照,屋子里头空无一人。我带人把整个院子所有的犄角旮旯都搜了个遍,一个人毛也没找见,魏三跑了,他老婆张氏也带着儿子跑了。"

我说:"这个魏三,就是今天美食人家张洪生的爷爷。不能让他跑了!"

狗儿爷说:"你听我说呀,我连忙把情况汇报给了你二舅。你二舅说,村里村外再搜一搜。我刚要走,跑来了一个民兵,报告说有人见魏三往麦河那边跑了。我带人追出了村,一直追到了麦河边,看见魏三正站在河边草丛里,眼瞅着河面发呆。我骂了一声,刚要扑上去擒他,你二舅拦住我说,别抓他了。我一愣说,眼瞅着他要跳河啦。你二舅说我看出来了。我也明白了,魏三是明白人,这是他最好的归宿啊!我们眼睁睁看着魏三抱着一块青石,一步一回头走向麦河深处。河水很快就把魏三淹没了,水面上冒起了一片白花花的水泡儿。魏三死了。你二舅叫我带人连夜抓来了张兰池。张兰池衣衫不整、头发蓬乱地被押到了工作队队部。张兰池还在那儿装孙子呢,还说你好,张队长,罪民张兰池恭听你的训话!你二舅皱皱眉头,手一背说,少来这一套。我问你,你指使鹦鹉山上的土匪一共烧了多少民房?张兰池摆出一副委屈相，说道，'天地良心啊，张队长，我可一直听你的教导，老老实实夹着尾巴做人啊，我……我可没指使人烧房子啊！一定是有人陷害鄙人，请队长大人明察，为罪民做主啊！'你二舅冷冷地看着张兰池，对我挥了下手说，把他押起来，听候处理！你二舅决定召开第二次控诉揭发张兰池大会，为报批处决他做准备。会前，你二舅到我爹家串了个门儿，动员我家出个代表上台控诉张兰池的罪行。我爹问你二舅，咋就非要我带这个头啊？你二舅说，你苦大仇深呗！我爹霍地站起身问道，苦大仇深就多分地咋的啊？你二舅严肃地说道，不打倒张兰池，你就一寸土地也分不着，明白吗？第二天上午，工作队召开张兰池控诉揭发大会。当我把张兰池押上主席台时，我爹第一个冲了上去，刚要张嘴说话，张兰池一抬头咧嘴一笑，我爹心里头就慌了，说不出来了。台下群众都叫喊着他的名字，叫他快说，啥也别怕。他朝台下喊，我不是怕，是想不起来说啥好。张兰池苦笑一下，问道，曹老大，我待你也不算薄，你为啥故意祸害我呢？我爹冷笑一声说道，你待我不薄？待我不薄，你还抢我的土地？张兰池狡辩说，那哪是我抢的啊，实在是冤枉啊。你老婆小兰也在，我是拿高粱米跟你家换的，那可是救命的高粱米啊！我娘在一旁哭泣着说道，是哩，他爹，你不在家，没有那几斗高粱，你回来就见不着我和狗儿啦！我爹没话了，噎住了。台下的人都蔫了。你二舅一看就急了，就朝站在边上的我挤咕眼儿，意思是你爹这一炮打哑了，让我赶紧上。我小声问你二舅，土改土改，张家交了土地不就行了吗？为啥还控诉啊？张家是开明地主，人缘不错啊！我看就别折腾啦！你二舅狠狠地批评了我，你的阶级立场到哪去啦？不把地主打倒，农民能真正翻身吗？再说，土改的任务不仅仅是分地，分牲口，分财产，我们最大的任务还要划分成分，贫农、富农和地主，彻底打倒剥削阶级！我龇着牙花子。你二舅让我调整情绪，尽快把我爹替换下来。我酝酿了一会儿情绪，大吼一声就冲了过去，狠狠给了张兰池一嘴巴，大声叫骂道，狗财主，我肏你八辈祖宗！我家那两块累死累活刨出来的地都叫你剥削了，我恨死你啦！我爹看见我打了张兰池，气得冲过来，狠狠踢了我一脚，狗日的，谁让你打人啦？我那么对人家，人家东家也没动过手啊！我委屈坏了，使劲推开老爹说，你懂个鸟啊？这是控诉大会，不这么着还叫啥控诉大会啊？我爹又踢了我一脚，控诉拿嘴控，也用不着脚控啊！我们爷儿俩就扭打成了一团。乱套啦！台下人都笑了，还有起哄的。"

我说："你们这么胡来，我二舅准生气了。"

狗儿爷说："你二舅急忙控制场面，让人把我们拉开了。我爹被人拉开后，让我娘拽走了。我继续控诉，张兰池，你个人面兽心的东西！你多阴啊，连我爹都替你说话，你阴不阴啊？台下响起一片热烈的掌声。我控诉完了，佃户们一个个上台控诉了张兰池，说到伤心处，鼻涕一把泪一把的。台下你二舅安排的人，不时带头举起胳膊高喊口号，打倒地主张兰池！誓死保卫土改果实！共产党万岁！群众都跟着喊。不整齐，乱糟糟的，但声势不小。开完控诉大会，张建群就拿着控诉揭发材料去了县里。夜晚降临的时候，解放军的大部队通过麦河。解放军的汽车拉着大炮，隆隆行进，尘土飞扬，一点不惊扰百姓。部队刚走，我和民兵就押着张兰池去麦河了。麦河两岸都是张家的土地。这老地主让三个民兵架着，尚有一些威风。张兰池从河堤上被推下来，梗着脖子说，天黑了，我还没看清楚呢！我一脚把张兰池踹倒在地上，说道，别怪我，脚上泡你自个儿走出来的！我举起棍子照他的脑袋砸了一下。张兰池惨叫了一声，别让我这样死好吗？我问他想咋死。张兰池捂着流着血的脑袋爬起来说，活埋我吧，那样我能站着，死了还能闻着土香。我骂了一句，倒驴不倒架，破落地主都这德行！张兰池说，求求你啦！我说晚上还要往前线送粮呢！谁有空儿挖坑啊？张兰池说，给我一把铁锨，我自个儿挖吧。天亮你来验收！我想了想就甩给他一把铁锨。我一走，张兰池就噼里啪啦地挖坑儿了。我天亮回来了，看见一人高的深坑挖好了，张兰池气喘吁吁地跳下去了。土埋到张兰池的脖子了，这狗东西竟然喊了一声，土地万岁！我细一听还行，他要是喊地主万岁，我又该拿棍子砸他啦！张兰池喊不出来了，最后无力地说了句，这土真香啊！就哼哼几声，一点动静也没有了。我记得，他的头发还露着，像一束干草飘在土地上。张兰池死亡的消息传开以后，整个鹦鹉村都沸腾了。张建群趁热打铁，再次分地发放地契。佃户们都敢接地契、领土证了。我爹一家被划为贫农。他们分到了三十亩河滩地，三间瓦房和一头牛。分到地的那天，我爹和我在地头放起了鞭炮。我和爹在地里头睡了一宿，呼吸着土味睡得可香甜了。几天以后，你二舅让我带着民兵往前线送军粮。我召集人，可是有人不积极参加，我急得骂了这个熊那个。你二舅对我说，你得用土地团结人啊！打人骂人是犯法的。我明白了，在村里头到处嚷嚷说，谁不跟我走，打不倒国民党反动派，分到手的土地也保不住啊！大伙儿纷纷抢着报名支援前线。"

我神气地说："我们的革命是小米加步枪，小米指的啥？就是我们农民啊！从秋收起义开始，我们走的是农村包围城市，最后夺取革命政权的道路啊！我们农民能不扬眉吐气吗？你看国徽，上面都有麦穗儿哪！"

狗儿爷继续回忆说："那个时候，我带着十辆骡子车往前线送军粮去了。一走就是一个月，额头还被弹片撞了一下，留下一块蜈蚣似的疤瘌。我神神气气地回来了，带来了平津战役的好消息，解放军大获全胜，土地保住了。我爹和娘高兴坏了。我爹带着家人到地里唱大鼓，唱了整整一宿。我问他唱的啥词？他说，反正是歌唱土地的，啥词儿早就饭吃了。"我对此很感兴趣，再三催问："你个老东西，再好好想想。"狗儿爷哼哼了两句："土地归来，苦尽甜来！你咂咂味儿，是不是这回事儿？"我跟着哼着说："对呀，真正的苦尽甜来呀！"狗儿爷感叹了一声："我爹每天到自家地里抓一把土贴在脸上，闻一闻它的气息。缺水了就浇水，缺肥了就积肥。每天早上，他都背着粪筐捡牛粪。这天没带粪筐，碰见了一泡黄澄澄的牛粪，他就迫不及待地蹲下来，展开衣襟，用衣襟将牛粪兜了回来，放在自家地里。过了两天，下了一场雨，他扒下一块湿粪，粪堆扒开时还冒着微微白气，他就耐心地把湿粪一点点捣碎。嘿嘿，我爹就爱闻大粪和土地的混合味儿。"

狗儿爷睡了，呼噜震天。我颠颠儿地往回走，步伐乱了。

爱情与品牌

人一旦发了神经，是非常可怕的。

我感觉双羊发神经了，干着一些疯狂的事。尽管危机四伏，却效果极佳。麦河道场的方便面销路大开，企业这步棋走活了。这小子一丁点儿歇息的意思也没有。他在企业高层会上宣布：下一步要建立麦河道场的品牌。他要把社会资源汇聚在自己手里，越多越好。据说，爱情也成了"催化剂"。有人说双羊有了女人，这个女人叫张晋芳，跟他好了两年了。双羊一直瞒着我。还听说双羊广告费里的六百万，就是张晋芳帮的忙。起初，我们以为双羊傍上了"女大款"。后来才知道，张晋芳不是啥款儿，而是一个刚刚大学毕业的实习生。她的三叔是银行行长，这钱是她"牵线"的一笔贷款。用桃儿的话说，这叫"美女爱上了钻石王老五"。把我说愣了，我说："谁是老五？双羊在曹家可是老大啊！"桃儿笑着解释了一通，我才明白"王老五"指的是男大款。

双羊身边有了张晋芳，我很久才知道。他总是回避这场婚姻。双羊为啥老是不提张晋芳呢？我做了多种猜想，想不出个缘由来。城市里的爱情跟乡下不一样，对于他重新开始的爱情，我几乎不掌握啥情况，知道一点儿，也是支离破碎。但我知道，情感上经历了桃儿、双羊的心其实已容不下爱情了。我前面说过，张晋芳是荣姐的表妹，他是通过荣姐认识的张晋芳。荣姐并不是给双羊介绍对象，而是拿美丽的表妹当诱饵，为她的贩毒"筹款"。他们第一次见面，一切都太寻常了，普通的地点，普通的饭菜，一点都不浪漫。一个普通的朋友聚餐，却让双羊终身难忘了。双羊第一眼看见张晋芳就惊呆了。麦田市竟然有这么漂亮的女人？双羊描述说，她长得天仙似的，大眼睛，长睫毛，长腿，细腰，脸颊绯红，模样单纯，带点羞涩。刚见面的时候，轻易不说话。一熟悉了，她就像变了个人，性格敞亮，爱笑爱唱。他使用了一句陈旧的比喻，晋芳像一只百灵鸟。双羊冰冷的心，真的热了一下，裆里家伙不可避免地硬起来，摁都摁不住。双羊很大胆，没几天，他和张晋芳就卷一被窝里去了。

　　那天吃过午饭，我跟双羊开玩笑："你小子不够意思，在外偷偷混了闺女儿，都不跟三哥说一声。拿我当外人是不？"双羊嘻嘻一笑："谁跟你说的？桃儿吧？"我梗着脖子说："别说谁说的，真的吧？带过来让我给你算一算。不合适的话，万万娶不得啊！"双羊说："男女婚姻凭缘分，我不信命相。"我黑着脸说："你小子别逞能啊，这挺灵的，谁不信谁头疼！"双羊说："好吧，我跟人家商量商量，过来看看你。不过，你不能瞎算啊，人家是刚刚毕业的大学生，不信歪的邪的。"我点点头，笑道："我不算，我不算。"我嘴上说着，心里替他高兴。他真该有个家了。临走的时候，双羊主动跟我说："这个张晋芳，长得挺像桃儿，心地也不错。有啥爱不爱的，娶妻生子过日子吧！差十五岁呢，没啥共同语言。"

　　那天上午，双羊带着张晋芳来了。这是我跟张晋芳碰第一面。我屋里有座挂钟，一到整点就响。上午十点，钟声"当啷"一响，给张晋芳吓了一跳，她"哎哟"了一声。我笑了："吓着你了吧？是啊，吓人呼啦的，桃儿也不习惯，我明天就让桃儿把挂钟调过来！"双羊说："没事儿的，没那么娇性。"一张紫色的长条桌，桌上摆着烟笸箩、竹签、健身球和果盘。果盘上有苹果、瓜子和蚕豆，一副卷了边的扑克牌散落在那里。我听见双羊翻弄扑克牌的声响。双羊的手机响了，他出去接电话了。我不知道说啥好，让张晋芳嗑瓜子。张晋芳说："你哥们儿不爱我。他只是拿我当个摆设，当个装饰，让我给他生孩子。你给我们算一算，到底能不能走到头啊？"

　　我说："你爱他吗？"

张晋芳声音很甜:"我爱他!"

我心中颤了颤:"孩子,你错了,他也爱你的。他不是随便的人——"

张晋芳说:"唉,他是冷血动物。"

我更正说:"不,我兄弟可是个热肠子人啊。"

张晋芳说:"谈恋爱要找自己喜欢的人,结婚呢,要找喜欢我的人。他还是喜欢我的,可以走进婚姻殿堂。"

张晋芳这番理论,我听着费劲。人爱人真难啊,爱浅了是游戏,爱深了会痛苦。我有一种感觉,双羊跟张晋芳一点儿感情没有,那是瞎话,到底有多深,还谈不上。他似乎在游戏和痛苦中摇摆着。张晋芳是学管理的,她对打品牌上有自己一套,她的观点影响着双羊。

我对双羊的品牌战略感到吃惊。后来一想,一切都跟他的个人魅力有关。从他的言谈举止中,我可以感觉到,他老觉得自己欠社会的,欠乡亲们的。欠账是要还的。双羊爱跟我说这句话:"财富像麦河的流水,在我手里打个弯儿,又朝下游流去,到别人手中打弯儿去了。一个企业真正能够也应该留下来的东西,其实就是个品牌!"他还说:"品牌可以给商品以好的'卖相',有品牌的人自然有身价。"双羊给麦河道场定了一个极高的位置,就是让麦河道场成为全国名牌。所以,他不惜重金在中央电视台做上了广告。谁不知道,如今在老百姓的心目中,一线品牌上央视,二线品牌在省台,三线品牌地市转,四线品牌沿街喊哪。

双羊这小子也真够有气魄的。最初打麦河道场品牌的时候,他在广告费上可说是孤注一掷,狠狠赌了一把。央视黄金时段广告招标,当时他手里仅仅有一千三百万哪,建厂房都不够,可他硬是敢都甩给央视。他在投标之前,找瞎子我算了一卦。我告诉他,此举凶多吉少,曹双羊不信邪,以一千七百万中标一个栏目广告,手里钱不够,又借来了四百万,你说这小子敢干不敢干?

这个时候,麦河道场的销售还十分有限。曹双羊有一种赌的感觉,打广告费也是一笔赌注。家人都反对曹双羊,只有弟弟曹小根支持他。曹小根想到的不是这个项目能不能做,而是社会需要不需要,能不能奉献社会。有了需求才有动力。一千七百万的广告播完了。这钱可是双羊拿命从煤矿换来的,就这么扔出去了。出人意料的是,节骨眼儿上,效果并不大。双羊心惊肉跳了,继续往下投吗?没有效果咋办?不接着投,那前面的投资就跟打水漂儿一样了啊!就在他举棋不定时,双羊过来找我商量。我这见识,咋能估算好这种生意？我支支吾吾的时候，曹小根过来找我。小根对哥哥讲了这么一句话让他深受启发，那句话是：99度水，再加1度就开了。双羊兴奋地拥抱了弟弟。回去，双羊马上召开董事会，对董事们说出了自己要继续投入资金在央视做广告的想法。多数董事持反对意见，认为这条路走不通，窟窿会越来越大。双羊便耐心地解释说："前头咱们投的一千七百万兴许那就是大见成效的铺垫，不，不是兴许，我判断是一定，一定能见成效，请大伙儿相信我的直觉。不然，咱那一千多万就白搭了！舍不得孩子套不着狼，舍不得肉疼治不好疮！再拼一把吧，弟兄们！"最终，他成功说服了几个董事，又筹措来了两千万，一下子打入央视账号。麦河道场方便面广告又开始在央视露面了。

　　一个多月后，"水"开了，麦河道场方便面销售全线飘红，营业额直线上升，前来提货的厂家每天排起了长龙。整个鹦鹉村都看到了曹双羊创造的商业奇迹，纷纷跑到厂区门口看大大小小的车辆争相提货。

　　有时候，人会乐极生悲。这天上午，曹双羊正在村委会跟陈锁柱商议流转土地的事情，我没事儿溜达过来了。我刚要跟双羊说话，双羊忽然接到张晋芳的电话，说她看到报纸，一个杭州消费者向报社投诉麦河道场了。双羊一听就来气了，骂道："他娘的这不是跟老子过不去吗？有啥事直接对话呗，找记者干个鸟啊？"我说："你别瞎骂，认真落实一下，听见啦？"我把他说软了。隔了两天，双羊跟我说："我了解清楚了，原来，一位叫张桂琴的杭州客户，到超市买了两箱麦河道场。她从导购那里确认，一次性购买两箱麦河道场的就可奖励一套精美的塑料碗和一只小银勺。她在收银台付款后想领取，收银小姐告知，这得到麦河道场批发点领取。她把方便面放在车里，到了麦河道场销售点。销售点服务员说，应该到麦河道场服务部领取。到了麦河道场服务部，工作人员说，应该到超市的赠品处来领。她气愤地跟服务员争吵了起来，这不是折腾人吗？我们不要这碗和勺儿啦！可她的小儿子哭喊着，我要，我要！她又不厌其烦地回到超市赠品处，赠品处说发没了，我们服务部还没及时送来。这个张女士就愤怒了，嚷嚷着要见我们经理！服务员说，为了一个小勺，至于吗？你烦不烦啊？张女士生气地回去了，就把这事捅给媒体啦！"我想了想说："双羊，你想打品牌，老发生这样事情可不好！"曹双羊沉痛地说："我们服务态度有问题，这个王八蛋，人家没烦，她倒嫌烦啦？让销售部给我查一查，这个女服务员是谁？我开除了她！"我劝说："别骂了，从你们管理上找原因吧！"双羊沉吟一会儿说："马上订机票，我要亲自到杭州面见这位张女士，把碗和银勺子送给她和孩子，并向她们母子俩道歉。"我嘿嘿笑了："这像你曹双羊的作风啊！"

双羊走了。过了两天，双羊回来了。他兴致勃勃地对我说："三哥，司机将我和张晋芳送到首都机场。下午到了杭州，没顾上歇息，就赶往那家报社。从总编室得到张女士的电话，立马拨通了电话。起初，张桂琴不相信企业大老板会亲自登门致歉，后来确定是真的，感动得连声说谢谢。销售部的人陪同我们到了张桂琴家，我见到张桂琴深深地鞠了一躬，连说道歉的话。张女士先是惊讶，后来感动得流了眼泪。我把张桂琴的小儿子抱起来，亲了亲说，叔叔给你带来一把小银勺儿，还有一个你肯定喜欢的小玩具，你看好不好啊？孩子接过玩具，开心地笑了。我们从张桂琴家出来，我严肃地对工作人员说，我今天来杭州，大家都要保密，不能告诉媒体。我是一番诚意，嚷嚷出去，别人会说我是来作秀的！回去后，我们马上组织销售部门开会，对这一事件进行反思和检讨。"

我赞叹说："你这样做是对的！但是，每个消费者，会主动给你们嚷嚷的。"

双羊继续说："我回到集团，当天下午就组织召开了销售会议。特别提出销售终端问题，提出品牌最后一公里的终端策略，并制定了《麦河道场终端管理手册》。我在会上说，马克思说过，商品销售是最后惊险的一跃。比如我们的麦河，终端就是入海口。入海口堵了，河里的水没有去向，麦河就会改道，就会泛滥，就会殃及沿岸百姓。我们领教过了，教训惨重啊！还比如足球场，终端就是临门一脚，这一脚踢不好，我们从前场到后场，所有的汗水和泪水都会白流！"

我说："你小子挺有水平啊！"

双羊得意地说："董事们给我热烈地鼓掌。话题回到我们麦河道场上来，有句话叫屁股决定脑袋，就是从终端到开端去决策，销售部是离消费者最近的地方，售后服务是离消费者心灵最近的地方，销售终端是我们企业品牌的最后一公里。只有走好这最后一公里，才能把产品卖出去，不仅卖出去，还要卖好，让消费者高兴，赢得他们的信任和忠诚。我们的品牌最终才能树立起来！这时候，大家才完全明白，我亲自坐飞机去杭州，给一个普通的消费者送赠品的真正原因和深远意义了。"

第二天中午，双羊来到我家，要我给他做两道好菜，哥儿俩痛痛快快喝几杯。双羊嘎嘎笑着问我："咋的，服我了是吧三哥？"我捶了他一拳说：

"看把你小子得意的，谦虚点儿行不行啊？"双羊说："谦虚？该谦虚谦虚，不该谦虚我瞎谦虚啥呀？那样会叫人瞧不起的。"我说："不管咋说，今儿个我得犒劳犒劳你，品牌战略了不起。"双羊摆摆手说："这我就得谦虚一下了。其实啊，现如今咱们对品牌战略的理解还停留在表面上哪。老是喊实施品牌战略，实施品牌战略，可具体品牌战略到底是啥呢？跟企业战略是啥关系？跟具体的生产经营活动又有何联系？咋规划？咋实施？咱们谁都不清楚。说来说去也就是喊几句品牌口号。还有的企业根本就没拿品牌战略当回事，思想还停留在九十年代初期那种运作点子、炒作概念的水平上哪，把品牌战略跟营销策划、广告创意、公关，还有促销活动掺和一块说，诱导市场跟消费者。你说这种思想水平，能把企业做大做强吗？"

我问双羊："对咱们麦河道场打造品牌，你有啥高招啊？"双羊说："晋芳前几天递交给我一份创建品牌的设计方案，我觉得挺好，我给你念叨念叨啊。他们提出的品牌策略是'立足国际创品牌、步步为营固市场、树立商界新形象、打造市场忠诚度'。咋样三哥，还行吧？"我问："就这一句话？没有具体的东西了？"

双羊说："哪能就这么一句话哪。具体说，首先是构思一个英文单词的中文译音为新品牌的名字，建议暂定名为麦场威尔。然后挪用老外的模糊头像作为新品牌的图形标识，配上中、英文在产品包装、产品说明、招商资料、广告、POP 以及物流配送车辆上使用。还有，虚拟一个国外行业权威机构名称作为咱们企业将来上市产品的监制方，哈，他们想得可够远的，来年上市都提前想到了。这个小媳妇还想到了聘请一位明星做咱产品的形象代言人，参与品牌的推介和招商活动。三哥你听这个方案还有点意思吧？"

我不以为然地摆了摆手："算啦，算啦，你要说村里这点事儿，我还能多说两句。你这生意上的事儿，我越听越糊涂哇！来，喝酒喝酒！"然后，我就听见双羊开酒瓶的声响，咔嚓，咔嚓！

昨天的荣誉

在坟地里，狗儿爷说起我二舅张建群的死。

我没见过我二舅张建群。我还没出生，他就牺牲了。牺牲在离村子挺远的一片麦地里。是叫黑枪打中脑袋的，死得好惨，脑袋上全是血，跟个血葫芦似的。当时是狗儿爷和几个民兵抬着我二舅去的医院。人早就不行了，医生都没抢救，直接叫抬进停尸房了。我娘去的时候，人们都哭了一会儿了。据说，我娘哭昏了过去，哭他年轻有为可惜了，哭他的命短不长寿。那时候，我二舅如果不死，就当上县委书记了。他的死一直是个谜，有人说是无意碰上了民兵的冷枪，也有人说是遭人暗算。还有人说，张兰池的后代对他下了毒手。

为了解开这个秘密，我曾经求助于虎子。

虎子的记忆是超常的。我给虎子喝了酒，虎子发出的叽叽的声音，竟改成老鼠叫了。但我还是听懂了，虎子说："我见过张建群，他死在一块麦地里。是黑枪，谁打的？看见了，那人小矮个儿，疤癞眼儿，戴着小礼帽儿。"我急了："快说他叫啥？哪庄的？"虎子停顿了一会儿说："别人都喊他小笊篱，这人不是咱们鹦鹉村的，从河对岸过来的。"我就记下了，在河对岸的几个村庄寻找小笊篱。在大张庄，还真有个叫小笊篱的，是地主张德祥的狗腿子，还乡团成员。大张庄土改也归我二舅分管。没错儿，就是这小子杀了我二舅。唉，弄明白了有啥用啊？小笊篱早鸡巴死了！我为二舅张建群惋惜，连连说："可惜，可惜喽，要是不死，最小也当上市长啦。"狗儿爷不知道我的心思，叹了口气说："你二舅要不死，咱村的合作社肯定比哪个村都搞得好，你信不信？"我嘿嘿一笑："这个我不跟你抬杠。"说起合作化，狗儿爷话就长了："我不反对合作化，想把大伙儿聚在一块往好日子奔，这点没错儿。可现在看来，当时也犯了一点错误，那就是太强迫啦，不乐意，硬拉人家入社，不入就是阶级立场有问题！如果不把地收回来，有党和政府，困难户我们能不帮吗？我都入土的人了，说了也不怕！"我跟着附和说："是啊，当时是有过激的地方，我瞎子说了更不怕了。你还别说，现在政府开明了，新农村建设也好，土地流转也罢，一开头就说，尊重农民，啥事不能强迫！"

狗儿爷说："从走过的路来看啊，我们有经验也有教训啊，我们啥时候真的拿咱农民当人了，尊重他了，事情就好办啦！"

狗儿爷说起了那年的麦收。那一年是他家第一个麦收，收成不错，打下来的麦粒足足装了六麻袋。虽然那时候的亩产普遍都不高，但对于长期处在缺粮少吃困境中的老百姓来说，这已经很不简单了。回想起当年鹦鹉村麦收时候的场面，我心里头可激动了，男女老少钻进半腰深的麦田里，全都弯下腰，大人挥舞镰刀割，孩子甩开两只胳膊用劲拔。一边干活，大人们一边相互说着话，什么今年了，丰收了，一家人可以美美地吃上几顿烙大饼了，张家的二丫头跟李家的三小子该操持成亲了，赵家的柱子跟娘家的花子好上了……唠得可欢实了。小孩子们哪，你扔给我一粒石子，我甩给你一块土坷垃，然后嘻嘻嘻地笑个不停。整个麦地里头热闹得像在过年。

狗儿爷慢慢地说："就是在这个丰收季节，我跟同村姑娘王小香恋爱了。王小香也是民兵，我们是自由恋爱的。我爹非常喜欢这个孩子。她生得细眉细眼的，胸脯子圆鼓鼓的，是个稳当、勤快的女孩子。小香家境比较殷实，她爹是个木匠，走村串乡地给人打家具，一年到头不闲着。她娘会做衣裳，整天忙个不停。小香她娘同意这门亲事，理由是曹家人勤快。我爹很快就托媒婆到老王家提亲去了。这门亲事就这么定下来了。第二年麦收时节，我爹给我操持了婚礼。我的洞房之夜，是在麦地里度过的。我们把麦子放倒一片，就把那事儿办了。过去，咱鹦鹉村有个说法，女人在麦地里怀孕，就一定是个儿子。在麦河船上怀孕，就一定是个丫头。"我嘻嘻一笑说："这说法准吗？"狗儿爷说："你说不准吧，还真灵，我老婆不久就怀了玉堂啊！"我笑了笑说："哎，等我跟桃儿再要孩子，也到麦地里撒种子去！"狗儿爷嘿嘿笑了。为了证实狗儿爷的话，我给虎子灌了酒，想从虎子嘴里求证一下。虎子说："真的，麦地里睡的。"我使劲一拍虎子的羽毛："畜生，说细点，光睡觉啦？"虎子说："我压在我老婆身上，我老婆还哧哧地笑。"我笑了："畜生，我和桃儿的事儿别跟外人说啊！"虎子答应了。

狗儿爷告诉我说："来年四月，玉堂就出生了。我爹抱着白白胖胖的大孙子，喜得核桃皮一样的老脸像盛开的菊花。玉堂三岁那年，上级来了新号令，土地要收回搞合作化了。刚刚分到手没几年的土地要收回去，搞互助组。我爹心里真是想不开，地还没种够呢，土地证还没在胸脯焐热呢！他舍不得啊！舍不得也没办法呀！土地都集中起来经营好吗？会不会浪费劳动力？会不会不像自家地侍弄得那么好？我爹就不想入互助组。村里人都看着我爹呢！乡里很快下来人找支书韩老万，韩老万是韩腰子的老爹，他是鹦鹉村第一任支书，不找他找谁？乡里的干部批评他工作不得力，催他抓紧让全村人都加入互助组。韩老万到我家做我爹的工作。那天一大早，我爹正在当院磨锄头，准备下地干活，韩老万推门进来了。我爹知道他来干啥，就顺下眉眼儿没理他。韩老万没急着说话，倒背着手走到猪圈跟前，看看正在抢食吃的猪；再到菜园子跟前瞅瞅已经上了架的绿油油的豆角和黄瓜秧，抄起身边的水桶拎进园子给秧子浇水。我娘刷完碗筷泼脏水，看见了韩老万，连忙招呼道，支书来了，快，屋里头坐，别忙乎了，等曹老大浇呗。韩老万答应着，拎着空桶出了园子，放下水桶装上一袋旱烟，将烟袋杆子往我爹手里头一塞，蹲下身不说话。韩老万是个有心计的庄稼人，地里的庄稼跟他这个主人一样明显比别人家地里的庄稼长得好，麦子多结粒，玉米多长棒子。上级叫他当支书有眼光。鹦鹉村互助组成立得慢，他却挨了批评。韩老万说，互助组究竟好不好，好到啥程度，今后会发展成啥样，谁也说不准，乡长也不敢拍胸脯儿。我韩老万硬是把乡亲们拽互助组里头去了，将来不如意了，出了啥闪失，我担当得起吗？可乡里头催得紧啊，再拖下去就坏了，谁受得了啊！韩老万就是韩老万，比狐狸还精哩。他想出了个妙主意，跟上级要工作组来村里。上级领导就答应了。今天，他就是提前来到曹家，稳住我爹等着乡里干部出场的。我爹扛起锄头要走，韩老万拽住了他说，别走啊，我有话要说。我爹黑着脸说，有啥好说的，我不入组。正说着，乡里来的许干部进来了。我爹认识许干部，就说，有啥话上地里说吧，别误了我干活。许干部朝老万一努嘴说，走，下地帮着老哥干活儿去吧，没有调查研究就没发言权啊！人家许干部不愧是干部，说起话来就是有水平。他边帮着除草边对我爹说道，互助组是咱们农民在个体经济的基础上，组成的带有社会主义因素的集体劳动组织。原则是自愿互利，互换人工或畜力，共同劳动。你家的骡子我家使使，我家的牛帮你家耕耕地，这是为咱乡亲们，穷帮穷共同朝好日子奔啊！赵家峪村长叫赵树林，他带头组织了一个十四户的互助组，去年在抢割麦子的时候，遇上百年不遇的暴风雨，互助组成员齐心协力，帮着劳力少的农户割麦子，赶在大雨来之前把麦子全都收回了家，没受一点损失。难道党的话你信不过不愿听吗？嘿，这番话可说到我爹心坎儿上了，共产党领导咱们翻身当家做了主人，咱感谢还来不及哪，哪能不听党的话呢？我爹扔下锄头握住许干部的手说，你别说了，我曹家加入互助组！我家就这么加入了互助组。合作化和互助组的情形就不同了。鹦鹉村是1954年下半年开始成立合作社的，合作社要求农民以土地入股，统一使用土地，合理使用工具，共同劳动，实行计工取酬，按劳分配。这样，农民的土地私有权只是名义上的了，种啥庄稼，咋分配粮食，都不是农民自己说了算的事了。生产合作社建立之初，我爹跟不少不愿意入社的村民迫于无奈，只好在入社前就把牲口、农具卖掉了。我娘不理解我爹，问我爹咋把干活的农具、牲口都给卖了啊？我爹说，你懂蛋啊，入了合作社后，啥东西都要充公了，现在卖掉还可以得俩钱，留着给儿子盖房子！明白了吧？"我静静地听着，狗儿爷突然停了。

狗儿爷歇了歇又问我："哎，双羊入党了没？"我说："入了，去年入的，田兆本是他的介绍人。"狗儿爷说:"我是韩老万介绍入的党。入党宣誓后的第二天,他在村头截住我,跟我说,景春啊,别人都看着你家呢,你是党员,你可得带个好头啊!我拍着胸脯说,你放心吧,村长,我一定做通我爹的工作。说完,我就跑回家做我爹的工作。可是没说上几句就叫我爹从屋子里头给踢了出来,气得我直跺脚,差点给爹扣上一顶大帽子。眼见全村差不多都交出土地了,就差几个钉子户了。最大的钉子就是我爹,我急得上蹿下跳直闹牙疼,吃不下睡不着,整夜游荡在田野里。我老婆小香看在眼里疼在心里头,可也只能干着急抹眼泪。她一边抹泪一边嘟囔说,想不到咱爹思想这么落后,让你这个党员还咋当啊?早知道这样,真想不跟你结婚了,省得跟你吃挂落儿。这句话一下子提醒了我,我啪地一拍巴掌说,对呀,老婆你可太伟大了,咱就给爹来个闹离婚……我老婆揉了我一把,叫喊道,好你个狗儿,入了党当上了民兵连长,你就这么快想当陈世美啊?我连忙捂老婆的嘴说,哎呀,你想哪儿去了,我的意思是闹给爹看,给他点压力,逼着他答应入社。我老婆明白了,啊,你这是使个计谋啊。可这招能管事吗?我说我是他儿子,他能眼睁睁看着你跟我打离婚吗?我老婆一听有道理,就答应了。第二天这么一闹,我爹还真的软了,答应入了社。我因此受到上级的表扬。县委书记王国忠还奖励了我一支钢笔哩,是他的一个当志愿军的战友在朝鲜战场上缴获美国人的。我如获至宝,一直没舍得用,珍藏在一个柳条箱子里。我家入社了,交出了地,交出了新添置的一架轮胎大挂车。我爹真是不情愿,心里窝了一肚子委屈,当天夜里头就觉得浑身发冷,不停地冒虚汗,把被子都浸湿了。我爹这一病就是半个月,眼窝子塌了,脸蛋子窄了。我看在眼里明白在心里,也只能落个干心疼。一个月明风清的夜上,我爹来到了自家的地头,趴在爹娘的坟头上大哭了一场。他的哭声太大了,无所顾忌,那天正赶上顺风,风就把他的哭声刮到村里来了。人们就爬起来循着声音出了村,一直寻到了曹家地头。不大一会儿,就围上来不少人,没人劝,都是看热闹的人。有的人还解了气了,幸灾乐祸地说道,土改时你不是先进吗?跟得紧吗?别看你当年是大英雄,如今就是狗熊啦!我爹听了止住哭大骂,滚你娘一边去!地是老子开的,愿意献出去,咋着?关你屁事儿啊!他爬起身,摆出一副要打人的架势,人们吓得纷纷后退。唉,我因为工作积极,当上了鹦鹉村第二生产组的组长,工作更是积极了,整天忙得见不着人。有天早上,上工的钟声敲响了,我爹扛上锄头喊我去跟他上工。我老婆说,昨儿个后半夜他就走了。我爹问干啥去了?我老婆说,夜里被陈发叫走了,说水渠跑水了，把庄稼淹了。我连夜招呼二组的社员堵水渠去了，要干好几天哪！我爹既是恨又是疼，嘟囔着骂道，这小子，成了公家的人了，咱家是指望不上他了！"狗儿爷说着嘿嘿笑了两声，接着说："我老婆又怀孕了。后来有了曹生堂、曹山堂，还有了一个闺女曹显菊。"

我知道的，曹生堂在村里因为跟曹玉堂不对脾气有矛盾，老死不相往来。老三曹山堂在1960年大饥荒时候饿死了，曹显菊嫁到了东北锦州。这些都是后话了。

狗儿爷说："我爹不在自家地里干活提不起精神，整天在田野里闲逛。这个时候，省农科院派来了专家李万春，带着两个徒弟到鹦鹉村搞科学种麦试验来了。县里让村里全力配合，村里让我的第二生产组配合，试验田就选在了我爹开荒的那片地上。我爹一见自己当年开出的荒地派上了用场，高兴起来了，也来了精神。我趁机给爹派了活，让我爹协助李万春种试验田。我爹情绪逐渐好转了。但真正扭转我爹心情的却是这件事儿：鹦鹉村的粮食大丰收了，粮食统购统销开始了。腊月二十三，我张罗着将卖给国家的余粮入仓，正忙得满头大汗的时候，我爹来了，来喊我回家，说今天是庄稼人送灶王爷上天的日子。我说把余粮卖给国家，支援工业化，工业发展了，大家就都富裕了，都富了，我们就享福啦！我爹听不懂，他只看实际的。过了年，我把自家余粮卖了，拿上钱就往家跑，还给父亲打了两瓶玉田老酒。这让我爹开了眼，种了这么多年的地，还从没看见钱啊！生产组真的有两下子啊！我爹走出家门，看见村头杨二寡妇开的小卖部排着很多人，排成了一个长队。他们卖余粮有了钱，都来买烟、酒、酱油、醋，我爹自言自语地说道，看来互助组还行啊，我算是尝到合作化的甜头了！我爹跟我说，我也参加你们组的劳动吧。我高兴地说，爹你可想通了，太好了，明儿个我就跟社长说一声，把你要到我们组来。初秋到来的时候，上级来了新政策，叫'深翻密植'。领导听说山东有个叫大山的农业社，因深翻土地增了产，就积极提倡。我开会回来了，鹦鹉村也要搞'人海战术'翻耕土地了。因为翻地，我爹跟我发生了争吵。我找来了张铁匠制作一种大犁。我爹说，畜生，翻土犁地，没有错儿。把草末和庄稼叶儿、虫卵，都翻到地下，不仅灭了虫，还肥了田。本来七寸犁就够用了，非要深翻，就会把硬土和僵土翻了上来，还得挖土回填，一道道的深沟，哪是种地？不像打仗的战壕啊？我批评老爹说，你是老脑筋了，人有多大胆儿地有多大产！我爹骂我，大胆儿？要说鹦鹉村，谁比你老爹胆大？胆大就能多打粮吗？你是败家不等天亮啊！我热情高涨，根本听不进老爹的话,带着人们轰轰烈烈地下了大田,像兴修水利一样,在麦河岸设了一个总指挥部。我住在指挥棚里,多少天不回家。夜深人静的时候,地头点着马灯和火把,照得通红。我亲自到地里挖一会儿,回来还是不能入睡。我提着煤气灯,拿着皮尺,撅着屁股上下量着尺寸。转眼就到了播种冬小麦季节,上级对鹦鹉村的小麦播种面积要求非常严格。我开始了'密植'的工作,选了两块高产试验田。"

　　我对这事来了兴趣:"不听老人言,吃亏在眼前。这事儿,你错啦!"

　　狗儿爷嘿嘿一笑:"听我往下说哩!我让人把深翻耙平。播种的时候,我爹来了,大骂了我一通。我望着老爹阴沉的脸色说,白露早,寒露迟,秋分种麦正当时。我们咋错了?我爹狠狠地骂了我,我不是说时令,我说种得太密了。我说,这就密了?这是第一遍,还得撒一遍种呢!我爹火了,你这叫胡来!糟蹋粮食,糟蹋土地!我被骂愣了。但是,我爹不能抵挡我们的试验,我们继续播种冬小麦。那一年,麦河水源足,冬日灌溉了大水,麦地上成了溜冰场。到了来年春天,猛用大粪,猛加化肥。麦苗雨后春笋般冒出来。太密实了,比麦河滩的茅草还密。我看着实在不行,就让人用锄消灭了一些,弄完了还密。麦苗还没抽穗儿,就一棵棵倒伏了,像被冰雹砸过一样。我的心一下子凉了。我感觉密植不行,但又不敢明说。让人偷偷买来竹竿,给麦子绑上了架。麦收来临,一亩地打了一百多斤秕麦子。唉,不认错儿也不行啊!我在老爹面前服软了。我爹骂道,你小子不听老人言,吃亏在眼前啊!老古语都说了,小麦密种没头,油菜密种没油!我跟你说过多少遍啦!我低了头说,都是上级号召的,我也没办法啊!我爹更加愤怒了,我看你就是猪脑子!我爹骂完了就跟我喝酒,又大醉了一回。他的身体一天不如一天了,双眼没神,身子骨儿软塌塌的。开始,他还能支撑着出工,后来就不行了,有一天下午,我爹正在给玉米锄草,眼前一黑,一头栽倒在地上起不来了。身边的社员手忙脚乱地把他抬到乡卫生院,抢救过来了。大夫说我爹病得不轻,让他绝对卧床静养。麦收前的一个傍晚,我爹趁家人不注意,晃晃悠悠出了家门,出了村子,朝原来属于我家的地扑扑跌跌地走去。他想自己当年开的荒地了,现在已经成了高产试验田了。他想得凶啊。人哪,一旦对啥物件有了感情,就再也离不开了。他知道自己来日不多了,就想临死之前好好跟土地说说话。他吃力地朝着那块地走去,走着走着感觉气力不够了,就跌倒了,想站起来可咋也站不起来,他就爬,一点一点地爬。也不知爬了多久,终于爬到了麦河边的河滩地。麦子吐穗儿的季节,试验田里的麦子齐刷刷的,到处都是浓烈的清香。我爹双手紧紧抓住一绺麦子,伸出舌头颤巍巍地舔着,大滴大滴的眼泪顺着他那蜡黄的脸颊滚落下来,浸湿了麦秆儿,滴进下巴底下的土地里……黄昏了,我娘发现我爹不见了,我们找了很多地方,才在麦地里找着了他。我发现他倒在了麦地里。他一手抓着黄土,一手攥着麦秆儿,身体已经硬了。夕阳在麦地里燃烧,一片片黄色的火焰。麦穗包裹了他的尸体,他的魂儿留在了麦地。我感觉那是大片的麦子将他揽入怀里了。我娘扑到我爹身上,哇的一声哭了,眼泪吧嗒吧嗒流啊,泪水打湿了我爹的胸脯。我明白爹的心思,可他又能说啥呢?啥也别说了,爹死在他自己开的荒地里了,他就知足了。在整理我爹衣裳的时候,我从爹的身上翻出了那个作了废的、发了黄的、卷了边儿的土地证,我的泪就流得不成样子了。"

曹老大死了,我爷爷给他捏了一个泥塑,戳在了他的坟头。

狗儿爷喘了口气说:"我爹可是鹦鹉村的大人物哩,尸体停放了七天,吊唁的人真多啊!人们很惊奇,竟是满屋子麦香,大热天的,尸体一点儿没坏,皮肤还有弹性。这消息一下子传开了。都说我爹是奇人,不是常人能修来的福啊!我爹死后半年,我娘也悄悄离开人世。你爷又给我娘捏了个泥塑,让老两口儿多说说话儿吧!"

闯市场

一个落雨的早晨,我开始生火做饭,我做得很仔细,锅碗瓢盆轻碰摩擦都没有。我开始蹲着烧火,灶台烟熏火燎,两手是湿的。我一不小心,折柴的声音太响了,嘎巴嘎巴的,惊醒了熟睡的桃儿。桃儿习惯了夜生活,早上要睡到十点。桃儿说:"老公,我们搬到城里住吧!"我说:"我不习惯城里。你说我走了,虎子咋办?"桃儿说:"虎子老了,快一百岁了,活不了几年了。城里有盲道,再说,我给你买一条导盲犬啊!"我心里一热,感动得落泪了。桃儿待我太好了,可是,我咋能离开鹦鹉村呢?咋舍得离开麦河?我这副骨架就靠麦子的气息撑着呢!桃儿见我不说话了,轻轻走出来,用纤细的手指点了点我的额头:"你呀,就是穷命脑袋!"她的语调里有许多感动人的东西。

桃儿喝了一碗小米绿豆粥,就开车走了。她一走,我就寂寞了。我在院里转悠,一只鸟飞过头顶,一泡鸟粪落在我的头顶。我抬手撸了一把头发,果然有黏糊糊的鸟屎。我打开水管子洗脑袋,双羊就进院来了:"冲冷水澡呢?"我说:"落鸟粪了。吃饭没?厨房有小米绿豆粥。"双羊说:"吃了,我来跟你商量个事儿。"双羊塞给我一块口香糖,自己嚼着说道,"我打算让桃儿出任麦河道场的销售经理,你看咋样啊?"这事儿挺突然,我一时不知该说啥好。因为这个时候,我已经跟桃儿定亲了。尽管我们没有举办婚礼,村人也都知道桃儿是我女人了。要是让桃儿当销售经理,那双羊肯定会经常带着桃儿出差,两人老在一起难免日久生情,我这心里头还能有个消停吗?那我跟桃儿还有希望吗?依我的条件肯定拼不过曹双羊啊!双羊看出了我的顾虑,问道:"看样子三哥不看好这事儿啊,心里头咋想的?"我不能直接说出心里话,只能拐弯抹角地说:"我觉得……桃儿不合适,她……太年轻太漂亮太没经验太……那个太那个啥……总而言之她跟你搭档不合适,影响也不好,容易叫张晋芳起疑心,心里不踏实……"双羊嘎嘎乐了:"三哥我明白你的意思了,你就是担心我起花花心呗,这你尽管放心,我有老婆了,不会干那事的。"我心里话:哼,你越这么说我越不放心哪。嘴上说:"感情这玩意儿谁也保不准,谁也不能给自己打包票啊。"双羊拍拍我的手掌说道:"这样吧三哥,我再征求征求桃儿的意见,她要是愿意……"我不高兴了:"你那意思是桃儿要是同意就聘她呗。那你跟我商量来干啥呀?直接找她多省事啊。"

"兪!挺牛了三哥?"双羊凑近我,观察着我的脸色,"生气了三哥?我来跟你商量就是给你老大面子,不是你同意不同意的事,是叫你发表发表想法供我参考,明白了吧?"我黑着脸大喊:"我就是想不通!"双羊一看形势不妙,啥话没再说,溜走了。

第二天下午桃儿上我家来了,一进屋就单刀直入:"听说你不同意我当销售经理?说我俩时间长了整用不着的烂事儿?"我黑着脸反问她:"你啥意思啊?兴师问罪来了是吧?我就是这个意思咋着吧?"桃儿提高了声调说道:"三哥,你不了解双羊还信不过我吗?我是那种水性杨花逮谁跟谁的人吗?过去的事就都让它过去吧!我跟你说明白的,我跟双羊将来也就是合作关系,我们要是想旧情复发,还用得着找出差的机会吗?在家啥不都办了啊?你寻思寻思是不是这么回事?"

我争不过她,既然她愿意,我一个局外人,跟人家非亲非故的横扒竖挡的算咋回事嘛!我就说:"随你去吧,爱干啥干啥。"桃儿笑:"这么说你同意了？哎呀，你真是我的好三哥。"说着，一把搂抱住了我的胳膊。我就闻到了她身上的香气，幽幽的，浅浅的，真好闻，我心里就荡漾了。我们生活需要钱，不是舍不得她给双羊当经理，而是有我的担心，怕他们死灰复燃啊！可这话我说不出口。都说眼睛是心灵的窗户，对我来说，脸色就是心灵的窗户。桃儿一定看出我的脸色有点阴了，说话声音小得像蚊子："三哥，我知道你是为了我好，可人往高处走水往低处流，我也想利用这么个机会锻炼锻炼，闯荡闯荡，给自己将来单挑独斗蹚蹚路、探探深浅哪！我永远是你的人，就别为我担忧了！"唉，话都说到这份儿上了，我还有啥好说的呢？

我逐渐了解了双羊的心理。在他看来，商场就是江湖，企业家就是侠客。只有敢于冒险，善于决策，才能在复杂多变的市场环境中及时准确地把握住商机，这是一个创新的时代。他非常明白，自己面对的永远是一群非常挑剔的、永远不知满足的人。创新是利润所在，也是快乐所在。资本家是吸血鬼，企业家是创新者。曹双羊反思过自己，觉得他自己严格地说算不上一个农民企业家，充其量也就是一个农民大款而已。他要把眼光放远一些，放长线钓大鱼。这小子说到做到，桃儿刚一到任，双羊就派她去了清华大学，在市场营销班进修了三个月。桃儿跟我说，她此行学习受益匪浅，深刻领会了一句营销名言：要想让顾客接受你的产品，必须先培训顾客。

第二天晌午，双羊真就来了。桃儿也来了。我没搭理他。来就来呗，这小子平常说来就来，一点都不客气。我正在厨房里头做饭，蒸鸡蛋糕，昨天就想吃了。双羊笑了笑说："三哥，煮方便面吃吧！这玩意儿你一吃就上瘾的。"我故意质问他："你小子是不是往汤料里头放大烟壳儿啦？"双羊哈哈一笑说："还用得着那玩意儿？咱有特殊工艺的配料，保管你越吃越健康。"

"你就吹吧，听说往后吹牛也上税了啊。"

"吹不吹的，三哥你尝尝再说嘛。"

"我不爱吃方便面，你又不是不知道。"

"这是为麦河道场吃，跟形象代言人一个待遇呀！"

"我凭啥为麦河道场吃啊？我又不是你的员工。"

"现在你就可以成麦河道场的员工了。"

"我一个瞎子成你的员工有啥用处？"

"咋没用，吃方便面。"

"那我也不吃！"

双羊沉默了会儿，来了个新花招儿："三哥，我可告诉你，这方便面是咱鹦鹉村的面粉制作的。有我们的麦香啊！"我嘿嘿一笑："你小子算是摸透我瞎子心理啦！那我得吃！"双羊哈哈笑着说："我猜你心里去了。在咱鹦鹉村，数三哥爱家乡！"桃儿在一旁分析说："还有一个消费心理，他怕花钱！小农思维！"我没有搭理她。双羊继续说："三哥你听我说，你不是吃不起，而是不愿意消费，陷入了一个方便面的消费误区。宁可自己做，也不吃买来的方便面，觉着这样省钱。可你仔细算算账，这是节俭吗？一盒方便面才三块钱，你在家里生火、擀面、油盐酱醋，加上工时，这得多少钱？实际上成本要比这三块钱高啊，你说吃方便面省还是吃自己做的面省？"我的心动了一下。哎！双羊这笔经济账算得有道理啊！我心里掂算一下，决定接受麦河道场方便面。不但自己吃，还要动员瞎哥瞎弟们都吃方便面。双羊和桃儿左边一个拍我的肩膀，右边一个搂我的胳膊。我把脑袋往右边偏了偏，就又闻到了桃儿身上的香气味儿。真好闻。

最近一个时期，双羊让桃儿做市场调查。桃儿对我说，人们觉得方便面真是方便，味道也好，可就是有一种担忧，这是油炸食品，女人吃了害怕难保身材，不到万不得已，是不轻易吃方便面的。曹双羊明白了，这是消极的观念抑制着方便面消费。我说："既然女人们害怕吃了你的方便面发胖，那你为啥不生产一种非油炸的脱脂方便面呢？"这句话提醒了双羊，他指示技术部门从速研究生产一种非油炸方便面，以供年轻的女性消费人群选择。

这非油炸方便面很快就出厂了。曹双羊开始了一系列的促销活动。他要闯大都市，第一站选了深圳。他说那里是改革开放的前沿，容易接受新鲜事物。深圳是一块难啃的骨头，经营多年的名牌美食人家都在深圳市场碰壁而归。深圳人很看重品牌，听说麦河道场是一个名不见经传的小企业，注定要拒之门外。好多人都劝曹双羊别碰这个钉子。双羊不信这个邪。桃儿和销售部的人带着产品跟超市谈了两次，人家根本不跟你谈，几个人沮丧地回来了。那天晚上，双羊和桃儿来到我家。桃儿分析着市场："市场培育需要时间，看起来我们性急了点儿，得慢慢来。"双羊大手一摆说："慢慢来？毛主席说了，一万年太久，只争朝夕！"桃儿问："你的意思是继续跟他们谈？"双羊摇摇头说："我想到了毛主席的'农村包围城市'战略，我们麦河道场为啥不能走一条'小区包围超市'的路径呢？"桃儿念叨着："小区包围超市？小区……包围超市……"双羊一拍大腿说："对喽！"我兴奋地说："你们这叫土八路的游击战哦！"双羊和桃儿都笑了。

双羊让我给他组织一个盲人演唱团，到深圳去演出。我跟他讲好了报酬，叫来了田大瞎子等七个人,有唱流行歌曲的于大脑袋,有数快板的赵大爪子,有拉小提琴的李歪脖子,有拉手风琴的小英,有变魔术的庄大明白,还有一个说山东快书的秦枪枪。双羊把我们接到了深圳,然后上社区进行巡回演出。我们唱的都是麦河好风光,唱得极为卖力,唱这儿的麦子是生态麦子,不打农药,营养丰富,老年人吃了还补钙呢。男女老少听了笑歪了嘴,效果挺不错的。

我记得刚到深圳还是很艰难的。双羊和销售人员在街上摆摊,小区摊位上都挂着充满挑衅意味的广告语:"深圳没有麦河,没有黑土地。""天然绿色麦田,送给你们清纯的麦香。不尝,是你的错;尝了不买,是我们的错。""麦河道场的方便面会说话。"深圳市民看着很感兴趣,纷纷过来免费品尝。双羊还让手下做了个盲测试验,他叫来了二十个市民,把深圳市场上火爆的各种方便面买来,加上麦河道场的两个品种,分别用开水沏在碗里。让人们一碗一碗地品尝。认为哪碗好吃就把这只碗放到一个高出所有桌子的柜台上。结果二十人中有十七人认为麦河道场的方便面好吃。双羊和桃儿击掌庆贺,弟兄们也都欢欣鼓舞。很快,麦河道场就打进了深圳社区的小门小店。没过多久,超市就认可了麦河道场。

曹双羊一举攻克了深圳市场大门。

曹双羊转身就进攻北京市场。曹双羊在北京超市搞了一个"买二赠一"的促销活动,掀起了业内一场轩然大波。在这场风波中,麦河道场开创了一种方便面全新的销售模式,曹双羊也得到了一个绰号:价格战的疯人。"买二赠一"在北京的销售活动是由牛艳负责实施的。我没看懂其中的名堂,跟双羊因为这事还争吵了一番,最终谁也没说服谁。

别人都在欢呼胜利的时候,我却看出了一个有趣的玄机:曹双羊在京的"买二赠一"促销,显然醉翁之意不在酒,他的目的是想"引虎出山"。这虎是谁呢?就是北京地区的营销网络——曹双羊几次都没建立起来的营销网络。据我所知,这个活动开展之前,在北京,麦河道场方便面一天的销量是两千多箱,活动之后,每天的销量居然攀升到了两万多箱。这个销量很快引出了"老虎",一个庞大的营销网络。活动的成功,使在京的许多经销商主动找麦河集团洽谈合作,桃儿这个销售经理忙坏了。多忙我都高兴,麦河道场终于变被动为主动了。双羊跟我说,由牛艳牵头,一举建成了北京地区的营销网络。我问双羊这次活动一共投了多少钱。双羊说四万块钱。我又问最终获利多少。他说四百万。这可吓了我一跳,小投入大回报,太厉害了,远远超出我的想象。

　　一个星期后，麦河道场与经销商签约仪式在北京沃尔玛超市门前举行。我这两天有些感冒，就没有参加这个活动。发烧的我幻觉分外强烈，好像那里的一切我都能看见。其实，虎子这畜生都看见了。虎子看见不就等于我看见了吗？

　　这些日子，我的情绪不好。这天下午，桃儿把曹双羊叫了来，我把张洪生暗中要和乐高面联姻的秘密告诉了他。其实，双羊也早知道了，他骂了一句："老虎的屁股，球儿！"他没有说别的，转身走了。走了几步，双羊回过头来对我说："三哥，我要去上海了。"桃儿也说："三哥，我也要走了，你照顾好自己啊！"

　　我明白了，麦河道场进攻上海的战役提前打响了。曹双羊的麦河道场为了打进上海市场，琢磨了三年，准备了三年，终于向上海进攻了。曹双羊本来是想在北京市场把美食人家拉下马，可他一听我说美食人家跟韩国的乐高面勾搭到了一起，火气就转到了乐高面身上。上海这个大市场，一直被国际品牌乐高面稳稳地占据着。进攻上海，实际上是跟乐高面争天下。多少想在太岁头上动土的方便面厂家都屡战无果，只得偃旗息鼓。

　　有一年，美食人家就在上海惨败而归，结果是赔了夫人又折兵，所以，张洪生心里对乐高面敬畏无比。曹双羊跟我说过，上海是一块最难啃的骨头，所以他们把上海叫作"方便面的高地"。这是因为上海人均食用方便面是全国平均水平的四倍。这次出击双羊能够胜利而归吗？说实话，我替双羊捏着一把汗。十天以后，桃儿给我打来了电话："三哥，现在可以兜底了。我们根据上海的饮食特点研制了一个新品种，叫'麦河清鲜面'。研制者走访了众多上海市民，仔细深入研究上海人的口味。通过走访调查发现，上海人以鲜为特色，所选用的原料，无论是蔬菜或肉类，都要求新鲜。上海天气炎热，人们食欲不大，为增进食欲，保证营养，上海日常饮食以清淡、鲜爽、嫩滑菜式为主。双羊让相关人员在菜包里做了革新，包装方式也尊重了上海人的饮食特点：一碗两分，一半泡面，一半泡汤。麦河清鲜面是方便面的一个无竞争领域。"我笑了笑说："是这小子的风格！告诉双羊，上海不是一般地方，稳一点啊！"桃儿嘿嘿一笑："放心吧，明天我们就举行'麦河清鲜面'的新闻发布会。销售上又有新招，他借助上海天赐龙网络公司的力量，走网络营销的新路子！"我说："好啊，预祝你们成功！"桃儿叮嘱了一下我的身体，把电话挂了。

刚过几天,我感觉就又不好,心慌意乱的。桃儿又把电话打过来了:"嗨,大上海这块骨头真难啃啊!"我听了一愣:"咋啦?碰了钉子啦?"桃儿说:"双羊让我们有意制造热闹争抢场面。实际上,这是赠送!这不是做活广告吗?头几天,前来看热闹、争抢的人很多,双羊叉着腰得意地乐个不停!可是,上海人太精了,好景不长。刚出一个星期就险情不断了,先是出现了退货现象,开始是几个人,后来是大片退货。我问他们为啥退货,那几个人叽里哇啦一通叫喊,谁也听不懂这地道的上海话,急得我直跺脚。后来花钱请来了个热心的老上海,老先生一翻译才明白,原来人家嫌清鲜面不够鲜,不如乐高面的鲜。双羊提前品尝过乐高面了,感觉不比麦河清鲜面鲜啊,咋回事呢?"我想了想说:"可能是因为我们偏爱自己产品,本能地排斥或者说挑剔别人家产品的缘故。"桃儿说:"也许是吧。双羊让企业技术部门研究改进呢。可是,改进是需要时间的,远水不解近渴。销售部门统计报表呈交上来了,上海战役亏本赚吆喝了。三哥,危急时刻,你过来帮帮我们吧!"我一愣:"让我唱乐亭大鼓?上海人不爱听啊!"桃儿说:"不唱大鼓,不唱了。"我苦笑了:"让我瞎子街头卖面吗?"桃儿咯咯笑了。我问:"双羊让我去的?"桃儿轻轻一笑:"我让你来的,我想你啦!"我梗着脖子说:"那更不去了,上次深圳,差点没把我给热死。再说,虎子也没人管啊!"桃儿说:"虎子也带来,让它见见世面啊!"我说:"算了,虎子都是百岁的鹰了,还折腾它干啥?有啥算卦的事,就打电话来吧!"桃儿说:"三哥,跟你说吧。这次我怕双羊栽在上海滩。我们累计赠送了九百万元的东西,合作伙伴天赐龙网络公司都挺不住了,老板吴子瑞来找双羊了,要求中途退场。双羊说他们这是毁约,毁约要承担啥责任你不会忘了吧?吴子瑞哭丧着脸说,我知道我知道。求求你放过我们吧!双羊放他们走了。送走了吴子瑞,双羊呆呆地坐在椅子上,光愣神不说话。我知道,此时此刻说一句也是多余的。"我的心头一震,哑着嗓子说道:"难道上海真的是一个攻不破的神话吗?"桃儿说:"我们很有可能像美食人家一样,赔了夫人又折兵啊!我跟双羊说,为了避免更大损失,还是撤吧!下一步咋办,咱们再从长计议。"我问:"双羊是啥意见?"桃儿深深一叹:"唉,他的脾气你还不知道?双羊振臂一挥说,不,不能撤!我们麦河道场不是美食人家,这点钱还赔得起!咱是农民咱怕啥!老虎屁股咱就是敢摸,球儿!"我听了冒了冷汗:"跟这兔崽子说,就说我让撤的!"桃儿失望地说:"你的话,他恐怕也不会听的!"我说:"你放下电话,我跟他说。"桃儿放了电话,我给曹双羊打过去了。我没好气地说:"你这个曹双羊,咋这么固执呢?你可以不在乎我这个瞎哥,可你,可你不能拿大伙儿的利益当儿戏啊!你这一步一步地闯过来闯到今天,有了如今的家业,多不容易啊,三哥都看在眼里,记在心上哪。你可不能再跌倒啦!别瘦狗拉硬屎强挺着啦,赶紧撤回吧!"双羊说:"三哥,我就不信这个邪!我死也要死在大上海!"我摇头说:"你呀,你呀,犟脾气又犯啦!都撞了南墙,脑袋都出血了,咋就不知道回转呢?"曹双羊竟然跟我发了火,恶狠狠地吼叫道:"别说啦,农民思维,全是农民意识!谨小慎微,小富即安!我就烦你们这一点!"我顶撞了他一句:"曹双羊,别一口一个农民,你难道不是农民吗?你脑袋上刚几天不顶高粱花子呀,就翻脸不认人啦?"双羊说:"对,我是农民!就是娶了城里媳妇,我也从没说过我不是农民!我要说的是,我们越是农民越不能撤!我们企业是要挣钱,可我们不能两眼光盯着钱!我们已经不是过去的农民了,今天我站在上海滩上吹五喊六的,我爷爷他们敢想吗?我们应该有一种精神,对于一个有责任感的企业家,赔和挣,都是他娘的过程!我们首先应该想到的是,社会需要不需要我们的产品!我们能不能给他们提供好食品,能不能给他们带来快乐?只要他们需要,我们麦河道场就是惨败,还可以重新再来,我绝不后悔!"我被噎得一愣一愣。双羊电话里还嚷呢:"我说过,我们麦河人,可以容忍悲壮的失败,不能容忍体面的放弃!"

  这小子疯了,连我的话都不听了。我替他捏着一把汗,好几天噩梦不断。隔了十几天,桃儿打来电话说:"三哥,有转机哩!吴子瑞经理被双羊的举动和决心感动了,前几天找到双羊说,曹总,我感觉到了,你们这群农民兄弟真是不一般。我不撤了,从今往后,我也加入你们的队伍,不再体面地放弃了!双羊紧紧握住他的手说,我们拼他一把!双羊又调来了五百万资金,买赠活动继续进行。一个星期之后,麦河清鲜面买赠活动到了一千两百万的时候,终于柳暗花明,大上海的市场终于都打开了!麦河清鲜面在上海所有大超市里都上了架,紧挨着乐高面摆着,每碗比他们便宜两毛钱。这是双羊一再要求这样摆放的。有头脑的生意人立马看明白了,这是给消费者一个心理暗示:麦河清鲜面跟乐高面是同类产品,放着便宜的不买你傻啊?"我简直不敢相信耳朵,这太像戏剧了。桃儿嘻嘻笑了:"咋样三哥,服了吧?啊?"我想了想说:"出水才看两脚泥呢,告诉双羊,不能掉以轻心,乐高面不会甘拜下风的,一定会寻机反击的。他要做好准备,迎接乐高面的出击。"桃儿说:"好,我们有思想准备。我们制定了三套应对方案!"我想了想说:

"最大的可能是乐高面跟风降价,甚至降得比麦河道场还低。消费者会不会重新选择乐高面?你们该咋办?降得比乐高面还低吗?利润空间那可就大大缩水了啊。这样做,以你们目前的实力能挺多久呢?挺不了多久的啊!"桃儿说:"双羊说了,来吧,叫他们来吧,兵来将挡水来土掩,咱是农民咱怕啥,大不了回家种地去!"

又过了几天,真是提心吊胆的几天啊!桃儿告诉我,乐高面竟然没有反击,没有降价,高管下达了维持原价的指令。双羊对此心里头不托底,忐忑不安的。过了几天,那边传来曹双羊兴奋的声音:"三哥,我们成啦!他们没有机会反击啦!没有机会啦!"我跟着欣喜若狂。双羊说:"其实,乐高面一直没闲着,谁他娘的愿意认输啊?没几天,乐高面动手了,他们没有在正面战场上出击,却在背地抄了我们麦河道场的'老巢',与美食人家联姻了。"我听了一惊:"啊?他跟张洪生搅一起啦?"双羊说:"是啊,张洪生对陈元庆扬言,要砍断我曹双羊的双腿,一条腿是营销,另一条腿是鹦鹉村流转的麦田。"我感叹说:"商场如战场啊!不过,两条腿,他们哪条也砍不了!"

苍天有眼啊,他们出奇制胜了。我们麦河清鲜面无论在铺市率、绝对销量和单店销量上都超过乐高面。乐高面一路下滑,没多久就慢慢会退出上海市场了。

我服曹双羊了,这狗东西真是像虎子一样,一头猛禽。曹双羊第一阶段多亏用了网络销售,麻痹了国际品牌乐高面。网络购物是个"舶来品",购物者多数是年轻人,上海的年轻人成全了他们。桃儿还告诉我一个秘密,具体实施的时候,得益于上海一个大老板张元的帮助。

闪　婚

不等我对张晋芳作深入了解,双羊与张晋芳就闪电结婚了。

我记得当时桃儿用了时髦的名词:"闪婚"。双羊把张晋芳调入了麦河集团总部,当了贴身秘书,糊里糊涂地上了床,生米煮成熟饭了。双羊跟我说,他与晋芳第一次发生实质关系,是在杭州一家大酒店。杭州的气候和西湖的风光,特别适宜人谈恋爱,那是一次非常浪漫的旅行,我瞎子都能想象出来。双羊回来跟我说,这个张晋芳够劲儿。啥叫够劲儿呢?他没有过多解释。我猜想是桃儿身上那股劲儿吧？如今的大学生，多是物质女孩儿，桃儿管这些青年人叫"麦兜族"，许多是典型的草根阶层出身。她们一毕业就赶上了高房价，买车购房，都要靠自己打拼。如果傍上了"钻石王老五"，情形就大不一样了。要我说双羊就是个"钻石傻老帽儿"，在杭州游玩的时候，双羊给晋芳买下了一颗二十万元的"白金钻戒"。这一招儿就灵，有钱就是好，能买女人的心。人家女人就是为钱，嫁给你大老板，早就有了思想准备，哪天你有了外遇，得不到人，自己身上还有钱。双羊对我说，由晋芳穿针引线的银行贷款，她也是拿了"回扣"的。我对双羊说："你真够大方的。"双羊说："三哥，我悟出了一个理儿，天下男女都是交易。夫妻也是交易。"我没听明白，双羊大咧咧地说，"咋这么费劲呢，说白了吧，天下没有白瓷的×！"我听明白了，还是愣了一下，骂道："都当大老板了，说话咋那么糙呢？"双羊似乎很得意："三哥，你说是不是这么个理儿吧？"我说："我跟桃儿可是个例外啊，桃儿挣钱养活我呢！"双羊笑了笑说："你这叫吃软饭！不过，你们是经过生死考验的爱情。我呢，再也不会碰上啥生死恋情。穿森林，经风雨，也玩儿差不多了，我娘催着抱孙子呢，赶紧娶妻生子吧！"我嘿嘿笑道："我说过，你就玩儿吧，有你玩儿够的一天。"双羊继续说："啥叫够啊？男人面对诱惑，永远没够。"我没有说啥。双羊递给我一份请柬："我明天在县城举办婚礼，这是给你和桃儿的喜帖。"我摸着喜帖，心里不是滋味。我担心他们的命相不合，影响婚后的幸福。可是，双羊已经决定了，我再说啥也没用了，我想，以后他就会尝到没有感情的婚姻会是啥滋味了。

　　有关男人的故事，一般都是搅进了女人，才有了色彩纷呈的意味。我说说双羊的婚礼吧，一提这场婚礼，我就气愤，我就腿肚子转筋，胳膊哆嗦。那是九月九日，天气晴朗。婚礼非常热闹，县里的权贵都来了。据说，前面一辆奔驰吉普开道，一色的奔驰车队随后，气派堂皇的场面震动了全县城。宴会气氛和谐，一切都很正常。我怎么也不会想到，因桃儿发生了一场骚乱。我招呼田大瞎子那些民间艺人，最晚一桌开席，没能跟桃儿坐在一桌上。双羊让桃儿上了主桌陪新亲。哪知道这一陪陪出麻烦来了！我跟田大瞎子正喝着，吴三拐过来跟我说："三哥，桃儿那边出事儿了！"我吓了一个激灵："咋，出啥事儿啦？"吴三拐说："美食人家的老板张洪生追着桃儿敬酒，桃儿一直躲避他。张洪生好像喝高了，晃晃悠悠走到桃儿跟前，在桃儿的身边坐下了。这小子喷着酒气说，桃儿，我想死你了。咋着？真想跟瞎子过一辈子？桃儿躲着身子说，是的，我不是过去的桃儿了，请你放自重点。张洪生上来贼胆儿了，竟然把双手伸进桃儿的裙子。桃儿狠狠搪开他的手，张洪生抽出手，却又使劲掐了一下她的屁股。桃儿惊叫了一声，给满桌人吓了一跳。恰巧双羊带着张晋芳敬酒来了。双羊问桃儿咋了。桃儿打岔说，没事儿，踩了脚了。桃儿说衷心祝福你和晋芳一生幸福！说着，仰脸喝了一大杯白酒。双羊很感动，也跟桃儿喝了一大杯酒，然后转脸对着张晋芳说，晋芳，三哥和桃儿是我们家的人，希望你们成为好朋友！张晋芳嫣然一笑，给桃儿敬了酒。双羊转身给张晋芳老姨敬酒的时候，张洪生又对桃儿动手动脚。这一切都让双羊瞟见了。双羊火了，握着拳头向张洪生打来，骂他流氓！张洪生不仅仅是对桃儿的，他对双羊也一肚子火，今天是找碴儿起事呢。他满脸喷血，掀了新亲的桌子嚷着，新郎打人啦！双羊狠狠地骂他，你还是人吗？打死你个狗日的！说着就打成一锅粥啦！张晋芳和娘家人都惊了。一切都鸡巴乱套了！"

我听了火烧电灼一般，猛地转过身，嚷嚷着跑出去了。这个时候，醉了酒的张洪生已经被人架出去了。我听见张洪生下楼前的嚷叫了："婊子无情，看来一点没错儿！"我的脑袋轰地一响，蹲在地上，抓着自己头发哭了："败兴，败兴啊！"我很佩服双羊的血性，他在替我维护尊严呢！可是，酒桌上传出了两种声音。有人说，张洪生太过分了，丢尽了企业家的脸面。还有人说，苍蝇不叮没缝儿的鸡蛋。桃儿也不是啥好货，眼睛水汪汪的，一副风流相。要不，人家张洪生咋不掐别人的屁股呢？这一点，桃儿跟我承认过，过去跟张洪生有过关系，那纯粹是"卖"，一个愿打一个愿挨，谁都不欠谁的。张洪生死死纠缠，就是他不讲规矩，破坏了市面的"潜规则"。我在心里骂："杂种爹的，我寒心透啦！"桃儿跑到我身边的时候，我身体还在筛糠一样颤抖。我大声嚷了桃儿一通，有些人哄笑了，意思是瞎子还怒了？有你说话的份儿吗？生活中有些事情在腐蚀我，好像在嘲笑我的固执，嘲笑我保守。有人调戏桃儿了，我能不愤怒吗？难道我瞎子就应该忍受耻辱吗？我骂了桃儿，桃儿也没跑，她说晚上好好谈谈。我没好气地说："谈就谈，我瞎咋了？瞎子也是男子汉！"桃儿冷冷地说："你是男子汉！谁说你不是呢？"我没有留神桃儿的声音有多冷，只闻到了她身上的香水味。晚上回到家里，我的火气慢慢就消了。我们躺在炕上，她似乎漫不经心地抚弄我的胸。我搂着桃儿流泪："对不起，三哥没能保护你啊！"桃儿淡淡地说："三哥，你跟我生气，我挺高兴的。"我一愣："为啥呀？"桃儿轻轻笑了："说明你心里有我啊！"过了一会儿，桃儿说："如果你在场，你会像双羊一样保护我吗？"

我拍着胸脯说:"这还用问吗?我比双羊还狠,用梨花板儿把张洪生的狗爪子剁了!"桃儿咯咯笑了:"你呀,就屋里横!"她就满意地依在我身边。我乱摸了一下,问:"张洪生这狗东西都掐你哪儿啦?"桃儿抓着我的手,在她光滑的屁股上摸着,果然摸到了一处肿疙瘩。我大骂:"狗日的张洪生真他娘的狠啊!"桃儿抽搐了一下,吸了口凉气。我伸手摸出药水,给桃儿的伤处一点点擦上。我的欲望被她挑逗起来,我抚摸着她,竟然摸到了她的脖子。桃儿风趣地叫道:"你想掐死我啊?"我收回了双手:"连大老板都惦记你,我舍得吗?你死了,谁还管我?"桃儿说:"再去找啊,去了穿红的就来挂绿的。"我转脸说:"我不稀罕!"桃儿就笑了。我的手移到了她高挺的胸脯上,她光滑的双乳就掌握在我手心里了。我的心摇荡了,摸到了她的屁股,就把身子压上去了。虎子立在窗台上,咕咕叫了两声。桃儿扭动着身子说:"亮着灯呢,虎子看见了。"我说:"不怕,这畜生少看了咋的?"我一路下去,摸到她那神秘的地方了,桃儿叫了一声,身体软得像麦河流水。桃儿平时掩饰着自己的经验,但一动情就顾不上了。她熟练而准确地攥住了我的"宝贝",嘴里喃喃着:"我的馋嘴小和尚!"她总是这样说,依据在哪儿我就不知道了。我在她的身上,像迎击风浪的船工,狠歹歹的,用了瞎劲儿,浑身的汗液,在那一瞬间流成了麦河。我心理有毛病了,一想起张洪生,想起当年那么多男人在她身上蹂躏,我就他娘的来一股邪劲儿,好像要把她撕碎,将她身体里的啥东西挖出去。我把桃儿整得摇头晃脑。桃儿在炕上滚着上身,双手痉挛地抓着床单。忽然,一只手抓住了我的肩头,尖尖的指头抠进肉里,碰着神经了,真疼啊,我尖叫了一声,差点背过气去。虎子不忍心再看了,怪叫着飞到窗外,回到它的巢里去了。结束的时候,我真的很后悔。我和桃儿都同时流泪了。桃儿一把捧住我的脸,吻那苦涩的泪水。

自从出了这件事,我苍老了许多。仅一宿的工夫,我摸到眼泡肿得鼓鼓的,还添了许多皱褶。

第二天下午,双羊怕给我带来压力,就过来解释了一番。他在婚宴上的壮举,挺让我敬佩的。但是,这场混乱因桃儿而起,张晋芳肯定找双羊争吵。那天我做了个梦,梦见张晋芳跟双羊吵架了。我梦里的张晋芳呜呜地哭了,哭过一阵,说:"双羊,我只问你一句话。"双羊笑了:"问两句也行!"张晋芳说:"你要我,还是要桃儿?"双羊说:"要你啊,你是我老婆。"张晋芳抹着眼睛说:"你口口声声说,爱的是我,你跟桃儿没关系了。今天你的行为,恰恰相反!"双羊辩解说:"你们女人家就是心眼儿小,这是哪儿跟哪儿啊？"张晋芳说："人家张总是给我们贺喜的，过去桃儿卖的时候，准是有过来往。人家借点酒劲儿，开开心罢了。她老公都没说啥呢，你可倒好，率先出手啦！"双羊说："她老公是瞎子，能看得见吗？"张晋芳说："那桃儿自己呢？她自己长着嘴巴，她受了委屈自己不会说啊？"双羊说："你咋这么浑呢？没看出来吗？桃儿是怕搅了我们的婚礼，才一忍再忍的。"张晋芳说："桃儿，桃儿，跟我结婚了，还叫得这么亲。她就一贱货！"双羊狠狠地抽了张晋芳一个嘴巴："不准你侮辱她！她过去犯了错，如今她改正了，她是我的业务副总。你们都要尊重她！"张晋芳倔倔地说："啥副总？她就是贱货！"双羊又扇了她一嘴巴。最后给她的嘴角打出了血，打得张晋芳跪地求饶了，双羊才住了手。张晋芳又哭了，两眼哭成了烂桃儿。我的梦就醒了。为了核实这个梦，我问过双羊。双羊不以为意地对我说："他娘的，甭娇惯她。女人都是贱骨头！哭和闹就是女人的法宝。对付这样的女人，我几乎就是一个招数，用钱收买。几天以后，我花一百八十万给张晋芳买了一辆宝马跑车，张晋芳就乖顺了，猫儿似的。这让我想起一句话，她人无错！如果女人跟你打，还是你错了，错在你没满足她！"我担忧地说："双羊，老这样下去，也不是个办法啊。女人哪有知足的时候啊？"双羊说："唉，她还是个孩子，哄着过呗！给她花钱，也不是花在外人身上。"我无话可说了，世道就发展到这地步了，眼前的一团乱麻，只有一样东西才能厘得清，那就是钱，这个王八蛋太厉害了，太厉害了。

那一年，麦子种完了，歇了犁挂了锄，转眼就到了白露。双羊告诉我，晋芳不是净给他添乱，她很会揣摩双羊的心理，她在麦河道场总厂大院里移植了一棵苹果树，秋天的果树已经挂果了。她让曹双羊把它当成干部职工的"远景树"，上面挂满了员工们写的远景卡，摇摇晃晃的，像天上的小星星。张晋芳在远景卡上写的是："我爱麦河，更爱老公！"曹双羊在远景卡上写下自己的雄心："麦河道场的目标是，为父老乡亲打造一个百年老店，为国家创造一个知名品牌！我这一代实现不了，就让下一代接着干下去！"这就是他不服输的性格，不停地战斗，连续作战。

但是，双羊与晋芳的争执也是家常便饭了。双羊和晋芳"闪婚"了，听说企业之间还要联姻，也要进行"闪婚"。我对此云里雾里。双羊告诉我方便面行业曾经出现过两次大的战略联姻：一次是"方师傅"和"天旺"的联姻；另一次就是"华面"和日本"月清"的联姻。其中"方师傅"和"天旺"两家的联合，以最终双输的结局而告终。"华面"和"月清"的联姻将来会走到哪种地步目前还不能过早下结论。第三次联姻就要看麦河道场跟美食人家的强强联合了。

这一天，双羊接我去了他的办公室。双羊说："三哥，晋芳跟她学管理的同学拿出一套企业联姻方案。我给否定了。这个不行，我不排斥留学归来的MBA，他们有水平，但是还有问题。他们迷信哈佛，迷信剑桥，恨不得把西方的管理模式全搬到中国来，那是注定要栽跟斗的。要搞好中国的企业，你必须得认识中国的文化。在我们鹦鹉村，就要认真研究麦河文化。我们的员工不是西方人，而是刚刚放下锄头的农民。我们在一块地上种麦子，我们要了解这块土壤的结构和脾性。民族文化、地域文化就是这地方的土壤，不了解它，就不可能种出好庄稼来！"我说："我不懂大道理，但我知道一句土话，水土不服！洋玩意儿弄不好就水土不服啊！"双羊说："张晋芳没有完全听懂我的话，她竟然问我是啥意思。我没有正面回答，同样来了个旁敲侧击。我说我非常迷恋金庸的武侠小说，华山论剑的故事到今天还记忆犹新。两个武林高手先是比剑，后来以柳树枝论剑比高低，末了以口述剑法一决雌雄，谁的道高，谁就是最后的英雄。我体会啊，企业家的江湖龙虎斗，实际上最高的境界就是一个'道'字，是品牌和信誉的竞争。"

我呆傻了似的听着。双羊围绕企业之道给我讲了一大堆："要遵循中国传统的儒家文化，确立'德、信、和'为企业文化的基础。具体解释是，德，做事做人要讲公德、行业道德和职业道德；信，要讲诚信，守信用；和，企业跟社会、企业跟顾客、企业跟供应商、企业跟内部员工之间的和谐融洽。方便面行业是一个集中度比较高的行业，行业大的战略机会并不多。除非处于行业前五名的企业在战略上出现重大错误，否则，整体行业格局将很难打破。那么方便面行业在战略上将会出现什么趋势呢？一大特点就是强强联合。"

我终于听明白了，双羊想跟张洪生的美食人家联姻了。双羊自有双羊的想法。看得出来，尽管他婚礼上跟张洪生干了一仗，过后，他还是原谅了张洪生。毕竟是酒后乱性嘛！双羊的想法是，如今美食人家销售大幅萎缩，都是一方土地上的企业，应该一荣俱荣，于是他找到县长陈元庆，请政府出面找美食人家，撮合这对美好联姻。陈元庆痛快地答应了。我和双羊心中没底，这个张洪生能答应吗？

在鹦鹉村头，我正跟双羊说话，陈元庆的汽车开来了。我听着陈县长把张洪生的答复跟曹双羊说了，曹双羊就火了："这狗东西，死要面子活受罪。

让他撑着吧，等撑不住的时候来求我，我还不搭理他啦！"陈元庆疑惑地问他："企业效益好不就行了吗？你们为啥都想控股呢？"曹双羊大声说："股权问题是不容谈判的。谁都知道，谁占的份额大，谁就有主动权！我们既要利用外资，又要维护自主品牌，我说过，不管跟谁合作，麦河道场永远控股，这是一个铁的原则。"我对双羊的回答非常满意，人就得有这点骨气。陈元庆又问："为啥一定要走联姻的路子呢？我可听说联姻失败的例子很多啊！你想好了吗？"曹双羊胸有成竹地说："这叫战略联姻。从简单的道理说，一个人如果不攀高枝，就永远不能发达。用个简单的比喻，戴安娜王妃如果没有跟查尔斯王子结婚，她再漂亮，到头来还不就是一个普通的女孩子？可她嫁给了王子，就是王妃啦！身价百倍啦！"陈元庆摇着头，苦笑着骂道："你们商人啊，都是势利鬼！"曹双羊嘎嘎笑着说："你这么看这个问题说明你这个大县长观念落后啦！联姻的双方考虑的是如何在优势上进行互补，劣势上如何进行抵消。这叫双赢！"陈元庆叹息说："你说的有道理，可人家不答应，咱县里也不能强求，强扭的瓜不甜嘛！我看啊，你们双方先别想联合不联合，控股不控股的吧，各自把各自的企业做大做强！到那时候，条件相差悬殊了，就都好办啦！"曹双羊愣了："悬殊？县长是不是觉得我弄不过美食人家呀？"陈元庆急忙改口说："不，不，不。我是觉得他干不过你！"双羊说："咱鹦鹉村有句土话，出水才看两脚泥呢，先别过早下结论。我跟张洪生的谈判不会中断，但是，我们在市场上的厮杀一刻也不会停止。这就像三大战役之前，国共两党的局面，谈谈打打，打打谈谈，边打边谈！"陈元庆笑了笑说："你们都是我的纳税大户，手心手背都是肉，合也好分也好，我都支持你们，我走了。"说完上车走了。曹双羊跺着脚骂道："张洪生，老子没有工夫跟你扯淡！你他娘的上赶着舔老子脚丫子，我都不要你啦！"骂完就匆匆地走了。

  两天后的傍晚，桃儿来了，还出乎我意料地带来了张洪生。张洪生是来找我道歉的。我听见风响，桃儿说张洪生给我深深鞠了一躬。我破口大骂："你给我滚犊子，我不见你这种流氓！"张洪生说："我喝高了，错了，双羊、桃儿都原谅我了，你就高抬贵手吧！"我抓起炕上的一个笤帚疙瘩朝他砸去。张洪生扔下一篮子水果，灰溜溜地跑了。桃儿尴尬地站在地上，怯怯地说："都是双羊让我带来的。"我红了眼睛说："桃儿啊，跟你说过多少回了，和这种人少来往。"桃儿说："嗯，我记住了。"没有几天，张洪生又来了。这小子找我是算卦。这一算，还算出个秘密来了。我说他本姓魏，不姓张，他

"哎哟"叫了一声，一下子就愣住了，当场甩给我一沓钱："白先生，算得可太准啦，我爷爷姓魏，后来我爹爹随了奶奶的姓，改姓张了，这可是最高机密啊！"我得意地一笑，说："在我白立国这儿，没有秘密可言。"这次他是来算一笔投资的。张洪生说了生日和出生时辰，我给他批了八字。张洪生说他的这笔生意是一次联姻引资。起初，我以为要跟曹双羊联合，谁知道这小子是想巴结老外，一家韩国公司乐高面。我就像煞有介事地指点道："此次联姻当慎重啊，卦图上显现凶多吉少哇。"张洪生一听还真信了，问我有法子破解吗？我摇摇头告诉他："还是在国内寻找伙伴吧。"张洪生走后，双羊问我这个张洪生咋样。我说："他这个人不咋样！这家伙三层火，心狠手辣，对背叛自己的人实行残酷打压。我明白他为啥把你逼到焚烧方便面的份儿上了，实际上，他与你表面和解了，背地里时时刻刻都想把你灭掉。张洪生想跟外商联手，想一举吃掉麦河道场。张洪生特别重用两类人，一个是他的司机，一个是他的保安。"双羊更加佩服我了，我算得很对，销售经理胡大奎过去就是他的保镖。

我想了想说："胡大奎我知道，也来算过。"双羊好像想起了啥，追问我："张洪生挺服你的！咋样儿？"我说："那是，我说他不姓张，姓魏，当时他就傻眼啦！"这个时候，桃儿进来了，她回想着什么，插话说："他亲口说过，他的祖先是鹦鹉村的。"我一下子愣了："啊？咱们村的人？难道他是魏三的孙子？""魏三是谁？"桃儿问。我说："咱村的一个地主。土改时给镇压啦！地主婆张翠花带着儿子大虎改嫁了，这就对上号啦！"桃儿恍然："娘呀，是这样。你可真能算，咋算出来的呢？"我对桃儿和双羊说："往后你们多留个心眼儿，注意观察观察这个张洪生，有啥消息及时告诉我。"桃儿和双羊都答应了。

过了一会儿，我这样劝解双羊："两家企业联姻，就好比你跟晋芳携手走进洞房一样，那可要经受婚后漫长的生活考验的。对于两家企业来讲，联姻的初期，其内在冲突很难从外部发现。新企业表面上总是很光艳的，但从内部来看，却存在着无法回避的多种冲突，新企业能否化解这些矛盾，是联姻后企业成功与否的关键啊。"双羊不以为然地说："老虎的屁股，球儿！"我摇摇头说："毛主席说过，我们在战略上要藐视敌人，在战术上要重视敌人。你可不要把啥问题都想得那么简单啊。有魄力当然是好的，但不等于蛮干。如果人家那方抵制咋办？如何理顺人心？这些你都仔细考虑过没有啊？"双羊摇摇头说："考虑过，但没这么细致。"桃儿微笑着说："不细致可不行啊。并购企业通常是优势企业，优势企业的地位使员工自然而然地产生了一种优越感。而处于被并购地位的企业员工，正好相反，心存自卑感，往往以消极的心态对待并购，这对企业整合是极其不利的。你可得慎重行事啊！"我一听笑了，桃儿也懂经营了。可是，我们议论半天企业联姻都没用，张洪生就是不答应联姻。

起风了。风满街筒子跑，卷起树叶和纸屑，往人们身上脸上扑。

树欲静而风不止

我就爱瞎琢磨事儿，琢磨进去就没有食欲。人的头脑里除了生活的负担，还有一些熬盼。对于我来说，最大的熬盼是啥？就是熬盼着桃儿赶紧成为我的媳妇。桃儿对我说，难道我现在不是你媳妇吗？我摇着头说，不是，我想要一个轰轰烈烈的婚礼来证明。桃儿就笑着说，等我们把麦河道场打向国际市场，就举办一个婚礼来庆贺。她说话的语气充满自豪。我的疑惑解除了。但是，还是有那么一点醋意。闹半天还是受双羊的牵制啊！疯了，双羊这小子够神的，拿啥招数控制了这些死心塌地的人啊？

一天上午，桃儿对我说："走，跟我一块儿看我娘去。"我犹豫了一下，问她："你娘认可我吗？"桃儿说："我娘不认可你，能给你包饺子吃？"我嘿嘿一笑："包饺子就叫认可？"桃儿说："你想多了，我娘挺喜欢你这个瞎姑爷。"我又说："既然你这样说，我们就去看她！不过，等我买点啥再去。"桃儿说："我买好了，在车上哪。"我说："你是你的，我得买。"桃儿说："行啦，客气啥？"我把口封得很死："你不让我买，我就不去啦！你娘不说啥，不还有韩腰子吗？"桃儿轻轻一叹，扶着我上了汽车。我说："慢点开，抄近道儿。"桃儿问："抄近道儿？上小超市就这一条街啊。"我说："上镇上买去。"桃儿不理解，说："干吗上镇上买去呀？小超市买点得了，里头啥东西没有啊？"我说："上货道儿不一样，东西的味道能一样啊？听我的。"桃儿说："唉，我这个三哥呀……"她犟了两句，还是乖乖听我的指挥，抄近道儿去了镇上，又按照我的要求，到了全镇最大超市"八方超市"门前。我从口袋里摸出五百块钱递给桃儿，说："你看着买，老两口儿平时爱吃啥你就买啥，都花了，别剩下。"桃儿啥话没说，接过钱下车走了。

我坐在车里等她，边等边胡思乱想。我想起了我的爹娘。爹娘本在一个

223

村长大，可一直到十八岁那年才认识。认识了就成了一对冤家。起因是，那年的春天，娘的家在后院种了几棵沙枣树，原指望秋天的时候收点枣儿，走走亲戚解解馋，可叫爹的爹知道了，就密报了组织，结果娘的爹娘被游街批斗，还罚去十块钱，罪名是"偷种资本主义的枣树"。从此，娘就跟爹成了冤家。可后来，娘咋跟爹好上了，直到爹娘去世我一直没弄清楚。咳，如今又摊上我了，桃儿咋就看上我这个瞎子了？叫人琢磨不透啊！我正胡思乱想着，桃儿回来了，从她往车里撂东西的声响中可以听出，东西买得不多。"咋买这么点啊？显得我小气的啊，再去买。"桃儿说："哎呀，我的三哥，你是不是聪明大发劲儿了啊？东西轻就花钱少啊？"我一听有道理，就不说话了。

  车开起来了。桃儿说："我发现你心真的挺细的哪，有的方面比我们女人还细。"我笑笑说："该细啊那就得细。就说头回进老丈母娘家吧，礼轻心意重这句老话就是不适应，应该改成礼重心意才重。哎，桃儿，你知道为啥咱麦河女婿头次登岳母家的门，要送新鲜的鲅鱼吧？"桃儿说："我还真不知道，为啥呀？"我接着说："说的是，每年到了谷雨的时候啊，我们老河口市场上就能见到新鲜鲅鱼了，女婿们也就会忙碌起来啦，忙着干啥呀？买鲅鱼给岳父岳母吃。听老人们讲啊，这里面有一个传说哩。很久以前，村里有一个叫小伍的男孩，他的父母早早就去世了，是同村的一个老汉收养了这个孤儿。小伍长大成人以后，为了报答养父的恩情，就一早一晚的下地干活，白天出海打鱼。老汉可喜欢他了，就把自己唯一的闺女嫁给了小伍为妻。有一年春天，正值鱼汛，小伍的岳父突然病倒了，想吃一条新鲜的鱼。可是天公不作美，一连几天的暴风雨，根本没法出海。眼见岳父的病情越来越重，小伍再也等不下去了，就冒着风雨出海了。女儿对病中的爹说，你可一定要坚持住啊，小伍给你捕鱼去了，一会儿就回来了。可当小伍终于在风浪中捕到一条鲅鱼，匆匆赶回家的时候，他岳父已经闭上了眼睛。从那以后每到春天，小伍夫妇都要把一条鲅鱼供奉到父亲的坟前。就这样，一传十，十传百，每年春天给岳父岳母送鲅鱼，就成了我们村人的一个习俗，一年一年的，流传到了今天。"

  桃儿感叹说："想不到，女婿登岳母家门竟然还有个传说故事。还有啥传说故事啊，三哥？我挺爱听的。"我说："有啊，再说说中秋节吧，一到中秋节来之前啊，女婿都得给岳母家送礼，无论是新女婿还是老女婿都得这样做。不过，礼品多少可有讲究，老女婿以饼子为主，根据岳母家人口数决定饼子的数量，其余水果、肉类啥的都表达一下心意就可以了。哪家有姑娘，家里喜洋洋啊！我俩虽说没结婚，也得这样做啊！"桃儿咯咯地笑着说："三哥不愧是唱大鼓的，知道得这么多！"我脑袋一扬，得意地说："那当然了，三哥是瞎子嘛，总归要比人知道多些。"

我是在桃儿的搀扶下走进她家屋里的。桃儿娘正在干针线活，屋子里收拾得干净利落。一见我们进来，吃惊地说道："哎哟，这不是立国吗？稀客稀客啊！"一边忙不迭地归置跟前的东西，一边埋怨桃儿，"你这丫头，咋不跟妈打个招呼告诉一声你三哥来咱家啊，看让立国笑话不。"我走上前去，搀住桃儿娘一只胳膊，拗了好一会儿嘴，终于喊出了一声："娘！"我的脸肯定红了，手一摸，滚烫滚烫。桃儿娘听我喊她娘，激动得声音竟有点哽咽了，爽爽快快应了一声，就把我往炕上推。"孩子，快坐下歇歇脚儿，孩子。"她叫我"孩子"，表明她承认了我和她闺女之间的关系。

"桃儿啊，你咋还傻站着啊？快去给你三哥洗点水果来啊！"桃儿嘻嘻笑着跑出去了。桃儿娘拉着我的手，端详了一番，说："瞧这手，细长细长的，白白净净的，哪是干活的手嘛，天生就是弹弦子唱大鼓的手嘛！"我自嘲地说："咳，啥也看不见，废人一个啊！"桃儿娘说："可不敢这么说，鹦鹉村有你就有乐趣哩。"桃儿进了屋，往我手里塞了一块西瓜，问她娘："我爹呢？"桃儿娘说："闲着没啥事干，跟我拌了两句嘴溜达出去了，这会儿啊准是找郭富九说话去了。哎，你吃啊！"我咬了一口西瓜，真甜，汁水直呛嗓子眼儿。桃儿对我说："天热了，我想接他们老两口儿到城里玩玩儿去，可他俩就是不去。"我说："那咋不去呢？城里头住着多舒坦啊！"桃儿娘说："不是我不去，我想去，可你腰子叔不去，我有啥法子啊？"我说："这地都流转到双羊手里了，腰子叔还有啥事儿啊？"桃儿娘叹息着说："流转了，他也当工人了，到麦河集团承包地里干一点活儿。没农活干，他还活了吗？"我没说啥，我知道韩腰子儿子和儿媳都在城里打工，常年不回来。回来没别的事，就是伸手跟老人要钱。姑娘嫁到外村去了，婆婆常年卧床不起，屋前屋后离不开人。韩腰子家虽说不是富户，却是侍弄庄稼的好把式。起初，韩腰子不想搞土地兼并，不同意流转，因为那样他就没事可干了。后来是桃儿和她娘一再相劝，他才同意了流转，土地都入了股。麦河集团实行的是工厂式管理，不要六十多岁的男人，韩腰子已经六十一岁了，退下来了。听说老人很恐惧，非常迷茫，闲下来的日子可咋过呢？

正说着话，韩腰子回家了，见我坐在他家，哈哈一声："咋着，瞎女婿来了，不经我点头同意，你就闯来了，胆子不小哇！"我刚要说话，桃儿抢着说道:"爹,你瞧人家给你们买多少上门礼啊,这还不够格儿做您的女婿啊?"韩腰子说:"按说,好东西是不少,可你现在就是给我一座金山,我也不稀罕。你们不知道,我现在是……咳,一言难尽,有苦难言啊!"我明白他的心思了,笑着说:"韩叔你可真是干活的命,轻闲轻闲多好?辛劳大半辈子了,还不该享享清福?隔三岔五地带上我婶儿上城里儿子家住几天去,陪陪孙子,逛逛商场,听听相声,看看电视,多好啊!"韩腰子倔倔嗒嗒地说:"我才不去儿子家哪,我这么大年纪了,利手利脚的,上那儿生他们的闲气?哼,还不如叫我去死哪!"桃儿娘说:"桃儿你也是,早就跟你说,叫双羊给你爹找份差事干,你咋到现在也没个音儿啊?"桃儿说:"我搁心上了这事,可哪那么好找啊。总得找个合适的吧?不能随便对付一个吧?"我说:"干脆跟我唱大鼓吧。"桃儿敲了一下我的脑袋,说:"你真能琢磨,跟你唱大鼓?这年头谁听啊?眼瞅着连你都要给猪啊狗啊鸡啊的唱了。"我苦笑了。桃儿和她娘都笑了。我想了想说:"要不,韩叔你就陪着我聊天吧!"韩腰子递给我一根烟说:"我还是想干庄稼活。"桃儿娘说:"这老家伙,想庄稼活都想疯了,深更半夜都扛着锨到地里头去翻地。有一回啊,非得上地里干活,我劝他别去凑热闹,可他硬要去,刚一进地里就让田里的工人给轰出来了。"韩腰子一叹说:"自家的地,却不让我种了,啥世道啊?"

我想起韩腰子当过售粮大户,还拿过奖状呢,就说:"等叔百年之后,我也给你塑个泥像。"说完我就后悔了,哪有跟老丈人说这个的?桃儿狠狠掐了我一把。韩腰子流泪了:"庄稼人死了就死了,可别让我再风吹日晒啦!你就说狗儿爷吧,前几天我去上坟,看见狗儿爷的泥像上头拉了不少鸟屎。我给擦了好半天啊!"我一听吸了口凉气,心里不是滋味的,自言自语地说:"怪我,都怪我呀,这几天没顾上看他了,这老家伙又该骂我啦!"韩腰子忽然想起了啥,追问:"瞎子,听说你能跟死鬼们对话?"我急忙摇头否认此事,转了话题:"等桃儿在葡萄沟流转了土地,你就到葡萄酒厂看门吧!"韩腰子说:"照看厂子?我能干点啥啊?"我说:"到保卫部门当门卫啊,你说哪桃儿?"桃儿说:"我看行。"韩腰子摆着手说:"当门卫我可不干,整天蹲在警卫室里头哪儿也去不了,还不憋屈死我。"桃儿娘白了老头子一眼:"他还挺挑剔,这老东西。"桃儿拉着娘的胳膊说:"咱们操持晌午饭去吧,娘,叫他们爷儿俩聊吧。"韩腰子说:"对对,快做好吃的去,我得跟立国好好喝几盅。"我说:"我不喝酒,桃儿不让喝哪。"韩腰子笑话我说:"咋,还没咋着就怕上她啦?"我解释说:"不是,是我正治眼睛哪,不能喝酒。"韩腰子说:"哦,治眼睛哪,那就我自个儿喝,你爱喝啥喝啥。"停了一会儿,韩腰子说:"哎,三儿啊,你说,双羊他们集团兼并葡萄沟土地的事儿到底有没有希望啊?我这心里头咋老是不托底哩?"我毫不犹豫地说:"这事啊,我看陈县长挺支持的,估摸着应该能成,再加上桃儿那股子韧劲儿,您哪就等着好结果,得这个闺女的济吧。"韩腰子说:"我倒是不想沾她啥光,亲闺女都指望不上,更甭说不是亲生的了。"我说:"叔你这么想不对呀,一晃她们娘儿俩来咱们鹦鹉村有四五年了,桃儿是个啥样的孩子,对你好不好,你心里头还没有数儿啊?"韩腰子吧嗒着烟斗,说:"有数儿有数儿。要说起来哪,桃儿这孩子对我是不赖,可我总觉得这孩子以后咋样难说,世上有几个风尘女子靠得住啊?"

风尘女子?韩腰子竟然把桃儿叫作"风尘女子"。这老东西,我很愤怒,我的心针扎一样疼了一阵。韩腰子肯定看出我灰了的心情,连忙转移了话题,问我道:"三儿啊,你整天除了唱唱大鼓,算算卦,好像就没别的啥可干的了,你难道不觉得没意思吗?你是咋打发日子的啊?"我笑了笑,回答说:"不怕你笑话,我唱大鼓的时候心里头想着桃儿,就好像给她一个人唱似的。不唱的时候,我琢磨编鼓词,就好像给桃儿一个人编似的,你说我会没意思吗?这样的日子还不好打发?"韩腰子叹了口气,说:"我可没你这份好心情噢,土地叫双羊他们流转走了,我现在是一个没有土地的农民,我咋也想不通,没有土地还叫啥农民嘛,还有脸自称农民?过去,从早到晚地侍弄那些庄稼,觉得呀,活得有滋有味的,自从成了光杆儿司令以后啊,整天心里头没着没落的,活得咋那么不踏实呢?"我说:"你不是老跟老忠叔他们打麻将吗?玩玩乐乐,不是挺有意思的吗?"韩腰子说:"那是老忠他们,我不过是消磨时间罢了。"我安慰他说:"村里像你这样上了年纪的人不少哪,人家都会给自己找乐子,有的遛鸟,有的看孙子,有的练太极拳,不是活得挺滋润的嘛,咋就你想不开呢?你得好好调整调整心态啊!"韩腰子沉默了一会儿,说:"反正就怪双羊抢走了我的地,让我成了失地的农民。"啐了口吐沫,恨恨地骂道,"狗日的曹双羊,他可真他娘的霸道,比当年的地主张兰池还恶!老忠他们有话,这小子早晚会遭报应的!"我对韩腰子吼:"当初土地流转签约的时候,你可是自愿的。人说话得讲点良心吧?"韩腰子委屈地说:"啥自愿?都是桃儿的主意。唉,早知这么没着没落儿,真不该答应他!"我说:"你是不是怪桃儿啦?"韩腰子说:"瞎三儿,你别臭美,桃儿还惦记着双羊,要是哪一天,桃儿跟你翻了脸,就是奔双羊去了。"我说:

"你个老家伙别挑唆,桃儿跟双羊是老皇历了,我跟桃儿铁着哪!跟你说,你嫉恨双羊,竟然把桃儿也捎上了。你拍拍胸脯的四两肉,你亲生儿女对你咋样?桃儿对你又咋样?"韩腰子不吭声了。

我心里打了个寒噤,韩腰子这样咬牙切齿地骂双羊,绝不是一时的心血来潮,而是长久积攒在心头的愤怒啊!冰冻三尺,非一日之寒。究竟是啥叫这"冰"冻成这样的呢?他曹双羊这样做不是上级允许的吗?自从土地流转以来,鹦鹉村不是越来越富了吗?为啥这个带头人反倒挨骂呢?不知咋的,我忽然同情起双羊来。一股热风扑面,我汗水涌流,额头、胸前,还有小腹,霎时变得湿淋淋的。桃儿端着饺子进来了,带进来一阵风。她说:"嘿,吃饺子喽!"她说话的声音很好听,就像一股麦河水从心上淌过去。我闻到了饺子的香味儿,一闻这气息,我浑身的毛孔就张开了,胃口也来了。我把鞋一脱,身子一横,坐在炕上,对着韩腰子说:"跟你说啊,吃饭了,不准你再提土地的事儿了,更不能骂双羊了。听见啦?"韩腰子喃喃地说:"吃吧,饺子还堵不住你的嘴?"我的嘴就被饺子堵上了,嘴巴吧唧着,听着就吃美了。

韩腰子的情绪越来越坏,整天神不守舍,胡话连篇,游魂一样。我不明白这个蔫人咋会有这么多话。天一黑,桃儿娘就拉着韩腰子睡觉,这老家伙只要脑袋一挨枕头,就开始唠唠叨叨,叨叨鹦鹉村的来历,讲善庆的故事,还说自家祖上那些零零碎碎的事。桃儿娘睡着了,他还没完没了地唠叨。桃儿娘一觉醒来,发现韩腰子人早没影儿了。桃儿娘吓出了一身冷汗,急忙过来敲门。我搂着桃儿睡得正香,一听韩腰子丢了,急忙打着灯笼到野地里去找。到了韩家的承包田,韩腰子果然就在地头蹲着,一会儿哭一会儿笑的。桃儿娘搀扶着韩腰子:"走吧,回家吧,还不动弹,你想死在野地喂狗啊?"韩腰子乖乖回家了,可是,他回家不睡。要命的季节,人要地的命,地也要人的命。韩腰子的魂儿就走不出那块地了。韩腰子还得了一个怪病,白癜风,手先肿,一节一节地肿,后来脸肿,一块一块地肿,没几天就白得一疙瘩一片的。桃儿说她看了恶心,不想回家吃饭了。好在我没眼睛,啥都看不见。桃儿生气地说:"我爹的事儿,你不能管啊?"我愣了愣问:"我咋管啊?找双羊要回他的土地吗?"桃儿说:"不是,是要你给他治病!"我摇着头:"我哪会治白癜风啊?"桃儿急了:"你给他治心病,我负责给他抓药治白癜风。"

我答应了桃儿,不敢说大话一定治好韩腰子的心病,但会让他安生睡觉的。我想到了麦神安魂法。韩腰子的心病因土地而生，就要先祭拜土地神。我们这儿管土地神叫"土公"。古书《齐民要术》有记载："东方青帝土公，南方赤帝土公，西方白帝土公，北方黑帝土公，中央皇帝土公，主人某甲谨相祈请……"每年麦收过后，都要到田头祭一次土公和麦神。供品有馒头、面饼、豆芽和水果，都是素食。不用香案，香、烛插在地上。土地主人要跪地叩头谢恩。

一个傍晚，我、桃儿、桃儿娘和韩腰子就到地里来了。在韩家承包田里，我们摆好了供品，就都扑通一声，跪地叩头。我嘴里念叨着土地咒歌："土地公，土地公，人老头上白蓬蓬；土地底，土地底，白布着衫袍到泥。耕耘日，祭麦神，垭耕不遇风，原耕不失露，土边蛇不屈，田里鼠不夺，麦神好来护，禾秀蝗不害，守神好来守，见守雀不临，地大苗不费，农人腰不疼，禾长就出穗儿，出穗儿就结粒，收割就逢晴，簸净遇风力，大仓满小仓盈……"

韩腰子嘟囔着重复我的喊话。

为去除韩腰子的病魔，我还给了他两张麦穗破秽符。

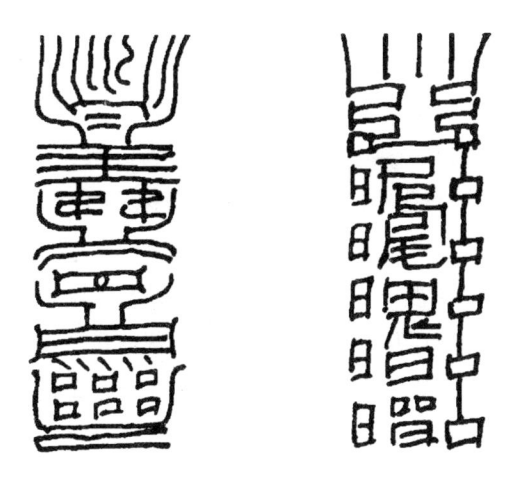

桃儿拿过来看了看。我感觉她的脸一下子就灿烂了。桃儿惊奇地说："麦穗破秽符真好看！"我身上的每个细胞都绷紧了。画符是师傅手把手教我的，但是，我瞎着不知画得是否规整，施在韩腰子身上是不是管用。在我们麦河流域，传说人患怪病，是某鬼作祟，就要佩戴麦穗破秽符来解。道教的"秽"多指妖魔鬼怪，我这里是指避"邪"。"邪"包含着妖鬼、秽物、邪气、精怪等等。北斗七星有除妖驱鬼的神性，所以，麦穗破秽符就形成了，麦穗图案上面顶着一颗北斗七星。符中的小方块代表星星。一颗颗的星星由线条连接，构成星宿。符中常常出现这四个字：日、道、尾、鬼。"日"就是日头，是阳的象征，有强盛的意味；"道"是指道神，太上老君的化身；"尾"指二十八宿中的尾宿，尾宿是生育之神，生命旺盛；"鬼"，二十八宿中正有鬼宿，也称鬼星，被古人认定为天之眼睛，明察奸邪。

韩腰子接过我的麦穗破秽符，双手抖抖的，符在他手中唰唰直响。

我把削好的竹签插进土里，这是破秽符生效的仪式。竹签都是我削的，有长有短，一头尖一头圆，一根根插入泥土。我的脸上渐渐有了温情，开始念诵咒语："麦子破秽，借北斗七星之精，降临此地中，百脏之鬼速去万里，如不去者，斩死付西方白童子，急急如律令……"

韩腰子几乎听怔了，就那么傻傻地站着。

我慢慢坐了下来，长嘘了一口气："麦穗、北斗七星，替韩腰子解涤厌秽，消褚不祥！"

我正如醉如痴，忽听耳边桃儿的一声唤："别念了，他走了！"

我大声喊："爹，爹，你去哪儿啦？"

桃儿娘说："这老东西往家走了。"

我嘿嘿一笑："这就对了，麦穗破秽符给他安魂了，他是困了，不信你回家瞧瞧，他一进家门儿就会呼呼大睡的。"

"三儿，这么灵啊？"桃儿娘说。

桃儿轻轻地说："我死了，就会变成麦穗破秽符的。"

韩腰子回家死睡了三天三夜。他的情绪好多了，我在韩家露了一回脸。可是，依然没有解决韩腰子心病。看来麦穗破秽符失灵了！我很失落，我真不知该咋做，一时无所适从了。为了给韩腰子解闷儿，我到他家唱大鼓，回来被大雨淋病了，发高烧，时常昏迷过去。桃儿一直守候着我，为我唱乐亭大鼓，我睁眼醒来，听见桃儿唱大鼓呢。我抓着桃儿软软的小手，说："桃儿，你的歌声真美。"桃儿咯咯笑了："你醒了，我就不敢唱了。"我鼓励她，让她继续唱。桃儿说："不了，刚才你晕过去了，吓死我了，我给双羊打电话了。"我说："没事儿，我这人命大，有邪劲儿。双羊在哪儿？"桃儿说："他在车间处理事情，过会儿就来看你！"我轻轻一叹，口干舌燥。没等我开口，桃儿就说："你喝一点水吧！"我接过水杯咕咚咕咚喝了，喘了一口气说："可不可以再来一杯？"桃儿接过水杯倒水去了。我又喝了一杯水，桃儿扶我慢慢躺下。不知为啥，桃儿流泪了。桃儿哽咽说："吃了这么多的药，你的眼睛还不能做手术，我着急啊！"我感动了，伸手摸着桃儿的脸：

"你要再流泪,我就不治眼睛了。再说,我的眼睛也治不好啦!"桃儿深情地说:"以后我就是你的眼睛,不管咋样,你都是我最完美的老公。"我心跳了,跳得好疼:"桃儿,表面看是我救了你,后来的日子却是你给了我活下去的希望。我虽说看不见,但是,你给我的每一个眼神我都知道。我知道你心中每时每刻都有我。"桃儿愣了:"你咋知道的,虎子告诉你的?"我轻轻摇头说:"这事儿不用虎子,我听见你眨眼的声音了。"桃儿喃喃地说:"你真神啊,快躺好,歇一歇,你还没有完全退烧呢!"我摸着桃儿的脸,说:"我不累,你才真的累啊!我要摸着你,永远摸着你。"桃儿笑了:"好,你摸,让你摸个够!"然后就把湿毛巾放在我额头。我迷迷糊糊又睡着了,梦到我和桃儿举行婚礼,月光下一对光彩照人的大红喜字,桃儿拥着我,她的嘴唇更加鲜红,眼睛比月亮还亮……

我醒来的时候,双羊已经来了一会儿了。双羊跟桃儿说笑着,他们说了些啥我都不知道。我兴奋地嚷着:"双羊,你小子给我买啥好吃的啦?"双羊说:"桃儿,你都看见了,三哥见了我就要吃的,我给你带麦河道场方便面来了!"桃儿就咻咻笑了。我挣扎着坐起来说:"就知道拿方便面糊弄我!"双羊笑了:"嘴巴越来越刁了,方便面都不想吃了。"我开始跟双羊说话,桃儿就回娘家去了。我把这几天对付韩腰子的事说了。我听见双羊嘿嘿一笑:"跟我编瞎话呢?"我大声吼:"我要是编瞎话天打五雷轰!"双羊独自点燃了一根香烟。我对韩腰子的行为很懊恼:"我看韩腰子是老糊涂了。"双羊对着我骂:"韩腰子那个老王八蛋,不知哪辈子烧了高香了,碰着你这么个好姑爷,给他施法,还给他安魂。"我感叹着说:"不是为了桃儿,我才不搭理他哪!"双羊说:"别这样,好狗照三家,好汉照三庄。三哥是一条好汉,这些老式农民,你可得帮我拽巴着点啊!"我重重地哼了一声:"我拽巴管蛋用,如今人们眼皮子虚,人家只在乎你这大老板啊!"

双羊沉沉一叹:"嗨,知道乡亲们有疑问,看见他们失去土地难受。我这心里也不好受哇!我不知道该咋办,一时无所适从。我唯一能做的,就是跟他交心,把心交出去。还得让人家认可,不认可不是白交吗?"我说:"等我病好了,咱们一块儿找他们谈一谈。"双羊说:"韩腰子代表一些失地农民的想法。他们的思维还没从种田养猪的怪圈里走出来。如果按老路子走,这不又回到自给自足的老路上去了吗?前两年,韩腰子扛着锄头回家,桃儿娘给他鸡蛋炒洋葱,洋葱也是后院产的。种那几亩地,撑不着,饿不死。养的那头猪死了,一家人哭了好几天。不管种田还是多种经营,没规模就没效益。结果是种一亩地，不如贩一车粮，养一头猪不如杀一头猪赚钱。"我点点头说："是啊，在经营上，他们谁能比得上你啊？"双羊补充说："所以我说，耕种一亩地，勉强够家里吃，种上十亩地，手头就会有余钱儿，种他娘的一百亩地，说话才有底气，这就是规模经营的道理！"我说："跟我说这些没用，你得让韩腰子的榆木脑袋开窍儿。"双羊说："是啊，我要跟韩腰子算一笔账，算一算土地流转前后的收益，看看是哪个吃亏，土地还是不是农民的命根子？"我惊奇地问："你说还是不是命根子？"双羊说："根据我的调查，土地的性质已经变化了。"我说："你把这些道理给韩腰子讲讲，他会影响一片人呢！"

隔了两天，我的病好了。吃过了晚饭，我和双羊直接去了韩腰子家。一进韩家院子，我就听见陈锁柱的大嗓门儿："我咋没听清楚啊？韩叔你不是不知道啊，眼下咱村的大田本来就紧缺，那是占一分补一分啊！"韩腰子说："我听富九说，他家扩大院落占的地不是大田地，是自己家的菜园子地，也就是说占的不是种庄稼的地。"听到人们在争吵，我和双羊犹豫了一下，没有进屋。我听明白了，郭富九想多占地，陈锁柱不干，韩腰子给富九说情呢。桃儿娘说："你待好了，不然不好拔啊！"韩腰子重重地吭了一声。我听见叭叭走罐儿的声音，就知道，桃儿娘正在给韩腰子拔火罐儿。陈锁柱说："你们这么干，乡亲们还不把我吃喽？人家会说，许他郭富九占地扩院，我们为啥不行？马上就会有人跟风扩院，还不乱套了啊？那车你还刹得住啊？再说，富九占地是想扒开后院院墙开个小卖部，这都占了街道啊！"韩腰子吭哧了一声，问："老忠在南山坡上占块地，你为啥就同意了呢？"陈锁柱说："腰子，那是块荒地，不是大田地，上级是鼓励开垦荒地的。再说，你知道老忠叔他包那块地要干啥吗？"韩腰子说："我哪知道啊，这老东西干啥？"陈锁柱说："人家四叉子是要种小麦草，搞试验。这是双羊提倡的，我能不同意吗？"韩腰子嘟囔："你们当官的，就听有钱人的。"陈锁柱说："你可说错了，土地流转，土地的两权分离了。村委会既要保护农民的利益，避免资源流失，又要保证项目方有经济效益，让项目在我们的土地上扎下根儿，你懂吗？"我捅了双羊一把："陈锁柱替你说话呢！"双羊说："他替自己说话呢！"陈锁柱又说："镇里马上成立土地流转工作领导小组，设立土地流转服务中心，全镇六十个行政村也成立相应的农村土地流转服务站，形成镇村一体、健全完善的土地流转服务网络。你赶紧劝一劝郭富九，赶紧跟双羊合作吧！"韩腰子说："我正难受着哩，才不劝他呢！这小子比猴都精，事后埋怨我咋办？"我和双羊站在院子里的一棵樱桃树后面听他俩争论。说曹操曹操就到，这时候，郭富九进了院子："哎，曹大董事长跟瞎三儿站在院儿里干啥哪？"双羊说："富九啊，我和三哥来看韩腰子，吃过了吗？"郭富九说："吃过啦，你们哪？"双羊说："吃过了。"郭富九显然在跟双羊缓和关系："吃的啥饭食？"双羊说："西红柿打卤面！你吃的啥？"郭富九嘿嘿一笑："贴饽饽熬小鱼儿，棒子碴粥。"我插话说："富九，你小子别没话找话了，屋里正说你小子占地开小卖部的事呢！"郭富九叹道："哼，瞎三儿，你耳朵挺好使啊！"

我们说着话，陈锁柱走出来了。陈锁柱说："双羊，你干啥呢？"双羊说："听说韩大叔病了，我跟三哥来看他。"桃儿娘也迎了出来："双羊、三儿，还有富九，你们都进屋里吃西瓜呀！"陈锁柱晃晃地走了。我们都进了屋，桃儿不在家，桃儿娘端给我们切好的西瓜。我和双羊吃着，听见郭富九问韩腰子："腰子，我这个事儿没说下来吧？"韩腰子反问："村长说你扩地是为了盖间房子当小卖部，是吧？"郭富九点点头："是啊，是啊。"韩腰子说："这就难怪村长不同意了，你改变了土地使用性质咋行呢？这是国家政策不允许的啊！"郭富九一拍胸脯说："我这不是光为了我自己，是为了方便鹦鹉村乡亲们生活啊！"韩腰子说："这和政策两码事，感情代替不了政策。我看老伙计呀，要是你真的要搞点副业，不如选择一块荒坡地，这样既不占大田地又利用了荒地，一举两得。人家老忠不就是这么干的吗？村里都挺支持的。"郭富九叹了一声："我的老伙计，我是想开个小卖部，把它开到山坡上了，把东西卖给谁呀？"韩腰子说："死心眼儿，你非得开小卖部啊？不干这个就挣不来钱哪？"郭富九寻思着："那干点啥好呢？"韩腰子不出声了，双羊接过了话茬儿说："我看啊，你还是学老忠一家，搞小麦草吧，这东西挣钱啊！"郭富九尴尬地说："麦子长得本来就他妈像草，种了小麦草，我哪能分得清啊？"说完就背着手走了。我和双羊都哈哈笑了。我说："这个土老帽儿，吃屁都赶不上热乎的！"韩腰子一笑，后背上的火罐儿滚到地上了。

双羊说："大叔，你的心情，三哥都跟我说了。我过来给您唠唠，是想解开你心中的疙瘩。我给你家算过一笔账，你家十五亩承包地，过去靠土地维持生计，现在，你儿子儿媳打工，女儿打工，家里主要靠打工收入。你们家打工收入早超过土地收入几十倍啦！在你们家土地已经丧失社会保障功能。你口口声声说土地是命根子，这其实已经不实际了嘛！"

我听着有些道理，暗暗佩服双羊有头脑。双羊缓缓地说："我承认，土地在我曹双羊手里，还没有发挥到最佳状态。乡亲们的承包地、宅基地，只有作为自己的资产在市场上流动，才能真正实现最大的增值。一旦土地的真实价值得到实现，农民见着更多的钱了，流转土地的劲头就足了。可是，我们眼下还没建立土地市场。这个市场会建起来的，农民的日子会更好啊！"

桃儿娘说："有那么好吗？我家那点地，能打一口吃的就行啦！"

双羊大声说："大叔，大婶，瞧瞧你们的观念有多落后？土地可爱，可是土地让你们过着啥日子？土地是我们的紧箍咒，咱农家的这个咒，到我这辈儿非翻过来不可！我要让咱鹦鹉村的土地变成聚宝盆！"

双羊的话说得我腰杆硬实了许多。

韩腰子虚弱的声息里，吐出了一串清晰的声音："唉，我还是想自己种地呀！"双羊急得直跺脚："大叔哇，自家在田地里吃苦，猴年马月能闯出个场面来？赚钱不吃力，吃力不赚钱啊！"我笑了："爹，你咋就不开窍儿？你个老东西折腾死我了！"韩腰子摸了摸我的脑袋："桃儿伺候着你，你还委屈啦？"我连连说："我不委屈，我替你委屈。"双羊继续说的啥，我都懒得听了。双羊没弄懂韩腰子的心，商人眼中都是钱，韩腰子心中依赖土地，压根儿不是钱的事儿。可是，民营资本来了，凭韩腰子这样的农民，所有的努力都是徒劳的，人慢慢地，只能悲壮地倒下。从他的叹息里，我感觉，他对自己的未来升起一股前所未有的恐慌和不安……

谈到很晚，我和双羊才离开韩腰子家。

后来虎子告诉我，双羊给韩腰子、老忠一些农民派了活儿。这活计很绝，到荒地里往破脸盆里抓土。规定好的，谁也不能用农具，一律用手抓土，韩腰子手指都抓出了血丝，也没有怨言，依然耐心地抓着，抓得津津有味。开始我以为抓土积肥，后来，一点也看不出积肥的迹象。唉，这不是拿人开涮吗？我气愤地质问双羊："你折腾他们干啥？"双羊没有正面回答，淡淡地说："三哥，你说这世界上啥最重要？"我不假思索地说："命啊，没命啥都没了！"双羊说："不是。"我一愣，问："是啥？"双羊直截了当地说："方法，方法最重要！"我疑惑地问："你让韩腰子他们抓土，到底干啥用？这是啥政策？"双羊嘿嘿一笑说："这是我的土政策，省得他们闲得痒痒。"

我被双羊整糊涂了。双羊咋这么狠呢？人真是个神秘的怪物哩！我脑子里想象着韩腰子他们抓土的模样，哭笑不得。他们一定经过沉重的漂浮，没有依靠，长久失去依靠的身体会被撕成碎片的。我借虎子的眼睛看见了大地，一望无际，超乎想象的广阔。土地是万物的源头，也是生命的终点。无论人们怎样折腾，一切还会回来的。面对暴雨击打的土地，我们心中都有裂缝，隐隐地疼，我只能用嘶哑的喉咙歌唱……

夜晚孤独的时候，我手握一支麦穗儿仰望月亮。

我的幻觉里出现麦河和月亮。河水淙淙，月光透明，草地的露水香气氤氲，微笑的土地面庞显露出来。我想起了一个麦河神话，说太阳和月亮是一对青年男女变的。那时候，大地黑咕隆咚的。为了替大地和人们寻找光明，他们两人走遍了天涯海角，最后飞上了天空，男青年变成了光芒万丈的太阳，女青年变成了温柔可爱的月亮。当人们抬头看月亮的时候，发现月亮上还有些不那么明亮的地方，朦朦胧胧，像是蒙着一层纱布。谁来解释月亮上明暗交错的情景？原来，当时天上的月亮太明亮了，亮得刺眼，热得人透不过气来。夜空里就唰地闪过一道白光，又有一对青年男女立志兴利除弊。男青年将一支支利箭射向月亮，利箭的威力太小了，月亮光还是太亮。女青年是位织布能手，她为月亮编织了一幅美丽的丝锦，让男青年挂在箭上射到月亮上去把它盖起来。多美的神话，如果没有神话，我瞎子可咋活？虎子给了我千里眼，我看见了，月亮光就不那么刺眼了，原先织在丝锦上的图案、房子、牛羊、庄稼、玉兔和桂花树就成了我们看到的月面图案了。土地的事情太污浊了，月亮上的事情多明净啊，我多想带着桃儿到月亮上去，过一种男耕女织的浪漫生活。

揉　面

我信这句话：生活是啥？生活就是心情。因为今年的麦收，我得了一份好心情。这几天，麦河两岸的麦收紧张有序地进行着。双羊把村官都动员起来了，锁柱、兆本几个村干部轮流在麦地现场指挥麦收，进展十分顺利。为了鼓舞士气，双羊提议给每个参加抢收麦子的村民计算加班费，得到锁柱和兆本的赞同，村民们干得更加起劲了。我喜欢闻绵绵的麦香，每天大清早就出了家门，顺着村北口铺满杂草和野花的小路上了河堤。虎子知道我对这条路有多么熟悉，走得自由自在。虎子从广阔的天空俯冲下来，落在我胳膊的皮套上。我的胳膊戴着皮套，为了虎子，多热的天，我也戴着皮套。虎子美美地看着我走路。到了这个季节，我更喜欢听鹦鹉村汉子站在河岸上高声吆喝:"流麦子喽——"仔细听,有多人在吆喝,此起彼伏。宽宽大大的麦河就染了一湾子的火爆,经久不褪。这个时候是我最开心也是最难过的时候。开心的是,今年麦子又是个大丰收,咱麦河集团需要的面粉自给自足,不用花高价从外面买了。方便面生产形势好了,年终的时候,我白立国也会跟着乡亲们多分点儿红利。难过的是,凤莲的病一天比一天恶化。

我还是蛮有人缘的。我来到田间,人们见了我就七嘴八舌地嚷嚷:"三哥来啦?坐这歇会儿。"还有人说:"三叔,给我们唱一段吧。"我嘴里头"哼哼哈哈"地答应着。庄户人家实在得很,他跟你说话是实打实的,你得回应他们,不然就是瞧不上人家,以后就没人爱搭理你了。我看不见大伙儿,就冲东西南北四个方向都微笑着,鸡啄米似的点过了头。然后,我朝大伙儿喊:"老少爷们儿辛苦了,听我瞎三儿唱上一段,给你们解解乏啊!"立刻引来一片叫好声和拍巴掌声。我清了清嗓子,从兜里摸出了梨花板,一阵过门之后就开唱了。我唱的是自己编的《庆麦收》,是这样唱的:"逆月里来收麦忙,集团麦子上了场;股东喜事心里藏,年终分红喜洋洋……"刚一唱开场词就博得了满堂喝彩,我就唱得更卖力气了。突然有人抢过我的梨花板敲了起来,节奏和我敲的一样脆亮。我知道,是我的桃儿回来了,心里头更加起劲儿了。嘿,桃儿竟然接过我的唱词续了下去,声音清脆:"一钩弯月斜照墙,一片麦田放金黄;麦河起舞降吉祥,三哥豪情赛苍狼……"一大片哄笑声,接着就是叫好的声浪。这让我想起电影《刘三姐》,心里要多甜蜜就有多甜蜜。忽然,有人喊了一声:"趁着起兴,让桃儿姐陪陪我们吧!"马上有年轻嗓子附和:"是啊,那可太好啦,比听大鼓解乏哩!"有人说:"像桃儿这样的美女,就应该大伙儿共同享受,让你白立国给管住了,多可惜啊!"桃儿收住了笑声,我恼怒了,险些将梨花板朝这人砸去。我仰着脖子嚷:"谁他娘别胡说八道啊,我刚脱了裤子,就露出你这么个玩意儿?"人们都吓住了。我听见有人悄悄说:"坏了,三哥吃醋啦!"还有人说:"这玩笑开大发了,这不是揭桃儿的伤疤吗?"我不依不饶地说:"大家享受,啥他娘屁话?桃儿是我老婆,你咋不把你老婆拉出来让大伙儿奓啊?"在场的人鸦雀无声。四乱子不服气,大声说:"瞎子,你要真急,咱还就掰扯掰扯,我家老婆没有挂牌卖啊,你敢说桃儿没卖过吗?拘留所里都有备案的!"我大声骂道:"你老婆没挂牌,不比桃儿干净哪去!桃儿是我的女人,犯不上你小子作践!"四乱子硬硬地吼:"不想让人说,自己就别干啊!给鹦鹉村人丢尽了脸呢!"我浑身颤抖,说不出话来。虎子见我怒了,张开翅膀刮我的脸,似乎在给我助威。我抚摸着虎子说:"畜生,听见了吗?给他点颜色瞧瞧!要不他不知道马王爷的三只眼!"虎子呼一声冲过去,朝四乱子肩膀就叨了一口。四乱子一声惨叫,捂着流血的肩膀跑了。桃儿轻轻走到我身边说:"你看,这也太过了吧?"我跺着脚大喊:"一点儿都不过分,往后谁要再对桃儿嚼舌头,虎子就叨瞎他的眼,撕烂他的嘴!"人们吓住了,蔫着头悄悄躲了,剩下我和桃儿站在麦地里。桃儿抚着我胸脯,眼睛落泪了:"老公,消消气儿。"她的泪水打在我的手背上。后来桃儿告诉我,当时我的眼珠儿像冰,寒气袭人。她还说,那一刻,她觉得自己真的有了靠山,真的很幸福。天气太热了,桃儿见我汗流浃背,就掏出纸巾给我擦汗。等我平静下来了,桃儿就让我跟她先看看麦圈儿去。我问:"她咋了?"桃儿说:"麦圈儿病了,低烧,出麻疹,有一阵子了。我们去看看她!"我说:"得杨梅大疮了吧?"桃儿狠狠拧了我胳膊一下:"闭上你的乌鸦嘴!"我不再说话,默默地跟在桃儿身后朝村里走去。

到了麦圈儿的家,我闻到了稠重浓烈的花香。是槐花的香气。院前长着桑树和白杨树。村里村外,杨柳桑榆,都是成排成行,唯独洋槐树是走单儿的。正是槐树开花的季节,一嘟噜一串,白花花像落了雪。小时候,吃槐花的时候,肚里总是鼓胀胀的。虎子落在房顶等我们。我们进去才知道,六嫂去渡口了,麦圈儿一人在家。桃儿跟我描述了一番麦圈儿家的环境。虽说寒酸一些,但收拾得利利索索。南屋竟然是间书房,一个样式老了的书柜,上面摆着薄薄厚厚的书籍。靠窗户的地方摆着一张写字台,上面摆放着两盆花。好像是包指甲花。我低头闻着花香,心里得意着哩。桃儿说:"麦圈儿,你不知道吧?三哥对爱情还有一套蒸馒头理论哪!"麦圈儿笑了,说:"哦,快给我说说。"桃儿说:"我来说吧,我都记下来了。行吧,三哥?"我说:"你说吧。"桃儿清了清嗓子,说:"是这样。女人好比是水,男人好比是面,和在一起,就揉成有韧性的面团了。男人和女人搞对象,这个爱情能不能成功,完全取决于这面揉得好不好。"麦圈儿拍着巴掌叫起好来,桃儿搂着我的胳膊笑得那样开心。我说:"我为啥爱闻这麦香呢?就是因为麦子磨出来的面粉,能蒸大馒头啊!"麦圈儿问:"哎,三哥,你跟桃儿姐馒头蒸得咋样了?"我笑眯眯地回答说:"面揉好了,不松不软,正蒸着哪!"桃儿亲昵地捶了我一下,咯咯笑着,上气不接下气。我分明从桃儿的语气里感到她内心的隐痛。我无缘无故地燥热,手心出汗了。

麦圈儿说:"我娘走的时候,和好了面,发起来了,我们就蒸馒头吃吧!"

桃儿积极响应着："好啊，我们难得在家过个面食节。"我没有在麦圈儿家吃饭的准备，除了嫌有一股螃蟹味儿，我还嫌麦圈儿手脏，不光是手，我觉得她身上哪儿都脏。我说："桃儿，我们待会儿就走吧！"桃儿狠狠拧了一下我的胳膊，以示惩罚："要走你自个儿走！"我被拧得咧了咧嘴。桃儿拧得再疼，我都不嫌疼。麦圈儿说："面食，真有趣啊，咋都吃不够！这是咋来的呢？"桃儿说："三哥，你给麦圈儿讲讲啊！"我讥讽说："这孩子，光顾挣钱了，连这个都不知道。我们说的面食，是指用麦面儿做成的食品呀！中国的面食发源于北方，自古就有'北人吃面，南人吃米'的说法。我跟你们说啊，麦子的故乡却不在咱中国。"麦圈儿病了，揉面的声音很弱，她轻轻问："那在哪儿啊？"我想了想说："最早的麦子是野麦，原产于西南亚，已有一万两千年的历史啦！小麦先是传入了欧洲，然后又传入美洲。小麦传入中国，大约在五千年前，新疆孔雀河畔的古墓沟墓地中发现了小麦，墓主头侧的草编小篓儿，大都有小麦随葬啊！听说，还发现了大型磨麦器呢！明代《天工开物》所列的八谷是：稻、麦、黍、稷、粱、粟、麻、菽。甲骨文中就有关于麦子收成的占卜，《礼记·月令》有天子亲自劝种麦的记载。到了明代，麦子已占北方口粮的一半儿了。"麦圈儿嘿嘿笑了："三哥知道的真多，要不桃儿姐那么爱你。"我得意地嚷："我的强项不在这儿，我还有别的本事哪！"桃儿又拧了我一把："得了得了，说你脚小，你就扶着墙走路了。"麦圈儿笑得喷了。我听师傅说过，《小麦风俗志》有这样的记载：左手拿麦穗，右耳鸣，朋友在思念；右手拿麦穗，左耳鸣，会破财；麦穗一旦扎了脖子，就有官司了；麦子入仓，粮囤外流，就有坎坷；麦子发霉，就有病灾；麦子发红，就有喜事；麦子发青，意味着有客人来。我左手抓着一根麦穗，右耳嗡嗡地响了。我嘻嘻一笑说："右耳鸣，可能有人想我了。"桃儿说："谁想你呀？"我得意地说："双羊想我哪！"麦圈儿沮丧地说："我家麦子发霉了，我就病了。发烧不退，身上还长了一片红疹子！可急死我了！"虎子咕咕地叫起来。我说这畜生饿了，给它弄点肉吃吧。麦圈儿说："家里没肉！"我说："你们姐儿俩先包着，我给虎子弄条儿肉就回来。"说着就走出了麦圈儿的家。

　　空气干热，这日子早晚得着火。回来的时候，我听见揉搓面团的声音了，还听到桃儿和麦圈儿说着话。我急忙收了脚，好奇地支起耳朵。我听见麦圈儿说："我很痛苦，我有钱了，想帮一帮我娘。我娘狠狠地骂我，我敢花你的钱？这钱到处都是臊味儿，我宁可拄着拐棍要饭，也不花这臊钱！骂得我几个月没回家！你说，我娘脑筋咋还这么老呢？"桃儿说："不是脑筋老，是你错啦！我们在外当鸡，老人是啥心情啊？"麦圈儿无奈地说："姐，种地赔钱，我娘在渡口摇船，能挣几个钱？我娘骂归骂，最终还是收了我给的钱。弟弟上学，家里盖房子，购置农药和化肥，都是我给的钱啊！你知道的，我这钱来得容易吗？"桃儿说："是啊，有多少姐妹支撑着贫穷的家呀！"麦圈儿恨恨地说："村里有人跟我娘告密，他们恨人有，笑人无。还不是瞅着我有钱了？见我开着汽车，穿金戴银了，生气呀！"桃儿沉默了一会儿说："麦圈儿，你是姐带出去的。我对你有责任啊！你挣钱我高兴，可是，钱多少是多？这不是长久之计，差不多该收手啦！找个男人过日子吧！"我心里一热，桃儿的话受听，情不自禁地翘了一下大拇指。麦圈儿好像停下了揉面，跟桃儿辩论说："你是死过的人，有切身体会。我被陈玉文强奸那一阵儿，天天想上吊，一想到绳子勒住脖子，浑身都他娘的痒痒。有一天，我在梦里都喊，娘啊，快拿绳子来，把我娘吓哭了。桃儿姐，是你把我领出去了，瞎哥救了你的命，你却救了我的命。所以我说，你别自责，我感激你哩！姐，自从走出鹦鹉村，我就不想死了。为啥富人和恶人活得那么好？我们穷人和善人活得这么倒霉？我也要过富人的生活！"桃儿说："人生贫富都是命，穷人咋折腾都是穷人。你想过你这点钱是咋来的吗？你出卖的是青春，是灵魂，是命啊！"麦圈儿说："没办法，我没别的资源。只能卖！宁可坐着奔驰哭，也不愿坐着自行车笑。凤莲姐的道路再也不能走了！她弟弟是大款，她活得都那么苦。原因是啥？还不是吴三拐没本事吗？"我的心咯噔一跳，想起了可怜的凤莲姐。桃儿哽咽着说："我们都不懂凤莲，她看似挺苦，实际上，她内心很安宁，我们比不上她，我们都不配议论她！"我赞成桃儿的观点，你们这些婊子咋能跟凤莲比呢？桃儿说："人活脸，树活皮。我们还得走正道哩！"麦圈儿又说话了："桃儿姐，快别提啥脸皮了！我麦圈儿活到这地步，有啥丢人不丢人？脸皮值几个钱？这个社会，人不能没有钱。我已经过惯了有钱的生活，如果我不能嫁给一个像双羊那种真正的大款，就只能趁着年轻多挣钱。男人靠不住的时候，只有靠钱啦！"我的心一阵疼痛，心想，完蛋了，这丫头完蛋了！桃儿说："你呀，比姐还固执。"麦圈儿声音有点哑："姐，哪个女人不想得到爱情？不想有个家？可是，我没这个福分哩！麦田里失身的那一刻，我啥都不想了！我只有破罐破摔啦！如果不谈爱情，跟哪个男人都一样，高的，矮的，胖的，瘦的，都一样没感觉。"桃儿说："年轻时候，说啥都行。说点过头话，也是可以理解的。凡是过头话都是痛快话，人一激动就爱说过头话。可是，到老了你就可怜啦！"麦圈儿说："你别跟我说啥可怜不可怜，想那么远有啥用？我们这种人，注定是个短命鬼！活一天乐一天呗！"桃儿说："既然我说不过你，那我问你一个问题。如果让你嫁给立国，你愿意吗？"我的心悬浮起来了。麦圈儿说："三哥是个好人，你爱他，是因为他救过你。你在他身上觉得踏实了。可是，你别嫌我嘴冷，他就是救我一百次，我只感恩于他，但我决不嫁给他！你想想，我们是见过世面的人，难道一辈子就图个踏实？再说了，他瞎着，你一定踏实，可是，进行一下换位思考。你治好了他的眼睛，你瞎了，他在外边闯荡，你还踏实吗？哪个男人不吃腥儿？到那时候，你只有寡妇撒尿，只出不入啦！"桃儿愣住了。我忍不住朝墙根儿啐了一口，心中骂：呸，年纪不大，贱不叽叽的，你说的是人话吗？桃儿说："麦圈儿，你把男人想得太坏了，就是我瞎了，三哥也会爱我的，我有这个把握！"麦圈儿说："姐，三哥是不是特别疼你？"桃儿轻轻一笑："你咋知道？"麦圈儿嘻嘻地笑了："丑人都是疼老婆的。你说西天取经的猪八戒，见了女人多殷勤？"我的脸色唰地变了，心中只觉得堵。桃儿幸福地说："有人说我这朵花插在牛粪上了，我愿意，这牛粪并不臭，闻着香哩！"我心里满足地一叹，桃儿啊，三哥没有白疼你哩！麦圈儿声音极小，我这耳朵听不见了。桃儿问："你个鬼丫头，赶紧给我说，到底想问啥？"我听见她们的厮打声，麦圈儿却笑得哧哧的："听你们的——"桃儿说："你三哥啊，一般小伙子都比不上哩！"麦圈儿嘻嘻笑了。桃儿沉沉一叹："你呀，够虚荣的！"

我站得腰酸腿疼了，想立马走进去，配合着桃儿好好批判一下麦圈儿。可是，麦圈儿的大嗓门儿又响起来了："你骂我虚荣，你难道一点都不虚荣吗？是的，你被拯救了，你改正了，可是，我以女人的敏感，发现你身上这点坏毛病是改不净的。"桃儿说："你把球儿踢给我啦？我知道，自从我跟了三哥，你和姐妹们都猜测我的真实想法。实话跟你说，我不是圣女，更不是完人。何况，我也是从你们身边混出来的。我激动的时候，也跟你一样，说过过头话，可是，面对柴米油盐的平常日子，我心里每时每刻都在煎熬。跟你三哥睡觉的时候，常常梦见双羊。人生的初恋，说抹掉就能抹掉吗？其实，我也知道，双羊心中还有我呢！别看双羊宠爱张晋芳，如果我向他传送秋波，他会毫不犹豫地回到我身边的。我一直在想，人的感情咋这么怪呢？天下的好女人，哪个不比我强？他为啥走不出我的怪圈儿？我知道自己脏了，不能再跟他了。实际上，我们都找不着初恋的感觉啦！再说，我有了三哥，我只能拒绝他!"麦圈儿插话说:"桃儿姐,你也有问题,你觉得自己脏,不跟双羊了,那么你跟了三哥就心安理得了吗?因为他瞎吗?"我的心被狠刺了一下,说不出的痛。桃儿迟疑了一下,语调伤感:"是啊,这也是我绕不开的结。一些想法,一直在我脑子里纠缠。如果拿三哥的残疾,弥补自己的罪过,这太不公平啦!可是,这又让我碰上了,我没有能力化解呀!我们这些受命运摆布的女人,有一些奇异的愿望,有一些难以理解的爱情。有时候我就想,这是爱吗?啊,天哪!我从没想过,自己一生中要遭遇这样尴尬的难题。"麦圈儿说:"这个问题,你跟三哥谈过吗?"桃儿语音变得沉重了:"没有,他也好像有意回避这个话题。但是,他有自卑心理,他能不想吗?我们这种女人,牺牲肉体来换取物质上的满足,然后再牺牲物质来换取精神上的满足。这是多么可怕的恶性循环啊!我给三哥治病,我给他花钱,有时候感觉挺牛的。可是,钱太毛了,卡里的钱说光就光啊!我望着卡里的余款,心里发慌了。"我勾着头,身子抖得像筛糠。麦圈儿说:"我们都看出来了,你过去花钱大手大脚,现在连件像样的衣裳都舍不得买。你看看自己,穿的都是老衣裳!有一天,徐老板请客,你说没空儿,给拒绝了。其实,我知道,你有空儿,你是怕那色鬼看出你的寒酸。桃儿姐,日子久了,这种生活你受得了吗?你还能挺多久啊?你呀,别苦了自己,实在撑不住,就跟三哥讲明白,回到我们中间来吧!"桃儿叹息说:"唉,有时候我想过,何必死要面子活受罪呢?可是,我又怕对不起三哥啊!"麦圈儿说:"你呀,想多啦!你这种人,三哥未必没有思想准备!"桃儿忽然生气了,大声吼道:"我是哪种人啊?不,钱难不倒我。钱不是我们放纵的借口。如果回到老路上,我都不能饶恕自己!再说,我还有双羊呢,犯得着吗?"麦圈儿嘻嘻笑了:"我随便说说,别生气啊!我不是疼你吗?!其实,你比我们的命都好,退一万步,你还有双羊接济你呢!我咋碰不上这好事儿呢?"桃儿说:"人家再有钱,也不能赖给人家呀!我在他那儿打工,还有收入呢!"麦圈儿忽然小了声:"哎,桃儿姐,要不你就想开点,一边对三哥好,一边对双羊好。一边是老公,一边是财神,这日子多好啊?"桃儿说:"你又找挨骂了吧?我做不来呀!再说,双羊也不是那种人!他是男子汉,他说过,他跟三哥是铁哥们儿,如果我爱他,就跟三哥说在明处,决不干偷偷摸摸的事!"麦圈儿说:"既然是这样,那他给你买的衣裳,买的表,买的皮包,你都跟三哥说啦?"桃儿沉吟了一会儿说:"没有,我真的不知道咋张嘴。其实,我不应该再接受双羊的东西啦!但是,我又说服不了自己!这就注定了我受煎熬哩!接受东西那天，我跟双羊喝了酒。那一天，真是邪门儿了。酒后，我竟然跟着他回到了办公室。望着他英俊的身影，忽然，我找着了一种异样的感觉，我一头扑进他的怀里。"我的心嘭一声，碎了。桃儿慌乱地说："这个时候，要发生点啥，都有可能啦！可是，就在这时候，张晋芳来电话了，她叮嘱双羊吃药，双羊那甜啦吧唧的声音一下子把我推远了。真是后怕呀，多亏了晋芳的电话，我才没有犯罪。但是，我恨我自己，在那一刻，思想堕落了，我让三哥失望了。我们这种女人还有点儿良心的时候，说的话，做的事，应该是全新的。可我呢，还常常伴随着堕落的想法。这想法多么的可耻呀！我要求自己一件事，找个机会跟三哥谈开，求得三哥的原谅。"我长长出了一口气，但是，我的心被挖走了，一下子瘫坐在地上。一群鸡频频地啄我。唉，桃儿那么多的痛苦，我咋就不知道呢？我脱下一只鞋子，把那只鞋子死命朝自己头上打，鞋底的尘土落了一脸。我边抽打边哽咽着说："白立国啊，你养不活桃儿，还算个男人吗？你窝囊啊！"

　　吃饭的时候，我乖乖地回来了。今天我烦躁、气恼，这两个女人算是给我上了一课。走进屋来，还要装成没事人的样子。我吃着馒头，一个劲儿地噎气，想起小时候吃八五富强粉蒸的饿面馒头。我一摸，嚷道："我禽，你们做这么多吃得了吗？"麦圈儿说："没事儿，吃不了，让我娘放在日头底下晒，晒发了做面酱。"我又一摸，摸到了一个面桃儿，很像寿桃儿。我抓起来举着："这是谁包的？"桃儿点点头："我包的！"我把它递给麦圈儿说："你吃了它吧，大枣能补血，面桃儿能补心呢！"麦圈儿尴尬地一笑，麻利地接了过去，"哐叽"一声，狠狠咬了一口。

金　屋

　　张晋芳天生不喜欢农村，偏偏婆家就在农村，这让双羊很为难。可是，双羊告诉我，张晋芳就盼下雪，这天真的下雪了，她就跟双羊回村了。她很浪漫地跑在雪地上，雪片儿落在她的脸上，瞬间就融化了。她在野地里堆了好多雪人，双羊耐心地陪着她，欣赏她欢快的样子。双羊陷入生意的忙碌中，连新婚美妻都无暇顾及，今天难得陪陪她。双羊给她弄了一个木炭棒，让她在雪人脸上画眉眼。她就认真地画，画出八字眉，黑眼圈，还有两只大耳朵。双羊拍手一笑，我和桃儿就过来了。张晋芳就笑着说："三哥，快来堆雪人啊！"我笑笑说："晋芳，还是乡下好吧？多住几天吧！"张晋芳只顾自己画着。双羊跟桃儿打着招呼，张晋芳就偷偷举着炭棒过来，在双羊的脸上狠狠抹了一下，双羊就成大花脸了。大家都哈哈大笑。

  我记得很清楚，就在这天晚上，张晋芳犯病了。夜深人静的时候，张晋芳突然又哭又笑，又蹦又跳，把曹大叔、曹大娘都惊醒了。她忽然哭得不可抑制，满脸是泪。第二天早上，大雪停了，双羊带着张晋芳来找我。我一听症状，再一摸她的脉，就知道她被黄鼠狼迷上了。双羊说："三哥，赶紧想个破法啊。"我就要拿银针给她手指放血，张晋芳被吓哭了。她说我这一套滑稽可笑，一甩手就回城了。从双羊的婚礼开始，张晋芳就对桃儿有成见了。她愣说自己撞了桃儿的邪气，对双羊又哭又闹。回到麦田市郊外"明湖别墅"里，她还没有解脱。双羊很沮丧，本来张晋芳就不愿意回乡下，这次撞了黄鼠狼，往后她更不愿回来了。双羊继续给我打电话，让我帮助除掉张晋芳身上的邪气。我说："没错儿，就是黄鼠狼。你这小娘儿们不信我的，我有啥办法？"双羊愣了愣说："她真是被黄鼠狼迷了吗？"我就跟他讲了好多过去捉黄鼠狼的故事。黄鼠狼在我们这儿就叫"黄狼子"，学名"黄鼬"。这家伙一尺多长，尖头尖脑，细腰长尾，善于钻地，无影无踪。它喜欢吃老鼠，冬天了，老鼠钻了洞，它就开始进村偷鸡了。那个雪夜，就有一只黄狼子抓曹家的鸡。如果黄狼子把鸡拉走了，一般不迷人，但曹大娘家的鸡没被拉走。我一问，曹大娘说没少鸡。这家伙拉鸡的时候，有个缝隙就能钻进去，很鬼，我们麦河村庄盛产这玩意儿。有一年夜里，我家钻进一只黄狼子，伸长了脖子闻我气息，我感到有点痒痒，以为虎子来捉弄我了，我大喝一声，伸手瞎抓一把，竟然抓着一只黄狼子。这家伙滑溜溜的，一伸一缩，噗的一声，一股恶臭袭来，黄狼子放了个屁，从我手中溜了。我分析说，这只迷上张晋芳的黄狼子，一定钻进双羊的汽车里，跟随到城里的别墅来了，张晋芳犯病的时候，它会躲在一个角落翻滚跳动。双羊听我这么一说，有点含糊了："真是黄鼠狼作怪，你也不能直说，你得欺骗她，她才能跟你配合。"

  一个寒冷的傍晚，桃儿把我送进了双羊的郊外别墅。在路上，记不清因为啥话，我跟桃儿吵了嘴，桃儿就大发雷霆，失去控制，朝我尖叫着："够啦！够啦！"我一掐算，桃儿第二天就该来月经了。我没有理睬她，下车的时候也没说话。桃儿没进去就开车走了。虎子跟我留下了。天气阴冷，寒气袭人。双羊要搀我进屋。我抓着他的胳膊说："不，我得感受一下周围环境。"我的鼻子寻着黄狼子的气息，然后就进了别墅。双羊告诉我，这所别墅有五百平方米。别墅院里有个月亮湖，大片草坪，冬天几乎没颜色了。双羊一个房间一个房间带我看，我哪看得见啊，但我给别墅起个名儿，我说："这儿金碧辉煌的，就叫金屋吧！"双羊笑着说："好，就叫金屋啦！"我说："你小子这叫金屋藏娇！"双羊嘿嘿笑了："早知这么麻烦，我就不藏啦！"我说："老婆还是要娶的，人总得有个养老送终的窝儿啊！"双羊让保姆做了两个菜，我们漫不经心地喝酒，嘴里有滋无味地嚼着鱼干，等待黄狼子出现。到了晚上十点，双羊说："给虎子两块肉吃吧？它该饿了。"我摆摆手说："别管它，我知道这畜生的习性，吃饱了眼睛就不灵敏了。"说着话，张晋芳犯病了，哭着蹦啊，有一只黄狼子从别墅院里蹿出来，做着各种滑稽动作。我给虎子下指令，虎子就扑过去，哇的一声，叼起了黄狼子，速度之快令人难以置信。张晋芳忽然不跳了，也不哭了。她身体乏力地往沙发上一躺，嘴唇哆嗦，声音也哆嗦："三哥，这就好了吗？"我胸有成竹地说："好了，病源除了。"双羊让我住在别墅里，我说："还是住桃儿那里吧！"他给桃儿打了个电话，桃儿正在外面应酬，说过会儿来接我。双羊笑笑说："我送你回家吧！"双羊就搀扶我上了他的汽车。张晋芳吩咐保姆说："给三哥带两瓶茅台酒，两斤一瓶的。"我转脸说："晋芳，你好好养养吧，这病不算啥，别怪我们农村，该回去就回去啊！"张晋芳应了一声重新躺下了。

　　第二天上午，双羊告诉我，张晋芳的病真的好了。

　　女人各有自己牵制丈夫的绝招儿。双羊跟我说，张晋芳牵制双羊的绝招儿就是"紧跟"。起初，张晋芳就像他的贴身秘书，陪他谈判，陪他应酬。在场面上，张晋芳不爱说话。女人的沉默不是好兆头。张晋芳性格内向，也很独立，凡事自己当家，极少依赖父母。这可能与她在单亲家庭长大有关。她上初中的时候，父母离婚了，父亲跟"狐狸精"走了，她跟母亲生活。母亲脾气绵软，张晋芳从小就有撑家的概念，家中大事小情就她说了算。双羊渐渐感觉到，张晋芳不是一盏省油的灯。

　　我感觉到双羊的压力了。双羊淡淡地说："那天我们到上海办事，张元老板一家宴请我们。张晋芳一句话都不说，不喝酒，像一个忧郁症患者。回到宾馆，我忍无可忍跟她吵了一架。我骂她你是哑巴吗？人家得自闭症的孩子，还嚷两句呢！你说张晋芳说啥？她说你给我说话的自由了吗？你不让我说啊！你的生意，一点不让我插手，我能说啥？我突然明白了，她有怨气。"我苦笑了一下说："不是怨气，是她在你生意上有私心啦！"双羊说："是啊，张晋芳说人家张总的老婆是他公司财务主管，我呢？我就是一个三陪！你看人家拿正眼瞅我吗？他们还以为我是你的小二呢！我当下就火了，大声嚷她，别兜圈子啦，你到底想干啥吧？张晋芳终于吐出了心声，说我不想让你金屋藏娇啦，我要工作！我哭笑不得，金屋藏娇，亏她说得出口。"我嘿嘿一笑："这女子压根儿就是物质女孩。不说这个说啥？"双羊继续说："张晋芳说啦，金屋藏娇也可以，一个金，一个娇，金就是钱，没有钱就没有娇。你得让我看到钱啊！三哥，你说，她真敢开口啊！我说了，你是我老婆，我的钱不就是你的吗？"我一愣："这娘儿们咋说？"双羊说："张晋芳说，那不是，我娘说过，老婆汉子，不如自个儿手攥着。他娘的，我就反感这话，你两眼盯着钱，你的目光太短浅了。张晋芳说我们女人青春太短暂，我们无法留住美丽，目光就没法不短浅。等你哪一天搞了小二儿、小三儿，我喝西北风啊？我生气了，推了她一下说，我是那样人吗？张晋芳说，男人都说自己不是那样人，可偷偷干那事儿啊！你把钱转移到谁的名下，我咋知道？我说她，你又来了，又来了。张晋芳哭着说，难道我就不如她吗？既然我不如她，你娶了她不就结啦？还娶我干啥？"我的心咯噔一下，张晋芳还盯着桃儿呢。双羊生气地说："我说，我跟你说过多少遍了，她是我的过去，我们现在是雇用关系，上下级关系！张晋芳嘬着嘴说，是上下级，凤在上，龙在下。我不搭理她了，太鸡巴不讲理啦！我独自闷闷地看电视。张晋芳又往我跟前凑了凑说，对不起老公，今天的事是我太任性了。我撸了撸张晋芳的脑袋，骂她说，你呀，人不大，脑子还挺复杂。你再也猜不出她说啥。"我问："她说啥啦？"双羊说："张晋芳软了声说，老古语说了，嫁汉嫁汉，穿衣吃饭。如今都改了，嫁汉嫁汉，腰缠万贯。眼下在城里，手里捏着一百万块钱，心里都不踏实了。我批驳她说，我们集团是六十亿资产啊，够你花几辈子的！"真不敢想，如今女人竟变得这么见钱眼开。

双羊叹了一声说："那几天，张晋芳神经衰弱了，睡不好觉。在她的问题上，钱是一个诱因，一个表面现象，问题的根本是，她不想藏在金屋里，她要冲出牢笼了。我怕张晋芳在厂里跟桃儿发生冲突，不让她到集团上班。张晋芳却来了个'迂回'，将弟弟张良派进了集团，负责蔬菜小料儿的生产。时间没过多久，吴三拐偷偷告诉我，张晋芳的弟弟张良太黑心了，吃里爬外。他负责酱菜部分采购，把菜农的价钱压得很低，自己从中捞回扣。他越干胆子越大，竟然自己搞了土地流转，偷偷雇农民种起了大棚菜。蔬菜的质量大大下降，我听了极为恼火，宣布开除张良。后来，我就面临着张晋芳的泪眼、丈母娘的求情。我的态度很强硬，可是，又一个个难题来了，张晋芳以为是桃儿给我告的密，她恨上桃儿了。"我一听就急了："你赶紧替桃儿开脱一下呀，不然，就麻烦啦！"双羊嘿嘿一笑："我还没来得及说，张晋芳就到厂里跟桃儿闹了一场，闹得桃儿摸不着头脑。唉，也该张晋芳运气不好，桃儿给张晋芳好一通臭骂：给你脸了？看双羊的面子，老娘一忍再忍。你说的事情，老娘不知道！张晋芳被骂呆了，半天缓过神来。两个人就啥寒碜骂啥了。张晋芳竟举着胳膊要抓桃儿的脸。桃儿身经百战，张晋芳还嫩，一个回合就被桃儿放趴那儿了。嘿嘿——"我说："你还笑呢，桃儿回来没说呀！"双羊说："桃儿怕你惦记呗！张晋芳回来就跟我闹，我不敢回家，悄悄躲在你这里下棋。张晋芳害起了头疼病，到处找我！"我想起来了，张晋芳就把人情托到我这里，让我劝劝双羊。我把双羊骂了一顿："你小子昏了头了？开了小舅子？"双羊抱怨说："三哥，你不知道我有多难。弄成点事，都想过来吃一嘴。税务卡你，工商吓你，质检的熊你，亲戚们偷你。哪个庙门儿不得拜啊？公司经营出了乱子，都朝我这法人问罪！别看我平时耀武扬威的，其实，我是给人家打工的三孙子啊！"我一想也是，双羊难处一大堆，他跟我下棋，唠叨唠叨，就是想解闷儿。双羊继续说："你说，凭我的性格，井里放糖，甜头大家尝。我给亲戚们漏点儿，没人说啥！就我那小舅子太鸡巴过分了，吴三拐也想搂啊，我不处理张良，一群吴三拐就都蹿上来了。我这是企业，架得住吗？"我笑了笑说："我不懂经营里的事，但我懂一个理儿。家和万事兴，老婆这不顺当，你能顺当吗？还是想个鬼点子，把你那舅爷哄高兴了吧！"双羊想了想说："好吧，给张良成立个公司吧。"我笑了说："对呀，你帮衬着点，就过去了。你说是吧？"双羊点点头说："三哥说得对，我想了很久，在晋芳生孩子之前，不能让她闲着，女人一闲就无事生非，让她有事干，让她有钱挣。"我说："这就对了，这是一个原则啊！"双羊接着说："钱难挣，屎难吃。让张晋芳也体会一下挣钱的甘苦，慢慢地她也就习惯了，会一点点理解我的甘苦了。"我微笑着点点头。

双羊真是一点就透，张良的"麦香饮食公司"就在县城开张了。起初，双羊想让他们承担一些与小麦有关的业务。张晋芳和张良对这种业务不满意，张晋芳软磨硬泡，后来双羊把它改成了资本运作业务，叫"麦香经济开发公司"。这仿佛是一针兴奋剂，让相当疲惫的张晋芳精神一振。双羊这才明白，张晋芳大学是学资本运营的。她帮助双羊的那笔贷款就是她能力的证明。有一天，张晋芳找我给新开的公司预测，双羊当着我的面说："晋芳，这回你可以跟你弟弟施展才华了。"张晋芳笑了笑说："其实，我想到麦河集团总部搞资本运营。"双羊说："不行，这绝对不行，我不能搞成家族企业。我姐夫吴三拐也该回村了。"张晋芳说："好，你是为了企业好，我一点儿都不怪你！"双羊说："我没学过资本运营，但我还是懂一点儿的。"张晋芳解释说："这没什么稀奇的，资本运营以利润最大化和资本增值为目的。我们按照价值管理的尺度，将企业的各类资本，不断地与其他企业、部门的资本进行流动与重组，实现生产要素的优化配置。"她的声音热烈，又似乎含着傲慢。双羊点了点头说："对啊，但还有一点，完成产业结构的动态重组，让企业自有资本不断增加。"我一点都听不懂，这些东西离土地太远了。张晋芳笑了一声，对双羊说："你真的懂，你是成功人士，你嘴里说的话总是对的，我没办法不敬佩你。我害怕这种敬佩，这太折磨人了。"双羊笑了笑，身体紧紧贴着她，让她感到他的温暖。他说："晋芳，我是娶你当老婆的，我不希望在家里谈的全是资本。"张晋芳说："我可以答应你。我弟弟的事儿告一段落。"

有一天，双羊接我吃饭。同时宴请的还有陈元庆县长夫妇。我犯了难，支吾了半天，还是答应了。双羊想带张晋芳同去，张晋芳却梗着脖子说："我就不去，偏不去，死活不去！"双羊火了："我把你带进上流社会，难道你不愿意吗？"张晋芳说："开玩笑，小小县城有啥上流社会？都是一群打麻将的。"双羊说："陈县长是不是父母官？他夫人是不是个人物？"张晋芳问："桃儿去吗？"双羊说："桃儿不去，但她的老公三哥去捧场。"张晋芳说："我可是听说，你常常带着她的，这次是为了我，你才不让她去吗？"双羊说："不是，桃儿你两人有误会，不过，将来会成为朋友的。"张晋芳恼怒地说："呸，跟她成朋友，没门儿！"双羊说："好了，我们不说她了。今天就是逢场作戏。"张晋芳疑惑地问："我真不明白，陈元庆伤害过大姐，你心里也鄙视他。为啥还整天与他搅和在一起呢？"双羊迟疑了一下说："演戏吧，大家都知道这是戏，演这么一场还是必要的，各取所需嘛！"张晋芳说："你本身不是演员，还要演戏，你不觉得这样活着太累吗？"双羊："人死了不累，多年来，我就这样疯狂地累着，累并快乐着。"张晋芳说："我们还是有代沟，我真的理解不了。"双羊最后说："我可跟你说，你想搞资本运营，离得开县长的帮忙吗？"张晋芳猛然醒悟，笑了笑，马上答应过去。双羊感觉到，这些急功近利的年轻人还是非常务实的。

这个时候，我对双羊说："你们吃吧，我真的不想去了！"双羊忽然想起啥来，大声说："对了，把桃儿也叫上！"我说桃儿真的没空儿。这小子看出来了，我拒绝赴宴的原因在桃儿的身上。上流社会总是在诋毁她，排斥她，让我有无限辛酸涌上心头。其实我知道，双羊怕桃儿跟张晋芳发生冲突，没有让桃儿参加，我担心桃儿心里不好受，就找了个借口没去参加。再说了，我讨厌陈元庆这种人。我想找个清静的地方好好想一想我和桃儿的婚事。有一天，双羊过来聊天。他没有过多想我的心思，那张聪明的脸上，露出傻乎乎的笑容。他跟我说："张晋芳跟县长夫人好上了，一心搞资本运营呢！"我笑了笑："这就对了，女人得有事儿干。"双羊说："晋芳跟陈元庆老婆见面了，两个女人一见面就有话题。从名牌皮包说起，什么LV啊，花花公子啊。县长夫人也很喜欢她。说到女子整容、丰胸、做拉皮，说到护肤，说到健身。张晋芳巴结人比我们这一代人直接，直接往县长老婆手里送银行卡。我感觉很不舒服，张晋芳小小年纪就学会了'潜规则'，这不好！"我说："天要下雨，娘要嫁人，你管得了吗？"双羊沉默了一会儿说："三哥，我从晋芳身上明白了好多事情。"我也有同感，晋芳激活了双羊的某种情绪，某种需求，连他自己都没有意识到的需求。我说："晋芳快走邪了！"双羊一愣："为啥？"我想了想说："谁挨陈元庆的边儿谁就会堕落的。"双羊摇头说："不绝对吧？"我不说话了，埋怨自己在想不该想的问题。可是，我不想不等于没有哇！过了一会儿，我想起韩腰子的事。韩腰子到了年龄，从田野里下岗了，在家闲得难受，桃儿娘就求我跟双羊说情。我跟双羊说了说韩腰子的请求。双羊严肃地说："韩腰子已经到了退休年龄，不能到田里上班了。可是，三哥出面了，我就没有退路了，就在生产组弄个差事吧！"

没几天，韩腰子就上班了。这件事办得痛快，桃儿娘对我格外满意，韩腰子还专门请我到家里喝了一回。

一个折叠的人

我心里激灵那么一下，呆愣片刻，一双手情不自禁地抓着自己的头发。一切都是鬼使神差，这太不合情理了，曹双羊居然开除了韩腰子。

尽管此事在鹦鹉村震动挺大，起初我还是不相信，桃儿跟我一说，我都明白了。双羊疯了吗？抛开跟桃儿的关系不说，韩腰子是多好的农民啊！我说："双羊开除韩腰子的理由是啥？"桃儿说："没理由，村里有几个被开除的。"我给双羊打电话，他不接我电话。我心里乱糟糟的静不下来。这小子好几天没找我说话了,他是怕我责怪他吗?无论如何,我要骂几句的。桃儿劝说:"别难为他了,他也不容易。他对我爹没仇,恐怕是从管理角度考虑的吧?"我黑着脸,倔倔地说:"管理?管理就裁人?还让不让人活啦?"桃儿说:"唉,农民还不适应,在工厂里,裁人还不是家常便饭啊?"我长叹了一声:"你老爹是咋想的?"桃儿说:"我爹嘴里重复着一句话,我家的地,竟然不要我种啦!这得说说,这得说说。"我咧着嘴巴说:"啥叫说说?人家有钱有势,咱是弱者,让你抓土就得抓土,不让抓土就回家待着,还说啥呢?"桃儿说:"别找双羊说了,双羊没空听他唠叨。三哥,我求求你,这些天多找我爹说说话。"我点点头说:"那没问题,咋说他也是我老丈人呀!我让这老家伙摸一摸虎子的羽毛。"桃儿轻轻笑了:"你这瞎姑爷是该表现表现了。"我说:"双羊往前冲,我就是那打扫战场的。这几年,我没少给他擦屁股!"桃儿笑了:"你擦也是瞎擦,没擦正地方儿。"我噘着嘴巴说:"是他的屁股待着不正啊!"桃儿咯咯笑了。她抓起了我的手,可能看见我指甲缝里有泥,说给我剪指甲。我听见了咔嚓咔嚓的响声。剪好了指甲,桃儿又用毛巾给我擦了擦。我伸手一摸她的脸,皮肤不那么水灵了,还有许多小疙瘩,像黄瓜皮了。我心疼地说:"桃儿啊,双羊那驴使唤人不要命,你自己长点心眼儿,别太累了,多休息啊!"桃儿说:"我没事儿,你照顾好自己就行啦!"

这时候,吴三拐带着两个农民找我算卦来了。这两个侉声侉气的农民,是双羊从广东佛山高薪聘请来的,在鹦鹉村耪地种麦子。我又来气了:"这不胡整吗?村里人还闲着没事呢,咋从外地雇用农民呢?"桃儿说:"跟谁说呢,问双羊吧!"我大声说:"我朝三拐说哪!"吴三拐嘻嘻一笑,说:"瞎子,我是丫鬟带钥匙,当家做不了主啊!你跟双羊好,你说话比我好使。"我不说话了,开始给这俩南蛮子算卦。吴三拐在一旁哼哼唧唧瞎插话,显然拿这俩农民开涮。我把三拐轰出去了,专心给人家算命。一唠才知道,这两个农民顶替了韩腰子的位置。尽管我心中来气,还是按八字给人家算命,这是两码事。桃儿啥时候离开的,我全然不知了。

一个干热的下午,双羊过来了,感觉是一副风尘仆仆的样子。一见面我就损他:"你还认识我这瞎子啊?"双羊愕然地凑近了我,我揉着自己的膝盖说:"你阔得可以了,活得够自在了。你就吐一口唾沫,暖暖大伙儿心窝子吧!你别忘了,你同着连安地神的'麦穗儿'答应过我,宁可赔钱,也决不做恶事儿。"双羊没好气地说:"瞧瞧你,见面就损我,我从地里来,渴坏了，先给我弄点儿水喝。"我冷冷地说："你汽车里不有矿泉水吗？"双羊说："喝没了！"我说："壶里有开水，喝茶自个儿沏。"我听见哗哗的水声。双羊喝了一口，摸了摸我的脖颈儿说："三哥，气不顺啊，是不是跟桃儿生气啦？"我说："桃儿才不惹我生气呢，我生你的气！"双羊哈哈笑了："我咋惹着三哥啦？快说说！"我说："你为啥开除了韩腰子？为啥弄俩广东佛山农民来种地？啊？"双羊嘿嘿笑了一阵，说："原来是这个问题啊！告诉你，开了韩腰子，是砍掉成本，引进南方农民，是为了提高效率。你听听我的想法。我去过加拿大，一个滨海小镇，大多是靠打沙丁鱼为生。这沙丁鱼啊，有个毛病，就像我们麦河的大对虾，一出水就死。吃鱼就吃个新鲜，卖死鱼有啥前途啊？可是，我听说啊，唯独有一个人，能卖活的沙丁鱼。"

哎，我一下子来兴趣了！咽了口唾沫说："别跟我打哑谜，我说你呢，说啥沙丁鱼呀？"双羊摇了摇我的胳膊："听我说完啊，这家沙丁鱼为啥活着？原来他的鱼缸里放着两条鲇鱼。这鲇鱼专吃沙丁鱼！鲇鱼一放进去，就开始攻击沙丁鱼，沙丁鱼就东躲西藏，四处逃命。沙丁鱼有了危机感，它就活了下来。人家买卖人真他娘会算账，鲇鱼一次能吃多少鱼呢？顶多吃两条就饱了！但活着的沙丁鱼能卖超过死鱼三倍的价格啊！你们家虎子也是啊，凭啥你家的鸡老实？不上灶台，不乱拉屎，下的鸡蛋个儿大？那是虎子的功劳啊，没有虎子，这些鸡婆子早跟你翻天啦！这两个农民就是虎子，就是鲇鱼啊！"我听得入神了，淡淡地说："啊，我明白了，你是给村里人请来两个敌人。"双羊得意地说："可以这么说吧，你知道，流转土地之后，我雇用的农民，种地出工不出力了。修一条水渠，就给我糊弄了俩礼拜。说到韩腰子，他最近不知咋了，三拐发现他到了地头就睡觉。警告他不是一遍两遍了，他还是照睡不误。这老头儿咋就那么困呢？我们是工厂啊，不是养大爷的。他是桃儿的爹，就是我亲爹，我也得开除他啊！"我气愤地说："你这是无事生非！"双羊辩解说："三哥，搞管理就是要无事生非，制造危机感，给员工以危机感！给客户危机感，给营销商危机感！"我失望地叫了一声："完了，刚好了几天，你小子又恶起来啦！人哪，学好不容易，学坏一出溜就下去啦！"双羊说："这不是恶，不是变坏，是善，是责任。我的企业发达了，土地分红慢慢提升，最后受益的还是乡亲们。如果我垮了，对谁都没好处。走出小农时代，就得靠制度，靠规矩管人，人要靠勤劳和手艺吃饭。"

双羊的话让我一阵阵发冷，我摆着手说："这理儿我懂，但是，我们不能太狠啦，都是乡里乡亲的。"

双羊沉吟了一会儿,说:"我想,乡亲们能跟上趟儿的,给他们多大的舞台,他们就会有多么精彩的表演。我流转的土地,那不光是土地,还是我的成本啊!地上干活的农民,那不再是农民了,他们都是我的工人啊!成本就是我们麦河道场的大后方。有一天,我看这个月的损益表,发现出了问题,利润大大下降,一查,是成本出了问题。哪儿出问题就要朝哪儿下刀!过去,我们农民跟着党求解放,打仗会用枪了,我们企业家要学会使刀!大刀一挥,砍掉成本!成本降下,利润就会翻一番。"这小子说话真噎人啊。我沮丧地说:"你哪是砍成本?你小子在朝我们的心上砍啊!"双羊有些伤感地说:"这个过程,我们都得承受。桃儿娘找我娘哭去了,我姐给我打电话了。桃儿是我们的中层干部,她也不是没意见啊!三哥,我也难受啊!我也想手下留情,出刀别太重。可是,成本吃硬不吃软啊,你要求它多少,它就是多少,人在钱面前谁也别装熊!"我说:"双羊,我们俩都好到了称兄道弟的程度,我想听你一句真话,我感觉你在扼杀我们的美好家园,我问你,钱多了,家园没了。你好受吗?你说过,人要有理想,你的理想在远方,我总在怀疑,那个远方好吗?"双羊每个细胞都活跃起来:"三哥,你说错了,我们不是称兄道弟,我们是比亲兄弟还亲的好兄弟。我在你心中很重,你在我心中更重要。人要没奔头就没啥意思了。"我没有说话,我对未来的判断一旦明晰,就把自己吓了一跳。虎子带我看过未来,那是一个美好的世界。双羊哽咽了说:"三哥,赶紧治好眼睛,好好活着,多跟我做几年伴儿。"他终于说了一句热肠子话,暖在了我的心坎儿。我说:"我都这样了,没啥想头,你心里要有乡亲们,他们太苦了。你抽空得跟他们说道说道,给他们一个笑脸,一句好话,都感激得不行啊!就说韩腰子吧,解铃还须系铃人,他心里有疙瘩,你得给解开啊!"双羊说:"我知道,我找他了,他总是回避我。"我叹息了一声:"我找他吧,我也看到了,我们农民有弱点,思维保守,惰性强。"双羊跟别人不一样,村里的人一旦成了人物,走到哪儿都夸家乡好,回到村里的时候,也是做一些表面文章,问寒问暖,扶一扶老人,亲一亲孩子,内心却充满蔑视。双羊想了想说:"我想起了熬鹰,当年我太爷爷熬鹰。听说有两只鹰,白鹰被太爷爷宠坏了,自己饿死了。太爷爷对虎子多狠?可虎子呢?成了百年老鹰啊!对待农民,就要像熬鹰一样,残酷一点儿,才能改造他们!重压之下,必有勇夫!人做一件事情,往往容易半途而废,随便找一个借口,就一了百了。可是,三哥,我没有退路了,农民没有退路,疯牛上了路,只有往前冲了!"我听见"哗哗"的声响,微笑着说:"虎子回来了,我们抓兔子去吧!"双羊来了兴致,说:"走,好久没看虎子抓兔子啦!"

　　双羊借来的"这一刀"非常奏效。桃儿说,种地的农民都有了急迫感,有了危机感,他们嘴里嘟囔着,今天工作不用心,明天用心找工作。吴三拐都不含糊了,再也不敢在上班时间玩牌了。麦收的时候,也是庄稼人最累的时候。过去是拔麦子,一弯腰就是大半晌。天气热,太阳毒,汗水急,腰背酸疼,那滋味好像只有农民兄弟才消受得起。如今收割机都干了,收割机代替了人工收割,腰背不再酸疼。双羊实行的是工厂化管理,人员岗位一卯顶一星,根本没有富余岗位,韩腰子被双羊开除了,我和桃儿说情,双羊又给他派了活儿。他负责清除麦茬儿。这是十分紧迫的活儿,麦茬地还要翻耕一遍,让太阳暴晒,然后再耙磨一遍,秋分过了,就要播种冬小麦了。有人报告,韩腰子总是躺在麦秸上睡觉,还打着小呼噜,好像比自家麦收还悠闲。别人都小看他了。庄稼人偷懒是丢人的事,意味着把脸装进裤裆里,屁股暴露出来。双羊提醒他几回了,如果不行就别干了。韩腰子就离开了,真的不下田了。韩腰子不用挨累了,年底光等分红利了,人也轻闲了,常常溜达到我这儿,不说话,就跟我呆坐着。他这一闲还真闲出了事。有一天,好像那天下着蒙蒙春雨,韩腰子出屋冒着小雨上茅房解手,桃儿娘叫他打把伞,他不听,就淋着点雨,着了点凉,夜里咳嗽不止。村里诊所的肖大夫给开了感冒药,韩腰子吃下几片以后还喝了碗老伴儿熬的姜汤水,本想发发汗蒙着大被睡一觉就好了。没想到,第二天咳嗽得更厉害了,胸部和后背隐隐发疼。桃儿娘劝他上镇卫生院看看去,他骂老伴儿有钱没处花去了,庄稼人哪有那么娇贵?他就一直撑了下来。

　　事后,桃儿告诉我,这几天,韩腰子感觉胸背越来越疼了,夜里头经常疼醒。咳嗽时停时咳,咳出血丝,喘气有时候发出痰音。他到我这儿闲聊的时候,我伸手一摸他的脑袋:"娘呀,发热了,赶紧到医院看看吧!"韩腰子也心虚了,就灰了心情往家走。半路上碰见了双羊,双羊看他脸色不好看,问他咋的了。韩腰子没有理睬双羊,跟跟跄跄地回家了。双羊感觉韩腰子脸色不对,就打电话告诉了桃儿。桃儿当即开车回了村,不容分说拉上她爹就直接去了省城。五天后出了化验结果,是中期肺癌。当时桃儿没敢告诉韩腰子,偷偷到我这儿哭了个一塌糊涂。我知道她心疼娘,韩腰子没了,娘就守寡了,往后的日子该咋过呀?我心里头也挺难受的。可是,人吃五谷杂粮,谁也难逃三灾八难的。过去,我跟韩腰子没啥往来,因了桃儿,我们来往就密切了。乡村坏了风水,得癌的人咋这么多啊?凤莲姐得了乳腺癌,幸亏发现得早，保住了一条命。韩腰子得的是肺癌，听说这个部位不好治愈，也不知道还能活多久。

几天后，我把这个情况给双羊一说，双羊哑了口，半天没吭声。我催促说："你说话呀！"双羊后悔地说："我都明白了，韩叔为啥到了地头爱睡觉？原来是病拿的。唉，早知道这样，我不会把他除名的。"我跟着长叹了一声。

桃儿跟我说，韩腰子开始化疗了。我去城里看了一次韩腰子。韩腰子以为是输液，挺配合的，还跟桃儿娘要吃的。吃的放到嘴边，就不张嘴了。三天后，出现了口干、恶心、呕吐现象，大夫说，这是正常反应，是刺激性比较强的化疗药物，在静脉注射时引起的局部反应。可韩腰子受不了，闹着要出院。桃儿咋劝也不行，还挨了后爹的骂。桃儿不好意思说，我没好气地说："韩腰子，你听着，不好好配合就没命啦！"他们都愣了，桃儿直踢我的脚脖子。我这一说，韩腰子吓得不敢再闹了。别看农村穷，还都想活着，有几个不惜命呢？韩腰子也不傻，追问桃儿娘自己到底得了啥病。桃儿娘嘴上瞎掰，眼睛却不会，韩腰子从她躲躲闪闪的眼神中觉察出，自己得的一定是大病，有名的病。他的心情立刻灰得暗无天日。他让桃儿叫来了我，说要开一个家庭会，整得挺悲情的。别人都让他轰走了，就对我一个人说："立国，告诉老爹，我得的啥病？"我说："肺病，肺气肿吧？"韩腰子不信，说我骗他，就哭泣了："我得了癌啊，这病不治了，别浪费钱了。"桃儿和娘就进来了，桃儿娘抓住老头子的手央求说："他爹，别，别不治，再治几天就……好了……"韩腰子推开老伴儿的手："我这病治不好了，我知道。"桃儿说："你知道，你知道啥呀？整天胡思乱想。"韩腰子说："桃儿你对爹的心意我懂，可我病到这份儿上，花再多的钱不也没用嘛。"桃儿说："爹你别说了，你要是承认是我爹，我还是你闺女，那就安心治病，钱你甭琢磨，我都给掏了。"韩腰子还要说啥，我说话了："既然您把我召来，那就没把我当外人，那我就说上一句，您哪，就听桃儿的话，安心接受治疗吧，别的啥也别想。"韩腰子不说话了，耷拉着脑袋不知道在想啥。

我要回村了，韩腰子非要回村治疗。我们回到了鹦鹉村，韩腰子见着那几个老哥们儿就哭了，攥着他们的手不撒开。好像再不攥攥手就没机会攥了。我挺伤感的。

桃儿没急着回城里的公司，她要在家多陪陪娘。这样我就成了她家的常客。我实在想不出，除了和桃儿在一起，还图个啥呢？我把甜杏仁和苦杏仁用清水泡软去掉皮，捣烂以后加上适量的粳米、清水和冰糖，把它们煮成稠粥，让韩腰子隔天吃一次。这东西有润肺祛痰、止咳平喘、润肠的功效。桃儿做的是白芷炖燕窝，亲手把白芷、燕窝和水炖到非常烂的程度，过滤去渣，然后加冰糖，调味后再炖上几分钟就可以吃了。每天吃一到两次，可以补肺养阴，止咳止血。还做了银杏蒸鸭，把白果去掉壳，开水煮熟以后去皮跟蕊，再用开水焯一下后混入杀好去骨的鸭肉里头，加上清汤，用笼屉蒸上两个钟头，待鸭肉熟烂以后就可以吃了，经常食用，会起到补虚平喘、利水退肿的作用，非常适宜喘息无力、全身虚弱、痰多的患者。我被桃儿的孝心感动了。韩腰子也被感动了，亲生儿女溜边走，多亏了桃儿啊！韩腰子开始喝桃儿做的燕窝汤了。喝一小点，可总算是吃了。那一天，郭富九捧着一盆鱼汤来了。桃儿叫他拿回去，说爹的病沾不得腥气。韩腰子跟郭富九合得来，留下了鱼汤。郭富九耸动鼻子闻着香气，嘿嘿笑着说："有病也不是多坏的事啊，有这么多好吃的，你得使劲吃啊老哥，天一天天热了，别……别搁坏了啊……"韩腰子受到他的启发，就叫桃儿娘端来双羊送来的莲子鸡，硬要郭富九拿走。郭富九嘴上推辞着，鸡早就粘在了手上，端着鸡一溜小跑没了影儿。

　　这样迷乱的时刻，月亮还没有升起。我立在家门口刚刚送走桃儿，转身往屋子里头走，忽然听见有人叫唤了一声。想到桃儿正走在回村的路上，担心她遇着啥风险了，我连忙摸出院子，顺着进村的路上撵去。走得急，一会儿撞石头上了，一会儿踩空了，也没觉出疼痛来，爬起身继续赶路。快到村口了，听见有咻咻的笑声，仔细听，像是桃儿的笑声。她一个人这是跟谁笑哪？她爹病成那样还笑得出来？我顺着笑声就摸出了村子。我过了河，摸到墓地来了。没有桃儿的影子了，也没她的声音了。我呼吸了一下，感觉整个村庄退到云雾里了。一个姑娘从雾里飘出来，到处奔跑着她火热迷人的身影。是桃儿吗？不是，好像是善庆。不是善庆，还像桃儿，一晃就消失了。我心里疑惑了，咋有这样的幻觉呢？

　　见鬼了！难道是狗儿爷他们这帮鬼想我啦？我来到狗儿爷泥塑前，说："狗儿爷，韩腰子得癌啦，不久就该找你报到去啦！"

　　狗儿爷被我喊醒了，他说："这家伙不爱说话，来了也没啥意思。他刚到六十啊，还可以种地呢，这么早就过来可惜啊！"

　　我埋怨说："他就是种地的脑袋，双羊不让他种地了。这么一闲，就闲出病来了。"

　　狗儿爷说："告诉双羊，别胡来啊！人都有个惯性，种地跟抽烟一个样，不能马上戒了,得一点一点戒啊!韩腰子种地上瘾,不好戒啊!"

我轻轻笑了:"双羊说啥成本,一刀砍成本。瞎砍啊!"

狗儿爷说:"这是咋了?这兔崽子,种地砍啥人啊?瞎子,替我骂他两句!"

我说:"行哩,不过,我骂他,他不听啊!"

狗儿爷说:"我活着就好了,撇不烂他,小样儿的。"

韩腰子的病情还在恶化。尽管大伙儿都期盼着奇迹在他身上发生,但那毕竟是一厢情愿。韩腰子一直不知道实情,他只是猜测自己患的不是啥好病。

急来抱佛脚,有病乱投医。我和桃儿找了几个乡村郎中,给韩腰子看病,韩腰子怕花钱,偷偷躲到野地里去,郎中走了,他才慢慢转回家。韩腰子不找老忠那老哥几个玩扑克了,整天坐在炕上嗑瓜子,我听见咯嘣咯嘣的响声,惬意而幸福。韩腰子对我说:"瞎三儿啊,我快不行了,不能再陪我可怜的老伴儿。尽管是半路夫妻,我还是舍不得桃儿娘。这个女人太好了,还带来了个好闺女桃儿。我没了,你这个当姑爷的,可得孝敬桃儿娘啊!"我抓着韩腰子的手,说:"老韩,不,爹,您就放心地走吧!"桃儿听见了,使劲拧了我胳膊一把,贼疼。我咧了咧嘴巴。这老头儿的腰子好,也就是肾好,要不咋叫韩腰子呢?说起来,还有一个相关故事哪。说的三十年前的秋后,庄稼人忙完收秋,都聚集到韩家喝喜酒,韩腰子要和邻村的一个叫枣花的姑娘拜堂成亲了。在我们麦河地区流传着不少习俗,其中就有听房一项,就是年轻人蹲在新房窗户下的墙根,偷听里面的新郎新娘的响动。结果,韩腰子花烛夜跟枣花干了六回那种事,把枣花折腾得直叫唤,连声说:"饶了我吧,你咋这么劲儿大呀!"这句话就成了全鹦鹉村的头号笑谈。大姑娘小媳妇听了这句脸红心跳的话,捂着嘴巴哧哧笑。小伙子听了后悔没去听房,然后就眼睛睃着某一处想入非非。老头儿老太太听了,张着没了门牙的嘴巴笑,笑够了,骂韩腰子真他娘的不知羞臊。不少人围住韩腰子,学着枣花的口气扭着胯骨轴子,拿腔拿调地说上一遍:"饶了我吧,哎呀呀,你咋这么劲儿大呀!"逗得大伙哈哈笑个不停。韩腰子也不难为情,嘴巴撇一撇,一拍胸脯大声说道:"劲儿大咋着了,就是腰子好,腰子好就身板儿好!懂不?"从此,他的名字就被改叫了韩腰子。哎,他的本名叫啥来着?我还真给忘了,村里人也都忘记了。他哪天死了,写"榜"的时候,还得找户口簿查一查。双羊开除了韩腰子,他真的火了,大骂双羊没人味儿。

那天韩腰子跟我絮叨,我随口说:"富九家的土地没流转,他家收麦子人手紧张，你要是待着难受，你可以去他家帮着忙活忙活呀！"一句话让韩腰子乐了，拉着我就去了郭富九家的麦地。郭家的麦地干净了，他帮着收的。韩腰子拽着我又颠颠儿地去了郭富九家。郭富九是啥人？贪小便宜，比鬼还精哩。他对韩腰子的来意做着分析。一个病人能干啥活啊？我记得小时候看电影《艳阳天》，村里人都喊郭富九是鹦鹉村的"小弯弯儿绕"。郭富九说："腰子哥，你看，我这儿有我们老两口儿，还有郭章三口子，人手嘛，其实也不算紧，你看……"韩腰子诚心诚意地对郭富九笑着说道："别介，兄弟，你要再不给我点活干，那我还不得憋屈死啊？"郭富九不好明说不想给帮工费的话，就绕着弯儿说："前两天，周王庄来了俩小伙子，问我要不要帮工，还说给多少工钱都行，让我给谢绝了……"我急忙插话说："富九，人家没说跟你要钱啊！"韩腰子忙说："是啊，我一分钱帮工费都不要，只要你给我活儿干，我倒给你工钱都乐意。"话是这么说，他郭富九再财迷也不会伸手叫韩腰子倒给钱啊！其实，郭富九是需要帮手的，可考虑到他的病情，不敢叫他劳累，想起麦场上正需要人手，就说："腰子哥，你去看麦场吧，正好把我老婆换下来，给咱们做饭吃。"韩腰子摇着手说："不用你们管我饭，我自个儿带饭。"说完就乐颠颠儿地去了麦场。看到老头子整天乐呵呵的，桃儿娘两个很欣慰。我的幻觉里，韩腰子戴顶凉帽，拎着一大瓶纯净水，去给郭富九看麦场。我很欣慰，但又很担心。

韩腰子有了事儿干，我就不用常去韩家了。我和桃儿又回到甜蜜的生活里来了。桃儿每天晚上到我家来，进屋就往我怀里一扎，然后，像一只猫一样在我身上扭来扭去，扭得我心尖直痒痒。一想起那天晚上的事，我的心就颤了。

"三哥你咋的了，想啥呢？"桃儿捧着我的脸问。

我的脸拉得老长："桃儿，你是人是鬼啊？"

桃儿愣了："出啥事儿啦？"

我把那天晚上追她的声音，追到墓地的事说了。

桃儿笑了："三哥，我是人是鬼，你还不知道吗？我是鬼，我是《聊斋》里的女鬼，专门掏你的心来吃。这回你败火了吧？"

我咽了口唾沫说："败啥火啊？我总觉得你身上有善庆的影子。"

桃儿扳住我的肩膀头，跟我贴得更紧了。

忽然，我听到了桃儿低低的哭泣声。桃儿咋哭了？

我的心莫名其妙地动了一下，忍不住抬起胳膊抚摩她的头发。桃儿把淌着泪水的脸蛋儿埋进我的手掌心里，抽抽噎噎地说道："你这叫……叫咋回事啊？你不相信我是真心的吗？"她这番哭诉彻底融化了我的心，我再也控制不住对她的感情了，一把搂抱住她："是三哥不好，叫你受委屈了，我是说你善良，善良的人都会有好报的。我有福啊，本来啊，双羊你俩才是……"桃儿伸手捂住我的嘴巴。

桃儿说："你又担心我了，吃双羊的醋了。"

我摇着头："没有，我咋能吃双羊的醋呢？"

桃儿咯咯地笑了起来，笑够了，她揪住我的鼻子头说道："嘴硬，自从我跟他业务合作，你就吃曹双羊的醋了。我不是说过了嘛，我是你老婆，我跟他永远是朋友，就像是两根铁轨，永远不可能走到一块儿的。"我终于释然了。我相信桃儿对我的情感。看来是我误会了桃儿，我的心松弛了下来。

没想到，新的危机又潜伏下来了。

要说郭富九真会算计，他不雇用收割机，双羊帮他收割，被他拒绝了。他喜欢用传统方法收割，镰刀把儿磨秃了，累得腰酸腿疼。图个便宜，他把麦穗放在公路上，让往返的汽车轧麦穗，轧来轧去，麦粒就都从穗子里蹦出来，撩开麦秸，扫吧扫吧，麦粒儿就归仓了。我和桃儿都不愿意爹去看麦场。他这病说不定哪天就不行了，就怕感冒，可桃儿娘说："他乐意去看就叫他去吧，难得过几天舒心日子，还能舒心几天啊？"说完就掉眼泪。我去麦场陪了会儿韩腰子，给他唱了一段大鼓，见他高兴我也挺高兴的。可惜，老爷子高兴了一阵子，又忧伤起来。桃儿娘说，他两只眼睛直勾勾地盯着远处的一个地方，一看就是好半天。谁知道他心里头想啥？想过去的流逝岁月？想他当年的豪气冲天？想他的枣花？我想劝慰他，可我说点儿啥好呢？好像有不少话可以说，又好像有不少话不能说，就觉得心里头挺憋屈的。桃儿娘还是把饭菜送到麦场来了。也有我那份，让我陪着吃。韩腰子又呕吐起来，声音极为难听。我爱跟韩腰子聊天。他喜欢先听我聊，非常专注，一声不响。我每次在他面前聊，都能发挥得很好。然后就是他聊。哪回聊天，他都会不厌其烦地跟我重复一遍这样的开头话："瞎子，你说过去那土炕多好啊！今天都换成软床了，睡上去，跟飘在云彩上一样，不踏实哩。"我说："热炕头，就更舒服啦！"韩腰子笑了："对，热炕头。三十亩地一头牛，孩子老婆热炕头啊！"接下来，他就要开讲了，从土炕讲到土地。他的语气总是慢条斯理，娓娓道来，有一种沧桑感。

看来，老头儿还是怀念种地的日子。这也勾起了我的回忆，土炕就是一片土地。隔着一层苇席,还能闻到土味。夏天光着屁股,四仰八叉晾在大炕上,舒服欢畅。到了冬天,大雪纷飞,水缸是冰,房檐吊着冰溜子。娘刷过的碗,刚放在碗架子上,碗底就冻住了。那年月,没钱买煤生炉子,火炕就是我们取暖的地方。冬天天短,我们吃两顿饭,两顿饭下来,大炕烧得热热的。我爱睡在炕头,越睡越暖和。我口干舌燥,一骨碌爬起来,到水缸里掰两根冰溜子吃着。那就是我们的冰棍儿。记得招待客人,炕桌摆在中间,尊贵客人都要请到炕头落座。如今的人,都没有上炕盘腿的习惯了。在曹大娘家,我还能盘腿上炕吃饭,引来大娘夸奖我,立国还能盘腿呢。双羊跟我学,他学不了,一盘上腿就冒汗,挺不了多长时辰,他就把双腿耷拉炕沿儿下边去了。

韩腰子晚上都不回家了,他夜里还要在路边看麦子。桃儿劝爹晚上回家睡,叫我替替班。韩腰子倔倔地摇头:"我喜欢,地里头有香味儿。"桃儿娘要晚上陪老头子,韩腰子说:"你在家歇着,让立国陪我吧!"然后就不说话了。每天的前半夜,我都到麦场跟韩腰子说说话。韩腰子总说自己的苦处。我不爱听,人生在世,谁心里没有苦处呢?我瞎子不比你韩腰子苦吗?跟说说苦多没劲?

这个晚上,一切都跟往常一样。月亮照常升起,星星布满夜空,麦河水潺潺流淌。这样的夜晚实在是醉人。事后我想,韩腰子在这样的夜晚离开世间也够会选日子的。遗憾的是,他的死亡方式出乎所有人的预料。

记得我是晚上十一点回家的。桃儿陪她娘睡去了。我一个人想桃儿,翻来覆去睡不着。起风了,吹得屋前屋后的树哗哗乱响。我的脑子也就乱想一气:将来我的眼睛治好了,能够看见世间万物了,一定要让桃儿坐在我的面前,好好看她三天三宿,上上下下、左左右右看个够,然后,搂着她亲个够,再然后和她痛痛快快生儿育女。桃儿我俩带着孩子们在返青的田野上尽情撒欢儿;夏日里,骄阳似火,一家人在麦河岸边玩水嬉戏;秋日里,五谷丰登,我跟桃儿并肩忙着收获玉米、大豆和高粱;冬天里,雪花飘舞,我们一家人在院子里头堆雪人、打雪仗,尽享天伦之乐……

我梦见桃儿来了,她抓住我的胳膊使劲摇晃。她手上咋有血腥味啊?我一激灵,桃儿消失了。天亮的时候,我被"啪嗒啪嗒"的敲门声惊醒。我一个猛子坐起来,听到桃儿的喊叫声:"三哥,三哥,快开门啊!"桃儿的声音挺急切的,都变了调儿。我光着脚跳下炕开了门,桃儿一下子扑进我的怀里,哭着说道:"我爹出事了,出大事了……"我的心房一阵乱颤,穿好衣裤跟鞋子，上了桃儿的车就走了。"我爹死了，被汽车轧死了！"桃儿在车上跟我说了这么一句，就失声痛哭起来。我的大脑登时一片空白。韩腰子死了？他死了？一条实实在在的生命就这样悄无声息地消失了？永永远远消失了？太可怕了。可是，没想到啊，他咋轧死了？我大声嚷着："谁轧的？是谁？哪个王八蛋干的？"桃儿抽噎着说："不知道，车跑了。"说着，她就加大了油门。

我们赶到出事地点，晒麦子的国道，离打麦场不远。

天已经大亮，乱哄哄的，围了不少人。我听出那个凄惨的哭声是桃儿娘发出的。桃儿悲痛地跟我说，韩腰子死得太惨了，尸体被轧扁了，跟麦秸子融为了一体，成为一堆血肉模糊的片片儿。看来不是一辆车轧的。我们推算，韩腰子可能躺在麦秸上睡着了，司机以为那就是麦秸。桃儿娘要给老头子收尸，可尸体成了片片儿，没法下手，急得跺着脚哭。

这个时候，支书田兆本赶来了。他主张给交警队报警。锁柱也第一次没有计较兆本，表示了支持："先别动人哪，保留现场，等着交警队来人。"我问锁柱："双羊来了吗？"锁柱说："告诉他了，正领着刑警队的人往这边赶哪。"我觉得双羊这么做有道理，谁敢确定韩腰子是死于车祸呢？万一是别的意外呢？大家就站在路边等候。一个小时后，双羊带着一辆警车到了，交警队随后也到了。几个警察在现场拉起了警戒绳子，喊话让大家都退到警戒线外面去。人群乱哄哄退出去了。经过现场勘查、拍照、询问目击证人郭富九，警察得出结论：韩腰子死于意外车祸。刑警们撤走了，交警们随后也撤走了。人群重新团团围住了韩腰子一家人。

当时，我听见了桃儿与双羊的冲突，但分辨不清具体情况。我听见双羊问桃儿："叔的尸体是直接拉到太平间，还是拉家里头等着出殡啊？"桃儿瞪着双羊恨恨地嚷："不用你管，都是你这把刀，是你砍了他！"桃儿声嘶力竭的吼声，惊动了所有人。韩林也跟着起哄，上前揪住了双羊的脖领。桃儿娘喊道："是他自己找死，跟双羊有啥相干？"田兆本也走过来给双羊解了围。我没有说话，我跟桃儿有同感，连我也在埋怨双羊，如果不是双羊开除了韩腰子，韩腰子有活干，就不会给郭富九看麦子。桃儿还在问娘尸体咋办，娘不知说了啥，有人说尸首收拾不起来。我大喊一声："闪开，我来。"我的喊叫庄严而自信。我悄悄蹲下身子，面对韩腰子的尸首，心头却平静了。毕竟我和他已经阴阳两隔，但我能从那冰冷的躯壳上感受到他的存在。我轻吸一大口气浮在肚里，稳住神力，平伸开胳膊，开始工作了。我先试探一下肉体的柔韧度，感觉正适合折叠，便选中他的轧扁了的小腿，一手一节小心翼翼地往里叠，再到大腿部分往腰部叠；左边从韩腰子的脑袋叠起。比较起来，他的脑袋完整，但也是扁的。我在折叠之前，先用手摸了摸他的眼睛、鼻子、耳朵和嘴巴。

　　这个时候，我才听见郭富九的哭声。这小子害怕韩家人讹他，迟迟不敢露面。尽管两人有约定，韩腰子毕竟为他家看麦子而死。

　　整个现场弥漫着麦香和血腥气味，凝重而浓郁，响起低低的抽泣声，让我的工作变得繁华、凄美而细致。我给死人放血，做泥塑，可是，从来没有做过这样的工作。我格外轻柔地把一片片血肉往一块折叠，就像叠一个旅行包裹。只要手劲儿用得匀，轻托轻挪，心神自若，就能把韩腰子完整地带回家去。只是，韩腰子身上的血都干了，没法给他塑泥胎了。我就对着韩腰子的尸首说："你不疼吧？疼也得忍着，一会儿就好了。"我一说，耳边就响起了韩腰子的声音："立国啊，死了就死了，雕啥泥塑啊？千万别再让我风吹雨淋了！"我轻轻地说："行，那就依你，就依你个老东西。"迎着我的，不是韩腰子复活的气息，而是送葬人群凄厉的哭声。我总算把韩腰子的尸首叠好，轻轻放到大强抬来的门板上，我扯开嗓子大喊一声："韩腰子回家喽——"曹玉堂他们组织的鼓乐队一起响了，唢呐声呜呜咽咽，在场的人全都落泪了。我的泪水涌满了眼眶，我感觉到了，这哪是哭韩腰子，都在哭自己呢！哭大地为啥总是过早地把农民揽入怀中……

夏天的寒冷

　　我担心的事到底还是发生了。

　　办完韩腰子的丧事，我觉得还有啥事没办，心里有事，咋也睡不着，在炕上翻来覆去烙饼。这天上午，我主持开了一个家庭会，讨论韩家的几个棘手问题。第一是丧葬费的问题。桃儿先发言，愿意承担全部费用的三分之二，其余部分就由韩林兄妹俩分担了。韩林是韩腰子与前妻的儿子。我感觉韩林媳妇最满意。接下来是桃儿娘的赡养问题，桃儿还是先发言，表示由我俩共同承担，韩林媳妇掩饰不住的笑意。第三个议题，老爷子名下的这所房子，韩腰子在他生前写下了遗嘱，把他的房子过户给桃儿娘。上面有他的亲笔签名，还有县公证处的证明，受法律保护。当时韩林一句话没说。桃儿告诉我，他媳妇的脸色立刻阴得像要下雨，也一句话没说，冷着眼看桃儿。我猜透韩林和他媳妇的心理了，他们是这样想的：桃儿是何许人也？城里的名妓；白瞎子何许人也？民间的智者。我们斗得过他们吗？

桃儿娘就站起身，对孩子们说道："不用等我到那一天了，现在我就把老韩给我的房产分给韩林、韩英兄妹俩。"一句话像一块石头扔进麦河，激起了千层浪，我呆愣了，抽了口凉气，用脚踢了桃儿一下，桃儿刚要说话，韩英开口道："您老上哪儿住去啊？"简单一句问话，让桃儿娘受了感动，她啜泣着说："我跟桃儿上城里住去，放心吧。就是……有点舍不得离开鹦鹉村了……"

我觉得我应该表态了："妈，你舍不得鹦鹉村，不嫌弃我的话，可以先搬到我那儿住去。"桃儿抓住我的手使劲攥，表达她的欢喜。桃儿娘知道闺女的态度，当场表示就这么办了，过两天就搬过去。一场眼看就要发生的家庭纷争，最终化干戈为玉帛。这件事让我对桃儿娘刮目相看了。

韩林媳妇突然提了一个建议，再起波澜。她的建议是这样的：如果没有郭富九把麦场设在国道上，要是他不叫我爹给他看麦场，那么，我爹就不会死于这场车祸。因此说，郭富九应当对我公爹的死承担一部分责任，应该给予经济上的赔偿。她的这个说法，让我们全都目瞪口呆。谁会想到让郭富九赔偿的事呢？按照我们乡下人的思维方式，韩家应该对郭富九心怀歉意的啊，因为，韩腰子的死给人家老郭家带来了麻烦。两老人是有约定的，是韩腰子自愿。这不是翻脸不认人吗？再说了，轧死韩腰子的不是郭富九，凭啥叫人家担份责任呢？我说出了我的看法。韩林媳妇理直气壮地说道："郭富九难道一点责任都没有吗？他不知道麦场不应当设在公路上吗？不知道晚上睡在公路的麦秸子上危险吗？为啥没有阻止我公爹？你们还认为他没有责任？！"经她这么一说，我有点心动了，真是的，要这么一分析，他郭富九还真的应该负点责任。桃儿拽拽我的胳膊说："韩林媳妇说的不是没一点道理。"我问桃儿娘："妈，您是啥意见啊？"桃儿娘小声嘀咕说："叫人家赔合适吗？乡里乡亲的！"韩林媳妇打断婆婆的话说："这是两码事，娘，人情代替不了法律。"然后转身问韩英："你说句话啊，英子。"韩英清了清嗓子说："按说哪……郭叔他该……该赔点……可这个……我也不懂法律，要不咱们跟律师咨询咨询？"桃儿说："这个建议好，就请教我们集团新聘请来的吕律师吧。"韩林媳妇得着理了，提高了声音："都听见了吧？郭富九难逃责任。韩林，走，跟我找郭富九去。"韩林起身就走。桃儿娘喊了一声："站住。"韩林真就站住了，转过脸看着娘。他媳妇拽了他一下，一跺脚快步出了屋。韩林连忙对桃儿娘说了一句："我去找郭富九去啊！"转身追出了屋。

虎子告知我，韩林小两口儿和郭富九老两口儿走岔了。韩林他们出了家门，走的是门前这条街，郭富九他们走的是韩家屋后那条街。我记得那天傍晚，郭富九跟我说："腰子的死，让我们一家人吃不下睡不着，心里别提多难过了。我们也总觉得愧对韩家人。不管咋说，腰子哥是给咱家看麦场出的事，就跟咱家有瓜葛，乡里乡亲的，平常我们老哥儿俩相处得不错，咋着也得给买个花圈。"我对郭富九说："你这个翻脸不认人的老猴精，良心发现了？你有这份心就行啦！"发送韩腰子的时候，这小子就真的送了一对便宜的纸花圈。都知道郭富九抠门儿，没人过高指望他。

虎子告诉我，韩林和韩英到了郭富九家，三说两说就争吵起来，闹出了动静。韩家孩子找郭富九要钱的风波，桃儿告诉了双羊。双羊一直惦记郭富九家那块地，就想找个机会缓和缓和。双羊让我出面跟郭富九谈一谈，韩腰子的补偿费，由麦河集团来出，希望他家的土地，赶紧加入麦河集团的土地流转。郭富九倔倔地说："我不要他的钱，也不流转土地，我郭富九就是不吃他这一套！"我把郭富九的话传到双羊耳朵里，双羊气得骂了一句："这个翻脸不认人的老猴精！"我对双羊说："你别生他的气，这小子就是想多要钱。他一见着钱，就酥了骨头麻了筋，让他咋着他就咋着。"双羊还跟他较上了劲，大声说："我就不给他钱！"我想了想说："郭富九是癞蛤蟆垫床腿儿，总有挺不住的时候！"双羊说："我就不信这个邪了，我给他们调解调解！"我咧着嘴说："清官难断家务事，你去了也是干着急！"

那天上午，我带着虎子去田野里了。韩家的事，闹得我心里不痛快，连唱几句大鼓都没心思。双羊开车到野地里找到我："三哥，跟我到桃儿家里去一趟。"我默默地走着，一声不吭，毫无反应。双羊骂："你耳朵好使着呢，别给我装聋作哑！"我沉沉一叹，转了脸说："你非要搅这池浑水是吧？"双羊大声说："我这可是帮你哪，你别给我端着。"说着他就把我给拽上了车。我和双羊来到桃儿娘家，郭富九和郭章娘也来了。桃儿娘推了一下郭富九，对郭章娘说："你俩先回去吧，有啥话往后再说吧！"郭富九预感到事情不妙，拽着老伴儿胳膊拔腿就走。韩林媳妇尖声喊叫一声："站住！"郭富九吓了一跳，收了脚看双羊。双羊走到郭富九身前挡住了他，然后对韩林媳妇说："我说弟妹，有啥话好好说，有啥事好好协商，别大喊大叫的啊！"韩林媳妇走到郭富九跟前，阴阳怪气地说道："我说郭叔，你的意思是说我公公这条命就值两千块钱哪,是吧?"我一听,就悄悄问桃儿娘,桃儿娘说:"郭富九给送来了两千块钱,算作补偿吧!"郭富九问:"侄媳妇儿,你咋说话呢?你啥意思啊?"韩林媳妇冷笑一声:"不明白咋的啊?真不明白是吧?您是长辈,我看还是别叫我挑明了好,免得丢了面子。"郭富九还是不明白:"你这话……谁丢面子了?"双羊着急了:"哎呀,弟妹,你就扛着扁担进屋直来直去吧。不行我替你说,富九叔啊,她的意思是啊,韩腰子是给你看麦场出的事儿,你也应该担份责任,两千块钱太少啦!"郭富九这回听明白了,一下子就急眼了,说:"咋还我有份责任啊?人又不是我轧的,也不是我叫他睡马路上的,真是的……"韩林媳妇斜了郭富九一眼,不紧不慢地说道:"我们谁也没想讹你,不管咋说你跟我公公老哥儿俩处得还不错,因此哪我们就更不能算计你了。可人情归人情,事哪该咋办还得咋办,那法律条款上清清楚楚写着哪,帮工人因为帮工活动遭受人身损害的,被帮工人应当承担赔偿责任。咱得按章办事啊,对不对,郭叔?"

郭富九不相信韩林媳妇说的法律条款,愣愣地望着众人。其实,我也不了解还有这种法律条款。我听见双羊说:"富九叔,是有这个条款,我亲自请教了我们集团的吕律师了。"我感觉郭富九一直回避双羊。可是,他被逼到死胡同,只好跟双羊对话。郭富九问:"吕律师说那得赔多少啊?"双羊说:"没有明确数字,只是说在受益范围内予以适当补偿。"郭富九又问:"受益范围?啥意思啊?"双羊解释说:"韩腰子不是车祸死的吗?肇事司机不得承担民事赔偿责任吗?这就是受益,你作为有连带责任方,可以酌情适当补偿,听明白了吧,富九叔?"郭富九点着头说:"这回我明白了。可肇事车跑了,谁承担那份民事赔偿责任啊?"双羊说:"咱不是报警了吗?慢慢追查呗。"郭富九对韩林媳妇说:"那这样吧,侄媳妇,等抓到肇事司机赔偿你们了我再补偿,行了吧?"韩林媳妇说:"那你的意思是,要是抓不着肇事司机就不补偿了呗?"郭富九说:"看你说的,天网恢恢,疏而不漏,政府一定能抓着他的。"说完,拽着老伴儿胳膊抬脚就走。

韩林媳妇又大喊一声:"站住!"就踢踢踏踏冲过去,挡住了老两口儿的去路。郭富九和老婆都傻了眼。韩林媳妇尖声叫喊道:"欺负老韩家没有顶事人是吧?今儿个我看你们谁敢出这个家门!"郭富九急眼了,也提高声调问道:"你干啥?啊?谁欺负你啦,啊?"韩林媳妇连珠炮似的喊道:"你你你,就是你就是你……"韩英和桃儿一起上前劝解,没有效果。韩林媳妇和郭富九撕扯成一团。双羊"啪"的一声,拍着桌子吼叫道:"别吵吵啦,都给我住手！"一声吼把所有人都给镇住了。双羊继续说："韩林媳妇，你今天这样可不应该。韩大叔生前跟富九是朋友，你们这么闹，九泉之下他能瞑目吗？狗会咬人，猪会哼哼，即便猪会咬了，咋汪汪都还是猪。你爹再窝囊还是你爹。你们好好想想吧！"韩林有了触动，喊了声："老婆，别说了！"韩林媳妇被说哭了。这个关口，桃儿娘望着双羊说："双羊啊，刚才你说的那个法律条款是咋说来着？"双羊说："吕律师说，关于审理人身损害赔偿案件适用法律若干问题的解释第十四条规定，帮工人因帮工活动遭受人身损害的，被帮工人应当承担赔偿责任。被帮工人明确拒绝帮工的，不承担赔偿责任；但可以在受益范围内予以适当补偿。"我知道双羊对郭富九一直有成见，他今天替郭富九说话，是想借此事把他拉过来。双羊心里还惦着郭富九家的土地呢。

　　桃儿娘一拍巴掌说道："对，就这一句，被帮工人明确拒绝帮工的，不承担赔偿责任。我想起来了，当时我们老韩给富九家帮工，富九没同意，这就属于拒绝帮工吧？"双羊说："应该属于。"桃儿娘追问："那按法律说就不承担赔偿责任了吧？"双羊说："真要是这么回事，就没赔偿责任了。"桃儿娘一推郭富九说："没你事了，你俩走吧。"郭富九呆愣愣地看着桃儿娘。

　　郭章娘紧拽着郭富九的胳膊，脚步凌乱地逃出了韩家。

　　韩林媳妇瞪视着婆婆，冷笑几声，说道："大家都看见了吧，半路夫妻跟原配夫妻就是不一回事儿，关键时刻那胳膊肘往外拐。"桃儿不爱听了，说："嫂子，你咋说话哪？我娘哪点对不住你们？"韩林媳妇回击说："不爱听就别这么做人哪，你娘凭啥向着一个外人？"桃儿反驳道："那咋是向着呢？那是凭良心说话做事。当初人家就是谢绝爹帮工了，咋能不承认呢？"韩林媳妇一挺胸脯："谁证明你娘说的是那么回事啊？"桃儿也一挺胸脯："我咋啦？"韩林媳妇提高了嗓门儿："你们是娘儿俩，合着伙偏向郭家，叛徒，内奸！"桃儿喊叫起来："你骂谁叛徒内奸啊？你骂谁？"

　　我吼叫一声："桃儿，你住嘴！"桃儿愣愣地看着我。

　　往下我不知该说啥了。唱了多半辈子大鼓，唱戏演戏，演到最后自己成戏中人了。桃儿过来狠狠踢了我一脚。还是双羊给我解了围，双羊缓了一口气，对韩林媳妇说道："弟妹，你们别闹哄了，有话慢慢说啊。听我一个局外人跟你说这么个事。我认识一个城里人叫谷雨，他老家住青草镇西王庄。前些日子他奶奶去世了，生前老太太要求回老家跟先她去世的老爷子合葬。谷雨他爹不清楚老家的规矩，在奶奶去世当晚打电话到乡里的四爷爷处问应该怎么办，还让四爷爷请四个人帮忙破坟合葬，另外怕给别人带来麻烦，特地请四爷爷不要通知其他任何亲戚。回乡里下葬的前一天，谷雨他爹跟四爷爷打电话得知老家的男丁都外出打工了，家里没男丁，另外要请四桌酒，谷雨他爹当时就安排了人回乡。回乡下葬当天在村口的市集遇到了几位买鞭炮的堂姑堂姊，是四爷爷的闺女和儿媳妇，她们埋怨谷雨他们没有提前打电话通知。谷雨爹当时就说，没让四爷爷通知的怎么人都来了。这时从她们口中得知老家的规矩，是要从市集开始炸鞭到爷爷的墓地，她们买完鞭炮后就上了电动三轮车，车很低，脚踩的地方离地半米左右。上车以后就开始炸鞭，经过老屋都没有停，直接向墓地走，连拿花圈的时间都没有，只有跟着她们走。结果刚到两边都是田地的路上时出事了，因为当时地上有很多麦穗，有位堂姑怕燃着的鞭炮把麦穗点着了，就站着用力把鞭炮向田里甩，结果不慎摔下了车，送医院检查后发现是颅内出血加骨折，是谷雨姐夫送医院的，发现情况不好当时就垫付了住院保证金三千块钱。奶奶一合葬，谷雨一家人都赶到医院去看堂姑，把身上的两千左右块钱都给了他们垫付医疗费。第二天一早，谷雨爹打电话过去关心情况，结果对方说前晚又交了七千多，叫他们赶紧筹钱。谷雨爹出去找朋友借了三千块送到医院，堂姑那边的一个亲戚说昨晚用了八千多，堂姑的男人却说用了一万三千多，谷雨爹拿出借来的三千给他，堂姑的男人却说这点钱有什么用，给你们家帮工出的事你家得全部负担。谷雨他爹当然不干了，两家就这么僵住了……"

桃儿娘问："后来呢？"双羊说："后来谷雨一家就上律师事务所咨询去了，律师答复的跟咱们集团吕律师说的一样，帮工人因帮工活动遭受人身损害的，被帮工人应当承担赔偿责任。被帮工人明确拒绝帮工的，不承担赔偿责任；但可以在受益范围内予以适当补偿。最终，谷雨家赢了这场纠纷，不承担赔偿责任，对方退回了谷雨家垫付的全部资金。谷雨爹念及亲戚关系，给了堂姑两千块钱，算作一点心意。我说的绝对是真的，弟妹你要不信，我可以把谷雨的电话跟住址告诉你，你找他当面证实。"

韩林媳妇没有吱声，朝韩林呵斥一句："你还戳在那儿干啥？人家大老板都这样说了，还不回去上班？"韩林朝大家点点头，尴尬地走了。韩英安慰了桃儿娘几句，抹着眼泪也走了。双羊捶了我一拳，我听见这小子在身后"哧哧"笑，笑得我心里阴森森的。

韩腰子的后事总算了结了，可以入土为安了。天气很热，但我身上有点冷。人与人的争斗，让我穷于应付。一想起来，我就感觉夏天有时也是冷的。

夜里落了一场雨，我独自睡觉，睡到后半夜，听见"哐哐"的敲门声。我一猜就是双羊，出来打开门，说："半夜三更的闹鬼来啦？"双羊叹了声，说："睡不着哇！"我心里十分解气："韩腰子的魂儿搅和你了吧？"双羊坐下来，我听见打火机的声响。双羊吸了一口烟说："唉，三哥，韩腰子的死，我心里一阵阵难过。你说，如果不是我回村搞土地流转，如果韩腰子还耕种着自家的土地，也许他不会得那么多的病，也就不会给郭富九看麦场，也就不会遭难的。想一想，我是罪人啊！"我好生埋怨道："你这人也是的，种庄稼你不让，让人家抓土，后来连抓土的闲差都没了。你到底想干啥？"双羊一声长叹："我没想到会是这样的。韩家人跟郭富九的仇疙瘩解开了，可是这疙瘩跟我系上啦！"我心乱了，浑身发冷。

第四卷
下弦残月

乡村的程序

那天晚上,双羊在城里的一家大酒店宴请我和桃儿。

陈锁柱先回村了,村委会该他值班。我喝了一点儿酒,本想多喝点,可桃儿不让,说治好眼睛比喝酒重要得多。我只好听她的,人家不是为我好嘛。吃饭的时候,双羊说了不少的话,对我说的话,我只记住了这么一句:"三哥啊,你快点编一些土地流转好的鼓词吧,帮着我们做做那些想退地的人的思想工作。"我记下了这句话,答应他回去就编。我还建议双羊给那些闲得发慌的人找个差事,不要让韩腰子的悲剧重演,种地不仅是产粮,还是精神需要。比如我唱大鼓,有一天不让我唱了,我还能活吗?双羊说我的建议很好,一定考虑这个因素,把闲散人员安置好。双羊对桃儿嘀咕了一阵,说的啥话,我只听了个大概,有的听清楚了,有的没听清楚,断断续续的。记得他让桃儿做好方便面的销售工作,还说关于兼并原下鹦鹉村土地的事情有了眉目。他们还说到枣杠子的儿子大强。这口气不对头,好像大强碰到啥麻烦事了,没听清啥事,是让桃儿帮忙解决的。涉及枣杠子儿子大强的事,我真往心里去了,追问了好几句,双羊和桃儿都没理我。

吃完饭从大酒店出来,已经是夜里九点钟了。双羊问我:"三哥,你去哪儿啊?"我明白,他的意思是,问我是回村里还是住城里。我抻了抻桃儿的衣角,桃儿代替我回答他:"你甭管了,快回家跟老婆述职去吧,别忘了,证实自己没失身，不然，张晋芳会不叫你上床睡觉的。"双羊哈哈笑着上了自己的奔驰轿车。从我们跟前开过去的时候，他喊叫了一声："你俩悠着点儿啊！"桃儿骂他："死鬼，狗嘴里头吐不出象牙来。快滚吧你。"桃儿搀扶我上了她的车，桃儿上了车就开走了。我说："你也不问问我去哪儿？"桃儿说："今晚上我就陪你一个人。"我心里头热了一下子，说："我知道你的情意，可我今晚……"桃儿问："咋的了，不想看病啦？"我想了想说："你这个丫头，今晚我特别想回村，真的。"桃儿问："为啥？"我说："说不清楚，反正想回去。"桃儿问："比想我还想？"我笑了笑说："这是两码事儿。"

桃儿停下车，沉默了会儿，车子掉头走了。我知道，朝麦河开去了。

车子里有点发闷，我让桃儿把车窗玻璃摇下来了。立刻，一股夜风吹进来，我脸上的汗水就吹干了。我在城里住了两天了，心里不踏实。我知道，这座城市被各种大大小小的建筑包裹得太严实了，风都被捂热乎了，就只好忍受着。我俩谁也没再说话，好像都有心事。我知道，我们的车出城区了。"麦子眼看该打完喽！"桃儿率先打破了沉默。我又跟了一句："暑期快到喽。"我想说点啥，就是说不上来。我是幸运的，身边有这么多人爱我，照顾我。缺钱了有双羊，缺爱情了有桃儿，天下有哪个瞎子有我这种待遇啊？我说："田大瞎子生病了，我明天看看他去。他实在是太可怜了！他生下来就瞎。我虽说也瞎了，可我是半路瞎的，那么多的好东西我都看见过啊！"我叹息道。桃儿说："我们给田大哥买点啥呢？"我想了想说："这家伙爱吃菠萝。买点菠萝吧！"桃儿应了一声，继续开车。汽车停下来了。"到家了，三哥，来，我扶你。"桃儿说着，双手扶住了我的胳膊。我说："时候不早了，你快回去吧，我自个儿能摸进家去。"桃儿说："我不是说了吗，今晚我只陪你一个人。"我想了想说："你别生气啊桃儿，今晚上我想……想一个人待着……"

"你有啥心事，三哥，能告诉我吗？"

"没有没有，我真的只想自个儿安安静静地待会儿。"

"你整天一个人，还没待够啊？你不孤独吗？"

"我今晚不怕孤独。"我想说我有事儿。我急着从城里回来，就是要去墓地了，跟睡在坟地里的大强他爹枣杠子唠嗑去。我答应过人家，答应的事就不能食言。可我不敢跟桃儿说，那样会吓着她的。桃儿迟疑了一下，说："那……好吧，进屋吧，三哥。"

"你走吧。"

"你进屋我就走。"

"你走了我就进屋。"

"你先走。"

"你先进屋。"

我到底拗不过桃儿，只好先进屋去了。我听见桃儿关车门的声响，还听见汽车马达响了起来，然后越来越小了，直至完全消失。我在黑暗中又耐心等了一会儿，确信桃儿真的走了，才蹑手蹑脚地走出屋子，踩着月光朝坟地走去。刚走到一半，忽然想起吃饭时候，双羊对桃儿说大强遇到啥事了。如果真的有事，过一会儿我碰着枣杠子，我该咋应对啊？我答应过他们，人间的事情，决不跟他们隐瞒。如果我答不上来，那就是不关心他儿子大强啊！这小子又该跟我抬死杠啦。于是，我拐进村朝大强家走去了。当我敲开大强家院门的时候，狗叫得厉害。大强把狗喝住。大强见了我，估计吃了一惊，说话都结巴了："三……三叔，是……是你……有事儿吧？"我不好意思地说："耽误你睡觉了吧？我没事儿，我来看看，看看你有啥事儿没有。过一会儿，我到你爹那儿唠嗑去！"大强吸了一口气，吓哆嗦了："村里都说你能跟死人唠嗑，真的咋的？你也带我去吧，我也想跟我爹唠两句。"我苦了一下说："那不行，你去了也白去。多一个人，他们就不说话了。"我不客气地进了院子，大强扶着我进了屋子。听说大强的家，归置得整齐又洁净。我虽说看不见，但闻到了一股清清淡淡的洗涤灵泡沫的香味。"坐啊，三叔，喝水。"大强递到我手上一只茶杯。是新沏的茶水，清香清香的。我说："你老婆杨柳呢？好像没在家吧？"大强说："上我表姐家了。"

"咋的了？咋自个儿去了？"

"表姐从大学放暑假回来了，她说去跟表姐亲热几天。"

我问："就是看表姐，没别的原因啊？"

大强笑了，说："还能有啥原因嘛，我没骗你，三叔。"

我说："你这孩子，咋还跟叔见外了呢？你爹活着的时候，我们哥儿俩就要好，有啥事千万跟叔说，别抹不开脸儿，听见没啊？"大强答应一声，不言声了。

我预感到他还是有事，就拉住他的手，说道："有啥事说吧，孩子。"

大强叹了口气，说："本来这事吧，也怪我，我要是掌住根，当场就给他来个不答应，也就没回头的麻烦了。"我说："到底是咋回事啊？你就别卖关子啦。"

大强说："是这么回事。我家那块责任田不是流转到麦河集团了吗？前天啊，我老舅找我来了，拉我退出流转，把那块地要回来，搞蘑菇养殖。三叔你也知道，郭富九是我亲舅，虽说我娘已经没了，可咋说我们也是打断骨头连着筋的亲戚啊，我不能不认这个舅不是？我就说，我琢磨琢磨这事再给他回话。话说了我就后悔了，我不想退出流转哪，虽说眼下利润不高，可我还是挺看好双羊的，他一定能够成功。也不知咋的，我舅舅黑上双羊了，舅盯得挺紧，你说我可该咋办好呢？真是心窄死我了。"

"哦？有这种事儿？"我着实吃惊不小，大声骂道，"这个郭富九啊，哪是弯弯绕？这不成滚刀肉了吗？"双羊孩子过满月的时候，当着县长的面，他答应好好的。他咋办这种事呢？这不是拆麦河集团的台吗？你对曹双羊有意见也好，对陈锁柱有看法也罢，可你不该跟集团过不去啊！麦河集团不是曹双羊一个人的，也不是陈锁柱的，是咱鹦鹉村老少爷们儿的啊。你这不是跟大伙儿过不去吗？糊涂啊富九，太不应该，太不应该啦！不行，我不能眼睁睁看着有人挖集团的墙脚，我必须要阻止郭富九的破坏行为！想到这，我拍着大强肩膀说："别急，别心窄，强子，明儿个我就找你舅去，这事我会替你办好的，啊！"大强高兴地抓住我的手说："哎呀，那可太好了，三叔，谢谢你啦。"我咧了咧嘴说："谢啥啊，你睡觉吧，我走了。"大强要送我回家，我说："你三叔没眼睛，但比你走得都准，你回屋睡觉吧！"我走出了院子，听见大强喊："你要是真能跟我爹说话，就别说土地的事，别让他跟着操心了！"我答应着，心想，这孩子还挺孝顺呢。我出了大强小院，感觉夜深沉了，大地一片沉静。啥都睡着了，恐怕连夜莺都睡着了，鹦鹉村的天下安静得一点声响都没了。谁家的一条狗，耷拉着尾巴颠颠儿地从我跟前跑过去了，响声有了回音，轻微的。满街筒子的麦香味道，潮乎乎的，吸上一口，嘴巴里都甜丝丝的了。知道了大强家的底细，我的心情好像好点儿了，脚底下就像踩着一朵云彩飘出了村子，飘到了麦河岸的坟地里。

坟地里响着鼾声，一声比一声重。那里有一片土堆，土堆下面有的两个人在睡觉，有的一人在睡觉。村里人好像都知道，夜深人静的时候，只有我能够和阴间的人说话。当然，也有人对此不相信，我也不争辩什么，这太正常不过了。深夜来临的时候，我每次来到坟前，叫醒他们和他们说起话来，就觉得自己不孤独了。能和我交流的是有泥塑的死人。为了躲避开狗儿爷曹景春的坟头，我绕了个线路。这样，我直接走到了枣杠子的坟前，就听见了枣杠子的鼾声，急急的，响响的，就像他这个人活着的时候，不和谁抬杠就不舒服。我抡起棍子敲打了一下他的泥塑，他没反应，再用劲敲了一下，鼾声止住了，枣杠子说话了，声音混浊尖细，像是从地底下传上来的。枣杠子说："干啥？打搅我睡觉啊，三儿？"他一先说话，我还有点不适应，吓了一哆嗦："杠子，吓了我一跳，还没呼噜着啊？大强的那块地，双羊想要，郭富九也惦记上啦。"枣杠子说："这事啊……我不管，土地上的事，我越来越说不清啦。"

"咋，你这个地主崽子，活着的时候没改脾气，成死鬼了倒变了？"

"我是说，那块地给谁不行啊，反正压根儿就不是自个儿家的地。"

"两家都要，你总得选其中一个啊！"

"那你说呢？"

"当然还是跟着双羊流转好了。"

"我看不好这种事儿，你给孩子拿个主意呗。"

"哎，瞧你说的这个屁话，不咸不淡的，你倒是跟我抬抬杠啊！"

"这杠我可不想抬。回去告诉大强，随大拨吧，村里人都流转了咱就跟着呗。"

"嘀，啥时候突然变得这么顺溜了啊？"

"这阵子我明白多了，凡事儿总得有个出头儿的时候，别急，就像麦河的冰面，春风一吹，自然就化了。"

这让我糊涂了。死人活人掺到一块，让人发慌，让人心乱。我真还一时没琢磨过来，就摸着一块石头坐下来寻思。我的脑袋不如从前好使了，脑袋嗡嗡地叫唤。后来我又说了些啥，我都记不得了。我从坟地里回到家来，心里特别的安静。我很愿意跟死人说话，心里头敞亮。他们还都保留着活着的时候的个性，但变得都很宽容，待人很友好了。这时我必须要把自己的耳朵死死地堵住，不然，就会有一阵阵哀乐声往耳朵眼儿里钻，不停地钻。我不爱听挽歌，太凄凉了。突然，一声恐惧的尖叫划破了黑暗。我一个激灵，我没带虎子，啥叫呢？死人在叫吗？不会的，我知道，他们除了跟我说话，只是睡觉。活人叫的吗？这个墓地，除了我瞎子一人，不会有第二个人的。真是奇怪了，是我的幻觉吗？我相信，这不是幻觉，真实的呐喊。如今的乡村，压抑太久了，太需要这样的呐喊了，太需要为穷人来一声这样的呐喊了！

我还想听一听这样的喊叫，可是，再也没有出现。有这一声就够了，我开始抬腿往家走去。我仰了脸，就知道月亮弯弯挂上了天幕，村里村外一片银白。我睡不着觉，眼前老是晃动枣杠子活着的时候的影子。那一年，枣杠子的土地刚与双羊签约，还没尝到土地流转的甜头就被麦河洪水冲走了。唉，这是啥命啊？

有一天，双羊跟我说，韩腰子死后，按照规定，村里死了人，土地就要收回的。村委会作出土地调整，收回了韩腰子入股的三亩土地。那天在双羊家门口，我听见陈锁柱对双羊说："韩腰子的土地收回了，就正式发给你儿子曹双双吧！"双羊说："这不合适吧？村里不少人都在给子孙后代争取一块地哪！"曹玉堂走过来了，没好气地说："屁话，咋不合适啊？双双应该有一份地了。"双羊说："往后你孙子肯定是城里人了，要这地还有啥用处？"曹玉堂说："混账话，都挤在城里头能住得下啊？有块地将来就有他落脚的地方。"双羊只好依了爹，嘿嘿笑了。曹家领到三亩地那天，曹玉堂把全家都叫到了地头，举行了一个小小的仪式。张晋芳不让双双来，全家人都到场，唯独缺了这个小主人。虎子跟我嘀咕，曹玉堂今天换了一身新衣裳，红光满面，精神焕发的。曹大娘叫老头子主持了领地仪式，曹玉堂因此更加神采飞扬了。仪式很简单，曹玉堂是个不喜欢把生活上的事情搞得多复杂的人。他带头跟老伴儿跪在了地头，闭了两眼，嘴巴嚅动着，在祈祷着啥。孩子们全都跟着跪了下来。小根跪在姐姐身边，心绪是复杂的，从父亲身上他看到了一个农民对土地的亲情与难以割舍的依恋。凤莲理解爹，懂得土地依然还是农民的精神寄托。倒是双羊，跪得有些奇怪，身子歪着，向着麦田县城，他大概在想，今天城里头会发生啥有创意增效益的事。

跪拜土地结束后，曹玉堂打开一瓶白酒，恭恭敬敬地绕着地头走，走十几步就洒几滴酒。整片土地立刻弥漫起酒香。洒完了酒，曹玉堂把瓶子往地里用力一抛，仰天哈哈大笑起来，儿女们要去扶他。曹大娘阻拦说："别管他，他是高兴的，让他疯吧！"曹玉堂扑通一声，躺在了属于他孙子的土地上。双羊也笑了。他说不清是为了啥笑，是为了自己儿子有了他的一片土地？还是为了爹的愿望得以实现？仪式结束的时候，双羊告诉爹说，这块土地流转到麦河集团经营。曹玉堂叹了口气，还是答应了。

那一天，双羊跟我说："三哥，那天我开车回了县城。路上看见一辆满载着山羊的卡车，车上的羊们好奇地望着我，那目光温暖而善良，无奈而忧伤，我一辈子也忘不了。我放慢了车速，目送着羊们远去，想着这群羊的命运。你说可怜不可怜？它们将被送进屠宰场，身体被肢解，进入超市，进入涮羊肉的酒店，供人们品尝。这是一个可怕的程序呀！我真的很难受，想到了人，人一旦进入现代农业，就将进入一个非人性化的程序。麦收是一个程序，耕地是个程序，连扭大秧歌也是程序里的。"我想了想，没好气地说：

"这程序谁闹的？你们资本家闹的！我看啊，往后跟娘儿们睡觉也该进入程序了。"双羊被我噎住了。我的思维非常活跃，耳边响着羊被剥夺或灭杀的声音，难道进入程序的农民不是这样吗？我忽然想到了韩腰子的死，转香的疯癫，感觉双羊所做的一切，正是把亲爱的父老乡亲送入一种可怕的程序，乡村一步步变成一个庞大的没有厂房的大工厂了。

我的心刀剜着疼，身体无缘无故地寒冷。我才明白，人的身体里潜伏着一个与季节无关的冬天。

冰葡萄

双羊提出的"一村两制"，竟然得到上级的支持。两村合并了，原上鹦鹉村土地搞小麦规模种植，原下鹦鹉村土地流转后，继续搞葡萄种植。这一举措受到村民的欢迎。原上鹦鹉村大部分村民还是猜不透双羊心思，他们只是朴素地想：双羊是我们的领头雁。原下鹦鹉村也有个领头雁，他就是沈茂富，可惜，这个人只顾了自个儿冒富，葡萄比哪家种得都多，都好，都多挣钱，可带领大伙儿多挣钱的本事没有。如果双羊多管管葡萄生产，说不定葡萄产量也会翻番的。但是，双羊跟我透露了一个秘密，他说："农民的眼睛只跟着利益转，如果小麦赚钱了，他们敢一夜之间铲了葡萄秧子。"我疑惑地说："七种八养九行当，种粮是个亏行当。哪有那一天啊？"双羊哈哈一笑："三哥，人有多大胆，地有多大产。因为科技发达了。我跟你说啊，我们麦河集团，正在研发小麦胚芽儿呢！"我一愣："小麦胚芽儿是啥？"双羊笑了笑说："小麦胚芽儿可是个好东西，大多数人竟然都不知道，的确很可惜！小麦胚芽儿是小麦生命的根源，是麦粒中营养价值最高的部分，一吨的优质小麦只能提取十五公斤的小麦胚芽儿，这个东西实在是个宝贝。小麦胚芽儿含有丰富的优质蛋白质、脂肪，多种维生素、矿物质及功能独特的微量生理活性成分，制药，美容，用处大着哩！我想啊，我们改良土壤，在高产田上搞小麦胚芽儿生产和深加工，那样，土地就更值钱啦！"我惊讶得合不拢嘴："妈呀，你这小子满脑袋都是搂钱的招子！"双羊嘿嘿笑了。如果真像双羊说的那样，麦子还会红火起来的。

我没有想到，曹双羊要利用下鹦鹉村的葡萄优势搞冰葡萄酒，起名叫"麦河冰干红"。一听这个消息，小村都炸了营。有人说："这不胡扯嘛，带冰的葡萄酒冰牙根儿，咋个能喝嘛？"郭富九跟着捣乱："就是，喝完还不净跑肚拉稀啊！"我也不理解，去问双羊："做冰葡萄酒？你咋想的呢？"双羊笑笑说："就这么想的呀，咋的，不行啊？"我不敢说啥了。

我悄悄去问桃儿，她正坐在电脑前查啥资料呢。她说："你别看双羊说话愣，做起事来细致着哩。我刚才查过资料了，冰葡萄酒虽然产量很低，但价格可高了。目前全球的冰葡萄酒产量只有一千多吨，现在世界上只有德国、奥地利、加拿大几个国家可以生产。咱们国家的冰葡萄酒刚刚起步啊！"我好奇地问："冰葡萄酒究竟是咋回事啊？"桃儿说："冰葡萄酒也叫冰果酒。1794年冬季，德国弗兰克尼地区突然遭到一场早霜，眼看着大片大片的葡萄要毁于一旦，伤心的酒农们不甘心，就硬着头皮把半结冰的葡萄榨汁酿酒，竟然酿出了一种跟其他葡萄酒风味不一样的酒来了，一品尝味道挺不错，拿到市场上一卖，还挺受欢迎的。"我歪着脑袋问："这种酒价钱一定挺高的吧？"桃儿点点头说："冰酒的价钱比其他葡萄酒都昂贵，这是因为种植冰葡萄风险高，产量少，原料珍贵。冰酒是百分百葡萄汁发酵而成的，色泽金黄或者酒红，澄澈清亮，口感隽永，品质上乘，其营养成分几乎包含了人体所必需的数十种酶和氨基酸，具有养颜、美容、保健等功能——"我逗桃儿说："我喝点儿尝尝，说不定壮阳呢……"桃儿咧着嘴推我一把："还壮啊？你那劲儿上来，我都招架不住了！"我得意地说："都说好女人是男人养出来的，摸摸你的小脑门儿，亮不亮啊？"桃儿嗔怨地说："去你的，没个正经！"

我皱起眉头说："好了好了，你别念了，听得我脑袋都大了，我感觉啊，这个冰葡萄酒也就只能是说说，恐怕成功不了。"

桃儿说："双羊的脾气，你还不了解？他要干的事有干不成的吗？"我回忆了一下，别说，还真没有哪。我就说："也许双羊有了充分的准备才公开说的这事。我倒不是信不过双羊，这事不简单哪！"

"肯定不简单，要是简单还不都酿这种酒啊。简单的事，双羊也不乐意干哩！"桃儿还真挺了解双羊的。

我就去村委会找双羊，提醒他做冰葡萄酒可不是件简单事。双羊高腔大嗓地说道："老虎的屁股，球儿！咱是农民咱怕谁！"我说："那飞机是开上天的，高墙是垒出来的，麦子是一节一节长出来的，这冰葡萄嘛，你可别吹漏了啊！"双羊哈哈笑了，笑得我直捂耳朵。双羊笑够了，拍着我的肩膀说道："你以为我是在吹大话，是吧，三哥？那好，过两天我就请你见识见识我的乡村大工厂宏伟计划。"我惊奇地问道："啥？你刚才说啥？乡村大工厂？

嘿，新鲜嘿，头一遭儿听见这个词儿，乡村咋还大工厂啊？到底是乡村还是工厂啊？是农村还是城市啊？把我整糊涂了。你小子要当心哪，千万可别成鹦鹉村的罪人啊！"双羊问："罪人？啥意思啊你？"我说："你把一个美好的乡村愣是要变成一个大工厂，乡不乡，城不城的，乡亲们还不把你当罪人啊？！"

双羊沉默了一会儿。我心里头不安地说："双羊，我的话说重了吧？你……你你可别往心里去啊。"双羊摇摇头，说："为了鹦鹉村的今天跟明天，我甘愿被乡亲们误解成罪人，我相信，那肯定是暂时的，会有一天把我当英雄的。"他的左手握住我的右手，语气坚定有力地说道，"我就是这样想的，我不光要把乡村变成一个大工厂，还要用工业思维改造咱庄稼人的思想，让大家伙儿都明白，现代农业应该用工业方式来管理。一句话，要让咱现代农业实现工业化！"我受到了双羊的情绪感染，精神也振奋起来："大胆干吧，老弟，三哥早就看好你了，我们缺英雄啊！"双羊哈哈哈地笑了。我也跟着他大笑起来。

我问双羊："你要在咱鹦鹉村搞规模小麦种植，是咋想的呢？"双羊说："咱北方的冬小麦是八月开始播种，在六月前收割。这时候正是河流的平水期，完全不受涨水期的影响。在涨水期啊，河水带来的泥沙沉淀淹没在农田上，实际上就等于给农田施了肥，为小麦的生产提供了必要的养分，也就保证了小麦的高产。在小麦生长的时候啊，尽管北方干旱缺雨，可咱麦河上游供水充足，保证了一定的水量跟水位，咱们利用河床向下游倾斜度可以引水灌溉，这样就圆满解决了小麦所需要的水量。麦河的河水涨落，河水中的有机物，河谷地貌这些特点的组合，跟小麦的需求正好形成挺好的配合，小麦的持续高产就有了绝对的保证。三哥你说，这个优势我不好好利用，那我不就成了头号大傻瓜了吗？"

我由衷钦佩地说道："你小子，还真的挺有头脑，行，不愧是咱鹦鹉村的领头雁！"双羊说："不行，都是学来的。"我接着问双羊："你对方便面这方面的知识肯定了解不少吧，不然，你也不可能搞这个厂子，是吧？"双羊说："不瞒三哥你说，刚开始啊我还知道不多，我就是敢干，琢磨着守着这大片大片的麦子，还愁方便面厂缺了原料？现在想想，简单啦，不是光不缺原料就赚钱的事啊，它涉及产品更新啊，升级啊，改良设备啊，加强内部生产管理啊，产品质量的稳定啊，多了，做不好这些，你就不能取得消费者的信赖，你就不能得到长远的市场。现在中小型方便面企业，普遍都面临着两个大问题，一个是产品质量过节难；另一个是产品质量过暑难。如今在北方，春节可以说是方便面的销售旺季，这个时候，不论企业大还是小，产品销售基本上没啥太大的问题，这就让一些方便面厂的老板忘乎所以了，以为自己的产品就像皇帝的闺女不愁嫁了，也就忽略了产品的内部管理，最终让那些没有卖完的产品节后变了质了，眼睁睁看着市场流失掉了。"

"产品质量过暑难，是不是说天气一热就发霉变质啊？"我问。双羊说："对，这种结果主要原因是产品设备维修不及时，生产工艺相对不合理，加上原料供应把关不严格、包装密封不符合要求、气温高、棕榈油的氧化就会使产品出现异味，你说这样的方便面谁吃啊？"我说："你现在认识到这些也不晚啊，绝对不晚。我明白你的意思了，你要严把产品的质量关，绝不叫质量砸了厂子的牌子，对吧，双羊？"双羊右手一击左手心，说："对对对，就这个意思。"

"那你要做的冰葡萄酒……质量咋保证啊？"我担忧了。

双羊说："三哥，你放心，我不会再像上方便面厂那样轻率了。这回啊，我一定要把准备工作做得充充分分再充分，争取少失误或不失误，把损失降到最低点。我已经安排好了，下一步，我要先成立两个部门，一个是培训部，对进酒厂的员工进行培训学习，主要是技能培训。还有一个是技术部，我要重金聘请技术人员，给他们优厚的待遇，激励他们最大程度地发挥自己的聪明才智，为早一天造出冰葡萄酒大干快干。"

"好，好啊，太好了！"我情不自禁地鼓起掌来，大声说道，"有用得着你三哥的地方，你就尽管说。"

"还真有你的用武之地。"双羊左手握住我的手说，"你呀，还发挥你的强项，唱大鼓，一方面丰富咱们的精神生活，给大家鼓鼓劲儿；另一方面哪，扩大咱冰葡萄酒的影响，提高产品知名度……"我接过他的话，有些激动："我明白了，我瞎子还有用处！"我为自己还有用处感到自豪。

这件事在鹦鹉村很快就传开了。大家一听种葡萄能挣大钱，都跑到村委会嚷嚷着要改种葡萄。陈锁柱劝了这个劝那个，咋也压不住乱哄哄的吵闹，忙得满头大汗。双羊赶到了，陈锁柱抹着脑门儿上的汗水，埋怨曹双羊说："都怪你，非要搞一个'一村两制'，这下好了，闹出乱子来了吧，看你咋收场？"不少人围住双羊吵吵。双羊眉头一皱，端起门后头的洗脸盆子，用力往地上一摔，"咣"的一声响，把村民们镇住了，全都愣愣地看着双羊。双羊喊叫说："都别叫喊了，明天下午两点上这儿开会来，家里谁主事谁来，不许吃饭，空着肚子来，听清楚没有啊？好啦，有啥话明天会上说吧。"大伙儿不知道双羊葫芦里头究竟卖的啥药，都呆呆地看着他。双羊不作任何解释，转身走了。

第二天晌午，刚刚十二点半，我和桃儿正吃饭呢。有人喊我下午到村委会开会，说是全村的妇女会。我咧了咧嘴说："把我瞎子当娘儿们啦？"桃儿咯咯笑了："你在双羊眼里，就是个老娘儿们！"我心里直嘀咕，我不会生孩子，叫我开啥妇女的会？我糊里糊涂地去了，一听全是妇女的声音。是啊，眼下在地里忙活的都是妇女、老人，男人们不是进城打工，就是进麦河集团方便面厂上班去了。双羊把我迎了进来，我还闻到了陈锁柱的气息，这家伙身上常常含着酒味。田兆本是刚刚进来的。

"这刚几点啊，不是说了两点开会吗？"双羊叫喊道。妇女们说："不许我们吃饭，谁能等到两点啊？饿死人不偿命啊？"有人说："快一点了，给我们姐们儿上饭吧，边吃边开会。"大冬子媳妇说："哎，双羊啊，你给我们做了啥好饭啊？"双羊咳了一声说："想啥美事啊？真是大紫心儿萝卜，心里美，我这哪有饭给你们吃啊？真是的，凭啥管你们饭呢？坐好坐好，都给我坐好喽！"妇女们闹嚷起来："我们犯啥错儿了，罚人家不许吃饭呢？"有人骂："就是犯错儿了，也不能不叫吃饭啊，这不是侵犯人权嘛。我们饿死啦！"陈锁柱和田兆本也愣住了，不知双羊葫芦里卖的啥药。我摇头一叹，刚要说话，却听见双羊大声笑了起来："你们也知道没饭吃饿呀？这就对啦。告诉你们，再有几顿不吃会饿死人的！"妇女们乱哄哄叫喊："你啥意思啊，双羊？""就是，耍我们玩儿哪？"双羊见时机成熟了，这才一本正经起来，他严肃地说道："大伙儿想想，都不种粮食了，都去种葡萄了，咱鹦鹉村老少爷们儿吃啥呀？没粮吃行吗？有人说了，不会上粮食市场上去买？是，是可以去买，可大伙儿再想一想，要是咱们全槐树镇，咱全麦田县农民都不种粮食了，都种非农作物，你到哪儿去买？那咱拿啥养活自个儿？光吃葡萄能活命吗？"

妇女们安静下来了，不说话了。

我这才明白双羊的一番苦心了。

饥　饿

世界变得真快，这件事还没撒手，这件事本身就成了历史。曹老大刚刚死去，人们却以为他走了很久了。狗儿爷告诉我，韩老万当了公社副书记，吃皇粮去了。他当上了村支书，可他当上没两年，就赶上了"瓜菜代"的特殊年月了。

狗儿爷沉痛地说："那是1961年的夏天。那场大饥饿来得的确太突然了，全县粮食几乎绝收。先是大旱，旱得冒青烟，光脚走在地上，硌、扎、烫。紧接着是一场蝗灾，麦河两岸都是蚂蚱。人在地里头干活，听见耳朵边有嗡嗡声，像一群蚊子飞来。不大一会儿，就可以循着声音看见天边有一个小黑点朝这边飘移过来，再用不上多大一会儿，那黑点就变成黄点了，而且越来越大，瞬间就飞到了跟前，只听一阵咔嚓咔嚓的乱响，地里头的庄稼转眼就成了光杆儿司令。旱灾和蝗灾像风一样呼呼地刮遍了麦河流域。鹦鹉村男女老少人心惶惶。人啊，心里一旦没了底，啥想象都可以激发出来。不少人说我爹和张兰池的鬼魂儿打架呢。我越解释说不是那么回事儿，人们越觉得就是那么回事儿。也难怪，最近村里连续出现邪事，让我非常焦虑。先是韩腰子家养的那头大公猪死了，死得莫名其妙，死得稀里糊涂。韩腰子老婆心里一窝囊就病死了。第二天，孙大发家好端端的鸡窝突然坍塌了，也死了五只鸡，都是下蛋的母鸡啊！一天早上，曹钢家的小闺女花花在一个下着雨的夜里头突然上吐下泻的，天亮送卫生院，走在半路上就死了，拉稀硬是死了人，这事儿可是太稀奇了。谁家碰了这事不像碰见了瘟神？这个时候，村里人都让我找你爹！韩腰子一家人都来求助。唉，我有啥办法呀？"

我听了心里受用，叹道："我爹又成香饽饽啦！人都一样，只有过得不顺当的时候，才想起我们这号人！"

狗儿爷没听清我的话，继续说："我不能出面搞迷信啊，就让我老婆小香找到你爹，求你爹救救全村乡亲。你爹到坟地里转了一圈儿，在我爹的泥塑前坐了半天，身子向泥塑倾着好像跟泥塑说啥话呢。我记得郭富九还趴在小树林偷看。日头快到中午了，你爹站起身，拍打着身上的草屑朝麦河走去。那时候，麦河的水比现在的清凌，河道比现在要宽，中游的岸边有一座河神庙，比连安地神的庙要小一点儿，里面供奉着一条像龙又像蟒蛇的东西。你爹说，那是河神，庙是清朝嘉庆年间修建成的。还说，自打这座庙建成后就没闹过水灾。民国年间一次发大水，麦河硬是没有破堤，没淹着鹦鹉村百姓，都是河神保佑哩！我老婆小香说，你爹在岸边走了个把钟头，下了河堤就回了村。他对我老婆说，告诉狗儿爷，快备河灯，祭河神。小香就放下心来说，这就好，这就好。我老婆钻进脏兮兮的小屋里找河灯。她把河灯找了出来，擦了又擦。不到一顿饭的工夫，村子里几乎家家都在擦洗河灯。用河灯祭河神，祈求河神保佑，河水滋润两岸大地，风调雨顺，丰收连连。解放前，年年的农历正月初三都要祭河神的，解放后政府宣传破除迷信，这项民间活动就停了。"

狗儿爷这么一说，我想起小时候看过河灯祭河神仪式。河灯是四方形的，是用铁做的，有四个面，每个面都安了玻璃，上面画着河神的图案，一个面上各写一个字，四个字连起来是"祈福平安"。在鹦鹉村，家家都还保存着河灯。

狗儿爷说："那个夜晚，月亮没有出来，星星也都不见了，我们拎着河灯出了村，顺着河堤走到了河神庙，给河神上了三炷香，然后蹲到河岸边，缓缓地把河灯放到河面上，嘴里念叨着，河神保佑，河神保佑……两盏点着蜡烛的河灯，晃晃悠悠地顺水朝下游漂了过去。在那漆黑的夜里，很像远去的幽魂。我们跪拜完毕，睁开眼，被眼前的情景惊呆了，满河床水漂满了河灯，一盏挨着一盏，亮晶晶，金灿灿，汇成了一条长长的银河。河岸边站满了乡亲们，全都凝视着河灯默默祈祷。河水潺潺，泛着泡泡，打着碎漩儿，流向远方了。可是，真是邪了！祭奠河神之后，旱情和蝗灾没有丝毫缓解。政府下来干部组织抗旱，灭蝗，还来了一批解放军支援抗旱。他们送来了十几卡车的水，解决了村民的饮水问题；带来了一部分粮食，可惜太少了，每个人才分不到一斤。鹦鹉村人抱怨不止，纷纷围着我要粮食，政府来的许干部用力做着手势让大伙儿安静下来，沉重地说，乡亲们，就这点粮食还是咱们的子弟兵从他们的口粮中一粒一粒抠出来的。确实不多，可这都是子弟兵的一颗颗心哪！现在不光我们鹦鹉村人挨饿，全国人民都在挨饿，连毛主席他老人家都在吃野菜啊！许干部说这话的时候，真动了感情，眼睛湿润了。鹦鹉村人一听毛主席也在挨饿，心疼得都哭了。过了两个月，旱情开始得到缓解，但饥荒一直在持续。我带领社员们把能搁嘴里头吃的都给弄来了，草根儿、树皮、野菜，能吃就吃，没吃过的试着吃，一切为了填肚子。吃一顿饱饭，死了也闭眼了。我是村里第一个全身水肿的人，因为我把吃的一部分让给老人和孩子了。很快，越来越多的人水肿。有人饿死了，先是陈发的老婆饿死了，没几天老郭家的老闺女也饿死了。我家的三个孩子都饿得抬不起头来了。全村人饥饿到这样程度，硬是没有一个人偷集体粮食的。可是，县委彭书记打电话来了，质问我为啥饿死那么多人。我支吾了半天，一句话也说不出来，一头倒在了炕上，大病了一场。老婆小香说我是吓病的。该死的人，就不知道啥叫害怕了。小树林里的树皮被剥光了，月光下，就像一群赤身裸体的人站在那里。虎子没有肉吃，疯了，哀哀地叫上一夜。"

我浑身没劲儿了，说话声像蚊子："虎子啊，你也跟着挨饿啦！"

狗儿爷说："我病好了以后，隔几天就看见一个两个饿死的人被拖出村，埋在村东河坡的坟地里。人们整日都是迷迷瞪瞪的，有气无力的。我的儿子曹山堂，刚一迈门槛儿，就躺倒了，我吓坏了，赶紧抢救，没有一个时辰可怜的孩子就咽气了。小香哭得死去活来。我的心啊，一下子破碎了。小香哭喊着找我要儿子，谁听了心里都堵得慌。我骂了句脏话还动手打了老婆。打老婆，是鹦鹉村代代相传的陋习，我一直后悔呀！"

我心中酸楚不已，眼泪一滴滴往下落。

狗儿爷说："在我没辙的时候，虎子飞到跟前来了。我让虎子抓兔子，可是，光秃秃的田野，连一只兔子都没有，虎子常常空手而归。我杀了虎子吃肉的心思都有。这一天，虎子嘴里叼着一根红薯秧子。我伸手摸了虎子一下，虎子就咕的一声，将红薯秧子吐在地上，轻轻飞走了。我捡起了红薯秧子，顿时来了灵感。当天夜里，我召集村民开会，同意人们挖红薯充饥。我听见韩腰子带头喊了一声，走啊，上地里头挖红薯去啊！他转身向田野里去了。社员们紧紧随着韩腰子，拥进了田野，空荡荡的场里，只剩下了我和小香。不知道咋的，小香突然觉得我不那么凶恶了。她没有随人们去挖红薯，坐在空空的场上，远远地看着我。我也远远地看着老婆，心里是空的。不知道啥时候，玉堂也来了。我看了他一眼，似乎想说什么，可是什么也没有说。我拉起玉堂的手，往家里走了。我感觉孩子的小手不停地哆嗦着。唉，那叫啥日子呀？"

我揩了一下眼里的泪水，抬头问："红薯救了命吗？"

狗儿爷叹息了一声："唉，人们到地里就呆了，地里哪还有红薯啊？甭说红薯，就连红薯秧子都被人拽走了。郭富九一句话提醒了大伙儿，找点红薯须子吃也可以填填肚子啊！大伙儿就弯下腰撅着屁股找红薯须子。还真找着了一些，饥饿的人们往裤子上蹭了蹭，就往嘴里塞。几天后村里继续往野外抬尸体。我带着人用苇席裹尸体。一天，我发现七奶奶的尸体咋也裹不好。七奶奶是孤寡老人，腰累弯了，走路时脸几乎挨地了。席子一裹，圆不溜丢的，咋瞅都不好看。人们望着我说，七奶奶的尸体，还不如不裹呢，还可以省一张席子。我脸上带着凶恶的表情，大声骂道，混账，就让七奶奶光着走？你忍心吗？人们被吓回去了。我一闭眼睛，抬脚朝七奶奶的后腰踩了三下，咔！咔！咔！三声骨头碎裂的声响过后，我们再看七奶奶的尸体，平光溜直了，席子裹起来显得格外有尊严。"

我吓了个激灵，这"咔咔"声太可怕了。

狗儿爷声音颤抖了："那阵子，我傻了，咋办啊？我身体的血像是被抽空了。老婆劝我冷静，让我想想别的办法。她给我出主意说，听娘说，当年闹饥荒，你们不是用家里的地从张兰池家里换过高粱吗？我说是啊，这就是张兰池的一大罪状。小香说，都啥时候啦，还罪状罪状的，救命当紧啊！她的一句话提醒了我，对呀，以地换命啊！我急忙上城里找了小香的姑父，姑父说解放军换防到了这里，想在麦河两岸借上一千亩耕地供驻军种粮种菜。如果把驻军拉过来，是一箭双雕的事，既可换回两卡车粮食，救济村民，还可以弄个军民鱼水情深的典范哪！我一听，一拍大腿拔腿就走，我这就去找孙书记去。姑父说那你可得抓紧办，听说麦河流域好几个村都争呢！我一听走得更急了，顾不上两腿饿得发软了。就这样，我给部队搭咕上了，我们上鹦鹉村人得救了。我像我爹曹老大一样，挽救了上鹦鹉村人。瞎子，你说我是不是英雄？"

我叹了一声说："是，你也算一个吧！"

狗儿爷不高兴了："啥叫也算啊？老子就是！可是，缺少了一千亩地，我这心里也不是个滋味儿。但想想救了社员的命，又有些安慰。农业学大寨运动开始了，我带着村支委们到大寨参观。参观回来后连夜召开支部会，很快决定到山上造梯田，这是一项重要工程。社员们跟着我苦干了一冬一春，硬是在鹦鹉山上开垦出了两万亩梯田，成了全县的先进典型。我还当上了劳动模范，孙书记将一朵大红花戴在了我胸前。"

狗儿爷每次说完的时候，我都是笑一笑。今天我真的笑不出来，挤一挤五官的心情都没有，叹一下就当是笑了，反正狗儿爷也看不见。狗儿爷说累了，他要打呼噜了。我提着灯笼离开了墓地，转到深夜才回家，筋疲力尽地躺在床上，又睡不着了。我一直想，这种挨饿的情形往后还会有吗？

秋之惑

咱老百姓，都是俗人，有点攀龙附凤的想法，可以理解。谁不想攀个高枝儿呢？谁不想占点便宜呢？我说要攀就攀个主事的人。家有百口，主事一人。鹦鹉村有陈锁柱主事，其实，曹双羊已经演变成新的主事人了，在乡亲们眼里,我瞎子也成了攀龙附凤的俗人。他们哪里知道,我是曹双羊的克星呀!我跟陈锁柱不一样,陈锁柱稍有不慎,老百姓的意见就反映到双羊这儿来了,双羊就会对陈锁柱施加压力,陈锁柱往往都给他面子。我咋也想不明白,这是啥力量啊?桃儿一语道破天机:"这是资本的力量!"

双羊土地流转的第二年麦收,各种意见就渐渐灌到我耳朵里来了。鹦鹉村不再单家独户种庄稼,机械化了,剩余劳力越来越多。这个可以慢慢消化,可是,后面的意见却给我吓了一跳。乡亲们都跟我反映:"麦子丰收了,土地糟蹋了!"我一点都不理解,难道双羊是回来糟蹋土地的?桃儿又补了一句:"这是资本的力量!"

资本掌握在双羊的手中,看来,这也就是双羊的力量啦。一提到资本,我的心突突跳了起来,血往脸上涌。终于忍无可忍,这天早上,我和桃儿就资本发生了激烈争吵。桃儿说:"资本像一头疯牛,横冲直撞的时候,双羊也控制不了!"我生气地嘟囔:"你又给他开脱!钱归他管,他能说了不算?"桃儿叹息一声:"双羊不是回村扶贫的,他是企业家,他得挣钱啊!这点道理咋就不懂呢?"我一下子急了眼:"我没拦他赚钱,赚钱就糟蹋土地?原来我想,双羊的感情在土地上捂了这么久,不热也热了,不熟也熟了。"桃儿拿腔拿调地说:"别说感情,资本是贪婪的,它根本不讲感情!"我的牙齿越发磣打得厉害,终于明白,资本是一把"双刃剑",制约了陈锁柱的恶行,也放纵了陈锁柱;资本回报了土地,同时也伤害了土地。我寻思着,反复摸着光光的下巴说:"桃儿,不管你咋说,我想找双羊谈一谈。不能当罪人啊!"桃儿淡淡一笑:"你谈也没用,资本就这么贪婪!它一旦流入农村,绝对不会放过放任自流的农村财富!不信你瞧着,如果没有补贴,种粮赔钱,麦河两岸就再也不会闻到麦香啦!"我一听就恼了:"他敢?我不答应!"桃儿疯狂地笑了:"你挡得住吗?你以为你是谁?"

当天下午,我正坐在麦河堤上吹凉风。地势高,风很硬。从河对岸刮来了麦鱼子。虎子在河面上翻飞,翅膀刮出很大声响。我没心没肺地傻笑,像猪一样享受着民间欢娱。双羊这点破事儿还真不禁我念叨。双羊开着汽车过来了,塞进我手里一塑料袋东西:"这是我们公司新开发的麦河面食,有面鸡蛋、面桃儿、面鱼、面肠儿。你先尝尝,看够不够味道?"我伸手往袋子里摸,摸到了一个面桃儿,狠狠咬了一口,唑吧唑吧,口味不错,有面味儿和寿桃儿味。双羊笑了:"三哥,我可看出你跟谁亲了,还是跟桃儿亲啊!"我被他逗笑了:"去你的,我随便抓着啦!这叫缘分!"双羊说:"你再尝一口面肠儿，像不像真肉肠儿？"我接过双羊递过来的面肠儿，咬了一口："妈呀，这真是面做的？咋跟肉肠儿一模一样啊？"双羊笑着说："我聘请的面点师啊，是个小姑娘，是寺庙里做过斋饭的。她的手艺高啊！我们还要陆续开发面枣、面香蕉、面菠萝、面苹果，你想吃啥有啥！"我开玩笑说："你这叫不务正业，改行了？开水果店啦？"双羊说："不，这是方便面系列衍生产品。营养师说，人们现在营养过剩，好多人吃素，这就给吃素人准备的。哎，糖尿病患者宜吃无糖食品，我们还开发了无糖面筋！"我说："你小子想得挺全啊，可是，你不够哥们儿，咋没有我们瞎子专用面食？"双羊一时语塞。我将这个面桃儿吃了，噎得我直伸脖子："势利鬼，你小子嫌我们瞎子没钱买吗？"双羊说："真的，我还真没想过，真得给残疾人开发一点面食！"我问他："我这个瞎子吃啥样面食好呢？"双羊想想说："吃烂桃儿好，眼睛好快点跟着烂，哈哈哈……"双羊的玩笑话深深刺痛了我，我掐着他脖子骂："你这个坏小子，拿我寻开心哪？"我飞起一脚，踢飞一个面鸡蛋。双羊惊叹了："三哥，还这么大劲儿哪？"双羊捶了我一拳说："你这劲儿还是放在桃儿身上使吧！"我骂了他一句，问道："有啥事快说，你小子肯定不会老远跑来送我一袋子面食。"双羊说："我是找你有事儿。主要想叫你帮我出出主意。剩余劳力太多了，有人责怪土地流转，镇长找我了，尽快安置那帮子闲人！"我想了想说："这还是个正事儿，这两天我也正合计哪，就是还没想好啊！"

我们说着话，曹玉堂大叔的声音传过来："哎呀，你们都在这儿啊。"我站起身叫了声大叔，听见"嘭嘭"两声响，曹大叔叹了一口长气，扶着我的胳膊坐到地上。我和双羊几乎同声问道："咋的了？"玉堂大叔反问双羊："这些日子你没去地里头吧？"双羊笑笑，解释说："这阵子我净忙销售上的事了，再说我们有分工，姐夫分管麦收……"曹玉堂气愤地骂道："三拐是种地的人吗？整日用化肥，土地都板结了，就像被磨盘压僵了。僵化的土地没气了，每一块土疙瘩都死了，不长虫子，连鸟儿都不落，十年八年缓不过劲儿来。我是看着心疼啊！"双羊打了个愣："地板结了？啥时候的事啊？"我跟着说："是啊，双羊，我正要问你哪，乡亲们跟我也嚷嚷过。"双羊辩解说："这不能怪土地流转吧？流转之前，地就板结啦！"玉堂大叔说："可是，你签约的时候，是给大伙儿承诺的，改良土壤，大伙儿指望你改善改善呢！可你们呢？"双羊大声说："我早就跟他们说过，那化肥啊，农药啊，除草剂啥的少使，老话讲，庄稼一枝花全靠粪当家。可他们不听啊，说啥粪这玩意儿不卫生,不文明,现在好了吧,地也受不了啦,不给你好好儿长庄稼啦!哼!"我插话说:"你光动嘴有啥用?他们不用化肥,能完成你的量化指标吗?"双羊不说话了,吭哧了一声。我把这小子给噎住了。玉堂大叔从屁股下面抽出两袋子东西。

我听见呼啦一声响,虎子飞过来了,用利爪撕破了麒麟袋。

双羊惊讶地说:"土?爹,你背来的?"

曹玉堂扒拉着土说:"这是咱家承包田的土,这袋儿是你流转前的土,这袋儿是你流转后的土!你自个儿摸摸吧!"

我凑了过去,蹲下来随便抓了把土,感觉真是没有过去那么松软了,硬扎扎的,像是攥着把木头板。我听见了双羊揉土的沙沙声。我叹了口气说:"双羊啊,土地流转才两年的工夫,土质都变得这样啦!这可是麦河集团工作上的失误啊!"双羊大大咧咧说道:"没啥大不了的,想办法解决呗!"

玉堂大叔说:"你说得轻巧,咋解决?你想过没有,将来可咋办?"

双羊一阵急火攻心,放炮似的说:"我给分红了,乡亲们挣钱了,到头来我倒成罪人啦?我不服哩!我们按着产业农业的路子在走,咱得量力办事,不能钻进脑袋不顾屁股。让我精耕,让我细作,让我养护土地,我得投入多少钱?将来,将来咋办我管得着吗?土地的将来,跟我曹双羊有啥关系?我承包合同只有五年,五年能打麦子就成!你们给我说,五年以后土地是谁的?一个人的好运,短则两三年,长则五六年。你看这基层干部,只看自己这一届的政绩,一个个都没有长远打算,我一个商人凭啥管那么远?你们是不是狗拿耗子?是不是无事生非?"

我着实吃了一惊,这小子终于说真心话了。这句话不像从他嘴里说的,像是别人强迫从他嘴里掏出来的。可是,这话如泼出去的水,再也收不回来了。

"混账!我不正确啦?难道你正确?老天有个公理,究竟谁对谁错,谁好谁坏,谁红谁黑,老天都晓得。"曹玉堂愤怒地骂道。

我一跺脚骂:"这小子太猖狂了,这是啥地方?"

双羊被我们骂愣了。

我说:"你脚下曾是连安地神的庙哩!"

玉堂大叔还要动手,我紧紧抱住了他。

"你还是我们曹家的人吗?"玉堂大叔喊。

双羊大声说:"我是曹双羊,你儿子!"

284

大冬子过来了。我让大冬子把玉堂大叔扶走了。

麦河岸上只剩下我和双羊，好多话可以敞开来说。这事把我也拖入旋涡，只能唇枪舌剑，反复交锋了。双羊似乎在跟我解释："三哥，你别顺着他们说。农民就是贪图小利。有人把我当土老帽儿、冤大头啦！刚才我见着刘凤桐这小子了，我问他家土地的事儿，这小子在外打工，还他妈狮子大张口呢！现在有一个误区，好像土地流转了，就会发大财了，村里到处都是数钱的声音。狗屁，如果这么简单，各级官员就不会发愁了，农村问题更不会这么严重了。"我静静地听着，插不进话来。曹双羊继续说："在街口，还有一帮人跟着起哄，骂我是张兰池，到处兼并土地，是想搞土地私有化！是想当大地主！纯粹他娘的屁话！"他说完这句话，就沉沉地打个"唉"声。乡村不大，可是一架复杂的机器。你追捕啥，在你的身后，肯定还有一个追捕者。

土地上的好多事情，我与曹双羊没有共识，难道是我落伍啦？只有我们一起闲聊别的，相互才都感到愉快、轻松，有时还会突然冒出新的想法。我大声说："双羊啊，心中坦荡，就不怕鬼叫门。你听我是咋看的。我知道，地是国家的，让我们农民耕种。我们跟别的国家不一样，尽管产权不清不白，可这点可怜的地啊，它担负着乡亲们的社会保障！是保命地啊！他们能不斤斤计较吗？有分歧是正常的，好好谈，万万不能强迫，不能伤了乡亲们的心！"曹双羊支吾说："这我知道，我刚来的时候，陈锁柱要耍硬的，我都拦住啦！"我沉默了一下说："你别嫌三哥嘴臭，咋干的，你心里最清楚。老百姓心里有一杆秤。他们担心啊，我更担心，有人打土地流转的幌子瓜分土地！当然，我不是说你跑马圈地啊！社会上有这种人，就不能不让人想啊！有资本优势的商人、农村的腐败村官、黑恶势力头头，都将成为受益者。你就属于资本优势的商人！"曹双羊倔倔地说："商人咋啦？别忘了，我的户口还在村里，我还是鹦鹉村的村民哪！"他拍了拍胸脯，声音不那么清晰了，好像落满了尘土。我不跟他计较，不理睬他，继续说着："搞歪门邪道的人，不仅仅是骑在人的脖子上拉屎，更可怕的是，普通庄稼人，在大老板、村官威逼下，在恶势力恐吓下，将成为这一轮土地改革的受害者！你懂吗？"我说者无意，听者有心。我的铁齿铜牙足以逼得他尿裤子。我感觉曹双羊像被人戳穿的罪犯一样，心慌意乱，无地自容。

我的嗓音越来越高："我们怕，我们担心，不是没有道理的！你是记得的，上世纪末，国家进行国企改革，抓大放小，进行现代企业制度改造，将中小企业卖光，送光，分光！多少权贵一夜暴富啊！多少工人被扫地出门，残喘度日啊？我们害怕，折腾完工人又来折腾农民，借土地流转，借土地上市，搞官商勾结、巧取豪夺，弄得我们农民无地可种，无业可就，无处可去。到那时候，农民哭都找不着庙门儿啊！"曹双羊叹息了一声说："农民的担心，我都理解，因为这也正是我的担心。我之所以回村，就是不放心别人介入鹦鹉村啊！我对陈锁柱不放心，就是怕流转土地中，鹦鹉村出现黑幕、暴力、血腥和腐败！"我歪着脖子说："双羊，农民是怕，真的怕了，我今天一定要说出来，替乡亲们吼出来！是想给你敲敲警钟，你要还认我这个三哥，就给我走正道，养护土地，给咱农民留点希望吧！"说着，我轻轻流了眼泪。真正痛苦的人，悲愤往往是没有声音的，只有啜泣、哽咽、自语，那些哭得惊天动地的人，往往是在做戏，故意给外人看的。我的真诚打动了曹双羊。他抓着我的胳膊，声音充满无奈和伤感："娘呀，三哥，你别这样啊！"我身体颤颤的，没有再说话。曹双羊声音发颤地问："你啥也看不见，整天待在家里，咋知道得这么多啊？"我说："这儿不是有电视嘛！《焦点访谈》说了多少次了！"曹双羊诡秘地一笑："不对，你唬我呢，电视几乎都是正面歌颂的。别瞎掰了，告诉我，一定有人跟你聊过。这还不是一般人物！"我耐不住他再三审问，把田兆本支书说出来了。我知道，田兆本不反对土地流转，但他不喜欢曹双羊的做事方式。兼并土地的过程中，陈锁柱村长搞了很多"猫儿腻"，田兆本跟他尿不到一壶里，所以常常到我这里发牢骚。这事双羊不兜底。好多事情，我是从田兆本嘴里听说的，我不希望他跟双羊闹僵，常常劝他几句。曹双羊说："三哥，你别听兆本的，他人很正派，但是思想僵化。"我说："你不能贬损支书啊！我看你小子该冷静一下，反思反思，自己啥地方做得不妥当，这对你有好处！"曹双羊梗着脖子说："我没啥不妥的！"我皱着眉头问："还嘴硬？你打过人没有？"曹双羊说："打过，有些刁民就他娘欠揍！"我发火了："你这是啥态度？如果你不在乎乡亲们，乡亲们就会抛弃你的，到那时，不管你有多少钱，你也是粪坑冒泡，臭到家啦！"曹双羊被我骂愣了，好像不认识我了。他说："三哥，你吃错药了吧？过去你不这样啊？"我诚恳地说："双羊，三哥不反对你搞土地流转。当初签约的时候，我说啥了吗？可是流转两年了，问题出来了，我耳朵都灌满了。流转过程中，他们是弱者。现在哪有农民说话的地方？农民有冤屈，上访被抓回来，还受到威胁、恐吓，所以，我瞎子这里倒成了信访办了，这正常吗？"双羊沉重地说："我知道，老百姓有苦衷。可是，我也有苦衷啊！"我说："你的苦衷跟乡亲们的苦衷，都要碰撞碰撞。你跟乡亲有隔膜了！他们一看你跟陈锁柱打得火热，他们咋想？你要常跟他们唠唠嗑！"双羊点点头："我明白了。"我还是不放心，叮嘱说："记住，别看你有俩臭钱，你三哥不是爱财的人，我永远跟乡亲们站在一起。我知道，我是拿鸡蛋撞石头，注定头破血流，没好结果的，可是，我愿意！"双羊吸了吸鼻涕，忍不住抓住我的手："三哥，我很佩服你。真的！我也告诉你，农业压根儿就不是盈利行业，我之所以冒着风险回来，就不是图利的。我可以买美国软红小麦，价钱还低，我会翻着跟斗挣钱。我不这样，是不想丢掉乡亲们。我要跟他们一块富裕！这话听着有点冠冕堂皇，但这是我心里话！"我嘴上使着全身的劲说："你呀，我都不敢相信你哪句是真话啦！你心里要是有乡亲，就得先有土地。土地糟蹋了，乡亲们就完蛋了！乡亲们完了，共产党也不会放过你！说白了，你这是跟政府斗呢。从历史上看，有哪个商人跟政府作对落下好儿？回去好好琢磨吧！"

双羊走了。凭我对他的了解，他回去肯定有一番内心煎熬。

我梦见双羊抱着枕头在野地里跑。第二天早上，双羊过来忏悔说："昨天，我说了许多气话。对不住我爹，对不住三哥啦！唉，自己做了一些腐蚀别人的事，做了一些伤害土地的事，我感到内心惭愧，昨天夜里噩梦不断，抱着枕头满地跑，我吓醒了，我骂了自己几句：曹双羊啊，你个坏人，你啥时候变得好一点啊？"我很得意，我对虎子和双羊有感应，他们做啥都能入我的梦。双羊继续说："世事啊，把人逼到了这一步。归根结底，我们都是普通老百姓，咋能跟政府对抗呢？顺应大潮流吧！"我说："你开窍就好哇！"我陪同双羊到翻耕的土地上转了转。转了一些地，发现土地出现了严重的板结现象。我分明听到了土地的呻吟声。我竖起耳朵，四下找寻。我随便抓了一把土，土里埋着一块碎玻璃，我的手指划出了血，血顺着手指缝往下流淌。双羊用餐巾纸给我包好说："回去再消消毒，过去我们的土，就是药面儿，抹上去伤口就好，今天都是毒哇！"我听了打一个哆嗦。双羊说："三哥，你知道土质为啥变得这么快吗？"我说："为啥？"双羊自责地说："我们村老百姓以前习惯种齐鲁17号麦子，这种麦子蛋白质含量低，面少韧劲，多蓬松，适于做馒头、面包和饼干。而我们方便面厂，不需要这种麦子了。"我认真地听着，张大了嘴巴。双羊继续说："我要改革的是，按麦子的功能种植。比如五号青麦，俗称面条麦，就得成片种植，蛋白质含量高，韧性也好，适于做面条儿，筋道，有咬劲儿，适合我们麦河集团。以后，粮食就是一种矿源，是食品工业之矿源，对它种植和使用，分工将更加精细。我们种植的五号青麦,需要一种肥料,叫青肥。美国进口的,可能是青肥破坏了土壤啊!"我的心情非常沉重:"哎呀,这里还有这么多事儿啊!"双羊掏出手机拨了个电话:"喂,晋芳啊……跟你说个事儿,你姐不是有一个同学在农学院当教授吗?现在跟她还有联系吧?有联系,太好啦,是这么回事,咱村不少地出现板结了,爹都急眼了,再这么下去影响来年收成了,得抓紧治理啊……对,请这位专家上咱村看看来,帮咱找找原因,好对症下药啊!"

我没啥话说了。双羊急着安排去了。

我回到家里,已是中午。我关了大门,开始做饭,饭后好眯一会儿。我蒸馒头呢,掀开锅盖,热气一下子就给我扑个跟斗。我刚刚爬起来,就听见外面砸门的声响:"三儿,开门!狗日的,大白天就顶上院门啦?没的出息,有口喘气的工夫就要干一回,累死你!"我急忙颠着脚跑出去,打开门,才知道是玉堂大叔骂我呢!我嘿嘿一笑:"大叔,你冤枉三儿啦!桃儿不在家!"玉堂大叔缓缓走进来了,我闻到酒味儿,还有猪耳朵、猪肝的香味。我笑着一说,玉堂大叔就骂:"真是狗鼻子!来,咱爷儿俩喝点儿!"我坐下来,笑了笑说:"喝,大叔准有高兴事儿!"玉堂大叔说:"今天跟双羊生了气,就想找你喝酒!"我说:"别生气了,咱爷儿俩喝点儿!"我看不见,伸手一摸,就选了一个小杯。玉堂大叔不高兴了:"你啥意思?看不起大叔是吧?"我说:"我吃着中药哪,喝太多,桃儿回家不饶我啊!"玉堂大叔说:"你是大老爷们儿,别听娘儿们的!"我心一乱,面一软,双手就颤颤地端了大碗。喝下这碗酒,又有第二碗,往下就收不住了。我一喝高,就想摸桃儿的脸,桃儿不在场,就摸了摸玉堂大叔的脸。这家伙的脸上皱纹横七竖八,像干旱的河汊子。我有一个解酒的绝招儿,喝高了,就喝大麦茶。我说:"大叔,我给你沏大麦茶,这玩意儿解酒哇!"玉堂大叔说:"对,喝点大麦茶!"我家的大麦茶,是麦粒儿泡出来的,既解酒又提神儿。我两人都把脸埋在粗瓷大碗里喝麦茶,喉咙里呼噜呼噜响着,脑袋就松爽许多。喝高了不是好事,没想到喝高了,竟有意外收获。我的心事突然跟玉堂大叔的心事撞到了一起。玉堂大叔说:"我看啊,啥现代农业?大包干,已经让人穿暖了衣,填饱了肚皮,放安稳日子不过,还找啥麻烦?一动不如一静,捏牢锄头柄就算不错了。"玉堂大叔陷入了摸不着深浅的沉思。这老家伙,心里还是丢不开土地。我瞪了瞪眼睛说:"过去我眼尖,现在眼睛完蛋了,鼻子和耳朵都灵。凭我耳朵和鼻子的感觉,你说的不对,大方向没错儿,地是公家的,咱农民只有经营权,公家让你流转,咱老百姓还能不听公家的?错就错在干事儿的人给弄歪啦！"玉堂大叔说："三儿，你说，地是公家的，我有承包使用权。如今这权利让给我儿子啦，你说，我曹玉堂跟土地还有关系吗？"我大声说："有哇，当然有啊！"玉堂大叔困惑地说："有，那是啥关系啊？"这句话，竟把我给问住了。我哼唧了半天，没回答上来。我颠来倒去地掂量，偶尔冒出来的念头，还是那么模糊。玉堂大叔看来想了很久，继续追问我。我随口答道："土地好比女人，女人是娘家的。可是，归你使唤啊！我娘说过，旧社会咱麦河有典妻的。把妻子典当给人家生个孩子，人家要了孩子，再把女人还给你！"玉堂大叔说："甭说，你小子还真行。不到万不得已，谁家愿意典妻啊？不妥帖，不妥帖！"我想了想说："那就比喻你家房子，出租出去了，人家给你房租，租期一到，可以续租，还可以返还。"玉堂大叔哭笑不得："唉，人家糟蹋了房子，收回来还能用吗？"

　　桃儿来电话了，说过会儿就回来。

　　桃儿说我是活神仙，我骂她是活妖精。我的鼻梁骨一直酸到脑瓜顶。我跟桃儿电话里打情骂俏，弄得玉堂大叔很不自在。玉堂大叔掉头就走，掉急了点，脸碰到了我的太阳穴，我尖叫了一声："急啥呀？"玉堂大叔说："你小子鼓着个裤裆，我还不知道你急个啥？"我嘿嘿笑了："这老东西，心里头挺花呀！"玉堂大叔嘿嘿一笑，就着急了，一着急就打喷嚏，他走了很远，我还能听见一连串的喷嚏声。

　　桃儿回来午睡，打开了空调。冷风嗖嗖一吹，我们就来了劲头。我们疯狂地云雨着，桃儿尖尖地叫着。我就爱在这个节骨眼儿问她话，这阵儿她说的都是真话。我说："这几天你都干啥啦？跟谁吃饭啦？跟双羊单独会面了没有？"桃儿享受着说："吃了，见了，快干正事儿吧！"我还想继续问，桃儿不耐烦了："你问啥问哪？成天总是问来问去的！"我嘻嘻笑着："我想听你说真话！"桃儿说："我人都给你了，还有啥是假的？"我被噎住了，身上的真货全放了。我搂着桃儿睡了一觉。桃儿是坐有坐相，睡有睡相，连睡姿都像弯月亮。有人说我把桃儿糟蹋了，说不定哪天给她折磨死。这是屁话，桃儿的喊叫，是她内心释放的快乐，不信你瞅，桃儿走在街上，小脸儿明光锃亮的。难道没有我的功劳吗？傍晚时分，桃儿起来梳头。咝咝，咝咝，我爱听桃儿用木梳梳头的声音。天热了，她把长发盘起来，梳个高高的髻，浑身透着神采。我摸着她的发髻，闻到了一股麦子香味。桃儿说："你又嗅啥呢？没有螃蟹味儿吧？"我尴尬地说："没有，那咋会有？"桃儿说："你这狗鼻子，弄得我和麦圈儿都不敢吃螃蟹啦！"我苦笑了："别吃那玩意儿，腥啦吧唧的！"桃儿转了身，淡淡地说："三哥，我和麦圈儿出去办点事！"说完就走了。我不愿意她跟麦圈儿来往，麦圈儿还"卖"呢！但是，桃儿说帮助姐妹走出苦海，我还咋说？

天像是落火，灼人的心。傍晚的风，也热赤呼啦的。我觉得眼皮很重，抬不起来。抬不起来就别抬了，眼皮抬起来也没啥用。我不再想那些煎熬人心的事儿了。农民啊，不光愁眉苦脸，还有乐呵的一面。我一想后院的菜园子，就变得平和，脸上挂起适意的微笑。这个傍晚，日头紫着就下山了，一钩弯月，梦一样飘出来。我走到前院，鸡都进架了，我把鸡窝盖好，独自溜达到了后院的菜园子里。我这人有个毛病，晚上一回到家，就往菜园子一转，培点土，浇点水，自然有乐趣。鹦鹉村家家都有个菜园子，它已经超出劳动的概念了，是我们养神儿的地方。我有这个体会，白天溜达累了，傍晚到菜园子一蹲，闻着各种气息，啥烦心事儿都忘了。我的菜园子很特别，种着土豆、扁豆角、黄瓜、西红柿和辣椒。辣椒旁边是一片包指甲花。鸡们擦着我的裤脚窜来窜去。我摸了一把黄瓜秧的叶子，竟然摸到一只肉乎乎的青虫。我捏了下来，扔在地上，用脚一碾，"扑哧"一声响，就像一股水湿了土地。我用劲大了，一只脚溜到土豆秧子里去了。我弯腰一摸，踩折了一棵土豆秧子。不怕，好在我还有切好的土豆块，已经冒芽了。我抓了一把小铁铲，小心翼翼将折了秧的土豆取出，然后再把土豆块放进坑里，撒点肥，掩上土，浇点水，用手轻轻一摁，心里就踏实了许多。

李敏教授

麦收的一个下午，村里安排晚上唱大鼓，欢迎城里的农业专家李敏教授。

村里杀了一只羊，犒劳我们这些瞎子。我在陈锁柱家熬羊汤。骨头架子放进锅里，咕嘟咕嘟响着，熬出的汤真鲜。我尝了一口，就知道放了大烟壳子，人一喝就上瘾。我正品尝羊汤，烫得我直咂嘴，张晋芳就领着李敏教授来了。"三哥，这位是省农大的李敏教授。"张晋芳把我介绍给对方。李敏握着我的手说："晚上听您唱大鼓喽！"我支应着被张晋芳扶上了汽车。我的鼻子真灵，闻到李敏身上有醋和奶的混合味儿。我一吸鼻子，李敏就笑了："我刚从实验室来，我们研究小麦草呢！"我眼珠子一转，心领神会地说："你研究小麦除草剂呢？"李敏咯咯地笑了："不是，小麦草是一种药品。"

我马上想到双羊说过的小麦胚芽儿。嗨，小麦是好东西，它身上净是宝贝。我们说说笑笑，汽车很快驶到麦河畔。牵涉土地，村委会头头都很重视。双羊、田兆本和陈锁柱都在麦河滩等候着呢。太阳由金色变白，在我眼皮里透出的却是青色，灰蒙蒙的。双羊雇用的农民正在地里干活。李敏下了车，我们陪着她走到地头，一阵嚓嚓的声响，一群老鼠在我脚下滚动而过，带着一股土的气味。土香吸引着我，我听见人们的脚步声在田野里回响。我听见双羊问："李教授你看，这地板结严重不严重啊？"李敏教授说："手感上看，很严重了。回去还要化验！"我插嘴问："到底问题出在哪儿了呢？"李敏说："土壤的团粒结构，是土壤肥力的重要指标，土壤团粒结构的破坏直接导致土壤保水、保肥能力降低了，造成了土壤板结。"她说了一大堆专业术语，我都没听懂。但明白了一个道理，不注重对土地的养护，板结是迟早的事。过了一会儿，我又问："那得啥时候出结果啊？"李敏说："需要经过实地取样、分类筛选、土样处理、试剂调配、仪器分析、数据分析等一系列程序才能得出结论。"锁柱问："土地板结为啥会影响植物生长呢？"李敏说："主要有四大原因。一是植物缺少了无机盐，影响生长；二是植物缺少了水，影响光合作用；三是土壤缺少了氧气，影响了根的呼吸；四是气孔关闭，影响了蒸腾作用。"双羊问："下一步我们应该做哪些工作啊？"李敏说："要多加腐殖质，补充土壤的营养，要把没有分解的塑料全部清理掉，改变土壤的酸碱度。最最主要的，就是要加强村民们的环保意识，这才是根本的整治措施。"双羊叹了口气说："我们这群乡亲，科学养护土地跟他们说了八百遍了，他们就是不听你这套，咳，素质低啊！"李敏叹了一声没说话，却在我们这儿获得了众星捧月的地位。

麦河两岸土地板结的主要症结在一种青肥污染，还有水污染，导致了土壤的污染。我们都感到很惊讶，青肥污染，双羊跟我说过了，别人还不知道。土地流转以后，麦河集团大量使用了美国进口青肥。人们愣住了。我感觉大家都不约而同地把目光转向双羊。双羊大嗓门儿说道："都看我干啥？看着我干啥？"李敏接着说道："农村过去习惯使用未经处理的人畜粪便、尿液浇灌菜地和农田。后来改为化肥、农药，而且用量在不断增加，农药、化肥渗进土壤，通过雨水再流进河里。所以水体污染是难以避免的了。"锁柱咳嗽了一声："奇了怪了，麦河水受污染了？咱们天天瞅见它，咋没看出来呀？李教授啊，你根据啥说麦河水受污染了啊？"李敏说："走，上河边看看去你们就知道了。"

我们一起上了河堤，下了堤坝，蹲到了河岸边。李敏指着河水说道："你们仔细看河水的色泽。"大家都看。我看不着，用手摸。李敏说："天然水是无色透明的。水体受污染后可使水色发生变化，比如印染废水污染会使水色变红，炼油废水污染可使水色黑褐。你们没发觉河水并不是透明清亮的吗？这说明浊度有了变化，水体中含有泥沙、有机质以及无机物质的悬浮物和胶体物，才会产生混浊现象啊！"

大家纷纷捧起一掌心水，仔细观察着。

晚上，喝了羊汤，听了大鼓，第二天李敏带着水和土回去化验了。后来我听双羊说，报告打了上去，陈元庆县长主持了一个协调会。赶上"节能减排"的大气候了，所以推动起来很顺当。省政府批了一笔治水款，县政府召集三家大型私营企业老总，募集到了一笔资金，全部投放到了治水工程上，看来麦河水有救了。但我知道，污染的水不好治理，整治土地板结更不是一天两天的事。

这样一来，李敏教授就成香饽饽了。李敏原本是不想留在鹦鹉村的。受双羊的委托，我设计把她留住了。一个大雨滂沱的傍晚，我刚刚吃了饭，还竖着耳朵听雨，听雨能让我忘掉一些不痛快的事情。这个时候，我接到了曹双羊的一个电话。他说李敏要上我家来算卦，让我好好给她算，设法把她留在鹦鹉村。我明白双羊的用意，说没问题。过了半个钟头，双羊、晋芳带着李敏来了。一阵寒暄过后，我对李敏说："请李教授报上生辰八字来。"李敏说："白老师，我不是来算卦的，也不是来看病的，是想请你给我破解一个棘手的事情。"我打了个愣，嘴上却说："啥事啊？咱们一块分析分析。"

"我有个儿子叫小林，今年十二岁了……"李敏语调低沉地说道。我的心一阵紧缩，连忙问道："你儿子出啥事了啊？"李敏哽咽着说："林林三岁那年夏天的一个下午，我丈夫带他到公园玩耍，碰巧遇上一个熟人，就聊了一会儿。等握别了朋友，回身找孩子却不见了……"李敏小声抽泣起来了。明白了："孩子叫人贩子拐走了是吧？"李敏点点头："九年了，九年了啊，白老师，我是天天想夜夜想，时时盼着我的林林回到我身边。为了找儿子，我们花去了多年积攒下来的所有积蓄……"晋芳说："喝点水吧，大姐。"我叹了口气，对双羊说："厨房有甜瓜，是四乱子送来的大棚瓜。"然后关切地问道："孩子现在找到没有啊？"李敏说："找到了，是去年冬天找到的。我们市公安局破获了一个贩卖人口的犯罪团伙，一个绰号叫黑皮子的人招供，九年前那个夏天，他在金马公园骗走了一个孩子，后来贩卖到了麦河源头青石沟村范老五家。范家不生养,当年以一万五千块钱的价格买下了。范家人对林林倒是挺好,孩子生活得还不错。我跟警察见到儿子的时候,他刚从学校放学回来,我一把把孩子搂进怀里哇哇大哭起来。我们要接孩子回去,林林不愿意跟我们走,又哭又闹的,他已经习惯了乡下生活。最后被我们强行带回了省城。回城以后,我们给他买来了电脑,好玩的玩具,可还是留不住孩子的心,天天闹着回青石沟。一天,他偷了我的钱,悄悄跑回了青石沟养父母家。我和丈夫追到范家,第二次把孩子拖了回去。一到家他就跟我们打起来了,前几天还动了手,举起了椅子砸伤了他爹的脑袋,现在还住在医院里哪。白老师您说我们该如何是好呢?"

我这才明白,双羊向李敏推荐了我,把我的神功吹嘘了一番,是想让我把她留住。双羊和李敏对我都有一个期待。我安慰李敏说:"别急,待我给孩子批个八字看看啊。"然后向李敏要了林林和他爹的出生时辰,摊开左手,用大拇指掐着骨关节,像煞有介事地说道:"这孩子属马,三层火命。哎呀,他父亲属牛为水命,水灭他的火,父子俩相克啊!这就是他从他父亲手里丢失的原因。九年后相见,还重伤了他的父亲。如果不及时分开,还是凶多吉少啊!"李敏吓得哆嗦了,她紧张地拉着我的胳膊说道:"我从来没算过命,是这孩子逼到这份儿上了。宁可信其有吧,白老师您有啥破法吗?"我有些为难地说:"哎呀,这个破法嘛……"这个时候,双羊暗地里踢了踢我的脚。我啥都明白了,就换了口气说:"这孩子是火旺坤土,养母家里注定有土命之人。坤为纯阴,代表大地、坤土、月亮、母性。象征柔顺、安详,以厚德居下,负载万物。牛走顺水,牧羊嘶风,妇唱夫随,顺天而行。"李敏急切地问:"白先生,这是什么意思啊?"

我不厌其烦地解释了一通:"孩子跟他父亲,不宜常厮守。分开一段,相聚一段。也就是说,孩子必须要跟你们分开,过上一段日子才能好哪。"李敏问:"还回青石沟养父母家吗?"我轻轻摇了摇头说:"既然你们把孩子领了回去,最好不要再让他们接触。孩子已经知道了身世,老待在那里对孩子不好。不如找一个跟青石沟相似的环境,让孩子在乡下待上一阵,回城读书一阵,分着来,不能强迫他!"

李敏犯愁了,软了声儿说:"和青石沟相似的地方?哪里有这种环境呢……"双羊见时机成熟了,立刻插嘴说:"李大姐,我看啊,就让小林林来我们鹦鹉村吧。我家房子大,林林自个儿可以单独住一间。另外,我老爹老娘还可以帮你照看着他。"李敏转脸看了看张晋芳。双羊忙给妻子递了个眼色，张晋芳跟着附和道："是啊，就去我们奶奶家吧。"李敏拉着晋芳的手，不好意思地说道："那就麻烦大叔大娘了。"

我们又聊了会儿别的话题，我叹了声说："这些日子我一直在琢磨，咋也琢磨不透，乡下人为啥瞪着两眼非要进城呢？你说城里跟农村比起来除了高楼大厦，车多人多，好哪儿了啊？我们这空气好，有山有水的，都是自然的，吃的菜都是绿色的，咋就留不住有钱人呢？"双羊哈哈笑了，打个气嗝说："三哥呀，你要说这个，我前些日子在网上看见过这么一段写城乡差别的，可逗乐啦：乡下好不容易挂上明星照了，城里又喜欢剪窗花了；乡下好不容易把果子运进城了，城里却要自己采摘了；乡下好不容易把猪养肥了，城里却要吃素了；乡下好不容易烫头发了，城里却把头发拉直了；乡下好不容易会说普通话了，城里却在学赵本山了；乡下好不容易穿上皮鞋了，城里却要穿千层底了；乡下好不容易进城打工了，城里却要到乡下种地了；乡下好不容易进大城市旅游了，城里却要来吃农家饭了；乡下好不容易出门坐车了，城里却要走路锻炼了；乡下好不容易有存款了，城里却要贷款了；乡下好不容易兜里有钱了，城里却流行刷卡了……这下你知道为啥那么多乡下人爱往城里跑了吧？咱们乡下永远跟不上人家城里的发展快呀！"

我抬杠说："我不这样看，将来城里人就想农村了！"李敏由于解决了儿子的问题，便有了聊天的兴致，她对城乡差别有自己的见解："我认为加快城乡一体化建设是个好途径。对于乡村来说，关键是抓好小城镇建设规划，这一来，人们就会感觉这儿有文化。我们的鹦鹉村规划，一定要依托麦河文化。"

双羊为了留住李敏，把自己的宏伟规划说了一遍。没几天，双羊就把李敏母子俩接来了。听桃儿说，林林这孩子可招人喜欢了，圆圆的小脸蛋儿，小笑眼，弯眉毛，皮肤黑红黑红的。初次来鹦鹉村，小家伙好奇还有点胆怯地东张西望，嘴里头嘟囔着："我要青石沟，我要爹，我要娘，我要我的小山羊……"双羊抚摸着林林的小脑袋哄他说："你爹跟你娘上南方打工去了，先住曹奶奶家，好吧？叔叔这就给你买山羊去，你说你还想要啥？只要能弄来，保证一个不少。"林林很快就接受了双羊，接受了曹大娘一家人。双羊笑了，夸奖我又立了一功。我说："你小子真够鬼的，利用我先留住了林林，后留住了李教授。"双羊得意地笑。在我的再三追问下，双羊才跟我透了底细。原来李敏的父亲竟然是李万春，女儿竟然继承了父业，李敏手里掌握着全国领先的小麦种植管理技术。我想起李万春当年在鹦鹉村的遭遇。李万春是省农科院的专家，在鹦鹉村做一个"三超麦"研究课题。"三超"就是产量超父本、母本和对照品种。他的"三超"的配套成功，预示着我国小麦杂交优势即将到来。可是，"文革"开始了，"黑五类""现行反革命"，那个年月触目惊心的罪名都加在了李万春身上。实验室的坛坛罐罐被红卫兵砸烂了，李万春被关进了牛棚。这个时候，一纸来自北京的神秘信函赦免了他，不但让他回到鹦鹉村的试验田上，还下拨了专项研究资金，让他专心继续做"三超麦"研究的最后冲刺。李万春回到了鹦鹉村，还带着专为他配备的两名助手。忙于"抓革命，促生产"的狗儿爷接待了他，给了他一块试验田，还让人买了一百个烧废了的瓦罐，当作培育麦苗雄性不育系的试验设备。可是，天有不测风云，命运总是跟人作对。试验的最后阶段，一个早晨，李万春满心欢喜地来到麦田，眼前的一幕让他惊呆了！昨晚还好端端的麦田，一夜之间变得一片狼藉，麦苗被横扫一光，不知去向，留在土地里的只有七扭八歪的脚印。李万春当场晕倒在地头。这就是当年震惊麦河地区的"4·19毁禾案"。清醒过来的李万春向县革委会报了案。可至今也没结案，一直是个谜。这之后，李万春刚刚有点起色的研究再次陷入低谷，他被下放到煤矿劳动改造了，直到粉碎"四人帮"以后，才重新恢复小麦研究工作。李万春在世的时候，李敏常常听他说到鹦鹉村，说鹦鹉村是麦河流域麦子主产区，那里的水质和土壤最适合长麦子。李敏上班后成了父亲的得力助手。可是，父亲在鹦鹉村的遭遇，让她恨这地方的人。所以，曹双羊几次邀请她，都被她拒绝了。

"原来是这么回事啊，可以写一段鼓词了。"我感慨地说。双羊说："是啊，好在过去的事情过去了，我们都往前看吧！"

那天上午，曹双羊的麦河集团与李敏正式签约。这样的美好时刻，我做梦了。这个梦很抽象，没啥情节可寻。梦里的双羊陪着李敏走在一望无际的田野上，兴致勃勃地聊着。他们聊的是生态农业，产业农业。聊着聊着，李敏忽然惊叫一声，指着田埂上一丛花束问道："那是什么花呀，太美了！花形别致，多像一只只乖巧的小燕子啊！"双羊笑了，说："那叫飞燕草，还叫大花飞燕草，还叫鸽子花，还叫百部草，还叫鸡爪连，还叫干鸟草，还叫翠雀，还叫千鸟花。"李敏像个小孩子似的灿烂地笑着："天哪，有这么多的别名。"双羊说："这种花有药用价值，全草跟种子可以入药治牙疼，茎叶浸汁可以杀害虫。果实成熟以后它会自然开裂，所以得及时采收。它有两个成熟期，一个是在六月，需采收一两次；一个是在七月份，要全都收割下来晒干脱粒，留作备用。"李敏感叹道："还是乡村自然环境好啊，奇花异草的，让人赏心悦目。"双羊摇摇头说："你是看着新鲜，新鲜劲儿一过，你就不这么说了。"李敏侧脸看着双羊："怎么，你现在不喜欢自己的家乡了吗？已经厌倦它了吗？"双羊沉吟了一下反问道："你呢？说说你的家乡吧？"李敏陷入了回忆之中："我的家乡在山东半岛的一个小山村，它只有三十户人家，深藏在群山怀抱中。我的童年少年都是在那儿度过的，它留给我的除了贫穷还是贫穷，可多少年来它一直让我魂牵梦绕，难以忘怀。我一闭上眼睛就会看见家乡后山坡上那漫山遍野的野花，红的白的黄的粉的，一丛丛，一团团，一片片，从我们家门口一直铺到大山外边，一直铺到遥远的天边，真美啊……后来，长大成人的我常常回乡赏花，天上湿润润的，地上潮乎乎的，山上青幽幽的。春天里，我们生活的每一天，都被浪漫地平添了一道风景。于是，你的心底会涌动起一股渴望歌唱、渴望飞上蓝天、渴望亲吻花草的欲望。你知道吗？那是你的生命在飞扬啊！"双羊哈哈一笑："你简直成了个诗人啦，知识分子嘛，都这样。"

　　隔了几天，我接到双羊的电话，他说李敏的儿子林林出事了。我吓了一跳，急忙跑了出去，出门就碰见了郭富九和他儿子郭章。郭富九气哼哼地说："一个城里孩子，跑我们鹦鹉村来撒野了？"我搭话说："富九，你小子嘟囔啥呢？"郭富九大声说："我孙子泉子被林林踢伤了！"我惊讶地问："咋？伤哪儿了？重不重啊？"郭富九说："踢哪儿啦？踢着小鸡巴啦，这不要命吗？"我嘿嘿一笑说："没事儿的，我当啥大事啊！"郭富九跟我发火："我还指望孙子那小家伙传宗接代呢！说得轻巧，废了你，你干啊？"说着就一溜小跑没影了。我来到曹家，曹大娘在家。曹大娘把事情原委说了一遍。

　　曹大娘说："刚才，林林正跟我老头儿坐在家门口玩玩具军舰，郭富九家的孙子泉子看见了，上去就抢，林林不给，俩孩子就打起来了。泉子力气大，到底把玩具抢了过去。林林火了，就扑过去照泉子的裤裆踢了一脚，泉子的小鸡鸡都踢肿了。事情闹大了，郭富九老婆带着人追打林林，很快就围了一群人。你大叔老实，吓得拽着林林躲进家里不敢露面，我听说情况后，赶紧让三拐送泉子去了镇卫生院。医生说，吃点消炎药就可以了。可郭富九一家人不干，硬要赔偿一万块钱。"我气愤地说："唉，纯属借题发挥，郭富九还是对双羊那点气没消呢！"说着说着，郭富九老婆就过来了，不依不饶地说："双羊他娘，你是明白人，咋样啊？"曹大娘说："这得听双羊的。

再说，人家林林是我们村的客人。"郭富九老婆骂："是你的客人，不是我家客人。客人咋了？客人就随便踢人？"曹大娘说："富九家，话不能这么说。钱多少放一边，人家李敏是来帮咱的，咱这么刁难她，人家咋看我们？"就这样，俩女人又争吵起来了。

  曹大娘让我给评理，我很为难，支吾了半天说不出话来。吵架的两个人偏偏是村里的两极代表，一是首富，一是最穷的。都知道我跟曹家亲，替曹家说话，必然得罪郭家和庄户人。如果替郭家说话，把孩子怎么着了，就等于撵走了李敏，那样会对不住曹双羊的。在鹦鹉村，只有我知道李敏和这孩子有多重要。我犹豫着，听见郭家又来人了。郭富九的儿媳也来了。我气愤地喊道："都是孩子的事，有话好好说，还用得着兴师动众啊！再说了，小林是咱的客人嘛！"郭富九老婆对曹家始终敌视，有仇富心理。麦子事件，土地流转签约，她都恨死了双羊。她把对双羊的怨气这会儿都发泄出来了："瞎子，闭上你的臭嘴。敢情踢的不是你家孙子吧？"我故意来点小幽默："我连儿子都没有呢，哪来的孙子？"人们哄地笑了。郭富九老婆大声嚷着："这孩子是哪儿来的？是人吗？专往命根子上踢，这要是日后绝后了咋办啊？我孩子受伤了，也不让他好受喽，不打他半死，我们老郭家决不收兵！我们是穷，穷人就该挨揍啊？"她这一说，在场的村民情绪就都上来了，嚷嚷开了："哪来的杂种？敢在我们鹦鹉村撒野？打这浑小子，打死他！"老郭家的人趁势叫骂着往双羊家里冲去。

  我吓出一身的汗，赶紧让曹大娘关紧大门。

  双羊得了信儿，就急忙带李敏赶来了。

  "站住！都给我站住！"双羊大声叫喊。

  我听见李敏的哭喊："林林，我的林林——"

  双羊安慰她说："别怕，别怕，他们不敢把林林怎么样的。"说着就掏出手机打通了电话。郭富九老婆使劲拍打着门板叫骂着。双羊骂了声："他娘的，你们私闯民宅，是啥罪知道吗？"曹大娘悄悄对双羊嘀咕两句，我没听清说的啥。

  曹大娘抄起门后的一把铁叉，喊道："今儿个你们谁要敢进来，我就当你们私闯民宅，在他身上叉上几个眼儿！"曹大娘的举动把老郭家的人都镇住了。我也十分惊讶。现场猛地沉寂了，曹大娘朝院里喊道："老头子你出来，出来！"曹玉堂哆哆嗦嗦地从屋子里出来了，吭吭哧哧不敢说话。

  曹大娘喝道："老东西，你说话啊，你在现场，到底咋回事？说话啊，你就是一条狗还要叫几声呢！"

曹玉堂终于开口了："是泉子抢林林的玩具，先动的手，林林就……就……"曹大娘对郭富九老婆说："听见了吗，老郭家的！"郭富九老婆蔫了下来，但随后叫喊道："就算我家泉子不对了，可也不能白给我们踢了啊，这可是一辈子的事啊！"我看时机来了，再不说话，曹双羊会怪罪我的。我就对村民们说了这孩子的遭遇，说了他娘李敏来鹦鹉村是来帮咱的，还说林林的姥爷就是当年的李万春。现场一片寂静。大家都惊讶地小声议论起来了。这突如其来的故事，让在场不少人了解了李敏。李敏走到郭富九老婆跟前，将一沓钞票往她手里一塞，说道："对不起，大嫂，我问过医生了，你放心，孩子日后不会有什么事的。这点钱给孩子买点补养品！"

郭富九老婆脸红了，不好意思地捏着钱，悻悻地走了。

曹大娘拉住李敏的手说："都怪你大叔没看好孩子，你可别生我们的气啊。"李敏摇摇头说："不怪大叔，都是林林这孩子太倔了，给你们添麻烦了。林林呢？叫他出来吧，我们回城去。"我一听李敏要走，连忙捅了一下双羊。双羊和曹大娘同时急切地说道："李教授你可不能走啊！"

"是啊，李教授你不能走，鹦鹉村需要你啊！"我也急得喊了起来。

李敏最终留在了鹦鹉村。她把孩子正式放在了鹦鹉村。她对我们说，就冲着三哥、双羊还有曹家一家人也要留下来。她开始叫我三哥了。我心里热热的。天儿说热就热了。八月里的一个炎热的中午，我正和林林在门口吃西瓜，双羊开着轿车过来了，把我和林林往奔驰车里一塞就走。我问："带我们干啥去呀？"林林问："是上麦河游泳吧，叔叔？"双羊嘎嘎地笑了，说："原先我以为，鹦鹉村里头就三哥最聪明，咳，谁想到啊，自打来了小林林就数他最傻喽！"我骂了他一句，也嘿嘿地笑了。林林凑到我耳朵上小声解释说："不是我比你聪明，是曹叔叔前天就跟我说好了，这两天他要教我游泳。"我摸着诚实懂事的林林，心里头涌起一股父爱。

播种冬小麦的时候，李敏来了，她热心地指导着农民播种冬小麦。李敏跟我说，这段日子她越来越深切地感觉到，父亲没有死，他的魂儿还在这儿呢。现在这里生长的，都是他精心培育的三超麦，大片大片，金黄金黄的，那是他毕生的心血啊……她流泪了，泪水的声音我都能听到。

李敏把自己对父亲的思念全部倾注进了麦田。那一年的麦子长势十分喜人，麦子也通人性哩。麦收结束了，李敏的科技成果刊登在中国科学院的学报上。那天上午，她手捧杂志，一直奔跑到麦河边，"扑通"一下双腿跪地。我听曹玉堂说过,这是当年她父亲的试验田。我听见李敏声泪俱下地说道:"爹啊,我们成功了。您的理想女儿为您实现了,九泉之下,您可以瞑目了……"我听了心里头直发酸。双羊叹口气,大大咧咧说道:"咳,这人哪,真他娘的……"话没说完,也不知道他究竟想说啥。过了不久,全省推广李敏在鹦鹉村的经验,搞了一个"科技特派员制度"。李敏的身份是农业科技特派员,她的技术作为股份入了麦河集团的股,相当于一百亩土地入股,年终跟着分红。我对双羊开玩笑说:"李敏可是我帮你留下的,三哥的功劳咋算?是不是折合成股份啊?"双羊拍了我一下,大嗓门儿说道:"你别得便宜卖乖啊,人家李敏给集团创收没你的份儿啊?你那三亩地分红不也增值了吗?喊!"

我苦笑说:"资本家,唯利是图!"

双羊搂着我哈哈笑了。忽然,头顶上边响起一阵"嘎嘎"的唳声,一声粗一声细,迅速划过天空,很快消失在村西的方向了。

李敏愣了愣:"听,什么鸟在叫?"

我说:"我的虎子,这畜生改声儿啦!"

桃儿的世界

许久以来,桃儿又一次陷入迷惘。

桃儿啥都看不惯,常常发牢骚。我没想明白桃儿恼啥。恼就是恼,恼身边所有的人,连我也恼了。来世上走一遭,有人疼,有人惦记,就是福气。桃儿难道不懂这个理儿?看来这女人还是虚荣啊!后来一打听,桃儿在城里的保洁公司出了麻烦事,效益差,姐妹们都跑了。起初,桃儿就算计错了,她满以为人可以改邪归正,群情激昂的时候,姐妹们抱着流泪,发誓找回女人的尊严,那信誓旦旦的样子足可以感天动地。可是,日子久了,臭毛病又上来了,不爱劳动,好吃懒做,贪图享受。这些问题是多年卖淫养成的习惯。习惯演变成习性,就非常难以摆脱。姐妹们一走,麦圈儿继续回到歌舞厅陪舞去了。麦圈儿在以无法挽回的方式毁掉自己。她偶尔到桃儿的保洁公司坐一坐,炫耀一下自己新添了一块手表,嘴巴更加粗俗:"今天真他娘倒霉,碰上了一个老头儿,赖在我身上使了驴劲儿啊!烦死人了,不过老家伙出手还挺大方的。哈哈!"一个姐妹问:"一炮儿给多少?"麦圈儿嘻嘻笑着不说。桃儿没有说话，她变得忧郁、不满和易怒。麦圈儿说得津津有味的时候，桃儿突然大叫："够啦，够啦！你要还想说，就给我滚，到大街上说去！"麦圈儿被歇斯底里的桃儿推倒在地。麦圈儿惊讶地望着她，委屈地哭了。桃儿愧疚地将她扶起来，说啥都是多余。保洁公司是很神圣，但是，经济上不能满足她们奢华的生活。所以，她不可避免需要重新审视她与姐妹之间的关系。她面对自己的失败很沮丧。

　　我知道，桃儿的危机是双重的。除了姐妹们，我们之间也出了问题。那一天晚上，桃儿回来没吃一点东西，牙不刷，澡不洗，直接脱衣裳睡觉了。我心里一沉，不知道出啥事了，伸手摸了一下她的额头，没有发烧，就问："桃儿，这么早就睡觉，不舒服吗？"她还是没搭理我。我不再问了，轻轻躺在她的身边。我的手无意中碰到她的屁股、双乳和大腿，光滑细嫩。可以想见，她当年"裸"在男人面前的时候具有多大的杀伤力啊！我搂着她的身体，怎么也睡不着，那个东西也像废了似的，随着桃儿而沉睡不醒了。尽管事情不大，可我一下子意识到，一件天塌地陷的事横在了我们面前。我感觉到，桃儿愿意承受所有可能的牺牲。她宁可变卖家当，也决不向我诉苦。其实，我已经知道，她的精神危机源于经济危机。她的保洁公司欠发工资，欠交房租，很难再撑下去了。我常常跟她说："人哪，一心不得二用，既然在双羊的麦河集团干，就别干保洁公司了。你太累了。"桃儿说："为了那些好姐妹，我不怕累。"我知道她已经向保洁公司倒贴钱了，这样维持不了多久。这一天，我把自己的积蓄递给她："桃儿，这是五万块钱，你先拿去用吧！密码就写在上面。"桃儿将这张银行卡摔在桌上，又歇斯底里了："你寒碜我呢？我有钱。"我哭笑不得了。在她的潜意识里，我要是给她钱了，我们的爱情就会变质，跟她的"卖"没啥两样了。我只好收回了银行卡。她的精神危机波及了我的心情，我的脑子很乱，想啥都不得要领。

　　桃儿的心结到底在哪儿呢？我能掐会算，但爱情一来，我就失去了分析事务的能力。我们的未来，我一点算不出来，这叫"沾事者迷"呀！人一乱想，担心的事就多了。难道桃儿对我们单调的生活感到厌烦了？那就让她到城里散散心吧。我给双羊打了一个电话，让他带桃儿多出去走一走。双羊就派桃儿到四川成都打市场去了。她人一走，把我的心也带走了。桃儿的情绪的确反常，她走的时候，把被子叠得整整齐齐，褥子推得平平展展，就是没有跟我亲热，她以往出差之前都要在床上闹一回的。没想到她撒野的劲头那么大，我竟被她压在身下。我将她的一只白兔子握在手心里，白兔子弹跳了一下。我用舌尖撬开她湿润的嘴唇，碰到她跳动的舌尖。那感觉真他娘的好啊！今天咋了，桃儿走了，真的要离开我吗？我在心底听到她温热的叹息，同时，又有石头落入麦河的巨响。我牵挂着桃儿，呼吸着乡间的气息，就像桃儿身上的气息。我游魂似的走到街上，异常孤独。我知道这样下去我会寂寞而死。忽然，我听见拴着链子的狗叫了两声。跟着有人说，瞎子，你就让桃儿乱跑吧，小心给你戴绿帽子。我想开了，既然爱她就得给她自由，好多女人没离家，不照样给男人戴了绿帽子？傍晚的时候，桃儿娘给我包饺子。她将饺子递到我手上。我心头一热，哽咽着说："谢谢娘啊！"我一边趁热吃着水饺，一边跟老人说话。桃儿娘说："立国啊，我们麦河土话，春捂秋冻，不生杂病。春天来了，别穿得太少，免得感冒了。"我听出她有话要说，这只是个小序言。桃儿娘继续说："立国啊，桃儿经常不在家，看你一个人，娘这心里不好受。"我淡淡地说："我习惯了，天生的孤独命。"桃儿娘说："当老人的想说几句，你别不爱听啊，我看啊，你跟桃儿不合适。"我听了一个激灵，大声问："娘，这是桃儿的意思，还是你的想法？"桃儿娘说："不，我的意思。在桃儿最困难的时候，是你救了她，她感激你。她是要报恩才答应嫁给你的。"我听得不痛快，低着头，几个指头神经质地抓着头皮说："我不用报恩，我瞎子干了多少好事，从来没指望谁来报恩。娘，你说的不对，桃儿爱我，我也爱她。"桃儿娘缓缓地说："爱这东西，最靠不住了。现在是啥社会，你不可能永远爱她，她也不可能永远爱你。你记得不，桃儿怀了你的孩子，如果不是出了意外，这孩子该有两周岁了。为啥桃儿后来没怀上？是桃儿担心啊，担心孩子生下来被人说三道四，担心孩子会瞎了眼睛，担心以后没有经济基础，养不活啊！"我的心一疼，惊讶地问："怕处有鬼，痒处有伤，桃儿有这么多担心？她咋没跟我说过呀？"桃儿娘叹了一口气："唉，你是她救命恩人，桃儿咋说啊？立国啊，你是好人，应该找个能照顾你的人。桃儿连自己都照顾不了，还能照顾你吗？你俩再往前走，就会双方痛苦。耽误了你，也毁了她。"我嗓子里像是卡了鱼刺："娘，你不了解我。桃儿可以找到比我英俊，比我有钱的男人，但有一点，谁也比不了我。我拿她当自己的命。我不图她啥，我让她快乐，让她幸福。当危险来了，我愿意拿我瞎子的命换来她的生。你相信吗？"桃儿娘说："我信，我信。"然后就不说话了。我听见桃儿娘用袖子抹眼泪的声音。

　　桃儿娘一走，我的心就塌了，浑身哆嗦，像大祸临头一样。我把梦做得越来越美，梦到我与桃儿白头偕老。这究竟是桃儿娘心血来潮，还是桃儿走前的透露？没有了桃儿，我可咋活？医治眼睛还有啥意义？我一时想到自己的处境，流下两行热泪。桃儿为啥痛苦？为啥逃避？我每日摸着虎子，这样寻思着，但一切可以推想的结论都不合适。一切要等桃儿回来，我要亲口问她。虎子在暗影里叫着，像个女人嘀嘀咕咕。虎子似乎明白了我的心思，飞出去了，回来站在我身边，我伸手一摸，摸到它嘴含着的一根麦穗。我的脑袋轰然一响，对呀，桃儿也在蜕变着，她的蜕变同样也不能离开土地啊！我要带桃儿到土地里去，那儿有招魂的东西。

桃儿终于回来了。她给我买了好多吃的，穿的。她亲热地喊我："三哥，想我了吗？"我一把抱住了她，泪流满面："哪只是想啊，我都要死了。"桃儿擦着我的眼泪："咋着了，还把死挂在嘴边？这可不是你三哥的状态啊。"我说："我做梦了，梦见你不要我了。"桃儿吻了吻我的额头："傻话，我死也不会离开你的。只是，最近我好像病了，眼前总有蓝色，像一个陷阱。"从她说话口气里，我发现了抑郁症的前兆。因为我的脑海里深刻着桃儿的迷人的风姿，并没影响我对她的向往。桃儿让我试穿衣裳，然后就给我熬药，房间里立刻弥漫着中草药香气。香气在我的房间里飘来飘去，经久不散。吃了晚饭，我给桃儿唱了一阵大鼓，唱得我很兴奋，也很紧张，我一直在猜度，她今天的欢笑是不是装出来的？我说："桃儿，我们好好谈谈吧？"桃儿说："好啊，等我忙过这几天。"有一天，桃儿需要我陪同她去应酬一个饭局。我问她有没有双羊，她说没有。没有双羊的时候，桃儿一直没有动用过我，今天是咋了？她让我陪一个叫宋天明的客户，听说这人长着大脑袋，外号就叫"宋大头"。桃儿叮嘱我，不要让对方看出我是盲人。到了酒桌上，我们握手，寒暄，说笑。我对着他，眼睛炯炯放光，对桃儿饱含深情。桃儿对我的表演非常满意。可是，没几天，宋大头就知道我是瞎子了。这狗东西主动找上门来了，抓着我的手说："大哥，你是盲人，娶这个俊老婆干啥？不是浪费嘛，不如让给我得了。你提个条件，我一定满足你！"我压着怒气问："是桃儿让你来的？"宋大头说："不，我偷偷来的。我真的爱她啊！"我黑着脸说："给我滚蛋，不走，我可就不客气啦！"说着，我就招呼虎子做准备了，宋大头灰溜溜地跑了。桃儿回了家，我跟她一说，她笑得前仰后合。桃儿说："谢谢老公，这家伙挺难缠的。老公啊，我跟你说，我宁可让他退货，宁可受穷，也决不跟这号人上床，你放心。"我更正说："不是不跟他上床，除了三哥的床，谁的床都不上。"她搂着我的脖子笑了，笑够了，桃儿往炕上一躺就想睡觉。我一把拽起了她："桃儿，别睡，别睡，我要问问你了，这一程子[1],咋一见到我就想睡觉?是不是嫌弃三哥啦?"桃儿愣了一会儿,喃喃地说:"三哥,没有嫌弃你,我哪有嫌弃你的资格啊?我这阵子心情不好,请你原谅我,原谅我好吗?"我一下子都明白了,我的判断是对的,她遇着精神危机了。我抓着她的手说:"走,跟我走,我们到野地里去,那儿能治你的心病。"桃儿愣了愣,问:"这么晚了,我们上哪儿?"我死死地攥住她瘦弱的胳膊:"你就走吧,到了你就知道了。"

我点燃了那盏灯笼,挑着明晃晃的灯笼走出院子。我的大脚片"噗噗"地踩着地皮,桃儿就挺直了腰板儿。桃儿犯死心眼儿的时候,还会很疼我。她牵着我的手走着,像是牵着一个孩子。她还千叮咛万嘱咐的:"小心别跌了啊!"走出了村庄,感觉起风了。桃儿逗我说:"你这人顶风臭十里,何况是顺风?"我笑了笑说:"我就好比臭豆腐,闻着臭吃着香。"我们说着话,走上了羊肠小路。桃儿见我朝墓地去了,就吓了一个哆嗦:"三哥,找鬼魂说话去啊?你就是这样给我治病吗?"我说:"别怕,别把坟地看成鬼魂,你不知道,那就是一片土地,一片特殊的土地。我给你算过了,你的心病,只有土地能够医治。"桃儿半信半疑地说:"真的吗?"我们说笑着就到了墓地。各种声音一同扑进我的耳朵。一只蛐蛐在泥土里叫着,蛤蟆在水坑里喊着。这个时候,桃儿就不怎么害怕了。我放下了灯笼,她的胸脯紧贴着我。我跟狗儿爷说:"狗儿爷啊,我和桃儿看您来了。"狗儿爷咳嗽了两声:"瞎三儿啊,难得你和桃儿啊,双羊这畜生,算是把祖宗忘光了。"我大声说:"别怪双羊,他太忙了,他的麦河道场方便面,已经在全国打开了市场。桃儿就是他的销售经理啊!"狗儿爷嘿嘿笑了。我捅了捅桃儿:"你听见狗儿爷说话了吗?"桃儿轻轻摇头:"没听见啊,光听你像叫驴似的瞎嚷。"我明白了,除了我瞎子,谁也不能跟鬼魂对话。我扶桃儿坐在一个土坎上,跟狗儿爷说了说别的。狗儿爷说:"桃儿你可看紧着点,这阵儿阎王爷专收少妇,前两天,下鹦鹉村的一个小媳妇跟丈夫吵架,跳麦河自杀了。"我吓了一跳,说:"她凭啥跳麦河啊?"狗儿爷说:"她丈夫赌博输了钱。"我叹了一声:"她不走运,要是碰上我,让她摸一摸虎子的羽毛,准不想跳河了。"狗儿爷说:"你别管人家的事了,管好你自个儿的事就不错了。"我嘿嘿笑了,忽然记起了狗儿爷讲的千年草籽变鱼虾的故事。

本来我想让狗儿爷讲给桃儿,既然她听不见,还是我来讲述吧。

---

[1] 程子:一段时间。

我抱来了一些干树枝，点燃了一堆篝火。我和桃儿坐在了火堆旁。我到草丛里抓了一束草让桃儿来看。女人是需要男人来点拨的，一点拨就转了。我沉静地说："桃儿啊，这是蓑衣草，也叫茅子草，我想跟你讲讲蓑衣草的故事。这种草先长茎秆儿，然后像麦子一样结苞抽穗。我小时候，经常到河边割这种草当柴烧，还可以编蓑衣，就是过去农民下地干活必备的雨具。"桃儿说："我知道，小时候也割过这草，细长叶，三棱形状，味道挺香的。"我长叹了一声说："就是这种草，在草里却不招人待见，没听一首歌谣唱嘛：大眼沙，蓑衣草，蒺藜狗子真扎脚！蓑衣草不管人们咋看它，它都顽强地生长着，它的根就像芦苇的根，一棵蓑衣草的根可以延伸好几米。"桃儿从最初的恐惧中沉静下来。我仰望着星空，等待着桃儿说话。桃儿似乎有所感悟："你说这草就像我吧？我就是不招人待见的女人啊！"我捅了她一下说："瞎说，你咋不招人待见啦？桃儿可是人见人爱的。三哥跟你说的是，不管别人说啥，只管走自己的路！"桃儿静静地说："心冷到了极处。听你说到蓑衣草，心里倒生出了一点温暖。"我说："这就好。"桃儿痛心疾首地问我："三哥，难道我的罪孽还没洗干净吗？三哥，我跟你说心里话吧，等给你治好了眼睛，我就想一死了之。啥事儿都不能如愿，活着哪还有劲头啊？"我心里一咯噔，她肯定是感动了，承接了蓑衣草和土地的气息，才如此对我倾诉。我说："桃儿啊，你能跟三哥交流，我就很高兴。你以为蓑衣草的故事讲完了？没有，精彩的还在后头呢！"桃儿抓着我的胳膊摇着："你说，你说，我还想听。"我轻轻一笑说："桃儿啊，不知道你听过没有，一个干枯的大坑，突然下了一场大雨，或是刚刚放进了麦河水，没有几天，这里边就有成群结队的小鱼了。为啥？这些鱼从哪儿冒出来的？狗儿爷跟我说，这是陈年的鱼卵变的。这些鱼卵从哪儿来的？狗儿爷又说了，鱼卵是草籽变的，蓑衣草的草籽啊！草籽变鱼卵，时间太长了，那坚韧的等待，让我们肃然起敬啊！还有，鱼卵在干枯的水塘里，要沉入坑底的淤泥里，沉睡几十年，忽然来了水，它们就变成了一条条美丽的小鱼。所以说啊，这叫千年草籽，万年鱼虾。"桃儿颇有感触地说："唉，不公平啊，蓑衣草这么大贡献，人们还要贬损它，哪讲道理啊？"我说："人不能两眼盯着不公平，要往前看。蓑衣草籽变成了鱼卵，鱼卵变成了鱼。这就是蓑衣草自身的价值啊！"桃儿抚摸着蓑衣草，久久陷入沉思。

篝火炙烤着我的脸，眼睛烤疼了。桃儿往火堆里加了一点树枝。桃儿喜欢用强烈的方式来表达内心想法，今天却没有动静。我毫不留情地说："你想死了,真的。"我一下子说到她心里去了。桃儿说她吓了一跳:"啊,你咋知道我在想这些?难道这世界真有灵通术吗?"我感到她的颤抖过于强烈,她把头埋在我的胸前说:"三哥,你就是我的精神支柱。蓑衣草籽变成鱼卵,蓑衣草并没有想让人知道。它对不起自己!当时机不成熟的时候,草籽就耐心等待。我还不如草籽呢,我太缺少耐心了。这一阵子,我的情绪低落。张晋芳的话粗鲁无礼,含着讥讽和挖苦,不,哪是挖苦?是毒辣的打击。麦圈儿她们就是不争气,好吃懒做,贪图享乐,保洁公司都干黄了。你知道,女人都是脆弱的。"我说:"还有一个原因,我们之间的关系,你开始怀疑了,怀疑我们能不能走到头。你想治好我的眼睛就离开我!对不?"桃儿惊讶地说:"你咋知道我动摇了?"我自信地说:"这世界还有我瞎子不知道的事儿吗?你知道吗?我感觉到你的心情,我的心疼了,疼得天昏地暗,难道这就是报应吗?"桃儿哽咽了:"我就不痛苦吗?我是真爱着你啊!我经历过这么多男人,包括双羊,只有你给了我爱的信念。可是,这个信念比啥都脆弱,一不小心就会破碎的。所以,我小心呵护着。呵护管用吗?男人啥都不怕,就怕不成功,其实就是怕没钱。女人吧,啥都不怕,就怕不漂亮。女人老,先老脖子。我伸手摸了摸脖子上的赘皮,松弛,皱褶。我很伤感,我该咋办?"桃儿被风吹散的头发在她俊俏的脸上拂来拂去。我张着嘴巴,空空地张了许久,竟然没吐出一个字来。桃儿继续说:"保洁公司一亏损,我就恐慌了。你救活了我,我曾经暗暗发誓,我要凭自己的劳动挣钱,自己挣钱养着你。双羊的钱,我也没要。有一天,如果我不能养活你了,我就离开你。我想证明自己不是卖的,我过去犯了错,今后肯定不会了,就是走到穷途末路,我也决不会再卖的。我只能做出这样的选择。"我一把搂紧了桃儿:"我知道,可是,我想养活你。我想治好眼睛,我内心多么着急啊!我要出去挣钱啊!"桃儿吻了我一下,温情地说:"只要两个人相爱,别的都不重要。离开救命恩人,离开自己最爱的人,是一件多么难受的事情。我冷静的时候,曾悲哀地想,我是不是又堕落了?"我把眼睛一瞪,气得牙齿打战:"嗨,你咋这么想呢?"桃儿说:"如果运气与我无缘,晦气驱之不去,我不能给你带来幸福,我只能离开了。"这话意味深长,让我吃了一惊,搓手叫道:"你搞错了,真的搞错了。我愿意跟你一起承担啊!"她默默地吞着眼泪,咸涩的泪水浸泡着她不愿回首的往事。我说:"桃儿啊,尽快走出生活的阴影吧!你是勇敢的女人,我们都有勇气。"桃儿抓着我的手说:"你总是担心我,我今天又明白了许多,我不放弃寻找,我相信未来……"她已经泣不成声了。

歌声灿烂

我来到了墓地，狗儿爷又给我讲故事了。

狗儿爷一叹："那个年代的事啊，几天几夜都说不完。山堂死了，玉堂、生堂和显菊三个孩子渐渐长大了。玉堂眨眼就到了成亲的年龄，对象也有了，叫陈美芬。"我插嘴说："我知道，陈美芬就是今天的曹大娘。"狗儿爷说："要说，当初美芬娘家想攀上我这大支书，图个腰杆硬朗，等到亲密接触之后，才知道我家是驴粪球子外面光，穷得叮当响。美芬父母就有点不心甜了，不想让孩子往火坑里跳。可人家美芬说，玉堂是厚道庄稼人，要说穷，咱村人不都穷吗？她说她不想当那种嫌贫爱富的人。父母反对，她还是哭着闹着嫁给了玉堂。就这事儿，美芬在这一带可出了名，露了脸。可是，过了门儿，她才知道苦日子比黄连还苦。她好强，爱面子，非要跟自家父母赌一口气不可，白天跟着出工干活，晚上还要照顾婆婆、纺线织布。不久，就怀上了凤莲。"

我说："凤莲是好人啊！就是命苦哩！"狗儿爷没搭我的腔，继续说："你知道，玉堂窝囊，美芬性子爽直，她可会撑门面哩！我老是觉得对不住儿媳妇。想自己身为村支书，粮食不够吃，东家借了西家借，日子过得如此寒苦，对人家美芬不公哩，一家人劳动一年还背了一身的债。不是钱债，就是粮债。我每天早上还要到路边、村头背着粪筐拾粪，乡亲们背地里都叫我'粪筐支书'。"狗儿爷说着，我却在思索一个严峻的问题：还是这点地，还是这些人，咋就越来越穷呢？狗儿爷声音沉重起来："借粮吃的滋味儿真不好受。自家总借粮，弄得我灰头土脸的，说话也不硬气了，抬不起头来，人穷志短啊！每天早上一睁眼，脑子里只想着一样东西：粮食。这一年春节刚过，我家又断粮了。我到陈发家借粮，陈发的儿子陈元庆饿得正哭呢，就没好意思张嘴。我想了一个办法，让玉堂带着弟妹上野地里头挖野菜，搀进谷糠，蒸菜饽饽吃。结果吃得肠子里头挤大疙瘩，拉不出屎来，拿手抠，拿小棍子扒拉。可也是，粮食每年都按人头分配，都只有自己的一份有限的口粮，谁家也不特殊。找谁借粮啊？大队会计同情我，曾经豁免过我的一百八十斤借粮。这一年，鹦鹉村粮食还算增了产，生产队除了公粮、余粮、平均口粮和饲料粮，我让会计又留了一些超产粮，这粮是我和其他大队干部掌握的，谁的工分多就奖励谁。"

我听着狗儿爷的话，觉得肚子里咕咕叫唤了。

狗儿爷说："记得那是1977年夏天的一天，我正在麦河河堤上溜达，迎面跑来了两个民兵，向我报告说，枣杠子和他爹张大庄在乱林子下头偷偷种了块黑地，让他们巡逻的抓着了。我一听就炸了，啊？种黑地？这还了得，这要蹲大牢的！我对两个民兵说，把他俩押到大队部去。我就急着往回跑。张大庄爷儿俩被押到了大队部，浑身哆嗦着，四只眼睛惊恐地看着我。我一拍桌子，怒吼一声。张大庄吓了一跳，两条腿一软就栽到地上了。枣杠子也跟着跪下了。我指着这爷儿俩骂道，你们简直他娘的吃了豹子胆了，胆敢偷着开地？啊？不想活啦？张大庄害怕了，他说寻思那是山坡荒地，凑合着种点啥得了，这不是向曹老大学习嘛！我上前踹了张大庄一脚，骂道，你这是放狗屁！我爹开荒那是啥年月，现在又是啥时代啊？你还向我爹学习，脑袋叫驴踢了不是？你这个地主狗崽子，纯粹是活腻歪了！转身对身后的两个民兵说，把他俩关南边那个屋去，没我的话不许放出来！"

我对张大庄没啥印象，枣杠子倒是我的朋友。我埋怨狗儿爷说："你也是的，关张大庄我没意见，可是，这枣杠子是从犯啊！他爹让种，他敢不种吗？"

狗儿爷嘿嘿一笑："我知道你跟枣杠子好，可你听我往后说呀！关了张大庄父子，我心里这个解恨哪！能不解恨吗？想当初，大地主张兰池占我曹家地，还把我爹送进了大狱，我能忘了这仇恨吗？我心里头也明镜儿似的，张家跟曹家也有仇，张兰池不是让我给埋的吗？他们张家也不能忘了。我根儿红苗正，他们是地主，革命的对象，我只要把他们非法开垦黑地的罪行往上一报，他们可就惨了。真成了反动典型了！"我摇着狗儿爷的泥像说："你个老家伙，手下留情吧！"狗儿爷说："三儿，当天晚上，张大庄老婆孟春花领着家人哭着喊着涌进了我家，乱哄哄跪了一大片，磕头倒蒜地求我放了张家爷儿俩。不大一会儿，曹家门口围上了不少社员，墙上趴满了大人和孩子。我凶巴巴地吼叫一声，都给老子站起来，现在是社会主义时代，看谁还敢磕头下跪的？这不是搞封建社会那一套嘛！这句话真管事，张家人全都爬起来了。孟春花鼻涕一把泪一把地说道，支书啊，我们往后再也不敢偷着种地了，那点粮食，我们都交公还不行吗？秋后也得打上千斤粮食哪！您大人大量，就放了我们吧！我断然高声说道，不行，等开了批斗会才能放哪！我早就打算好了，要借这个机会好好斗争一下这狗地主的后代。我让几个民兵糊了两个纸帽子，给这爷儿俩扣脑袋上。我亲自在大喇叭里喊，全村人凡是能动弹的一律站到街上，等着看张大庄父子游街。游完街都到大队部门口开批斗会。那年月，政治斗争谁也不敢怠慢，稍有不慎就有可能成为下一个被批斗的对象。因此，我喊完不大一会儿，街筒子里就站满了人，说话的、喊叫的，乱哄哄的像一个集市。"

我咧着嘴巴说："唉，你可真够狠的。"

狗儿爷说："狠？我还帮了他们哪！人们谁也没想到，就在要给张家父子问罪的时候，我却突然改变了主意。我的狗脑子猛地打了个闪：枣杠子他们爷儿俩种的五亩山地，为啥比队里的好地产量高呢？这里边是不是有啥诀窍呢？于是，我就把枣杠子叫到大队部。我不能叫张大庄，这老家伙滑头，不说实话。枣杠子年岁还小，一拍桌子一瞪眼，他就招了，他说，没啥绝招啊，我们就是精心伺候那点庄稼了呗！可把我们累坏啦！我不相信，可又实在找不出不相信的理由来。庄稼没里儿没面儿，谁待它好它就给你生长得好。咋待它好？庄稼人心里头都清楚。张家爷儿俩启发了我，我一下子恍然大悟了：对呀，寅吃卯粮的情况年年发生，在大集体生产方式下，农民有几个人尽全力劳动了？都没有积极性啊！我想来想去，不把张家父子种黑地的罪行材料上报了，在村里游街、批斗完以后就拉倒了。有了我的保护，张大庄爷儿俩没有被镇压，只是把张大庄关进了大队里的牛棚，待了三天就放出来了。这个黑地事件，多少让我们两家的紧张关系缓和了不少。这之后，我跟大队其他干部商量，悄悄在上鹦鹉村来一回土地革命，具体想法是，把队里的土地包给各家各户，秋后每亩地上交五百斤粮食，多打下的粮食归自己。我把这种做法叫作'借地与民'。一个队干部提醒我，是不是跟上级请示请示啊？我说不能说不能说。好几个干部质问我，上面怪罪下来咋办啊？我说，你们傻呀？上面怪罪下来，还有一个借字顶着，这一借，没有改变土地关系，但是，农民的劳动劲头上来了，地多打粮食了。多打粮食支援社会主义建设了。这还有啥错儿呢？大伙儿一听是这么个理儿，就都不再说啥了，举手通过了这个提议。我家带头借了地。我特意召开了全体社员大会，宣布了这项借地方案，嘱咐社员们不许说出去，上级知道了不让借了，这点实惠就丢啦！第二天上午，上鹦鹉村就悄悄进行了分地，分到地的社员心里头开始勾画美日子。家家都憋足了劲儿，精心侍弄地里的庄稼，看谁秋后余粮多！这一年，两季庄稼长势很好，喜获丰收了。各家把各家的产量都报到会计那里了。我从县里开'三级干部会议'回到村里，会计就把分配方案搞好了。交了公家的，我家可提留七百多斤粮食，这个数把我给吓了一跳。其实，我这支书，心里也没底，这是真的吗？这些年颠三倒四、瞬息万变的政策，让我和农民们心里头有了阴影，生怕再节外生枝。当确信是真的，一下子觉得肚子叫开了，光想着跑回家狠狠地吃上一顿饺子。不怕你笑话，那年月吃饺子，我从来没吃饱过呀！"

我嘻嘻笑着："别吃多了，撑死你！"

狗儿爷笑道："你懂个鸟啊，那年月哪有撑死人的？'借地'跟大包干还不一样，自家提留粮的分配还是由生产队执行。这一天，天气晴朗，我满脸喜悦地喊，各家都准备好，现在都上大队部分粮去啦！郭富九在一旁喊，支书啊，不变了吧？确凿了吧？我狠狠地骂，还能变到哪里去？不变啦！安徽小岗村农民已偷偷开始'包产到户'啦，他们是冒着坐牢的危险干起来的！都在纸上按了血手印呢！郭富九乐得直劲儿拍巴掌，再蹦了个高，口袋里一粒黄豆窜出来。分粮那天，大伙儿都兴高采烈地来了。仓库里，麦子和秋粮堆成了山。大家开始往这儿聚拢。我往人群里看看，看见了陈发媳妇，想起她挨饿时死的孩子，就说，陈发媳妇你过来，第一个分给你！人群忽然静了下来。人们的双眼都盯着陈发媳妇。陈发媳妇脸红了，吞吞吐吐，迟迟疑疑。陈发望着我说，瓜菜代的时候，是狗儿爷带我们挺过来的，今天，借地这法子也是狗儿爷提出来的，他是冒着坐牢的危险啊！我看啊，应该先让支书第一个称粮！众人都叫好响应。你说呀，我能不感动吗？我走到过秤处。玉堂和小香都围了过来，司秤员开始称粮食。粮食越堆越高。我默默地望着，心头的苦闷一下子没了，泪水流了满脸啊！当我揩着泪水向大伙儿点头微笑时，许多人都跟着我流泪了。有的妇女哭出了声。这是喜悦的泪水，欢笑的泪水啊！最终，乡革委会领导们知道了上鹦鹉村搞的借地活动，不但没有查处我，反而在上鹦鹉村召开了一个现场会，号召全公社都推行借地运动。我乐了，站在麦河畔笑得可开心了。"

我佩服地说："狗儿爷，过去我崇拜你爹，现在我崇拜你啦！"狗儿爷说："别给我戴高帽儿！我有啥本事？都他娘是逼出来的！1978年的年底，这一年，鹦鹉村跟全国一样，发生了惊天动地的大事。你小子知道是啥吗？"

我笑着说："那谁不知道？土地联产承包了！十一届三中全会召开，中央肯定了'包产到户'。还把荒山、荒坡、荒滩作为自留山、自留坡、自留滩全部下放到户，由集体发包到农户经营，三十年不变。还把生产队的牲畜、羊只、农具等固定资产作价到了农户。随着'大包干'的推行，过去单打一的以粮为纲的耕种模式就被推翻了。我家也分了地，还得了一头大骡子！"狗儿爷感叹地说："你小子瞎是瞎，脑瓜还灵。我跟你说，小麦返青的季节，我们曹家也分到了土地。我带着一家老小到了我家坟地，在我爹的泥塑前，分两排跪下，声音颤抖着说，爹啊，咱家的地，就是您开垦出来的荒地，政府又分给咱曹家了，您老就安息吧！儿子向您保证，我们一定侍弄好咱家的地，种好庄稼多打粮食，支援国家。儿子带全家给您磕头啦！磕完头后，我又领着全家人到自家承包地走了一遭，最后来到了麦河滩。我记得双羊也来了。我孙女凤莲还捏了一堆面花过来，放在我爹的坟头，还唱了民歌呢！"我马上来了兴趣："凤莲会唱歌？她咋没给我唱过呀？你给我学学。"狗儿爷声音哑了："得了吧，我可唱不了，谁不知道我五音不全么？"我说："你爱唱不唱，你不唱我也能听到。"狗儿爷说："你让凤莲给你唱不就结啦？"凤莲病成这样，我能逼她唱歌吗？我早想好了，问虎子，这畜生会托梦给我的。今天就谈到这儿了，我带着好奇回家了。

桃儿一直感冒，我连续歇了两天，在家里陪桃儿。我有空儿就跟虎子喝酒了。虎子一沾酒，我就问它凤莲唱歌的事。虎子对凤莲的歌声记忆犹新。我的幻觉飘来了。凤莲唱的是一支优美深情的歌。虎子听见了凤莲的歌声。在虎子的记忆里，这是凤莲最后一次唱歌，纯净甜美，声声动情：

  我感激大地母亲的慷慨馈赠
  大地母亲的梦想就是我的梦想
  土地更加肥沃
  河水汹涌流淌
  太阳普照大地
  雄鹰蓝天翱翔
  我为每一个梦想信守承诺
  我为每一次奉献而忍受挫折
  我为谁而死
  我在哪里倒下
  为一朵花儿死去
  为一棵麦穗儿死去
  是值得的
  也许

正是由于这不可抗拒的召唤
　　我选择歌唱

　　过去了三天，桃儿的病好了，我才到墓地跟狗儿爷继续聊天。狗儿爷的声音有些疲惫："还说啥呀？大包干以后？不是都说给你了吗？"我火了，骂道："我两天没来了，你说给鬼了吧？"狗儿爷声音有些呆滞："我就是鬼，难道我说给自个儿听？连续三年大丰收，上鹦鹉村百姓扬眉吐气了，自然也乐坏了我。生活好起来了，我的支书好当了。我跟别人不一样，有的村官觉得丢了权，哼哼唧唧，愁眉苦脸的，我却不这样想，我很高兴。我不用再领着乡亲们出工了，不用再盯着那些出工不出力的人做思想工作了，不用再为乡亲们吃不饱饭而忧心忡忡了。一下子我闲了下来，闲下来我就觉得身子骨儿好像散了架一样连接不上了，浑身软塌塌的。俗话说：人没有吃不了的苦，只有享不了的福。这话还真有道理。这不，我闲下来了，不用像大包干前那么操心了，该享福了，可偏偏享受不了，得了糖尿病。病得上了，除了造俩钱儿就只有受罪的份儿了。人啊，最没良心的就算人了。就说我划给军队的那片土地吧，当时，这救了村人的命，现在大家又都嚷着要地。那支部队调防到别处去了，留下了一个农场。我们的土地依然占用着，有了自家土地的庄户开始和军用农场争水灌溉，他们忘了当年子弟兵的好处了，跟农场闹起了矛盾。农场领导找到我请求调解军民矛盾。我和村民讲，当年部队是咋样帮助的我们，要求大伙儿还像以前那样爱护子弟兵。可是没人听我的，甚至当场起哄。有一天，韩腰子兄弟韩四，跟军人在麦河河口争水动手打了人，对方一直没还手。我气得够呛，赶到现场照着韩四的屁股就是一脚，韩四回头一看是我踹了他，这小子伸手一推，我差点儿摔个仰八叉，周围看热闹的人一片哄笑。人们越来越不拿我当回事了，我心里非常失落。他们拿我这豆包不当干粮啦！不久，我的糖尿病越来越重，眼睛出现白内障，并发症来了，眼睛跟你一样，很快就瞎了。我辞去了村支书职务不干了。无官一身轻啊。我常常独自一个人站在麦河河堤上，一动也不动，一站就是大半天。谁叫我都没反应。"我吓了一跳："你是不是病啦？"狗儿爷说："这年冬天，显菊出嫁了，嫁到了外乡。我的大儿子玉堂就成为这个家庭的顶梁柱。说是顶梁柱，还不是因为他是个男人，其实他当不了这个顶梁柱。他是个慢性子，家里家外都拿不起放不下的，实际上，家里大事小情都是他老婆给撑着。"我说："玉堂大叔对土地有着一种天然的喜爱，不过，他跟你喜爱土地的方

311

式不一样。我还听说一件事儿哩,包产到户那年秋天,玉堂大叔带着老婆到新分的土地上劳动。一天黄昏,曹大娘给他送来了红糖水,喝完他抓住老婆的手说,今儿个咱别回家了吧。曹大娘问,那咱住哪儿啊?他一指脚下的土地。老婆吃惊地问,你说在咱家地里过夜?他点点头。大娘明白了他的心意,说了声,我去拿被褥来。玉堂大叔一把拽着老婆,一边说,还要啥被褥啊!这土就是被啊!曹大娘就跟着他躺下了。他和老婆并肩躺下,背贴着暖暖的大地,望着满天的星星,闻着土味儿,陶醉了。听说,大叔把那事儿都干了,自己身下是女人,女人身下是泥土,自家的泥土哩。曹大娘咯咯地笑,泥土和人连成一体分不清谁是土地谁是人了。"狗儿爷问:"三儿,你是听谁说的?"我嘿嘿一笑:"你不知道吧?虎子说的。"狗儿爷一叹:"这畜生!没长一张好嘴!这不,美芬怀上了小根。小根又要出世,又要多一张吃饭的嘴,玉堂有了压力啊,一家人吃喝都得向土地要。这个冬天,天还没亮,北风呼啸,大公鸡就开始打鸣了。咱村家家都有公鸡,美芬挣扎着坐起来,一边穿衣裳一边对玉堂下命令道,快到地里给冬小麦浇水去吧,晚了就被别人抢走了,快点!玉堂舍不得热被窝,没好气地说,鸡叫头遍就轰我,你该成地主周扒皮啦!叫我再睡会儿吧!美芬心软了,好言好语多开导,没人逼你,不是你想干吗?麦田三分种七分管,人勤地不懒。早一点动手,麦子就会有好收成。我们这样的平民百姓,为了双羊成家立业,为了凤莲有个好嫁妆,不拼命干,我们有啥好法子啊?玉堂听老婆这样说,不好再懒了,就闷闷地穿衣裳,披着满天繁星走了。临出院子的时候,玉堂听见我的咳嗽声。我瞎着眼睛,整天骂街。我把他叫住了。玉堂摸进我的屋子,小声问,爹您有啥话?我说,天儿冷,一大早出去别冻着,多穿点儿。玉堂说,爹,我都多大岁数了,还用得着你操心,安心睡你的吧。我们说了几句话,就把双羊说醒了。双羊跟着我住厢房。玉堂摸摸双羊的小脑袋,说了句,双羊,睡吧。就要往外走,双羊麻利地穿好衣裳,非要跟爹去地里浇水。我说就带孩子去吧。玉堂就带小双羊去了。我喊,别冻着孩子啊!人家没理睬我,爷儿俩摸着黑到了麦田,玉堂回来说,双羊很爱干活的,干起来还有点门道。"

我知道,这年夏天凤莲高考落榜了,曹玉堂已经给她分配了角色,跟着家人修理地球吧!曹玉堂似乎只有到这时,他才觉得自己是这块土地的主人。他的耕作技术是村里数一数二的,收秋时被县里头评上了售粮状元。

狗儿爷继续说:"这个时候,村里已经有不少年轻人进到城里打工去了,年轻人早就不安分了,一副天不怕地不怕的样子。玉堂不动心,他把那些外出务工人员扔下的撂荒土地承包过来，小麦种植面积越来越大。那几年可能是他最忙的时期，最丰收的年头，家里的麦子堆得像山。到了收成时节，玉堂满村子乱跑，满面红光，到处炫耀着自己的收成。从农民对职业的专注与技能方面来说，他是村里公认的种田好手，五谷丰登，夫复何求？我觉得这是曹家的最好时期。说不清从啥时候开始，平静的鹦鹉村悄然形成了养殖香菇的热潮，这让玉堂有些始料未及。没过几年，田间地头，堆的不再是黄澄澄的麦子，而是村民搭起的菇棚。越来越多的村民种起了香菇，一发不可收拾啊！玉堂固执，他没有丝毫的动心，依然在耕他的地，常常独自一人扛着锄头往地里走，照样哼着小曲。后来，当他看见一个又一个村民骑着自行车驮着空筐，口袋里鼓鼓囊囊地走过他跟前时，他漫不经心地问，卖多少钱啊？对方拍拍鼓鼓的口袋，神秘地说了一句，都是钱哩，你猜嘛！玉堂一猜，那人笑了，说了钱数吓了他一跳。人们便经常看到他对着田地发呆了。这个反思过程没有持续多久，他就开窍了，等村里人在城里站稳脚跟之后，他不再认为外出打工是不务正业了。我记得玉堂对我说过，从前地里光让种粮食，现在好了，让种菜了，让养花了，让栽树了，让养蘑菇了。是啊，土地多种经营开始了，土地就值钱了，玉堂和乡亲们都笑了。"

曹家的幸福不断地延续着，上鹦鹉村家家户户都洋溢着甜蜜的欢笑。然而就在曹家人欢欢乐乐过日子的时候，一个意外的打击不期而至了，狗儿爷去世了。送走了狗儿爷，凤莲的婚姻又遭到了不幸，双羊打了陈元庆，错过了高考，这无异于雪上加霜，曹家一下子失去了往日的欢笑。曹玉堂也开始变得沉默了。

狗儿爷说着说着就睡了，土里传来了一阵鼾声。我没有叫醒他，聊到了"大包干"就差不多了，后头的事儿，还是问曹玉堂大叔吧！

阵痛与告别

我发现曹小根心情一直不好。

虎子告诉我，已经到了傍晚，落日跌入麦河，薄雾悄悄降临。在这个时候，我跟曹小根在河边相遇了，我这才知道小根还有那么多的烦恼。汹涌的河流，向我们流来，又离我们而去。曹小根望着流水回忆，他到家乡鹦鹉村已经快两年了。我知道，他已经被分配到县教育局。组织部搞大学生下基层,他就带着满腔热情回村了。他向镇党委杨奇志书记和徐立新镇长表态说,一定要为搞好鹦鹉村的新农村建设贡献自己的聪明才智。杨书记夸奖他有理想有抱负,预祝他工作早出佳绩。徐镇长说:"好啊,小根,你的决心很好,但鹦鹉村很复杂,希望你尽快和群众打成一片,得到他们的信任和支持;也要和村干部们搞好团结协作,得到他们的支持和帮助啊。"这些话语重心长,又是那么表面笼统。热血沸腾的小根,没有受过挫折,所以听不出徐立新的弦外之音。相反,他愈加踌躇满志了。他的踌躇满志是有理由的。他自认为,首先自己是一个受过高等教育的时代青年,是能够适应社会主义新农村建设形势需要的;其二,自己在农村土生土长,对农村的大环境是熟悉的,对农民是有感情的;这第三嘛,自己的哥哥曹双羊是鹦鹉村举足轻重的人物,哥哥正搞土地流转,这对自己顺利开展工作,非常有利。

可是,无情的现实让他处处碰壁。我就猜出来了,挡他道的只有陈锁柱。曹小根问:"三哥,你说陈锁柱是个啥样儿人呢?"

我叹息了一声:"啥人呢?说人就是人,说鬼就是鬼。"

曹小根自语说:"陈锁柱有的时候,铁石心肠,六亲不认,干起工作来,像个拼命三郎;有的时候,吃吃喝喝,拉拉扯扯,表面嘻嘻哈哈,背后打击报复!这次我可真正开了眼,我从没见过这类复杂人物。"

我想起了一件事讲给曹小根听。韩腰子跟陈锁柱是邻居。有一年中秋节,就是我闻到桃儿身上有螃蟹味儿的那一年,韩腰子跟我说,他梦见河蟹爬到头上来。我觉得不是好兆头。隔了两天,韩腰子的院里爬满了螃蟹。一脚踩上去吱吱作响。一抬脚看见一只螃蟹被他踩成肉酱了。韩腰子弯腰看见好多螃蟹,一疙瘩一片,爬满院子和墙头。他着实吓了一跳,额头冒汗了,急忙喊桃儿娘:"老婆子,快出来看,这是咋着啦?"桃儿娘颠着碎步跑出来,看见满院的螃蟹双腿直软。一只小螃蟹抓着她的裤脚,吐着沫子转着圈儿,像个顽皮的孩子。她惊慌地问:"老头子,哪儿来的?"韩腰子皱着脸,抬手指了指东院的陈锁柱家。韩腰子明白了,嘴角渐渐浮了笑意。韩腰子没听见陈家大院有动静,就端出脸盆收螃蟹。桃儿娘说:"螃蟹从他家爬过来的,还是让他们来抓吧!"韩腰子撇着嘴巴说:"螃蟹自个儿过来的,还给他?门儿都没有!蒸熟了下酒,不吃白不吃!"桃儿娘说:"我就是馋疯了,也不吃这腐败螃蟹!"韩腰子愣了:"螃蟹咋腐败了?"桃儿娘说:"这不中秋节了,准是人家送的礼呀!"韩腰子得意地说:"等于给咱送了!吃!"螃蟹蒸熟了,韩腰子掰开蟹盖儿,满籽儿,香气扑鼻。他掰下一个螃蟹爪,喝一盅酒骂："真他娘的腐败！"桃儿娘坐在韩腰子身边，听着解气，就又给他满上一盅酒。韩腰子吃着螃蟹肉，骂一句"真他娘的腐败"，就再喝一盅酒。桃儿娘连连满酒，韩腰子就骂着。后来，桃儿娘听陈锁柱老婆小秋说，双羊给陈锁柱送的礼，一筐苹果，一筐河螃蟹。太晚了，小秋就没往屋里搬。螃蟹拱漏了筐盖子，全部都爬出来了。韩腰子对桃儿娘说："我看双羊啊，这回的马屁拍歪了！"桃儿娘就愣着。陈锁柱吃了哑巴亏，找不着证据，没法明说，只是小秋指桑骂槐了一阵子。有一天，韩腰子从陈锁柱家门前经过时，陈锁柱照常问候："腰子，吃了吗？"韩腰子说："吃了，你吃了吗？"陈锁柱却接着说："我吃了。还新鲜吧？"韩腰子一时走了嘴："蛮鲜的，蛮鲜的！"陈锁柱哼了一声："别吃坏了肚子就好！拉稀多难受啊！"韩腰子还傻着点头："不拉稀，不拉稀！"陈锁柱哼着大鼓，晃晃着走了。回到家，韩腰子跟桃儿娘一学，桃儿娘的脸色就白了，吓得直哆嗦："老头子，坏了，你咋招了？"韩腰子说："没防备，说漏嘴了！"桃儿娘沉沉一叹："我们要遭殃了！陈家该给咱小鞋穿了。"果然让桃儿娘说着了。一天夜里，韩腰子家的麦秸垛着火了，还连着烧了两根备用的房檩。韩腰子说："准他娘是陈玉文干的！报案！"桃儿娘拦住他说："认了吧，我们斗不过陈家！"

曹小根听完我的故事，骂道："这个人面兽心的东西！"

我说："我当初咋跟你说的，整陈锁柱的黑材料啊！告他！"

曹小根悲观地说："我们找不到啊！找到我就敢告！"他跟我回忆那次较量，他以失败告终了。小根到村里的第一个建议就是真正的村务公开。让"村务公开栏"发挥民主监督作用。陈锁柱惊讶地看着小根，问道："你听到谁说啥了？"小根摇摇头，说："我没听见，但我想，群众一定会在背后议论咱的。"锁柱的脸色有些不悦："你咋知道？哪有把屎盆子往自己脸上扣的？"小根看出了锁柱的不悦，但他没有看出严重性，没有急流勇退，反倒越说越勇。陈锁柱说："那你就给我弄个村务公开看一看。"曹小根很认真，连夜就起草了一个方案。还参考了网上的一些资料。锁柱看过方案，脸就阴了下来，斜起眼睛看着小根，嘿嘿笑了两声。可是，没有几天，就有人到村委会质问小根："我想看村委会的账本！"小根就跟陈锁柱汇报，陈锁柱就让会计拿账本出来。那个人看来很懂，说这是假账本，要看真账本！小根又来找陈锁柱，陈锁柱当场就给他拍了桌子："你昏了头了？你找我，不就默认我们有真账本吗？亏你还大学毕业呢！"小根突然一激灵，被人抓小辫子似的耷拉着脑袋。事后，曹小根才弄清是陈锁柱从中捣鬼了。陈锁柱的眼神很冷，那意思分明在说：你个小毛孩儿，上了几年大学就不知道天有多高地有多厚了是吧？你是真不知道还是装不知道，我陈锁柱就是鹦鹉村的民主！我就是鹦鹉村的监督！我就是鹦鹉村的天！我就是鹦鹉村的地！

  小根不禁打了个寒战，毕竟他还年轻，涉世不深。他知道锁柱对他的言论已经由不悦转为不满意了，心里有些发紧，想起刚回村哥哥就对他说过的话：陈锁柱因为有了当县长的哥，脾气见长，但不会明着整你，所以要提防他玩阴的。想不到这么快就印证了。我对小根说："别误解你哥，刚才说到他给陈锁柱送螃蟹，据我所知，仅此而已。从另一个角度说，你知道你哥在这样人手下搞土地流转，有多困难了。"

  小根叹了一声，本想把这个话题岔开，可一时找不到合适的别的话题。正尴尬之时，双羊开车过来了。小根悄悄对我说："三哥，别把我的事跟我哥说。他是个粗中有细的人，他要是知道我对陈锁柱的态度，会影响他的情绪。再说了，我不想用他替我干啥，我不想依靠任何人！"我赞叹说："三哥知道，你是个有志气的人！只是，村里还没给你施展的平台！"小根一把抓住我的手，声音低沉地说道："可我总觉得自己还没有融进乡亲们当中去，究竟是啥原因呢？按说我生在鹦鹉村长在鹦鹉村，本身我就是这个群儿里的人啊，我不明白，乡亲们咋老是跟我好像隔着一层似的呢？"我沉默了一会儿说："这可能跟你的家庭背景有关系……"小根眨动着一双清澈的大眼睛，不解地看着我："我的家庭背景？我有啥背景吗？"我说："我问你，全鹦鹉村谁家最趁钱？谁家出了个企业家？谁家住上大别墅了？谁家有人在省城都有房子住？"小根说："那是我哥的，这并不是归我所有啊！"我说："你哥能不给你分一点吗？他手指缝儿漏点儿给你，庄稼人就吓一跳啊！"小根轻轻地叹了口气，好久没再说一句话。有风吹过来，我又闻到了地里的麦香。好像天有点阴。虎子飞回来了，趴在我肩头咕咕叫，它告诉我，它刚从云端下来，那上面聚集了不少的云层，覆盖了天空，不过云层开始比较厚，正渐渐地变薄，云底逐渐变高，云层由蔽光向透光转变。我就知道，雨一时半会儿不会下起来了。"你咋知道不会下雨啊，三哥？我看这天阴下来了啊。"小根好奇地问我，"你有特异功能吧？"我呵呵笑了，摇头晃脑地说："我一个凡夫俗子，哪来的特异功能嘛，不过是积累了点天象方面的经验罢了。那古语唱得好，柳树根生红须，未来雨水聚。柳树叶儿发白，天将阴来雨呀！"小根拍着巴掌夸赞道："三哥，你可真够雷人的，不愧是鼓书艺人，说起话来一套儿一套儿的，佩服啊！"风吹乱了我的头发，也吹乱了我的心情。

那一天，麦河集团的"冰葡萄酒厂"开工了。

白天大家都忙着开业典礼，晚上召开了村委会。小根去镇里开了会，自然由他传达镇委换届选举预备会议精神，陈锁柱一通发言，霸气冲天，让小根憋了一肚子的气。会后，小根苦闷，就找我说话。我加重语气说道："小根啊，当好这个摆设，就是你目前要做的工作。"小根不说话了，肯定在品味我这句话的味道。我进一步开导他说："你得先学会适应环境，然后再谈改造环境啊。如今，在咱鹦鹉村除了你哥还有谁在撑着天下？是陈锁柱啊！他的背后左边有一个当县长的哥哥，右边还有一个四邻八庄都畏惧几分的陈玉文啊！很多事情没有他，那就是不好办，办不成，你不服气不行。麦河集团能够有今天，土地流转也是一大功劳啊！这土地流转，你能说没有他陈锁柱的功劳？鹦鹉村百姓能够有今天的好日子，你能抹杀掉人家陈锁柱做出的贡献？不能，不能啊。由此说，只要他不犯大错误，鹦鹉村百姓会支持他一直当这个村主任的，也是需要他当这个村主任的。"

小根说："那这么说，下一届的村主任还是他陈锁柱了？"

我耸耸肩膀，说："毫无悬念。"

"支书呢？"

"全村党员过了一遍筛子，非田兆本莫属。"

"我没看出兆本哥有啥能力水平啊？"

"所以我才说非他莫属嘛。换句话说，也只有他才能和陈锁柱搭这个班子，才能配合默契地工作哪！"

小根又是长出了一口气，不说话了。

第二天中午，太阳晒酥了我，晒得我撒不出尿来。我夹着两腿，脚尖跐起来，抖了好几下子，尿还是逃走了，我被尿急死了。难道得了前列腺疾病吗？我正嘀咕着，手机响起来，响得我浑身一激灵。小根来的电话，他要过来看我。我不再等尿了，急着往家里走。我前脚到家，小根后脚也到了。他送给了我一幅麦秆画，小根亲手制作的鹦鹉山。小根说："三哥，你虽然看不见，但可以摸得见，这是我用鹦鹉村的麦秆制作的。大背景是我们鹦鹉山、麦河、大平原，前面是农民收麦子的景象。别人看不懂，你能摸得懂，所以我就送给你了。"我心里一热，双手捧过麦秆画，摸了好久："小根啊，三哥谢谢你！回头我让桃儿挂起来。"小根拉住我的手，沉重地说："三哥，我要走了。"我一愣："你要去哪儿？"小根缓缓地说："我去省城了，不当这个村官了。"我惊讶地看着他："你咋……突然……"小根说："不突然，我认真考虑好了。"我问："家里同意了？"小根说："我是成年人，有权选择自己的人生道路。"我叹息了一声："走就走吧，在村里也是聋子的耳朵，摆设！学你哥，在外边闯出一番天地，再杀回马枪！"小根说："我没我哥那两下子，我不会回来了！"我拽着小根的胳膊说："小根，别说得那么悲观，你还能回来。这是你的家，这儿有地神，土地会保佑你的，土地会给你力量啊！"小根苦涩地一笑："三哥，我这人不迷信，不信地神！"我慌了，摇着他的胳膊："孩子，看来你还不了解你哥。他年龄不大，却像虎子一样，经历了人生的两次蜕变。他为啥没有堕落，而成长为一个英雄？他说得非常好，是地神伴随他成长啊！崇敬地神吧，相信土地吧，孩子！"小根不屑笑了，我没话可说了，心里默默地伤感。

我送小根到了麦河边。我的幻觉里，河水潺潺流向远方，冒着泡泡，打着小漩儿。河床散发着水草与鱼虾的腥味，肥沃而繁茂。小根说："再见了，三哥，我会给你打电话的。"声音敞亮，看样子他放下了心理包袱，心情愉悦了。我握着他的手，问："你啥时候回来啊？"小根轻声说："谁知道呢？也许不回来了。"

小根上汽车走了。我听着他的脚步声，迟缓而坚定。我知道，这孩子心中还是牵挂鹦鹉村的。我感觉到，他在不时地回头，望着身后流淌不息的麦河，还有那无边无际的黑土地……

我的苦恼

喜人的消息越多，麦河清鲜面的热销越旺盛，这帮人就越忙碌。双羊的节奏越来越快，好像再也慢不下来了。

我有个感觉，曹双羊的事业一火，就拿我这鹦鹉村的瞎子不当神仙了。我感觉曹双羊疏远我了。疏远就疏远，你不来我也不去找你，看谁离不了谁。这一天，曹双羊和桃儿都回到了省城。他们把我接了去。我住下以后，双羊到我的房间里来了，我说："你是大老板了，一个胜仗接一个胜仗，把三哥忘了吧？"双羊嘿嘿一笑，说："哪能呢？你永远是我的三哥！"过了一会儿，曹双羊问我说："你说，我身上最缺啥东西？"我说："你性格太烈，缺少的是冷静。"曹双羊摇头说："错了，我的瞎三哥，这就是我疏远你的原因。借用佛学的一句话，菩萨畏因，凡人畏果。我缺少菩萨心肠，在畏因上功夫不够,着眼点总盯着这个果不放!真正的企业家啊,是修因而得果的。你说我性格烈,这我不跟你抬杠,可是,我感觉我烈得还不够,自己在决策的时候,还是有点优柔寡断、犹豫不决,还是有点依赖你,求神、抽签、问卦,这都是十分愚蠢的。你说这世界上谁是救世主?除了我们自己谁都不是。你首先要相信自己,让我自立啊!"我心里赞成他的勇猛,但心情很灰,悲悲一叹:唉,以后这小子更不会听我的了。我想我对他没用了。人们用我的时候,我就是他们的大脑,是他们的乐儿。一旦用完了,我就成了他们的累赘。

这天上午,我醒来时天已经不早,昨晚喝高了。起身的时候,我发现自己病了,浑身都疼,我躲在宾馆里谁也不想见。可是,虎子在卫生间待得不耐烦了,一个劲儿地撞门,"咕咕"叫得凄厉。我到卫生间把它弄出来,又打开了房间的窗子,将虎子放飞了。我在窗前站了一会儿,闻到了雾的味道。我脑子里马上闪出了一个画面:早晨雾很大,浓得流不动,一缕云雾低低地压下来,把整个城市裹在厚重闷热的云层里。一座座摩天高楼转瞬间消融在一片轻烟中。忽然有一道短暂的闪光,这是虎子划出来的吗?我拿不准,但有一种预感,虎子就要离开我了,一股从没有过的忧伤涌上心头。

我冷静了一会儿,在窗前打着口哨。虎子没有回来,这家伙穿梭在楼群中间,也许跃入高空了,天空一定会有坚硬翅膀翱翔的痕迹。

其实我病得不重,低烧,出了一身的麻疹,痒得难受,脑袋一天比一天沉。在家啥事儿没有,咋一到省城就不行了?我心里想不通,曹双羊为啥这样对我?"三哥,你以为你是谁?我再也不听你的啦!"曹双羊的一句话,在我耳边嗡嗡响着,简直把我的心伤透了。我明白了这样一个事实,现在在他眼里,我是一个局外人,一个没有用途的残废。曹双羊啊曹双羊,这么多年来,我逼迫过你吗?你小子听过我的吗?话说回来,如果不是我瞎了,弄得人不人鬼不鬼的,我比你曹双羊哪里差?都是喝麦河水长大的孩子,谁比谁高多少低多少呢?如果我不瞎,我也许也是鹦鹉村的一个大人物呢!不过,生气归生气,我料到曹双羊还会来找我的。这年头,想冲出我的罗网也没那么容易。谁不信我的谁头疼。不信你试试!

昨天晚上我们跟张元老板喝酒。张元老板从上海追到省城,说要考察麦河流域的小麦。桃儿跟我说,张元是奔麦河的两个宝贝来的,即麦河集团新研制的"小麦胚芽儿"和"小麦草"。这两个项目,麦河集团已经申请了专利,张元要跟双羊合作生产。这两个项目的开发将会带来巨大的经济利益。桃儿说:"小麦草能预防癌症呢!"我替双羊高兴。双羊说:"三哥,喝一杯小麦草的营养等于吃了一公斤的绿色蔬菜。下一步，我们麦河道场方便面，里面的菜包儿也要加进小麦草汁啊！"张元老板说："小麦草中的叶绿素与血红蛋白结构相似，因此，小麦草可以促进血液循环、消化以及排出身体中的毒素。"我笑了笑说："我呢，说句不雅观的话，我便秘好几年了，吃啥药都不好啊！"李敏说："这当然管用啊！小麦草疗法就是以小麦草汁当药，通过口服和直接灌肠来治疗疾病的。"我摇头说："灌肠就算了吧，我喝一点试试！"桃儿递给我一杯小麦草汁，我一仰脸喝了，感觉肚里冒凉风。桃儿说："感觉咋样？"大伙儿都望着我笑。我笑笑说："哪那么快？这又不是巴豆！"

　　张元老板那个患自闭症的儿子亮亮也来了。问过孩子的生日和出生时辰，我给孩子算了算，自信给张元说住了。张元对我说："白先生料事如神，真是个神人啊！我觉得民间有很多这样的思想家，他们从一个极端而又纯粹的时代走过来！我不管这叫迷信，这是民间智慧！"曹双羊帮腔附和着："是啊，三哥是我们鹦鹉村的宝贝。张老兄，您是上海的商界枭雄，今天见识了我们的民间神算，下一步，我邀请您到我的故乡，到我们鹦鹉村走一走，麦河风光美着呢！"话说得亲切而得体。张元开心地笑着。这狗日的，说假话也不眨眼了，麦河都快干了，污染那么严重，哪还有好风光啊？记得他回乡种田那阵儿，跟他爹一样实在、仁义，现在都变了，见了大官和大老板，嘴上就挂了一个香油瓶。我明白了，人性的盲点就像我的眼睛，瞎到家了，肉麻的话尽管说，对方听着并不肉麻。可是，酒喝到高潮，曹双羊再次伤害了我。酒席中，曹双羊以一个成功农民企业家的胆魄和狂傲把上海的张元老板说晕了。张元喷着酒气说："曹董事长，我想说啊，一个企业家，做到一定份儿上，就要有自己的信念，不能迷信，要有自己的眼光！"他触动了我最敏感的神经，我最怕人说我在搞迷信。曹双羊顺坡下驴地说："是啊，张兄！我跟三哥的关系，就像我们的土地一样，分分合合，合合分分。他无法左右我的，鹦鹉村都知道我的个性！"他还要说什么的，桃儿见我沉了脸，就给曹双羊打了岔。曹双羊哈哈大笑了，我想他此时一定丑态百出了。他咋变成这样呢？还是原来的双羊兄弟吗？幸亏我眼前一片黑暗，如果我不瞎，我该多尴尬？又该咋活呢？我自己劝着自己，城市这种狂躁的氛围，呛得我喘不上气来。餐桌上的气氛渐渐热烈起来，我捅了一下桃儿说："桃儿，你可别在这儿待野了，我看金窝儿、银窝儿，都不如咱家的土窝儿。"张元笑道："老观念，老观念，看来得给白先生洗洗脑子啦！"曹双羊却说："三哥说得对啊，家乡就是我们的根啊！金融危机来了，方便面行业集体涨价，唯有我们麦河道场没有涨，凭啥？我们有三头六臂？没有，我们的撒手锏就是家乡流转的那一大片土地。我的土地，我的麦子啊！"这话我听着受用，总算没丢麦河人的骨气。城里的土地，越来越值钱，听说"地王"频频显现。家乡的土地呢，往往被漠视，与高楼大厦、汽车洋房相比，可能太轻贱了，发展太缓慢了，可是，别忘记，土地才是我们应该守住的根儿啊！

不知是上午几点，曹双羊过来敲门："三哥，你起来了吗？开门啊，我有事跟你商量啊！"

我直挺挺地躺在床上，没有吭声。

曹双羊好像在那儿站了很久，一会儿敲门，一会儿给桃儿打电话。半个钟头过去，他的脚步声才慢慢消失了。

我惦记着虎子，重新站了起来，缓缓摸到窗前。鼻子有了感觉，雾在悄悄散去，化作一缕一缕，飞快地朝天空升腾着。

桃儿过来看我，我把门打开了。

桃儿进屋就数落我犯怪，说我为啥不见曹双羊？等我向她诉了苦，她坐在沙发上不言语了。她慌乱的身影在我脑子里闪现出了桃红色的遐想。她身上没了麦子味，却是一身的香水味。过去她也往身上喷香水，今天洒的是哪个名牌啊？味道太浓了，使我头昏脑涨，像是突然被堵住了喉咙。我继续说："你说他疯狂到了这种程度，还是个人吗？成了魔了吧？"桃儿从来没有见过我这么生气，非常惊讶，就劝我说："不就一句话吗？别跟他一般见识。这句话能吃？能穿？能变成金子啊？三哥，你没在商场，不懂里边规矩，和气生财嘛！"我感到有太多的和气生财、和气长寿时气，大家同流合污吧！我说："我是不懂经商，但我懂一个理，小胜靠智，大胜靠德。"桃儿说："不论小胜还是大胜，你说得都对，不过操作起来，就不是这一句格言那么简单啦！我想啊，你比他更看重脸面吧？"我苦笑一声，脸上的肌肉抽搐了几下，说："我还要啥脸？我这张脸几十年来已经千锤百炼啦！"我心中发疼，鼻子酸酸的，泪水就要冲出来。

桃儿为了让我高兴，又让我猜谜语。

我沉着脸说："我不猜。"

桃儿就掏出手机来看短信："三哥，我给你念个信息吧，你准爱听。上海人特别讲究吃。这就是我们去那里打市场的原因。比如，他们管谋生叫饭碗，受雇叫混饭吃，花积蓄叫吃老本儿，混得好叫吃得开，占女人便宜叫吃豆腐，男女嫉妒叫吃醋，女人漂亮叫秀色可餐，混得好了叫吃香，被人算计了叫吃亏，啥事犹豫不决了叫吃不准，做事成功了，就叫你吃小灶，吃独食儿，干砸了事情，领导会骂你，你干啥吃的，你吃不了兜着走！"

我真的笑了笑："妈呀，这么多的吃啊？也是啊，在吃喝嫖赌中，吃是第一位的，没有吃就没劲儿嫖啦。"桃儿生气了："你们男人啊，饱暖就思淫欲。你也是那样的人吗？"

我把脑袋摇成了拨浪鼓，说不出话来。桃儿说："吃饭，不仅是肚子的需要，还是一种精神需要。我们农民就是提供饭菜的。"我艰涩地笑了笑，嗓子哑了，着急上火，嗓子眼儿就紧巴。桃儿见我有了笑模样，继续念手机上的笑话。我笑够了，竟然笑出一个响屁。屁来屎就到，我的肚子鼓涌起来。我急忙跑到卫生间，往马桶上一蹲，大便就顺畅地下来了，要多痛快有多痛快。我马上想到了小麦草汁儿，对双羊的怨气也消了。我高兴地喊："桃儿，这小麦草汁儿挺灵啊。"桃儿说："以后你就常喝小麦草汁儿吧！三哥，双羊来电话了！"我偏偏地说："别让他见我，我跟他没完，他要是不给我道歉，我就回家啦。"桃儿走到卫生间门口了，我说别过来，臭！桃儿不管这套，大声说："灵就行，拉出去了，你就不憋屈啦！就不会跟双羊生气啦！"

我说："他不道歉就不行！"

桃儿尖着嗓子喊："这么哄你，你还没完啦？"

我刚要说话，窗子呼啦一响，虎子回来了。

我说："这畜生逛够了，我以为你回不来啦！"

桃儿的手机响了，她关门出去接电话了。

我擦了屁股，提了裤子，过来跟虎子玩，用手掌抚摸着虎子的脑袋。我听见门外曹双羊跟桃儿通电话的声音。桃儿说："我的曹董事长，我可郑重跟你抗议，你对我老公好一点。这事先别提呢，他在气头上，让三哥心里先静一静。"我很反感，这么对待我，我的心咋静得了？说实话，还是桃儿疼我。老天饿不死瞎眼家雀儿，我出来一趟挣不挣钱无所谓，混到这个份儿上，已经不愁吃不愁喝了。我身边有虎子，有桃儿的陪伴，他俩都待我好，不嫌弃我，我还有啥怨言呢？这么一想，即便曹双羊不跟我道歉，我也不生气了。可是，生活太残酷了，正当我已经消气，感觉幸福的时候，曹双羊和桃儿走进了我的房间，曹双羊又提出了一个致命的要求：张元的自闭症儿子亮亮喜欢上虎子了。意思是说，虎子要更换主人了。

曹双羊是咋想的啊！他不是没有摸过虎子的羽毛，虎子是一般的苍鹰吗？

双羊跟我交涉这个事情的时候，态度非常诚恳。明眼人给瞎子设陷阱时，态度都是和蔼的。曹双羊微笑着说："三哥，我知道你跟虎子的感情，你们已经天人合一了。可是，没有办法啊，麦河集团需要人家张总的支持啊！桃儿知道，张总的确帮了我不少忙。人家在大上海有钱有势，啥都不缺，缺的就是给孩子找个乐子啊！"桃儿在一旁帮腔说："这叫卤水点豆腐，一物降一物。"我沉着脸，不说话。挖走了虎子，就是掏走了我心上的肉。我心里乱得不能再乱，疼得不能再疼，好像身边有成千上万的鸟儿跟我嚷叫："瞎子，把虎子出卖了，你还是人吗？你的良心呢？"我真的气疯了，暴跳起来，愤慨地嚷："你们的良心呢，难道良心让狗吃了吗？活了快一百岁的老鹰，其价值就是为了给一个孩子取乐吗？我带着虎子回家，再也不来这鬼地方了！"我朝虎子打了个呼哨，虎子飞身一跃轻轻落到我的胳膊上。我扑扑跌跌地往外走，快到门口的时候，桃儿一把抱住了我，哀求说："三哥，你疯了吗？你不能走！你知道吗？为了这个事情，双羊经历了怎样痛苦的思索吗？他整整一宿没睡啊！他不想虎子吗？他不考虑你的感受吗？错啦！"我惊愕地站住了，浑身颤抖。桃儿几乎是哭了："三哥，同时走两条路，等于无路可走。麦河集团决定主打方便面，钢厂股份都撤回来了。但是，我们到了紧要关口，我们得靠张元帮助上市，靠他帮我们麦河道场方便面打入国际市场。我们的非洲计划，也要仰仗人家的帮助哩！现在机遇来了，机遇可遇不可求啊！"我愣了愣，终于把语气缓和下来："人啊，无欲则刚，你们有那么多的欲望，咋能刚强起来呢？我算明白了，离开张元这个张屠夫，我们只能吃带毛猪啦！"曹双羊往我跟前凑了凑，说："三哥，后面还有一句，有容乃大嘛！咱们从小就是好朋友。如今，咱俩也是拴在一根绳上的蚂蚱。我们的麦河眼瞅着就变成聚宝盆啦，我们都牺牲一点吧！失去的东西，我会以别的形式补偿的。我跟桃儿商量了，董事会也会通过的，我给你增加公司股份！"我故作清高地说："我要虎子，我不要股份！"桃儿没有多说话。曹双羊说："别这样，三哥，你和桃儿结婚以后，要治眼睛，要生小孩，要盖大房子。用钱的地方多着呢！"桃儿那边有了响动，细一听是哭呢。她被曹双羊俘虏了。如果放在当年，他们还会破镜重圆的。

我坐下来大口喘息着。人活着，是没有退路的。我已经失去了屈辱的感觉，屈辱在极点上持续，就不再是屈辱了。我怕吓着桃儿，尽量把口气放得委婉一些:"双羊啊,不是一年两年了,三哥的观点总是跟你背道而驰。我不说别的了,让我回家吧。"曹双羊急切地抓住我的胳膊:"我们是要回家的,但我有个请求,三哥你必须快乐,不然,我们心里会不安的!"我挣开他的手说:"先问你啥叫快乐?孔子说,吃粗粮,喝白水,睡凉炕,弯着胳膊当枕头,乐在其中。我要说的是,你的钱还不够吗?几辈子能花完吗?刚才你说到天人合一,你知道啥叫天人合一吗?那是一种祥和、安宁,一种超然,一种洒脱。在商场上厮杀的人,眼里都是金钱,你能快乐吗?"曹双羊说:"你们不会知道,在我的速度中,我也有快乐。天地唯我独尊的快乐!但我不如三哥快乐,更不如种田的老爹快乐。我能理解你们的快乐,但你们很难理解我的快乐。"

我郑重地说:"好了,双羊,你快乐你的,虎子不能离开我,不能离开麦河!"

曹双羊傻了眼,失望至极。

愤怒与觉醒

麦收行将结束了,我知道了曹双羊的秘密。

这几天,高音喇叭一遍一遍地播送土地调整方案。这是陈锁柱特意安排的,我不知道这家伙葫芦里又要卖啥药了。听曹小根一说,就啥都明白了,他想快快将土地流转过来。还嚷嚷着搞啥旅游农业,建设高尔夫球场。我没听好,让曹小根给我读了一遍文件。曹小根去省农业银行工作了,这次是回家看姐姐的。他天天陪着凤莲说话,凤莲睡觉的时候,他就过来跟我唠嗑。从他的嘴里,我知道了从没听说过的名词:公权力。

曹小根感叹道:"三哥,离开鹦鹉村之后,我想了很多。中央的想法太好了。公权力是圣明的,我们没有理由不拥护,可是,这些政策传到基层来,村官跟民营资本一勾结,七拧八歪,就啥都走样了。民营资本打着'公权力'的旗号,理直气壮地进入,谋取最大利益,最后伤害了党和政府的形象,也坑害了百姓!就说鹦鹉村吧,人们都在瞎忙活啊!"我淡淡地说:"我们这些庄稼人,傻吃憨睡的,晓得啥?还不是上边咋吆喝就咋干?"曹小根咳嗽了一声,伤感地说:"我不愿意回村了,回来就想起我太爷、我爷、我爹的故事。土地变来变去,青山没了,绿水变了,乡亲们依然贫困,前途渺茫,我心里有说不出的痛！别人要你命了，你还傻吃憨睡的行吗？不可怜吗？"我吓了一个哆嗦："你说啥？谁要我命啦？这从哪儿说起啊？"曹小根痛苦地叹息一声，欲言又止。我感觉曹小根心里藏着隐秘，恼了脸说："小根啊，还信不过你三哥吗？"曹小根诡秘地说："这是关于我哥的秘密，传出去他就栽啦！"我在失望中夹杂着恼怒："你还不知道我跟你哥的关系？说出来，我们可以想办法帮他啊！你要不说，给我滚人！"曹小根迟疑了一下，说："本来是我想跟他谈一回，再来找你说！可是，自从祭奠完小麦，他就跑上海去啦！"我说："别卖关子啦，你哥还能有逃过我的秘密吗？"曹小根说："我说了，你可得给我哥保密啊！"我一把抓住曹小根的手说："你跟双羊，不都是我的亲兄弟吗？"曹小根终于说："我哥他简直昏了头，他竟敢用乡亲们的土地证抵押贷款！"我像挨了当头一棒，眼冒金星："双羊啊，你咋能这样干啊？土地可是乡亲们的命根子啊，兔子还不吃窝边草呢，你咋能拿乡亲们的命做抵押呢？那里还有我瞎子的保命田啊！"曹小根说："我真想狠狠揍他一顿！"我猛地一拍脑袋："三年前，你哥刚刚流转土地那阵儿，抵押贷款，我好像听他说过。好像是张晋芳的主意。"曹小根说："这娘儿们，就认钱，不出好主意。我到了省城农行工作，发现这张票据的时候，我真的不敢相信！一个是商人，一个是赌博的人，他们的话你千万别信！唉，我在村里的时候，你记得我哥曾说过要拿钱给我铺路的话吗？我拒绝了！当时我就感觉他的钱不干净，只是没有证据！今天我攥住他的狐狸尾巴啦！"我伤感地说："你哥走投无路的时候，是我用连安地神启发他，他才回到了土地上！他带着收割机收麦子的时候，我打心眼儿里高兴啊！没想到，他打着富民的幌子，发自己的财来啦！看来，地神也救不了他！我一个瞎子更救不了他啊！"曹小根叹道："看来，资本太强势了，太野蛮了，这不是我哥一个人的事情，这是土地流转中，民营资本与公权力的交锋！"我说："唉，为啥有那么多农民不愿意流转土地呢？"曹小根狠狠地说："我当大学生村官的时候，搞了许多民间调查，现在看来，都停留在表面上。我哥的事情，一下子给我打醒了，为啥那么多村庄，都有发了财的人回乡竞选村官？你以为他们都是爱家乡？他们嘴上说着帮助乡亲们致富，其实是说一套做一套，他们都是盯着这点土地呢！挨城市近的村庄，地价飙升，离城市远一点的，就要流转土地，把土地做抵押贷款！政策上是不允许的，这叫掠夺啊，我算明白啦，这世界上没有一笔巨资是不带欺诈和血腥的！"我想了想说："那是当时，你哥现在转变了。你查查看，做抵押是从哪年开始的？"曹小根说：

"三年前抵押的！办的是无息小额贷款！"我说："抵押了几年？"曹小根说："五年贷款，每户平均下来，得有五六千块钱啊！"我倒吸了一口气，额头沁出了汗珠儿："我瞎子糊里糊涂成你哥的佃户啦！"说着我就从抽屉里翻出那份土地承包合同。曹小根翻出来看了看："这不明写着吗？'乙方不得抵押，再转包'吗？"我气愤地说："你哥胆子太大了，他真是欠揍啦！"曹小根沉默了一会儿说："我不回城，一是想陪陪大姐，更多的是为我哥！他欺瞒了乡亲，这可是炸弹啊，万一哪一天引爆了，他的麦河集团就完了！我恨我哥，他吃了豹子胆啦！可是，他毕竟是我哥，我还挺惦记他，他干那么大的事情也不容易。三哥，你说我该咋办啊？"我听见窗外有"嚓嚓"的脚步声，我喊了一声："谁呀？"没人应声，脚步声渐渐远去。曹小根追了出去，没几分钟就折回来了，说没有看清是谁。我听出来了，是刘凤桐的脚步。这小子为啥不进屋啊？隔墙有耳啊，这些话难道让刘凤桐听见了？我心里嘀咕开了："这小子可别满大街嚷嚷去啊。"曹小根说："三哥，你得审问一下刘凤桐，他可是告状专业户啊！得设法堵住他的嘴！"我慌张地说："这我知道，过会儿我就找他家去。这事儿啊，我们得帮双羊啊！你哥见得多了，可能不当个事儿！可是，在我们农民眼里，这不是小事儿，万一他的企业不行了，乡亲们知道了，还不把他一锹拍死啊？！"曹小根说："我爹我娘，还有我姐，他们要是知道了，还不得急死啊？！"我想了想说："你先找你哥谈一谈。听听他的态度，我再出山。好吗？要快，这事儿多亏让你发现了，还来得及挽回！"曹小根答应一声，匆匆忙忙地走了。

曹小根刚走，我就出来了。

我到了刘凤桐家里。这小子也为承包田的事情发愁呢，陈锁柱找过他了，要开发征用他家的承包田。刘凤桐大声骂道："还让不让人活啦？我和转香要是在城里混不下去了，回来还靠这点田活命呢！"我说："征用？凭啥征用啊？"转香叹息道："谁知道呢？我们农民知道了又管啥用？"我试探刘凤桐："刚才你去过我家吗？"刘凤桐有些慌张："没有，没有哇！"我一想他家土地没有被双羊流转，就没再追问下去。我走到了街上，精神上恍恍惚惚。风刮着尘土，像是叽叽呱呱说话，又像是呻吟。土粒儿砸在我的脸上，贼疼。真他娘的有力量啊！这个时候，我感到了一股力量。这股力量太神秘了，它操纵着农民的命运，又从不肯露面儿。这是一些啥东西呢？我终于想明白了，这股力量就是钱，贪婪的资本。就像曹小根说的，公权力没有错儿，可是公权力没有带来资本，它每时每刻都与资本发生撞击，我们的土地正忍受着这种撞击！我要大力歌颂公权力，它有监督的功能。资本很强硬，常常让公权力灰头土脸的，监督也就形同虚设啊！资本就是要牟取暴利！这也没错儿，生意人就要挣钱啊！可是，公权力没有带来资本，监督就会被资本融化掉了。所以说，好多事情就是睁眼瞎，就冒出了那么多的潜规则！无耻的潜规则！我们国家实行严格土地管理制度，将土地分为农用地、建设用地和未利用地。多少人就想占用农用地。上有政策下有对策，有人钻政策的缝隙，利用集体的土地，抵押出去，获取国家优惠贷款，一旦出了闪失，害了国家坑了农民，这种巧取豪夺就在眼前发生了！双羊啊双羊，你口口声声说过，从没坑害过农民，今天你让三哥咋信你？话又说回来，双羊不是好人吗？我太了解他了，这不是一个人的问题。我瞎子快要闷死了，撕心裂肺一声长喊："土地流转不能没有监督啊！"我还要向全社会疾呼：体制不健全，制约着土地流转。

我惴惴地回到家，中午喝了一点酒，虎子过来跟我喝酒。虎子一沾酒，呼吸就急促，这个时候，我就知道这畜生要说话了，声音苍老而顽皮。只有我瞎子能听懂啊！虎子说，在麦河河堤上，曹小根见到曹双羊了。我很兴奋，拍了拍虎子的羽毛："去，听听他们咋说？回来跟我学一遍！"虎子的翅膀刮了一下我的脸，呼啦啦飞走了。虎子真是我的千里眼啊！过了两个小时，虎子飞回来了。虎子刚刚学说曹双羊与曹小根的争吵，双羊推门进来了。虎子见了双羊就不说话了，任双羊手中"哗哗"地抖钱，虎子也不再搭理他。虎子还真随我，真有点骨气呢！双羊自讨没趣，乖乖地坐下来。我沉着脸，没有理睬他。曹双羊沉不住气了，说："三哥，小根都跟你说啦？"我还是没吭声。曹双羊叹息了一声，轻轻地走了。我没有像往常那样把他喊回来。这叫自作自受，让他经受心灵煎熬吧！

我们防不胜防啊，那天我和曹小根的谈话，还是被刘凤桐听见了。刘凤桐和转香把风儿放出去，整个村庄就像炸了窝似的。乡亲们就人托人、脸托脸地找来了，纷纷索要自家的土地证。流转了土地的村民，知道了这些，仇恨直撞胸怀。曹双羊不敢露面，越不露面，人们越火。有人嚷："这畜生坑人哩！"还有人喊："应该把他千刀万剐！"我不怕他们，我怕凤莲受到惊扰，就过去给乡亲们解释："这事儿到这地步，也甭遮着掩着啦！这个事情，双羊跟我说过，他不会让大家担风险的。现在看来，已经不是个问题，麦河道场销路多好啊，还亏了你们的钱吗？"听我这么一说，人们就七嘴八舌地嚷开了。有人喊："瞎三儿你说，既然没风险，公开透明不就结了，为啥藏藏掖掖的？"我说："凤莲病着，我们到街上说吧！"有人大叫："瞎子，曹双羊给了你多少股份？你这么替他卖命？"我猛拍胸脯说："双羊没给我股份，我跟大伙儿一样。都想想，双羊对你们咋样？"大强挤过来了，愤怒地喊："他对我们好，也是为这点土地！兔子还不吃窝边草呢！"我伸手一摸，这杂种还拿着一根拦马杆子呢。有个大嫂说："我们农民啊，有多少地种多少粮，有多少粮做多少饭！他让我们背了五千多外债，咋让我们安生？"人们扛着铁锹、锄头，举着镰刀过来了！不知是谁踩了我的脚，我心里刺了一下，而后就不知道疼了。我皱了皱眉，不疼！我真的不疼，脚背都是木的。我没有咋样惊恐，这样的对峙总要爆发的，不是你死就是我活。这就是战场，战场上哪能没有厮杀？

我听见了汽笛声，坏了，曹双羊开着汽车回来了。人们举着家伙扑过去。噼里啪啦的一阵乱响，愤怒的人群把汽车砸了。直觉告诉我，曹双羊被人们挤到了墙根儿的土台子上了。我疯了一样，抢过大强手里的拦马杆，冲进人群，将拦马杆一横："狗日的，看你们谁敢过来？看你们谁敢碰双羊？要打就先打死我，除非你们从我瞎子头上踩过去！"

我这一声吼，竟然给他们镇住了！

我心中藏着恨，两眼放着邪光，声音颤抖了："双羊是有错，可也不是死罪！你们打死他，我们脑袋上的债谁还？这个摊子谁来收拾？你们他娘的想过吗？"

曹双羊哽咽了："乡亲们，我对不起了！我们曹家人，敢作敢当，我会马上纠正的，我会给你们补偿的！"

这个时候，我听见田兆本过来喊道："都散了，这成何体统？有事儿找村里啊！村党委给你们做主啊！"

人们渐渐散了。

我身边"嗖"地冒了一股凉风，吸得我打了一个趔趄。接着就听见"噗"的一声。曹小根说话了："哥，乡亲们饶了你，可我不饶你！这一拳是我替乡亲们打的！"

曹双羊说："小根，你打得好！再打一拳！"

我又听见"噗"的一声。曹小根说："这一拳，我是替咱爹、咱娘、咱姐打的！你记住了，人富了，可不能为所欲为！国有国法，家有家法！"

曹双羊呆呆地站着，没有一会儿，就"咚"的一声跪下了。

我们对曹小根从此刮目相看。小根这小子行了，是条好汉了。"咔"的一个响雷,下雨了。雨点子砸在地上,像玻璃球似的,叮叮当当的,这他娘哪是雨啊,纯属雹子呀!可是,泥土吸掉了所有声响。我的眼前,一点人的声音都没有了——

事后我一想,这事儿挺滑稽的。曹双羊站着的土台子,就是当年狗儿爷斗争地主张兰池的地方。今天农民竟然来斗争曹双羊了!

深更半夜,我听见"嘭嘭"几声巨响。

我听见外面刮风,听见打雷,就要下雨了。这风声很特别,四处尖厉地呼啸,让我惊心不已。村民们吓得呜哩哇啦往外跑。我躺不住了,横翻一个身,竖翻一个身,横竖就是睡不着。这声响在我脑子里激起种种幻象。我惊骇地坐直了身子:"桃儿,你听,这是咋啦?"桃儿说我心重,她以为心重就是爱操心。她说完翻了个身又睡去了。风声吓人,恐怖的气流一阵阵漫来。我忽然湿了眼,悲怆地说:"天塌地陷了吗?天塌地陷了吗?"桃儿睡得更沉了。第二天早上,村里就有人嚷嚷开了:"地塌啦!"麦河土地上出现了天坑。麦河一夜之间,有一半的水神秘消失。上午我跟随村民涌向天坑,恐怖的气息弥漫了冀东平原。田兆本告诉我,天坑一共有九处,麦垛那么大,方圆不一,深不见底。专家来了。专家考证的结果是,北山煤矿挖通了一条地下河,出现大透水,矿主隐瞒灾情,偷偷抽水处理。地下河水一空,出现天坑,麦河水通过天坑内泄,灌满了地下河,麦河水眨眼就漏掉了一半,麦河出现历史最低水位。唉,作孽呀,这是老天爷对我们的惩罚哩!

天坑事件,给鹦鹉村人心里蒙上一层阴影。我吓得双腿直抖,总想找个人絮叨絮叨。上午九点,双羊来找我了。双羊悄悄坐下来,不再问我话,而是怔怔地自语:"三哥,你知道我这几天是咋熬过来的吗?这个时候,我面临一个重大选择。张元老板给我出了一个主意,让我离开鹦鹉村,到上海发展。土地流转到期,合同自然解除了。再留下来,只有资金投入。到底哪个更划算?我左思右想,不知如何是好。大家已经撕破了脸,我就没有周旋的余地了。走吧,一了百了!可是,马上有一个声音响起来,曹双羊你个浑蛋,你个逃兵!你成啥啦?成了一条沦落的丧家犬。你毁了家乡,就丢了家园,再有钱,管蛋用,你还有好日子过吗?"双羊半天不出声。我不知道该怎样安慰他。双羊再出声时声音是哽咽的:"今天,我看见土地上的天坑啦!过去,我只能从网上看到别处有天坑,离我们还很遥远。可是,天坑就在眼前了!我还能说啥呢?自己的第一桶金,是从煤矿挖来的。自己作下了孽,自己吃苦果,自己最晓得其中的滋味。被乡亲围攻,被弟弟打了以后,我万念俱灰了。这迷乱的思想又高度集中在资本上。自己都觉得自己不争气，自己都觉得资本拖着我堕落。我的心'咯噔'一下，像被人狠捣了一拳。天坑把我砸倒啦！不，我不能走，我要走了，就再也回不了这个村啦！再也没脸见三哥了！我娘，我爹，我姐，连我的儿子，都会抽我的脸啊！我不能当逃兵！我得哪儿跌倒从哪儿站起来！"我心中一颤，骂："你这王八犊子，总算明白啦！"双羊沉重地说："三哥，对于这件事，我有过担忧，也有过侥幸，但我没想到，会让小根撞上了！我知道，应该有这一劫，这叫报应！我无可逃避，我会承担一切后果的！乡亲们的愤怒，我都理解，我情愿接受惩罚！但是，三哥你要听我解释一下！"我终于愤怒地吼道："那天我护着你，你以为是心疼你小子，我是冲着凤莲姐！你走吧，我不听你解释，我瞎子让你糊弄惨啦！"曹双羊说："三哥，你可以骂我，但你不能不听我说！刚才，小根骂了我，他第一次敢这样跟我说话！我不怪他，他这样做，我反而很高兴，我的兄弟小根长大啦！我娘总说，小根蔫蔫巴巴的，性格像我爹，可是今天，他终于在沉默中爆发了，小根是我们曹家的一条汉子！"我说："今天，你让我恶心！我多么希望你就是小根啊！你都干成大老板了，为啥还干这类损事儿啊？"曹双羊使劲拍了拍我的肩膀："我的傻三哥啊，你知道那是啥时候的事儿吗？那是我虚拟建厂的时候啊！我没有广告费，我的贷款方案失败了，我没有别的办法啊！"我狠狠地嚷："我不听你的理由，我只记着，你当着连安地神答应过我，宁可赔钱也不做恶事！我真是个呆子，竟然轻信了你！还成了你的帮凶！"曹双羊哀求说："三哥，你听我说，那天小根质问我，把我的臭底子揭了，我真的很恼怒！我把小根骂了一通！我骂他站着说话不腰疼，骂他吃里爬外。小根呢，他哭着对我说，别以为你是老板，就可以为所欲为！我们是看着你可怜，我们是在救你！"我插话说："小根是好样儿的！我们离了你，都能活，我们真的在救你！"曹双羊哽咽了："是啊，资本是强大的，同时又是软弱的！其实，说到这事儿，我的心软了，我真的很后悔。我不该骂小根，我今天一早儿就给他打电话道歉！你猜，小根说的一句啥话？他说我正陪着姐姐，我没有你这个大哥！我被他骂愣了，他把手机关了，我还举着手机。我哭了，这话叫姐姐听见了，姐姐一定听见了！骂得好，骂得痛快，我无颜面对姐姐啊！三哥，我的心撕成了好几瓣儿，哪一瓣儿都在流血。我错了，我这个搞土地流转的农民，离土地太远了！太远了！三哥，你知道吗？两天来，我经受了怎样的煎熬啊？你知道，刚刚土地流转的时候，别人都骂我，说我祸害土地，连我爹也骂我目光短浅！我没往心里去，心中还在嘲笑他们。你们懂个鸟啊？我跟乡亲们说了谎话，连你都被我蒙在鼓里，冠冕堂皇的话都是装饰，我是来挣钱的！"我颤抖着嘴唇说："你竟然这样想？你并没有蜕变啊！"曹双羊说："现在看来，是我错啦！蜕变，我多么想蜕变得好一些啊！挣脱土地，挣脱资本，真他娘的难啊！甚至连张晋芳都在嘲笑我，说我有才无德！她的话深深刺激了我，她享受着我的金钱，有啥资格骂我？今天看来，她骂得也对！我们看电视，国际上，巴勒斯坦与以色列，为那点土地，打了多少年？我们国家跟日本争那个海岛，海岛是荒芜的，为啥还寸土必争啊？那是国家的尊严啊！"曹双羊显然很激动，他的话也把我震撼了。我听见曹双羊继续说："小根把我骂醒了，他的一拳，也把我给打醒啦！我们拿土地做抵押，我们不是在反哺农业，我们是在向土地掠夺啊！养肥了下巴，吃胖了肚皮，谁还记得与我们一起挨过饿的土地？看看祖宗留给我们的土地，都糟蹋成啥样子啦？到了那一天，土地不产粮了，下了种也不管用，整片土地陷落，塌出一块块天坑，麦河过来的水或许将这里变成一片湖泊。那时候，人才会真正知道自己的过错。知道自己错了也已经晚啦！土地说塌就塌了，看来土地已经到了极限啦！这是警钟哩，母亲已经断了乳汁，已经承载不动她的儿女啦！这两天，我一直自问，我们如今有钱了，全世界都眼热我们的钱，可是，想过没有，我的祖国和人民付出了啥？我们不仅付出了血汗，还付出了母亲！对土地的掠夺，就是对母亲的掠夺，对祖先的掠夺，也是对子孙后代的掠夺啊！工业化进程，是一个远离土地的过程，同时也是糟蹋土地的过程。我们刚刚走了几步，就把土地糟蹋得够呛啦！不能再糟蹋土地了！将来，我到哪里去？城市，那是我的根儿吗？国外？那是我的家吗？我还是要回到麦河，回到可以触摸和依靠的土地，陪伴着我的儿女，歇一歇老迈的身体，养一养破碎的心，安度晚年，直到化为尘土。三哥，你知道的，我不是恶棍，也不是坏蛋，只是我太贪心了，像个老式地主。老天在惩罚我，让我背着土满天飞，永远不能解脱！唉，好在我们麦河集团企业没垮，我要取回乡亲们的土地证，追补乡亲们的经济损失！从今往后，我们要养护土地，孝敬土地啊！"

这小子有这个本事，一腔的真诚，让人深信不疑。他说得我的心一颤一颤的。我缓缓地说："我听懂了你的忏悔之意。我师傅说过，若失本心，即当忏悔；忏悔之法，是为清凉。"双羊问："啥是本心啊？"我想了想说："我认为本心，就是赤子之心。现在看来还不全面，所谓本心，还指佛心。每个人都有佛心，都有善心，只是被世界上太多的烦恼、欲望和假象蒙蔽，弄脏了。"双羊点点头说："是啊，土地脏了，麦河水脏了，我的心也脏了。三哥，还有啥办法补救吗？"我毫不犹豫地说："有，刚才不说了吗？若失本心，即当忏悔。"

双羊说："我刚刚忏悔了，你看，是不是彻底呢？"

过了好半天，我长长一叹说："既然说到这份儿上，我不怪你了，三哥是相信你的。现在，我只问你一句话，如实回答我！如果当初你没有想到用土地抵押贷款，还会来搞土地流转吗？"曹双羊说："我不会来的！我当时的确没这份能力啊！"我点头说："还算条汉子，实话实说，如果今天呢？"曹双羊毫不犹豫地说："今天，我会来的！乡亲们对我不薄，人心换人心，八两换半斤。我一定能够做好的！"我说："这句也是真话！"我听见了曹双羊攥拳头的声响。

桃儿告诉我，第二天，曹双羊含泪召开董事会，研究麦河集团三十年规划。会上，曹双羊真诚地说："我们宁可放缓速度，也要马上还清贷款，赶紧把所有抵押的土地证收回来！另外，年底的时候，给乡亲们追加三成的红利！唉，应该向乡亲们谢罪啊！我应该向土地忏悔啊！我们欠土地太多太多了，我们集团要制订三十年规划，养护我们的土地！第一笔投资六百万，建设高产田！建设小麦胚芽儿基地！"桃儿说掌声很热烈。在曹双羊的办公室，她发现原先的美女图片和世界地图不见了，换上了麦河村庄流转土地规划图和麦河集团远景规划图。从这天起，麦河集团门前堆了土，土堆上摆着麦子花环。每到上班的时候，曹双羊就把员工带到土堆前，让员工向土堆和麦子花环三鞠躬。以后，这在麦河集团"扩张"过程中，几乎成了一个仪式。曹双羊后来跟我说，每天经过这个仪式，精神就有一种提升，一下子觉得自己不是过去的自己了。

有句老话，浪子回头金不换！我感觉这家伙真的苏醒了。这个世界啊，有沉沦的痛苦，也有觉醒的欢欣！

小麦图腾

麦子倒了，只剩下空旷的原野，大平原就显得深远无比。

麦地里的风，吹得人发烫。我想起了麦子，整片麦田，麦子不孤独，一棵挨一棵，就像亲密的朋友。我却很孤独。人就是这样，孤独的心总想造个节日。我们需要一个小麦的节日。如今的民俗节日，名目繁多，大多是为了搭台唱经济的戏。我跟双羊说了说，双羊感觉确实需要个节日。双羊对我说："土地庙不让建了，我们搞一个祭奠！祭奠小麦吧！"双羊在这件事上确实做得光明磊落。所需经费由麦河集团负担，组委会拒绝一切商业行为，没有谁来想到赚钱。对于活动的规模，我们作了明确的界定。祭奠活动仅限鹦鹉村人，男女老少均可自愿参加，不作任何宣传报道。祭奠由德高望重的曹玉堂大叔主持。我没有具体的任务，就想根据大家的情绪唱上一段大鼓。双羊提议，在连安地神庙的原址，临时搭建一个麦垛。用整捆的麦棵子堆起来，起码要有二十米的高度。远看就像一座小山。这样祭奠活动就有了依托。麦垛就是我们的小麦图腾。我越听越兴奋，但是却担心一个问题，麦子大多用收割机割了，哪还有麦棵子？双羊诡秘地笑："三哥，我留了一块地，准备用人工割麦。"我一愣："你早就有这个想法啊？"双羊说："没有，我想让车间职工体会劳动的感觉，给他们留下的。"我笑了说："真有你的，那就赶紧收割吧！"双羊说："我已经给他们布置了。"我放心了。双羊高兴地说："麦子是我们的图腾，也是国家的图腾啊！从小我就爱看国徽上的麦穗儿！"

祭奠节日临近了。这些天来，我一直魂不守舍，鼓词忘得一干二净。我抓着一把麦穗，就像抚摸虎子的羽毛一样，心里安稳了许多。在家里，讲吃的是我，最挑剔的还是桃儿，她挑剔到洁癖的程度。女人的挑剔有许多原因。桃儿的心结还在那群姐妹身上。有那么一阵儿，桃儿试图让麦圈儿她们接近我。心存幻想，幻想着我的拯救。其实，我哪有那么大本事？我拯救了桃儿，却拯救不了她们。我从她们的躯体里闻到了螃蟹的味道，是那样腐朽，驳杂。我一闻到这股味儿，就想起桃儿的那些特别时刻，我就头昏脑涨，像是突然间被堵住了喉咙。桃儿摇着我的肩膀说："三哥，我跟你商量个事儿行吗？"我抚摸着桃儿的头发说："说吧，桃儿。"桃儿说："我的保洁公司关门了。"我愣了愣："几时关的？"桃儿沮丧地说："关了几天了。她们其中的小梅给抓了，牵连到了我的公司。"我的心被揪紧了："你受到牵连了吗？"桃儿轻轻摇了摇头："没事儿了，小梅罚了款，教育教育就放了。公安只找我做了个笔录。"我劝了劝她："这样也好，你负责双羊方便面的销售，够你累的了，别再往身上揽事儿了。"桃儿沉默了一会儿说："可是，我还不想丢掉她们。"我一张嘴，就满口脏话："他娘的，狗改不了吃屎，天生就是那路贱货，你管得了吗？"我只是放个怨气，没想到桃儿登时就蔫了。这让我有些尴尬。桃儿半天没说话，啜泣地哭了。桃儿一哭，我的心就隐隐作痛，一把搂紧她：

"我错了，我错了，我一时生气才乱说的，别往心里去。"桃儿擦了眼睛说："你和双羊不是操持小麦节吗？我有个想法，就是想请她们来参加一下。让她们从祭奠仪式上，感到温暖，懂得劳动，让她们一辈子也忘不了！"我吃了一惊，说："这不行吧？这么神圣的祭奠仪式，她们来了合适吗？"桃儿撅了嘴巴："你不让她们来，我也不来了！"我抓着桃儿柔软的手说："你跟她们不一样。"桃儿倔倔地说："咋不一样了？就一样，就一样！"我害怕桃儿又哭了，急忙改口说："好，一样一样。"桃儿说："你不是说，她们身上有螃蟹味吗？我就要让她们的身体浸染麦香。"我叹了一声，拍了拍桃儿说："真有你的。可是，这么热的天，没有报酬，她们愿意来吗？"桃儿说："我这就去城里跟她们商量！"桃儿转身要走，她的手机就响了。桃儿说："我在家呢，三哥答应了，我们一起跟姐妹们说。"麦圈儿一边举着手机说着话，一边就进屋了。她身后还跟着两个姐妹。那俩女人一张嘴就是东北口音。麦圈儿悄悄坐在我身边，问我为啥要搞这样的祭拜。我说："你崇拜谁？"她爽快地说："我崇拜张曼玉。"我苦笑了一下说："我不是说人，指的是物。"麦圈儿笑了笑："物没用，我崇拜钱！"我轻蔑地一笑："为啥崇拜钱？就是因为能让你享受吗？"麦圈儿说："有了钱就能买车买房，买好衣裳，买化妆品啊。"我听见自己用可笑的腔调说："这些都解决了呢？还想干点别的吗？"麦圈儿回答不上来了。我说："精神呢？你的灵魂咋处理？也来换钱吗？"麦圈儿说："真有灵魂吗？能告诉我，它是啥样的吗？"我尽量夸大其词，想尽可能地打动她的心。麦圈儿听得似懂非懂，茫然若失。我心想，这些孩子无可救药了。可是，为了让桃儿高兴，我还得硬着头皮做下去。那两个东北女孩让我给算了算，算得她们哧哧直笑，然后就叽叽喳喳往外走。桃儿走到了堂屋，我忽然想起啥事情来，仰脸扯着嗓子喊："桃儿，你城里的公司不是撤了吗？那些衣服收回来。"桃儿说："衣服多着哪，还挺好的，干啥用啊？"我说："你还记得田大瞎子吗？"桃儿说："当然记得啊！"我说："昨天我跟田哥说了，你那儿的旧衣服拿回来，给他的老婆小翠穿！你跟小翠的个头儿差不多。"桃儿答应着走了。

第二天，桃儿带着一大包衣裳回来了。我摸了摸鼓囊囊的衣裳说："赶紧给田大瞎子打电话吧！"桃儿摁住了我的手："不，等我把衣服洗干净再给吧！"我咧了咧嘴巴："俞，田大瞎子待遇不低啊，让我们桃儿，麦河集团的大经理给他洗衣裳？他给我们多少钱啊？"桃儿讷讷地说："都是我过去穿过的，不洗就给人家哪行啊？"我还没多想，就大咧咧地说："不用，给他就高兴啊！"桃儿的语气很坚定："一定要洗，我亲自洗。"我气恼了："你这个人啊，咋这么犟啊？"桃儿喘了气，我以为要犯歇斯底里，没想到，她却像水一样柔顺："三哥，你不知道，我很喜欢这里的一件白裙子，那年被洒上红酒了。我一直舍不得扔，我做梦都在洗这件衣裳啊！"我感动了，一切都明白了，桃儿要亲自给自己的衣裳"保洁"。这下子可累坏了她。为了清洁，她通宵不睡。桃儿从后院接了自来水管子，一直通到大木盆里，水管子哇哇叫了半宿。桃儿跟我说，有一件白色连衣裙，腹部洒落了一片红酒。当时就没有洗掉，她听说牙膏能洗清，就挤上了牙膏，一把一把地搓着，双手都搓红了。她用灯照了照，还有轻微污痕，就重新坐下来，继续搓洗着。我从没有见过桃儿这样从容和耐心。桃儿让我早睡，其实，我根本睡不着，听这声音像老鼠在暗处磨牙。虎子准是还醒着，这畜生如果醒着，老鼠压根儿就不敢出来溜达。我对着堂屋喊："桃儿，明天就是祭奠小麦的日子了，早点睡吧。"桃儿说："我这就洗好了。"我后悔了，不该多这个嘴，不该跟田大瞎子提这事。唉，这可苦了桃儿了——

第二天上午，我很早就起来了。伸手一摸，满院儿挂着衣裳。桃儿还睡着，我就到田野里去了。一股麦子的香味吸引了我，我听见了自己的脚步声。我在麦田里碰到了双羊。双羊在检查堆高的麦垛。我知道，麦垛的底座是原先的土地庙遗址。双羊想出资修复土地庙，结果没能批复。我和双羊走进了一块没有收割的麦地。双羊问我，三哥捆过麦棵子吗？我说没有问题。双羊不信，就抱来一些刚刚割下的麦子。我给他来了个实战表演。我往手心吐了一口唾沫，弯腰抓了一小把麦子，打了个要子[1]，一伸胳膊，就揽住那些麦子，好像抱着孩子似的，胳膊一抖，往下一溜，将要子拦腰一扭，顺着两腿中间往后一丢，就是一个麦捆儿了。前后只用了两三分钟。双羊鼓起掌来："三哥宝刀不老啊！我把你这捆麦子放在麦垛的最高处。"我扑打扑打身上的土，咧嘴一笑。双羊噼里啪啦按倒一片麦子，声音坚定而响亮。他说："三哥，你坐。"我腰杆一挺，腿一收，就盘腿坐下了，屁股上暖乎乎的，感觉坐在家里的大炕上。带刺的麦芒儿穿透我的裤子，痒痒的。双羊说："三哥，你知道我为啥对麦子情有独钟吗？"我抹着脸上的汗说："为啥呀？"双羊说："我爱做梦，不知为啥，活这么大了，从来只做一个梦，都与麦子有关。"我有些吃惊："是吗？奇怪啊！"双羊继续说："这可能源于我爷讲的一个故事。

---

[1] 要子：用麦秆、稻草等临时拧成的绳状物，用来捆麦子、稻子等。

那时我太小，刚刚记事儿就被爷爷领到了麦田。他说，有一年麦收刚过，突然刮来一场大风，把家里的麦垛刮上了天。那可是没有脱粒儿的麦棵子啊！全家人的命根子啊！我爷爷慌了，整天跪在土地庙祈祷。大概过了两天，一个黄昏，又刮来了一阵大风，那个麦垛又刮回来了，完整无损地落在原地。我被爷爷的讲述迷住了，我望眼欲穿等待着的就是这种奇观。可是，没有出现。爷爷拉着我的手说，我们的大平原没有靠山，农民没有靠山，这麦垛就是我们的'靠儿'。真的是靠儿啊！家里穷交不起学费，我面临着退学的危险。老爹看见了地上的一袋麦子，推着麦子就到了学校。麦子顶替了学费。还有一年，爷爷大病了一场，跑了几家医院，都不收留了，让他回家等死。农民有梦想，毫不畏惧苦难的生活，更不畏惧死亡。爷爷一天一天靠着麦垛，静静地等待那个时刻的来临。可是，奇迹出现了，他不打针不吃药，病慢慢就好了，又活了十年。你说怪不怪啊？这一定是麦子显灵了！麦收的时候，女人都要给男人编个草帽。别人不能替代，这是犯忌的，意味着对自己男人不贞。这个麦秸草帽就是我们麦河男人的护身符啊！"我听见双羊的胸腔里传出擂鼓一样的声音。我叹息着说："还有这事儿？你爷你爹都没跟我说过呀！"双羊的声音有些激动："有一年，是个灾年，我实在饿急了，就到麦地里薅几根青麦苗吃了。嚼着嚼着，一股绿水就从嘴角淌了出来，这股青涩的味道，至今难以忘怀。我记得小时候，一次割麦子，咔的一声响，镰刀碰到一块石头上弹起来，一下子割了腿。我疼痛难忍，皮掀翻了，鲜血淋漓。我心善，害怕见血，从小娘杀鸡都不敢看一眼。我抓了地上一把土，把伤口糊住了。我们这儿的土地多好哇！"双羊真诚的声音让我深信不疑。我不笑了，身体里啥地方很深地震荡了一下。

　　转了一圈回来，我躲在后院调试三弦，桃儿在我的三弦声中醒了。尽管桃儿洗了一夜的衣裳，现在又恢复了原来的样子，只是声音还有些恍惚。她说："你去麦田啦？"我笑笑说："你咋知道？"桃儿说："我梦见你和双羊坐在麦地里。"我说："还真是的。快通知你的姐妹们吧，傍晚的时候，祭奠仪式就开始了。"桃儿说："我知道，哎，你咋拉起了三弦？"我说："今天我不唱大鼓，我借来了田大瞎子的大三弦。我感觉，弹三弦可能更适合今天的气氛。"桃儿一边整理晾晒的衣服一边说："今天田大瞎子来吗？衣服洗干净了，可以送给他了。"我说："他不来，今天没有外村的人。"桃儿说："那好，还有一件没太洗干净，我还有清洗的时间啊！"我叹一声，没再说话，双手拨弄着大三弦。

临近黄昏，我扛着大三弦去了麦田。

双羊告诉我，陆陆续续，村里许多人都出来了。天气依旧闷热，人们要经受炽烈阳光的炙烤，似乎在考验着人们的耐性。过了半个小时，麦地已是人声鼎沸了。看来这件事惊动了很多人，他们都在麦地等着。烈日炎炎，有人打着伞，有人戴着草帽，也有人光着脑袋，肩上搭着一条毛巾。田间地头，排着一辆辆的轿车、吉普和卡车。这个时候，人们见面都相互问一句知冷知热的体贴话。双羊吃惊了，悄悄对我说："咋来了这么多城里人？"我也疑惑："是啊，他们咋知道的？"双羊说："是不是桃儿给带来的？"我摇头说："桃儿只带来了她们的几个姐妹。再说，你知道，麦圈儿她们也都是乡下人。"双羊似有所悟："噢，是这样的。"我说城里人有啥？往上找三代，都是乡下人。他们到麦田寻根儿来了。城市人活得忧烦、迷惘、压抑，所以特别希望到乡间来乐而忘忧。麦子图腾能让他们忘忧吗？陈锁柱和田兆本也觉得难以置信。陈锁柱感叹说："真鸡巴怪了，今天我糙着数了数，八千多号人啊！除了外村的人，还有城里人呢！"我们想起了麦收动员仪式，那次我们请来了田大瞎子唱大鼓，都没有这么多的人。田兆本说："看来，我们支部和村委，都没有双羊有号召力啊！"我在一旁更正说："不是双羊，是土地和麦子有号召力！"来了这么多的人，让我生出一份感动。难道小麦真的值得如此的祭奠吗？许多人都惊讶，人们面对着一个明显虚幻的东西，心里会咋想呢？这个小麦祭拜仪式，为啥具有如此号召力呢？听说了议程安排，城里人说："这仪式太简单了，如果再来一个篝火晚会就好了。"乡村人说："把敬意表达就行了，明天还要耙地呢。"城里和乡村，还有着深深的隔膜。我感觉到，不是孤独和苦难所能涵盖的，也不是打破"二元"结构就能解决的。

虎子带来好多鸟儿来助阵。

桃儿来告诉我，虎子"扑啦啦"从头顶响过去，升高了。戴着麦秸草帽的人，一步一个，长长地排列着。桃儿还说，转香于里牵着一条黑狗，站在金黄的麦垛旁，几乎成了一道风景。在我看来，一个人疯了，是不需要啥理由的。桃儿还说，曹大娘搀扶着凤莲过来了。我嘴里喊着凤莲就摸过去了。我跟凤莲说着话。凤莲站了一会儿就没劲儿了，曹大娘扶她坐在地头，松软的腰靠着一棵小树，浑身无力，脑袋有些沉。我还有一个意外惊喜，曹小根也来了，这些天他一直没回省城。那天他的壮举让我刮目相看了。我拍着他的肩膀："好啊，这次祭拜会给你带来好运的！"小根爽朗地笑了。桃儿带着她的姐妹回到我身边。她分别介绍这几个人的名字："这是麦圈儿，就不用介绍了,这是小梅、小霞、三凤、水仙、大奶子、显萍姐。"我分别跟她们握手寒暄。桃儿说她和她的姐妹们围着麦垛转了一圈又一圈,近看看,远看看,觉得无比新鲜。桃儿轻轻对我说:"三哥,怪了,麦垛在我们农村司空见惯。今天我咋看不够呢?"我笑了说:"看不够就多看一会儿吧!"显萍问:"三哥,这里生产五谷杂粮,为啥偏偏祭奠小麦呢?"我说:"我们麦河盛产麦子啊!"还有深层原因,我没说,说了她们也不懂,土豆让人清醒,小麦让人膨胀,正因为兄弟太多,才越过越穷。祖宗传给我们的麦子,已经退化为副食品了。我们愧对小麦啊!

祭奠仪式开始了。曹玉堂喊了一声,鞭炮炸响了,噼里啪啦,炸得人喜气洋洋。人群像炒黄豆,蹦成了一团。

接着就是钟声传来。

开始前人们有说有笑,钟声响了,即刻就安静了。

这生锈的钟,很久没有响过了。狗儿爷死后,就再也没人敲这个钟了。青铜的低吟,穿越年代而来,把人们从疲惫中唤醒。这是人们最爱听的声音,等于是一种福音。我知道,这当中的过程众说纷纭,结果还是在我的脑海里渐渐清晰了,如同黑暗里的一道闪光。夕阳像麦粒儿一样流淌,不知不觉就流向黑暗。

天空飘起一朵朵莲花一样的祥云。

虎子盘旋在麦垛上空,嘴里叼着一棵麦穗。

我看不见麦垛,轻轻摸了一把,这一摸,让我摸到了一辈子也忘不了的场面。它不仅是农民的"靠儿",也是人类的"靠儿",人类的奥秘在麦子面前袒露无疑。在我的历史中,我不曾有过这样的记忆,不曾见过这样的景象。一种投入劳动,投入土地,祈福丰收的豪迈心情油然而生。按照双羊的安排,我的弹奏要在人群之外。我选了一个土岗子,这是麦地的制高点。我怀抱着三弦坐下来。一群灰鼠从我身旁跑过,麦茬儿和青草被踩响了。我疑心是一条青蛇钻过去了。阳光过于强烈,还没开弹就汗流浃背了。麦香在周围弥漫,跟土香、花香混杂起来。割过了麦子的土地上,还有冒着热气的牛粪。我的鼻孔里立刻扑满了经过阳光照射的麦香、花香和粪便的混合味道,这仿佛是我们生命的味道。一闻到这种味道,困意就烟一样袭来。

双羊开始朗诵祭辞,祭辞颂扬着土地。

我一下子就精神了。我开始弹奏三弦,我好久没有弹三弦了,今天我弹出的声音如泣如诉。我自己把自己都感动了,嘴角浮起得意的笑纹,心灵得到了安慰。我的师傅告诉我,《礼记·郊特牲》对古代的天地崇拜说得最明白:"社,所以神地之道也。地载万物,天垂象,取财于地,取法于天,是以尊天而亲地也。"社,就是人崇拜土地的活动,土地承载了世间万物,所以要祭祀土地神灵。

我弹奏的三弦,犹如天籁之音,上天入地,缥缥缈缈。

我听见曹玉堂大声喊道:"祭连安地神——"是啊,吃水不忘打井人,这里真有祭奠土地的步骤。尽管看不见,我知道他们使用了"瘞埋法",这是非常古老的方法,将祭祀用的牺牲直接埋入土中,作为向土地神的献祭。人们抬着猪、羊、鸡和鱼上来了,缓缓埋入了土中。狗儿爷跟我说过,上古时的人就用这种方法祭地,黄帝封泰山时,曾经在梁父山祭地,采用的就是瘞埋法。作为牺牲的猪羊便被埋入地中,祈求大地保佑丰收。仪式的各个环节都进行完了,各家才开始播种。过了十分钟,我听见曹玉堂继续喊道:"祭奠小麦喽——"第二个程序是血祭。以人或牲、禽的鲜血祭祀土地神。我们麦河流域,没有使用人血的习俗。这也是一种比较原始古老的方法,就是将鲜血直接滴入土中,再把鲜血涂在土地神的身上,最后把鲜血供放在神像前。今天没有地神,麦子就代表了地神。我听见哗啦一声响,有人把一盆猪血和鸡血泼在麦垛上了。金黄的麦穗儿立即被染得鲜红。这样一想,我的弦声弹出一个重音儿,既兴奋又头晕,两脚如同踩在麦浪上,四周的一切飘飘忽忽。

曹玉堂喊:"全体跪拜!"

我听见一串"噗噗"的跪地声。人们的跪倒时间分了层次。老人跪地的声音未落,虔诚的气息就传导过来。先是老年人、中年人、青少年,再到小孩子,黑压压的一片,场面恢宏壮观。有一些人还悄悄地抹上了眼泪。曹玉堂喊道:"麦子!"

人们齐声呼喊:"麦子!麦子!麦子!麦子……"

我也跟着喊了一声:"麦子!"脸上的泪水已经流得不成样子了。

这一声声"麦子",不知触到人们心里的啥地方。可能是最疼的地方吧?后来桃儿告诉我,有人朝着土地磕头,脑袋"嘭嘭"地撞击着大地。我一边弹奏一边想,这个小麦祭拜仪式,为啥具有如此号召力呢?是的,这种事就是一个愿打一个愿挨。但是,这个"愿挨"还是有渊源的。桃儿的姐妹们闭了眼睛,双手合十,静静地朝拜。记忆就这样被瞬间打开,小麦的记忆比当初还要新鲜,劳动的滋味儿扑面而来。姐妹们都默默地流泪了。我知道,这种情感已经超越了小麦祭奠本身,上升到精神的抚慰。我们不愿看到周围的人，尔虞我诈，精神上相互残杀。人们在谎言、奸诈和利益的怪圈里折腾久了，都想找一个寄托；沉浸在钢筋、水泥和轮胎的世界里，都想突围。他们突然出现在小麦祭奠里，心里一片松爽。我突然感觉，连安地神就藏在我们永远无法知晓的地方。他暗示给我们的只有偶尔一闪的神光，他让麦垛保佑我们平安无事，丰收吉祥。

"我的麦子，我的麦子！"我的话语有些松散、零碎。眼里却闪烁着金色的光晕，我用挂在嘴角的微笑乞求丰收。"回来吧，回来吧！"一个声音在召唤，声音就在近旁，却像来自另一个世界。我的脑子一片空白，空无一物，好想一生下来就在这个麦垛里，一直守候着它，跟它做着伴儿。我腮边的泪水映着我无尽的依恋。我喉咙冒火了，手指急促而笨拙，三弦发出浑厚的音响，单调而苍凉。我想停下来，可我欲罢不能，灵巧的手指像是在跳舞，弹出了一种绝响。

我听见"嘭"一声，弦儿断了。

我一把将三弦揽进怀里，紧紧地拥抱着。

曹玉堂的一声吆喝，祭奠进入狂欢阶段。虎子飞到我身边来了，这畜生替我观看着。它说老人们纷纷撤出，年轻人一只手牵住另一只手，围着麦垛转着，唱着，跳着。我长长舒了一口气，气氛变得悠缓而欢快。散开的时候，人们久久不愿离去。曹玉堂分别发给每人一根沾血的麦穗，喃喃地说："都回去吧，都带一根吧，它会保佑你们的。"人们虔诚地接过麦穗儿走了。我听见麦圈儿喊道："哇塞，我愿意把自己的一生都留在麦田里。"还有人喊："啊，小麦，太爽啦，让自己找到自己吧！"这帮女人都跟着嚷叫，她们的叫声有点像黄狼子受伤时的哀鸣。我听见双羊喊了一声："桃儿，带着大伙儿跳麦子秧歌啊！"

桃儿应了一声："哎，姐妹们跳麦子秧歌呀！"很快，我听见一片嚓嚓的声响。我的幻觉分外活跃，仿佛她们的一举一动我都能看见似的。麦子秧歌起源于麦田劳动。古代祭祀农神祈求丰收、祈福禳灾时所唱的农歌、颂歌、禳歌，都吸收过来了，还有民间武术、杂技的特点，由演唱秧歌演变为民间歌舞。麦子秧歌左右摇摆，前后扭动，它的正步、小踏步、八字步和弓箭步，都与麦子播种、收割、运输、登场、打轧动作有关。花样繁多的手中"花"，这里变成了麦穗儿，踢步和顿步的时候，开始单臂绕麦和双臂绕麦。我娘说过，到了清代，麦子秧歌成形了。我们麦子秧歌，虽说没有陕北秧歌、东北秧歌和高跷秧歌有名，但在麦河流域，也是深入人心的。麦收一来，各村开始"闹秧歌"。彼此祝福、问好，村邻之间还会以麦子秧歌相互比赛，相互拜访，化解民间纠纷，给麦农带来快活，舒缓身心疲倦。秧歌队在一名持麦秸帽子的"麦头"带领下，和着锣鼓的节拍起舞，"跑大场""演小场"。"跑大场"是群舞，"演小场"是几个人的单舞。今天注定是"跑大场"了。大场里的人，尽情地蹦啊跳啊！

我放下三弦，情不自禁地扑到沸腾的人群里，拉着桃儿的手跳着麦子舞。我带着虎子加盟麦子秧歌，纯属萨满舞与麦子秧歌的大融合。我小的时候，鹦鹉村有一家单户，姓佟，满族人。佟家跳一种萨满舞，佟家人称"鞑子舞"。满族秧歌还保留着一些图腾崇拜，他们崇拜鹰。我见过他们跳这种鹰舞。从逗鹰、放鹰到鹰舞的动作中，表达了满族人民对鹰神的崇拜。虎子叼一根麦穗儿，是不是受到鹰舞的启发？我放开了桃儿，一边迈着弓箭步，一边挑逗着虎子。我一点都不晕，我跳到哪儿，虎子跟到哪儿，麦垛就跟到哪儿。不是我在走，而是感觉大地在动。我问夕阳，麦田是不是重焕荣光了？麦子融化了，我流眼泪了。"快让你的姐妹帮着扛麦棵子吧！"我这随便说的一句话，竟然把桃儿给打动了。桃儿大声说："姐妹们，我们干活儿吧？"麦圈儿和众姐妹呼啦啦扑上去了。我又提醒了一句："干完了活儿，你们就去麦河洗个澡。"桃儿都记住了。天黑的时候，桃儿带着姐妹们到麦河洗澡。没有风，河水平静。尽管隔了很远，我还是能听见女人们一迭声的呼叫声、戏水声。我对桃儿的声音最敏感。桃儿说："姐妹们，我抓到了一条小鱼儿。"麦圈儿说："我看看，麦穗儿大小，就是麦穗鱼。"然后，姐妹们传递着这条麦穗鱼。桃儿深情地说："我小时候，到河里抓鱼，抓着不少这种小麦穗儿。它很小，据说永远长不大，在大河里，可能随时被大鱼吃掉。可是，它们不气馁，不畏惧，凭自己的劳动，顽强地活着。"姐妹们都不说话了。桃儿就给她们讲麦穗鱼的来历，说它是蓑衣草籽变的。过了很长时间，大奶子哽咽着说："别说了，桃儿姐，我们明白了，真的明白了。"我心里很欣慰。姑娘们，我们麦河水是圣水，这圣水将洗涤净你们的身体和灵魂。

女人们的笑声传出很远。平原是那般开阔，把我的心送出很远。

我在土地上空翻了一个跟斗，这点功夫，是多年前练就的。空地里只剩下我一个人站着，听太阳落地的声响。

第五卷
朔之逆月

郭富九入会

那天午睡的时候,我家来了一个贼。贼轻手轻脚地摸进来,蹲在炕沿儿出气,我都听见了。这是外来的贼,村里的贼都知道我家有虎子,害怕给啄了眼珠子。我心里怦怦地跳,怕发生正面冲突,我故意装睡觉,但是头发吓得支棱起来了。贼不走空,这家伙顺手将桃儿的一个皮包牵走了。我给桃儿打电话,桃儿说里面没啥东西,就有一双丝袜。我气喘吁吁地坐着,惊魂未定。

贼前脚刚走,桃儿娘就朝我喊道:"三儿,在家吗?富九来了。"我爬起来穿鞋,拉着郭富九进了屋子。我说:"富九,有啥事儿啊?"郭富九叹了口气说道:"祸不单行啊,屋漏偏逢连阴雨。这不,轧死你腰子叔的司机还没找着哪,我那小孙子冷不丁抽起风来了,要不是我伸手及时,后脑勺非磕两瓣儿不可,真险哪,吓我出了一身冷汗……"我感到心里一阵冰凉,冷得浑身发抖:"没上医院去吗?"郭富九说:"看了,拍了个片子,大夫说脑袋里头有个小黑点儿,是早期癫痫。你婶我俩就寻思了,最近啊,这别扭事咋一个接一个啊?是不是哪儿出了啥岔头儿啊?你给我们算一卦,看看到底是咋回事啊?"我说:"是啊,你坐,咋这么别扭啊?"桃儿娘给郭富九递来板凳,郭富九缓缓坐下来。我开始给他批八字。我学了点算卦、看风水之类的玩意儿,偶尔给乡亲们算一算,还维持了一些人脉。今天我多了个心眼儿,郭富九自动寻上门来，正好借机帮双羊做做他的工作，让他尽快把土地流转给麦河集团。经过了麦收，他跟双羊的仇怨也该化解了。我晃了晃脑袋，像煞有介事地说道："哎呀，还是你家那片地的事呀！"郭富九一愣："快说，地咋啦？"我缓缓地说："出了问题啊，原本是一块仙人之地，仙人一半身子在大冬子家地里头，另一半在你家地里头，你叫人家不能整身，岂有不出事受罚之理呢？"郭富九连忙问："那有啥法子破解啊？"我说："办法只有一个，办不办由你啊。"郭富九连连说："办办办，你说你说。"我说："要想逢凶化吉，你家的那块地就得参加流转。大冬子家的地早流转了，两家的地就连成一片了。"郭富九抓着我的胳膊说："三儿啊，你可别蒙我啊！"我气恼地说："你知道我最信崇连安地神了，我拿地开玩笑，不得好死啊！"郭富九嚗着牙花子："我这地，实在不愿意给人家耕种。"我说："你呀，受穷的脑袋，小心眼儿，还记恨着双羊奔驰轧你家麦苗的事儿呢？"郭富九吭哧着不说话。我黑了脸说："跟你说啊，不听我的就鸡巴拉倒。往后出了横事儿别找我说啊！"郭富九讷讷地说："果真会有恶事儿吗？"我说："不是吓唬你，你不信就头疼。"郭富九颠颠儿地走了。我就知道，他不敢怠慢。回到家跟老婆一合计，第二天早上，郭富九就来找我了，要求加入流转。我嘿嘿一笑，就给双羊打电话。双羊愣住了，电话里一个劲儿问我："他是真心的吗？"我说："真心的，谁还能掐着他脖子啊！"双羊还是有些疑惑，说："好，我过去再说。"郭富九说："我先回家准备去了，过会儿再过来。"我让他先走了，双羊到来的时候，却让我极为失望。双羊硬硬地说："三哥，我不收郭富九的土地！"我一愣："为啥呀？你不是跟我说，一脉不合，周身不适，郭富九家的那块地没流转过来，就是气脉没打通吗？"双羊说："三哥，我不是不喜欢那块地。只是我觉得其中有诈。我不能强迫他！"我笑了："没诈，是他自愿的。"双羊轻轻一笑："别蒙我，你做手脚了吧？"我伸手搔了他一下："你小子真神啊！"双羊说："郭富九是啥人，我还不清楚吗？"我说："既然知道他是啥人，说明不容易，你就顺坡下驴吧！"双羊的声音极为严厉："不行，绝对不行，我不能破了自己的原则！"我沉沉一叹："那我可告诉他了，你别后悔啊！"双羊说："我不后悔！"傍晚时分，郭富九又来找我，我把情况一说，郭富九感动了："唉，双羊是怕我难过啊！其实，我是跟韩腰子一样，怕没了地找不着魂儿啊！"我叹息道："你就是受穷的脑袋！"郭富九说："三儿啊，土地不流转，这七灾八难的，还找我不？"我沉了脸："那难说啊！"郭富九抓着我的胳膊哀求："三儿，你就给找个破法吧！"我故意拿他一把："我没那么大本事。"郭富九说："你有，你有。"我无奈给他了一个装着朱砂的红布包，让他在黑夜里埋入土地。郭富九捧着红包千恩万谢地走了。几天以后，双羊给我说了一件事："那天，郭富九在河边放羊，两只羊犯病了，在河堤上打滚儿，口吐白沫。这老小子急哭了，恰巧我开着奔驰车经过这里。我惊讶地问，咋啦，富九？郭富九说，这两只羊怕是病了，有一只还怀孕了，这可咋好啊？我二话没说，抱起两只羊上了车。郭富九说，双羊老板，这可使不得啊，脏了你的车啊！我大咧咧地说，没啥，救羊要紧！郭富九一着急竟然崴了脚。我听见他'哎哟'叫了一声，急着问，你咋啦？郭富九说，真倒霉，脚崴了。我赶紧过来扶他，让他上车，我想把他送到镇卫生所，然后再去兽医站给羊治病。郭富九说话都哭腔儿了，谢谢你双羊，还是先给羊治病吧！我打电话给翻地的工人，让他们看护河边下的羊，我送病羊去兽医站。"我笑了笑："你的心真细，看这回郭富九老小子咋办？"双羊说："我带郭富九治好了羊，医药费都是我花的。郭富九逢人便夸奖我了。看来，人心换人心啊！"我说："这小子那土地咋办啊？"双羊说："他同意流转给我啦！"我抓着脑皮笑着："看来，只要付出真情，石头也会化了的！"

　　签约之后，双羊派人带着一台推土机赶回鹦鹉村，平整了郭富九那片地，与大冬子家的地连成一片了。那天我听见郭富九问双羊："我的地流转了，那我今后干点啥呀？"双羊笑呵呵说道："你呀还种这块地，只不过得按照集团统一安排种，明白了吧？"郭富九一听高兴了，说："明白明白，这跟还是我家地没多大区别。你说，下一步我种啥吧？"双羊说："准备耕种冬小麦。"我提议说："双羊，郭富九入会，在鹦鹉村非同小可啊，你还不得请客？"双羊笑了："我请客！"没几天，双羊把我拉进城请我吃了顿满汉全席大餐，说我立了一功，敬了我三大杯酒。我说："这是你双羊自己感动了那老小子！"双羊说："是你先启动的这事儿，功劳在你三哥呀！"我吃了个肚子溜圆，双羊说还有美味我没吃入口哪，我抹着香喷喷的嘴巴说："吃不过来了，撑死我啦，下回再吃吧。"双羊还给了我两千块钱，说是奖励我为集团做成一件大事。我很开心地笑了。双羊拍了拍我的肩膀，说给我找一个小姐。我一下子跟双羊急了："你小子啥意思吧？我找小姐，对得起桃儿吗？"双羊笑了："行，我是替桃儿考验你呢！我替桃儿高兴啊！"双羊说："不要小姐，要不做个足疗？"我摇着头坚决地说："女的做吧？不要不要，送我回家唱大鼓去。"双羊"喊"了一声，使劲抓了抓我的肩膀。双羊派车给我送回村里了。刚一下车就听见了一阵阵笑声，其中有郭富九的。他的笑有特点，尖细尖细的，有点像太监。我就走了过去，喊道："富九叔，咋这高兴啊？"郭富九说："这还用问，找着跟过去不一样的感觉了呗。现在体会到了，过去呀，自个儿一家人干活挺孤单的，眼前大伙儿一块堆儿亲密无间，乐乐呵呵的，多有意思啊！"我赞同地说道："说得好，有点像生产队时候。还是组织起来力量大，活得有滋味儿啊！"

那天在村委会办公室，我跟双羊说了郭富九的"入会"现象。双羊说："好嘛，郭富九有了一种新的认识，说明用工业手段改造农业绝对可行。改造农民的最好方式就是集体劳动，只有组织起来才能降低种粮成本，才能跟市场竞争。"在一旁的田兆本支书笑了，说："我们农民是得改造。我承认小农意识根深蒂固，但是，农民不是天生没有协作精神，没有集体观念，就看我们能不能给开发出来。过去是靠政治口号来鼓舞，今天开发它的武器是增收，是钱。"双羊哈哈一笑说："当初为了这块地，我跟郭富九吵得面红耳赤，郭富九还把我拽到了镇政府。如今他主动提出流转家里的地，尝到了大伙儿一块劳动的甜头儿，满心欢喜的。等到过些日子他家的收入提高了，他肯定会更加拥护走集体致富这条路的。"田兆本点点头说："在改革过程中，集体经济要想摆脱体制的束缚，就得找到一个突破口，突破水土不服。在推行家庭联产承包制以后的几年，在农村经纪人制度的摸索中，表现尤其突出。到现在，农村合作社建设的一些环节上，还是存在着信誉度不高的问题，常常有欺诈，让农民很苦恼。"说到这些大问题，我是插不上话的，我喜欢听。我听见双羊又说："哪天支书再领着农民到外边学习学习去呗，啊？"田兆本笑了说："你有这样的要求当然好了，县里最近是有这个打算。省里有个现代农业试验区，有空去看一看。"

两人正说着，陈锁柱推门进来了。我闻到了一股气味。原来他手里托着一包子东西，包装纸已经渗透了油渍。双羊乐了，说："你咋这客气呀，书记？知道我来就赶紧送酒菜儿来了哈？"陈锁柱放下纸包，说道："这是猪耳朵、猪大肠、猪肝，你小子真有口福啊。废话少说，准备杯子。"双羊抓我的胳膊："来呀，三哥！"我摇头说："不行，我喝不了，今天吃消炎药了。"陈锁柱笑道："瞎子，被桃儿管住了吧？准是桃儿不让你喝。"我故作爷们儿状说："她管我？还嫩点儿。"双羊和田兆本都笑了。田兆本说："立国自从有了桃儿，那是换了一个人啊！"双羊说："这叫爱情的力量嘛！"说着，我就听见往碗里倒酒的声音。我扭头就跑，陈锁柱一把拽住了我："哎，想当逃兵咋的？你真逃了，下次别进村委会的门啦！"我被迫重新坐了下来。双羊问："三哥，吃啥药啦？"我说吃了牛黄消炎片。在场的人都大笑了。陈锁柱说："瞎子净骗我们。中药啊，喝酒没事儿！"他说着，就兴奋地往我酒碗一碰：喝！我端着碗，跟现场几个人乱碰一气。我喝了酒，抓了一块猪耳朵，嚼了起来。真是饿了，这一嚼感觉真香。陈锁柱有点喝高了，抓着我的脖子说："瞎子，说说你跟桃儿咋睡觉啊？"我生气地说："你跟你老婆咋睡觉，我们就咋睡觉呗！"陈锁柱喷着酒气说："你看，我问你搂着桃儿，干美事儿是啥感觉？"田兆本笑了笑。我知道陈锁柱这家伙犯邪劲了，就对付说："感觉好啊，你跟你老婆呢？"陈锁柱说："你看你，我老婆那肥猪似的，有啥感觉？我问你呢！我可是听说，桃儿每到高潮时就喊死，那死得带劲啊！"我说："你老婆没死过？"陈锁柱说："死过，装死。哎，瞎子不愿意说他和桃儿的事，我给你们讲一讲我老婆装死的故事。瞎子，愿不愿听啊？"我说："愿意听。"陈锁柱说："那我有个条件，我讲了，你就讲你和桃儿的事。"我说："话咋那么多，讲你的。"陈锁柱说："有一天深夜，我喝酒了，回家倒头就睡。老婆小秋突然来劲了，又不好意思说，就轻轻捅醒我，说要换个位置睡。我便迷迷糊糊从老婆身上爬过去，刚睡着，老婆又捅我，说还想睡原来的位置。我又迷迷糊糊爬回去。后来，老婆哭了，把我哭醒了，我问她有啥伤心事儿。你猜老婆咋说？"我们都异口同声问："她咋说？"陈锁柱举着碗："喝酒，都喝一大口，听我下回分解！"我们都大口喝了酒。陈锁柱说："我老婆哭着说，你真是个好干部啊，两过家门儿都不进啊！"我们听了哈哈大笑起来。我说："我听说过，说你两过家门都不进，我还以为你抗洪呢，说半天是这个不进啊！老实交代，不进老婆的门儿，自然要进别人家的门儿。你小子是不是家外有家？"陈锁柱哭腔了："兆本啊，你给我做证，我作风还算基本正派啊！"我继续起哄："你给我说，你和老婆的故事还没讲完呢！"陈锁柱梗着脖子说："完了。"我说："装死，咋装死啊？"陈锁柱嘴里嚼着东西说："老婆说完就不哭了，她说我死了。就装死不出气儿了，我着急了，上去给她做人工呼吸。"我推了他一把说："啥人工呼吸，你小子准做了俯卧撑！"陈锁柱说："没有，没有。"双羊跟他碰了一杯酒："哈哈，做了就做了。"我笑得身子软作一团。

正喝着笑着，郭富九的儿子郭章过来喊我，说郭富九正张罗一些人到他家当院里喝酒。我愣了愣问："你爹这么抠门儿，咋想着请客啦？"郭章支吾说："我爹说土地流转了，庆贺庆贺。"双羊就让我去了。我刚到郭富九家门口的时候,碰上了郭富九和四乱子。郭富九看我脸红了,就问:"天还没黑,你咋就喝高了?"我说:"双羊、村长、支书都在,说着说着就喝上了。我跟他们夸奖你了。"四乱子说:"别看三叔是瞎子,常跟大人物喝酒。"郭富九说:"咋说话呢,谁说人家瞎呀?我看啊,我们这群睁眼儿人都算上,也赶不上三儿聪明。等三儿治好了眼睛,鹦鹉村还搁得下啊?"四乱子拉我的手:"三叔,你睁了眼,别忘记我们啊!"我说:"唉,多少年了,还睁啥眼啊?"大家就呵呵笑了。四乱子跟郭富九闹:"富九叔,看你这一天乐呵呵的,开喝吧!"郭富九嘿嘿笑着回答:"那得整两杯,不喝几口不叫高兴。"四乱子接着说:"富九叔家土地入股到麦河集团,我们都跟着高兴啊!"郭富九装作没听见。哥几个在郭富九身后嗷嗷喊叫着起哄。郭富九不回头,一边走一边嘟囔着:"喊去吧,就是不叫你们占我的便宜。哼,请你们爷们儿,一个个狼羔子似的。真是的……"

"胜子,二林,你们哥几个,跟上我,喝酒去呀。"郭富九这样大声朝街上那帮年轻人喊。人们支应着。我知道,他平生第一次这样大方。虽然底气不足,但毕竟是亲口喊出来了。这就是进步啊!我感觉人们全都傻了一样看着郭富九,怀疑自己听错了。到了富九家里,他老婆已经做好酒菜了。我正坐在院里的大石板上,郭富九说他看见大强和小翠了。我这才突然想起来,大强找过我,大强要跟小翠结婚了,新房都布置好了。小翠的那个大款丈夫涉嫌手机短信诈骗被判了二十年徒刑,她跟他办了离婚手续,回来找大强了。我是特邀嘉宾,得唱上一段大鼓。四乱子夸奖说:"富九变了个人啊!"我说:"人总是在变嘛。富九的土地一直坚持不流转哪,这不也流转了吗?郭富九请客,这可是百年不遇的事情啊,他居然请上客了,新鲜嘿,这说明土地在变,人跟人之间的关系也在变哪……"我听见郭富九开酒瓶的声音。

等了很晚,双羊和桃儿过来了。大家当着桃儿赞扬了我一番,我心里美滋滋的。我能受到双羊和大伙儿的抬举,重要的是跟桃儿搭上了伙,我直觉得眼前看不见的一切都变了颜色。桃儿悄悄攥了攥我的手,示意我别失态。捏着她柔软的小手,我浑身好像触了电,麻酥酥的,就忍不住扬起手来摸了一下她的脸蛋儿。她使劲抽了一下我的手掌。还是失态了,我知道。可是,双羊不会怪罪我的。我越来越佩服双羊,他用管理工厂的方法,把鹦鹉村村民管了起来。我听桃儿说,郭富九这老小子被提拔为种植三分场的主任,这个官相当于村民组长,分管着三十八个民工生产劳动。郭富九如今是鸟枪换炮了。还有人巴结他,给他送烟送酒了。

第二天上午，我正跟桃儿合计一个广告的事，桃儿的手机响了，是双羊打来的，第一句话就是："桃儿，大强背石头滚下山失踪了，你快去县里找锁柱他哥去。"桃儿惊叫一声，连忙问道："让我找陈县长干啥呀？"双羊说："我叫他帮咱雇了架喷洒农药的直升机找人，你去把飞机接来。"

事情是这样的：麦河集团在靠近北山的地方建设高产田，一大块麦地需要平整，为了解决引水灌溉问题，双羊决定挖一个水渠。过去在大包干之前，有一个水渠，单干后谁都不管了，时间长了损坏了好几段。郭富九做过瓦工，他对这些事有研究，他跟曹双羊一商量，重新设计了个灌溉水渠。修水渠需要大量石头，郭富九主动跟翻地的农民协商，农民们说这不是给公家，是给双羊干，给我们的麦河集团干，就都放下手里头的活跟着上山背石头，背得可起劲了，好像给他自家背。双羊对我说："三哥，那几天给我急的呀！甭提啦！大强也参加了背石头，他还有几天就要结婚了，郭富九不叫他背，大强说啥也要背！郭富九拗不过他，只好答应了。可谁想到，这小子干得愣，跑得快，背着一块大石头爬坡的时候，脚底下一出溜，滚下山去了。"我吓了一个哆嗦："可是人命关天啊！"双羊说："郭富九跟在场的人都吓坏了，慌忙放下石头下山去救大强。可说啥也不见他这个人了，失踪了！郭富九跟我作了汇报。我当即求陈县长解决了一架喷洒农药的飞机，帮着我找人。"我知道他和桃儿上了飞机，不知咋的了，飞机带着桃儿上了天，好像把我的心也给带天上了。我仰起脸来对着天，自言自语说道："快找着大强吧，越快越好啊！"

老天保佑，大强终于找到了。他滚落进了山沟里的一个两米多深一米多宽的坑里头了，坑四周围杂草浓密，把坑口严严实实地覆盖住了，双羊他们当时没发现。还好，大强只是左胳膊骨折了，其他地方啥事没有。这小子还真挺命大哩！

事后，我听说这次雇用飞机找人花了三万块钱。我故意问双羊："花这么多钱找一个村民，值吗？"曹双羊捶了我一拳，大声说："咋不值，一切为了生命。城里人就值，我们农民就不值咋的？我们所有的努力就是为了让咱农民兄弟都活得有尊严！"我情不自禁向他一挑大拇指，大声夸赞道："说得好，哥们儿，三哥佩服你！"

郭富九操持兴建的水渠全面完工了。因为节省了不少成本，双羊特意奖励给郭富九一千块钱，还给每个背石头的民工追加了奖金。郭富九领到奖金全都送给了大强，说是算他跟老伴儿给的喜钱。大强推托不过，只好收下了。

我听说了这事挺感慨的，郭富九啥时候变了呢？是啥原因叫他变成这样一个大方的人了呢？

三天后，大强和小翠如期举行了婚礼。全村人几乎都参加了婚礼。

麦子装车拉走了。麦收一晃就过去了。尽管现在麦收时间短了，但是，我还是根据月相变化来计算，月亮又回到朔了，我们的麦收才真正结束。新翻的土地，就要播种冬小麦了，明年的麦粒又要萌芽了，大地沉浸在又一轮麦香里。麦河静静地流淌着，永远奔流不息，就像我们农民艰苦而温暖的日子，永永远远过不完。

生活万花筒

我们农民观光团终于到北京了。

我笑得很勉强，每笑一声，都在骂自己："瞎子，有啥好笑的？你傻不傻呀？"没有办法，我还是得笑。参观完郊区现代农业园，已是晌午时分，我们分两家饭店吃饭，吃的是北京烤鸭。大伙儿早就憋着劲等着吃北京烤鸭。我们人多，烤鸭店盛不下，总不能清场把其他食客都轰出去吧，就只好分两拨儿吃。烤鸭终于吃到嘴里了，大伙儿高兴得跟过大年似的，一边吃一边赞不绝口。我已经算是场面上的人了，但还真是第一次吃烤鸭。我咂摸着正宗北京烤鸭的滋味，感叹道："总算了却一桩心愿啦！"双羊对我说："三哥，第一次吃吧？"我挺了挺胸脯说："别看第一回吃，我听桃儿介绍过，我都知道。"双羊一笑："趁着大伙儿都占着嘴，给我们聊聊这道美食吧。"大伙儿纷纷说："对，瞎三儿快说，叫我们吃个明白。"我擦下油滑的嘴巴，说道："好啊，那就听我聊聊。这北京烤鸭呀可是有名啊！果木炭火烤制，它以色泽红艳、肉质细嫩、味道醇厚、肥而不腻的特色，被誉为天下美味而驰名中外啊。相传，烤鸭之美，来源于名贵品种的北京鸭，它是当今世界上最优质的一种肉食鸭。据说，这一特种纯白京鸭的饲养，约起于千年前，因辽金元之历代帝王游猎，偶获此纯白野鸭种，后为游猎而养，一直延续下来，才得此优良纯种啊。你们知道烤鸭为什么不能直接啃着吃吧？"大伙儿都摇头。我接着说："一看你们就是穷命脑袋。这是因为鸭子都肥，直接啃着吃，那还不油腻得慌？现在北京烤鸭啊主要有三种吃法，搭配不同的作料。第一种，用筷子挑一点甜面酱，抹在荷叶饼上，夹几片烤鸭片盖在上面，放上几根葱条、黄瓜条或萝卜条，把荷叶饼卷起，这是咱们现在正进行的最通常的吃法。第二种吃法啊，是蒜泥加酱油，也可以配萝卜条。蘸着蒜泥、酱油吃，鲜香中还有一丝辣了吧唧的味道，风味不是更为独特嘛。这第三种，拿又酥又脆的鸭皮，蘸着白糖吃。这种吃法特别适合女人跟小孩子。"

田兆本说："听听，咱们鼓书艺人懂得还真多。"双羊夸耀说："敢情儿，三哥也是民间艺术家嘛。"郭富九老婆说："哎，双羊经理，咱们今个儿就按三哥说的，来个三种吃法一块堆儿上呗。"双羊说："行啊，跟富九一样，占便宜没够！服务员……"漂亮的女服务员应声款款而来，声音甜美地问道："您有什么吩咐，先生？"双羊大大咧咧说道："请给我们每人上一份三种吃法的调料。"大伙儿都乐了，感觉挺亢奋的。我听到周围餐桌的食客在小声窃笑，就自言自语地说："真是奇了怪了，农民咋老叫城里人笑话呢？"

这顿烤鸭把我们每个人都吃了个美滋滋、喜洋洋的，肚子撑得难受。

双羊说："正好，溜达溜达，消化消化食儿。"

我问他："咱们先上哪儿溜达去呀？"

双羊大声说："大伙儿说先上哪儿好？"

不少人喊："天安门广场。"

我说："好是好，咱们这么多人可得守纪律别乱跑啊。"双羊说："对，三哥说得对，咱们都得守纪律，听见没有，听我统一指挥啊！"

大伙儿都说保证听话。

我平生第一次来到了位于北京市区中心的天安门广场，心情格外不平静。眼睛没瞎的时候，总想有一天能上天安门来玩，可家里穷，来不起啊。现在有条件来得起了，又没了眼睛。我只在书本上见过对天安门的描述，说它原来是明、清两朝的正门，明永乐十八年建成，当时为三层楼式木牌坊，名叫承天门。清顺治八年，改建为今天的样式，改名为天安门。双羊跟我描述过，这里有天安门城楼，上覆黄琉璃瓦，成排的斗拱、大小梁枋，以及天花藻井上绘有金龙彩画和吉祥图案，正脊、垂脊末端有鸱吻和仙人走兽，楼内六十根巨柱排列成行，方砖铺地一平如砥，南面有菱花格扇门三十六扇，全楼内外油饰一新，色彩绚丽。这可是神圣的地方啊！我站在城楼下，感觉时光好像倒流，恍如隔世一样。忽然，有人用手摸了一下我的腮帮，好像搔痒似的。我说："谁呀？"就一把抓住了这只手。这手粗糙，梆硬，龟裂的地方粘一块胶布。我摸出来了："玉堂大叔，今天咋没听见你的声儿啊？"曹玉堂声音低沉："三儿，我在那辆大车上。吃烤鸭的时候，我看见你了！"我抓着曹玉堂的手不放："大叔，你对着天安门说几句吧！"曹玉堂憨憨一笑："瞎三儿，我一个种田的能说啥？"我说："不说？你咋知道来啊？"曹玉堂说："这不是怕被人家落下嘛！"他抽了一下鼻子，带着浓浓的鼻音。我的心为之一震，连玉堂大叔这样的农民都有焦虑，他们怕被甩在时代生活之外。我想了想说："你不知道，狗儿爷常常说到天安门。可惜，他一辈子都没来过。你替他说两句吧！"曹玉堂还是摇头："我不说，你替我爹说吧！"我想了想说："也行，我替他说，不然回去他该骂我啦！"曹玉堂过来扶住我的胳膊。

我张了几次嘴巴，却说不出话来。

曹玉堂催促说："三儿，你赶紧说呀！"

我想起了土地，就有一股暖流，烫烫地透到心底，眼泪唰地下来了。

我脸对着天安门深深鞠了一躬。

从北京回来的这一夜，我连连做着梦。这天早上，我还在睡梦中，就被双羊的一阵敲门声惊醒了。我打开门，双羊一步跨进屋里，气愤地说："三哥，你说这是啥事儿啊？"我愣了愣说："双羊，出啥事儿啦？"双羊说："陈玉文把我们集团的麦子偷啦！"我听后大骂："我总警告你，你非要给他脸。那是狼！"双羊说："我找锁柱说了。陈锁柱的裤子还没穿好，就被我拽出了屋子，我开车拉着他去了村外。到了村东的小树林，我的汽车猛地停了下来。我说了声，就这儿，下来吧！我们在一处树枝覆盖的土堆前站住脚，我指着土堆说，你小子看看吧，让你开开眼。锁柱疑惑地看看我的脸，走上前去，轻轻扒开树枝，露出一个个麻袋。他回过头问我这是啥？我说，麦子！锁柱更加疑惑了，说，麦子咋搁这儿了？谁家的？我一字一顿地说，我们集团的，这是赃物！陈锁柱惊讶了，赃物？有人偷来埋这儿的？我说正是。他气愤地说，这还了得，找到这个贼没有？我说，找到了，就是陈玉文。"我十分解气地说："这小子是啥反应？"双羊咳了一声："陈锁柱挺吃惊，他说玉文？他咋会干出这种事来呢？还直说我弄错了。我把证据一说，陈锁柱就呼哧呼哧地喘了粗气，一跺脚骂道，这个浑蛋，陈玉文，看我咋收拾你！还说，大哥我俩平时白教育你啦，竟然干出这种丢人现眼的事儿来！真是气死我啦！气死我啦！我将左手按在锁柱的肩膀上，说道，你消消气儿，当心气大伤身。你呀听我说，这事只有我一个人知道，再就是你，第三个人都没有，咱就大事化小，小事化了，否则这事传扬出去，玉文名誉事小，对元庆

351

县长来说，那影响可就大了。"

我既解恨，也很好奇，问："你是咋知道的？"双羊喘了口气说："昨晚上不是该我值班嘛。我不放心地里值班看麦子的，就往村外头溜达。路过囤积麦子的仓库的时候，隐隐约约看见几个人扛着啥东西，从仓库后头的院墙爬出来了，当时我就断定是偷麦子的贼，就大吼一声追了过去，抓住了其中一个，你猜是谁？"我一愣问："谁呀？"双羊说："陈玉文的打手，大地瓜！大地瓜都招了。当着我的面，锁柱掏出手机给陈玉文拨通了电话，把陈玉文骂个狗血喷头。"我说："你想咋处理？"双羊说："陈玉文把麦子给我送回来了，还立下了保证书！"我抓着双羊的手说："光写保证书不行，陈玉文是咱村一害，我们鹦鹉山上的狼，有吃人的心，可它没有吃人的胆。这小子既有吃人的心，还有吃人的胆。你得给乡亲们除害！"双羊说："三哥，我有这想法，但现在还不是时候啊！"

要说世上的事，有时候真是叫人琢磨不透，黄鼠狼咋就专咬病鸭子？陈玉文的事情刚完，吴三拐又闹重病住进了医院，让双羊忙活了好几天。

天一擦黑儿，我正试唱新编的鼓词，桃儿来告诉我，吴三拐吐血住院了。我一听就急了，不是为吴三拐急，是为凤莲姐急。想她委屈嫁给吴三拐，没过上几天舒心日子；想她年纪轻轻得了绝症，好不容易转危为安，老爷们儿又吐血了，真要有个三长两短叫她咋应对呢？我正急着，凤莲姐来了电话，还没说上一句完整话她就哭了。我安慰她几句，说："别哭，姐，我这就跟你上医院看看去啊！"在半路上，双羊在电话里告诉我们，吴三拐已经做完手术，正在观察室接受观察，目前没有生命危险。我松了一口气。可以看得出，凤莲姐对吴三拐还是有感情的，夫妻做长了，能没感情吗？

我们一见到双羊，凤莲姐就拉住她弟弟的手，急切地问："你姐夫他现在咋样了啊？我要看看他。"双羊笑着说："没事了，姐，他现在病情挺稳定的。医生说观察室不能进去，只能在外面看看。"凤莲姐的眼泪还是流下来了，她说："走，快领我去看他。"在观察室大玻璃窗外，我听见咚咚的响声，是凤莲姐拍打着玻璃。她喊了几声吴三拐的名字，啜啜地抽泣起来。我问桃儿："吴三拐咋样啊？看见咱们了吗？"桃儿说："看见了，正朝咱们招手哪。"我就安慰凤莲姐说："别哭了，姐，人不是没啥事儿了吗？"凤莲姐拽着我的胳膊，不说话，就是哭。这个时刻，我对男女之间的情爱，有了一个新的认识。

在休息室，凤莲姐说："双羊，你姐夫病好了，别让他退休，你就再续聘他几年吧！"

双羊说："不行啊，姐，公司有规定，到年龄就得退休啊！越是亲戚越应当带头遵守啊，不管是谁一律按合同办理，这样才能服众不是。姐夫对我双羊有恩，你兄弟我到啥时候也忘不了，就是到死我也记着姐夫的好。给姐夫治病的钱我全包了，可他必须得退下来。这一点，姐你得理解支持我啊！"凤莲姐问道："这些年，你姐夫究竟干得咋样？你跟姐说句实话。"双羊直言不讳地说："老实说，姐，我姐夫那个人他就不是干事业的料儿。义气有，热情有，待人也实诚，可就是情商低，智商低。我为啥把他调到集团当副总啊？就是给他个面子，他在方便面厂当销售经理，业绩一直不好。现在，桃儿干得多好，你看这销售业绩！我们刚从人才市场招聘来了一个营销人才，叫刘一波，由他来顶替姐夫。我知道，姐夫他心里头一百个不愿意，可有啥好法子啊，工业化管理，到年龄就得退休。这要形成一套制度。说实话，姐，姐夫经常喝大酒，我要是不看在你的面子上，早就解雇他了。"

凤莲姐说："你姐夫这个人，毛病不少，可自打跟你到煤矿以后，真是改了不少啊，这你都看见了。不管咋说，他是真心想干好你给他的差事，就是能力小。他不想退休，不是还想当这个副总，没过够这个官瘾，他是琢磨着自个儿退下来没事干，活得没意思啊。我也怕他不上班了，再犯老毛病，你姐我的罪可就又受上了啊，兄弟。你就随便给他个差事，别叫他闲下来就行啊！"

我插话说："凤莲你的身体不好，正好让他照顾你啊！"

凤莲叹了一声："他能照顾我？他是那样人吗？"

双羊直嘬牙花子，没说话。

我咳嗽一声，刚要说话，被桃儿悄悄拽住了胳膊，示意我别说。我转念一想，可也是，清官还难断家务事哪，何况我这个瞎子。就期待着双羊答应凤莲夫妻俩的请求。可双羊转移了话题，他问桃儿："和葡萄沟村主任谈得咋样啊？"桃儿转脸看看凤莲，不知该不该接他这句话。

我感觉双羊的气息很硬，心中像是戳着一根铁棍。凤莲不会说服双羊的。凤莲自有凤莲的办法。凤莲回到家向父母说了。曹家顿时一片大乱，曹大妈和曹玉堂都骂双羊没良心，没道德。曹大妈当即拨通了双羊的电话，质问他："你就这么不心疼你姐啊？合同到期了你就不能再聘用他？你就眼睁睁叫他离开集团？他再本事不大，终归是你姐夫，跟你一条心吧？你忘了，张良捣鬼，不是你姐夫报告给你的？"双羊柔声解释说："娘，您说的都在理，这是两码事,我不是存心跟我姐夫过不去,也不是我信不过他,是公司有公司的制度……"曹大妈说:"啥制度啊?制度还不是你定的?就你本事大行了吧?"双羊叹口气说:"娘您别急呀,等他病养好了再说行吧?"曹大妈见这事有缓,就也缓和了口气说:"你就看着办吧。"双羊把电话挂了。

虽然我讨厌吴三拐,但也反对双羊这样做,总觉得他不近人情。变通一下,给吴三拐个闲职也行啊!看来双羊挺在乎我的意见,一听我说他没人味,立马吼道:"三哥,你骂我是吧?我咋没人味了啊?你知道企业整不好的最大原因是啥吗?就是任人唯亲,家族观念,你好我好大家都好,不管本事大小,人人都挣点儿钱,大家都有份儿。"我说:"咱鹦鹉村就是一个大家园,这是你说的吧?我问你曹双羊,你说到底啥是家园?不就是叫每个人都能感受到温情的地方吗?可这点温情都让双羊你给毁了啊,这个家园还不迟早有一天散了啊?"双羊拍了桌子,焦急地说:"我的三哥啊,你这是偷换概念。不错,家园是得有温暖有情意,可这温暖情意不可能是没有原则的,不能逮谁跟谁讲温暖,你说我说的是不是这个理儿?"我反问他:"你啥意思啊?干脆说吧。"双羊塞给我一支烟,我生气地扔给了他。双羊诚恳地说:"三哥,你冷静下来想一想,你说我能前脚跟我姐夫解除合同,后脚再返聘他吗?跟他一块儿到期的赵红霞、李大户、孙瑞坤这几个人该咋想啊?他们同样是跟我打拼的老将啊!还有那些一心想进集团随便找个差事挣俩钱儿的人,他们会咋看我曹双羊啊?还不趁机闹事伸手要岗位啊?集团上下几百双眼睛可都看着我呀,我这样没原则,往后我还咋领导大家伙儿啊?"我摇摇头说:"我不这么看,也不会这么想。谁不知道你姐夫这个人的过去啊,你姐能跟他走到今天容易吗?大伙儿同情他,咋会跟他攀比呢?你可以给他安排一个他力所能及的活计啊……"双羊打断我的话说:"你说得简单,你又不是不知道,咱集团现在是不养闲人,一个萝卜一个坑儿,你叫我咋安排他嘛?"我说:"你要这么说……嘿嘿,那你就瞧着办吧,我一个外人本来是不该插嘴的,要不是凤莲姐……"双羊说:"我知道你对我姐的情意,可这实在是两码事。你得理解我的难处,我这都是为咱麦河集团啊,月亮代表我的心啊!"

话说到这份儿上,我还能说啥呢?可心里觉得堵得慌。

双羊对我说:"三哥,我听到不少风言风语,都骂我没有人情味儿。骂得最凶的是那些想进集团混份工资的人,有老妖精、陈玉文、大土豆和三懒蛋。"我劝说:"你别往心里去,我认为你做得对。"不过,我也立刻判断出这些人的用心。要说可真是人言可畏啊，竟然有人传言，说我带头攻击双羊呢。这是谁造的谣言啊？真是抬举我瞎子啦！赶明儿我得好好请请他……

我感到了双羊的压力，给他出了个主意，让他实在难以排解心里头烦恼的时候，就跑出村，站在麦河河畔吼上几嗓子。有人听见双羊吼了。最终，双羊坚持没有续聘吴三拐。

准备闹事的村民见吴三拐退下来，乖乖蔫了，不再煽风点火了。

炊烟与花朵

炊烟就是我天空，还是农家的旗帜，谁家要是没了烟火，就说明这家的旗倒了。我爱闻炊烟的味道。麦草化成的烟，有一股清香，令人神往，就像我们的魂儿。我们一天的生活，从炊烟开始，又从炊烟结束。麦草化成的烟跟树木化成的烟不一样，是那样的洁白、宁静、缥缈。早晨的炊烟，与中午和晚上的炊烟都不一样，傍晚的烟更浓，颜色由暖变冷。我喜欢在傍晚串门，没瞎的时候，我去谁家串门前，先看一看炊烟，如今是先闻一闻炊烟，如果味道还很浓郁，就说明人家的饭没熟，得先等一等，赶上人家的饭口，就会很尴尬了。等人家的炊烟淡了，就说明人家已经吃完饭，或是吃到了尾声，这时候过去聊天是最好的。这方面，我有我的贡献。前几年的一个傍晚，村东头的孤寡老人七奶奶死了，谁也不知道，是我路过那里，没闻到她的炊烟味而发现的。如今有的人家用了微波炉，炊烟少了。我每天抱麦秸生火时，总要嗅一嗅鼻子，探一探曹大娘是不是点火做饭了。

傍晚来临的时候，我在村巷里溜达，我的双脚被村里的炊烟绊住了。村上还有母亲们的召唤，她们一遍遍喊自己孩子的乳名，声音温暖而悠长。今天我听见曹大娘喊："莲儿，莲儿——"凤莲是多大的人了，还让老娘操心啊？凤莲很晚才从街上回家去。凤莲病情恶化了，大娘不让她回黑石沟了，就住在娘家，死也要死在娘家。我有一种担忧，害怕那个时刻的来临。所以，每天我都去嗅曹家别墅的炊烟，一天没有看见炊烟，就会以为凤莲死了。只有凤莲出事儿了，曹家才会断炊的。前天阴天了，气压过低，烟气沉沉，我闻到了很浓的炊烟，以为曹家把饭做晚了，就守着虎子等候。等了很久，我去的时候，曹家把饭吃完了。我说咋没烧麦秸？曹大娘愣了："三儿，你咋知道？"我说："我鼻子闻出来了，你家烧的榆木劈柴。烟里有木灰的气息，涩涩的，涩中还带点苦味。"凤莲姐笑了："真是狗鼻子！"吴三拐插话说："瞎三儿，桃儿给你做饭不？"我说："做啊，她做的水煮鱼可好吃呢！"吴三拐嘻嘻一笑："是你给人家做水煮鱼吧？"我拍着胸脯说："我不是跟你吹，桃儿听我的。我的眼睛一瞪，她立马就蔫啊！"凤莲轻轻笑了："别说眼一瞪，她兜你的底，越瞪眼越不管用。"我连连说："管用，我的眼睛挺唬人的。再说了，虎子替我看着她呢！"曹大娘说："三儿啊，你可得看着桃儿一点。"我激灵一下子："咋，大娘听着啥闲话了吗？"曹大娘漫不经心地说："没有，大娘不是盼着你们好吗？我总在说，桃儿是个好姑娘。这年月，谁还没走过一点弯路啊？"吴三拐说："还真是，过去就过去了，这叫浪子回头金不换啊。我在厂里最清楚，桃儿没跟谁传出一点闲话来！"我点点头说："别夸奖她了，是我调教得好。女人啊，都是贱骨头，我们不能放下手中的鞭子！"凤莲姐说："三儿啊，混账话，你这是跟谁学的？是不是双羊说的？双羊啊，情感上总是把握不住，你看他现在的样子，好吗？我说啊，他没你幸福呢！"我摇头说："咱能跟人家大老板比吗？"凤莲说："你俩这样挺好，爱情单纯一点好，能有真的东西。"我急忙夸奖说："行啊，凤莲姐说话有哲理了。我跟桃儿说了，爱情就是自由、单纯。我们之间像虎子一样自由，像歌曲一样单纯。"吴三拐听不懂我们说的话，悄悄躲到一边看电视去了。

凤莲想笑，没笑出来，我听见了她猛烈的咳嗽声。曹大娘急忙给她捶背，捶出的声音有了空音儿。听曹玉堂大叔说，凤莲晚饭都没吃，她有好几天没吃东西了。我的心就提了起来。都很晚了，曹大娘做了一碗鸡蛋面。一碗鸡蛋面，凤莲吃了很长时间。吃几根就歇一会儿，喘一口气。她吃下一点就噎住了，慢慢咽下一小口，发出呜呜的声音。我知道凤莲姐能将这碗面吃下去已经不错。凤莲喊吴三拐过来拿碗，吴三拐心不在焉地在看电视。听见喊声，就过来了，接碗的时候，碗摔在了地上。我吓了一跳，听见凤莲埋怨丈夫说："你让我咋办？你就永远长不大吗？"吴三拐急忙拾掇残片儿。我说："凤莲你就知足吧，他几天都没喝酒啦！"凤莲生气地说："我跟他说好了，等我一死，爱娶谁娶谁，爱咋喝咋喝！"吴三拐说："我不娶了，也不喝了。"凤莲说："我才不信你们男人的话，走了穿红的就来挂绿的。你不喝酒，就等于狗说不吃屎啦！"吴三拐尴尬地说："唉，我们两人总也尿不到一壶，原因就是你一直看不起我！"我说："凤莲啊，三拐挺好的，你两人好好过吧！"凤莲说："我也想好好过，可没那日子啦。"说着就轻轻哭泣了。

我埋怨她说:"多不吉利,咋总把死挂在嘴边啊?"凤莲说:"死就死吧,我都想好了,我死后,就在火葬场一烧了之吧,骨灰也别埋坟里,撒在我家田里,那里有磷和钾,肥了土地,我还能听见庄稼拔节的声音。"她发出一声冷冷的鼻音。谁也没有搭腔。如果凤莲走了,这个世界上哪还有我能说真心话的人啊?有人会问了,你还有桃儿,桃儿就不能说真心话吗?我细想过,尽管我们真心相爱,可是,有些话还是不能说的。我听见曹大娘偷偷抹眼泪。凤莲说:"你们咋不说话啊?三儿,双羊不在家,你先表个态。"我心中一沉:"凤莲,我表啥态啊?"凤莲声音有些硬:"别给我做泥塑了,我不想再说话了。"我哽咽着说:"我想你啊,想你咋办。难道你到那边不想我们吗?你不想知道家里的情况吗?"凤莲说:"双羊也不听我的,我不想知道。"她说着,眼泪吧嗒吧嗒掉下来。

  我心中咯噔一下子,就知道她想双羊了。人到最后的时候都想亲人。

  两天过去,双羊也不到。听桃儿说他在台湾地区考察呢!凤莲跟我说:"三儿啊,明天带姐到河边走走吧?"我疑惑地问:"你体力吃得消吗?大娘会同意吗?"凤莲说:"没事儿的。"我感到,凤莲回光返照了。她一定是回光返照了。第二天是个好天,太阳火红火红的。一阵风吹过来,把麦河水掀得哗哗响。我俩从麦河渡口上了六嫂的船。虎子跟着我们飞翔。凤莲带来了山羊,山羊被拽上了船。我摸了摸这只怀孕的山羊,身体很笨重,看来要生产了。六嫂是麦圈儿的六嫂,我和桃儿跟着喊六嫂。她很会做生意,把小船布置得像一条花车,船体上请城里一个美术老师画上了每个季节盛开的主打花,一个季节有两种,依次是春天的迎春花、杜鹃花;夏天的荷花、石榴花;秋天的菊花、桂花;冬天的蜡梅花、象牙红,万紫千红,五彩缤纷的,可好看了。我逗六嫂说:"我说,六嫂哎,这上面画的花你都认得不啊?哪天别叫乘客给你问住喽!"六嫂咯咯笑了,说:"好你个瞎三儿,瞧不起六嫂是不是?听我给你报一报花名儿啊!一年四季百花艳,美好生活花烂漫;十二个月份花满月,锦绣大路花相伴。请听,我给你报花名儿。"她拉出长音,像评戏里报花名儿。我扭头问凤莲:"你爱听吗?"凤莲很高兴:"爱听,爱听。"我对着六嫂说:"你呀,别数落,记得你不是会唱评戏吗?"六嫂说:"是啊,能唱两口儿。"我说:"就用评戏唱。"六嫂就唱上了:"一月花开,开的是蜡梅、水仙和兜兰,还有迎春、天竺、马蹄莲。二月花开,开的是春兰、瑞香、蟹爪兰、仙人指、兔子花和那个瓜叶菊。三月花开,开的是白玉兰、贴梗海棠和连翘。四月花开,开的是君子兰、含笑、牡丹、桃花、樱花、橘子、葡萄、郁金香。五月花开，开的是月季、玫瑰、木香跟春夏鹃，还有哪，紫藤、琼花、锦带花、八仙花、金雀花、芍药、令箭荷花。六月花开，开的是米兰、白兰花、栀子花、广玉兰、珠兰、扶桑、石榴、夹竹桃、木槿、圣柳、美人蕉。七月花开，开的是荷花、睡莲、紫薇、凌霄、昙花、金丝桃、九里香、变叶木、花叶芋、冷水花。八月花开，开的是三角花、玉簪、石蒜和葱兰。九月花开，开的是桂花、一串红、雁来红跟美人蕉。十月花开，开的是木芙蓉、蜀葵和那个大丽花。十一月花开，开的是秋菊、红枫跟天竺、银杏、柿子和香樟。十二月花开，开的是茶梅、蜡梅、象牙红，还有火棘、虎刺跟那个冬珊瑚。我报的花名是多是少，唱得好不好，还请鼓书艺人瞎三儿评价评价，才能见分晓啊！"

"好，说得好，唱得妙，花更俏，狗撵鸭子呱呱叫啊！"我由衷称赞道。凤莲拍着巴掌喊叫起来："真好听，真好听。"她笑得比我还欢实。我的心情一下子就好了。我笑着说："你爱听就好，回头让双羊给你发奖金啊！"六嫂说："那我可等着了。"凤莲迟疑了一下说："三儿，我咋没听见有包指甲花啊？"我愣了一下说："包指甲花，对啊，应该在六月里开啊！"我马上想到，凤莲最爱包指甲花了。

我让六嫂又再给唱一遍。六嫂就耐心地唱着，凤莲轻轻地笑了。

我们带着山羊，在河对岸走着，聊着。虎子依依不舍地陪着我们。下午三点多了，田野寂静无声。过了一会儿，河对岸隐隐约约传来拖拉机的轰隆声，那是麦河集团的机械在平整土地。凤莲还是不想回家。我们在一棵老槐树下坐下了。收了麦子，随着雨季的到来，被羊吃掉的小草，重新破土而出，简直是顶着脚心钻了出来。风在草地深处翻卷着。山羊所到之处，草地上一片咔嚓咔嚓的吃草声。我的手机响了，我得先回去，家里还有一些等着算卦的人。前几天就约好了，好多是桃儿的朋友。我离开她之前说："甭吭声，甭动弹，天一擦黑儿我就来接你。"凤莲笑笑说："没事儿，你走吧。我死不了。"她就躺在花丛中了。山羊吃草不吃花，嘴巴遇到花了，就自觉绕开了。我回来的时候，天已经快黑了，我摸了摸她，她真的睡着了，甚至在她沉睡时，都绷紧了苦命的神经。山羊也跟着她睡着了，我又抚摸着山羊，等待她们一同醒来。她一睁眼就说，男人睡在花丛就做风流梦，女人睡在花丛就梦见孩子。我忽然明白了，她一辈子没有孩子，她可以啥都不讲究，可以吃很多的苦，就是不能没有包指甲花，不能没有梦。原来包指甲花里有她的全部梦想啊！

这两天以来，凤莲明显着不行了，滴水不进了，躺在炕上不能动弹。看来癌症扩散了，脖子上长了一个包，医生说变成淋巴瘤了。那一天，我给双羊打电话，这小子没接，我就让桃儿找到了他。双羊回来了，从上海飞回来的。他一进屋就搂住了姐姐，搂了好久好久。凤莲总算不再哭了，听着双羊从包里掏东西的声响。双羊说："姐，这是我们公司研制的小麦草汁，以后你天天喝它，病就会好的。"凤莲说："小麦草？啥叫小麦草呀？"双羊急切地说："姐，其实，就是小麦苗儿。小麦草适合做的种子有小麦、大麦、荞麦。我们用李敏研制的新型小麦当种子，市场前景看好哩！"我插了一句："双羊，我听李敏说过。这玩意儿真那么灵吗？"双羊笑了笑："要相信科学嘛！坚持喝了它，效果会非常好。小麦草汁就把氧气带入人体内，刺激血液循环，又增加红血球数量，增强人的免疫力。这小麦草含的成分可多了。它除了含有大量活性矿物质、蛋白质、维他命、微量元素之外，它的分子成分结构与人的血液分子极为相似，临床证实，能够抑制癌细胞滋生，清除体内铅、镉、汞、铝、铜等有毒金属，还能治糖尿病呢，平衡血糖、清肝、降低高血压，清除各种毒素，促进血液流通。"双羊说起话来滔滔不绝，逻辑缜密。凤莲懵懵懂懂地说："谢谢你，不过，姐不喝了，也喝不进去了。"双羊抓着凤莲的胳膊："姐，你一定要喝！我让他们赶制出来，就是让你喝它！"我在一旁劝说："凤莲姐，你就尝一口，双羊也高兴啊！"凤莲轻轻地说："不，你的心，姐领了。三儿，你替姐尝尝。"双羊把瓶子递给我，我品尝了一口，咂摸两下："青草的味道。"双羊咳了一声，又要说话了。我站立起来，想躲一躲，让凤莲跟双羊说说告别的话。凤莲喊住我，说三儿你别走。我就留下来听着。一阵窸窸窣窣的声响，凤莲好像摸啥东西。我听见凤莲说："双羊啊，姐姐不行了，走之前就想见见你。你来了，我就踏实了。这是你平时给姐的钱，给姐治病的钱，我没花，原封不动放在这张卡里。你干大事情，用钱地方多，你留着用吧！"双羊哽咽了："姐，你这是干啥呀？我不缺钱。"我听着一阵扎心，抹着挂在脸颊皱褶里的泪水。凤莲断断续续地说："双羊啊，你干得挺好，姐没啥惦记的。姐知道你太累，我就担心你身体啊，人哪，不管你干多大的事，到头来，还得有个好身板儿哩！"双羊说："姐，你说得对，我记住了。"凤莲说："那就好，那就好啊！"双羊点点头："放心吧，姐。"凤莲想了想说："姐姐心里有两件事，一直没跟你说过。姐姐对不住你。第一件，当年你找陈元庆报仇，都是为了姐姐。是姐姐不好，耽误了你高考，误了你的前程。第二件，就是你回村流转土地，我公公婆婆非要要回土地。

我刚刚出院，你怕我难过，把地还给了他们。别人都瞄着你呢，我后来才知道，你顶着多大的压力啊！"双羊轻轻一笑："姐，一家人的事儿，都不说了。我曹双羊再能干，不就一个姐姐吗？姐，你要好好养病，你会好起来的！"凤莲说："你别骗我了，姐都知道。"我对着凤莲说："凤莲啊，你别这样说，双羊不是外人。他咋会骗你呢？"凤莲根本不在乎我说啥，她继续说："姐还嘱咐你一句话，无论走到哪儿，无论发多大财，都别忘本。别忘了，你是农民。农民的好德行，万万不能丢啊！多想着鹦鹉村，多想着乡亲们，土地多好啊，乡亲多好啊！姐姐手术回家这一年半了，乡亲们对我太好了。我到了那边，也要天天祝福他们！"双羊热泪横流。末了，凤莲讲了一个故事："双羊啊，过去啊，有一个农夫，耕种麦河边上一片贫瘠的土地，收入微薄。老地主说，只要你不断往前跑，不歇息，跑过的地方，不管多大，那些土地都归你耕种。农夫不顾一切跑啊，实在跑不动了，就想歇一会儿，一想到要当地主了，发财了，就继续往前跑。最后跑了很远，却因透支体力，咚的一声，倒在地头死了！双羊，你可别学这个农夫啊！"双羊诚恳地点头。

　　过了一会儿，凤莲进入昏迷状态。我把曹大娘和村医叫进来了。人们大呼小叫呼喊凤莲，到了傍晚，凤莲终于醒了。她说："满天的星星，孩子的哭声多美啊！"我一想坏了，天还没黑，哪来的星星？凤莲开始糊涂了。我急忙更正说："不是孩子哭，是山羊叫呢！"凤莲缓缓睁开了眼睛："山羊，山羊生了吗？"说着又进入昏迷状态。我一下子明白了，凤莲咽不下这口气，是等山羊生产呢。我对双羊说："自从你打死了怀孕的山羊，你姐姐心里一直放不下。她养了山羊，就像自己的孩子。她要山羊产下小崽儿，放回鹦鹉山，替你赎罪。"双羊哽咽了："姐姐啊——"我轻轻走出去，摸到了羊圈，是一些树杈子盘成的栅栏，既防止羊逃了，还可以防止狼的侵袭。我把怀孕的山羊牵出来了。双羊说凤莲抿了抿嘴角，看来是山羊的问题。我拍了拍山羊厚厚的脊背，说："山羊啊，你快生了吧！"羊的嘴唇动了动，似乎也想唱几句。可能羊记不住词，它只"咩咩"地叫了叫。山羊发出一串绝望叫声，想延缓她即将逝去的生命。这时候，我突然想，山羊要是会说话就好了，让山羊跟她说说话多好。

　　我听见山羊的叫声越来越大。双羊好奇地说，山羊把前腿弓了起来，后蹄子蹬住地皮，屁股一撅一撅的。我说："怕是要生了。"凤莲惊喜地说："是吗？要生小羊啦？"我们都不说话了，房间里静极了。我心中怦怦地跳着，忽然，听见"扑唧"一声，小羊羔叫了一声。谢天谢地哩，总算生了，凤莲等的就是这一时刻啊！我的鼻子酸酸的，眼圈红了。这畜生善解人意啊！我蹲下身子抚摸着山羊，山羊的乳房鼓鼓的，奶水很足。奶汁儿那样冲，那样甜美。曹大娘用一块毯子裹了小羊羔，双羊抱起了那只小羊羔，走到床前，让凤莲摸一摸。后来双羊跟我说，这个时刻，凤莲的目光充满慈爱。她艰难地抬起胳膊，一下抱住了小羊羔的脖子，把自己的脸贴在羊羔的脸上。凤莲张嘴说着啥，没人能听清。双羊让我听一听，我凑到凤莲的嘴边。我听清了，她说："好啊，双羊就没罪了。"说着她就有了笑意，缓缓闭上了眼睛。吴三拐抓着凤莲哭，哭得嗷嗷的，几乎瘫在了地上。我们没人搭理他，咋不早对凤莲好点？我欣慰的是，凤莲走的时候很幸福，就像熟睡了一样。我的理解，她已脱离了尘世之苦。

凤莲死前把黑石沟好吃的特产包好，一共分了四份，双羊一份，小根一份，爹娘一份，其中还有我一份。双羊把写着我名字的东西交给我的时候，我的手抖了。我伸手一摸，是小米、核桃和板栗。我拿啥给凤莲啊？给凤莲过"五七"那天，我把家里的包指甲花都拔了，放在了凤莲的坟头。凤莲死后，我一直没有大哭过。我终于可以在墓地大哭一场了。我哭得太伤心了，曹大娘拉着我的胳膊，试图把我拽起来。她哪里挣得过我，她一松手，我重新扑在坟头，哭声更为悲戚。我拍打着坟上的土，哭得身子都抽搐了。曹大娘说："看来，三儿跟凤莲真的好。韩腰子死的时候，都没见他这么哭过。"六月里，包指甲花一朵朵地炸开了。包指甲花离土的时候，喇叭口一垂，那蒂就软了，花瓣儿一片片地飘落下来。满地包指甲花瓣儿，一朵一朵的，别人以为是哪儿飘落的，谁人知道，这花瓣儿都是我撒的。我漫不经心地往地上一蹲，抚弄着包指甲花瓣儿。我仿佛听见凤莲在说："三儿，你都不知道你的礼物有多美。"我轻轻地说："我看不见花儿，只有你包了指甲才美。"凤莲走了，我采摘包指甲花的日子结束了。古语说，宁隔万重山，不隔一层板。板是啥？不就是棺材吗？人只要活着，总有见面的时候。可是，人死了，就再也见不着了。就算我能跟她说话，还是觉得不对头，心中空空的，感到一种说不出来的悲伤。

一想到凤莲，头顶就大雨飘泼。老天都在为她悲伤，为她鸣不平。

虎子告诉我，天晴了，天空横出一道彩虹，连接着麦河两岸。这天上午，我和双羊带着两只山羊上了山，一只大山羊，一只小山羊，我们把它们放归鹦鹉山。山羊蹦蹦跳跳跑了，蹄声渐渐远去——

资本与"潜规则"

"救救土地啊!"疯子转香疯喊着。

这一声喊叫不同寻常,声音凄厉,伴随着一声声的铜锣。我被吓了一跳,心被揪紧了。过去疯子转香敲锣的时候,都喊"救救我啊"。今天她改口了,这种叫法太新鲜、太刺激人了。一定是土地上的事情深深伤害着她了。在我记忆里,刘凤桐掺和土地纠纷不是一回两回了,上届班子的"机动地"事件,涉及了他家一点土地,他出去告状,状没告下来,他的名气越来越大了。几年前他家的土地转包给了温州人,收了麦子,温州人撤了,刘凤桐就想回村种地了。他和转香在外没有混好,如果混得好了,谁还在乎这没啥油水的土地?这次又咋了?双羊逼迫他流转土地啦?我怀着好奇,跑到大街上去找转香。记得转香身躯矮小,眉眼精神。这个女人太不幸了。隔老远,我就听见那里乱成一锅粥了。有人告诉我,刚才陈锁柱制止转香,转香就势一头撞在陈锁柱肥胖的肚子上,陈锁柱扑通一声倒在面粉厂门前,捂着老腰直哼哼。我来的时候,陈锁柱刚刚被人架走。转香看见了我,停止了手里的敲打:"立国啊,救救土地吧!"我说:"土地咋啦?"转香没有傻笑,却变得非常冷静。我往村头一站,一群女人就围了上来,叽叽咕咕,像一群蚂蚱攀上了大秆高粱。人们嚷嚷开了:"陈锁柱欺负人啊,给那么点钱,就把土地占了。瞎子,你可得给乡亲们主持公道啊!"我支吾着说:"你以为我是县长?我说话管用?"转香说:"我家凤桐说,你比县长还好使。"我惊讶地说:"为啥呀?"转香说:"你跟双羊好啊!听说,这回占地是他在幕后操作的,也不知他给了陈锁柱多少红包?"我心里咯噔一声:"不会啊!"我把转香拉到家里,听她慢慢叙说。转香一进家门,脑袋就乱了,疯话连篇。后面的事情是刘凤桐告诉我的。几乎让我触目惊心了。村里即将征用三百亩承包田,要建一个马场。她家的承包田,将被强行征用。刘凤桐不在城里装修了,又开始了告状生涯。刘凤桐一把鼻涕一把眼泪地说:"为了这点地,我们可惨了。我挑头告状,得罪了陈锁柱,陈玉文把我给抓回来,带到火葬场,放进烧死尸的铁盒子里,我给吓坏了,腰也给打坏了。"我浑身打了个哆嗦,气愤地说:"光天化日之下,竟有这样的事儿?老和尚打伞,无法无天啦?"转香拉着我的胳膊哀求:"三哥,我肚里的孩子也流产了,我没有孩子的命啊！可怜可怜我们吧。"我愕然了，继续问："他们打你了？"刘凤桐说："我从火葬场跑出来，在麦河口洗脚上的血，他们又追来了，转香也跟他们争执，一下就滚河坡里了。孩子没了，我们啥都不怕了，我就让她到大街上喊，我要让全村的人都知道这里的黑幕。"我吸了一口凉气，闻到了转香身上的血腥气。我的血往脑袋上涌着，激愤地说："我找陈锁柱去，太厉害了，这叫巧取豪夺啊！"刘凤桐说："陈锁柱能听你的？你得找双羊说，让他改变主意，我们就有盼头了。"我去城里看病，刚走一个礼拜，回村就出了这么多事情。

　　我给双羊打电话，想劝他别再征地了。土地上的事儿，说小就小，说大就大，弄不好就激起民愤来。双羊手机关着，我就带着虎子到村委会去了。陈锁柱见我就怵头，但还是笑脸相迎："瞎三儿，找我有事儿啊？啥时候喝你和桃儿的喜酒啊？"我黑着脸说："无事不登三宝殿，我问你，刘凤桐和转香的事是咋回事儿？"陈锁柱说："啥咋回事儿？没咋回事儿啊！"我大声说："你少跟我打哑谜，你凭啥要占人家的地？"我虽然看不见，可还要凝视他，仿佛是要把他一眼看穿似的。陈锁柱愣了愣。我继续追问："占地就占了，好好商量，凭啥打人家？啊，凤桐伤了，转香保胎保了大半年，孩子说掉就掉了。"陈锁柱说："瞎三儿，你可不能血口喷人啊！"我说："谁喷你了？我来劝你悬崖勒马，是为你小子好。别以为有你哥撑腰，你就可以胡作非为，要知道还有地神呢，还有王法呢，如果这事儿闹出去，你吃不了兜着走！"陈锁柱是一个暴脾气的人，但是，在我面前只能强压着火气。他说："你说的事儿，我真的不知道，是不是开发商那边干的？"我说："谁是开发商啊？双羊吗？双羊要是敢这样干，我上去就给他俩嘴巴！"陈锁柱说："你能，你能，我们怕你还不行吗？不过，我可告诉你，上级号召建设新农村，搞旅游开发是上级提倡的。再说，这事儿双羊舅爷的公司也参与了，你要闹，不是给双羊添乱吗？"我说："建设家乡，我没意见。我就恨你们这些打着建设的幌子，侵吞农民土地的人。凤桐打工没挣钱，再没了地，拿啥活命啊？你也是农民出身，你拍拍胸脯的四两肉，做事得对得起良心！"陈锁柱沉默了一会儿，说："既然话说到这份儿上，我就跟你实说吧。我这村官好当吗？你说那天，刘凤桐这小子找我，进屋就拿我的茶杯喝水，那儿有一次性杯子，他不用，我一下子就火了，这是我个人用的，不是待客的。这小子比我还横，把杯子一蹾，说这不是人用的吗？这不是找碴儿打架吗？我们两人就吵吵起来，我让镇派出所把这小子拘留了两天。他就为这告状！"

我摇头说："转香可没这么说，不为这个，为土地。"陈锁柱"嗖"地站起来，大声吼道："还犟，你这瞎子咋不识抬举呢？给你脸啦？刘凤桐这样的刁民，给你啥好处啦？"我比他的声音还大："我没得啥好处，但我就见不得他们流泪。谁欺负他们，我就跟谁干！"陈锁柱说："这没法干了，没法干了。"骂骂咧咧地甩手走了，把我一个人甩在那里，村会计对我说："瞎三儿，赶紧治眼睛，好好跟桃儿过日子。管这闲事儿干啥？"我理直气壮地说："你这么说，我可不高兴了。桃儿说我是一个麦田的守望者，我觉得很自豪。我是个瞎子，既不能种田，也不能收割，唯一能干的就是丰收了，给大伙儿唱大鼓喝个彩，农民受欺负了，给他们鸣个冤呐个喊。我是瞎子我怕谁？谁也别想挡住我！"村会计悄悄躲了。

这个时候，我想找刘凤桐问问情况，光听转香一人说，还是心里没底，毕竟转香是个疯子。过去我跟刘凤桐接近，基本出于怜悯，怜悯别人，也让别人怜悯自己。今天就不一样了，我愤怒了，我是土地神连安派来的使者。我走在村街上，忽然听身后传来汽车的声音。我听出是双羊来了。汽车停住了，双羊喊："三哥，这是干啥去啊？"我怒气不减："你来得正好，我找刘凤桐去，刚刚跟陈锁柱打了一架。"双羊急忙下了车，拍了拍我的肩膀："三哥，这么大火气，到底出啥事儿啦？"我冷冷地说："啥事儿？别跟三哥装糊涂！"双羊说："我刚刚从上海回来，真的不知道啊！"我把刘凤桐和转香的遭遇说了，双羊真的惊呆了，半天说不出话来。双羊将我扶上汽车，说："走，我们去看一看刘凤桐。"他发动了汽车，忽然又灭了火。我感觉他抹了把脸，端坐在驾驶室一声不吭。我的心陡地一跳，他犹豫了吗？他心里有愧吗？过了一会儿，双羊重新发动了汽车。到了刘凤桐的家，转香没在，好像又上街敲锣去了。刘凤桐一个人躺在炕上呻吟。人长得带相，城里人洋气，乡下人长相发憨，一看就是庄稼汉。刘凤桐长得本来就丑，如今被打伤了腰，打掉了一颗门牙，那模样得多丑了？我摸了摸他红肿的腰，说："双羊来了，你把事情的前后，一五一十地都讲出来，不能说谎话。"刘凤桐抓着我的手哽咽："三哥啊，还说啥呀？没了地，我和转香都不想活了。"双羊说话了："到不了那一步，说吧！"我说："是呀，说呀！"刘凤桐就都说了，连转香掉孩子的事都说了。双羊久久沉默着，我隐约感到他的沉默里积聚着什么。有句名言说得好，不在沉默中爆发，就在沉默中灭亡。谁听了这事儿都会愤怒，如果双羊不愤怒，说明他这个人废了，说明他跟我们离心离德了。过了一会儿，我催促说："双羊，你说话呀！三哥等你表态呢！"

双羊还是没有表态。他让我很失望。

我问刘凤桐："你老婆干啥去啦？街上没听着她敲锣啊？"

刘凤桐说："都到地里去了，好几家的老少都去了。我走不了路，我要是能下地，我也去了。"

我一愣："去地里干啥？"

刘凤桐沮丧地说："最后通牒，人家跑马场的要铲庄稼了。"

我的心一寒，嚷道："你们就同意啦？"

刘凤桐发出了一声叹息，用拳头在土炕上狠捣了几下："不同意又能咋的？咱是鳖，伸头一刀，缩头也是一刀！"

双羊拉了我一下，说："走，我们到地里去。"

我跟着双羊去了刘凤桐家的承包地。到了那里，我听见推土机嗡嗡响着。乡亲们来了，你一句我一句地嚷着。双方形成强烈的对峙局面。老人、妇女和孩子们靠在一起，紧紧挤靠着，仿佛这样可以抵挡。田兆本带着几个人给乡亲们做思想工作，陈锁柱没在现场。那边领头的竟然是双羊的小舅子张良。看来，转香的情报是对的，建跑马场是张良公司干的。没想到，他们把生意做到鹦鹉村来了。这不是祸起萧墙吗？转香敲着铜锣，满地跑，边跑边喊："救救土地啊！救救土地啊！"双羊捅了我一下，我不知道是啥意思。难道他还想让我出面说服乡亲们吗？难道他还是主张用我的佛心和善意化解矛盾吗？上次搞墓地的时候，他就利用了我。那一次的占地性质跟今天不一样。这次没门儿了，我不会这样做了。在乡亲们看来，谁侵占了他家的土地，就像谁睡了他家的老婆一样，忍不了。我悄悄对双羊说："你别忽悠我，我站在乡亲们一边，我没有别的选择。"我打了个呼哨，虎子轻轻落地了。它仰着头，蹭着我的腿，绕着土地转了一个圈，又转了一个圈。它在找麦穗，这么热的天气，叼一根麦穗就会好受一些。这畜生够神的，它竟然从地里叼出了一棵土埋的麦穗儿。

我感觉，阳光下的土地色彩斑斓。

天热得要命，好像划一根火柴就能把空气点燃。我将脚心翘起来，躲着地面的炙烤。我的心怦怦地跳得急促。阳光落下来，火辣辣的，晒焦了土地，地上蓄满了燥热。双羊已经好久不沾地气了，他像是醉了酒，趔趄了一下，差一点栽倒。我伸手扶了他一下，他战战兢兢地站住了。我想阳光将他晒透了，地气自下而上，缓缓爬了上来，让他轻轻颤抖了，他出汗了，汗水从头上流到脚上，脚上的皮鞋已经湿了。我听见他身上噼噼啪啪的骨节响，渐渐地，我感觉他的双腿有了力量，他一点点地站直了。还是地神的力量大啊，我忽然想起了古希腊神话安泰的故事。安泰俄斯是大地女神和海神的儿子。他离开大地，就虚弱不堪，只要双脚着地，就力大无比。

我听见双羊拳头攥得咔咔响，他要出手了，他要破釜沉舟了。

我的心狂跳起来。真没有想到啊，人们对土地的欲望渐渐走入疯狂之境。他们用无法挽回的方式掠夺土地，所有卑鄙手段都用上了，欺骗、恐吓、厮杀，他们还把这种恶劣行径说得冠冕堂皇。经济开发，造福百姓。我对双羊说："你要干啥？"双羊说："三哥，这事是背着我干的，张良跟陈锁柱背地捏咕的，我要揍他个兔崽子！"不知怎的，我知道了双羊没有参与，心情就释然了。但一瞬间，我又犹豫了。我希望双羊挺身而出，又害怕双羊揭开世界的真相。他跟我不一样，我横竖一人，没啥可牵挂的。他不行啊，他有麦河集团，他有大片流转的土地，他要养活一堆人吃饭啊！他这一拳打出去，乡亲们会对他刮目相看的，可是，必然失去了陈家。不，不仅失去，还会招来凶恶的报复。尽管双羊已经有经济实力了，我担心这点实力能否招架得住。我拉了双羊一下说："我们再想想办法，这时候你不能出手。"双羊没有听我的，他说："我咽不下这口气啊！"我满身的血冲上头顶，耳朵里嗡嗡地叫着，还是强劲劝他："你多想想，你还有麦河集团啊！"双羊说："老虎的屁股，球儿！"说着，他就冲出去了。我听见张良嗷嗷地叫了两声。他可能是给了他两脚，听声音不是打的巴掌。张良委屈地叫着，然后就乱成一团了。我听见双羊喊："啥鸡巴跑马场，扯淡，我们鹦鹉村就产麦子！麦子！"农民们给双羊跪下了。

我猛地抬起头，满含泪水。阳光很强烈，我眼里却很黑，这是永久的黑夜，褪不尽的夜色。阳光在我的泪水中漂浮起来，像一团洁白的云朵，渐渐融化了。我听见推土机开走的声音，仿佛看见张良抱头鼠窜的样子。双羊走到我的身边，我浑身热血沸腾："双羊，你牛×啊。曹家人就是牛，三哥好像看到当年的曹老大又转世了。"双羊拍拍手上的土，说："我的太爷，是条好汉，我比不上他啊！"我知道，双羊无法遏制对曹老大的热爱，这种热爱化成崇拜，崇敬之情日益强烈。我担忧地说："双羊，既然干了，就别回头了，你可别糊弄我啊！"双羊说："我啥时候敢糊弄三哥？"我说："你还记得吗？小时候我俩背土比赛，背土打赌。你说，谁赌博输了就输麦子。我就背啊，背了一筐又一筐，你背的没我多，你偷偷占了一个土包，结果糊弄我瞎子，让我白给了你一袋麦子。我问你这是啥政策，你说这是土政策！"

双羊哈哈地笑了，劝导了我几句，我心中的怒气烟消云散了。我们回到汽车里，陈锁柱的电话就打过来了，火气很大，质问双羊是啥意思，让他对此负全部责任！双羊说："我会负责到底的！"我大声说："双羊，不要怕，对待这样的人要毫不留情！我早就有预感，你跟这畜生交不了一辈子，这种关系不会维持长久的，说不定哪一天就会翻脸。"双羊承认我的分析，然后我们一同分析目前的状况。关于这次占地，陈锁柱有陈锁柱的逻辑，张晋芳有张晋芳的逻辑，农民有农民的逻辑。这个资本"潜规则"里，所有的逻辑似乎都有道理。但是，一个强大的利益链条形成了。张晋芳沉浸在自己的逻辑里，却不知道别人的逻辑。张晋芳的电话也打过来了。双羊没接，把手机装了起来。双羊说得对啊，面对这个资本"潜规则"，人们对土地失去敬畏，反应迟钝，急功近利，这样滑下去太危险了。

双羊解释说："三哥，我跟姐姐有个约定，她不让我报仇，我跟她发过誓，不再伤害陈元庆。我怕姐姐伤心，我就一直忍着，乡亲们误解我，连你也误解我，以为我跟陈家穿一条裤子。你说，我跟他们是一路人吗？凤莲姐走了，我没啥顾虑了。"我说："凤莲是怕你吃亏，今天的事儿，她要是知道了，同样赞成你的。"双羊说："听我爷说过，过去我们鹦鹉山，有过一种狼，叫鹦鹉狼，嘴巴甜，但性情狡猾，凶狠，多变，恩将仇报。这让我想起东郭先生和狼的故事。东郭先生冒着被赵简子斩杀的危险，将狼装在书袋里救了它，等危险过去了，狼饿了，就要张嘴吃掉东郭先生。陈锁柱代表一级政府啊，他这样干，不就是狼吗？老百姓咋看我们党和政府啊？我相信党和政府是为老百姓的，还有田兆本这样的好干部。所以说，我们不能让豺狼当道啊！"我担忧地说："我怕你斗不过陈家人啊！"双羊大声说："我喜欢电视剧《亮剑》里的李云龙，即便打不过敌人，也要敢于亮剑！既然是斗争，就没法不残酷，咬一口，割一刀！你知道，我当着连安地神的神光，我发过誓的，我喜欢和所有邪恶的人拼杀！"我被他感染了，点点头说："说得对，邪不压正，出水才看两脚泥呢！一个望风而逃的胆小鬼，没人敢把土地托付给他。"沉默了一会儿，双羊说："我搞土地流转，决不能伤害乡亲。事情要自然顺畅，就得光明磊落。他们这么干下去，给农民造成的痛苦和悲哀可想而知。就说陈元庆吧，他今天中午要请我和晋芳吃饭，他说在县城拍出了新地王，三百二十万一亩。我攻击他说，这是土地财政，有啥高兴的？老百姓买不起房咋办？他说哪儿不是土地财政？用土地换来的钱，搞公众设施，再返还给百姓嘛！这叫取之于土，用之于民啊！一派混账话！土地是啥？就是一块橡皮泥，任各种势力捏来捏去。土地变成这样，到底谁之罪？谁对土地负责？土地换来的钱，就是人民的血汗钱，你吃喝，人们木了，你贪为己有，这不还算，你还糟蹋，还用来活动自己的官。真是岂有此理啊！我看啊，他陈元庆的官，也该当到头了。"我骂了："你这个缺心眼儿的呆子，啥也不懂，混账至极！咋就不接受生活的教训呢？在这块土地上活命，靠啥？靠天，太遥远；靠地，太贫瘠，我说呀，靠的就是一股精气神。这精气神能接通天地啊！"

　　我听见"呼"的一声，虎子直端端地冲上云霄。

　　双羊继续骂道："还有这个陈锁柱，这个浑蛋，简直无耻透顶！我跟晋芳和张良说过多少遍，不要跟他做生意。他们就是不听！"我说："晋芳还会跟你闹的！"双羊面对土地忏悔了："她算个球儿？！我在想啊，人们全心全意地奔跑着，追逐着那个被人们鄙视而又亲近的'潜规则'。我飞跑着，也掉进了那个资本的'潜规则'。可是这个规则，我们永远追不上。这样的心态很可怕啊，即便身在家乡，也使我们心离麦河太远了，离土地太远了。狗日的土地，不知经历了多少日出日落，顶礼膜拜，到头来往往还是被廉价出卖。面对你啊，我一脚门里，一脚门外，一千次的张望和徘徊。我对土地出其不意的考验没有准备，我在它面前一下被劈成了两半，一半是人，一半是鬼。有一条路，大家走到头时，有人说，你走错了。我咋办？我常常在问，我错了吗？不能再往前走了吗？不，还得走，世界上有许多条错路，但我相信，会有一条是对的。困难的是这条正确之路，常常隐藏在无数条错路之中，给我们带来迷惑。但只要存在，我们就有希望找到！刚才的事情，经验告诉我，越是到这个时候，越需要冷静，毕竟，不是意气用事的年龄了。可是，我无法说服自己，我一遍一遍地问自己，曹双羊，你的良知呢？你的正义呢？小根打醒了我，天坑砸醒了我。不能再沉默下去了。没有机会了，是时候了，必须有人站出来。这个人就是我！站出来之前，我把后果也想好了，大不了两败俱伤，同归于尽。这样一想，心里倒坦然了。我要突围，突围地狱之门。地狱，地狱在哪儿？我忽然明白，地狱在我们的思想里。如果恶的种子还残留在心里，根植于土地，就会长成一片死苗儿啊！那样，我们农民的早晨就不会有真正的破晓。土地啊，我将永远保持对你温暖的感情，就像爱我的娘，我的姐姐，我的兄弟一样，永远爱你啊，原谅我吧——"

　　今天的见闻，让我惊心动魄。我被双羊的讲述震撼了。这是一个真实的他啊！

我脸上的肌肉一收缩,眼睛一下子湿了,说等我烧香拜佛的时候,为土地祈祷吧,为乡亲们祈祷。没有月的夜晚,我一样祈祷。双羊反对我祈祷,祈祷管用吗?我无奈地说我一个瞎子,不祈祷还能干啥?双羊啊,我的好兄弟,你是我想象中土地上最后的一道神光,用来刺穿这深沉的夜色。

张晋芳来了,她来得真不是时候。双羊还在气头上。我感觉一股气息冲过来了,张晋芳恨双羊,这种恨前所未有。她火气从嘴巴和鼻孔喷射而出:"曹双羊,你凭啥打张良?你在干仇者快、亲者痛的事情啊!"双羊愤怒地说:"你和张良干的好事,还动用了陈玉文,你们都快把人逼死了。文明的时代里,不能动用野蛮的手段。你知道不知道?"张晋芳大声吼:"死守着土地有啥用啊?你缺这口吃吗?厮守土地就是厮守贫穷,苦恼和哀愁会是无尽的。你以为在帮他们?你在害他们!你以为你是英雄吗?狗屁不是!"双羊说:"告诉张良,他爱到哪儿跑马都行,这是我的家乡,我不答应!"张晋芳说:"我们就是干定了!"

双羊狠狠地扇了张晋芳一个耳光。

这声响吓我一个哆嗦。我估计她这张脸上伤痕不轻,她的腮肿了,肿得跟红灯笼似的。连我都火辣辣地疼了。双羊还要打,我死死拦住了。张晋芳凄厉地哭了,声嘶力竭地喊:"曹双羊,你会为今天的事情后悔的,后悔一辈子!"张晋芳摇晃着跑了,像个幽魂一样滚出土地,脚下悄然无声。

不寒而栗的局面就摆在面前,我仿佛看到即将到来的一场厮杀。我皱着眉头,沉默不语了。过了一会儿,双羊说:"三哥,我想看一看虎子怎样抓兔子。"这小子真是个怪人,我埋怨着说:"你呀,聪明一世,糊涂一时,你真的好糊涂啊!抓啥兔子?快想想咋对付陈家人吧!如果晋芳跟他们搅在一起,事情会糟上加糟的!"双羊一把抓住我的手:"走,带虎子走!"我无法拒绝他的请求。我有些疑惑,虎子抓兔子是个循环链。这里对他有啥启示吗?我向虎子打了个口哨,汽车开走了,开到河对岸一片野地上去了。我们和虎子都等待着。等到中午,兔子终于出现了。双羊第一个发现的。我胳膊一抖,喊了声:"虎子,追!"虎子便一跃而起,边飞边扑。我啥都看不见,双羊给我描述着,像宋世雄解说运动会一样精彩。双羊兴奋地说:"兔子吓得两耳倒竖,仓皇逃命,决定兔子生死命运的几秒钟马上就来到了。三哥,兔子如果在短时间内钻进树林,尚能逃过一劫。可是,这里没有树林,也没玉米地,兔子越过一个小河沟,又窜到地头上来了。它犹豫了一下,坏了,啥时候了,还犹豫呀?你就要大难临头了。虎子一个俯冲下来,翅膀一扇，卷起一股沙土，简直天昏地暗啊！我看不见兔子和虎子了。好像是扭作一团了吧？"我心也紧张起来，不由得喊了一句："虎子，可得护好你的嗉子！"双羊问："三哥，你说啥？嗉子？"我解释说："你以为虎子一点危险没有啊？鹰也有软肋，它的软肋就是嗉子，当鹰下爪的时候，兔子急了也蹬人啊，兔子后腿一蹬，一爪就能挑开鹰的嗉子，有多少鹰惨死在这上面啊！"双羊激动地说："嗉子，虎子的嗉子！"然后，他可能看见虎子了，就继续描述那个惨烈的场面："我看见了，兔子从虎子鹰爪下逃脱了，往前跑了一阵。哎呀，虎子呼扇着翅膀，简直是一股小旋风啊，兔子被扇得晕头转向，原地打转转儿了，虎子一爪抓住了兔子的后背，一爪五指张开，护住了嗉子，尾巴漂亮地一抖。完了，这回兔子跑不了，虎子的利爪已抓进了兔子的皮肉，兔子流血了，叽叽地哀叫着！啪，啪，虎子啄瞎了兔子的两只眼睛，另一个爪子抓住了兔子的嘴巴！"我说："这叫'黄鹰抓嘴'，最后一招儿了。"双羊沉沉一叹："好啊，原先我以为鹰的速度是它的软肋，这次我才明白了，真正的软肋是嗉子！"我说："是啊，嗉子一破，多么强悍的雄鹰都完蛋啦！"双羊想了想说："对于陈玉文，陈锁柱就是他的嗉子；对于陈锁柱，陈元庆就是他的嗉子！对于陈元庆，土地就是他的嗉子！"我恍然大悟，双羊为啥急于看虎子抓兔子了。看来，双羊马上要朝陈元庆的"嗉子"下手了。

虎子叼着滴血的兔子飞回来了。

天黑了，我开始做梦了。漆黑的夜晚，连个星斗都没有。我深一脚浅一脚地跑着。我的梦绮丽古怪，早上醒来全能记得。这个时辰，传来一两声懒洋洋的公鸡的啼鸣。起风了，风吹开了乌云，天空晴朗了许多，土地也温柔了。但是，我感觉村子并不透亮，整个村子好像还沉浸在赎罪的氛围中。这种氛围看来要持续很长时间。

我疲倦的心，已把土地收藏，那奇怪的地声却没有消散。

民间杂色

要说鹦鹉村有闲人，我应该算个闲人。大夏天，气温高，屋子里赛蒸笼。我跟桃儿不一样，我不爱开空调，麦河的自然风一吹多舒服。我带着虎子到麦河岸的大槐树下乘凉，听见那儿已有人乘凉，声音叽叽喳喳，像一群鸟儿在叫。那儿有聚群打牌的，有下河洗澡的，也有聊天的。我在街上溜达了一会儿，脚就疼了。那天人们把我的脚踩肿了，肿得像个馒头。这样就走得慢了，还不如街上的大鹅呢，大鹅都比我腿脚儿灵快。

　　下午桃儿休假，我跟桃儿、桃儿娘，走到麦河渡口的老槐树下，在石凳上坐下了。知了吱吱叫个不停。虎子怕热，我感觉这畜生飞在麦河水面上点水呢。六嫂忙着摆船接送乘客。桃儿东张西望，我看不着人群，就坐在那儿打盹儿。六嫂给我笑醒了，我摸着麻麻瘩瘩的大树，给桃儿讲这棵老槐树的故事。这是一棵古老的"洋槐"，听狗儿爷说是明嘉靖年间栽的。我没瞎的时候，曾经爬上树顶，在树杈间搭一块木板，用作我的瞭望哨。双羊也爬上来玩过。槐树开花，香气四溢。槐树花像一串串豆荚，挨饿的时候，我还大口大口吃过槐树花。过去树下还有一口井，石头井沿儿，光溜溜的，周围长着一片蓑衣草。我们正说着话，六嫂过来凑热闹，揪着我的鼻子说："三儿，给嫂子唱一个吧？"我吸了吸鼻子："唱哪段啊？"六嫂咯咯笑着说："我就爱听你唱的《光棍儿苦》。"我使劲摇着头："别，我都有桃儿了，还唱啥光棍儿啊？"桃儿笑着说："你这人啊，有我跟唱大鼓有啥关系啊？唱吧，我也爱听！"我清了清嗓子，说："你爱听也不唱了，我今天现场给六嫂编一段儿。"六嫂说："快编啊！"我没带梨花板，只好用一根树枝敲树墩："六月里来好风光，六嫂划船载客忙；全家幸福肩上扛，贤妻良母美名扬……"六嫂咯咯笑，笑完了跟我对唱上了，她唱的是："麦河扬波波连波，对面坡上坐三哥；我和三哥对歌唱，欢声笑语一车车……"桃儿跟她娘使劲拍巴掌叫好。我们一唱，引来好多看热闹的人。

　　这个时候，麦圈儿来了，她过来跟桃儿嘀咕了几句话。桃儿对我和她娘说了句："你们娘儿俩坐吧，我们有点事，一会儿就回来。"我抬头问："上哪儿去啊？"桃儿声音急促："镇上，放心吧！"就跟着麦圈儿走了。我和桃儿娘坐在原地等桃儿。等到天快黑了桃儿也不回来，我和桃儿娘就在黄昏时回了家。我估计麦圈儿遇上麻烦事了。夜里十点，桃儿才从城里赶回来。桃儿扑进我怀里就哭了："麦圈儿得病了，麦圈儿得艾滋病啦！"我的心被猛刺了一下，说："真的吗？会不会误诊啊？"桃儿的眼泪流在我的手背上："真的，血液化验呈阳性！"我声音颤抖了："她人呢？"桃儿说："她被扣在医院里，强制治疗啦！麦圈儿的言论，曾经让我的心乱过。我也有过虚荣，也曾羡慕过她，我钱紧的时候，还往双羊那边想过。现在看来，她说的不对呀，这是多么可耻啊！"我一把搂紧了桃儿："桃儿，你想明白了就好啊！是啊，人哪，不能好逸恶劳，人得凭劳动吃饭！"桃儿说："道理谁都明白，可是，总有那么多女人前仆后继。我们这种女人，身体就是本钱。当年我也接触过许多的男人，就像这笼子里的筷子，有长有短，有粗有细，可毕竟都是筷子！包括双羊，都是我的筷子！老公，我思来想去，只有你是我的男人！女人有了男人才踏实，才幸福啊！"我始终明白，桃儿对于我瞎子，不是爱，图的是一种安全。但是，我依然感动。我缓缓地说："桃儿，跟我在一起，你真的幸福吗？"桃儿拱着脑袋说："三哥，我真的幸福！跟了你，别说坐自行车，就是蹲草铺也好哇！"我伸手一摸，她有两股眼泪流了下来，眼泪不稠，似乎很清亮。桃儿的气息很倦，懒得说话了，感觉不出是伤心还是绝望。我幽默地说："你这一说筷子笼子，以后我不敢用筷子笼子啦！"桃儿就破涕为笑了。实际上，我的幽默来自我的自卑。但是，我还是爱听她笑，笑得我心里很安稳。

一到黄昏，我就坐在家门口的石凳上，盼着桃儿从苍茫的暮色里出现。这种感觉别提多幸福了。而双羊呢？他一到黄昏，就不知道去哪儿了，是去大酒店应酬？是回村里看爹娘？还是去看张晋芳的战斗脸儿？

可是，这一天，双羊去了一个最不愿意去的地方——检察院。这是他没有想到的。豪隆集团董事长张连生卷进一个案件里去了。张连生涉猎房地产，因为违规炒卖土地东窗事发，锒铛入狱。双羊因与豪隆业务往来密切，而受到牵连被警方传讯。听到这个消息的时候，我正在曹大娘家逗小双双玩耍，曹玉堂在小菜园子里忙乎着，张晋芳躲在屋里看电视，如果不是双双在这里，她早回城了。这次回村只答应住两天。曹大娘接的电话，电话是锁柱打来的。曹大娘当时非常镇定，她安慰我说："我料到会有这一天的，三儿啊，先别告诉晋芳，还有你大叔。"我明白她的心思，就点了点头，问："咱们该干点啥？"曹大娘平静地说道："双羊真要是犯了法，那就等着判决，谁也别去救他。要是受了冤屈，咱们就替他申冤！"我坚定地说："双羊没有问题的。他们诬陷双羊啥罪名？"曹大娘说："刚才锁柱说，涉嫌经济敲诈。"我吃了一惊："经济敲诈？一定是有人冤枉他。"我听见曹大娘走出去了，窗外传来女人啜啜的哭泣声。

双羊接受警方调查，使麦河集团遭受名誉危机，不少业务受到影响，销售形势一直不错的麦河道场方便面，开始出现滞销。工人们人心浮动，不少人找到锁柱要求退还流转的土地。更让人意想不到的是，有人翻旧账，说韩腰子之死责任在曹双羊，如果双羊不流转了韩腰子的土地，韩腰子能给郭富九看麦场吗？不看麦场就不会被汽车轧死了。所以说，曹双羊才是罪魁祸首。这一说法蛊惑了不少人，他们潮水一样涌进集团大楼，要求退还自家的土地。一时间，人心惶惶。我估计是陈锁柱煽风点火呢。我找田兆本支书商量，关键时刻还得依靠基层党组织。田兆本马上到现场，耐心地做村民们的说服劝解工作。

陈锁柱说："即便双羊有事，再换一个董事长，你们参与流转的土地还按过去的章程享受各种优惠的待遇。"这话听着没啥毛病，挺有道理的，可架不住分析。这不是在暗示村民罢免双羊董事长的职务吗？人家是民营企业，你小子有这个权吗？果然，有村民叫喊开了："别叫曹双羊当咱们的董事长了，换人换人。"我插话说："你们是睁眼瞎啊？麦河集团是双羊私营企业，双羊就是出不来了，还有他老婆儿子呢，还有他弟弟小根呢！"陈锁柱连忙制止道："大伙儿别这么说话，不管咋说，双羊是为了咱的麦河集团吃官司的，是为了大伙儿吃官司的，咱们得想办法保他呀。我提议，老少爷们儿写封联名信送法院去，咋样，乡亲们？"村民们纷纷表示赞成。当下就有人跑着去买宣纸，去趸摸笔墨。等了一会儿，陈锁柱说："曹双羊出事了，家里不能没有人拍板主事啊！"大家纷纷说："对呀，双羊不知啥时候回来，这么大集团没有人主事还不乱套了？"有个妇女说："是啊是啊，赶紧开董事会推举一个新董事长吧。"陈锁柱说："还开啥会呀，刚才瞎子不是说了吗？就让张晋芳当不就结了？一家人多好啊？"我一想，坏了，张晋芳本来是与陈锁柱勾搭在一起的，她上来就完了，我急忙制止道："不行，不行，必须得经董事会讨论决定，只能推举一个人代理，董事长还是曹双羊。"我心中想着桃儿当代理最合适，但是，我跟桃儿的特殊关系，没法直说，只能旁敲侧击："这个人啊，必须熟悉鹦鹉村，还要懂工厂的业务。"有人起哄了："瞎子，你不傻啊，这条件只有桃儿了。"陈锁柱说："瞎三儿，你别跟着瞎搅和了，还嫌不乱啊？"

我被他噎住了。我知道，陈锁柱想趁机瓦解双羊的势力。自从跑马场占地，双羊与陈锁柱决裂之后，我听说他暗地要新拉一个老板搞土地流转。我心里头这个急呀，双羊深陷囹圄前途未卜，陈锁柱落井下石抢班夺权，麦河集团即将改弦易主，面临生死关头，这可如何是好呢？危急之际，我想到了徐立新镇长，决定上镇上找他去，请他出面平息混乱局面。我不能迈着脚板子去呀，得抓紧时间，就破例给老邵打了个电话，打算坐他的出租车去镇政府。老邵来了，挺高兴的样子，拉着我的胳膊一个劲儿乐，嘴里还说："哎呀，三哥，你总算张罗坐我的车啦，要上哪儿啊？"我说："我找镇长去，快。"老邵领着我上了他的汽车。我刚坐定，突然听见一个熟悉的大嗓门儿："三哥？我回来啦！"咋这像双羊的声音啊？我连忙问道："双羊？啊？是你吧？"大嗓门儿哈哈笑得更响亮了，跟放鞭炮似的："是我，三哥，是你双羊兄弟啊！"

我惊喜交加，简直不能自持，一把抓住双羊的手，紧紧地抓着，生怕他像麦河水一样流走。我激动地说："回来啦，双羊，可吓坏我了，没事儿了是吧？我就……我就知道你……不会有事的。"双羊问我："你这是上哪儿啊？"我直接说："陈锁柱嚷嚷，说你回不来了，让晋芳接你的班，我就想找镇长来说说理儿。"双羊大声说："乱弹琴！"我说："你回来就好啊，那就上我家坐会儿？"双羊转身说："跟我上村委会吧，请你列席我们的董事会，锁柱、兆本他们都参加。"说起锁柱我立马就来了气，就问："你跟前有别人不？"双羊喊了声："吕律师，你先回集团总部吧，晚上我再回去。"我高兴地拉着双羊的胳膊说："是吕律师把你救出来的吧？"双羊说："应该说是他用法律的武器，按照法律的程序帮我洗清了罪名。"我又问："到底是咋回事啊？"双羊搂过我的肩膀，长呼口气说道："一言难尽哪，等有时间我再跟你拉吧。总之一句话，经济诈骗跟你兄弟不沾边儿，背后有人捣鬼啊！"我松了一口气，压低嗓音说道："你要提防陈锁柱！"双羊攥攥我的手，说："我知道，三哥。"我问他："你没先上集团瞅瞅去？"双羊说："去了，一切都好，内情尽知，放心，我有分寸。哎，三哥呀，待会儿你给我们说说大鼓的创新发展吧。"我问："讲这个干啥？"双羊笑笑，笑得诡秘，说了两个字："有用！"

当我们走到村委会大门口的时候，人们惊讶不已，交头接耳，这一切都像演戏似的。老远我就听锁柱大声说道："哎呀，双羊，我说开车接你去，恭喜啊！"双羊说："我没有事儿的。兆本你们这是干啥呀？咋还这么多人在门口迎接呀？进屋吧进屋吧，就别寒碜我了。乡亲们都请回吧，谢谢大伙儿操心啦！我啥事没有！"我听见嚓嚓的脚步声，又听见郭富九说："双羊啊，你大难不死，必有后福啊。"我使劲推了他一把："会说话吗？就是调查点问题，咋跟死沾边了？"曹玉堂叹息着说："不沾边就好，往后你还是少流转点土地吧，少摊点官司，少遭点罪。"大强说："玉堂大伯，你这话不对吧？兼并土地是上级的指示，董事长这么做，不是为了把乡亲们都挂上集团的列车，一块往前奔嘛！我们已经尝到甜头了，今年啊，我家至少多收入几千块呢！"我摸了摸大强的秃脑袋，高兴地说："大强还说了句人话。有的人啊，端着碗吃肉，放下碗骂娘。"我说着就跟着双羊进屋了。大家落座，陈锁柱先来了个开场白："今天这个会，是让我们每一个人兴高采烈的会，我们麦河集团董事长曹双羊平安地归来了。我提议大家以热烈的掌声，对董事长逢凶化吉表示最热烈的祝贺！"大家都鼓起掌来。我也鼓了掌。我听着锁柱接着说道："今天这个董事会，第一个内容，是关于如何配合吕律师为董事长洗清罪名；第二个，是讨论双羊的提议，给全村七十岁以上的农民发放养老金。当然了，还有给予九十岁以上的老人家庭重奖。这可是取消农业税之后，又一个大喜讯啊！双羊你看……"双羊说："多听听大家的意见。"我心里头一惊，说："锁柱，这是全国一道政策啊，还是咱村自己的事儿？"陈锁柱说："我们自己的小政策，全县没有哇！"我说："就是，人得有良心，得念人家双羊的好儿。"双羊说："大家别感激我，感激我们党的好政策！现在，麦河道场方便面还处于提高阶段，等效益好了，我们还有惠及乡亲们的好举措呢！"一片热烈的掌声。双羊哈哈一笑说道："下面我们要研究一下，由于我被警方调查，麦河道场方便面面临市场信任危机、货仓积压严重的问题，打算采取以下几点措施，一是请新闻媒体记者给咱们写几篇软广告文章，大力宣扬我们的'诚信为本、信誉第一'的经营理念，突出宣传董事长是咋样讲信誉的；二是在各大超市举行促销活动，请立国的盲人演唱队，东菊婶子带着她的中老年时装模特队出场，现场义演，把活动推向高潮；第三个措施嘛，就是在全体干部职工中开展一次我为企业献计献策活动，一条有价值建议奖励五十块钱，被采用了奖励五百。"

双羊征求我的意见，我说："这三项措施不错，有时效性。"双羊说："会后就由办公室和市场开发部负责落实吧。今天我请来了立国三哥，列席咱们的董事会，是想请他给咱们讲一讲乐亭大鼓。"我咧着嘴巴说："讲这干啥呀，没人爱听了。"在场的人嘘声一片。双羊的葫芦里到底卖的啥药啊？

双羊踢了我一脚。我清了清嗓子，发表感言："乐亭大鼓乡音甚浓，唱腔委婉，板式丰富，说唱结合，深为广大农村群众所喜爱。但在现代传媒冲击下，乐亭大鼓落伍了，主要原因是这一艺术形式跟不上时代发展的步伐啦。咋办呢？只有像麦河集团那样，改革创新。咋改呢？我琢磨着，首先得曲目创新，在题材上紧跟时代步伐，跟群众的需求心声产生共鸣。我想了一个突破口，就是弘扬大鼓的弃恶扬善精神。有人会笑话我，古代剧目都是这样的，有啥新意呀？告诉你们，啥是新啊，传统的延续就是出新。今天人们脑袋混乱了，美丑不分，善恶不分，有人以丑为美，以恶为荣。你说没有新意吗？我们想编一出戏，把我们鹦鹉村的善庆姑娘的传说唱出来。"

"好，说得好啊，我们给予资金支持！"双羊带头鼓起掌来。我提出一个问题："善庆的故事，恐怕你们都忘记了吧？"陈锁柱咳了一声，发言了："我来抛砖引玉。我给你们讲一遍，善庆姑娘呢，过去是我们村的一个小媳妇，孝敬瘫痪的公婆，那叫贤惠善良啊！"双羊捂着嘴巴笑了："不对，你说哪儿去啦？让三哥给我们再说一遍。"我想起双羊跟桃儿恋爱时候，他就给桃儿讲过，就起哄说："还是让双羊讲吧！"双羊开始津津有味地讲述起来，这个时候，我听见了一阵熟悉的脚步声。

桃儿的脚步声。这声音听上去温柔多情。桃儿听见双羊的声音，一定会落泪了。真是巧了，怎么双羊一讲善庆的故事，桃儿就悄然出现了呢？至今我搞不清楚这种神秘联系昭示着啥。

会议一直开到晚上七点才散。桃儿搀扶我出了村委会大院，我对双羊说："不上你娘家看看去？"双羊说："明天再说吧，我得回集团总部。"我问他："晋芳他们娘儿俩呢？"双羊说："我出事这几天，他们到我娘这儿住着哪。"双羊钻进汽车里，刚要开车，曹大娘给双羊打来了电话，告诉他，晋芳带孩子回城里了，天黑了不放心，叫他赶紧追上去护送。双羊大嗓门儿说道："追啥呀？那么大人还不认得回城的道儿？"曹大娘"咔嚓"一声把电话挂断了。双羊知道娘的脾气，连忙给娘回拨过去，说这就去追，然后对我说了声："我走了啊，三哥。"说着一踩油门急速开走了。

后来我听双羊说："那天我很快追上了张晋芳，问她咋大晚上的回城啊？双双着凉了咋办？你瞧张晋芳咋说，她说双双没事儿的，你就不问问我吗？我觉得张晋芳跟我已走到格格不入的地步，跟这种臭女人再说上一句也是多余的！"我说："你不能这么说呀！你得哄哄人家呀！"双羊说："爱咋咋的！"我感觉，双羊和张晋芳的缘分尽了。他拿不定主意该不该挽救这场婚姻。当初，双羊要是听我的，不会走到这一步。桃儿告诉我，早在两个月前，一个开私人侦探所的朋友密告双羊，张晋芳养了个小白脸，是她的网友。当时他听了很震惊，没有想到老婆会背叛他。他很痛苦，感到莫大的耻辱，他怒不可遏地发了疯似的破门进家，要狠狠教训一下这个不要脸的女人。可她不在家，保姆说晋芳去健身俱乐部了。可以想象，双羊心里多难过呀！我心里出幻觉了。双羊要去健身俱乐部收拾这对狗男女。两只脚刚刚踏出家门，双双哇哇哭了。双羊转过身看着孩子那粉红的小脸蛋儿，一颗暴怒的心归于平静了，孩子不能没有了娘啊！理智告诉他不能鲁莽，目前最好的办法是冷处理。于是，他还像过去那样偶尔回趟家，给晋芳买一些化妆品或营养品，定期给她一笔钱——他明知道她给小白脸花钱，他还要给她。他还在晋芳面前哈哈大笑，笑完了该干啥干啥。但他的心在战栗，战栗之后，他也有愧疚。我知道，这几年他给予晋芳的实在是太少了，他过多地忙于集团事务而冷落了晋芳。

那一天，双羊终于跟我开口了："唉，为了开拓市场，我拿走了家里的一笔存款。我跟晋芳谈起拿钱的事，晋芳一听就急了，摔了筷子，破口大骂，你叫什么男人？啊？男人如果真心爱一个女人，那就别净玩虚的，多来点实际的。第一个要给的不是你的心，你的身体，而是拍上足够的票子，让女人不担心未来！我心平气和地说，你别这么嚷嚷行吧？叫邻居听见了笑话咱。我没把钱都拿走，给你留着一大笔哪。再说了，我拿这笔钱是去干正事了，又不是吃喝嫖赌。晋芳冷笑一声，瞧把自己伪装得多崇高啊，谁证明你不是用这笔钱养情妇包二奶呢？我一听就火了："她咋这样说呀？纯属胡说八道！"双羊怔怔地说："晋芳还给我没完呢，她说你没去干这见不得人的丑事，你激动什么呀？还是戳你疼处了是吧？我呼呼喘着粗气，攥紧的拳头，嘎巴嘎巴响，真想揍她一顿，但我极力克制着自己。她瞪了我一眼，扭头出了屋。我再也忍受不住心头怒火了，大吼一声，掀翻了餐桌，上面的盘碗稀里哗啦全都摔了个粉碎。我还不解气，把屋子里的所有东西都给砸了，像一头狮子一样，上蹿下跳的。"我担忧地说："你咋这样呢？变得都不像你啦！"双羊说："我没有动她一个手指头，自从那天在地头扇了她的耳光，我就发誓不再打她了。我自己闹腾累了，就躺在地板上呼呼大睡。第二天，我醒来的时候，已经是临近中午了。我的脑袋很疼，挣扎起身，发现自己身子底下是条红色毛毯，以为是晋芳给我垫的，就喊她。保姆推门进来了说，你醒了董事长？晋芳嫂子她……她……我问她咋了？保姆说，她抱着孩子走了，让我告诉你不用找她了，她不会回这个家了……当时我一愣，觉得她在玩一个小把戏。我不相信晋芳会离家出走。我起身吃了点饭，开上车去了集团。我有许多事情要做，哪里顾得上跟老婆耍气啊？"我说："你太大意了，晋芳看来真生气啦！"

双羊咳嗽了一声说："生气咋啦？她还有理啦？晌午我也没有回家，和北粮集团派来的一个副总吃饭谈合作事宜。晚上七点，我主持召开董事会商议与北粮集团合作的具体方案，散会后又见了一位演艺界的朋友，直到十二点半才回办公室休息。第二天早上,我就往家里打座机。小保姆说晋芳母子一夜未归。我还没着急,给我娘打了个电话,娘说她们娘儿俩不在。我仍然没着急,给晋芳娘家拨了电话,晋芳家人说没见着她。这回我有点急了,又给晋芳的几个最好的朋友打了电话,结果全说没见着她。这个臭女人,胆子也太大了,竟然跟我玩儿失踪了?你说,这日子还咋过呀?"

我的心被搅得七上八下,糟糕透顶,不知该咋说话了。

夏日情怀

桃儿是我的宝儿,放在手心怕摔了,含在嘴里怕化了,反而呵护出一个臭毛病。只要她一回到家,我就得摸摸她的脸,嘿嘿笑几声。今天,我从虎子嘴里知道了一个秘密,她跟双羊拥抱了!我很气愤,既生桃儿的气,也生双羊的气。双羊啊,你这样干,还是我的兄弟吗?你对得起三哥吗?看我回头咋骂你!这时候,桃儿回家来了。从她走进家门那一刻,我不仅没有摸她,还黑着个脸子。你以为我是个二百五,我就没个脾气吗?桃儿似乎有所察觉。我的幻象里,她眼睛瞪得像一对黑枣。

其实我知道,自从张晋芳到厂里跟桃儿吵了一架,桃儿跟双羊一直保持必要的距离。这样的情况持续了好久。自从张晋芳和儿子失踪之后,桃儿就坐不住了。桃儿常常呆坐着,嘴上喃喃着:"她为啥这样啊?她能到哪儿啊?"我一听就知道她说张晋芳呢。我轻轻地说:"桃儿,这几天你看看双羊,他心里苦啊!"桃儿说:"我感觉到了,张晋芳母子的失踪,给双羊打击很大。人消瘦了,嗓子哑了,有点魂不守舍。"我知道,任何人碰到复杂、麻烦的家事,都是非常棘手的。这些事情的复杂性和艰难程度都是双羊没有遇到过的。双羊在白天是刚强的,晚上却要以泪洗面。我也劝过双羊说:"快去找他们娘儿俩吧,女人是要哄的!你看我把桃儿哄得多好?"双羊苦笑一下:"你行,我没耐心啊!"我继续劝说:"把手头的事情先放一放吧,亲人要紧,我们过日子过的是人啊,人没了,活着还有啥奔头啊?"曹双羊很感动,答应了去找他们。找到张晋芳家里,人不在,双羊说一直没有找到。我和桃儿就犯琢磨了:这个张晋芳是啥意思啊?桃儿理解我的心情,让我给算一卦,算算他们到底在哪儿。我拒绝了,一点信号没有,这咋算啊?我对桃儿说:"你去吧,你们单独谈一谈,好好劝劝双羊!"不知桃儿是咋想的,桃儿说:

"三哥,我不想去,管啥用呢?晋芳知道了,还会起反作用的!"我叹了一声:"你自个儿拿主意吧!"

桃儿嘴上说不去,可是,我却做了一个梦。梦见桃儿与双羊单独会面了。连地点都很清晰,那是县城郊外的一个球场。小白球儿在草地上滚来滚去。好像听双羊说过,叫啥高尔夫。双羊正陪同客人打球,桃儿出现了,她也跟着打了一会儿,客人离开的时候,桃儿找到了跟双羊交流的机会。双羊把她带进球场的一间咖啡屋里,高兴地说:"桃儿,今天是礼拜日,咋没陪三哥啊?"桃儿说:"三哥让我过来看看你。"双羊一愣:"是三哥让你来的?"桃儿急忙改口说:"是的,但是,我也很想来。知道来了也没用,可还是想来。怎么样?晋芳找到了吗?"双羊握了握桃儿的手:"还没有,谢谢你,坐吧。"桃儿就大大方方地坐下了。两人半天没有说话。桃儿说:"别闷着啦,这样会闷出病来的,你都瘦了,你能把事情跟我说说吗?"双羊叹了一声,一边喝着咖啡,一边朦胧地寻找她身上过去的影子。在桃儿的诱导下,双羊还是说了一遍情况,精神上轻松了一点,桃儿静静地倾听着。双羊摊开双手说:"事情没有你想象得那么复杂。接下来的事情就没啥好讲的了,很简单,也很恶劣。"桃儿插话问:"晋芳婚后有外遇,这我可没想到,你就随她去了,你没找那小子吗?"双羊瞪了瞪眼:"我找他?咋说?揍他一顿,还是请他吃饭?丢不丢人?"桃儿迟疑了一下说:"我是说,这里边有情况,也许是晋芳故意气你的。按我们女人的心理,不爱男人了,就转向图钱。既然有个图的,就对你加倍殷勤。晋芳一直跟你冷战,说明她不油滑,她跟你生气,心里还爱着你呢!"双羊哼了一声:"爱着我?就这样爱法儿吗?多么肮脏,多么恶劣啊!"桃儿说:"我看出来了,你想儿子是真的,但是寻找晋芳却并不尽心,是因为她情感的背叛。你两人没能深谈,我感觉,这里面有问题。这个男人应该见一下。"双羊苦笑着,脸上的肌肉抽搐了一下:"有这必要吗?"过了一会儿,桃儿忽然想起什么来,说:"晋芳走了,就没留下一点文字吗?短信也好。"双羊点燃了一支雪茄,说:"有一条短信,我都能背下来。张晋芳说,你打了我一个耳光,把我打疼了。我知道,你是爱我的。我也是爱你的,不爱的人是打不疼的。你总是对的,我没有办法。我害怕这种爱,除了离开你,我没有别的办法!我不侮辱别人,但也不能原谅别人的侮辱。不要找我们,我会照顾好儿子的!"桃儿分析说:"这就更加证实,她还爱你,那个男人是假的。你想,如果一点感情都没了,应该谈离婚的事情了。"双羊说:"我婚前警告过她,不允许离婚。如果要离,就说明是奔我财产来的。"桃儿问:"她想跟你交流吗?"双羊想了想说:"她几次要找我谈,我都没搭理她!"桃儿说:"假如一个女人想说真话了,你千万别阻拦。"双羊说:"晋芳恨我了,仇恨的种子一旦落在心底,是很难取出来的。"桃儿说:"你打了她,跟她道歉了吗?"双羊瞪着红红的眼睛:"道歉?侵占农民的土地,多么恶劣的事情。我永远不会跟她道歉!承认错误的应该是她!"桃儿赞成地说:"你的做法让人敬佩。可是,这是家庭,女人要哄的,分开处理嘛!"双羊说:"咋分开?我一软了,她就会给鼻子上脸的!"桃儿说:"她盯上了土地,还不是为多挣钱?你平时多给她一点不就结了?"双羊说:"根本不是钱的事,这么大家业,缺她花的吗?她爹她娘我都养起来了。问题是贪婪,世界观有问题!你说,两口子吵架是常事,过了一夜就没事了。可是,晋芳她睡了一夜还吵。啥人啊?那次事件之后,她的内心可能受到了极大伤害。她对我冷淡了,再也没有夫妻生活了。"桃儿说:"既然这样,慢慢开导嘛,啥叫委曲求全?只有你委屈点,才能求到全啊!"双羊挥了一下胳膊,大声说:"如果志不同道不合,还求啥全?宁为玉碎,不为瓦全!"桃儿激动了,有点恼怒了:"改改你这脾气吧,你图一时痛快了,回家是啥感觉?这叫妻离子散,你知道吗?"双羊被桃儿镇住了,抱着脑袋不说话了。过了许久,双羊眼圈红了,说:"他们走了,我一个人回到家,一切显得很凄凉,突然感到心里一根支柱空了。别墅里静静的、空空的,让我害怕。你说我这性格,从来没有害怕过。我流泪了,我的亿万资产,管啥用啊?买不到快乐,买不到温暖。所以说,我事业成功了,感情上失败了。自从失去你,我就有一种预感,我将失去一生的爱。"双羊将一杯咖啡喝进去了。桃儿发现他端咖啡的手在抖,咖啡洒了一点,他用手掌擦了擦,嘴巴弄脏了。桃儿麻利地抽出餐巾纸,站起来给他擦了一下嘴。双羊怔怔地打量着桃儿,她今天穿着黑色短裙,把白嫩的皮肤都衬托出来,特别是黑色抹胸托着的乳沟,更让男人心魂摇荡。双羊忽然失控了,一把攥住了桃儿的胳膊,使劲一拽,桃儿就一把推开了他说:"双羊,别这样!别这样!"

  这是多么关键的时刻呀,我的梦却醒了,吓出一身的汗。好在桃儿坚持住了!我掐算了一下时间,这是下午四点,这个时辰做梦都是反梦。那就是说,桃儿肯定跟双羊抱在一起了!我恨恨地骂:"桃儿,你跟双羊会面,就是背着我的,你要敢胡来,看我捶不死你!"为了证实这个梦,我叫来了虎子喝酒。虎子喝了一口,用只有我能听懂的声音说:"没想到,你的脸红成那样儿。"我喝了一大口烧酒,辣到心底,咬了一口黄瓜条,抚着虎子的羽毛说:"畜生,给你喝上半斤酒,你脸也会红的。"虎子说:"我没有脸,我哪有脸啊?"我苦笑了一下问:"我问你,桃儿是不是见双羊了?"虎子点了点头。我急切地问:"他们都干啥了?"虎子说:"说话,还抱一块儿了。"我把一碗酒泼在虎子的脑袋上:"畜生,给我滚,给我滚!"虎子说:"你们人真是莫名其妙!"就没趣地飞出去了。

  连续两天的冷脸,桃儿憋不住了,她终于主动对我说:"三哥,对不起,我背着你去看双羊啦!"我轻轻地说:"在啥地方?"桃儿说:"县城的高尔夫球场。"我的心"咯噔"一下,证实了我的梦。桃儿的叙说与我的梦完全吻合,我最关心后来的事情。桃儿声音颤抖了:"双羊紧紧地抱住我,说桃儿,我爱你,我心里爱的是你啊!我耸着肩膀哭了。我说双羊哥,别这样,你要挺住!双羊久久不愿撒手,眼泪流得更凶了。他说我想过,我一生最大的失误,就是失去了你!你是没有过错的,有错也是我的错。当时,你一心要嫁给我了,是我辜负了你!我没有忘记啊,那个月圆之夜,我们在打麦场上。可是我,我昏了头啊,光想着发财。你娘生命垂危之际,我却拿不出钱来。现在回想起来,发财,发财!这都有啥用啊?我承认,你的痛苦,是我造成的。为此,我深深地自责,深深地悔恨!这一点,张晋芳看出来了。桃儿,你不是一般的女人,晋芳攻击你,你没找我一回,你承受了多大的压力啊?我委屈地哭了,说你别说了,过去的事就别说了!双羊依旧搂着我说,我知道,现在我说啥都晚了,都晚了!现在说来是玩笑话了,你也不会信的,如果让我重新选择,我选择你,不选择发财!我心里一热,说谢谢你,双羊哥!我知道,你心中一直有我,你没有鄙视我,我很知足了。我不值得你那么夸奖,我曾经是个罪人!双羊说,不,你没罪!是我的罪!我不该把你一人扔在城市!我说,你没错,也没罪,三哥也这么说!"我拍了拍桃儿的肩膀,焦躁地听着,最关心的是双羊啥时候撒开她的。

  桃儿继续说:"双羊说他心里很矛盾,他愿意我们幸福,但他还非常痛苦。我轻轻笑了,说这婚姻大事,真是讲缘分的。老天爷掌握了我们的婚姻,他让你跟谁过,就得乖乖跟谁过。你就说我跟三哥吧,我开始只是爱听他唱大鼓。哪知道,我跟了他,我们俩结合了,谁都不看好啊,可我们生活得快乐,踏实。你说这不是命吗?双羊点了点头。我一提你的名字,双羊就松开了我。他还说三哥是好人啊,我们哥儿俩情同手足,如果你爱的不是他,我会不惜一切代价把你抢回来的!我有这个能力!但是,我不能这样做啊!我回到了原座,一个劲地劝他。双羊慢慢恢复了平静,笑了笑说,我看你模样有些变了，变得更漂亮了，但主要的变化还不在外表，经历了那么多，你是对生活有独特理解的人了。我也赞扬他说，其实，我一直默默关注着你。我想啊想啊，常常这样幻想，你像虎子一样飞起来了。你善良，刚直，乐于助人，傻乎乎的。你性格非凡，天分极高，没有被环境所折服。你在蜕变中，善良依旧。你甩掉了小农意识，树立了商业人格，这多么可贵啊！你终于逃脱了大多数农民的命运，你回家搞土地流转，这是多难的事儿啊！双羊瞪大了眼睛说，难，有啥难的？老虎的屁股，球儿！我大声说，全中国那么多农民呢，别人不成，偏偏你曹双羊干成了，还是你有特殊的地方，真的，我为你喝彩，为有你这样的大哥骄傲！我也为自己是麦河集团的员工而自豪！我那个保洁公司，要是有咱集团这点精神就好了！我一说到保洁公司，双羊就摇头叹息，说你办保洁公司没错，错就错在调子定低了。当时的经营水平，还停留在街道老大娘、下岗女工的工作面儿上。那点小钱，咋能养活这群娘娘呢？你咋就不想一想保洁高楼大厦，清洗玻璃幕啥的，那可是能赚大钱的！听到这儿，我真的要晕了，说你这家伙，满脑子都是赚钱之道。双羊说，要不要重新启动？资金我支持你！我摇了摇头说，不，我的姐妹们都散了，公司也黄了，我不用再给保洁公司操心了。双羊笑了笑说，但是，姐妹们不能没有你啊！我淡淡一笑说，她们还都是我朋友。保洁，就是清洁，我们这些女人需要清洁灵魂。我都三十多岁了，女人一到三十就有落幕的危机感了。再往下走，真是胆战心惊了，再不抓住自己就来不及了。双羊停顿了一下，似有所悟地说，我明白了，啥都明白了。"

我感叹说："双羊兄弟是明白人啊！"

桃儿喃喃地说："后来，我们又将话题转到张晋芳身上来。我发现双羊的态度也在慢慢转变。我突然表现出不同寻常的决心，给他提议说，我想，解铃还须系铃人。只要你有诚意，晋芳会找到的。晋芳会牢记你的慷慨，珍视夫妻情意的。你还得给她一点时间。双羊说，女人的心啊，我真猜不透啊！我分析着说，感情的事，基本没啥对错。她要离开你，总有啥地方让她不满足。女人一旦离开男人，她不爱你了，就很难回头了。我今天来，是想劝你，你应该振作起来，别毁了自己！你不是一般人物，鹦鹉村百姓指望你吃饭呢，全国方便面市场指着你的产品呢！其实，我更看重你对于农民与土地的探索，这是多么重要的事情啊！土地，就是我们的人生坐标，离开了它，人生就会失去方向，不知道自己是谁了。我就有过这么一阵儿。无论走到哪儿，心里总是疑惑，总是飘忽。找到了土地的感觉真好，我在三哥身边，就像守候着土地。我没有资格飘忽,没有资格堕落。我都这样了,你不更应该振作起来吗?"我攥了攥桃儿的手:"你说得好,说得好!"桃儿说:"双羊感动了,一双脚在地上走来走去。我接着说,三哥救了我的命。我要活出女人的尊严来。尊严从哪儿来?回到鹦鹉村,我才找到了。你到过我城里的家,我的窗台上,你就会看见,没有花圃,摆满了瓶瓶罐罐,里面装满了各种小麦的种子。我书房里有一个罐子,装着咱鹦鹉村的黑土。看见它们,我就想到了两个字:劳动!一个能劳动的人,多么健康,多么有力量,多么幸福啊!双羊捂着怦怦跳的胸口,张了张嘴,却说不出话来了。过了一会儿,双羊带着我又打了一会儿高尔夫球。我一直不理解,这种球儿,有那么好玩儿吗?那么多有钱人都玩这个。我们边打边聊,聊农业,聊麦河,聊方便面,聊快乐,聊瞬间,聊永恒,几乎都聊透了。从现在开始,双羊跟我变成知己了。三哥,我站在高尔夫球场往远处看了很久,风景非常优美。都忘掉烦恼吧,生活多美呀!"

我默默地听着桃儿的讲述,心中好受多了,还悄悄跟着一起笑,一起叹息。关于双羊拥抱她的细节,桃儿没有隐瞒啥,跟虎子讲述的一模一样。我的醋意消失了。桃儿和双羊都是我的亲人啊!这个时候,我和桃儿只能采取,也必须采取一个办法。我毫不犹豫地做出了一个决定,让桃儿和麦圈儿尽快找到张晋芳的那个小男人。如果解除误会,会给双羊提供寻找他们的动力。

第二天上午,桃儿从城里给我打来了电话。她高兴地说:"麦圈儿真的找到了那个小男人。他叫王锐,张晋芳的同学,龙州地产公司职员。我跟双羊联系了一下,双羊说他不见。我和麦圈儿审问王锐。果真应验了我们的判断,这个王锐有爱人,他是张晋芳找到的'托儿',张晋芳故意拿他来气气双羊的。"我嘿嘿笑了两声:"你赶紧告诉双羊啊!"桃儿电话里说:"我把这个情况转告给了双羊。双羊恍然大悟,说他知道张晋芳娘儿俩在哪儿啦!"我问:"联系上了吗?"桃儿说:"张晋芳不接他电话!可能还生双羊的气呢!"我笑开了,笑得直流眼泪,大声说:"行啦,行啦,我跟双羊说。天上下雨地下流,小两口儿打架不记仇,老爷们儿得让着老娘儿们。"桃儿也笑了:"往后你让着我啊?"我说:"啥都让着你,就是有一样不能让!"桃儿说:"啥呀?"我说:"床上活儿,我能让吗?我让了,你能高兴吗?"桃儿笑得更厉害了:"流氓,你啥时候知道害臊?啥时候给我脸红一回呀?"我笑了笑说:"我脸红了也看不见!"

欺凌与侮辱

　　雨说来就来了,我记不清这场麦收下了几场雨了。今年雨水大,一场接一场。雨天里我就觉得失地的农民可怜,可怜他们,就可怜我自己。我没有失地,让人家耕种跟失地有啥两样?所以我说,我永远同弱者站在一起。

　　人就是这样一种东西,害怕苦难,又不得不承受苦难。失地的农民里,我最不放心的还是刘凤桐和转香。昨天分开的时候,我听见刘凤桐说,没有了土地,他们不想活了。我打了个寒噤,心里是那么难过,他们咋会有这混账想法?如果按他们的说法,我瞎子应该死一百回了。我的心就一直揪着,醒来口干舌燥,没有胃口。一大早我就带着虎子去了他家,关键时候,就让他们摸摸虎子的羽毛,看看他们未来的日子。我走进来,听见刘凤桐哼哼唧唧的叫唤声。他躺在炕上,腰不能动了,看来这场惊吓还没过去。也许患了一种惊吓病,这种病正无情地摧残他的身体。他躺在那里,一句话也不说。偶尔睁开眼睛,也就是长叹一口气。我伸手摸了摸他的腰,他就"哎哟"了一声。我说:"给你拔个火罐吧!"刘凤桐还是不吭声,转香却嘻嘻傻笑着。如果不下雨,转香就会走到街上敲锣,喊"救救土地"去了。陈锁柱说转香是大疯子,不让我搭理她。我却感觉,她的疯病好一些了。如果真疯的话,一提肚里掉下的孩子,就不会落泪的。既然不疯,就会听进我的话。我说:"双羊出面了,你们就等好消息吧!"

　　刘凤桐没有误解双羊,但是,他担心陈玉文的疯狂报复。如果不是他告状,不是转香在街上嚷嚷,双羊是不会介入此事的。我大咧咧地说:"双羊真的急了眼,他们不敢怎么着你们的!"刘凤桐咳嗽了几声:"这狗杂种们,不敢怎么着双羊,人家是大老板,省人大代表。可是,收拾我们,跟收拾小鸡子一样。"转香说:"我等着他们,跟他们拼啦!"她袖口里传出剪刀的"嚓嚓"声。我说是福不是祸,是祸躲不过。这群狗杂种真不禁念叨。听见堂屋一阵乱响,哐的一声,锅被砸了,转香出去阻拦,被一脚踢进了房间。转香抹了一把脸上的血,举着剪刀朝他们乱刺,结果吃亏的还是她。"扑哧"一声响,她被拍到地上了。她发出了刺耳的、惨烈的尖叫。我打了个寒噤,心中害怕起来,胡乱摇着胳膊,护着转香,却被乱棍打在脑袋上,头皮冒了血,一个跟斗栽倒在地。刘凤桐骂道:"我们就是不服,我还要告你们！"这些畜生就冲炕上的刘凤桐打来。我很激愤地叫了起来："不准你们胡来，还有没有王法啦？"这帮畜生愣住了，大声吼："瞎子，本来没你的事，你要再掺和，我他娘一把火烧了你的鳖窝子！"他们的吼声像飞过来的子弹，让人心惊肉跳。我硬着胸脯说："兔崽子，我不怕你们！我瞎子走过的桥，比你们走过的路都多！"说着，我掏出手机说："都给我滚，再不滚，我可打电话报警了！"一个领头的畜生说："刘凤桐，我们警告你，你给我们老老实实的。管好你的疯婆子，再告状，再敲锣，我们就不客气啦！"说完就呼啦啦撤了。

  我狠狠地骂："呸，狗仗人势的东西！"这帮畜生没有回音。我擦着额头的血，脸被打肿了，注定会丑陋不堪的。我弯腰乱摸着转香，她肯定是遍体鳞伤了。这一刻，转香仿佛已奄奄一息，我俯身摸着她，大声喊了两声，她没有应声。刘凤桐说："死了就死了吧！"我的眼里含着泪，骂刘凤桐："你小子咋说话呢？她是你老婆哩！"我往转香脸上喷了一些水，终于听见她哭了："我活着，就是给人家揍的吗？"她哭得我头疼，腿颤，浑身像散了架。我嘴巴流出了哈喇子，把虎子的羽毛都滴湿了。我气愤地说："你放心，恶人会遭到法律惩罚的。"我说着，把转香搀扶起来。看这女人的命，在我的印象里，她就常常被人侵害。刘凤桐长叹了一声说："我才不信呢，如今的世道，冤无头来债无主，没有云彩也下雨啊！"我说："我知道你指陈家，他们是有权有势，可也不能一手遮天啊！他们会遭到报应的！"刘凤桐偃偃地说："我不相信报应，报应个屁！都乱套了，事实证明，好人没好报，祸害遗千年啊！"刘凤桐说："我很感激立国这么疼我们两口子。可是，让你一个瞎子疼，离死真的差不远了。"我不气不恼地说："咱鹦鹉山有句俗话，好死不如赖活着，给我好好活着！"刘凤桐光着脊梁还喊热，恨不得把皮剥了。我也流汗了，汗水蛰得脸颊生疼："别看下雨，天气还是闷热，走，到我家去，我家有空调。"刘凤桐说："别了，我们死前别祸害你啦！"转香哽咽着说："立国啊，你走吧，别牵连你了，那年桃儿救我，孩子都流产了，你今天护着我们，挨着他们一拳，我们过意不去啊！"我嘿嘿一笑："转香这不很会说话吗？谁说是疯子？"转香说："我是疯子。"我大声辩解说："你要再怀个孩子，给狗日的看看，你没疯！"刘凤桐沮丧地说："养娃？咱还有那命吗？不怀了，不怀了，再不能放空枪打瞎鸭子了，养娃到下辈子吧！"他的声音像是从墓地里钻出来的。我放大了声音："咋说话呢？跟我抬杠啊！"我一急，刘凤桐就不说那乌七八糟的话了。我继续说："好好活着吧，土地会有的，孩子会有的，麦子会有的，馒头会有的。"我安慰着他们，我自己也不明白，为啥这句话对他们起了作用？

刘凤桐身体颤抖不止，我让他抓虎子的羽毛，抓了一会儿就平静了许多。

我咋也不会想到，刘凤桐平静下来不是好事，他平静是平静了，却还是平静地想到了死。后来，刘凤桐告诉我，他舍不得自己死，要带着转香一块死。他把这念头跟转香说了，转香直勾勾地看着丈夫，眼睛里头有亮晶晶的东西在闪烁。刘凤桐以为媳妇吓着了，低声说道："你要不乐意，我……我就……"说完就觉得自己的死挺孤单的。转香一把捂住凤桐的嘴巴，往他怀里一扎，喃喃说了一句："要死咱俩一块死……"说完就呜呜呜地哭开了。哭累了，转香仰起脸来问丈夫："咱咋个死法？"刘凤桐就捂住脸哭。泪水从他的指缝间渗出来，湿了一裤子。"你想咋死？"他问转香，问得平静，心里头却跟刀子剜一样疼。"好死不如赖活嘛……"转香说完这话，转动着脑袋四下里看，好像开始了此生的告别。刘凤桐悲愤地重复了一遍转香的话："是哩，好死不如赖活着嘛……"夫妻二人相视无语，泪流两双。"死吧！"刘凤桐沉默累了，吐出两个字。

"死吧！"转香也吐出两个字，松了一口气。

刘凤桐说："我想好了，咱不上吊死，绳子勒得喘不上气儿忒受罪。咱也不跳河死，水里头活活憋死更难受。我想好了，咱吃河豚死，叫那玩意儿药死，就几分钟的时辰，不咋受罪折腾，咱就蹬腿儿见阎王爷去了，行不啊？""咋不行啊，临死吃它个饱，行，就这么死了。"转香站起身，抬起胳膊捋了下散在额头上的头发，催促道，"快去麦河抓河豚吧，别误了死，早死早托生。"刘凤桐骂了一句："我这就去抓，死老太婆，你可千万等着我呀，别自个儿死。"转香说："哎呀，放心吧，我才不孤单单地一个人走哪。"转香撅起身子，把凤桐推出了家门。刘凤桐腰好一些了，挂着大棍儿出了村，上了大堤，朝麦河上游扑扑跌跌地走。正是大秋作物下种时节，麦河两岸弥漫着青青爽爽的香味，搅得空气里头都湿湿滑滑的。往四周里看，影影绰绰有人在麦田间走走停停，像棋盘上的一粒粒棋子。刘凤桐心头猛然一热，眼泪就又盈了眼眶，眼前的光景就都像掉进水潭里漂漂荡荡的了。

"娘的，没出息的货！"刘凤桐这样骂自己，"有啥舍不得的嘛，谁没死过。"骂完就下了堤坝，低下脑袋，一门心思朝河豚出没的上游走。麦河里头河豚并不多，珍贵着哩。早知道这东西有毒，人吃了会死的，一吃鱼就仔细了看别是河豚。想不到我刘凤桐今儿个专门找这东西来吃，娘的。也罢，咋说我也是吃过河豚的人哩，比那些活着的没吃过河豚的人强着哩。这样想着，就到了河豚出没的上游河段。不知从哪儿冒出来好几个人，一下子包围了刘凤桐，像是儿子见着久别的亲爹。这个问："叔吃鱼不啊？"那个说："爷吃啥说，现抓现煮现吃。"刘凤桐知道这些人是吃麦河的人，都有着高超的水性，在麦河里钻就像走平地，里头的啥活物都经不住他们手抓脚踩。

"有河豚吗？"刘凤桐刚要说话，身后响起了一个女人的话音。不用回头看就知道，转香来了，就头也不回地问："你咋追来了？"转香说："不放心哩，怕你自个儿都给生吃了。"刘凤桐说："扯淡。"重复问一个离他最近的中年人，"河豚有不啊，师傅？"那人一听，吃惊地瞪大了两眼，反问："你要这玩意儿干啥？"刘凤桐攥住转香的手说："吃呗。"说完就后悔了，你说吃谁还敢卖给你啊，人命关天哪。果然，所有的人全都呆愣愣地看着眼前这夫妻俩，看着看着，不知谁喊了声"神经病"，呼啦啦跑了个精光。任刘凤桐和转香喊破了嗓子也无济于事。

"你也忒实在了，哪有你这么实话实说的呀。"转香埋怨道。

刘凤桐知道自己错了，一跺脚说："你等着，我下河抓去。"就脱了衣裤下了河。

转香喊："快上来，水冷扎骨头。"刘凤桐喊："待会儿就死了，还怕扎不扎骨头。"话没说完下半身就麻了，好像不是自己的了。那也得挺啊，想死嘛。刚这么想，腿肚子被一个啥东西狠劲撞了一下子，连忙弯下腰逮住，捞出水面一看，啊，是一条河豚！足有一尺长，还没见过这么大的河豚哩。就喜形于色地攥紧了上了岸，扔给转香，坐在草滩上穿衣裳，嘴里使劲呲呲吸气。

"咋这巧，河豚上赶着叫咱逮。"转香感叹道。

"这就是命啊，该着咱这么死。"刘凤桐伤感地看着河豚。不知该感谢这条河豚，还是该恨它。转香说："咱回吧。"刘凤桐说："回。"转香把河豚装进塑料袋里拎着，上了河堤。一阵乍寒的风吹乱了她的头发，像无数麦苗在战栗。刘凤桐的头发没散乱，他今天戴了一顶从柜子底翻出来的鸭舌帽，皱皱巴巴的，扣在脑袋上像一只踩扁了的罐头盒子。一路上两个人谁也没说话，你看看我，我看看你，觉得有不少话该说，又觉得没啥话可说。快到村口时候，刘凤桐说："贴着墙根走吧，免得叫人看见了话多。"转香说："最后一面了，能见着的就见见吧。"刘凤桐想也对，就直着进了村。迎面来了一群人，两口子寻思，这也是命啊，叫咱临走见着这么多乡邻，就强装笑脸迎了过去。可这帮人好像没看见他俩,都低着头不声不响地过去了。"七婶子。"转香喊。七婶子没回头。"三大伯。"刘凤桐喊。三大伯回了下头,但没应声。"咋的了这是?咋没人理咱呢?"刘凤桐一想就明白了,说:"都怕陈玉文这个王八蛋呗。"又说,"咱就得死了,活着还有啥意思呢?"转香点点头:"就是,啥意思嘛!"两口子急急地回了家,转香刷锅点火。刘凤桐蹲在水管子跟前洗河豚。洗好了扔进锅里开始煮。刘凤桐见转香往锅里扔了些啥,就问是啥。转香说:"是野蒜。"凤桐问:"哪来的?"转香说:"顺手在河滩上采的。"凤桐苦笑说:"要死你还穷讲究。"转香说:"咱又不是犯了啥死罪,讲究点嘛。"刘凤桐笑笑,转脸见院子有点乱,就抄起大扫帚扫了起来。转香喊:"讲究啥嘛。"凤桐说:"咱又不是犯了啥死罪。"转香挽起袖子说:"我跟你一块讲究。"抓起一块抹布擦起窗玻璃来了。两个人干了一会儿,转香说:"出香味了,熟啦。"凤桐耸了下鼻子说:"嗯,熟了,咱吃吧?"转香说:"吃吧。"一起进了厨房,端下锅来,各抄一双筷子就要夹鱼肉,忽然都一动不动了,你看着我,我看着你,泪水涟涟,都掉进了锅里,咸了鱼身子。转香说:"要不叫我一人吃吧。"凤桐骂:"骚老婆子,你可真心狠,撇下我一个人是吧?"转香抹了把泪水,说:"那咱就一块吃。"刘凤桐大喊一声:"一块吃!"两个人就狼吞虎咽地吃了起来。不一会儿就给吃了个精光。然后他俩并肩躺在炕上,安安静静地等死。忽然,刘凤桐一拍炕沿儿叫喊道:"糟糕,我还有话要跟瞎三哥说哩。"转香爬起身说:"等着,我去找三哥。"

  没等他们找我,我就走进了他们家的屋子。两口子一起蹲到我跟前抓住我的胳膊,都急切地说:"三哥,求你,给我俩雕个泥塑吧……"我一听不对劲啊,要死的人才跟我提这个哪,就问他俩出啥事了。转香说:"三哥,我们吃河豚啦。"我呆愣了一会儿,猛地一脚踹倒了刘凤桐,骂道:"软骨头,死了算啦!"急慌地给桃儿打手机,叫她快带着120急救车过来。刘凤桐抓住我的胳膊直求我,求我别救他们俩,真的想死了。我用力甩掉凤桐的手,不搭理他。急救车来了,刘凤桐和转香哭着号着不上车,我急了,喊过来几个看热闹的小伙子硬是把他俩塞进了车厢。医生不管你想死不想死,只管救命。他们把这两口子推进抢救室,不由分说就开始洗胃了。一阵折腾,两个人呜哩哇啦吐了个一塌糊涂,河豚肉喷了一屋地,酸气味、腥气味把医生护士熏得够呛。

  "三哥呀,你不该救我俩啊,活着真不如死了好受啊!"刘凤桐躺在病床上埋怨我。

转香也说:"是啊,三哥,你这还不得罪陈玉文他们?"

我说:"怕啥,双羊讲话,咱是农民咱怕啥?"

刘凤桐说:"我们咋能跟人家双羊比呢?他啥都不怕,可我们怕呀,不怕哪行嘛。"

我拍了下床铺,提高声音说道:"这话不对。你俩琢磨琢磨,他陈玉文为啥欺负你们啊?"

刘凤桐说:"一没权二没钱呗。"

我说:"主要是没钱。有了钱你就有了势,就可以有尊严,可以叫人敬重,懂吧?"

"懂是懂,可我们没钱啊。"转香说。

刘凤桐跟了一句:"没钱就得挨欺负呗!"

我瞪了他俩一眼:"瞧这点出息。过日子过的是人,人没了咋过?没钱就没辙了呀?那别人的钱就都是大风给刮来的呀?没钱,没钱你不会挣去?有人在,有志气,就能挣钱的。人家双羊想当初不就是一个穷小子,凭着自个儿努力一点点发起来的吗?先是轧钢厂,后是麦河道场,再后来是麦河集团,到外国开分厂去,一步一个脚印,一个脚印一个坑的,你俩都看见了。在咱鹦鹉村,在咱槐树镇,在咱麦田县,谁不知道曹双羊的鼎鼎大名啊?谁不敬重人家啊?连镇长县长都得高看他几分哩。"

刘凤桐苦笑笑说:"我的好三哥,你寻思着,我也能跟人家双羊那么风光气派?他是啥聪明本事人啊?我又是啥货色啊?一个天上一个地下,差着十万八千里哪,甭说是这辈子了,就是下辈子也赶不上人家,三哥你就别安慰我们啦……"我捶了刘凤桐大腿一下,呵斥道:"别给老子放屁啦,我咋听你说话这么长气呢?你咋就这么破罐子破摔呢?你快摸摸裤裆里头还有没有鸡巴,咋比老娘儿们还老娘儿们呢?"刘凤桐见我急眼了,吓得不敢吭气了。过了一会儿,转香说话了:"三哥别生气,我们知道你为了我俩好,可我们不争气啊。哎,三哥,前天我梦见金乌龟了,你懂解梦,给我说说好不好啊?"我一拍巴掌说道:"哎呀,这可是好兆头啊,预示着你俩土地一定会有的呀。咱麦河流传一个民间故事,很早的时候啊,鹦鹉山是一片汪洋大海。有一天,有一个地神路过这里,看中了咱们这儿,想在这一带造地。有一天,他看见一只金龟在水面上漂着,就抓了一把随身带的五色土撒到金龟背上,想造地,可金龟一沉水底土就冲走了。地神恼了,抓起一把弓箭射向金龟，射中了，把金龟定住不能动弹了。地神又往金龟身上撒了一把五色土，金龟动弹不得眼看着它的背成了地，慢慢地就演变成咱这片土地了。你们说，转香梦见金乌龟了，是不是预示着金乌龟要给你俩土地啊？"转香和刘凤桐相视一眼，苍白的脸上有了灿烂的笑容。刘凤桐摸着我的胳膊说道："三哥，我……我们不……不死了……"我舒心地笑了，紧紧握住凤桐的手说："这就对了嘛，好好活着，好日子会有的，你俩还信不过三哥吗？"刘凤桐连声说："信得过，信得过哩。"

不知是我的话灵验了，还是转香的梦灵验了。就在他俩出院后的第五天早上，我忽然接到曹双羊的电话，告诉我村里的马场不建了，土地又归还承包户耕种了。我听了扔下话筒，像个孩子似的搂抱住桃儿跳起了舞，瞎跳，跳得桃儿直迷糊，我也倒在了沙发上。桃儿说我得疯病了。没顾上吃早饭，我就跑出家门奔了刘凤桐的家。刚到他家门口，正看见刘凤桐和转香，连忙气喘吁吁地把这一好消息告诉了他俩。这夫妻俩一听，一下子瘫坐在了地上，呆若木鸡。我使劲摇晃他们的肩膀，没有啥反应。我就不理他们了，我一定等他俩醒过来。

几分钟后，俩人终于醒过来了，蹿起身子，相互拽着胳膊，朝着麦河没命地奔跑而去。他们跑得太快了，我咋追都没追赶上。我知道，他们去亲近自家的土地去了。等我追到刘家地头上时，看见刘凤桐正搀扶着转香在承包田里头转圈。后来，刘凤桐带着转香来到麦河边，我悄悄跟过去了。转香让刘凤桐用河水冲洗身上的泥，刘凤桐可能想起那些歹徒追打他的情景，抚着流水呜呜地哭了。听见男人哭声，我也很难过，是啊，河水能冲掉身上的污秽，冲掉眼泪，却冲不掉内心的屈辱……

养　护

人一扎堆儿就出乱子。这不，人们稍稍轻快了一些，村子里就起了闲事。流转土地之后，闲人增多，能没闲事吗？这天一早，老忠的儿子四叉子和郭富九儿子郭章打起来了。起因就是一碗豆浆，四叉子家开了豆浆坊，四邻八庄的人都爱喝他家的豆浆，口味香甜、醇正。我带着虎子闲逛，逛累了就去四叉子那儿喝豆浆。四叉子正守在一口盛满豆浆的大锅跟前忙活。郭章过来了，兴奋地大声喊着："四叉子，好事儿好事儿。"四叉子说："啥好事儿啊？"

郭章说:"你看这报纸,城里有个大酒店招人,专招做豆浆的。"四叉子说:"多少钱工资啊?"郭章说:"月薪两千哪!你去应聘,把我也带上吧!"我插话说:"郭章,你不是麦河集团的工人了吗?"郭章说:"啥鸡巴工人?刚刚开工就没活干啦!"四叉子说:"是啊,你小子吃一锅拉一炕的主儿,能干啥?"郭章嘿嘿一笑:"我能做面食,小时候我娘就教我做面花儿。"大冬子笑说:"你小子抓裤裆的手做面花,还不臭他娘的三里地?"郭章就跟大冬子撕扯起来,这两人一阵乱比画,郭章将四叉子撞了个趔趄。我听见四叉子惨叫了一声。四叉子的一只胳膊就杵进了铁锅里,赶紧抽出来,胳膊起了一片水泡,大泡套着小泡,喝豆浆人群像锅里炒黄豆,炸成一团。我大声嚷道:"赶紧送卫生所去!"人们就架着四叉子送进了镇卫生所。

  这事很快传遍了全村。一部分人说,这事怪郭章,他要是不捣乱,四叉子就不能把胳膊杵进烧得滚烫的豆浆锅里。也有一部分人说,这事怪不得郭章,怪就怪四叉子不小心,脚底下没根,自己掉进锅里的。更有甚者,竟然把矛头指向双羊,说没有土地流转,郭章能那么清闲吗?他能搭咕四叉子吗?我当场就反驳:"双羊让他们打架来着?拉不出屎来怪茅房!"那人对着我的脸说:"双羊坏了麦河的规矩!"我张了张嘴巴,没能说出啥话来。这叫他娘的哪家子理呀?!

  事情不大,我却预感到其中的麻烦,双羊出差不在家,担心没人能平息这场纠纷。不是没想到陈锁柱,只是觉得他这人阴一套阳一套的,不靠谱儿,还怕他动用陈玉文使用暴力。我马上想到田兆本,他是个正派人,可身子骨儿软,遇事和稀泥。可眼下,也只有田兆本出头了。我给田兆本打了电话,田兆本就急着出来了。田兆本抓了一辆破夏利车带着我去了镇卫生所。一进病房,老忠就抓着我的胳膊,唠叨个没完。我一听他老伴儿马东菊、四叉子媳妇孙丽荣也在。我听见田兆本一进病房就嘿嘿地笑。马东菊说:"啊,是田支书呀,你看,害得你也不得安生了。"田兆本说:"咳,乡里乡亲的客气啥呀,出了这么档子事儿,我这当支书的能眼瞅着不管?"我插嘴说:"兆本是我喊来的。"老忠吭了一声,他吭一声已经不错了,这老头儿白天迷迷糊糊,夜里像个木头疙瘩。田兆本弯下腰,看四叉子裹着纱布的胳膊,问道:"还伤着哪儿了啊?重不重啊?"四叉子动动胳膊说:"大夫说没啥大事儿,养养就好了。"马东菊不放心,迟疑一下问:"真的?大夫真这么说的?"四叉子说:"我是你儿子,啥时候跟你说过瞎话儿呀?"我点点头说:"没大事儿就好,没大事儿就好。"马东菊说:"哎呀,你说这郭章够狠的，这万一残废了，我们一家人咋整啊？"停了一会儿，田兆本问道："郭章呢？这小子猫哪儿去了？"马东菊说："他上食堂给叉子买饭去了。"老忠问："叉子，赔偿的事儿你琢磨了没有啊？"四叉子闷声说："赔偿？他能赔吗？"马东菊大声说："啊，他敢不赔，咱不能白让豆浆烫了啊！"四叉子叹息着说："叫谁赔呀？都是我自个儿不小心。"老忠终于说话了："要不是郭章和大冬子瞎闹，郭章碰了你，冷不丁喊你，你能自个儿杵锅里去？你瞎叔还是证人呢！"我说："没错儿，我都听见了。"四叉子明白过来了："啊，你是说让郭章赔偿咱？我琢磨了，算了，都是乡里乡亲的，人家也不是故意的，算了。"田兆本轻轻一笑，说："既然这样，我看就没啥调解的了。"我也跟着附和："是哩，冤家宜解不宜结呀！"马东菊却不依不饶："你说啥？算了？你……你……"我摸了摸四叉子缠着纱布的胳膊："这不没啥大事儿嘛，你还火上浇油？"老忠说："瞎子，你那意思是说烫了白烫了呗？是不是这个意思啊？"田兆本说："我看不能这样解释，立国是为了你们好。"四叉子笑笑："爹你别着急呀，你听我说，咱这点医疗费也不多，还让人家赔个啥劲儿啊？再说，我也有责任，脚跟没站稳，走神儿分心了，所以人家一叫喊，我就手忙脚乱地出了差错。"马东菊一拍大腿说："你呀……你这孩子可真是……气死人啊！"气得呼呼地喘着粗气。

  我和田兆本出来等郭章。郭章打水回来了。这小子也不是胡搅蛮缠的人，他沮丧地说："我多照顾照顾四叉子没啥，麦收也完了，土地流转了，咱没个啥事儿干。"我愣了愣说："双羊不是给你安排工作了吗？"郭章咳了咳说："是啊，这不等着呢，给我派的活儿是养护土地，池塘淤泥灌溉土地，可是迟迟没有开工啊！"我插话说："是啊，养护土地，建设高产田，这是双羊下狠心要做的。"郭章说："双羊董事长好像说，村委会陈锁柱村长对这个事儿有看法，不让池塘清淤。"我一听气得够呛，嗓子都变尖了："兆本，陈锁柱这是干啥？李敏教授都说了，清理池塘淤泥有两大好处，一是蓄洪抗涝，二来养护土地。听说淤泥覆盖的土地，比原先板结的土地多打粮食呢！"田兆本叹息了一声："唉，锁柱心中有抵触，抵触双羊搞高产田，他还是想建设旅游项目。"我冷冷地说："啥抵触？我看他是心中有鬼啦！双羊一脚踢走了小舅子，高尔夫球场泡汤了，他陈锁柱没啥可捞的啦！"田兆本说："立国，话不能这么说，不能这么说。"我大声说："我看你还护着他，惯坏了他。你也知道，土地污染是最不容易被重视的，天坑的出现，土地板结，把双羊给砸醒了，双羊苏醒是那么容易的吗？他真想花钱养护土地了，利用池塘淤泥养护土地,这可是千载难逢的好时机啊!如果给陈锁柱搅黄了,他是千古罪人!"田兆本支支吾吾。我又补充了一句:"田支书,你要是不站出来说话,你也会后悔的。"郭章笑了笑说:"哎,田支书啊,还真灵。李敏教授带我们参观过了,人家把两种土地打下的麦穗儿给我们看了,那可不一样。淤泥养护的土地,麦穗儿可大啦!"田兆本说:"好的,我再劝劝锁柱。"然后就说了说四叉子的事。

我们回到了病房,郭章把开水轻轻一放,过来看四叉子,老忠发了怒:"滚蛋,找你爹要钱去!"郭章怯怯地退出去了。田兆本端给老忠一杯水,说道:"老忠,你消消气儿。按说哪,郭章是该赔偿一点儿,多少他是有责任的。可是四叉子说得也不是没道理。我看这样,这事你们爷儿俩好好合计合计,拿个最后意见,我再跟郭富九说一说这事儿,至少,他要向四叉子道歉!"老忠问:"郭章咋个意思?"田兆本说:"他说愿意担负点医药费,可他爹……"老忠哼了一声:"我就知道郭富九那个铁公鸡想一毛都不拔,不赔偿,哼,整一块石头当屋子——没门儿!"

我和田兆本回村就找了郭富九。郭富九硬硬地说:"我还是那句话,一分钱也不给。"田兆本说:"富九啊,你不能这么说……"郭富九脖子一梗说道:"那你说我该咋说,我说的不对咋的?你说我们凭啥赔他的医药费啊?又不是我家郭章把他推锅里的,对不对?我叫郭章给他买了点营养品,就够意思了。"郭章娘小声嘟囔道:"要不是郭章跟大冬子撕巴起来,他四叉子也不会……"郭富九呵斥道:"一边去,老娘儿们家插啥话儿呀!"我笑笑说:"嫂子说得有道理呀,公平地说,出了这事儿,郭章跟四叉子他俩都有责任,只不过是谁大谁小的事儿了。"郭富九推了我一把说:"瞎不叽叽的,你又跟着瞎掺和。瞎三儿你在场,我家郭章跟大冬子是不是逗着玩儿?是不是没挨着他四叉子?"我说:"郭章跟大冬子逗着玩儿是真,可挨着没挨着四叉子,我没看见。我是瞎子,我咋看呀?"田兆本笑了:"睁眼儿的都没看见,你让立国看啥?"郭富九说:"他不是带着虎子吗?虎子准看见了啊。"我说:"虎子看见了,看见郭章碰着四叉子啦!"郭富九摆着手:"我要亲自听虎子说,你小子心术不正,我可不听你的。"我大大咧咧地说:"虎子说话你听不懂。我说富九啊,你家土地都流转了,觉悟也高了,甭赖账,给老忠送点钱过去,啥事都没了。"郭富九被我说蔫了。田兆本笑笑说:"你们都冷静冷静,富九你跟郭章两口子商量商量。郭章都是麦河集团的工人了,这样僵持下去,惊动了双羊,对郭章前途也不好啊!"我补充说:"是啊,双羊让郭章负责清淤养护土地，这是多大的信任啊！"郭富九叹了一声："快别提池塘清淤了，都怪陈锁柱啊，本来开工了，愣是给停了。要是郭章还干活，哪有那份闲心跟大冬子瞎闹腾啊？"田兆本插了一句："富九，你是愿意清淤，还是反对清淤呢？"郭富九爽快地说："当然愿意了，我跟双羊有过冤仇，我死扛着不参加土地流转，是我信不过这小子！别看他给我的羊治病，那都是表面文章，我之所以愿意土地流转，我看出来了，双羊真要养护土地啦！就冲这个，我郭富九算是服了，可是……"我急忙插话说："别吞吞吐吐的，有啥话直说！"郭富九迟疑了一下，说："嗨，事到如今，我也别藏着掖着了。现在我心里对双羊又打了一个问号，他敢踹他小舅子一脚，可他敢跟陈锁柱斗吗？他斗得过陈锁柱吗？他要是当陈锁柱的傀儡，那我们还有啥奔头？"我抬胳膊捅了田兆本一下，说："支书，你都听见了，群众的眼睛是雪亮的。"田兆本说："对淤泥养护土地，我的认识不够。锁柱跟双羊争吵的时候，我一直没表态。这次调节你们两家的事儿，我还真有了一个意外的收获，等双羊回来，我把乡亲们叫到一起，让锁柱听一听大家的意见。"我笑了笑说："兆本啊，这就对了，你是支书，陈锁柱这小子应该听你的！"田兆本叹了一声走了。

田兆本走后，这事就没个动静了，我感觉他是等双羊呢。这一天，老忠在街头跟郭富九呦起来了。虎子给我报信，我急着去街上看，可是，很快就呦完了，我没有碰着这两人。我能想象出来，这两个老家伙呦架，一定像斗鸡那么好玩儿。大冬子告诉我，郭富九吃亏了，脸被打肿了。狗急还跳墙呢，看来老实巴交的老忠，真是急了眼呢！我心中很是来气，我气的是田兆本，双羊不回来就不干事儿啦？党支部、村委会是干啥吃的？骂归骂，双羊不回来，我也没着没落的，因为桃儿跟他一块出差了。

我闲着无聊，连连做梦，竟然梦着我娘了。我娘说："三儿，我的那架纺车呢？"我愣了愣问："娘，你还要那玩意儿干啥？"娘说："给我送坟地去，我要给桃儿织一件衣裳。"我吓了一个激灵，问："你咋知道我有桃儿啦？"娘轻轻笑了："狗儿爷都告诉我啦！"我啥都明白了："娘，我给你找找吧！"娘满意地叹息一声。记得我还补充了一句："娘，凤莲到你那边去了，你多照顾照顾她呀！"娘说："你放心吧！"我的梦就醒了，可是我记不得纺车在哪儿了。天不亮我就寻找，累得满头大汗，汗流在眼里泡得难受。我终于在猪圈与茅厕的夹墙找到了那架破旧不堪的纺车。我抖抖地摸着，摸了一手灰尘，缺了三根轮翅，扶手上竟然绑着一只纺锤。我抓着轮把摇了几下，咯吱咯吱响。一听见这声响，我就想起乐亭大鼓唱词："摸一摸我的天，亲一亲我的地，娘织了毛布衣，姐编了苇炕席，麦子黄了梢儿，大爷挂了犁儿……"我用抹布将纺车擦了又擦。这个时候，我想起娘"嗡嗡"纺线的声音。这声响太亲切了，周而复始，缓慢悠长。我的眼泪呼地涌了出来。娘的影子出现了，昏黄的油灯一闪一闪，娘端坐在炕上纺线。娘右手的食指钩在纺车的圆孔中，不停地摇，捏着棉花芯的左手朝斜后方划过一道弧线，再缓慢地划过来，细如蚕丝的棉线从她指缝间拉出来。那旋转的车翅、飞旋的锭子，还有那"嗡嗡"的声音，一股脑儿向我扑来。村庄的历史，不仅融入了土地，还摇进了纺车里。天黑的时候，我扛着破纺车去了墓地。我把纺车摆在娘的坟前，磕了几个响头，像乌鸦似的立在那里。

这天黄昏，双羊和桃儿都回来了。双羊没有来看我，我催促桃儿说："赶紧让双羊来找我，我有事儿跟他说。"桃儿把口信带过去之后，双羊就过来找我。我抓着双羊的手，说："老天爷，你小子可回来了。老忠和郭富九两家的纠纷要激化，他们的土地都流转到麦河集团了，都是你的雇员，你不能不管啊！"双羊嘿嘿一笑："老虎的屁股，球儿！三哥，我们管这闲事儿干啥？"我两眼直直地望着他，微微张了张嘴，想喊些啥，却没能喊出来。这是闲事儿吗？双羊继续说："三哥，我想搞麦河清淤了。我想问问你，麦河跳鱼台能不能破？"我吓了一个哆嗦，惊奇了："为啥要破跳鱼台？"双羊说："从那里打通一个沟渠，往土地里输送淤泥。"我担忧地说："清理池塘淤泥都停了，你这是一厢情愿，陈锁柱会依你？"双羊大声说："我不怕他，老百姓都支持我养护土地。别的你别管，你就看一看跳鱼台能不能破？"我哼哼唧唧说不出话来。我们的"跳鱼台"很有名，传说麦河鲤鱼逆流而上，游到这个地方，就想跃上高高的跌水岩，河水奔放湍急，鱼喜而跃，故得名"跳鱼台"。小时候我领教过，鲤鱼翻跳的时候，银鳞闪闪，妙趣横生。如今没有那么多鲤鱼，更没有湍急的水流，很难领教"鲤鱼跳龙门"的壮观美景了。但是，人们对"跳鱼台"还是心存敬畏。双羊急了："看你吭吭哧哧的，说个痛快话呀！"我说："祖上说，这跳鱼台有来头啊！人们恐惧天灾，挖河道清淤就有好多的禁忌。引山泉、开水渠，以为会得罪龙王，更惧怕挖断龙脉，遭到龙王的报应，所以，跳鱼台也是祭奠龙王的地方。你要是毁了跳鱼台，龙王肯定会怪罪了，你这辈子都会遭灾遭难的。"双羊狠劲拍了拍我的肩膀："你又开始糊弄兄弟哪！"我咧了咧嘴巴说："我瞎子好糊弄，你比猴儿都精，是那么好糊弄的吗？我是说，龙王是那么好欺瞒的？鹦鹉村哪件事情它不晓得？别说你的企业，就是你的命都在人家手心里捏着哩！"双羊不高兴了，大声吼道："三哥，别吓唬我，你知道的，我这人就不怕别人吓唬。给我说几句人话，不然你会后悔的！"双羊一急，我就像夹尾巴狗一样蔫了。我想了想说："原先有鲤鱼跳台，这阵儿呢，只是个象征了，孩子们高考的时候到那儿拜一拜。"双羊说："好了，我明白了。"他站起来转身要走，我给叫住了："哎，双羊，这几天你和桃儿干啥去啦？"双羊嘿嘿一笑："又吃醋啦？还是虎子告诉你啥啦？"我摇头说："你想错了，三哥信不过你小子，可我信得过桃儿。我是说，你们是不是在研究淤泥？"双羊嘿嘿笑了："三哥，你真神啊！是啊，麦河上游的煤矿、铁矿、钢厂带给麦河一种重金属污染物，这种污染物进入土壤后不能为土壤微生物所分解，很易被作物吸收，在土壤中积累，甚至转化为毒性更大的甲基化合物，通过食物链的作用进入人体，影响人体健康。土壤都受到了不同程度的污染，有许多地方粮食、蔬菜、水果中镉、铬、砷、铅等重金属含量严重超标。你说这种土壤打出的麦子，做成方便面，还能叫安全食品吗？"我吸了一口凉气，眼皮都塌了："有这么严重吗？"双羊说："比我说的还严重。但是，天无绝人之路，李敏教授带我和桃儿，对鹦鹉村池塘淤泥和麦河淤泥进行了化验。池塘淤泥最好，麦河淤泥有轻度污染，表层淤泥清除半米，剩下淤泥养分十足。这些淤泥有机质含量很高，有机质占一级，有效钾含量很高，还含有一些氮、磷等速效养分，可用于养护我们板结的土地！三哥，我们的土地有救啦！"我抓着双羊的手，兴奋地说："既然这样，损失一个跳鱼台也值啊！"我额头上的肉疣流血了。我用手背擦了擦，说："这颗肉疣不知咋了，最近老流血。"双羊说："让桃儿弄点药膏给你抹一抹。"

双羊走了，他像一团火，走到哪儿哪儿就热乎起来。这几天，鹦鹉村人议论最多的是用淤泥养护土地。双羊让李敏给农民上课，讲解养护土地，讲淤泥的好处。我也听了李敏一课，我发现田兆本支书带着村干部听课，唯独没有陈锁柱的影子。李敏掰来掰去地讲，可谓苦口婆心。末了，双羊跟大伙儿介绍了自己的最佳方案。可是，真正干起来的时候，一连串的问题就来了，最佳方案也有让人头疼的地方。

这天上午，我和虎子登上了麦河跳鱼台。天上的云，大块大块堆着，却没有雨。我仰脸望了望天，根据太阳的热度，我判断出云朵与云朵之间露出了一疙瘩一块的蓝天。河岸的野花开了，满坡满河香气浮动。几天没有下雨，水流平缓，适宜挖泥作业。我在跳鱼台上坐了一会儿，一边烦躁地想事儿，一边在胸脯上搓着汗泥。来来往往的一些人在干活，甚至还有轻声议论。有人说："你瞧瞎子来了，今天爆破跳鱼台，他是来捣乱的吧？"还有人说："不会，听说他跟咱董事长是好哥们儿。"过了一会儿，我听见郭章在说："别鸡巴扎堆儿了，今天麦河清淤，赶紧干活儿，过会儿曹总要来验收呢！"人们渐渐走远了。人们走马灯似的来来往往，过了一会儿，我听见了陈锁柱的说话声。陈锁柱说："今天，你们的任务是阻止麦河集团在麦河清淤，你们在捍卫咱老百姓的利益，出了事儿我兜着！"陈玉文骂骂咧咧："狗日的，看他谁敢动跳鱼台！"四叉子的声音："听我爹说，村里大多数老百姓都支持双羊的。我们闹僵了，有啥好事啊？"陈锁柱说："四叉子，你小子别管那么多。谁代表鹦鹉村老百姓？我是一村之长啊！"陈玉文说："就是，老百姓反了，谁给他们撑的腰？动不动就集体闹事儿，这样下去，村长的尊严何在？村长的权威何在？"陈锁柱说："只要我陈锁柱当一天村长，就得替老百姓说话，跟这些唯利是图的资本家斗争到底！"我听不下去了，心中这个气呀，这小子还一口一个老百姓，简直不知廉耻！后来他们走远了，我隐隐约约听见"动手"这个词儿。

我的心悬了起来，爆破跳鱼台将有一场恶战。我掏出手机，急忙给双羊打电话，双羊竟然没开手机。我给桃儿打，桃儿竟然也占着线。可把我急得够呛，我马上爬起来，急煎煎地往村里赶。我赶到六嫂的渡口，就听见"轰"的一声巨响。我的心一颤悠，跳鱼台爆破成功了。我重新转回来的时候，虎子告诉我，跳鱼台已经平了。挖泥机隆隆地工作了，黑色的泥浆喷涌出来，哗哗地流淌着。我闻到了阵阵泥腥气。郭章吆吆喝喝嚷着："注意了，把淤泥送到传送带上，这样才能送到大田里。"我循着声音凑了过去："郭章，陈玉文他们有没有捣乱？"郭章说："捣乱了，能不捣乱吗？"我更加惊奇，有人捣乱咋还顺利开工呢？在鹦鹉村谁不怕陈玉文呢？只要他搅和的事儿，准能搅个乌烟瘴气的。郭章说："没等我上手，四叉子够意思，他在关键时刻叛变到我们这边了，他和大冬子把陈玉文制服了！"我愣着问："就这么简单？没伤着人？"郭章笑了笑："我看你是不怕事儿大。不简单咋的？还想卸胳膊卸腿儿啊？我看出来了，这叫烂柴打狗两害怕。我就不信他不怕双羊？嗨，陈家就像一棵老槐树，肚子都烂空了，早晚要倒塌的。他陈家为所欲为的时代一去不返啦！"我也扬眉吐气地啐了一口："该，这叫报应！"骂完了，我就想，陈玉文这小子夸海口时的狂劲哪儿去了？他的凶狠哪里去了？

一大块乌云，黑压压地遮过去了。到处都是河泥的气味。不一会儿，双羊开着汽车过来了。我赶紧把双羊拽到一边："唉，你也不开手机，可急死我了！"双羊淡淡一笑，说："手机没电了，我刚刚充好。三哥，你要说的事儿，我早就知道了，他们那里有我的眼线。"我惊奇了，愣了愣问："眼线？谁呀？"双羊哈哈一笑："四叉子呀，这小子已经是我们麦河集团的工人了。"我更加疑惑："啥时候的事儿啊？"双羊说："昨天刚刚任命，我就知道陈锁柱会利用他跟郭章的矛盾。我就给他来个将计就计，派他打进对方内部去！关键时刻，我让他保护郭章，这叫救命之恩，两家人还有啥仇啊？年轻人的仇疙瘩都解开了，老一辈儿的还系啥疙瘩呀？"我嘿嘿一笑："是啊，将来四叉子在郭章手下干活，老忠还能说啥呢？"通过这件事，我对双羊有了新的认识，这小子不简单啊！俗话说得对，清官难断家务事，更何况是村里的纠纷事儿哪。有些事情，根本不用解决，生产发展，生活富裕了，矛盾就会自然解决。

一些伤情的事，是不能提的，一提整个心都抓着疼。几天之后，气急败坏的陈锁柱跟双羊打了一架。陈锁柱指使陈玉文捣乱一事传出去了，陈锁柱威风扫地，他的连任计划，恐怕也是大风里点灯没啥指望了。双羊对我说："土地灌满了麦河淤泥，陈锁柱到地里视察，哪是视察啊，纯属是挑衅。这小子好像喝了酒，一股强烈的酒味呛人。他上来就说，曹双羊，没经村委会批准，你就擅自灌溉淤泥，赶紧给我停工！我一听就听出这小子找碴儿呢！高尔夫球场下马，我坏了他的发财梦，这次淤泥养护土地，陈玉文找我要工程，我给顶回去了，他恨我啊！他指着我的鼻子骂，骂我胡闹，坑害百姓，给麦河集团树形象等。我对他说，眼下能人辈出，一个比一个想得大，干得大，我们从哪里突破啊？只能养护土地呀！因为我们欠土地的太多太多了，赔钱也要养护土地！我这样干，不是想树立麦河集团的形象，而是要对得起自己的良心，一个农民的良心！"我给双羊打气说："说得好，我早就有预感，你和陈锁柱会翻脸的！"双羊说："回乡流转土地，我一直想跟他搞好关系，可他就是死狗扶不上墙啊！"我脸上的肌肉都垂下了，说："你俩人都是硬性子，谁也不是稀泥软蛋，俩叫驴拴一个槽头，没有不乱踢咕的。"双羊说："瞧你这比喻的，听我往下说啊。我的话越说越尖锐了，气得他脸红脖子粗的。顶着酒劲儿，我俩就打成一团了。你知道，连他哥我都打过，我还怕他吗？一阵拳打脚踢，最后我们跌进了麦田。刚刚灌了淤泥，我们滚来滚去，都成了泥人了。"他的讲述给我带来一片联想，我后悔不在场，那场面多解气呀！我嘿嘿笑了："你俩谁先倒地的？"双羊说："我先倒地的，好久不干农活儿了，身体有点糠了。"我竖起了大拇指："你牛，虽说你的身体先倒下了，可你的形象在乡亲们心中却高高地站立起来了！"双羊说："啥站立不站立的，别给我戴高帽儿啊！"我伸手朝双羊身上乱摸着，说："兄弟，伤着哪儿没有哇？长得细皮白肉，就像麦子面捏成的。"双羊推了我一把，笑道："你当我是桃儿啊？还细皮白肉呢，你是看不见，我这脸都成老树皮喽！"我心里就嗖嗖冒凉气了。

　　双羊叹息了一声："我没想到，会在这种场合跟陈锁柱撕破了脸。"我想了想说："陈锁柱是蚂蚁挡道，翻不了啥大车，最后这小子咋说？"双羊说："他是死鸭子嘴巴硬，满脸糊着泥巴，还嚷嚷跟我拼命呢！最后，也没人搭理他，他在泥里乱翻的时候，乡亲们涌来不少。他本来坐起了身子，见着乡亲们又往泥里一躺，蹬了蹬腿儿装死。乡亲们把我给抬起来了，把我举得高高的，举着我离开了庄稼地。郭富九老小子还亲了我一口，弄得我挺恶心。不过没啥，乡亲们高兴，我就高兴啊！"双羊嘴困舌乏不想说下去了，抓了柜子上的一瓶酒要喝。我牙齿蹦出了三个字："你疯啦？"双羊嘴一咧，就咕咚咕咚喝开了。

敬畏土地

　　陈元庆落马了。

　　我早就有一种预感，他的福气是凤莲给托着呢，凤莲死了，他的运走到头了。麦圈儿跟我说过，陈元庆好色，这年月不算啥毛病，县长陈元庆原来栽在了土地上。严格说，他还是栽在了双羊手里。双羊揭开了鹦鹉村非法占地的内幕，同时还揭开了县城房地产黑幕。县城"地王"的出现，本身没错，错就错在陈元庆在土地交易中受贿了，这就是陈元庆的软肋，他的"嗓子"被双羊这个野兔踢开了。我原来以为，陈元庆出事，也会从女人上犯事的。桃儿说他爱盯女人，当了那么大官都管不住自己的眼，太馋了，见了漂亮女人哪儿都看，跟贼似的。可是，谁知他竟然从经济上栽了。双羊反映问题，比一般老百姓方便，又狠又准，因为他是麦河集团老板，他跟这些"蛀虫"混得太熟了。土地问题极为敏感，中央及省市领导都作了明确批示。语气极为严厉，一定要从严查处。陈元庆的落马是必然的。后来双羊告诉我，双羊跟陈家决裂的时候，陈家三兄弟曾经制订了一个报复计划，他们要让双羊倾家荡产。苍天有眼啊，他们还没来得及行动，陈元庆就被"双规"了，陈锁柱跟着蔫了，清算陈玉文的时候不远了。我和乡亲们拍手称快。谁也不能伤害土地，谁也不能伤害农民！这是土地神连安对他们的惩罚。我想，以这个事例为契机，可以重建人们对土地的崇拜。

要说成绩，陈元庆有几个政绩。环城大道、麦河文化广场、土地流转试点、污水处理厂兴建、垃圾发电项目的上马，等等，可以列出一串。他是强悍的，同时也是虚伪的。对待凤莲的问题上，他是一个伪君子。他在父母官位置上，非常善于表演。他没做过演员，但胜过演员。所以，他在乡亲们的心目中是一个温文尔雅、沉稳不俗的男人。关于他的家庭，始终充满神秘色彩。他的老婆我一直没见过，只知道是一个为人处事很是低调的女人。他们有一个儿子，叫陈轩，在省城上初中。陈元庆也很少提及他的家庭，谈得最多的是农业、农村和农民。给人的深刻印象是，他对"三农"情有独钟，不愧是农民的儿子。我还听人说，陈元庆的业余生活内容很是单调，除了深入基层，就是读书学习。偶尔和人打打麻将，看看电影，喝喝酒，娱乐场所坚决不去的。麦圈儿说他好色，我没啥意见。他跟麦圈儿睡过，还曾经打过桃儿的主意。直到有一天，桃儿流着泪跟我说："我今天打了他，狠狠打了他一巴掌。"我惊讶地问："打了谁呀？"桃儿说："陈元庆！"我说："哪个陈元庆？"桃儿说："还有哪个？陈锁柱的大哥啊！"我忽然明白了，嘿嘿一笑："想占你便宜吧？打得好！"桃儿还跟我说了一个秘密，陈元庆想包养麦圈儿，让桃儿给搅黄了。麦圈儿虽说还没完全脱离那个职业，可她绝对不会与陈元庆同流合污的。

我还知道陈元庆的第二个秘密。桃儿缓缓地说："陈元庆包养的姑娘叫苏丽丽。用流行说法，她是陈元庆的'二嫂'，因为'二嫂'比'二奶'好听。她是一个大学生，毕业后一直没找到中意的工作，就吃起了青春饭。苏丽丽身材长得丰满匀称，特别是胸脯鼓鼓挺挺的，很招男人的目光哩。苏丽丽家在农村，家里很穷，开始她在一家饭店做工，挣钱不多，看着身边女孩比她挣得多，就非常焦急。她就向人家讨教，人家就给她指点迷津，她就开窍啦！她原本不想用自己的身体挣钱，麦圈儿以为她害羞，就设计拉她下了水。是麦圈儿把苏丽丽介绍给了陈元庆。陈元庆对苏丽丽宠爱有加，给她买了别墅，把她在农村的哥哥都安排在城里。陈元庆出事了，苏丽丽也被关进看守所。她不吃也不喝，也不交代，翻来覆去只说一句话，我要见麦圈儿。

三哥，麦圈儿都得那病了，还咋去见她？我一说，麦圈儿还是跟我一起去了，麦圈儿劝她老实交代，还真灵，她把知道的都说了，要重新做人。麦圈儿还夸奖说，丽丽，你看见了吗？桃儿就是我们的榜样！她说中了陈元庆的受贿要害。"我听说后暗暗吃惊：苏丽丽这小丫头，不鸣则已，一鸣可就惊人啊！没有几天，我听双羊说，陈元庆也都交代了，有一千九百多万元。娘呀，听说这是掉脑袋的钱啊！还听说陈元庆得了大病。我既高兴又气愤，身为一县之长，你咋能干出这种龌龊事来呢？给我们鹦鹉村人丢脸啊！活该，这是土地神对你的惩罚。骂归骂，咋说也是一个村里的人，我想跟双羊去探望陈元庆一下，另外还有陈锁柱的面子哪。我刚有这个想法，就听见几声汽车喇叭响；然后就是双羊的声音，我问他："你干啥去呀？"双羊说："锁柱我俩上省城看看他哥去。"我说："正好，我也去。"我上了车，想问问锁柱他哥的病情，最终没有开口，得了这种重病还能咋样呢？再说不光是得病的事，还牵扯到生活作风问题，陈元庆凶多吉少，他陈锁柱心情会啥样还用得着猜吗？就一直没说话。这一路上，我们谁也没说话。六月底的天气了，麦子大都脱了粒，进了粮仓，半米高的玉米秆子碧绿碧绿的，每天都在拔节儿。麦香味儿不那么浓烈了，开始弥漫起青稞的清香。

　　到省城的路有三百多公里，走的高速，三个多钟头就到了，可今天我咋觉得好像走了一年。我知道，这是我的错觉。没想到，探视并不顺利。不是医院方面的原因，而是陈元庆单间病房门口有个把守，那人自称是省纪律检查委员会的。双羊说："首长，我们是陈县长的同乡好友，跑这么远的路就为看他，你就通融通融叫我们进去吧。哦，他叫陈锁柱，是陈县长的亲弟弟。"锁柱拿出自己的身份证给那人看。那人说："你们等一下，我打电话请示一下。"就听他对电话那边说道："组长，我是小何，陈县长家弟和好友来看望他来了，是否允许探望……好的，是，我明白了。"那人挂了电话，对我们说："可以进去，但不许谈与案件有关的话题，请你们配合。"我们纷纷表示配合，怀着复杂的心情走进病房。我们的谈话在监督下进行。"大哥！"锁柱先喊了一声，声音有些哽咽。"元庆哥！"双羊的嗓门儿明显小了，还有点温柔。我喊了声："县长。"摸到了他的病床前。陈元庆显然在期待着亲人好友的到来，见我们来了立刻情绪高亢起来了，但毕竟是做了多年的县长，已经习惯于居高临下，他只是和我们礼节性地握了下手，嘶哑着声音说道："坐，都坐吧，许秘书沏茶……哦，这不是在机关，谁渴你们自己倒吧。"我注意到了，陈元庆与我握手的时候，他的手在颤抖，可以窥视出，他的内心涌动的波澜。

　　陈元庆不理睬双羊，跟我还说了两句。他这一端架子，我们谁也不知说啥好，就只好干坐着，听墙上的石英钟表嘀嗒嘀嗒响。看得出来，他知道双羊跟他过不去，好多事是双羊捅出去的。双羊率先打破了沉默，他说："元庆啊，咱们都是发小，你看你还需要我们为你做点啥，你就直说，千万别客气。"陈元庆忽然说话了："双羊，我问你一句话，你是不是一直为你姐的事儿恨我？"双羊说："没有，当初我是这样想的，找你复仇。后来我们成了朋友，我把过去的事儿忘记了。"陈元庆疑惑地问："那你为啥暗箭伤人？我和锁柱拿你当亲弟弟看，你为啥这样？"双羊郑重地说："按常理儿，我的行为不可思议。我们这个利益集团如果发展下去，我还会受益的。可是，望着乡亲们的痛苦，我不能啊，我的良心不允许我沉默了。不仅对你，我对老婆张晋芳也是一样的。她失踪了！"陈元庆惊讶地说："你呀，这是何苦呢？你事业蒸蒸日上，年轻有为，是我们鹦鹉村的骄傲。可我要跟你说，我们有过利益往来，你就不怕我把你拖进深渊吗？你不觉得可惜吗？"我急切地说："元庆，看着凤莲的面子，你也不能这么做啊！"双羊拦住了我，严正地说："如果我错过，那是过去了，我当着连安地神的麦穗儿发过誓，我们不能丢了家乡人的好德行，宁可赔钱，宁可下地狱，也决不向邪恶低头！为此，我做好了一切准备！让乡亲们指着后脖颈挣钱，还不如去死！"陈元庆长叹了一声："我明白了，你要真这么想，我栽在你手上，我服！今天啊，让我重新认识了你曹双羊，是条汉子，我敬佩你！"双羊胸脯剧烈起伏："元庆大哥啊，看来，不管是谁，都不能背叛土地啊！"我没有说话，陷入了沉思。陈元庆沉痛地说："我从没找立国算过命，但我明白，人就是个命运，谁不信命运都不行。我对不住凤莲，我常常梦见她，她脸上的泪水让我羞愧。我一直想找机会补偿她，可是，她走了。先我而去了，到了那边，我要向她赎罪啊！"说着哽咽了。我说："凤莲太善良了，她就是咱村的土地奶奶！"陈元庆痛苦地说："是双羊把我打醒了，可是已经晚了。我有智慧，可没有把握好度，把智慧用滥了。超过度的人，就是傻子，我这个人傻，但不是真傻。这是我的致命伤啊！很久以来，我就有一种预感，我把鹦鹉村的善良丢了，人不善了，到头来，还是碰上了钉子！我多年竭力回避、不想与之冲突的那股力量，土地的力量，神的力量，最后还是把我压倒了！我要是能早一点醒悟过来多好啊！"我也一番感慨："土地是啥？流不尽的汗，淌不尽的泪，操不完的心，说不出的痛，盼不归的人啊！"陈元庆抱着脑袋哭了。双羊沉沉一叹,没有说话。过了一会儿,陈锁柱说:"哥你想吃啥?我这就上街给你买去。对了,这是你弟妹让我们捎来的,哥你看,有人参、白木耳,还有鹦鹉村的面桃儿,多吃点对身体有好处。玉文让我捎话说,他明天带着你俩弟妹来看你。"陈元庆摆了摆手说:"不用来,不用来了,我很好。你们走吧,走吧!""你就别装模作样的行不行啊?"我加大了嗓门儿:"咱可都是在麦河上光屁股玩泥巴长大的,谁不了解谁呀,有必要端这个架子吗?"省纪委那个同志提醒道:"不要激动,不要喊叫。"陈元庆闭上眼睛,不再说一句话。

"轰隆隆……"窗外响起一阵雷声,从遥远的天边滚来。有风吹进来,温暖而潮湿,裹挟着雨丝,快要下雨了。

我们离开了医院,一路回到鹦鹉村。我感觉,这一路触动最大的是陈锁柱。这个时候,天都黑了。陈锁柱迟疑了一下,问:"双羊,你说我该咋办?"双羊说:"你哥是被资本的潜规则害的。人没有敬畏就无所顾忌,就会疯狂,疯狂后面就是灭亡啊!"陈锁柱说:"我不信教,该敬畏点啥呢?"双羊说:"就敬土地吧!"我插话说:"赶紧给土地神连安磕个头吧!"陈锁柱为难地说:"庙都没了,我朝哪儿磕啊?"我说:"跪在大地上,朝哪儿磕,他都知道的。我与连安地神有过活生生的接触,他是活的,无处不在。"陈锁柱说:"我还是没底啊,赶紧把土地庙修起来吧!"双羊说:"心中有土地就行了。"

我们带着陈锁柱到了野外。土地疲惫而落寞,甚至有点困倦了。

陈锁柱"扑通"一声跪地,感慨地说:"我的连安地神啊,趁命运没有把我的一切都骗走,就让我重新做个人吧!"说着就"嘭嘭"地磕头。我听见这声音,我的心被刺激得一蹦一蹦的,像盖房打地基"砸夯"的声响。

遥望未来

三十年之后,鹦鹉村是啥样子呢?

人哪,活着容易,生活难啊,不管啥年月,谁离得开土地呢?虎子喝了酒,开始了它的诉说。这个无风的夜晚,我对虎子说:"虎子,咱先不管气候变暖还是变冷了,我让你透视一下,未来三十年,鹦鹉村的土地是啥样的?土地私有化了吗?曹双羊会不会是大地主了呢?"说话的时候,我的脑子里幻化着起起伏伏的黑土地。我一下子恢复了激情。我的身体很透明，我歪着脑袋对着太阳照着。

虎子够灵性的，它的翅膀一抖我就啥都明白了。土地上的事情花样繁多。自古就遵循着"分久必合，合久必分"的规律。未来土地是合的趋势，那么咋个合法儿呢？虎子暗示给我的是高度现代化的农业规模，没有明确那是不是私有化。这个问题虎子不便明说，我分析可能是流转之后的大农场吧？反正我看见了曹双羊的庄园了，面积似乎超过了张兰池的土地规模。我惊愕地想着，不管公有还是私有，这片肥沃的土地，已经城镇化了，农业十分发达了，一切走进了工业化的流程。虎子还给我遥视了很多画面，但我却记不得了。虎子具备这种功能，没有迷惑人，没有撒谎，没有虚构海市蜃楼。谁不信，就找虎子看吧！这个时刻，我一下子猛醒了，啊，人呢？我急切地问虎子，我呢？我白立国在哪儿呢？桃儿在哪儿呢？那些乡亲在哪儿啊？虎子领会了我的意图，发给我一个信号，它告诉我，多少农民都离开麦河了。这可怕的信号像闪电似的闪了一下，我脑袋成了空白。

这些年来，我已经习惯了聚散离合，习惯了漂泊流浪，习惯了生生死死。一切都淡然了。有谁能说清三十年间，多少人死去多少人呱呱坠地？又有谁能说清我们的麦河究竟发生了多少故事？说不清，谁能说清呢？谁也说不清。花儿凋谢了来年再盛开。人死了还会再投胎吧？人生草木大轮回。麦河还是那个麦河，土地还是那片土地。午后的阳光迷离又妩媚，金丝万条，把麦河涂抹得格外灿烂。河两岸依依的垂柳、高高的白杨、缤纷的花朵倒映进水里，这条河就更加灿烂了。

村里的人太少了，鹦鹉村的多一半人迷散到城市里去了。

麦河岸上耸立着一排整齐的楼房。这个无边无际的平原，有一个人沿着河岸踯躅而行。身后的影子拉得长长的，拐进了河里，河面就阴了一大截。那个人拄着拐杖，瘦长的身子就朝左一歪一歪的，步子快快歪，步子慢慢歪，有节奏的。别看那步子蹒跚，但一步是一步，没半点含糊。每迈出一步，都掷地有声，带着股子风。离那人近的花草树木，随着那人走步带出来的风而轻轻颤动着。这人是谁呀，这么步伐强健？还能有谁啊？在鹦鹉村，在槐树镇，在麦田县，谁创造了"麦河集团"神话？谁敢在国外开了分公司？

我们的曹双羊老了，七十多岁的老人了，曾经那么年轻光滑的脸庞如今已是沟壑纵横，鼻子像一道山梁，上面的老年斑碎碎点点，失去了往日的光鲜。他的头发不黑了，可没有一根白，全是褐黄的，麦子快熟了的颜色。

七十多岁的人了，把他老伴儿张晋芳熬死了，把鹦鹉村不少老少爷们儿陪死了，他反倒越来越精神了，咋就真跟仙儿似的了？许是我白立国的道行分给了他？我发现曹双羊登台在进行演讲，是捐款？还是投资？我几乎无法判断，他一登台，就博得一片掌声。他鞠了一躬，一激动，拐杖突然掉在地上了。他弯腰拾起拐杖，抬起头一看，台下不是人，是翻滚的麦浪。我知道，双羊就喜欢看风中的麦浪。他常常凝视着麦浪想，风从哪里来的呢？从深山里来？从遥远的海里来？

那是一个早晨，双羊跑到我家，一进门就照我肩膀捶了一拳。他没张嘴，我就知道他想说啥了。果然，他拉着我的手说："走，跟我去麦河。"我用力还了他一拳头，嘿嘿笑了。还别说，自打跟桃儿进城以后啊，还真的很少回麦河。不是不想麦河，实在是没闲空，闺女小美的演艺公司需要我这个唱大鼓的老爹助威哪。我和桃儿竟然有了女儿？桃儿呢？她咋没影儿？是不是没活到那阵子？小美这丫头长得跟桃儿一模一样，也是那么俊俏，也是那么媚，我可喜欢了，真是含在嘴里头怕化了，搁在脑瓜顶上怕歪了。可是，我还是想麦河了，过会儿得跟闺女小美请个假。

鹦鹉村我是不想进了。本来，我就一直住在村西的房子里。桃儿娘活着的时候，搬到了我的对门屋，因为她老人家不乐意在城里住，我就一直陪着她没进城。后来，老人家去世了，我就跟桃儿进城住了，一晃快三十年了。曾经三两月回一次鹦鹉村，那时候曹大叔也没了，那是奔曹大娘去的。不久，曹大娘也没了。一个下着蒙蒙细雨的上午，大强的儿子石头儿在麦河西岸搞建筑，挖坑的时候，挖掘出了两样东西：一块青色的骨头，是鹰的化石；一块石板，有麦穗儿的图案，专家说是小麦化石。我找到原因了，为啥虎子活着的时候，总是叼着一根麦穗儿。

北山坡挖出了鹰化石，平原上挖掘出小麦化石，这在四邻八庄很快成了爆炸性新闻，前来看新鲜的人络绎不绝，到处烟尘弥漫，人声鼎沸。幸亏我懂得文物保护常识，叫大强组织了一帮工人把化石围了起来日夜看护，才保存完好地等到了省文物考古研究所和市里的文物专家。专家们把化石小心翼翼地装上车拉走了，说是很有研究价值。

秋风起了，青纱帐哗啦啦响着。绿油油的庄稼比着赛地疯长，宽宽的叶子随风起着摩擦，不时发出沙沙沙的声响。有清香味直钻鼻孔，爽得人忍不住想打喷嚏。三三两两的蚂蚱起飞在草丛，又飞落进草丛，快活得不留一点痕迹。忽然头顶上响起嗡嗡声，很近，又很远。抬起脑袋寻，很快寻见一架民用飞机，飞得不高，比大杨树高不了多少，尾巴那儿正下着雨，不是雨，是喷洒农药哩。

"打药用上飞机了，如今的农民啊。"我嘴上这样说，心里却是美的。双羊扬起拐杖敲打我一下，冷冷地说道："你咋来了呢？想清静会儿都不行。"人变老了，心就会跟着变冷。我说："咋着，你想麦河，就不准我想啊？还这么霸道，老东西！"双羊又扬起拐杖戳着天空，叫骂："曹双双你个王八糕子，整个破飞机臭显摆啥！哼，老子急了弄个战斗机来你服不服？"笑着叫骂，很自豪的样子。

这个时候，从庄稼地里钻出一个小伙子，高高瘦瘦的，见着我俩，龇着两颗大龅牙笑。双羊问他："看见曹双双了吗？"小伙子打量着双羊，反问："你是谁呀？"我吃惊了，问小伙子："你连他都不认识？知道麦河集团吧？"小伙子笑道："当然知道啊！"我笑了："他就是麦河集团创始人曹双羊啊！"小伙子钻回了青纱帐里。我刚要安慰双羊几句，双羊眼睛里泪花闪闪，知道就是说上一个字也是多余的了，就拍拍他的肩膀，转身默默地看流淌不息的河水。过了好一会儿，我听见双羊重重地叹了口气，像是自语，又像是对我说道："娘的，忘了就忘了吧，好在土地还记得我，土地肯定没忘了我呀！"说完，走进庄稼地里，蹲下身，轻轻抚摩起土地来，嘴里头还喃喃地说些啥，听不清楚，看他的表情挺伤感的。我就没凑过去打扰他，坐在不远处静静地看着庄稼想往事。想着想着，他就让我唱一段乐亭大鼓。我不给他唱，他就自己吼上了："摸一摸我的天，亲一亲我的地，娘织了毛布衣，姐编了苇炕席，麦子黄了梢儿，大爷挂了犁儿——"

不知过了多久，双羊站起身，身子一阵摇晃，我连忙跑过去搀扶，却被他推一边去了，险些摔倒。忽然，我发现他的眼睛亮了几下，盯着一个地方一动不动了。顺着他的目光我看了过去，地头一棵大柳树下头站着一个人，挺挺拔拔的，也像一棵大树，仔细看，不由得脱口而出："那不是双双吗？他咋跑这儿来了？"双双终于看见了我们，招招手迎了过来。这小子走得随随便便的，两个肩膀一耸一耸的，像是永远不会服谁。他的个子没双羊高，却给人一种高大的幻觉。

走着走着，双羊忽然对我说："是时候了，三哥，我该把麦河集团交给这小子啦！"他扔了拐杖，大步朝儿子走，身前身后起了一阵旋风，很快又被洒药飞机发出的巨大响声给冲散了。

虎子的预见到此中断了，不知再以后我们去了哪里。

个体独白

  桃儿陪同我来到省城。这是麦河入海口。我要在这里进行眼睛复明手术了。在省城我同意把虎子送给亮亮了。我听桃儿说,上海大老板张元的儿子亮亮,不仅有自闭症,还有血液病,医生说活不了多久了。我一听心就软了。双羊很感动,也很吃惊:"三哥,上次的事情,我一直很内疚。我明白了,我不会为了集团利益,强迫你出让虎子的。虎子属于你!"我眼睛一胀,心颤了颤:"不,虎子属于麦河。"双羊说:"不要再提这件事了。我们期待你的眼睛复明!"我一把抓住双羊的胳膊说:"桃儿都跟我说了,亮亮就要不行了,既然孩子喜欢虎子,就让虎子陪陪他,送孩子最后一程。虎子是我们的友好使者啊!"双羊哽咽了:"谢谢三哥,我替孩子谢谢你。"我和虎子将在省城分手,从此以后将天各一方了。虎子还想跟我喝酒,我说:"畜生,我等你回来!回来我们再喝!"我想给虎子唱一段乐亭大鼓。何以解忧,唯有大鼓啊!乐亭大鼓是我瞎子的铁饭碗,谁也抢不走啊!我抚摩着虎子的头,亲昵地说:"畜生,你就要离开我了。分手前,我最后给你唱一段。"虎子的脑袋一下扎进我的怀里,我抬手摸它的头,感觉湿漉漉的。鹰是没泪腺的,这湿啦吧唧的东西从哪儿来的呢?我的眼睛有些酸热:"嘿,还他娘行,有点人味儿。"有一股热血在我周身回旋了这么多年,突然涌到了喉头,喉咙烫烫的。我就唱上了:"一马离了西凉界,不由人一阵阵泪洒长河。散步儿打从这农家经过,见一位美大姐貌似嫦娥——"唱着唱着,就想起了苦命的凤莲姐。虎子是凤莲恩赐给我的啊!虎子似乎有了反应,咕咕叫了两声。这畜生知道我是唱给凤莲姐的。

  我哑然笑了一声,泪水就涌满了眼眶。如果我的手术成功了,眼睛复明了,就不用虎子当眼线了。不过,我还是有一种担忧,一个病孩子,能驾驭得了虎子吗?它可是福佑我们麦河儿女的百年神鹰啊!过了一会儿,曹双羊说:"三哥,你和桃儿出去一下,我跟虎子说说话。"桃儿押了一下我的衣裳,轻轻说:"走吧。"

  我跟着桃儿往外走去。

  曹双羊跟虎子的对话是单独进行的,如此一来,就使这次人跟鹰的谈话显得异乎寻常地重要和神秘。他能跟虎子说啥呢?我耍了个心眼儿,走到门口的时候，推了桃儿一把，桃儿就顺势将门关上了。我却偷偷躲进了卫生间，我要听一听这小子跟虎子说些啥。

智者千虑，必有一失。曹双羊咳嗽了一声，他真的以为我们走了。我听见一些声响，他可能把虎子架到房间电视机旁边的桌面上，开始了他神秘的谈话："虎子啊，我早就想找你单独谈谈。只是太忙了，今天我们要分开了，看来只能今天谈了。明天你就要跟着新主人亮亮到上海去了。不用你飞，是坐飞机啦！本来，我不想让你走，你跟三哥，跟我们曹家，跟麦河，是不能分开的。可是，亮亮喜欢你，你肩负着一种使命啊。亮亮的病好了，我再接你回来！当然，我今天找你谈的，不是这些。我想跟你说点心里话，因为我信任你。你跟了我们曹家四代人，落在三哥手里，是你最好的归宿。三哥虽然是个盲人，但他心里啥都能看见。他是个好人，心肠好，有自己的原则。我不如他呀！我两人有差异，你看得比谁都清楚。这种差异，造成了我们之间的特殊关系。所以，我今天跟你说点真话，不然，我会憋疯的！"

虎子扑棱着翅膀，然后咕地叫了两声。双羊自然听不懂这畜生说啥，我听懂了，它说你这大老板不会蒙我吧？

曹双羊的声音有些动情："我激动，真的，想说的太多，我的话又不知从哪儿说起。虎子，你最值得我敬佩的是啥？是你的蜕变啊！三哥告诉了我，我爷爷见过你蜕变的过程，可他从没跟我说过。三哥对我讲，在你四十岁的时候，面临着一场生死抉择。当你拔掉身上羽毛的时候，多么疼痛，多么勇敢，我体会最深了。因为，我也经历了与你一样的生死蜕变。这之前，我经受过贫穷的煎熬。穷日子不好受啊，连桃儿都看不起我。那一年，煤矿出事了，我失败了，死的心思都有。我是哀兵。虎子，哀兵你不知道是啥吧？是古代老子说的，大概意思就是吃过败仗的兵。失败的时候，我躲在家乡土地上疗伤。白天不敢回家，夜深人静的时候，我像狗一样进村，狗还可以叫呢，我他娘的连大气都不敢出。我恨赵蒙，后悔不该上他的贼船，没有天上掉馅儿饼的事，这是我们老祖宗留下的话。老祖宗的话还有错吗？为了挣钱，我忍耐着，继续跟豺狼共舞。我有一个撒手锏，就是黑锁。过去我仇恨谁，都是打西瓜，把西瓜打得稀烂！我爱看那血一样的汁液。黑锁这小子敢干，一枪崩了丁汉的耳朵。我身上的恶调动起来了。这次蜕变我失败了，尽管挣了一些钱，我还是堕落了。我痛恨自己，尽管完成了一个商人的原始积累，我还是瞧不起自己！具体过程，我不说了，那血淋淋的争夺，触目惊啊！黑锁死后，我挣了钱回来，应该算衣锦还乡了，突然感到鹦鹉村的一切都是陌生的。我害怕见到人，害怕乡亲们盘问。我的熟人呢？爹呢？娘呢？凤莲姐呢？三哥呢？我的承包田呢？我的老牛呢？我哭了，也许我不该回来，应该终生流浪，最后死在城市里算了。天哪，谁在抛弃我？谁在幕后操纵我？你们不能抛弃我，我是你的儿子啊！我不是坏蛋，我没干伤天害理的事情啊！"

我的心颤抖了，出了一身的汗水。

"虎子，三哥和乡亲们，表面看我风光无限了，如今是人大代表、劳动模范、优秀民营企业家，哗啦啦，头衔挂了一大堆，在一些会上，说一些大而无当的话。可他们哪里知道，我每走一步都是血淋淋的。鸡下头蛋都带血，原始积累能不血腥吗？我的心是在厮杀中、揪扯中，破碎了。我迷惑了，迷失了。吃喝嫖赌中，吃喝就别说了，我赌过，我嫖过。为了生意，我贿赂过官员；为了我姐姐，我报复过陈元庆！我不是啥好人！一切都经历过了，我自己都恨我自己。我没有对眼前的成功沾沾自喜，但是，我对这个时代是有看法的，首先说，这是一个好时代，没有党的好政策，就没有我们麦河集团的今天。但是，我的看法不在这里。小时候我记着爷爷常念叨的一句话，人之初，性本善，人要善良，善有善报。我也是这么做的，上学的时候，我当过学雷锋的标兵。可是，我在煤矿管理上，就毁在善良上啦！那些充满邪恶的人，都挣钱了，而且越混越好。就说我同学赵蒙吧，这个王八蛋，一个卑鄙的家伙，把钱赚走了。而我呢？恪守善良管蛋用啊？我姐夫坐牢，我外逃避难，无家可归。出事之后，我得出一个结论，这个时代不公平啊，善有恶报，恶有善报。所以，我起用了黑锁。无情的现实让你感觉满拧[1]！我们的鹦鹉村，我们的麦河，有那么多美好的传说、神话，到这里都不堪一击啦！经商的时候，流传着一句名言，什么小胜靠智，大胜靠德，都是骗人的鬼话！这么操作下去，小胜就被人打趴下了，哪还有大胜可言啊？赚小钱的人有风险，赚大钱的人是没有风险的。傻子才会拿命去搏钱呢！正当和不正当的竞争，不正当的，甚至是卑鄙的，反倒旗开得胜。我说一件事儿吧——"

曹双羊把声音放得很低，我听着有些模糊，但是他一边说，一边唰唰地搓手掌。

"可是，随着两声枪响，赵蒙死了，黑锁死了。一下子打醒了我，这条路走不通啊！我出让了煤矿股权，拿到了这笔钱。可是，一阵狂欢之后，我空虚无比。我独自躺在麦田里，大睁着眼睛仰望天空，天空很晴朗，可我的

---

[1] 满拧：完全相反，根本不一致。

心情却灰到了极点。我感觉农民没了指望，农村没有出路，农业没有前途。在现代社会，我们农民所担负的，更多是颓废和绝望，我们都是精神上的病人。我们别无选择，在我出生之前，有谁问过我，你愿意当个农民吗？没有征求我的意见啊！虎子，我们的精神远不如你健康。当时，这不是我该想的问题，我连自己到哪儿吃饭都搞不明白呢，还想这些问题有用吗？如果说，让我们农民告别苦难，那纯粹是瞎话。苦难是一种存在，会永远追随着我们。除非去死，可是，死何尝不是更大的苦难啊？我爷爷，我老爹，我姐姐，我的乡亲们，他们没有抗争，没有怨言，逆来顺受，一切都是麻木的，茫然的。那是他们的命运。爷爷留下了苦难，我来继承；父亲留下了贫困，我来承担。我给后人留下啥？难道是苦难加贫困吗？这是万万不行的！我没有责怪父辈，贫瘠的土地，沉重的劳动，把他们身体榨干了。他们不容易啊！我压倒了一片麦子，跪在那里大吼了一声：啊——这声音真太大了，你和三哥要是听见了，肯定吓个哆嗦。是我这一声喊啊，震落了一些东西，好像天上掉了一块陨石，朝着我的脑袋飞坠下来，你想躲都躲不及。嘭的一声，落在了麦河里，溅起了高高的浪花。我惊呆了！我不知道这是真的，还是幻觉。为啥有这一声吼呢，是给自己壮胆吗？是想摆脱自己的困境吗？我完了，心空了，眼睛是一对空空的深坑，我搅到生活的大粪坑里去了。我自己都不认得自己啦！我咋办啊？那时候，是三哥帮助桃儿完成了救赎，我呢，同样面临着救赎啊！谁来帮我？没有人帮我。只有自己救自己！如果有人救我，那就是你虎子。你恐怕都忘记了，那天你飞到了我家麦田上空。我看见你孤独地飞，一下子震撼了我。你落在我的身旁，带来一阵旋风。我一把将你搂进怀里，哭得一塌糊涂。你还记得吗？"

虎子低低地叫了两声，这畜生好像想起来了。

"虎子，你他娘的牛啊，只吃肉，不吃草，你是世界上最强的猛禽。你有着举世无双的速度，有着无法改变的袭击方向。我也要找到袭击的方向。失败不属于我，我必须走出来。我对自己说过，我这一生可以接受衰老和失败，但我拒绝接受命运。搞麦河道场方便面，搞土地流转，是我的背水一战。我要创造奇迹。我心中充满了神圣的感情，哪怕即刻付出我的生命，也在所不惜！我永远无悔！想通了这些，我过去鄙视的行为，我突然间理解啦。每个男人都会犯错，特别是成功的男人。男人走向中年时，想得到幸福，就要有一个蜕变，蜕变就是要杀死原先的自己。人要把过去的自己杀死，又谈何容易啊？死是可怕的，谁他娘下得了手？那天上山打猎，我亲手打死了怀孕的山羊，两只羊啊，我震惊了，感觉一枪把自己打死了。死就死吧，当权力和金钱横扫一切的时候，我一个卑微的农民，已经不相信自己还有尊严。过去，我把满足温饱当尊严，把别人对我的叫好夸奖当尊严。其实，都错了。钱买到的尊严不是真的尊严！"

我听着，心里咯噔一声。这小子想得挺深啊！

双羊说："我心里很苦，在我第二次蜕变的时候，我依托的是地神。我从挣脱土地到回归土地，也经历了非人的煎熬。我这一生，最失败的就是失去了桃儿。我爱她，桃儿的挫折，我有责任啊！我一直内疚啊！好在，她有了三哥，也算是善有善报了！人哪，心不能乱，心乱了，就是根儿乱啦！我的对手不少，张洪生也好，陈元庆也罢，都没啥大不了的。最让我难过的是，我在土地流转中，伤害了乡亲，更伤害了土地。土地证事件，我弟弟小根把我骂醒了，天坑把我砸醒了。对于土地，我永远有赎不完的罪！我很痛苦，良心受到惩罚，我常常问自己，你到底还是不是人？不是人，到底是啥东西？是人的话，你又是哪路人？后来，我猛醒了，我蜕变的方向错了。你的蜕变，是为了飞得更高。而我的蜕变，变得更加邪恶。这不行啊，人是要变好的，而不是变坏！不然，我们还有啥希望？我必须经历新的蜕变。我感激故乡的麦河，感激故乡的土地，更感激三哥，感激我的家人，感激你呀。我回到家乡的小屋，我躲在黑屋里，没有开灯，可是，突然亮了一盏灯。恍惚是一盏煤油灯，灯光不是很亮，土黄色的。姐姐说过，鹦鹉村一直有一盏神灯。那天怪了，我细看，不是一盏灯，而是一片亮光。我断定是一盏神灯，发出了神光。后来我发现，当我脚踏大地的时候，神灯才发出神光。有神灯的照耀，我一下子看清了自己，一下子有了力量。我要借神灯清洗肮脏的灵魂，追寻天堂般的幸福。神灯让我在苦难中清醒了。我是谁？我的价值在哪儿？一切都照亮了。我不能走他们的老路，我不服输，我要奋起啊！你不知道，我为啥回村鼓捣土地流转啊？这一点上，我是有私心的。我是农民，我想当一个农民先锋！先锋是啥？先锋就是探索，就是自由，就是冲在前面拼杀！男人都是战士，战士就要上战场。就像你一样！上战场就会有牺牲，站着撒尿的爷们儿，死也要死在战场上！我知道，这一天迟早会来的，那只黑天鹅会来的！来就来吧，我不害怕，我永不后悔！"曹双羊的声音停顿了一下。

"我的蜕变，让我彻底明白了，离开土地的人，永远都是瞎子！从这个角度说，三哥一直没瞎呀！我刚上学那阵，一辆飞鸽牌自行车，就能换来一生的满足和幸福。这会儿的诱惑太多了，我们坐上了奔驰，住上了别墅，还是不满足，不幸福啊。为啥呀？我身上最重要的东西丢了！丢失的东西，我一定要找回来，我们不仅要好山好水，还要留住麦河人的一副好德行。福为善庆啊！现在我忽然明白，我走了相反的路径，不是善使我有了力量，而是有了力量才让我善良起来的！"他滔滔不绝地说着，几乎达到忘我状态。

我震惊了，曹双羊从来没有跟谁说过这么多的话，他的话让我痛彻肺腑。

"虎子，有人会误解我，我的根儿在哪儿？动力来自钱吗？甚至连我的家人，我的三哥，都这样看我。跟你说吧，钱是啥？老虎的屁股，球儿！我死过一回，死过的人再也不想死了，啥都明白了。人生最重要的不是积累金钱，而是积累信誉，积累人心。如果你拥有了人心，就有了钱。金钱啊，最后还是属于社会的。金钱就像我们麦河的流水，流到我们鹦鹉村，拐了个弯儿，流水在这个弯道里停了那么一会儿，就那么一会儿，它还会向下游流去的。麦河一共二十九道弯儿啊！谁也别当真，别伤感，本来这钱就不属于你。唯一留下的是你的梦。大名鼎鼎的徐大虎老板不是裸捐了吗？虎子，你好好活着，你一定会看见，第二个裸捐的人就是我曹双羊！"

我狠狠地咬住嘴唇，慢慢地，感到齿舌间有一股滚烫的血腥味。我不由得伤感地想到他负重前行的生存环境。我们太熟悉了，却不知道彼此的内心。惭愧啊，我的身体摇摆不止，仿佛随时都要瘫倒，分裂成一堆垃圾。我突然想，城市虽好，却不是久留之地。我不愿意永远困在这里，想尽快回到鹦鹉村去。

"虎子，我裸捐之前，我要做一件大事，养护我们的土地。那曾是油浸浸的土地呀！有时我在想，咱麦河这块土地的根性是啥？想来想去，都无法定位。后来，我从你和三哥身上找到了答案。那就是尊严！我要挣更多的钱，把麦河道场的品牌做大，做成百年老店。我做不成了，就让后人接着做。虎子，你是百年老鹰，你见证了我们鹦鹉村几代人的生活。他们活得多苦啊，土地给榨干了，身体榨干了，还有饿死的，跳河的，上吊的。有人问我图个啥？你说图啥？我们鹦鹉村的旧地主啊，是倒驴不倒架，今天我要真正当一回主人。我冲锋陷阵的时候，心里替农民流泪。农民不容易，乡亲们都还不富裕，我有钱了，几辈子花不完的钱，可我明白，我依然与他们处于一池的苦难中，我还是个农民，我个人富了算啥？那叫真富吗？你也到了省城，见过城市的繁华，可他们能代表整个中国吗？穷地方还很多啊！我面对善良和美好忏悔之后，就给自己立了一个规矩，宁可赔钱，不做恶事；宁可失败，决不离开土地！我得带着乡亲们一块儿过好日子，一块儿往前奔啊！"曹双羊一口气说了这么多，连个"奔儿"都不打一下。虎子叫了一声，我听懂了虎子的意思："你没退路了啊！"好像曹双羊也听懂了虎子的最后一句话。他愣了一下，旋即朗声大笑："好个畜生，回答得妙极了！"过了一会儿，曹双羊使劲把鼻子抽几下，又抽了几下，估计是哭了，这家伙真行，自己把自己说哭了。"是啊，我在寻找，死了都要寻找。即便找不到，你也会看见我曹双羊寻找的姿态。土地是无辜的，可是，在土地演变过程中，充满了丑恶，我跟陈家兄弟决裂，不为别的，就是决心在我们这一代结束它的丑恶！做了这一切之后，我忽然豁朗，对于我们农民，不管是免税，还是土地承包、土地流转，都不重要了，都是一个过程，一朵小小浪花，再过一百年，我们回头看，唯一留住的是我们对土地的感情。虎子，你带着这份情感走吧。你走了，我也得赶路了，不管走多远，麦河、鹦鹉村，那是我们最后相聚的地方啊！"

我的眼睛竟然也汪了泪，我没有心思去揩眼泪。双羊替我圆了梦，没有啥东西可以抵挡，虎子一走，我就会掉进梦里去的。

梦中飞翔

男怕穿靴，女怕戴帽。我就是压在桃儿头顶的帽子，黑暗就是裹住我双脚的靴子。我得尽快脱掉这双破靴子。我做眼睛复明手术的那几天，省城天气一直阴沉，天气闷热。桃儿却觉得这样的天气比较适合我手术。如果手术成功了，拆了药布，回赠给我的将是一片晴朗的蓝天。桃儿愿意让我幸福，可是，没有虎子我能幸福吗？我梦里的虎子怒了，它几次伸出利爪，把我的心抓出来抛向麦河。这个时候，我才明白，不该把虎子送走啊！我抡圆了胳膊，啪的三声，自己打自己三个嘴巴。我给桃儿讲虎子的故事，引动了我的伤心处。桃儿流着眼泪，听了一遍又一遍。桃儿看出我的心思，就劝说："老公，你别想虎子了，多想想你的眼睛吧，你睁开了眼睛，虎子还有啥用呢？"女人就是女人，不懂我的心哪！虎子仅仅是我的眼线吗？仅仅是我的伴侣吗？没有虎子的日子，我眼前变得更加黑暗了。如果不是桃儿紧着张罗，我连做手术的心情都没有了。我有一种侥幸，感觉黑暗中虎子也许会回来的。这畜生在上海活得咋样？它会想我吗？

一种无限的思念和凄凉，顿时弥漫了我的全身。

那一天上午，我和桃儿被困在地铁里的时候，听到虎子出逃的消息。人到倒霉的时候，喝一瓢凉水都塞牙。我和桃儿乘坐地铁去仁和医院，坐在地铁里，桃儿给我找了座，就接到了曹双羊的电话，桃儿的声音躲躲闪闪的，我就知道有隐情。我一再追问，桃儿告诉我说，双羊从非洲转到了欧洲考察，决定在法国巴黎郊外建设麦河道场的欧洲分厂。我说："如今啊，双羊在哪儿建厂都不稀奇！"我只是惦记着虎子。我逼急了，桃儿才像挤牙膏似的挤出一句话："虎子逃了！"还说怕我受不了，曹双羊让手术成功后再告诉我。桃儿说这畜生到了上海，待遇是一流的，可它不吃不喝，整天朝着麦河的方向张望，默默流眼泪。它都一百岁了，哪来的泪腺？我分析虎子不是逃的，准是自闭症亮亮折磨虎子了。桃儿说，是逃的，亮亮带它到阳台，门子没有关好，虎子没叼麦穗就一下子飞走了。我嘿嘿一笑："这畜生，还他娘有点骨气！"桃儿说："电话里，双羊也后悔了，不该把虎子当礼物送出去。"我在地铁里流泪了："我早就跟双羊说过，我和虎子是无法分开的，即便死了，灵魂也要在一起。可是，这畜生能飞回家吗？它能跟我重逢吗？我们到哪里接应它啊？"桃儿劝说："好啦，你先手术吧，等你看见这个世界了，我们一起去找虎子。"正说着话，地铁电缆发生故障，骤然间一片黑暗。

这样的变故对我没啥影响，我跟大伙儿平等了。可是，众人极不适应。喊叫的，咒骂的，哭闹的，乱成一团。我听见打火机的咔嚓声，但是，我知道那顶不了几分钟。我紧紧抓着桃儿的胳膊："老婆，别怕，有我呢。"桃儿紧紧抓着我的胳膊，将脑袋扎进我的怀里，我闻到了一股浓烈的香水味。我悄声抚慰她恐惧的心绪："有我呢，等会儿就会好的。"桃儿却说："这样待会儿也挺好，让我真正体验你的生活。"我说："也好，你们就知道瞎子的难处啦！"桃儿说："把你手里的包给我吧。"她伸手一划拉，没抓着我的包，却抓住我裤裆里的家伙了。我惊讶地说："你干啥呀？"桃儿说："老实交代，咋这么硬？香蕉似的。"我说："你在我身边能软吗？"桃儿说："不对，你一定乘机乱摸呢！摸着哪个美女啦？"为了缓和紧张气氛，我压低了声音说："请你不要问童男子这种问题，人家多不好意思。"桃儿扑哧一声笑了："你还童男子？在我之前，你混闺女儿无数。"我轻声笑着，忽然听见哐啷啷一串声响，接着就有个老头儿喊："我的药啊！"这老头儿害怕黑暗，犯了冠心病了，掏药的时候，药瓶被拥挤的人群碰掉了。老头儿赶紧弯腰去摸，摸了半天也没摸着，然后就跌倒在桃儿的身旁。桃儿吓坏了："他病啦！"赶紧扶他。我蹲下身体，吸着鼻子蹲下来，闻到了药味，顺着味道摸过去了，我抓药瓶的时候，有人踩住了我的手，疼啊，我一声没吭，终于抓住了药瓶子，摸到那老头儿跟前，递给他药。他已经不能动弹了，我掏出兜里的矿泉水，给他喂了药，过了一会儿，老头儿才慢慢缓了过来。老头儿抓着我的手说："救救我，救救我——"就重新晕倒在地。我大喊："这儿有病人，快不行啦！打开门，让我们出去！"我背起了老头儿，横冲直撞往门口跑。桃儿攥着我的衣服跟着，高跟鞋嗒嗒直响。我吃力地走着，一只手摸着，感觉身后有一群人跟着。桃儿大声喊道："大伙儿拉着我的手啊！"就听见一连串的脚步声。不知是谁的脚绊了我一下，我跌了一跤。我护着身上的老头儿，胳膊肘撕裂般疼痛。我趴了一会儿，心想赶紧起来，不然后面的脚会把我们踩死的，赶紧爬起来，背着老头儿继续走。我跌跤的时候，就与桃儿分散了，我边跑边喊："桃儿，跟紧我啊！"桃儿答应着，听声音有点距离了。我不断地喊话，桃儿就能根据我的声音，紧跟我走，后面的人拉着她的手追随着她。我把老头儿背出了地铁，这个时候，我与桃儿相遇了。桃儿截住了一辆出租车，我们把老头儿送进了医院。中午时候，老头儿才醒了，紧紧抓着我的手："这位先生，我的大恩人啊！地铁那么黑，你为啥能找着路啊？"我轻轻一笑："大爷，我是盲人啊！"老头儿望着我，摇头说："不像，一点都不像啊！"我说："是啊，明天我就在这家医院做眼睛复明手术啦！"老头儿的眼泪滴到我手背上，听见他说："好人啊，预祝你手术成功啊！"我暗暗笑了笑，嘴上不说心里受用。我瞎了眼睛以来，在鹦鹉村做过无数的善事，可我从没有像今天这样自豪。

  我的眼睛复明手术十分成功。我静静地躺在病床上。

  这世界上没有让我担忧的事情，虎子的出逃让我担心了。许多可怕的景象一个接一个往我脑子里钻。虎子都一百岁了，它能从上海飞回来吗？它的身体能够承受这漫长的飞翔吗？夜色无声无息，寂静而悠长。我睡了，又好像没睡，从真实到梦幻，又从梦幻到真实。虎子飞在海面上，开始飞得很高，特别疲惫的时候，就勉强调整自己的飞行姿势，身体下移，跟一群海鸥搅在一起飞着。我知道，虎子内心是那般孤傲，它不愿跟大雁和海鸥为伍。饥渴了，它实在是没有办法了，就俯冲下来叼了一条海鱼，喝一点咸涩的海水。虎子不爱吃海鱼，可是，这儿没有兔子，没有肉类，只能拿海鱼充饥了。虎子吃饱了就叫几声，抛弃了鸥群，冲向碧蓝的高空，它的叫声弥漫在空中，像一片游动着的云朵。

海上起了台风,风声越来越紧,虎子的翅膀不习惯搏击海风,耐心受到威胁。风声太响了,那是死亡追赶它的声音。海上的风雨在我耳边啸叫了一夜。快找个小岛避一避吧,不知为啥,我的心里这样期盼着。可是,这一时刻,我却进入了深睡眠,虎子的信号中断了。等我恢复影像的时候,虎子终于落在一个小岛上,岛上又湿又冷,我不知道虎子是否还在浑身发抖。虎子碰见了几只鹰。虎子羡慕野鹰,当猎枪没有瞄准它时,它就是一尊逍遥神。唉,这个世界上,追捕者背后还有追捕者。哪有真正的"逍遥"?这不,"砰"的一声枪响,我的身体随之强烈地一震。猎人藏在哪里,我一点都没察觉。但是,枪是冲着虎子放的,还好虎子起飞了,来了一个鹞子翻身,躲过了一颗罪恶的子弹。我担心还有第二枪,等了一会儿,第二枪一直没响。

我吓醒了,醒来的时候,耳边还弥漫着苍凉的风声。

病房外脚步声嗒嗒地响起来,接着有嘈杂的人语。上早班的时间,医生快来例行检查了。桃儿轻轻地说:"你是不是做梦了,又喊又叫的。梦见啥了?"我抓着桃儿的手说:"梦见你了,梦见双羊啦!"桃儿不相信,抬手捅我的腋窝,我身上的痒痒肉多,受不了别人的戳戳摸摸,咯咯地笑个不停:"姑奶奶,我说,梦见虎子了。"桃儿这才收回了双手:"这就对了,梦见虎子啥啦?"我沮丧地说:"虎子往回飞呢,它的情况很危险,在一个岛上,有猎人向它开枪!"桃儿笑了:"你呀,你呀!想虎子想魔怔了,虎子咋往回飞?那是上海,你当是在黑石沟啊?"我不说话了,桃儿扶着我吃了药。桃儿怕我流眼泪,总跟我说话,尽量不让我做梦。梦就这样,睡着时它说来就来了,一醒来就没影儿了。可是,理智安慰不了情绪,关于虎子的梦,我坚信这不是梦,是虎子正在经历的残酷现实。虎子在托梦给我,让我赶紧去营救它回家啊!我又流泪了:"虎子,我不该听双羊的,我不应该把你抛弃在异地他乡,我们对不住你啊!"

虎子在山岩上要歇一下。在这儿停的时间很短,不是为了喘息,而是想极目远望。这儿能够望见很远的海。我看见它又上路了。它飞翔的时候很神气,不肯扇一下翅膀。这畜生张了张嘴巴,脸上有了笑意。虎子喜欢在黄昏时飞翔,落霞在它身上镀着光亮,不一会儿就融在了落日里。虎子一声长长的唳啸,就像夜里唱着一首悲壮的歌。我震惊了,我错了,虎子是孤独的,别看我说自己孤独,其实,嘴上能说出的孤独,不是真孤独。我有桃儿的爱情,还能说孤独吗?虎子没有爱情,双羊也没有爱情,他跟虎子一样孤独。我有一个共同发现,孤独是他们的生活常态,这一切都来自他们内心的高傲和强悍。我突然间理解了双羊，他的每一天都像虎子的处境，每时每刻都在搏击。敢于搏击的人，都是勇士，都是英雄啊！英雄们总是希望把凡人的灵魂领到远方，他不管人的肉体能不能走到那里。

也许，虎子是上岸后被猎人捉住的。我的梦里没有明确显示。但是，我明显有这样的记忆，虎子继续北飞了。视野不再像冀东平原那般开阔，抬头就见大山。那是一个山谷，山谷很长，曲里拐弯，一眼望不到头。虎子是饮水的时候被活捉的。虎子想逃，却撞到山岩上，昏了。猎人给它理顺凌乱的羽毛，擦干它嘴角的血，我感觉到它急促的呼吸。虎子被装进一个铁笼子里，不吃不喝，连叫唤的力气都没有了，目光哀怜，神色惊恐和绝望。当天晚上，虎子跟别的苍鹰会合了。十二只苍鹰关在一个笼子里。虎子跟惯了我，根本不适应集体生活。一路颠簸，它们被贩卖到城市。苍鹰属国家二级保护动物，不允许个人饲养和捕猎。要说虎子它们挺走运的，中途被林业执法部门查获，随后，它们被送到了IFAW，就是国际爱护动物基金会。刚到这里的时候，虎子已经奄奄一息，贩运者为了换钱，太狠毒了，将这些苍鹰浑身捆绑、头尾相接挤放在鸟笼中，就像是一堆草鸡。工作人员解开后发现，许多苍鹰身上都留有伤痕，还有几只骨折了。捆绑得太狠了，虎子脚爪已经变形，翅膀无法打开。那是一个封闭独立的房间，有值班人员观察。做检查时，医生为它们戴上面罩，以免惊吓着它。救助中心的储藏柜里，挂满了由工作人员亲手缝制的各种猛禽戴的真皮面具。为了给苍鹰提供食物，工作人员弄来了许多小老鼠，将小老鼠装在一只箱子里，用二氧化碳将小老鼠"安乐死"。虎子硬是不吃小老鼠。还有的鹰不吃，工作人员将它们抓出来，用细管插到鹰胃里灌葡萄糖和药物。折腾了好几天，虎子它们才开始主动进食，能够在屋里飞来飞去了。几天过后，虎子与那些苍鹰被成功放飞，飞上蓝天的那一刻，虎子发出了震耳欲聋的鸣叫。

虎子飞翔的时候，我隐约看见它嘴里叼着一根麦穗儿。那根麦穗不是丢在上海了吗？这畜生从哪里捡了一根麦穗儿啊？

我刚刚睡了一会儿，尿给憋醒了。我撒了尿，刚一睡着，虎子的梦又开始了，还跟上一个梦接上了茬儿。月亮下去了，天光昏暗。大风呼啸，鬼哭似的。虎子落在一个小村的屋顶。它一天没有吃喝了，头晕目眩。绕了半天，还找不到可以栖身的悬崖。山上放火，兔子都被惊走了。只好到村里找一点东西吃，它从来不吃腐烂食物，可它还是把一只死鼠吞进肚里，翻肠倒胃吐了几口。它歇息了一会儿，就飞到野地里寻找食物。它好久没吃兔子了。等了整整一天，它终于看见一只兔子懒洋洋地吃草。虎子冲过去了，空中炸开一串破裂的声音。苍鹰有举世无双的速度，却也因这速度而无法改变袭击的方向。捕杀时不能自由转向，如果一只快速奔跑的兔子突然改变方向，虎子转不了身，所以必须戛然停住，否则就会伤了翅膀。世界上最强的，同时也是最弱的。曹双羊的资本扩张，有着苍鹰一般的速度，可是，他的弱点也常常让我担忧。我的心提了起来，虎子的悲剧发生了，狡猾的兔子奋力跑着，快跑到树林的时候，急急地一转弯，虎子的翅膀没及时收回，一只翅膀伤了。福不双至，祸不单行，倒霉的事没完没了。虎子伤着翅膀，艰难地挪动身体，突然，咔嚓一声，一个兽夹击中了右爪儿。虎子一个哆嗦低下了头，知道遭遇了猎人布下的机关。过了一会儿，虎子昂起了头，调整了一下身体的姿势，用嘴巴梳理了一下凌乱的羽毛，左翼"唰唰"地掉了几根羽毛。它浑身疼痛了。这时候，树林有了响动，虎子看见两个猎人悄悄走过来了，有说有笑。人一定是给它收尸来了。虎子拿嘴狠狠地啄着兽夹，响声脆脆的。猎人越来越近，虎子没能啄掉兽夹。它猛地腾空而起，带着沉重的兽夹起飞了。显然飞得不高，猎人冲它放了一枪，没有击中，它盘旋了一圈又一圈，直到彻底摆脱了猎人的视线，虎子才找到一个僻静的山坡停下来。这个时候，它的爪子已经流血了。虎子飞不起来了。几番挣扎，都归于失败，它发出一声苍凉的唳啸。虎子朝着家园的方向望了望，猛然低下头。这畜生也许绝望了，就这样等死吗？虎子喘息了一阵儿，开始用尖喙啄击铁夹上的爪子，啪啪山响，好像另一世界传来的声响。近乎玩命的啄击中，鹰喙已鲜血淋漓，爪子也模糊一片了。虎子不停地啄击着，声音渐渐没了先前的爆响。这个画面，让我感到惊心。没想到啊，这畜生对生命的渴望那么强烈。不，不是生命的渴望，而是回家的渴望太强烈了！黄昏到来的时候，虎子血淋淋的断爪，留在猎人的兽夹上。它哇的一声惨叫，冲上了天空，吸走了天空所有的亮点和光芒。

　　我的心走了，随着虎子漂泊在茫茫天际。

　　我好像听见虎子对我说："人啊，我早认清了你们，你们啥时候认识我啊？你们为啥不往远处看一看呢？"

　　我说虎子，你啥都别问了，这是人难以摆脱的境遇。虎子真的不问了。

　　梦就是这样，睡了它就来，一醒来就没影儿了。有时候，闭上眼睛一觉睡过去，感觉虎子没有明天了。虎子的爪子在滴血，还折了一扇翅膀。这样的飞翔举步维艰。但是，虎子还是飞了整整一天，飞到黄河的上空。它低头望一眼迷茫的巨流，发出无边的追问：终于看见河了，你是麦河吗？天空飘来一团乌云,就有几声闷雷滚过。暴风雨就要来了。虎子已经飞过了黄河,虎子可能不知道这是黄河。它往下望了一眼,那是一条蜿蜒曲折的大河,河面宽阔,水流汹涌,河水一旋一旋地卷着,不时跳出疙疙瘩瘩的黄泥汤。夕阳把河水映照得一派金黄。虎子辨认出这是大名鼎鼎的黄河,所有的力气都耗尽了,身体狂抖,实在飞不动了。它这百年老鹰,经历两次蜕变,脱胎换骨已无意义,是该离开人间的时候了。既然身体盛不下太多的哀愁,载不动更多的劳累,就不如放弃了,投入大地的怀抱。不,虎子不怕死,但它现在不想死。它非要找到我,找到故乡麦河。它嘶叫了一声飞过了黄河,创造了新的奇迹。

云朵在轻风中微微颤动,虎子的目光穿过云影,继续飞翔了。

虎子的飞翔,把我的梦和想象搞混了。我的确不知道,它是不是还活着。今晚又梦见它飞了,这畜生飞在麦河上空……

迷失的个人

人生就是一个谜,谜底兜出来了,就啥都结束了。这个阳光明媚的早晨,医生给我摘了药布。早晨的点点滴滴让我们终生难忘。桃儿冲我笑了,她的笑容像清晨第一抹阳光。眼前真的亮了,像一片神光,一下子就亮了,房间里一片白花花的光。这是一种笼罩着安静幽深的光芒,给我一种满屋都是太阳的感觉。扭头看看窗外,阳光蜂拥而来,出奇地耀眼。光明,我的光明来了。我的脑子快速运转,琢磨着对策。我紧紧抓着她的双手:"桃儿,是你吗,真的是你吗?"桃儿眼泪涟涟,一副楚楚动人的模样,叫人有几分心疼。为了听得真切,看得真切,我瞪大了眼睛。这就是你吗?我始终不曾看见的你?我没有在她的脸上找到一点放荡的痕迹。我心里一百个想看她,如今眼睛睁开了,却一眼都不敢看了,好像一看就把她给看飞了似的。到了下午,我才敢正眼看她。桃儿穿一件黑色裙子,迷人的胸脯半裸着,露出白嫩的乳沟,浑圆的肩膀微微颤动。娘呀,几十年过去,女人的服装都演变成这样了?阳光照在桃儿光洁的脸上,她的眼睛异常明亮。过去,桃儿给我的感觉总是梦幻中的女人,睁开眼了才感到她的存在。桃儿鲜艳的嘴唇闪着亮光:"老公,我漂亮吗?"我嘿嘿笑了:"真是个美人啊,比我想象的还漂亮。"我对着镜子照了照自己的脸。啊,这就是白立国吗?头发白了不少,肌肉已经松弛，龇牙咧嘴的，差一点把我吓个跟头。唯有这双眼睛让我欣慰，炯炯放光。所有的颜色我还不太适应，桃儿给我戴上墨镜，各种颜色就不太刺激了。我面对现实世界，依然迷茫，满是无奈和忧伤。白立国啊，小时候还挺帅的，如今咋变成这副模样啦？这三十二年黑暗，拿啥补偿啊？这种补偿要花一辈子，甚至一辈子都难以补偿啊。我喊哑了嗓子，频频张嘴却听不到声音。我的额头清爽地吹过一股凉风。

到了中午，桃儿进了屋。她一头扎进我的怀里，哇哇地哭了："麦圈儿死了！"

我听了猛打一个激灵，问："啊，这么快？"桃儿说："大奶子来电话说，她昨晚跳楼了！"我手足无措，脑袋嗡嗡的。桃儿伤心地说："我太了解麦圈儿了，她不是想自杀，她是想逃避治疗！回到社会上，她要传染更多的人，来报复社会！"我气哼哼地说："那她死得活该！罪有应得！"桃儿尖声喊了一句："瞎子，你说啥呢？活人不把死人怪嘛！不管咋样，她毕竟是我的妹妹啊！"我气得大声喘息，胸膛起伏："我看啊，这样的妹妹，死了倒干净！难道我说的不对吗？"

"闭上你的臭嘴！"桃儿挥舞着拳头，在我的脑袋上噼里啪啦地猛敲一通。我没有躲闪，情愿当她的出气筒。桃儿打不动了，就一头扑进我的怀里哭了。想想麦圈儿够可怜的，哪个农家女走到这一步，都是日子逼的，姐妹们都会哭一鼻子。我抚摸着她的脸，不知应该咋样安慰她。她的脸上泪流不断，烧烘烘的。桃儿说："人们把麦圈儿抬进病房，她是在病床上咽气的。咽气时，姐妹们都到了。她哭了，说不该不听桃儿姐的。"我说："她早该明白，好好在保洁公司里干，能有今天的惨剧吗？"桃儿自责地说："如果我不把她带出来，如果她不干这行，如果她听了我的话，该多好啊！麦圈儿想我们啊，她想见我们，想回葬在麦河公墓，想让你给捏个泥塑！"我拧着眉，噘着嘴说："这叫啥话？捏泥塑？不要脸的，她配吗？麦河墓地上立着的小泥人啊，那可都是鹦鹉村有德行的人哩！"桃儿轻轻地说："你既然不愿意，就算了。千万别作践她啦！唉，一条命说完就完啦！"我没再说啥。桃儿从我的怀里挣脱出来说："大奶子在电话里说，麦圈儿很瘦，肯定是内心受了折磨。临死的时候，还笑了一下。她能有一个微笑，我们心里好受一些。她缓缓掏出了两张银行卡，说这上面有三十万块钱。麦圈儿说，这钱本来是想留着治病的，现在看来用不着了，如果姐妹们不介意，就用来重开一个保洁公司吧！说完就闭上了眼睛。"桃儿说不下去了。我听见响动，她好像捂起了脸，我即刻听见桃儿的哽咽声。

我心里颤了颤，眼泪唰唰地流了下来。

过了一会儿，桃儿缓缓止住哭声。她征求我的意见，麦圈儿的心意很好，可是，还有开保洁公司的必要吗？我擦了擦眼睛说，真的没必要了。桃儿喃喃地说："我一下子想到了我们祭奠小麦的仪式，我们是麦河人，不能丢了小麦文化。我想啊，为了纪念麦圈儿，就让大奶子她们开个面包店吧！就用我们鹦鹉村的面粉，用我们的麦河水，开发一个新产品，就叫营养麦圈儿好不好？"

我的心里亮了："这个主意不错，真的不错！"

桃儿叹息着说："既然你说不错，看来会有好前景哩！我在想啊，我们的姐妹凭啥越活越糟糕？为啥身上总是螃蟹味儿？就是离土地太远了，离小麦太远了！当年，我离开土地，不也差点死了？麦圈儿死了，就是离开土地而死的！"

我说："离开土地，背叛土地，就是死路一条，我们谁都不能离开土地啊！"

桃儿说："老公，你不离开土地，我不离开你！"

我幽默的天性又得到了一次表演的机会："我们麦河的土地肥，麦河的水甜呢！过去都说麦河女人奶子大，说明喝麦河水丰乳。还别说，不是咋的？麦河滩的羊奶子菜，一揪就冒奶水哩！不然，咋有了你们的大奶子呢？"

桃儿说："我们快回去吧，我想祭奠麦圈儿，我想看见姐妹们！"

第二天上午，我们回乡的路上，竟然出了车祸。桃儿开的车，汽车驶在麦河河堤上，躲一个背柴的老人，冲进了曹双羊的试验田。我一点没伤着，桃儿却伤了双眼。出事儿这天，整整一夜，桃儿都在我的怀抱里。手术过后，她双目失明了。我睁眼了，她却瞎了，难道这就是报应吗？这又让我想起那个山洞，桃儿抚摩虎子的羽毛，虎子预见了桃儿的未来，她看见自己瞎了眼睛。虎子真他娘有邪的。我还想到了人间的善与恶，如果桃儿心中邪恶一点，方向盘稍稍一打，她就不会瞎了。生活啊，已经让我学会了坦然承受命运的任何打击。我静静地守护着她，把一切都补偿给她。桃儿拆了线，流泪了，我说："别哭，桃儿，咱不哭，好吗？"桃儿就不哭了。我活了大半辈子，最见不得女人流眼泪。我说："桃儿啊，你记得山洞里，如果你——"桃儿轻轻地说："别说了，老公，我都记得。我有思想准备。"我沉沉一叹："你的心永远都是亮的。"桃儿平静地说："我不后悔，只要你爱我，我啥都不怕！"

我知道，黑暗将长久地伴随着她，那将是多么残酷的事情啊！我像个孩子一样捂住嘴，压抑着哭声，把头靠在桃儿的胸前。桃儿轻轻地说："你是过来人，黑暗并不可怕，人在黑暗中浸久了，自然就会与黑暗融为一体，身心就会格外安静了。"我擦着眼泪点点头，心想，坚强的女人啊，爱情之火一旦燃烧，就不会熄灭，内心的火焰还会越烧越旺的。

虎子回来了，猛烈拍打我的窗棂。

我急忙爬到窗前，打开窗子，没有虎子，风灌进脖子，打在脸上。我一声不吭地坐下了。我这才明白，虎子是在撞击我的心窗，并发出嚓嚓的碎响。风停了，窗外又安静下来。我更加怀疑我的梦。这梦中的奇迹，难道是我的一厢情愿？虎子回不来了，也许死在了远方。远方就是诱惑，诱惑就是刑场，谁去了，就别想活着回家了。我真的好担心曹双羊，突然有一种预感，他这个农民的探险者，有一天会跟虎子一样，悲壮地死在半路上的。虎子走了，我不能没有双羊兄弟，我祈祷苍天，保佑我们的曹双羊吧！深更半夜，我忽然唱了一段乐亭大鼓。我的演唱，既是面向死亡的诉说，也是朝向天堂的祈愿。可是，通往天堂的路到底有多远啊？路已经衰败，河已经断流。城里人都上不了天堂，我一个农民，哪敢奢望啊？既然天堂与我们无缘，就在地上折腾吧，做一个忠于土地的人。回家的路还在，麦河还在流淌。我想家啊，我睁开了眼睛更加想家，你们千万别抛弃我啊！在我绝望的时候，虎子的"绝飞"让我对日子发出了最后的惊叹：土地还在，日子还在。

我终于看见了麦河，看见了土地，看见了人群。

我走上麦河滩的时候，脑子里盘旋着一个个熟悉的面孔。短短的时间里，村里变化不小，陈锁柱暂时停职了，田兆本支书掌管着鹦鹉村事务。我听说陈元庆被检察院起诉了，陈玉文被抓了起来。苍天有眼啊！人影一晃就没了，像麦子一样被割去了一茬。今天，我还能看见那么多表情各异的脸，尽管多是一些老弱病残，让我感到大地一样的悲悯。生活的事件转瞬即逝，而土地的故事历久弥新。只有经历了风雨的人，才能有反思，才能有宽恕，才能有温情。饶恕一切吧，接纳一切吧！

我眼睛复明了，但是，我永远跟弱者站在一边。

人间的事情真是说不清楚了。我眼睛亮了，随之又冒出了新的问题。自从我的眼睛复明之后，再也不能跟死人说话了。狗儿爷、枣杠子、韩腰子……他们都不理睬我了。我喊了半天，一个个泥塑就是不应一声，急死我了。没有了他们，我就有了另一种孤独啊！我真想那些死人啊！我忽然想到，桃儿现在眼睛失明了，能不能代替我跟那些死人说话呢？有一天，我带着桃儿打着灯笼进了坟地，才告诉她实情。桃儿一听要跟死人说话，吓得歪倒在了我的怀里。我拍着她的后背安慰说："别怕，有三哥在呢。三哥咋会害你呢？来，跟他们说话。这是狗儿爷，来，叫他狗儿爷。"桃儿紧张地攥紧我的手，干张嘴好半天发不出声来。我鼓励她，勇敢点。桃儿终于叫出了声："狗……狗儿爷……"我高兴地叫喊："好，再叫，大点声儿。"桃儿声调高了："狗儿爷——"我轻轻说："再大点声儿。"桃儿又连叫了好几声，最后几乎是喊了起来："狗儿爷——"可是，任凭桃儿对着泥胎喊破了嗓子，我们也没得到一声回话。我绝望了，说别喊了，失去的不会再来了，让他们好好睡吧，也许过去是不正常的。我感觉土地是滚烫的、宽厚的、温热的，麦茬儿残留着麦香。土地终于露出暗藏在背后的影子，让我感到所有的游魂都有了归依。鹰有魂吗？如果有，它死后魂就会飘回来的。假如魂也是生命，就得给它土地，给它温暖，给它清水，让它在这儿生根发芽吧！我相信，新的苍鹰还会重新起飞。记得师傅说过，麦河是苍鹰的故乡，当哪一天，这里没有地神发光了，没有苍鹰飞翔了，这里村庄的历史才真正结束。这个时候，我忽然想起了双羊说过的一句话："你必汗流满面才得糊口，直到你归了土。"不好吗？归土是我们的造化。鹦鹉村的土地就是生命的来处，也是生命的去处。双羊告诉我，这是《圣经》里的一句话。麦争日，秋争时，我们一哭，土地就哭了，世界也跟着哭，会为我们的苦难疾呼、呐喊，感动了预言中年轻的神，然后神会帮助我们找到自己啊！

　　天说黑就黑了，就盼着月亮快升起来。今天是朔月，月儿是灰颜色的，一点也不明亮，夜空却深远无比。吃过晚饭，我背着桃儿来到了墓地。她说喜欢我背着她走路。土地被蒙上了一层厚厚的夜色。借着夜色，我找到了凤莲的坟墓。坟草青了又黄，黄了又青。小小的一个坟堆，小小的一个泥塑。唉，平原那么大，河流那么长，天空那么广阔，无论活着还是死去，留给自己的空间却这么小，想一想挺悲凉的。不过，那些民间身影，或者飞翔，或者埋葬，我们没有忧伤，没有绝望。我给凤莲烧了一些纸钱，让她在阴间吃好穿暖。四周黑暗里都有活动的东西，蟋蟀、青蛙、蚂蚱、飞蛾、蚊子，青绿的坟草与树枝碰碰撞撞，地里的小虫子鸣叫着，像是拱起了地皮，声音听起来是温暖的。真是一个活着的夜晚啊！上苍创造了那么多的生灵，都是天地间和谐的音符。我用手挖了一个土坑，这就是虎子的坟。我边挖边说："凤莲姐啊，虎子本来是你的，它死了还是陪你吧！"白天的时候，我取了自己一点血给虎子雕了一个泥胎，一个翱翔的姿势，表情清晰可见。这是我第一次给动物塑泥像。我点燃了篝火，篝火很亮，把桃儿的脸映红。我将虎子的一根羽毛放在墓穴里，这根羽毛会烂在土地里面。我双手抓着土粒儿，听见叽叽喳喳的鸟叫。我曾通晓百鸟语言，此刻却无法交谈。麦子收了，粮食入仓了，平原沉静无比。我和桃儿相互依偎，静静地等待着。我缓缓抬起头来，有板有眼地说："虎子，你这畜生，沿麦河的流水一起来找我们吧，在这个墓地里找我，你会从土地里，找到我，找到桃儿，找到凤莲，找到双羊，也会找到你自己！"我刚刚说完，突然，唰地一闪，眼前闪过一道亮光，就像连安的麦穗儿之光。

我说虎子回来了，这畜生回来啦！

一阵旋风，虎子稳稳地落在我的身旁。我紧紧搂住虎子，抚摩着，观看着。虎子一头扎进我的怀里，咕咕地鸣叫着。真是虎子啊！模样陌生，可是，声音太熟悉了。我热泪涌流："虎子啊，你回来了，终于回来啦！可把我想坏了！这儿才是你的家哩！"桃儿也兴奋起来，伸手抚摩着虎子。我说："虎子，她是桃儿啊，我睁眼了，可是，她瞎了，以后你就给她当眼线吧！"虎子咕咕地叫着，算是答应了。我开始检查虎子身上的伤，左腿、右翅和脖子，都是伤痕累累。看来那不是梦，都是虎子经历的。

蒙蒙夜色里，有一股神秘的味道。我看见一柱黑云还竖在那里，气势汹汹地翻卷而上。风在很高的夜空滚动，可我听不见云彩的声音了。不知为啥，我的眼睛复明以后，嗅觉还好，听力却明显不行了。也好，我重新回到文字记录的历史了，即便狗儿爷口述的历史生动活泼，但也有点添油加醋，我还是迷恋虎子眼里的历史，那是一份人类与土地的原始记忆。世界变得太快了，不变的唯有泥土。这一刻，我忽然感觉到晴朗天气里地气的影像。

干树枝易燃，很快被烧尽。

火光渐渐熄灭，大地沉入了梦境。

我一下子搂紧了桃儿。桃儿喃喃地说："这儿多静啊，这儿多好啊！"我望着月光下向我射出异彩的女人，一时无语。我还能说啥呢？说啥都是多余的。这样可靠而神圣的地方，谁坐在这儿，都会平静如水的。桃儿坐在地上，两只手搁在一起，嘴巴微微翘着，两颊鲜红，气色好极了。桃儿这一刻，无比端庄和尊贵。土地的气息环绕着我们，包裹着我们。我和桃儿是幸福的。我的目光探出了很远，往哪儿看都是透明的。河水带着浓重的泥腥味儿穿山而来，最后消失在平原深处。风低低地吹过麦河，夜晚使流水的声音很近，空气开始泛潮，随手抓一把都黏糊糊的。刹那，凄凉、孤独的感觉涌上了心头。过去我用瞎眼拖住了时光，自己的心还停在黑暗里，对突显的光明极不适应。我估计，桃儿跟我恰恰相反，她要慢慢适应黑暗。我再次搂紧了她，睁眼吻她，我的眼睛对着眼睛不习惯，感觉太近了，脑袋有些发涨。我想了好久，把各种情形都想到了。跟桃儿一起好好生活吧，我能做饭，能劈柴，能担水，能唱大鼓，除了生孩子，我啥都会干。桃儿啊，我是一个男子汉，我要待你好，一辈子，一辈子都待你好！我要你每天都听着我唱大鼓，让你在歌声中醒来，迎接每一天早晨灿烂的霞光。每年麦收的时候，我都背着你到麦田里来，闻麦子的香味。

桃儿感动地蹲了下来，我走近了，她忽然抬起头，打了一个哈欠，两臂像鹰翅膀一样乍开来，喃喃地对着夜空自语："我们回家吧。"我轻轻地，轻轻地背起她走了。她饱满的胸脯弹着我的后脊，我满身一阵温热，汗水从我的脸上流了下来。不知为啥，我感觉她很轻，像一片鹰的羽毛。我走上了黑黢黢的小路，脚步声在田野里回响。虎子沉重地起飞了，缓缓地跟着我们。露水打湿了我的裤脚。河流和土地的边界已经模糊，不知不觉就上了河岸，河水漾起一圈圈扩展的波纹，闪出明净的光辉。风将潮润的气息送了过来。这个时候，一句话不知咋的就滑了出来："宝贝儿，你信命吗？"桃儿轻轻摇头："我不信命，但我相信命运！"我沉沉一叹说："看来，我们俩这辈子，只能有一双眼啊！"桃儿轻轻苦笑了："有一双眼就够了。世间丑恶的嘴脸我看得太多了，不看也罢。我该歇歇了，往后我心里总想好东西，啥美想啥多好！"桃儿的脸上飞着几分轻松。那轻松里有承受，还有释放。我分明感觉到她释放之后通透的呼吸。过了一会儿，她轻轻地嘟囔了一声："老公，从明天起，我做一个幸福的人。"我听见了，再次无可避免地流泪了，土地里腾起的尘土沾在我的泪痕上。桃儿的胸脯紧贴着我后背，一颗滚烫的心撞击着我。这个闺女儿啊，她替换了我，我终于看见了她的真身。螃蟹味儿彻底消失了，我闻到了她身上的麦香，热烘烘的，像麦子酒，叫人头晕。我再也不忍闻下去了，赶紧低下头，将两行眼泪唰唰地洒到地上。我在麦河堤上走着，听见了麦河澎湃涌流的声音。这条神秘之河呀，明天会漂来什么，永远是未知的。只有那令人振奋的麦香是真实的，我大口呼吸了一下。桃儿睡了，我听见了桃儿轻轻的鼾声。我不知道她啥时候睡着的，睡了多久。她睡在我的肩上，悠闲，踏实，日子一下子变得遥远了。本来，辽阔的平原无边无际，与她的梦一样绵长。我不忍心叫醒她，害怕惊扰了她甜美的梦，睡吧，睡吧，我混来的"闺女儿"，咱们这一"混"就永远分不开了。我走得不紧不慢，轻轻松松，稳稳当当，看来这条路我走得太熟了。可是，我走到了一个十字路口，听见遥远的一声呼唤："你走错路啦！"我忽然一个激灵，感觉我在夜色里迷失了，真的迷失了。我的天神哩，犯啥邪了，我瞎眼的时候，从来没有走错过路。今天睁开眼睛了，为啥迷路啦？我这是要往哪儿去啊？这声音让我站住，让我犹豫，让我选择，喊声初起时，声音模糊不清。分不清是桃儿叫我，还是土地叫我？还是听到了，时光深处的一声惊叫。我明明做了一件好事儿，为啥心里总是藏着一个小鬼似的声音？这是咋回事儿呢？

铸　魂

人不到死，就不算完整。生命还留下多少，就有多少忧愁。

这年月，连我白立国都迷失了，还有完整的人吗？这一天早晨，虎子死了。它是在回村的第三天死去的。腿、脖子和翅膀上的伤，不足以致命。专家考证后说，虎子是老死的，一觉睡死了，死得顺乎自然。这畜生真有福气哩！我要是有这种福气多好啊！啥叫享福，啥叫受罪？心里啥也不知道就是天大的福气。我悲痛欲绝，心上空空，好像丢了魂儿，甚至连立在墓地的小泥人，都好像失去了根基，飘飘荡荡的。是啊，劳动的背影正穿过疲惫的土地，慢慢走向遗忘。遗忘就是背叛啊！这天上午，双羊回来了，张晋芳找到了，她抱着孩子跟来了。我跟双羊说："虎子回来了，活了三天就死了。"双羊愣愣，眼圈儿慢慢红了。我听见曹大娘训斥双羊："人哪，别管啥时候，都得有人守着土地。这是庄稼人的根儿，也是咱曹家的根儿，人走到哪儿不能拔了根儿啊！"这话是说给双羊的，更像是说给张晋芳听的。曹大娘继续说："你们都不如虎子，那么远的路，虎子都知道寻根儿！"双羊垂着脑袋没说话。张晋芳喃喃地说："娘，我错了，对不起。"曹大娘将孩子抱了过去，亲着孙子的小脸蛋儿，泪水涌满了眼眶。曹玉堂没说话，一锅接一锅地吸烟。我听见双羊很凄凉地自语着："娘，我记住了，找不到根儿的人，就好像丢了魂儿，人得找根儿啊！"我当即想起昨晚迷路的事，嚅动着嘴唇："我们从哪儿能找到根儿啊？"双羊说："找啊，不找哪知道？"我这才明白，双羊是寻根儿来的。鸟都恋旧窝哩，何况人啊？双羊的遗传基因里似乎就带着寻根的愿望和本能。就像农民喜欢种地，到了一定年龄，他自然而然就想种点什么。我陪伴着曹双羊到田野里转了半天,他忽然说找到根儿了。

麦河墓地就要落成了。因为三村合并,为了节约用地,三个村的墓地要往一处集中。原来不搭界的事一下子有了关联。曹双羊提议在墓地中间竖一座石碑,起名叫"寻根铸魂碑"。他说人只有聚在根儿下,才能有魂儿哩。我懂了,虽然我累了,双羊还是拉着我,站在土地的最前方,替他张罗这个仪式。不就是一个仪式吗?这仪式能吃?能穿?能生金子?明知不能,可还得乖乖操办。麦河集团的工人用卡车拉来了一块巨石。这是鹦鹉山的白岭石,白色透明。张石匠开始雕刻的时候,问双羊雕个啥模样。酒色弥散在双羊的脸上,紫得像个茄子。他想了想说:"啥模样?应该像村头的拴马桩吧?"张石匠愣住了,使劲抓着脑袋。我插话说:"一看你就年轻,拴马桩都没见过?"双羊又给他描述了一遍。张石匠还是傻愣着。我火了:"还等我给你比画啊?屁放三遍都没味儿啦!狗儿爷没跟你说过吗?我们村的祖先是谁?"张石匠说:"老牛家那三户啊!山西大槐树过来的!"我说:"他们牵着马逃荒到麦河,将一个石柱往土地上一戳,就是拴马桩了。先有拴马桩,后有小村庄啊!"张石匠咧着嘴巴:"一个石柱子那有啥好雕的?"我伸手猛地一拍张石匠的脑壳,含蓄地笑了笑:"你傻呀?那仅仅是石头桩子吗?那可是我们传宗接代的人祖啊!没见过黄帝陵的华表吗?"张石匠恍然明白了。双羊向我投来一抹赞许的目光。我为自己的一时发挥而得意。这个现象无法解释,民间有个习惯,对于不能解释的事情,都归于神灵。

我们的分工很明确。双羊负责组织雕刻石碑,我负责收集墓地上的"泥塑",桃儿负责编织小麦花环。桃儿瞎了,面容更为消瘦,但做起事来却非常投入。还是那样心灵手巧,麦子花环编得精致而美丽。她有时坐在椅子上苦思冥想,有时背着手,自顾自在房中漫步,有时点燃一支烟,抽上几口就掐掉了。她嫣然一笑说:"如果没有麦子,麦河水都会是混浊的。如果没有麦子,我身上的螃蟹味儿就再也抖不掉了。"这句话像一股旋风,刮得我站不稳了。我久久地望着她,浑身轰然一响,她终于中了麦子的圈套。

伴着铸魂碑的成形,村里迎来了盛世的寻根铸魂仪式。

按照习俗,大家都不能吃东西。这天早上,我执意要吃点东西,好精神着去公墓。我吃的是麦粒儿,煮麦粒儿很好吃。桃儿做麦子花环的时候,用麦秸编了一个小笊篱,锅里的水滚开了,放进一捧麦粒儿,我就用小笊篱往嘴里捞,简直是一种游戏。我和桃儿一同来到麦河墓地。麦收已过,土地恢复了平静,目光里充满慈爱。阳光出奇地耀眼,鸟们低低地飞着,一落进麦苍儿地就看不见了。但是,鸟的叫声清纯亮丽,没有一丝杂音。刚刚下过一场透雨,这阵儿的风以一种温和的姿态吹拂。风把河岸的麦秸吹过来,七零八落地旋转、飘荡。麦子的气息还噎得我打嗝儿。我走着,感觉阳光和风在推着我。我两只瓷实的脚板踏过泥土和草根,转眼就到了。重新整合的墓地焕然一新,气氛庄重、神秘而无限虔诚。来了好多庄稼人,即便土地流转了,对于大多数人来说,生活的变化也是缓慢的。这一刻,他们似乎忘记了劳累和忧愁。公墓罩着终年不散的雾气,漫开的落花飘飘洒洒。一只野兔从我身边溜走,跑得贼快,不是身体在跑,而是像鹰在飞。虎子要是活着,它跑得再快也没用。忽然,我看见了一只黑色雏鹰,蹦蹦跳跳的,从这个树杈蹦到那个树杈。我愣了一下,兔子肯定是看见雏鹰吓跑的。这畜生跟虎子是啥关系?突然,雏鹰一声长鸣,呼啦啦,一时间飞来许多苍鹰。树杈、河滩、墓地,落满了黑压压的苍鹰。没有叼麦穗的苍鹰,却有一只凶猛的苍鹰从半空中俯冲下来,落在铸魂碑上,傲视着人们。

  我们都傻了,哪来的苍鹰?我明白了,雏鹰怀着虔诚来参加虎子的葬礼,虎子也是它们的祖先啊!所以,我越来越沉浸在失去虎子的悲伤里,迎风流泪。不过,虎子的翅膀永远覆盖我的天空。我敢断定,虎子承接了地气,一定会成为麦河流域的新传说。虎子走了,却给我们的世界留下了一个坐标。我把它奉为圣土,请人到这儿来朝拜吧!这一瞬间,我又想到了曹双羊,他像虎子一样从土地上起飞,那是虎子借双羊还了魂。双羊的生命在冲刺,像虎子一样,没有结果,只有速度。土地神连安都看着他呢,连安会用他的麦穗儿在土地上刻下他挣扎、苦斗和思索的脚印。这个时候,我忽然想对着大地唱上一段。得到双羊的许可,我就开唱了:

  摸一摸我的天
  亲一亲我的地
  娘织了毛布衣
  姐编了苇炕席
  麦子黄了梢儿
  大爷挂了犁儿

  竖立铸魂碑之前,双羊让人挖好了一个墓穴。墓穴一旁,火纸不断燃烧,烟气滚滚。人们将过去墓地前的泥塑集中起来。泥塑一排排斜靠在墓坑里,神情栩栩如生。人们撒了一层麦芒灰，将泥塑覆盖。我把一只小木箱放进墓坑，里面装着虎子的尸体。这时候，墓坑里缓缓升起一根虎子的羽毛。我收藏了这根羽毛。我看到了枣杠子的泥塑，我咋把他捏成了一副驴脸？真是对不起了，瞎子就是手头没准儿。我激动的时候，嘴里叫的都是死人名，叫着叫着，吓了我一跳。碰上狗儿爷泥塑了，我抱起了"狗儿爷"，颜色像刚出土的陶俑。我喊了几句，他不跟我说话。这些泥人再也不跟我说话了，我的特异功能真的废了。我很气恼，试图把他的山羊胡子掰下来，掰了几下没有掰掉。我轻轻放好狗儿爷的泥塑，说了两句幽默的话，却没有人笑。这给了我们爱情和仇恨的土地，给了我们牵挂和温暖的土地啊！也许因为大家对土地想得太多，寄予得太多，心情才会这么沉重。一见到祖先的泥塑，我的心就劈成两半。一半是忧伤，一半是骄傲；一半是哭泣，一半是欢笑。我不知道怎样对人解释，也不知道怎样来说服自己。我有些把持不住自己了，动情地说："这些泥人有我爹塑的，有我塑的。除了泥就是血，是用我们活人和亡人最后的血来养根啊！有了根脉，土地就不会荒芜，我们鹦鹉村人就能够世代永存！"说完，我的两只眼像鹰一样瞄着四方。我的话让人痛彻肺腑。

  远处有人吆喝："开闸放水喽——"话音刚落，渐渐那水头就近了。果然有哗哗啦啦的水响，湿润的气味就扑了过来。流水越来越近，翻卷着到了公墓。啊，麦河是我们土地的血脉，流淌的是母亲的乳汁啊！

  桃儿一边往坑里扔着麦子花环，一边轻声祷告："鹦鹉村的祖先，全村子孙都给您竖碑来了。过去我们碰上啥样年景儿，只有听天由命！今天不一样了，我们旱涝都能吃上最好的麦子！你们尝一尝吧，我们的麦子有多香！"

  桃儿向祖先祷告的时候，喃喃地说："祖宗啊，让我在土地上怀上我们的孩子，也许就叫天人合一吧？"说完就啜啜地哭了。她哭得我心里那个软啊！我打着梨花板儿，不唱，声音清脆无比。这"当啷当啷"的声响，直往地里钻去。我用梨花板刮破了胳膊，血往外淌，像花一样绽开，一滴一滴掉进泥土。我一阵头晕，抓住了桃儿冰凉的手，未曾开口，两股眼泪就淌了下来。我这无数次涌出来又咽进去的泪水啊！

  桃儿咬着嘴唇，一下一下地往坑里扔麦子花环。

  麦子花环几乎把墓坑填平了。我抽了抽鼻子，"扑通"一声跪了下去，全村人都哗哗啦啦地跪下了。我大声喊："这油浸浸的土啊，血运旺盛的土啊，饱含着祖先血汗的土啊，就是我们养根的土啊！"我双手捧起一把泥土，贴在脸上亲了亲，然后缓缓撒向墓坑。

我发现双羊跪在我身边。我们被浑身汗腥味儿的农民包围着。双羊是成功者，更是忏悔者。不管走多远，我始终认为，这个地方是他再生的河岸。他终于被拯救了！他没有捧土，而是"啪"的一声打开皮箱。皮箱像一块磁铁，吸住人们的目光。皮箱里的东西竟然把我们惊呆了！一个枕头，装满了麦河泥土的枕头。真相终于大白了。有一程子，村人传说那是钱，有人说那是防身武器，还有人说那是发财符。双羊散开了枕头，将里面的土缓缓撒向墓坑。土粉变白了，柳絮一样飘浮。这跟随他走南闯北的土，也随祖先来铸根了。人不能没有根啊！双羊一把抓住我的胳膊，超出往常那样端量我，目光闪闪烁烁。他颤抖着说："三哥，祖宗饶恕了我，土地饶恕了我，请你给我换上一堆新土吧！我要永远枕着它。家乡的黑土，给了我财富，给了我自由啊！我曹双羊要做的，就是让祖先含笑九泉！"我和双羊的手紧紧握在一起，大伙儿都感动了。清晰的痛楚让我恢复了正常的感觉，但我没哭，哭不出来。我不紧不慢地给他的皮箱换土，刹那，新土散发出一股苦涩的香气。对于双羊，需要的就是这种气息吧？如果说这麦河土是他的护身符，是他的防身武器也不为过。唉，这个顾脑袋不顾屁股的家伙终于猛醒了！我看见双羊眼睛红了，眼泪热辣辣地滚动。我好像沉浸在往事中，嘴里哼着《刮地风》曲谱："上尺尺上四上四上尺尺上四六五五尺工五六工五五工工——扎扎一扎弄扎弄扎弄扎扎一扎弄扎扎一弄弄扎——"

人们纷纷向墓坑扔土。土坑填平了，石碑竖了起来。

人们面面相觑，默不作声。

我们的沉默化作了石头，铸魂碑是沉默的，也是透明的。铸魂碑的形状有点像拴马桩，还有点像华表柱。碑石在阳光下发出虹一样的光芒，投在土地上竟然没有阴影。光芒是金黄色的，而且渐生暖意。那上面映着一张张风霜磨砺的脸，坚毅而挺拔。人脸变成了石头，默然无声的石头。这里映着沉默寡言的父亲，映着默默犁地的爷爷。在我们这里，想分清农民的脸和土地的颜色很难，土黄的脸，与土地的颜色一样。土地留下了先人一窝一窝的足迹，犁铧拉出一道一道的垄痕，又被风沙秘密地掩埋。这个时候，根也被埋住了，根很深，黑暗又温暖。我盘着根走向叶脉，仿佛进入了所有年代。

这寻找与回归的仪式结束，世界又恢复了原初的模样。日光透亮，转而模糊，陡峭的山脉，辽阔的平原，到处都是金黄的色泽。炊烟从村庄漫过来，蒸腾在半空，给墓地带来了人间烟火。过去，我们想的是人与土地到底有怎样的禁忌关系？我瞟了双羊一眼，他眼里有了光焰。再瞟一眼人群，表明人们的劲头又提了起来，丢失的魂儿也聚起来了。我仿佛听见了灵魂集结的声响，喊喊嚓嚓。我稳稳地站着，顿时感到一阵神清气爽。

中午时分，仪式结束了。

桃儿太疲劳了，我让她先回家休息了。我要再守着铸魂碑多待一会儿，给这些"泥塑"送上最后一程。我一直守到夜阑人静，肚里饿得咕咕直响。天黑了，土地潮潮的。我踩着潮湿的村路往回走去。风从远方刮来，我时常碰到灵魂回家。找到根儿的灵魂都睡着了，睡得香甜，我不忍心叫醒他们。我听着自己咚咚的脚步声，其实，这声音不是来自身体，而是来自地下。我听见虎子在我心中尖利清脆地叫了两声，然后，就有一道光束冲上来，穿透无垠的地气和苍茫，冲上天际瞬间散开了。我不知道这是用心还是用眼睛看到的。我被这景象惊呆了！光与光在土地上的聚合、铺展、升腾，那是世上极少出现的神光，就像穿透云霾的一缕生机勃勃的阳光。这是一种说不起来的秘密。我感觉到，这光不像是天降的，倒像是土地生成的。这世上很少出现神迹。过去我一直觉得，凡在夜间亮起来的，除了星星就是月亮。可是，在我们鹦鹉村的夜空，还有一种说不明白的光，古老而年轻，照耀着我们，牵引着我们，照耀着土地上的劳苦、汗水、血腥和光荣。那神光激越起来，它尽情地向遥远的天际飞去。我看见了，神光是从铸魂碑那里发出来的。它闪耀的时候，与小村庄的鸡鸣相呼应。

我眺望远方，啥都看不见。一抬头，满天的星星。稠密，透亮，幽远，好像啥时候见过这么一回，想起来了，在我娘的怀里吃奶的时候。一片的星星掉进娘的怀里。娘说一颗星就是一个人啊！人越来越多，土地上的传说还在疯狂地演绎着。有一个早上，我们会惊奇地发现，一辆一辆载重卡车疾驰而过。摇撼了村庄的根基，碾碎了所有记忆。神光所照耀的村庄已经破败，渐渐远去，我的乐亭大鼓也一同消亡了。无论夜风朝哪个方向吹，都不能带去我的歌声。无法抗拒的忧伤，再次袭击了我的心。福德正神的庙堂倒塌了，还没有新的土地庙宇落成。这个空白谁来填充啊？生活常常嘲弄着人们，在奇怪的轨道上兜了一个大圈子，又回到原来的地方。难道我们不应该审判自己吗？那个图腾一样的麦垛，这个阳物一样的铸魂碑，永远留在了麦河。"麦子！麦子！麦子！"我的呼喊有了回声，嗡嗡地震动我的耳膜。所以我说，万物归一就是归了土啊！村庄也许会衰败，麦河也许会断流，可我们心中的麦田永远会生机盎然的。是啊，我看见了，阳光在麦地上燃烧，一片黄色的光焰，麦子在阳光的照耀下盘旋飞舞，一个新的村庄正从模糊的、似梦非梦的阳光中挣脱出来。哦,那是远方,远了又远了的是谁?不,是我们的梦想。小麦,在远方歌唱不息。我忽然明白了双羊的用意,有了铸魂碑,我们的根儿就越扎越深,心就伸展得越来越远。慢慢地,亮光消失了,高楼大厦在那儿摇晃,搅乱了我优雅的步态,差点栽个跟斗。其实,在这个清醒的时刻,我可以锁住喉咙不说话,却锁不住爱和忧伤。细一想,一连串的问题就来了。问一问摇曳的小草吧,这儿从前长过麦子吗?这儿有过村庄吗?你知道麦子和村庄是怎样消失的吗?这些不着边际的想法竟然把我逗笑了。人在夜光里容易梦游,我突然有了一个疑问:天道轮回,土地给了我无边无际的梦,明天还会有一只苍鹰,扑进我的生活吗?如果麦河消亡了,化作了一滴清水,或是凝成一滴眼泪,那么,未来岁月里,谁还能说清楚,一只苍鹰为啥叼着麦穗儿飞翔啊?

2009 年 9 月 15 日晚完成一稿
2010 年 6 月 1 日中午二稿完毕
2010 年 9 月 21 日晚改毕

后 记

  很早就想写一部关于河流、土地、庄稼和新农民的书。

  大地上的万物，最普遍的就是河流，河流是土地的血脉。我的故乡唐山冀东平原有一条大河叫滦河，古称濡水。河水从草原而来，最后流入渤海，它既有生命，也有使命。滦河发源于河北省丰宁县，又西向北流入沽源县，这一段称闪电河；流经锡林郭勒盟正蓝旗折向东，这一段称上都河；入多伦县后，至查干敖包东黑风河自北汇合，始称滦河。河流经小菜园出境复入丰宁县，经承德地区，经潘家口穿长城入唐山地区，又经迁西、迁安、卢龙、滦县、昌黎、滦南、乐亭七县，从老河口流入渤海。滦河较大的支流有羊肠子河、黑风河、蛇皮河、吐鲁根河等五百多条。滦河，是唐山最大过境河流，两岸盛产麦子，故老百姓也称其麦河。水源丰沛，泥土飘香，麦浪滚滚，麦子和土地在风中吟唱——这是我幼时难以忘怀的生命景象。

  麦河游走于大山、平原和滩涂，使命平凡而神秘。它滋养了生命，同时诞生了地域文化。除了我向往的小麦文化，还诞生了冀东民间艺术"三枝花"：评剧、皮影和乐亭大鼓。我的家乡在冀东平原一个叫谷庄子的小村。村头几条小河交汇，我常到河里游泳逮鱼。我记得小时候，有乐亭大鼓艺人来村里说书，有睁眼的，也有盲人。我们坐在村口老槐树下听书，是非常惬意的。我十岁那年，正在村里读小学，放学背着书包钻草棵子玩耍。蒿草高高的，没了大人的腰，我钻进去就没影了。听见母亲喊我，就从蒿草丛里钻出来，看见母亲领个手执竹竿的盲人，我一眼就认出是唱乐亭大鼓的。这位盲人给我算了一卦，算的细节记不清了，只记得瞎子说我长大"吃笔墨饭"。

说完，母亲给了他一些黄豆和鸡蛋，瞎子给了我一棵麦穗儿。我有些不解，险些把麦穗儿扔掉，母亲说麦穗儿能避邪，保佑我平安。我后来在作品里多次对小麦进行过描述，但当时并不知道，这就开始了麦子崇拜。对麦子的崇拜，也就是对土地的崇拜。

说到土地崇拜，我有很多的经历。我记得家乡过去有一座土地庙，乡亲们都叫"连安地神"。我的故乡管地神叫"连安"。地神在民间被称为土地，而祭土之神坛则演变为土地庙。在民间驳杂浩繁的神圣家族中，土地神算得上是最有人缘的神了。村里可以没有其他神庙，但不能没有土地庙。土地爷神小，可管的事挺多，庄稼生产、婚丧嫁娶、生儿育女，每天都忙忙活活。传说连安有着非凡的神力。我们村里的连安像是用枣树雕的，因为这棵枣树有一个树杈无法锯掉，工匠就给他雕了一根拐杖，连安手里多了一个"麦穗儿"。他想去哪里，把"麦穗儿"往两腿间一夹，就像鹰一样飞去了。这根"麦穗儿"有非凡的魔力。举个例证吧，有一年大旱，人们到土地庙祈雨，一道白光闪过，连安手里的"麦穗儿"一挥，滂沱大雨就落下来了。这些传说，更加印证了小麦和土地的神奇。我的眼前激起了种种幻象。传说中连安手里的"麦穗儿"，总是表达出对小麦的热爱，对善的呵护，对恶的惩罚。人只有脚踩大地，才会力大无穷，我塑造的农民才会找到力量的根基。

我想起了那一年麦收二叔的死。二叔有点儿倔，喜欢种地，本来子女都到县城打工了，可以搬到城里去，他家的主要经济来源已经不靠土地了，可他还是想种地。我的一个堂哥回村搞"土地流转"，几次给他做工作，他都不愿意把土地让出来，谁也说服不了他。说到土地流转，他有好多担忧和困惑。二叔耕种土地，一头牛，一架铁犁，牛拉着犁，二叔扶着犁，一点点翻动着土地，配合是那样默契。他家的粮和菜都能自给自足，过着与"市场"无关的小日子，自得其乐。二叔对我说："别看你在城里住高楼，坐汽车，山珍海味吃着，我不眼热，哪如我这一亩三分地舒服？"可是，那年麦收，二叔赶着马车往麦场拉麦子，在河岸上与河南来的收割机相遇，不料马惊了，二叔从高高的麦垛上摔了下来，头朝地，后脊椎折了，当场就死了。这是咋样的交通事故？二叔尸体放在丰南县城医院，事情迟迟不能解决。后来二婶找到我，我托在乡政府当书记的同学给调解了。拖了二十天，二叔终于入土为安了。这件事情给我震动很大，二叔满可以离开土地的呀。后来我明白了，他是一个小农业生产者。我小说中的老一代农民郭富九，就是一个颇有代表性的小农业生产者。他勤劳、俭朴、能干，满足于"分田到户"的传统生活。

但在农村改革不断深化,走向集中化、机械化的时候,他充满了抗拒、敌对情绪。面对土地流转大势,他忧心、愤怒,成为农村变革的"钉子户"。这类农民自私、狭隘、固执,把土地当作命根子,没有长远眼光。从他身上,我们再一次看到了梁三老汉、许茂等勤劳而糊涂的影子。此外,对土地感情深厚、反对儿子曹双羊胡折腾的曹玉堂,不也是这样的农民吗?如果都是这样的农民,现代农业从何谈起?

那年的清明节我回故乡扫墓,我给爷爷、奶奶的坟头烧纸。那是二叔下葬的第二年,我顺便也到二叔墓地烧点纸。二叔的坟头上,有金黄的麦穗儿铺着,二婶说二叔死在麦收,坟头要铺满麦穗儿。坟前还摆着酒菜、水果。二婶和堂弟用土把坟堆填高,用铁锹挖一个圆形土块儿,做一个坟帽儿放在坟尖上,压了几张黄纸。二婶跟我说,她每到夜深人静的时候,就过来给二叔说说话。我愣了一下,真的能说话?二叔能回话吗?二婶说她能听到二叔的答话。我淡淡一笑,也许是二婶的幻觉吧?这是我写瞎子白立国与鬼魂对话的一个启发。小时候,我对乡村坟地非常恐惧。可是,这些人都是在这块土地生活过的人。他们曾经有血有肉,有叹息,有歌声。有一次,我陪同朋友到滦河畔的白羊峪村捡石头,那里河床的石头很有特点。听说了这样一个风俗:村里有点儿德行的人死了,就给捏一个泥塑立在坟头,这个泥塑就有墓碑的功能,比墓碑更形象传神。这种带有魔幻色彩的说法,让我对乡村的生与死有了新的理解,甚至减弱了对死亡的恐惧。小小的泥塑都活了,他们打着呼噜,他们谈天说地,他们为后人祈祷,饶恕一切,超越了时空。他们矗立在刺眼的光芒中,那是历史的复活,也是人性的复活。我被这个秘密感动着,鼓舞着。这个小小民俗,一下子让我找到了"诉说历史"的视点。因此,在《麦河》中,让瞎子与鬼魂对话,虚实相间,既增加了历史厚度,还能节省篇幅,但是,这种尝试也让我惶恐不安,读者会接受吗?

农民吃得不好,穿得不好,也没有啥娱乐生活,天一黑就搂着老婆睡觉。偶尔会听鼓书,特别是乐亭大鼓,听一段评剧,耍一耍驴皮影,日子缓慢而枯燥。但是,只要他们一走到田野里,看见了广袤的土地,一下子就来了精神。土地是物质的,同时也是精神的,让人感奋、自信、自尊,给心灵世界注入力量和勇气。正是这方土地、这条河水滋养,才有了民间生活的深切回应。瞎子白立国与桃儿,与曹双羊,与乡亲们来往中,有一种人情,一种心心相印的优美人情。有一天,我做了个梦,梦见一只鹰嘴里叼着一根麦穗儿飞翔。苍鹰是麦河的精灵,麦穗儿是土地的精灵。这让我很兴奋,最初,瞎子只是书中的人物，我本来想用鹰的视角来叙述全篇。尝试写了一些文字后，因为我把握不好鹰说话的语气和节奏，就重新启用瞎子来叙述，让老鹰虎子充当瞎子的"眼线"，替瞎子洞察这个五彩缤纷的世界。我熟悉鹰，也熟悉很多艺人，包括乐亭大鼓艺人，我还熟悉一些算命的盲人。工业化进程中，当人们用工业思维改造农业的时候，一切都在瓦解，乡村变得更加冷漠，最糟糕的是，过去相依相帮的民间情分衰落了，人的精神与衰败的土地一样渐渐迷失，土地陷入普遍的哀伤之中，瞎子白立国呼唤乡间真情，抚慰受伤的灵魂。我记得台湾作家陈映真说："文学是使绝望丧志的人重新点燃希望的火花，使扑倒的人再起，使受凌辱的人找回尊严。"瞎子白立国就担负着这样的使命，他寄托着我的一些道德理想，他永远与弱者站在一起，让那些被欺凌被侮辱的失地农民得到安慰，找回属于自己作为人的尊严。我想他的力量来源于土地。我的心情与农民种地一样，是在惶惑、绝望、希望中交替运行的。小说到底有没有面对土地的能力？有没有面对社会问题的能力？能不能超越事实和问题本身，由政治话题转化为文学的话题？"三农"的困局需要解开，我创作的困局也需要解开。我走访中发现，农村的问题很多，农业现代化问题、土地所有权问题、农产品价格问题、农村剩余劳力出路问题、农村贫富分化问题、农田基本建设问题、农村社会保障问题等等。我感觉核心问题还是土地问题。这是一个敏感话题，农村走进了时代的旋涡。这个问题解决不好，农村非但不能跨入现代社会，甚至会出现混乱、停滞或倒退。土地问题怎样解决？有人说，搞现代农业，应该首先解决土地所有权问题。怎样解决却众说纷纭。2002年，我国颁发了《土地承包法》，对土地流转（转包、出租、互换和转让）等都作出了规定。允许农村土地承包经营权流转，是继包产到户以来农村土地政策的又一次重大突破。农村土地承包经营权流转，是我国第三次地权改革。如今全国好多农村都进行了土地流转。"流转"中的农民更加自由，也不断增加着收入，但是，也是问题重重。过去对乡村约定俗成的看法，如今已经失效。不尊重生活的这种复杂性，就会犯一些幼稚错误，甚至会帮倒忙。其实，今天的复杂局面，就与过去靠行政命令，长期照搬照套有关。比如，有人说要搞市场化，我们一试就十几年，还是有问题；有人又说，市场无效；有人说，要想社会稳定，最好的办法就是把农民继续束缚在土地上，这一小块土地可以维持他们的基本生存，土地基本转化为农民的社会保障，让土地成为防止农民流动的稳定剂。可是，世界上有哪个国家把社会保障推给个人的？社会发展到今天，又有谁有资格让一个群体为另一个群体必须作出牺牲？我们觉得，今天已经不存在一个整体的农民，农民的个体身份在分化，每个农民就是他自己，他有选择的自由，他有权利迁徙到大城市，当然他也可以选择留在乡村。农民只想通过自己卑微的劳动改变自己和子女的命运，任何人都不能扼杀他们的选择，凡是剥夺和扼杀，都是不义的。我们现在的农民不需要启蒙，也不需要同情，他们不再安贫乐道，更不愿意做牺牲品，他们也开始追求自己幸福的生活，他们需要城市，喜欢现代化，也喜欢美丽家园，更喜欢在蓝天下自由地享受生活。农村问题急迫而严峻。乡土叙事还处在模式阶段，怎样才能找到适应新情况的新的写作手法，让我们困惑，我无法面对这样巨大的农村变化。一个小村庄，既拥有几十亿的富翁，也有中产户、一般户，还有很穷的农民。怎样概括它？这是一个严峻而复杂的问题。仇视城市吗？廉价讴歌乡土吗？展示贫苦困境吗？整合破碎的记忆吗？每一个单项都是片面的，应该理性看待今天乡土的复杂性。

在这之前，土地流转不是一个问题，现在看越来越是个"问题"了，是谁的问题？如果是农民的问题，农民应该如何应对？如果土地不是农民的问题，那又怎样实行"自愿"的原则？一切都具备了不确定性。我要提醒的是，资本都是贪婪的，民营资本来到土地上，巧取豪夺的现象已经存在。民营资本在土地上与公权力较量早已开始。根据我的了解，土地流转带有股份合作制度特征。对农民传统习惯进行着挑战，农村联产承包责任制，天然地适合了中国农民小农生产者的传统习惯，而土地流转或股份合作制则要求农民有合作能力。这正是农民欠缺的。"土地流转"这种探索是否成功，需要时间来印证。这些流动的、不确定的因素，给我带来创作的激情，所以就以我们对农民和土地的深爱和忧思，描述了这一历史进程中艰难、奇妙和复杂的时代生活。

关于农民的未来，我们让老鹰虎子做了一些预见。大量农民会一步一步走进城市，乡村也会变好的。现在想来，大工业越发达，我们每个人的内心越想留住一片土，一片净土。这是一部土地的悼词，也是一首土地的颂歌！我想把人放逐在麦田里，让他们劳动、咏唱、思考，即便知道前方没有路，也不愿放弃劳动和咏唱，也不愿停止前行的脚步。我们富足了，都是土地付出的代价，一切物质的狂欢都会过去，我们最终不得不认真、不得不严肃地直面脚下的土地，直面我们的灵魂。我们说土地不朽，人的精神就会不朽。所以，我们有理由重塑今天的土地崇拜！

所以说这部作品中最重要的"主人公"是土地，这是一部土地之书。

有人说我是写作快手，但是，这部书却耗去了我三四年的时间，真正沦落成一个愚笨的人，这对于我是从没有过的。1997年春风文艺出版社"布老虎"丛书出版长篇《白纸门》以后，我就开始了《麦河》的写作。为了创作这部书，我到故乡唐山农村体验生活，得到了地方领导和乡亲们的帮助。麦收的时候，我到还乡河女过庄采风，看到了机械化收割场面。这次写作与以往不一样，我是一边写作一边到农村里去，每次去都大有收获。回到书房写作的时候，内心像土地一样踏实、宽厚和从容。评论家何镇邦老师顶着酷暑，读完了我的拙作，并提出宝贵意见，他说土地流转部分是新生事物，应该大大增加笔墨，小麦文化还要深入开掘。评论家吴义勤先生读过拙作，对文体和人物塑造方面提出了具体的修改意见。著名评论家雷达先生、李敬泽先生、胡平先生、孟繁华先生、梁鸿鹰先生、段崇轩先生也都提出了非常中肯的意见，并在此书出版之前写出了推荐语或评论。我的亲戚赵晓声先生是人体符号学专家，他在百忙中通读初稿，并提出了建设性修改意见。我进行了近三个月的修改润色。

只是我的才气不够，笔力不足，使全书还有这样那样的遗憾，敬请专家和读者批评指正，以期在今后的创作中不断改进。

2010年9月22日于石家庄